상상력의 프랙탈층위 담론

상상력의 프랙탈층위 담론

인쇄 2022년 3월 17일
발행 2022년 3월 21일

지은이 차영한
발행인 이노나
펴낸곳 인문엠앤비
주소 서울특별시 종로구 북촌로4길 19, 404호(계동, 신영빌딩)
전화 010-8208-6513
이메일 inmoonmnb@hanmail.net
출판등록 제2020-000076호

저자와 협의, 인지는 생략합니다.
잘못된 책은 바꿔 드립니다.

ISBN 979-11-91478-09-9 03800

값 28,000원

차영한 시세계 비평 읽기 그리고
나는 이렇게 시를 썼다

상상력의 프랙탈층위 담론

차영한 엮음

인문MnB

엮은이의 몇 마디

엮은이의 시세계에 대한
학자들의 값진 비평을 한데 모아 봤다.
객관적인 우연성이라 해도 좋을 것 같다.

무엇보다 나의 시세계에 대한
성찰에 커다란 에너지 덩어리다.
특히 앙드레 그린(Andre Green)이 주장하는
정동(情動, affect)적인 것과
아직도 진행형인 무의식의 프랙탈(Fractal)과
카오스(Chaos, 여기서는 혼돈이 아니라 무질서속의 질서를 말함)층위를
탐색하는 등 감히 엿볼 수 있어 다행이다.
우주적이어야 하기 때문이다.
이미 우리들의 심장과 우주 등 거의 모든 것들이

프랙탈로 밝혀졌으니
염려되는 것은 파멸의 순간이 아니라
정지시키지 못한 아이러니한 침묵의 반란에
주목해야 할 것이다.
말하자면 앞으로의 시세계가 우리들의 기억을
이탈할까 마음 조아리며 두려워할 수밖에 없다.
내가 주장하는 경계선에서의 이종교접異種交接은
더 변화를 유도할 것이기 때문이다.
그렇다면 지금 당장 공유의 입질에
존재를 내걸어 보고 싶어서다.

2022년 3월 15일
경상남도 통영시 봉수1길9 한빛문학관 집필실에서
차영한

| 차 례 |

제3부 시작품별 단평

제5부 부록/불망차록不忘箚錄

제1부

차영한 시세계 흐름

길트기의 시학

강 외 석
(문학평론가)

차영한의 시집을 읽는 것은 긴장되면서 흥미로운 일이다. 대개의 경우, 시집 간의 층간이 없는, 그러니까 시집 간의 차이가 발견되지 않는 동어반복의 연속의 세계이거나, 시집 간의 접점을 발견할 수 없을 정도의 불연속의 관계가 일반이다. 전자의 경우라면 하나의 세계에 집요하게 매달리거나 느슨하게 걸쳐서 걷고 있는 쪽이고, 후자의 경우라면 세계가 여럿으로 분화되어 있는 점에 착안하여 여러 세계를 기웃거리도록 방임하는 쪽이다. 차영한은 전·후의 경우에서 모두 벗어나 있다. 그가 지금까지 낸 네 권의 시집, 곧《시골햇살》,《섬》,《살 속에 박힌 가시들》,《캐주얼 빗방울》은 거칠게 읽어도 시집 간의 층간이 불연속이면서 연속이고 연속이면서 불연속이라는 것을 발견하게 된다. 이 혼란스러운 개념 규정에 대한 이론적 해명을 위해 움베르토 에코의, 이른바 '사다리'론의 일부를 다시 읽는다.

> 우리가 상상하는 질서란 그물, 아니면 사다리와 같은 것이다. 높은 데 도달하기 위한 사다리 말이다. 허나 높은 데 이르면 거기에서 찾아낸 것이 유용한 것이든 무용한 것이든 일단 올랐으니 사다리는 치워야 한다. 유용한 진리는, 언젠가는 버려야 할 연장과 같은 것이다.

사다리는 유용한 그 쓰임이 다하면 치워지게 마련이다. 사다리는, 그것의 소임이 '높은 데 도달하기 위한' 데 있는 까닭에 그 목적이 달성되면 곧장 치워지는 운명의 존재이다. 진리도 예외가 아니다. 이 유추는 차영한의 시에, 몸에 맞는 옷처럼 딱 들어맞는다. 그의 앞 시집은 뒤 시집을 위한 사다리 역할을 수행한다. 앞 시집에게 일정 부분 태생적 빛을 진 뒤 시집은, 그러나 앞 시집의 세계에 머물지 않고 움직여서 다른 세계로 슬그머니 굴러가는 것이다. 바통을 이어 받아 다른 구간을 질주하는 형국이라고 할까. 그렇게 간행 차례대로 조금씩 차이를 보이다가 온축되면서, 급기야 처음과 마지막을 대비하면 그 차이는 놀라울 정도의 큰 차이를 보인다. 이를 테면, 《시골햇살》과 《캐주얼 빗방울》 사이에는 한 눈에 들어오지 않는 큰 틈새가 벌어져 있는데, 격한 표현을 쓰면, 그 사이에는 죽음이 끼어 있다. 이 죽음의 형식에 대한 이해가 그의 시세계의 변모를 이해하는 관건이다. 외형상 죽음으로 보이는 이 형식을, 들뢰즈의 주된 아이콘인 유목의 형식이라고 하면 어떨까. 세계에 대한 안주를 거부하고 다른 세계를 찾아가려는 유목인데, 유목은 어딘가에 잠시 머물되, 정착하지는 않는다. 이가 닳은 낡은 형식의 세계를 버리고 새 술 그릇 형식의 세계 모색에 취의를 둔, 시적 유목은 그래서 길트기 혹은 길 찾기의 형식이다. 딴은, 유목은 생명을 찾아 떠나는 형식이다. 이 글의 목적은 유목이 생명의 길트기 형식임에 착안하여, 그것의 개연적, 필연적 경로를 확인하는 데 있다.

오랜만에 서울에서 온 누나 어머니 눈 안에 도는 시골 햇살 보고, 글썽이는 눈물 뜨거운 음성으로 돌아와 솔빛이 된 아버지 눈매에 부딪쳐 학이 되어 날은다. 옛날 산채山菜를 캐던 바구니에 움트던 노래의 아픔을 찾아 강나루 건너 미래봉彌來峯으로 날아간다. 홍갑사紅甲紗 댕기에 자주 옷고름 풀

고 쏘대던 시골 햇살이여, 눈밭에서도 매화가지를 흔들어 놓고 뿌리로 내
리는 산하를 주름잡아 손 짚어 보며 등배 따스게 살아온 생명, 생전生前에
안으로 문고리 없어도 떠나지 못하여 쏟아온 빛 속의 빛이여, 오랜만에 서
울에서 온 누나 입술이 미래봉 산딸기로 익는 것일까.

—시 〈시골햇살〉, 부분, 《시문학》(1978. 10)

그의 등단작인 위 시를 비롯하여, 첫 시집 《시골햇살》(1988)에 실린 대부
분의 시편은 대체로 회감回感의 강도가 높은 편이다. 시의 주체는 대개 과
거의 것과 회감하지만, 현재의 것, 또는 미래의 것과도 회감한다. 이 시의
주체는 겉으로는 현재의 것과 회감하는 듯하지만, 실은 '누나'를 내세워 과
거의 것과 회감하고 있다. 누나로 인해 추동되는 회감은 물질적 상상력에
크게 기대고 있다. 그것은 뿌리의식에 잇닿은 것이다. 인간형으로는 어머
니, 아버지, 할머니, 할아버지가, 물질 이미지로는 시골 햇살, 학, 산채, 미
래봉, 매화가지, 산딸기 등이 그것인데, 그 회감은 고향 상실에서 강력 촉
발된 것으로 보인다. 그런데, 사정을 전혀 모르는 것은 아니지만, 이런 회
귀적인 시가 어떻게 나오게 되었을까. 위기감 때문이었을까. 이 시의 생산
연대인 6,70년대는 경제 논리가 문화 논리를 포함한 다른 모든 논리를 압
도했던 시대였던 것인데, 그 논리가 그의 뿌리의식을 뿌리째 흔들던 위기
로 작동하지 않았을까. 《시골햇살》은, 요연히 확인할 수는 없지만, 내게는
그 위기의 세계 논리에 대한 대자적 포즈를 드러낸 시로 읽힌다. 그러니까
당대의 현실에 대한 인식, 곧 경제 논리에 함몰되어 무너져 내리는 "고향을
지키고 싶"다는 것으로 읽히는 것이다. 시집 후기에서 그는,

가지마다 그리운 까치소리를 귀담아 들으며, 국화와 매화밭에서 고향
의 빛깔과 맛을 손질하며 떠나는 사람들 내 이웃의 손을 다시 잡고 고향을

지키고 싶은 마음뿐이다. 그러므로 개구리 소리와 흙냄새를 맡는 情의 原形과 회복성에 두고 나의 울타리 밑에 함께 심어온 拙詩를 감히 上梓하는 하나의 심지에 불과하다.

—《시골햇살》 후기에서

라고 했는데, "情의 原形과 회복성에 두고" 운운 부분은《시골햇살》상재의 주요한 단초이다. '情의 原形'이 곧 고향과 같은 원초적 공간에 잠재된 것이라면, '회복성' 운운은 고향을 회복하고 싶다는 직접적 언술로 읽히는 까닭에서이다.《시골햇살》은 '情의 原形과 회복성'을 위한 모색이었을 것이다. '시골 햇살' 위주의 '뭍'의 시편이 주조를 이룬《시골햇살》에는 비단 '뭍'의 시편만 있는 것은 아니다. '물'의 시편도 있다. 그의 등단작이 〈시골 햇살〉외 〈한려수도〉가 있다는 사실은 그 두 지형에 대한 평균율을 그가 의식했다는 증거이다. 그의 고향 통영—상세한 주소는 통영시 사량면 하도 양지리이다—은 뭍 반, 물 반인 곳이기에 그랬을 것이다.《시골햇살》은 '물'의 시편인 〈한려수도〉, 〈浦口日記〉 편을 매개로 하여《섬》(1990)의 시편으로 자연스럽게 이동하고 있다.

항상
늦으막한 바람은
물무늬 속 서로 찾아낸
이야기부터 꺼내면
낯익은 눈빛을 걸음걸이로
정작 손잡고 싶어
사랑 앞세우는 일기를 쓴다

—시 〈浦口日記 I〉, 1연

두 시집에 걸친 사다리는 '고향'이다. 고향이지만,《섬》'뭍'의 고향을 치우면서 그 뱃머리 방향을 '물'의 고향에 두고 움직여 나아간다. '섬' 일기, 곧 '浦口日記'를 쓰겠다는 의미는 '섬'에 대한 본격적인 천착과 탐구에 매진하겠다는 뜻일 것이니, '섬' 시집인《섬》은 '浦口日記'의 구체적 연장이거나 세목, 혹은 실천 행위일 것이다. 어쨌거나 그 일기가, 그의 표현대로, '사랑 앞세우는 일기'가 될 것임은 정한 이치, '섬' 일기는 사랑을 기반으로 사유될 것이다. 그《섬》은 고향에 대한 탐구라는 뿌리의식의 층위에서 보면《시골햇살》의 유목적 계승일 것인데, 그 형식은 그러나《시골햇살》에서는 볼 수 없는, 돌연한, 연작의 형태이다. 이 연작은《섬》이 유목의 길트기 욕망에 입각해 있다는 사실을 뒷받침하는 유력한 근거이다. 그런데 뜬금없이 왜 연작일까. 그 배후가 궁금하다.

> 어머니의 양수羊水 같은 바다에 떠있는 섬은 배요 오두막집이요 나의 방이다. 때로는 사자의 관처럼 둥둥 떠온다. 나의 회귀 본능을 유혹하고 있다. 모든 것이 허용되는 유년기의 성감대를 갖고 있는, 즉 리비도가 있다.
> —〈작가가 부르는 사향의 노래〉,《경남신문》(2007. 10. 22.)

위 따옴 글에서 '섬' 연작의 배후가 어렴풋이 감지된다. 연작은 의식과 무의식이 섞인 다분히 혼종의 형태이다. 연작의 하드웨어가 의식에서 기획된 것이라면, 그 연작을 구성하는 소프트웨어는 무의식적 발로이다. 본능이 무의식의 영역에 있는 요소임을 간과해서는 안 된다. 그가 발설한 본능은 "어머니의 양수羊水"와 "사자의 관"이라는 '회귀 본능'에 가 닿고 있다. 그런 까닭에《섬》은《시골햇살》에 비해 심층적이고 근원적이다.

이 사람아

나는 것 어찌 새 뿐이랴

우린 물제비

날쌔게 그물을 깁어야 하네

센 물발 감쳐서 먼저 깁어야 하네

짓씹는 울분의 실밥을 뽑아

경험을 촘촘히 깁어야 하네

되묻고 싶은 답답함

따갯 칼로 끊어야 하네

등 물린 우울을 깁어야 하네

앞줄 뒷줄 당겨서 된살 없게

왼발로 버티고 논물의 갈기 매듯

짭짤한 눈물을 깁어야 하네

우리네 허기를 단단히 꿰매야 하네.

─시 〈섬·13〉, 전문

　거칠게 읽어도 언어의 단단한 **뼈**마디가 감촉된다. 《시골햇살》의 언어가 회감의 언어인데 반해, 《섬》의 언어는 군살을 **뺀** 실존적 언어이다. "답답", "우울", "눈물", "허기"를 거쳐 "단단히 꿰매야 하네"를 낭독해 보라. 애당초 그는 《시골햇살》을 읽은 경험을 가진 우리에게 섬─바다에 대한 회감적 접근을 차단한 셈이다. 그곳은 "치마 깃 잡고 입술 깨물고 있"(《시골햇살》, 〈석류를 바라보며〉)는 수줍은 공간이 아니라, "살아서 **뼈** 속 섧은 한숨"과 "남색 끝동 눈물 가로막아서"는 "우리 그때의 굶주림"(《섬·8》)을 해결하기 위해 나아간 곳이며, 깁어야 할 눈물 또한 낭자한 실존의 현장이다. 그렇다고 비극적인 공간도 아니다. 그의 표현대로라면 "싱싱히 뛰는 웃음 만나러

갔"(《섬·8》)던 활기차고 건강한 공간이다. 그랬기에 다음 시의 "눈물이 웃
네"와 같은 표현도 가능했을 것.

> 푸른 초원을 달리듯
> 바람을 붙잡고 들뜨듯
> 허전해서는 안 됨을 힘주어
> 죽음을 밀어붙이는 노를 젓고 있네
> 눈물 앞질러 몸살을 앞질러
> 고통의 끄나풀을 푸네
> 아리는 살 속을 불지르듯
> 오늘은 눈물이 웃네
>
> ─시 〈섬·46-연섬〉, 2연

   심층적이고 근원적이기에 시의 목소리 또한 조절되거나 절제된 것이 아
니라, 조절되거나 절제되지 않은 채 터져 나오는 육성 그대로이다. 그렇다.
육성으로 발해지는 그의 고향, 섬─바다이다. 고향이라고 해서 마냥 부드
럽고 고요하기만 하랴. 고향도 삶의 생생한 현장인 이상 허무와 눈물과 죽
음이 있고, 살 속을 파고드는 그 혹독한 고통과 싸워야 한다. 뭍의 고향에
비해 물의 고향이 한층 억세고 거친 이유이다. 변모치고는 실존적인 변모
이다. 《시골햇살》에서 《섬》으로의 변모는 그런 변모이다.
   《섬》 연작은 남해 바다에 둥둥 떠 있는 섬들을 대상으로 사유를 밀고나간
것임은 분명하다. 《섬》 연작은 섬의 일련번호가 있고, 그 뒤에는 섬 이름이
붙어 있는 특징을 보이고 있지만, 특정 섬 이름이 환기하는 특징을 진술한
그런 일련의 연작은 아니다. 그러니까 특정 섬 이름이지만 특정 섬과는 특
별한 연관이 있어 보이지 않는다. 그것은 그가 특정 공간인 섬에 주목한 것

이 아니라 섬을 통해 자신의 내면에서 끊임없이 분출되는 무질서한 사유를 연작으로 밀고나가려는 의도에서 연유한 것으로 보인다. 딴은, 섬—바다에 대한 사유는 질서정연하거나 체계적이지 않다. 통통배를 타고 바다로 가서 바다를 몸으로 겪어 보라. 그 몸이 읽는 바다를 왜곡하지 않고 있는 그대로 겪어 보라. 그리고 그 바다가 전하는 삶과 죽음의 깊은 뼈마디 소리를 귀 기울여 들어 보고 그 소리를 옮겨 보라. 어느 섬이든 삶의 차등이 있겠는가. 그러니 추정컨대《섬》의 요점은 섬이 아니라 그 섬을 에워싼 바다에 있을 것. 바다에 깃든 굴곡의 험난하고 거친 삶의 세계, 혹은 원초적 생명의 세계에 대한 교직이《섬》의 주된 테마였으리라.

《섬》과 그 이후《살 속에 박힌 가시들》(2001) 사이에 걸쳐진 사다리는 연작이다. 뒤 시집은 앞 시집의 연작을 넘겨받으면서《섬》에서 탐구된 '물'의 고향을 완전 탈주하여 살에 가시를 박는 세계에 대해 눈 부릅뜬 응시의 세계로 나아간다. 《살 속에 박힌 가시들》에는, 《섬》에 섬 이름이 부제명으로 붙은 것처럼, 〈심심풀이〉 연작시집이라는 부제명이 붙어 있다. 편집상의 특이한 체재는 시집의 부제인 '심심풀이'가 시집 안에서는 큰 제목이 되면서 일련번호가 붙고, 그 뒤에 새로운 부제명이 명기되어 있다는 것이다. 이 부제도《섬》의 부제처럼 특정 텍스트의 주제와는 별 연관이 없는 듯. 이 두 시집의 닮은 점이고, 곧 연속적인 일면이다. 물론 불연속의 변화는 마땅히 주목할 만한 것. 《섬》까지가 '사랑'의 치세 아래에 있었던 사유라면, 이후는, 제목이 함의하는 대로, 고통에 대한 사유이다. '살 속에 박힌 가시'라면 극심한 고통과 불편이 상기되는데, 이 시집은 그 가시들을 말로써 뽑아내면서 치유하는 것으로 읽힌다. 시는 때로 고통을 공개하면서 치유를 모색한다.

〈심심풀이〉 연작은 일정한 대상이 없다. 그러니까 심심풀이용이다. 시적 사유의 대상이 반드시 표면에 드러나야 할 것도 아니고, 그래서 사유놀이의 한 방식인 셈인데, 이런 심심풀이에 일정한 논리와 체계가 있을 리 없다. 생각나는 대로, 무시간적으로 생각나고 사유의 형태로 떠오른 것을 그대로 메모로 남기는 형식으로 기술할 수밖에 없는 것이다. 연작시가 연작의 형태로 계속 쓰일 수 있는 동력은 치밀한 기획이나 전략을 버리는 것이다. 기획적 사유라면 어떨까. 그 사유는 힘이 빠지기도 하겠지만, 이내 고갈되고 말 것. 연작의 아이러니이다. 아이러니하지만, 아무튼 연작의 힘은 무기획, 무전략에서 나온다.

그래서 연작은 특히 무의식을 끌어내기에 적합한 글쓰기 방식이다. 한 편의 글쓰기에서 그것이 오롯이 완성된 글쓰기이기를 바라겠는가. 그 결핍이 연작을 쓰도록 꾀는 이유의 하나이다. 연작의 글쓰기는 자신의 경험과 사유가 평소 무의식의 깊고 어두운 구석에 쟁여져 있다가 하나씩 풀려나오는 글쓰기 방식이다. 평소 잠자고 있었던 말들이 부름을 받아 자신도 모르게 술술 풀려 나온다. 연작은 그것을 그대로 받아 적는 글쓰기 형태이다. 연작은, 그래서, 어찌 들으면 꼭 웅얼거리는 소리, 마치 무당이 망아忘我의 경지에서 영매가 되어 웅얼대는 소리인 것처럼 보인다. 가령, 〈심심풀이·58〉에서, "청대만 잡으면/내몰기를 잘하는 당골래"가 되어 "바람마다 구멍을 뚫어놓고/물정 잘 아는 화랭이 시켜/헐렁한 북채를 잡게 하"여 "둥둥 북소리 울리게 하"는 그런 소리들로 들리는 것이다. 그런 사정으로 해서 앞의 시집과는 뚜렷이 구별되는 특징이 하나 나타난다.

> 치사하게 어깨나 발치에서
> 빌어먹는 황소도 염치 있던가
> 눈꼴시게 집나간 소문

흥거워 맞장구 치는 장난끼를

자랑할 맑은 개울물 어디 있던가

털털이도 털털 털지 않는

허름한 세상 뒷모양 뒷논에

개구리 울음 알다가도 모른다고

던진 돌에

누가 누가 죽었던가

그렇지 가관이지

맨날 불 켜놓고

주인 없는 집 전화에

이웃잠 깨어 놓고

비 올세라 비설거지

볏가리 없는 걱정 속에 숨겨

언제는 햇볕 났던가

—시 〈심심풀이 · 14-집 나간 소문〉, 전문

  그 특징은 시적 담화의 형태가 거의 입말의 말투에 가깝다는 것이다. 언어에 대한 제어와 내적 검열이 작동하는 글말의 엄숙한 말투가 아니다. 점잖음이나 얽매임이 없는, 거의 자연 발화에 가까운 시적 담화이다. 그러니 막힘이 없이 물 흐르듯 아주 자연스럽게 발화되고 있다. 대상이 있는 말하기가 아니라, 혼자 말하기의 형태인데, 내적 독백에 가까운, 그래서 마음의 움직임인 무늬와 결을 그대로 글로 옮기고 있는 말하기라는 생각이다. 그 말투는 자신의 속마음을 털어놓고 하소할 대상이 없는 상태에서 하는 말투이기 때문에 가슴을 턱턱 틀어막는 울증에 갇힌 기분을 느끼게 한다. 그런데 묘한 것은, 착란일지 모르지만, 그것이 도리어 읽는 이의 마음을 풀어 주는 효과로 나타나고 있는 것이다. 하긴 아픔도 그냥 풀어놓는 데에서 치유가 되기도 한다. 그 아픔은 읽는 이가 함께 겪는 아픔일지 모르겠다. 그런 아픔이 없다면 〈심심풀이〉 연작은 읽기 어려운 국면에 처해질 수도 있는 시편들이다.

> 늦 날진 바람이 바닷가에 서면
> 톱질하던 밀물과 썰물 사이
> 시퍼런 칼날이 보이더라
> 현기증은 해후로 슬퍼지더라
> 제 살빛 무당춤으로 드러내며
> 깨어지는 청자그릇처럼
> 안타까운 신음은
> 지지리 치더라
> 피 고름 터진 자리 보며
> 담배 한 대 입에 물면
> 연기 뿜는 목선 하나 떠가고
> 칼날에 쪼개지는 여름수박들
> 새빨간 알몸으로
> 바다를 갈라놓더라
> 새카만 씨들이 쏟아지며
> 물사마귀처럼
> 깜박깜박 헤엄치더라
> ─시 〈심심풀이 · 42─여름수박을 보면〉, 전문

그런데 이 연작시집에는 차영한의 수상한 의도가 개입된 기미가 포착된다. 지금까지 그의 시에서 접한 적이 없었던, 생경하고 낯선 말의 풍경이 그것이다. 그가 초현실주의를 의도했는지 여부는 확인할 수 없지만, 언어의 지시적 관례의 판을 깨고 있다는 그런 불온한 의도가 느껴진다. 선명하지 않은 구문들, 통사론적으로 비문에 가까운, 그러면서 이중 걸침의 이미지들, 오브제의 이질적 결합과 배치, 지나친 비약과 생략으로 인한 난삽함 등의 조짐이 나타나고 있는 것이다. 아무튼 이 시는 순순한 판독을 기다리고 있지 않다. 돌출성이 강한, 그래서 자유분방해 보이는 시인데, 어떤 구속을 의식하지 않는 듯 보인다. 가령, "현기증이 해후로 슬퍼지더라"는 산문적으로 해독하기에 아주 난삽한 구문이다. '해후'의 사전적 풀이는 '오랫동안 헤어졌다가 뜻밖에 다시 만남'이다. 현기증은 그 앞 구절에서 온 어지럼증일 것인데, 그것이 뜻밖의 만남으로 인해 슬픔이라는 정서를 띄게 되었다는 것인데, 돌연한 어휘들 간의 만남이다. 그리고 자유연상의 기술도 눈에 띈다. 깨어지는 청자그릇에서 피 고름 터진 자리로, 담배 한 대 물면에서 연기 뿜는 목선으로 연상이 이루어지고, 그리고 수박과 바다의 이미지가 결합되는 "칼날에 쪼개지는 여름수박들/ 새빨간 알몸으로/ 바다를 갈라놓더라" 따위의 돌연한, 나아가 "새까만 씨들이 쏟아지며/ 물사마귀처럼/ 깜박깜박 헤엄치"는 직관적 인식의 환상적 풍경이 열리기도 한다. 이 시는 그의 초현실주의 경향의 〈경포대숲저녁바다〉와 시적 발상을 비롯한 여러 가지 면에서 서로 닮았다.

위 시를 보면 다음 단계의 시 모양새가 관측된다. 연작의 시가 갖는 특징과 더불어 이미지의 결합이 다소 폭력적일 그런 비시非詩적 형태일 것인데, 과연 이 연작시집에 나타나는 약한 형태의 초현실주의 기법이 근작 시집인 《캐주얼 빗방울》(2012)에 와서 본격화된다. 이 변화는, 그의 입장으로 볼 때, 자신의 시의 지평을 전격 파기 · 개벽하는 놀라운 변화가 될 듯. 이 변화의 밑에 유목의 길트기 욕망이 자리하여 그 변화를 주도하고 있음을 놓쳐서는 안 된다.

ⅰ) 아이스크림을 핥을 때 하모니카 소리 나는 곳 헌출한 여인이 일어나면서 양손으로 잡는 드레스를 아주 조용히 끄는 걸음걸이 계단에 걸쳐놓은 햇살을 밟자 유혹하는 야생마들의 입술이 뒤집혀지나니 엉겁결에 도망친다는 것이 백마를 타고 달리다 해안 절벽 앞에서는 콧구멍 치째지는 소리 휘잉! 휘잉 푸들푸들거리는 이빨에 되돌리면 길 트이는 푸른들 가로질러 해변을 질주하고 있다… 펑펑 쏟아지는 눈발을 갈퀴로 치며 뛰어넘고 내달린다 내가 환호하도록

—시 〈海嘯〉, 전문

ⅱ) 엿감바우 할매바우 쯤 가면
하얀 무 통가리가 튀는 도마 위에
시퍼런 칼날은 계속된다
화를 잘 내는 그 여자의
컴컴한 주방 같은 구석에
바퀴벌레가 기어간
하얀 진액 같은 바닷물줄기
스페인에서 본 플라멩코 춤처럼
내 앞으로 다가오던 처녀의 구두 굽에
흔들리는 치마 자락이 감기듯
풀리는 그녀의 파란 눈동자 속으로
빨려 들어가는 내 아우성
백문어 눈깔처럼 흥분하고 있다

—시 〈겨울, 이끼섬을 지나며〉, 전문

통영을 고향으로 둔 그의 무의식을 형성하고 있는 것은 역시 물의 속성이다. 물의 상상력, 그것이 그의 고향에 무의식의 뿌리를 내리고 있고, 고향이란 원형은 모성적 상징과 만나고 있다. 보나빠르트 여사가―이 인용은 하등 새로울 것이 없는 인용이다―"바다는 모든 인간에 있어서 모성적 상징 가운데 가장 크고 변하지 않는 것의 하나"라고 말했다지만, 그 역시 그랬다. 앞서 인용했던 "어머니의 양수 같은 바다" 운운이 그것이다.

그래서일까. 바다―물에 대한 시인의 반응도 ⅰ)에서 '환호'로, ⅱ)에서 '아우성'과 '흥분'의 격정으로 나타난다. ⅰ)에서 바다는 미각적("아이스크림") 이미지와 청각적("하모니카") 이미지의 교감을 거쳐 "헌출한 여인"의 관능적 이미지로 생성된다. 이어 햇살, 야생마, 백마, 그리고 푸른들의 눈부신 원시의 이미지와 눈발을 통해 '나'의 환호를 이끌어낸다. ⅱ)에서 겨울바다는 '영감바우 할매바우'의 토속적 이미지와 '스페인 플라멩코 춤'의 이국적 환상이 병치 · 결합됨으로써 처음 보는 낯선 풍경이 되고, 또한 푸름과 힘의 대비를 통한 생동적인 인상의 한 점 화폭이 되고 있다. 놀랍게도 낯선 바다가 하나 태어나고 있다. '흥분'의 순간이다. 대상에 대한 초현실적 인식에 의해 대상의 껍데기에 갇혀 있던 우리의 인식이 넓혀지는 놀라운 순간이다. 초현실주의의 힘이다.

요는, 초현실주의는 상상력의 넓이를 넓히는 데 의의가 있다는 것이다. 상상력은 공간과 시간의 양 면에서 작용한다. 가령, 다음 시에서처럼, 아시아 공간을 벗어나 아프리카 공간으로 넘어가면서, 혹은 피라미드를 통한 시간 영역의 경계를 뛰어넘는 데에서 상상력은 한층 넓혀지고 있다.

피라미드 안을 보다 안에 없는 이집트박물관에서 만난 미라의 이빨, 마음과 우주를 잇는 태양의 발자국이다. 우연일치 이전 최초의 소통을 드나들게 하는 별들의 통로에서 숙박한 태양의 걸음이 일직선 꼭대기에서 만날 때 0과1이다.

0과1의 갈비뼈 사이에서 비스듬히 시작된 빛의 *그림자* 속에서 움직이는 피비린내가 벽 쪽에서부터 양파 냄새 같은 것으로 진하게 풍겨온다 막 저녁상을 물리듯 걷히는 진흙색 커튼 안쪽 벽에다 무엇을 새기는 소리… 전혀 다른 기억으로 질문한 눈멀게 하는 거대한 블랙홀 속의 냉기가 재촉하는 0을 넘어 무無를 넘는 재빠른 발걸음들 기다림과 만남은 이미 흰개미의 침액 같은 것이 분비되는 혓바닥의 백태… 영영 몽롱하게 휘어지는 헛것들로부터 구원받는 빛의 출구로 이동시킬 수 없는 생체를 비춰주는 초라한 건전지 불빛에 끌려 다니는 나는 노예다 일출점도 모르고 멍하게 연대기도 없는 나는 0과1의 매트릭스 세계 속으로 방황하다 스스로 바깥 별빛의 눈꺼풀 도움이나 받는, 그것도 저 거대한 돌기둥에 기댈 때 제일 먼저 녹아 있는 정액가루들 속의 DNA 세포가 집적거려오는 에로티시즘이야말로 1 · 0…0 · 1이다.

아니 1992년 4월 하순 기자(Giza)의 피라미드 일몰 점을 덮어버리는 모래언덕을 거우 빠져나오면서 구시렁거릴 때 0 · 1…0 · 1이라고 정동향으로 앉아서 7천년이나 늙은 스핑크스가 던지는 한 가운데의 수수께끼, '이집트박물관'에서는 하나가 둘로 보이는 멈춘 시계가 나를 보는 순간 그 속에서 풍뎅이 한 마리가 날아와 캔들을 꺼버린다 아 별들의 통로가 환히 움직인다.

—시 〈0과1의 진술〉, 전문

그의 언어에 대한 우리의 당혹감은 그의 언어를 우리의 언어로 쉽게 연역하지 못한다는 데에서 생겨난다. 피라미드 여행을 통해 시인은 죽음과 삶을 동시에 만나는 경험을 한다. 피라미드 속 여행은 그의 적절한 표현대로 "0과 1의 매트릭스 세계 속(으로) 방황"이다. 피라미드도 일종의 가상세계이기 때문이다. 피라미드 자체가 역사적 우연이고 환상이며, 그 우연과 환상이 만든 0 · 1의 매트릭스 세계가 아닐 것인가.

피라미드는 현실이고 실재이지만 결국 그것은 수수께끼이고 0과 1의 진술이 환기하는 환상이다. 그리고 인간의 문명이란 얼마나 작고 미력한 것인가. 그것은 진실을 가로막는다. 합리적 이성이란 '캔들' 불빛과 같은 것. 풍뎅이의 자연이 캔들의 불빛을 꺼 버릴 때, 별들의 통로가 비로소 환히 움직인다는 것. 우주는 비로소 우리 앞에 실체로 나타난다. 초현실적 상상력이 없이 이 우주의 실체가 어떻게 현현하겠는가.

> (…)
> 오, 나의 목적지는 옮겨 다닌 것뿐이다
> 돌려주기 위해 현재에 풀어놓는 참조점 안에서
> 맴도는 누드―그 욕망들의 등록부―의 구더기들
> 소외된 타자들이 유혹한 욕망은 너무도 바깥에서
> 무의식적이다 오직 명백한 모순 앞에서
>
> 허구적 대상이 있는 한, 사다리 타는 나는
> 꿈을 향한 나를 망쳐놓는 결핍이다
>
> ―시 〈무의 환유〉, 부분

이 시는 미시적인 층위에서 그의 초현실적 횡보를, 거시적인 층위에서 그의 시의 이동 흐름에 대한 시사점을 제공한다. 초현실주의는 억눌려진 무의식이 수면 위로 올라오게끔 한다. 그의 눈에 들어오는 것은 모두 허구적 대상이다. 허구가 아닌 대상도 허구로 변환시키는 능력이 시인에게는 있다. 그래서 그는 '나는 결핍이다'고 하는데, 결핍이 유목 정신을 움직이는 바닥 힘이다.

초현실의 시에서 그가 노리는 것은 어떤 '의미'가 아닐 것이다. 그것은 결정되는 것이니까. 따라서 결정되지도 않을뿐더러 말해질 수도 없는 것을 그는 언어로 말하고 있는 것이다. 또한, 조심스럽게 끄집어내는 말이지만, 초현실주의는 그에게 있어 목적이라기보다는 방법으로 수용되지 않았을까 하는 생각이 든다. 언어의 한계를 시험하고 자유와 상상력의 무한 확장을 꾀하려는, 그것도 궁극에는 한 세계 혹은 한 세계를 드러내는 하나의 방법론에 머물지 않으려는, 일종의 유목적 욕망 같은 것이다. 지금 유목민이라 하면 '디지털 유목민'을 지칭하는 경우가 많다. 무한한 가상의 매트릭스 세계를 떠돌며 새로운 문화와 가치를 창출하는, 이를 테면 빌 게이츠나 얼마 전 작고한 스티브 잡스 등과 같은 유목민 말이다. 앞으로의 전망은 유목민의 증가이다. 기존 질서의 권위에 대한 도전과 파괴는 가속화될 것이고, 원하든 원치 않든지 간에 이 유목 정신이야 말로 세계를 이끄는 아이콘이 될 것이기 때문이다. 그러나 그의 유목 정신이 자칫 딜레마가 될 수도 있다. '시는 자유이다'는 선언에 그가 충실 하는 한 끝없는 변환의 미아가 될 수도 있기 때문이다. 그가 위대한 유목민일지 위태로운 위기의 유목민일지는 가름하기 어렵다.

☞ 출처: 〈시인 차영한 론〉, 《작은 문학》 제51호(2015년 5월), pp.168~194.

시원과 생명의 바다, 액체의 상상

구 모 룡
(문학평론가 · 한국해양대학교 교수)

1. 고향, 미래적 과거

차영한 시인은 1978년 등단한 이래 세 권의 시집—《시골햇살》(1988), 《섬》(1990), 《살 속에 박힌 가시들》(2001)을 발간하였다. 대략 10여년 사이로 묶인 이들 시집들은 시력 30년에 비하여 과작이지만 각기 다른 시적 경향과 성취를 뿜어내고 있다. 그의 시적 출발은 〈시골햇살〉, 〈어머니〉, 〈한려수도〉 등 등단작들이 말하듯이 고향과 인정人情의 세계를 지향한다. "고향 길 지극한 어머니 마중"(〈시골햇살〉에서), "고향 흙을 사랑하는 내 이름"(〈어떤 회답〉에서)으로 대변되는 추억—서정적 회감回感은 초기 시 혹은 첫 시집 《시골햇살》에 실린 대다수 시편들에 일관된 의식형태이다. 고향을 노래한 허다한 시인들과 차영한이 그 발상에서 동질적임은 사실이다. 대다수 시인들이 훼손된 현실과 직면하여 고향에서 훼손되지 않는 원환적 완결성의 장소를 찾고 있기 때문이다. 차영한 또한 이러한 일반적인 서정의 발현을 통하여 시 쓰기를 전개하는데 고향에 대한 그의 애착은 매우 유별한 바 있다.

바다가 반반이 본다

볼면 볼수록 유순한 햇빛

유채 밭 나비 떼로 날고 있다

눈부시어 반짝이는 손잡고

크게 웃고 싶은 내 유년의 텃밭

한 마음으로 맑고 밝게 자란

평화와 자유의 푸른 풀밭

살면 살수록 살고 싶은

아늑한 이 땅의 사랑을

포근히 누벼주는 어머니의 웃음이

유채 밭에 숨는 나를 찾아온다

저어 호숫가에 내려앉은 백조처럼

나래를 펴며 감싸준다.

—시 〈충무항 점경〉, 전문

다른 시에서 차영한은 고향에 대한 자신의 애착을 '토착'(〈토착〉에서)이라 규정한 바 있다. 단순한 회억의 감정이 아니라 고향을 통하여 자기를 실현하려는 의지의 표현이다. 인용 시에서도 "살면 살수록 살고 싶은" 곳이라 진술한 바 있는데 고향이 지닌 평화와 자유, 사랑과 행복을 지향적 가치로 설정하고 있음을 의미한다. 이러한 시인의 입장은 첫 시집 《시골햇살》은 말할 것도 없이 연작시로 구성된 《섬》과 《살 속에 박힌 가시들》로 이어진다.

전자가 시인의 고향인 통영의 여러 섬들에 대한 장소사랑(topophilia)을 말하고 있다면 후자는 세상사와 인간사에 대한 그의 인간학적 가치관을 드러내고 있다. 한편으로 고향의 가치를 옹호하고 다른 한편으로 그러한 가치를 상실하고 있는 현실을 비판하고 있는 것이다. 이러한 맥락에서 각기 다른 모습을 하고 있지만 그의 시집들은 통일된 흐름을 지닌다. 달리 고향이라는 시원을 근저로 유동하는 바다의 형상이라 할 수 있다.

차영한 시인의 고향은 '통영'이다. 통영이 그를 시인으로 호명하고 그가 통영을 창조한다. 《시골햇살》의 〈후기〉에서 그는 "고향을 지키고 싶은 마음"을 피력한 바 있다. 이 마음은 또한 이렇게 진술된다. "높은 곳을 향한 어떤 욕심보다 낮은 곳을 보살피며, 어렵게 생각하며 따지는 것보다 쉽게 이해하며 따스함으로 스스로를 감싸고 싶다. 항상 신선한 바람과 맑고 푸른 물소리가 햇빛으로 반짝여서 가슴에 와 닿는 곳을 거닐고 싶다." 이처럼 그는 '통영'이라는 고향의 가치를 보전하고 창조하고자 한다. 어떤 의미에서 시인으로서 그는 지복의 조건을 타고났다. 많은 시인들이 세계상실을 경험하면서 본래의 장소로 회귀하고 있다면 그는 처음부터 장소가 주는 절정의 경험을 담지한다. 그에게 실존적 내부가 된 고향이므로 고향과 일체감을 드러내는 일이 곧 시가 되는 것이다.

江은 사나이를 잡고 울었지만
달은 여인들을 잡고 같이 울었지만
아직도 메주콩 쑤는
고향냄새 때문에
구름이 된 봇짐들이
鶴이 앉는 자리로 돌아온다.
골짜기 열리는 물소리에
발을 담그니
물레방아가 돈다
민들레 마을끼리
도리도리 웃음 모아

응답의 문을 연다
질그릇에 넘치는 달빛으로
손잡아 일으키면
오월의 바다가 모이듯
모두 모두 강강수월래 강강수월래
불 밝히는 아래채 사랑방을 찾아
돌며 굿춤에 한마당 어울려서
아버지가 준 땀을 보고
들을 향해 손짓한다.
육자배기도 부른다.
장고소리에
맨발로 흙을 밟으며
덩실덩실 도리깨춤을 춘다.

—시 〈故鄕 이야기〉, 전문

〈故鄕 이야기〉는 고향의 의미를 가장 잘 드러내고 있는 시라 할 수 있다. 이 시는 고향을 떠난 남녀가 고향으로 돌아온다는 설정에서 시작된다. 소위 고향과 근대의 관계를 말하고 있다고 해도 과언은 아닐 것인데, 근대가 부여하는 고통과 슬픔을 고향의 평화와 행복과 대비한다. 물론 근대에 대한 불만을 시인이 구체적인 양상으로 말하고 있는 것은 아니다. 그럼에도 고향으로의 필연적인 회귀를 예고하고 있다는 점에서 시인의 입장은 뚜렷하다. 이를 두고 지방주의(localism)라 명명해도 무방할 것이라 생각한다. 사실 근대와 중앙권력은 끊임없이 고향과 지방을 침탈해 왔다. 이러한 가운데 고향과 지방성(locality)의 의미가 상실되고 있는 것이 현실이다. 하지만 고향과 지방적 가치가 무효화되는 것은 아니다. 그것은 시학적 차원에서 말하자면 시적인 것의 처소에 다를 바 없을 뿐 아니라 비록 곤경에 처하였지만 생성과 신생의 토대임에 분명하다. 따라서 시인이 말하고 있는 유기적 공동체의 이야기는 이미 지나간 역사가 아니다. "강강수월래"로 표상된 고향의 모습은 미래적 과거로 재인식된다. 시인은 고향에서 "부활하는 빛"이 "바람 앞에서도/꺼지지 않는 확신"(〈등불의 노래〉에서)을 견지한다.

2. 유동하는 바다, 액체의 상상력

차영한의 시는 먼저 고향시라 할 수 있다. 그는 고향을 통하여 "생성의 언어"를 찾는다. "바람이여/새를 고향으로 날려서/우리의 노래와 춤을 다시 불러/한자리로 모이게 하라."(〈淨土賦〉에서) 이처럼 그에게 고향은 은둔의 처소가 아니며 의식의 차원에서 적극적인 저항의 근거가 된다. 그의 고향시가 보다 구체적이 되어야 하는 까닭이 여기에 있는데 연작시로 엮인 《섬》이 이를 증거한다. 《섬》은 차영한의 고향시가 바다로 확장되는 상상력을 보여준다. 말할 것도 없이 차영한의 바다에 대한 관심은 등단작 〈한려수도〉에서 연유한다. "저것 봐요/그렇지요/구름이/세월이/물속을/걸어오네요/어 가네요/산들이/초목들이/따라 다니네요"라는 경쾌한 행갈이로 시작되는 이 시는 '한려수도'의 이미지와 형태를 아름답게 형상화하고 있다. 이 시의 3연은 "마침표 없는 바다 위에/연잎으로/떠 있는 섬 섬들/우리들의 쉼표네요"라고 다도해의 위상을 '쉼표'로 자리매김하고 있다. 하지만 시인의 적극적인 지방주의는 '쉼표'라는 서경敍景의 위상학에 머물지 않는다. 낱낱의 섬들을 순례함으로써 각기 다른 섬들의 유래와 형상 그리고 그 속에 사는 사람들의 이야기를 서술하게 된다. 이로써 차영한의 고향시는 해양시의 면모를 지니게 된다.

　해양시는 바다와 배와 항해를 기본 조건으로 한다. 하지만 연안의 어부들의 삶이나 생태환경의 문제도 간과할 수 없다. 이러한 점에서 해양시는 크게 두 가지로 나뉜다. 항해를 중심에 둔 것과 연안역 삶에 중점을 둔 것. 이들 가운데 차영한의 해양시는 두 번째 양상인 연안역 해양시로 자리매김 된다. 그런데 이러한 분류는 차영한의 시를 논하는 목적이 될 수 없다. 무엇보다 그의 고향시가 구체적인 삶의 현장으로서의 바다로 나아간 사실에 주목해야 한다. 그는《섬》의 '서문'에서 "도처에 떠 있는 이 시대의 우리들의 섬처럼 침침한 모습이 아니라 환상적인 꿈의 지느러미가 헤엄쳐 오고 자존하는 고독은 오히려 빛나고" 있는 섬을 찾아 나섰음을 진술한 바 있다. 달리 고향의 구체적인 면모를 '섬'을 통해 그려내고자 한 의도로 읽힌다. 즉 "현대문명 속에서도 훼손되지 않고 원초적으로 살아 숨 쉬고 있는 '섬'의 삶과 언어와 풍속"(재판을 내면서)을 서술하려 한 것이다. 따라서 차영한의 '섬' 연작시는 그가 구현하고자 한 원초적 지방성의 등가물이라 할 수 있다.

해안선을 앗아 사리며
만나보고 싶은 고독의 한 끝을
선유대仙遊臺에서 풀어 던지면
달아오르는 내 영혼을
노 저어오는 바다

오늘은 소지도小知島와 마주하여
기울고 싶은 수려하고 투명한 유리잔
후끈해서 한 잔 더 붓고 싶은 목숨
아리고 저림도 은비늘로 나부껴서

당신이 부르면 세상을 가르며
하얀 물오리 떼처럼 노 젓고 싶네

더딘들 투덜대지는 말게나
사는 것이 무엇인지 사는 것 밖에서
저어 짙푸른 자존의 지느러미
유연하게 헤엄쳐 오는 것 보아라.

—시 〈섬·9—비진도〉, 전문

　화자의 위치가 '선유대'라 할 수 있는데 섬과 섬 사이의 바다를 바라보면서 삶과 죽음의 의미를 헤아린다. 이처럼 시인은, 주된 시적 대상이 섬이라고 하더라도 이와 더불어 시적 주체와 바다를 하나의 시적 공간 속에서 노래한다. "달아오르는 내 영혼을/노 저어오는 바다"라는 형상이나 "짙푸른 자존의 지느러미/유연하게 헤엄쳐 오는 것"이라는 이미지를 통해 알 수 있듯 시적 상상력의 바탕이 '바다'라는 것은 쉽게 이해된다. 그렇다면 '바다'는 어떤 의미를 지니는가? 바다는 물의 다양한 형태 가운데 하나이다. 물은 원초적인 물질이고 생명을 발생시키는 근원이다. 물은 유동적인 것. 그리고 형태가 없는 것들(공기)과 형태가 있는 것(대지와 고체들) 사이를 오간다. 따라서 그것은 삶과 죽음에 대한 유비가 된다. '바다로 돌아가는 것'은 '모성으로 돌아가는 것'이기도 하고 죽음을 맞는 것이기도 하다. 바다의 상징적 의미는 모든 생의 어머니이다. 그것은 죽음과 재생, 연원과 무한 그리고 무의식의 표현이 된다. 또한 현상적인 차원에서 바다는, 썰물과 밀물의 규칙적인 흔들림이 보이는 시각적 황홀을 보여주며, 악에 대해 투쟁하는 인간성의 거울, 혹은 투쟁의 장소가 된다. 차영한의 '섬' 연작에서 보이는 '바다' 또한 이러한 다층적 의미를 함유한다. 그리고 이를 그의 시가 보이는 '액체의 상상력'이라 명명하고자 한다.

  차영한의 시가 보이는 액체의 상상력은 생명의 역동성, 바다의 유동성을 그 내용으로 한다. 50편으로 이어진 '섬' 연작은 이러한 액체의 상상력이 그려낸 장관이다. 우선 섬에서 섬으로의 이동이 '배'를 통해 이루어진다는 사실을 상기할 수 있다. 비록 대양의 항해는 아니지만 차영한의 해양시에서도 항해 과정은 중요하다. "푸른 초원을 달리듯/바람을 붙잡고 들뜨듯/허전해서는 안 됨을 힘주어/죽음을 밀어붙이는 노를 젓고 있네/눈물 앞질러 몸살을 앞질러/고통의 끄나풀을 푸네/아리는 살 속을 불 지르듯/오늘은 눈물이 웃네"(《섬 · 46—연섬》에서) 이처럼 고깃배의 항해이지만 이 속에 쓰라린 깨달음을 내포한다. 항해 과정과 더불어 어로 행위 또한 역동적인 노동으로 그려진다.

> 실은 아픔을 웃음으로 노 저어 풀듯
> 눈물보다 더 깊은 곳을 갈라내며
> 안달이 나서 다시 그물을 칼로 끊어내고
> 잇달아 낸 매듭 다시 보며,
> 내가 먼저 바다보다 소리쳐서 앞 닻을 던져도
> 가슴 한복판에 한바다가 있어
> 한 생애의 밧줄을 다 주고도
> 된 살 되 앗아 잡고 사리고 사려도
> 비탈길을 휘어잡는 나뭇가지처럼
> 놓으면 사정없이 후려치는
> 그 회초리로 하여 혼자 웃고 사는 늦 날진 샛바람이여
>   —시 〈섬 · 45-수우섬〉, 부분

이처럼 고기잡이는 바람과 파도와 싸우면서 진행된다. 때론 그물을 끊어내는 고통을 감수해야 하고 '한 생애'를 담보하는 위험에 처하기도 한다. 첫 행이 말하듯 어부들의 삶은 아픔과 웃음의 쌍곡선 속에 있다. "세월이 맺힌 한"(〈섬 · 42—오시리섬〉에서)은 이러한 어부들의 내면을 나타내는 적절한 말이 아닌가 한다. 그러나 이들이 수동적인 적극성을 의미하는 한만을 품고 사는 것은 아니다. "뒤척이는 헛웃음 걷어내며/더운피 벼루에 갈 듯 성난 오기는 노 저어갔네/가서 아득히 가서 우울의 옷자락 벗어던지고/된새시마 능욕의 물발 끊어내어야 했네"(〈섬 · 35—부지섬〉에서)라는 진술이 의미하듯 건강한 분노도 표출되는 것이다.

항해와 어로의 역동성은 유동적인 바다라는 조건과 더불어 필연적이다. 그런데 이러한 필연성은 시적 주체의 진술에 영향을 미치는데 거의 모든 시의 시행들이 움직임을 형용하는 서술어를 발화하고 있는 사실을 들 수 있다. 물론 주체보다 섬이라는 사물의 이미지를 좇고 있는 시에서 회화적 측면은 부각된다. 그럼에도 이러한 경우에서조차 섬을 동적으로 그려내고자 하는 경향을 간과할 수 없다. 가령 〈섬 · 1—글씽이섬〉이 한 예가 되는데 "환상의 비늘을 털털 털어내고 있네" "전생의 죄를 칠정의 안개로 휘감고 있네" "중첩된 허무를 무너뜨리고 있네" "엉키는 흰 뼈를 물어뜯고 있네" "쏟아지는 소나기로 고독의 탈 벗기고 있네" "욕망을 한 입에 그대로 삼키고 있네" 등등의 의인화된 진술을 통하여 생동하는 섬으로 그려내고 있다. 섬을 매개로 바다와 인간의 생명현상을 구체적으로 포착하려는 시적 응시의 귀결이 아닌가 한다.

3. 비판적 지방주의의 시적 성취

 '심심풀이' 연작시집이라 부제가 붙은《살 속에 박힌 가시들》을 통해 인간사의 복합적인 국면들을 서술하고 있지만《섬》또한 초기 고향시가 지향한 화해의 세계와 일정한 거리를 보인다. 차영한이 서정적 지향을 전면화하는 감정양식을 탈피하고 삶의 구체적인 진면목을 탐색하려 한 탓이다. 연작시〈섬〉은 지방주의의 시적 실천, 연안역 해양시의 성취라는 점에서 시사적 위치를 가지기도 하지만 시인 개인의 차원에서 인간학으로 나아가는 가교라는 점에서 의의를 지닌다. 다시 말해서《살 속에 박힌 가시들》이《섬》이 완성되는 과정의 산물이라는 것이다. 또한 이러한 과정은 시인이 초현실주의나 욕망의 심리학을 탐구하는 일과 겹쳐진다. 특히 최근 시작에서 두드러진 이미지의 비약과 환상의 기법 등은 시적 변화의 징후들로 읽힌다. 그만큼 시인이 유동성에 기반을 한 액체의 상상력을 적극화하고 있는 것이다.

 요컨대《섬》은 차영한의 시세계를 대표한다.《시골햇살》과《살 속에 박힌 가시들》을 단순하게 이어가는 매개가 아니라 오히려 이 둘의 세계가 내포한 추상과 직설을 지양하고 있는 것으로 평가된다. 특히 이 시집의 가독성을 떨어뜨리고 있는 지방어의 사용은 고향—장소—지방에 대한 그의 애착을 매우 직절하게 드러내는데 이는 첫 시집의〈어〉등 해양시에서 비롯한 바 있다.

> 포찰이나 고부지기나 뚝을
> 쪼시개로 따 먹고 살 수만 없었네
> 톳이나 지충 미역 가사리만

뜯어 먹고 살 수 없었네

매바우 웃치나 아랫치에서
따라오는 눈물 하나 꿀꺽 삼키며
날물 앞질러 가야 했네
꼴 노를 한장 노를 이물 노까지
저어 사철 없는 한 바다로 가야 했네
된새 갈시마 니살에도 날 받이 물 때
한 걸음에도 멍에 쓰듯
실랭이 몸서리 여얼 내러
솥뚜껑여 오리바우 지나
굴비섬 저승 밖을 황망히 갔네.

—시 〈섬·7-큰닭섬〉, 전문

　"포찰—굴 종류로, 갯가 바위틈에 피라미드식으로 기생하고 있음, 고부지기—홍합종류로 새홍합이라고도 함, 뚝—굴 종류, 갈시마—서남풍" 등 각주를 달아 설명을 덧붙이고 있지만 이러한 도움으로 위의 시가 다 이해되는 것은 아니다. "사철 없는 한 바다로 가야" 하는 어부의 삶을 말하고 있지만 읽는 이에게 소위 '조망적 시점'이 지니는 한계는 명확하다. 이처럼 시인은 표준어의 침탈에 맞서면서 표준어에 익숙한 조망적 시점이 지닌 무지를 경계한다. 그야말로 그가 첫 시집에서 제기한 "토착"의 문제를 《섬》을 통하여 성취하고 있는 것이다. 그러므로 차영한의 지방주의는 퇴행이 아니다. 그것은 근대의 무장소화, 중앙의 지방에 대한 침해에 대한 저항이다. 그는 통영 고향 바다의 섬들, 바다 속 해초와 물고기들 그리고 배와 어구들의 본디 이름을 부름으로써 그들의 존재와 생태를 보전하고 생성한다.

그리고 이들 섬에 사는 사람들의 구체적인 삶과 유래하는 역사를 서술한다. 가령 〈섬·12-추봉도〉와 〈섬·16-한산도〉가 이종무, 이순신, 거제포로수용소 등을 내용으로 서술하고 있다면 〈섬·29-할미섬〉은 역사를 거슬러 올라 "빗살무늬"로 표상되는 시원을 말한다. 이와 같이 차영한은 고향의 장소들을 이야기하려 한다. 이들 장소가 품고 있는 분위기를 그려내고 장소의 혼(genius loci)을 불러내고 장소감(sense of place)을 이끌고자 한다.

> 그러나 그러나
> 바닷가 모래밭에 달집 태우던 정월 대보름날밤
> 어우러져 찾던 우리들 얼굴마저
> 찾을 수 없는 돌가루로 길 내어 굳혀
> 썰물고기 잡던 녹발에 뛰던 푸른 개안마서 짤린 채
> 개펄 끝에서 갈대바람 붙잡고 흐느끼고 있나니
> 그것 참 그것참!
> 잘 살기 위한 우선 내키는 좁은 마음
> 얻은 것보다 잃은 것 더 많은 후회할 날 있네
> 개펄 없는 썰물 끝에 길 잃은 꽃게야 뻘떡게야
> 야박해지는 한 시대의 밀물 끝에
> 너의 고향 앞바다에 뜨는 달의 안부
> 이제는 누구누구한테 묻겠는 고!
>
> ─시 〈섬·50-사량섬〉, 부분

마지막 연작시의 결구인데 이 대목에서 차영한 문학의 본질과 마주하게 된다. 여기서 차영한은 인간중심의 욕망의 근대세계에 대하여 준엄하게 경고하고 있다. 고향에 대한 서정적 지향과 공동체에 대한 갈망, 장소 사랑과 지방의 언어와 역사에 대한 애착이 자기애적 지방주의로 귀결되지 않고 지역과 세계의 전체성을 비판적으로 조망하고 있는 것이다. 이러한 점에서 《섬》은 연안역 해양시의 수준 높은 성취로 받아들여지는 동시에 비판적 지방주의(critical localism)의 한 사례로 설명되기에 부족함이 없다. 다시 말해서 차영한은 지방적인(local) 토대에서 삶을 바라보고 시를 쓰면서 이러한 토대에 개입하는 세계적인(global) 위악들을 직시하면서 지방적인 것의 가치와 의미를 그의 고향 '통영'과 '통영바다'를 통하여 드러내고 있는 것이다.

☞ 출처: 《詩文學》 통권 제460호, 11월호(시문학사, 2009. 11), pp.92~102.

눈물과 웃음이 만나는 자리

趙 明 濟

(시인 · 문학평론가)

1.

車映翰의 첫 시집 《시골햇살》은 눈물 빛 그리움으로 다가온다. 거기에 실려 있는 시편들은 충무 앞바다에 점점이 박혀 있는, 눈물 속의 섬들처럼 보인다. 그의 시가 눈물 혹은 울음으로 출발되고 있다는 것은 그것을 낳은 시인의 의식세계가 순수성의 정점에 닿아 있음을 뜻한다.

차영한의 시의 '눈물'은 우리 서정시에서 흔히 접하게 되는 관념적인 것이 아니라 모성母性으로서의 고향과, 고향 충무(통영)바다를 텃밭으로 하여 살아온 충무사람들의 생생한 삶의 모습이며, 그 순박하고도 질긴 삶 속에서 솟아 배어나오는 그리움인 것이다.

> 오랜만에 서울에서 온 누나 어머니 눈 안에 도는 시골햇살 보고, 글썽이는 뜨거운 음성으로 돌아와 솔빛이 된 아버지 눈매에 부딪쳐 鶴이 되어 날은다.
>
> —시 〈시골햇살〉, 첫 부분

항상 챙겨서 저만치 바래다주고 서 계시는 어머니의 눈물 밟으면, 고
개 넘는 빗방울마저 더욱 굵어지고 미안한 세월은 삿갓만 쓰고 다니더라.
(중략)
아버지 아버지……산울림만 남아 울고 있을 때 항상 챙겨서 저만치 바
래다주고 서 계시는 어머니 뜨거운 눈물이 성큼 다가와서 아가 하고 손잡
아 일으켜주더라
내 아이들을 아내는 꺼안고 나를 울게 하더라.

—시 〈母性愛〉, 일부

바람 두고 파도로 울다가
오래되어 눈물마저 외로워서
밀물에 밀린 만큼
섬 하나 키워
따가비로 긁어보는 몸살
부둥켜안듯
여기까지 온 내 웃음이여

—시 〈孤獨〉, 첫 부분

몇 편에서 따온 일부만 보더라도 차영한의 시는 햇살 맑은 눈물의 순결
성과 가난한 삶의 아픔을 삭여내는 웃음이 결 곱게 직조된 세계임을 알 수
있다. 시인은 대를 이어 살아온 고향을 고향에 살면서 한없이 그리워하고
있다. 그의 고향에 대한 애착과 그리움은 인간의 원초적인 향수의식과 아
울러, 전통과 인정이 사라져 가고 있는 이 시대를 안타까워하는 심회의 반
영으로서, 고향을 멀리 떠난 자의 그것과는 궤를 달리하고 있다. 그는, 고
향을 삶의 터로 하여 전통적으로 살아온 사람들의 애환과 그 맑은 심성과

가난한 꿈을 노래한다.

"항상 챙겨서 저만치 바래다주고 서 계시는 어머니의 눈물"은 그 어머니의 사랑을 생각할 줄 아는 자식의 걸음걸음마다 따라와 밟힌다. 우리들 어머니의 눈물은 "몸살을 찌르는 발자국 없는 아픔"(《母性愛》)이며, 당신들의 자식은 바로 그 눈물 빛 끝자리의 유일한 꿈인 것이다. 이처럼 시인에게 있어 고향 충무는 엄니의 고귀한 눈물로 맑혀진 "순수한 영혼의 골짜기"(《시골햇살》)이며, 솔빛이 된 아버지의 눈매가 키보다 높이 눌어붙은 생존의 텃밭인 것이다.

작품 〈고독〉에서 보듯, 충무 사람들은 "파도로 울다가/오래 되어 눈물마저 외로워서" 모두 외로움의 섬 하나씩을 키우며 살아간다. 그리고 그 눈물이 끝남직한 자리에 웃음이 어느새 비집고 든다.

> 침침한 얼굴에
> 끈적끈적한 세월
> 빗물로 닦고 보면
> 우리는 동향인
> 냉이꽃 웃음도
> 덩달아 나서더라
>
> 앞서가는 웃음 따라
> 내비치는 귀엣말
> 은행잎으로 속삭어 보면
> 우리는 동향인
> 철 잃은 새들도
> 덩달아 날더라
>
> ―시 〈同鄕人〉, 전문

반짝이는 눈웃음에 맺혀
속삭이는 이야기 꽃신에 담아들고
풀잎을 건너뛰며
빈 가슴마다 소망의 빛깔을
갖다 날라 줍니다.

—시 〈이슬방울〉, 일부

남아 있는 안부에 달이 뜨는
들깨 이파리에 웃음 쌈 싸는
고향 빛깔들이 풀잎에 널뛰는
그네 줄이 또랑물소리 건너오는,
이토록 뜨겁게 손잡아
(중략)
간절한 사랑 이야기로
목선 바람이
간지럽도록 반짝이누나.

—시 〈각설이의 노래〉, 일부

차영한 시에 빈번히 나타나는 '웃음'은 혈육의 정과 고향을 지키고 살아가는 사람들의 공동체적 연대의식에서 우러나온 맑고 소박한 웃음이며, 끈끈하고 정 깊은 웃음이다. 그것은 청빈을 미덕으로 알고 살아가는 해맑은 사람들의 자잘한 냉이꽃 같은 웃음이며, 그 "반짝이는 눈웃음"은 그대로 '고향의 빛깔'이 된다. 그러나 차영한 시의 질박한 웃음들을 좀 더 자세히 들여다보면 "산수유처럼 익은 눈물"(〈裸木의 노래〉) 속에 내비치는 순결한 웃음임을 곧 이해하게 된다. 이미 인용된 시편들에서도 전후 문맥을 살펴보면 그것이 눈물 빛 웃음이었음을 쉽게 알 수 있다.

　그의 '눈물'은 "머리털/손톱들이/빈 잔에도 취해오는 자정子正의 물방울"
(〈눈물〉)처럼 고뇌어린 절대순수의 결정체이다. 차영한의 시에서 눈물(울음)
과 웃음은 별개의 것이 아니다. 그의 눈물 혹은 웃음은 〈가을 나그네〉나
〈空〉에서 보듯 가난한 행복에 그 뿌리를 두고 있다.

　　　내사
　　　있어서 걱정하는 것보다
　　　없어도 행복해지는 가난을 나누며
　　　어진 이웃 창에
　　　등불 밝히고 살거다.
　　　　　　　　　　　　　　　　　　　—시 〈土着〉, 첫 연

　　　가난해지는 만큼이나
　　　맑아지는 세상 끝에서
　　　아파서 웃는 이유야 없지
　　　인동초忍冬草 생각이 난다는
　　　저어 목동의 피리소리
　　　들어 보아라
　　　　　　　　　　　　　　　　　　—시 〈淸貧賦〉, 전문

　일찍이 성경에서도 "마음이 가난한 자는 복이 있나니 천국이 저희 것"이
라고 하였다. 이 정신의 건강, 이웃의 창窓을 은은히 밝히는 등불이 되겠다
는 뿌리 깊은 동정同情의 사상이 정결한 눈물과 따뜻한 눈웃음으로 표상되
어 나타나는 것이다. 겨울을 견뎌내는 인동초처럼 삶의 고난을 터득해온

시인의 눈물과 웃음은 그러므로 그 자체가 "가난해지는 만큼이나/맑아지는 세상"이랄 수 있다. 시인이 "우리는 때론 웃어도/울고 있는지 몰라"(〈失笑〉)라고 토로한 것은 결코 우연히 아닌 것이다.

2.

지금까지 차영한의 초기시에서 주로 눈물과 웃음이 따로 나오는 작품들을 몇 편씩 골라 보고, 그 눈물과 웃음이 별개의 것이 아님을 밝혀 보았지만, 사실 차영한의 시의 대부분은 한 작품 안에서 눈물과 웃음이 그리 멀지 않은 곳에 자리를 함께하고 있다.

> 큰물 진 뒷날
> 눈물도 닦고 보면
> 창이 열리고
> 비둘기도 청명을 짚어 날아오면
> 부름으로 만나는 우리네 가슴
> 모두모두 나서서 삽질하는 소리
> 무너진 둑이 일어서고
> 풀꽃들은 웃음으로 마중하는데,
>
> —시 〈本籍地〉, 첫 연

> 볕살도 듬성듬성 들어서게
> 우리 눈물을 매단 세상도
> 잘 보이게 심어 본,

낮살깨나 짚어서
자그마치 까치 울음에
문 열고 나선 셋째 명아 누나,
자주 옷고름에 가린
웃음이 터지던 장독 옆에서
고개 숙여 흔들리는,

—시 〈석류를 바라보며〉, 일부

江은 사나이를 잡고 울었지만
달은 여인들을 잡고 같이 울었지만
아직도 메주콩 쑤는
고향냄새 때문에
구름들이 된 봇짐들이
鶴이 앉은 자리로 돌아온다.
(중략)
민들레 마을끼리
도리도리 웃음 모아
응답의 문을 연다.

—시 〈故鄕 이야기〉, 전반부

　　눈물이 끝남직한 곳에 웃음이 내비치거나 그와 마찬가지로 웃음이 끝남
직한 곳에 눈물이 맺히는 "우리 눈물을 매단 세상"은 반짝이는 이슬방울
처럼 차영한의 시집 처처에 박혀 있다. 앞에서도 언급한 것처럼 그의 시에
서의 울음과 웃음은 대립적인 것이 아니라 그 대립이 무너진 자리에서 만
나는 고향 충무 사람들의 땀 밴 삶의 정직성이 녹아 든 순수의 결집이다.

정情마저 "세월을 매단 물방울"(《情》)로 표현되는 질기고 소박한 사람들의 가난한 꿈이 한 시인의 정결한 사상을 통해, 살벌한 시대를 살아가는 우리 앞에 그리움의 정서로 가로 놓이는 것이다.

차영한 시인의 고향은 반도의 끝 충무(통영)이다. 마음속으로는 늘 기리고 있으면서도 필자는 아직 충무에 가 보지 못하였다. 그렇지만 김춘수金春洙 시인이 시와 산문을 통해 환상의 항도港都 충무를 머릿속에 잘 담아 놓고 있다. 남망산 저쪽 한려수도로 트인 충무에는 겨울에 산다화山茶花가 붉게 피고, 뭍과 섬들로 갇힌 앞 바다는 때로는 호수처럼 잔잔하다. 다리 뽑힌 게들이 이따금 기어 다니고 물새들이 거기서 나서 죽고, 깊은 밤 물개의 수컷이 우는 소리가 들려온다. 통영 출생의 재독在獨 작곡가 윤이상尹伊桑이 루이제 린저와의 대담에서 회고하고 있듯, 그곳은 "맑은 별 하늘 아래 어부들의 노랫소리가 배에서 배로 흐르고 아침이면 어시장의 좁은 길에서 수천의 은빛고기가 바구니 속에서 웅성대며, 때로는 고기가 은빛을 뿌리며 높이 날아올라 길바닥으로 튀어 오르고, 사람들은 넘쳐나는 고기 사이를 뚫고 다녀야 하는" 곳이다. 통영오광대와 나전칠기 등 전통정서와 문화가 살아 숨 쉬는 곳이고, 충무공이 왜군을 무찌른 호국의 고장이다. 충무는 그 아름다운 풍광과 전통의 숨결로 유치환과 김춘수와 김상옥과 박경리 등 우리 현대문학사의 굵직한 문사들을 여럿 길러낸 고장이다. 차영한 시인의 표현을 빌리면 "어진 바람이 햇빛과 달빛을 베 짜는"(《한려수도》), "눈물 같은 술이 있는 나라"(《雪酒》)이다.

바다가 반반이 본다
보면 볼수록 유순한 햇빛
유채 밭 나비 떼로 날고 있다.

눈부시어 반짝이는 손잡고

크게 웃고 싶은 내 유년의 텃밭

한마음으로 맑고 밝게 자란

평화와 자유의 푸른 풀밭

살면 살수록 살고 싶은

아늑한 이 땅의 사랑을

포근히 누벼주는 어머니의 웃음이

유채 밭에 숨는 나를 찾아온다

저어 호숫가에 내려앉은 백조처럼

나래를 펴며 감싸준다.

* 보다: 바람 없이 잔잔함을 일컫는 말이라 함.

—시 〈忠武港 點景〉, 전문

    살면 살수록 살고 싶은 고장 충무는 시인이 꿈꾸어 온 "유년의 텃밭"이며, "평화와 자유의 푸른 풀밭"이다. 조상의 숨결과 포근히 감싸 주는 어머니의 웃음이 있는 곳이다. 시인의 시집은 고향 충무 사람들의 인간미와 사랑, 그리고 용서하며 살아가는 그들의 따뜻하고 깨끗한 삶의 시로 쓴 일기에 다름 아니다.

닿는 인연 마주하여 띄우며

꿈 묻은 별빛으로 청자 빛 속살 다시 헹구며

헤엄쳐오는 지느러미로

선잠 깨운 가장 아픈 곳을 굽이돌면

섬과 섬들이 보이는 여기에서

지난날들을 약속한 물무늬가

밀물 썰물 사이 깨닫고 사는

일기를 쓴다.

一시 〈浦口日記 · 1〉, 끝 연

　별빛 꿈을 간직하고 함께 노 젓는 마음으로 살아가는 충무 사람들의 삶
과 사랑이 잔잔히 전해오는 작품이다. 통영오광대놀이의 말뚝이처럼 무뚝
뚝하고 불똥 같은 뿔뚝성 있어도 뒤끝이 없는 그들은 착한 "눈물 가꾸는 양
지마을"(〈부부〉) 사람들인 것이다.

3.

　눈물이 끝남직한 자리에 웃음이 이웃해 있는 차영한의 시편들은 그 눈
물과 웃음이 뿌려진 한려수도의 섬들로 아련히 떠오른다. 뭍과 바다가 맞
닿는 자리 충무, 차영한의 시가 드센 물일로 견뎌내는 충무 사람들의 삶과
꿈과 바다기질을 담아낼 때에도 그것이 눈물과 웃음이 공존하는 공간으로
으레 형상화된 것은 미항 충무의 자연 풍광과 지정학적 특성이 밑바탕을
이루고 있기 때문일 터이다.

　시인은 시집 《시골햇살》의 뒤를 이어 연작시 〈섬〉을 발표하고 그것을 시
집으로 묶어내고 있다. 50편으로 된 그 연작시 〈섬〉은 충무 앞바다에 점
점이 흩어져 있는 섬 하나하나를 찾아다니며 땀 밴 삶의 진실을 끈기 있게
노래한 작품이다. 시인이 첫 시집 속의 〈한려수도〉에서 "마침표 없는 바다
위에/연 잎으로/떠 있는 섬 섬들/우리들의 쉼표네요"라고 했을 때, 어쩌면
이미 섬 연작은 예견된 것이었는지도 모른다.

보채는 갯펄도 없네

덕지덕지 찍어 붙일 흙도 없네

어글어글 하는 돌담뿐

돌구멍마다 소금바람만 불어

서글서글 떨어지는

진눈깨비처럼 수염부터 적셔

비끌어 맨 벼랑돌이 먼저 떨어지네

　　　　　　　　　—시 〈섬·1-소매물도 섬〉, 앞부분

머물 수는 없는 세상

물손 떼다니 뗄 수야 없네

사내의 눈물 절름거려도

바다를 울러 메고 밀어낸 뱃길

아랫도리 적신 근심이야

보채는 대답을 찾아야 하네

　　　　　　　　　—시 〈섬·14-솔섬〉, 앞부분

짭짤한 한 생애의 물발

낸들 버릴 수 있나 버릴 수 없네

지친들 휘감겨오는 착각의 그물

겹친 절규로 남아

생살을 도려내며 저려오네

　　　　　　　　　—시 〈섬·23-국섬:國島〉, 앞부분

　　50편 중 어느 것을 골라 뽑아도 상관없지만, 섬 연작은 "갈바람 끝에 거꾸로 매단 가난"과 맞서 살아가는 정직한 사람들의 "문어낙지다리처럼 시뻘건 발버둥"(《섬·1》)을 여실히 보여주고 있다. 일반 독자들로서는 몇 개를 제외하고는 알 수도 없는 이름의 수많은 섬들과 그 섬을 근거지로 하여 살아가고 있는 사람들의 "짭짤한 한 생애"를 거의 균일한 형태와 시종 긴장된 어조로 읊어내고 있다. 그리고 그 섬들과 물길에 따개비처럼 붙어 있는, 그 또한 알지 못할 이름의 지명들과 방언들을 시인은 낱낱이 되살려 놓고 있다. 시인은 바다의 섬을 관념으로서가 아니라 삶의 실체로서 껴안고 있는 것이다.

이야기해도 모른다
바다로 가는 재미
아직도 숨기고 있는 바다의 유혹
다아 이야기해도
자네는 모른다
칼바람 부대끼는
끔찍한 이야기보다
악착같은 내 팔뚝에 뛰는 바다
터진 살점도 아프지 않는
항상 새로운 시작의 비밀
눈물도 오히려 따뜻해서 웃는
이 사람아
非情과 후회가 어디 있나
그래서
바람 불어도 바다로 가네
갈바지 새바지 보며
따라 나서는 내 아들 데리고

기약 없는 바다로 가네

—시 〈섬·17─물섬: 수도〉, 끝부분

　바다는 생명의 원천이고 존재의 원형이기도 하다. 그 끝없는 바다의 유
혹에 인간이 이끌리는 것은 바로 그 때문일 것이고, 또한 그 바다의 "항상
새로운 시작의 비밀" 때문일 것이다. 차영한 시의 바다와 섬은 삶의 텃밭
으로서, 혹은 눈물과 시련을 딛고 끊임없이 솟구치는 융합된 힘으로서 생
생하게 그려지고 있다. 연작 〈섬〉을 떠받치고 있는 시인의 정신은 여전히
"눈물도 오히려 따뜻해서 웃는" 따뜻하고 순수한 인간적 이해의 넓이와 깊
이이다. 부정과 비리와 굴욕을 멀리하고, 가난하지만 함께 손잡고 "한지
에 불빛 새어 나오듯"한 정을 나누며 살아가자고 호소하는 차영한의 시정
신은 "비겁하고 간악한 무리들의 탈을 벗기는,/절망과 비참함을 도끼날로
찍어 파내는,"(詩作業) 그의 시 작업 속에 확고하게 표명되어 있다. 그것
은 결코 나약하지만은 않은 맑은 눈물의 힘을 강력히 뒷받침해 주는 표현
이 아닐 수 없다.

☞ 출처: 월간 《詩文學》, 11월호(시문학사, 1994. 11), pp.121~128.

한반도 무속巫俗 로칼리즘

—차영한 제3시집《살 속에 박힌 가시들》시세계

이 필 규

(문학평론가 · 국민대학교 교수)

1. 포스트 무당의 목소리

차영한 시의 두드러진 기법적 특성은 서정적 주체로서의 화자가 될 수 있는 한 나서지 않는다는 데에 있다. 그의 시는 짙은 향토색과 함께 수많은 토속어를 등장시켜도, 바로 이러한 특성에 의해서 현대성을 지니게 된다.

더듬 더듬거리는 곡절
답답하여
시장 끼 잡고 웃는 절구질
수숫대로 저리고
시금시금해도
산초 내음 같은 이야기
안으로 질겅질겅 찍어
찬비에도 당도하는 목소리에
귀 밝혀보면
울음 마디에 선잠 깬
한 마리 새가 앉더라

청명한 날씨 짚으며

굴빛으로 고백 하더라

아래로 모여 사는 크나큰 뜻에

산이어

이제 함께 나설 일일세

―시 〈심심풀이 · 1―산초 내음 같은 이야기〉

위 詩에서 누가 더듬거리는가, 누가 답답한가, 누가 절구질하는가. 누가 귀 밝히는가. 누가 굴빛으로 고백하는가. 아무리 이 '누가'가 누구인지 따져보아도 서정적 주체는 어딘가에 숨어서 모든 '누구'를 바라보고 통제하고 있을 뿐 스스로를 직접적으로 드러내지는 않는다. '누가'가 중요하지는 않은가 보다. 산초 냄새 같은 이야기를 겪고 그것을 들려주는 사람이 있고 그것을 듣는 사람이 있다. 더 정확하게 산초 냄새 같은 이야기를 작정하고 하는 게 아니고 누군가가 누구(들)로부터 그러한 이야기를 느끼고 아는 것이다. 그리고 이야기를 들은 사람이 산을 부르면서 결국은 우리 모두에게 무언가를 권유한다(이 권유는 이 시집 후반부로 갈수록 짙어지는 풍자성으로 미루어 보면 일종의 저항적 자세임을 감지게 한다). 귀 기울이는 사람을 서정적 주체라고 볼 수는 있다.

그러나 이야기를 들은 사람을 굳이 그렇게 결정하지 않아도 이 시의 흐름은 하나의 정황(situation)으로 충분히 독자들에게 들어온다.

현대시는 서정적 주체를 직접 현현시키는 일을 점차 촌스럽게 여기고 있다는 점을 고려할 때 차영한 시의 촌 풍경은 현대적 기법의 세련성을 획득했다고 단언할 수 있다. 아직도 서정시를 시적 자아의 감정어感情語와 관련시키는 전통적인 시가 주로 생산되는 우리 시단에 차영한은 전통적 세계를 현대적 어조에 담고 있는 시인으로 주목된다. 이러한 현대적 어조의 획득에 의해서 그의 시는 당연히 쓸데없는 수식어들과 시적 자아의 감정어들을 갖지 않게 된다. 그의 시의 종결 어미가 특이하게도 흔히 '~더라'로 처리됨도 이러한 어조 상의 문제로 당연한 귀결이다. 화자와 시적 상관물(correlative) 사이에 시간적·공간적 거리를 최대화하려는 어미 선택이다(그러나 굳이 '~더라'가 아니더라도 거리감이 충분히 확보될 경우도 있기 때문에 지나치게 높은 빈도로 사용되고 있다는 느낌이 들 때도 있다).

　인용 시의 요점은 산초 냄새 같은 이야기를 알고 난 뒤 우리가 함께 나서야 된다는 것이다. 산초 냄새 같은 이야기는 구체적으로 어떤 내용인가? 그것은 답답할 정도로 더듬거릴만한 곡절을 가지고 있고 시금시금('시큼시큼'의 여린 말)한 이야기이다. 이 이야기는 '시금'한 게 아니라 '시금시금'하다. 즉 시금함을 강조하면서도 이 이야기를 듣는 순간 여럿이 함께 다 시금한 느낌을 갖는다는 점을 동시에 나타내려고 첩어를 사용했다. 또한 주린 배를 움켜쥔 채 그래도 살아야 하니까 계속 찧는 절구질 같고(이때 나오는 헛웃음은 경험하지 않고는 모른다). 속 빈 수숫대처럼 뼈에 구멍이 숭숭 나서 골다공증 증세인 양 팔다리가 저려오는 듯한 그런 이야기이다.

　산초 냄새 같은 이야기를 하는 목소리는 듣는 사람의 안으로 질겅질겅 찧어 들어오기에 찬비에도 당도하는 이 귤빛 고백에 귀를 밝혀 들어보면 "울음 마디에 선잠 깬 한 마리 새가" 앉는다. 산초 같은 이야기를 하는 동안 그 목소리의 마디마디에 간간이 울음이 섞인다. 이유는 하도 답답해서이다. 울음소리에 새는 선잠을 깨고(울음) 마디에 가 앉는다.

　이 시의 절창인 구절이다. 아마 이 새는 귤빛을 보고 날아왔을 것이다. 아무리 힘들고 괴로운 이야기라도 그것은 새를 불러들일 만한 귤빛 아름다움을 지닌다.

새가 잠에서 깨어나 이 이야기에 참여했고 이제 산도 우리와 함께 나서야 할 일이다. 우리들이 모두 그 아래에 모여 사는 크나큰 뜻을 지닌 산(구체적으로 어떤 사람이지 말란 법은 없다) 역시 산초 냄새 같은 이야기에 대해서 안 된다고 하면서 나서야 한다. 더듬거리는 곡절 속에 담겨 있는 답답함을 풀어 주기 위해서 이 시집 도처에 때로는 거의 직설적으로 묘사된 이 나라 사회·정치·경제의 왜곡과 "모순과 부조리"(이 시집 自序)에 의해 생겨난 답답함을 풀어 주기 위해서. 그렇게 해서 "우리 모두가 성취하는 맑은 웃음소리"(역시 시집 自序)를 들어야 한다는 요청이다.

인용 시는 과연 '심심풀이' 연작시 80여 편의 서두를 장식한 서시가 될 만하다. 시의 내용은 전혀 심심풀이로 대할 수 없는 주제를 담고 있다. 따라서 제목은 이 시인의 지나친 겸허함에서 비롯되었음직하다. 이 시집에 수록된 시들은 결코 심심풀이로 읽을 작품들이 아니며 시인이 심심풀이로 쓴 작품들 또한 아니다.

차영한의 시세계에 있어서 시적 주체의 은폐가 최대화되어 있는 경우 한풀이 무당의 목소리에 이른다. 위 인용 시 바로 다음에 수록된 〈심심풀이·2-선바람 맞은 옹기장수〉를 읽는다.

> 한 점 구름도 못 잡는/마음 하나로/재촉해도 터벅거려서/선바람 맞은 옹기장수/천리밖에 가듯/망개 잎에 머루 싸 들고/뻐꾸기 울음 추슬리던/어머님 길섶에서/먼 눈 팔기 옷깃 털면/아직도 산그리메여/뉘집 문풍지로 우는가/덩달아 우는/청개구리 핏줄들/발길 멈추게 하더라
> —시 〈심심풀이·2-선바람 맞은 옹기장수〉

위 시를 의미 층위에서 읽지 말고(그렇게 읽어도 의미가 닿지 않는 부분이 하나

도 없지만 이 시를 그렇게 읽어서는 안 된다) 굿판에서 무당이 하는 소리로 들으면 충만한 이미지가 전개되면서 무가적巫歌的 진실이 무가적 율격 속에서 생생히 전달됨을 느낀다. 차영한 시인은 의식儀式으로서의 굿과 문헌으로서의 무가를 많이 접했다고 생각한다. (이 글을 읽는 독자들에게 약간 귀찮은 부탁을 드립니다. 위 시를 웬 무당이 영매자로서 옹기장수를 불러들여 뱉아내는 목소리라고 생각하면서 한 번만 더 읽어 주세요.) 화자로서의 무당과 입을 통해 불러온 옹기장수와 관객으로서의 독자는 이 굿판에서 형제가 된다. 이따금 신들린 무당의 굿판에서 그 목소리를 들을 권리가 사람에게는 있다. 나도 모든 사람들처럼 내가 굿판에 섞여 들어가는 꿈을 꾼다. 단 한군데도 걸리는 데가 없는 위 시의 분석은 생략한다. 제대로 된바람도 아닌 설익은 '선바람'을 맞고 있는 옹기장수의 구름 한 점도 못 잡은 마음, 무거운 짐을 지고 재촉해도 터벅거리는 걸음걸이, 자식 주려고 떡 대신에 망개 잎에 머루라도 싸가지고 오던 그의 어머니. 뻐꾸기 울음을 추스르던 바로 그 어머니(거기에 어머니에 대한 기억이 묻은 '길섶'이 붙었으니). 옷깃을 털면 들리는 문풍지의 울음소리. 산 그림자, 청개구리 때의 그 엄청난 울음소리에 저절로 멈춰지는 발길… 이 시를 읽을 때 필요한 건 분석이 아니라 무당의 목소리를 따라가는 마음이다. 내가 이 시를 처음 읽었을 때 눈물이 고였음을 필요한 것 같아 이 자리에서 고백해 둔다.

무가적 시점(point of view)과 율격을 현대시에 담았으므로 포스트 무당의 목소리라고 차영한의 화법을 명명한다. 이는 달리 말하면 현대적 어조(tone)에 담은 로칼리즘이다. (무당은 여자니까 무당과 박수를 동시에 일컫는 巫覡이라는 단어가 원칙이겠으나 그냥 흔한 말이라는 편의성으로 '무당'을 선택했다.)

치사하게 어깨나 발치에서/빌어먹는 황소도 염치 있던가/눈꼴시게 집나간 소문/흥겨워 맞장구치는 장난 끼를/자랑할 맑은 개울물 어디 있던 가/털털이도 털털 털지 않는/허름한 세상 뒷모양 뒷논에/개구리 울음 알다가도 모른다고/던진 돌에/누가 누가 죽었던가/그렇지 가관이지/맨 날불 켜놓고/주인 없는 집 전화에/이웃 잠 깨어 놓고/비올세라 비설거지/볏가리 없는 걱정 속에 숨겨/언제는 햇볕 났던가

—시 〈심심풀이 · 14−집나간 소문〉

사람한테 밥을 얻어먹고 사는 가축도 염치가 있는데 누군가가 염치없고 눈꼴시게 출분出奔하고 만 이 시대 세태의 한 단면에 대한 탄식이다. 이 탄식 역시 무당의 어조로 진행된다. 무당이 "빌어먹는 황소도 염치 있던가" 하면 누가 자기 집에서 도망가서 굿을 맡긴 사람과 구경하던 사람들은 그게 뭔지 알든 모르든 "아이고 예예 예예" 해야 되는 식이다. 출분을 일종의 유년기적 장난으로 보려고 해도 그 어디에도 거기에 맞장구를 쳐 줄만 한 개울물은 도저히 없다. 모난 데가 없이 사람 좋고 다소 싱거운 털털이라 해도 쓸데없이 얼찐거리지 않을 허름한 뒷논에까지 어떤 사기꾼의 손길이 뻗쳐 춤바람이 났는지 노름 바람이 났는지 여자가 출분했다고 볼 수도 있고 아니면 못된 친구 때문에 말아먹고 가장이 집을 나가 노숙자로 돌아다닐 수도 있겠다. 어쨌든 출분은 그 자체로 무책임의 극한으로서의 가관이다. 시골이든 지방의 소도시든 사람이 나간 빈집은 비가 와서 해말갛게 설거지가 되고 볏가리가 없는 즉 이젠 풍년을 기약할 수 없는 그 집은 영원히 햇볕이 들지 않는 집이다.

이 포스트 무당의 목소리에 귀 기울이면서 이미저리의 그야말로 현란한 구축 때문에 약간 흥분을 느꼈던 시가 〈심심풀이 · 42−여름수박을 보면〉이다.

늦 날진 바람이 바닷가에 서면/톱질하던 밀물과 썰물사이/시퍼런 칼날
이 보이더라/현기증은 해후로 슬퍼지더라/제 살빛 무당춤으로 드러내며/
깨어지는 청자그릇처럼/안타까운 신음은/지지리 치더라/피고름 터진 자
리를 보며/담배 한 대 입에 물라치면/연기 뿜는 목선 하나 떠가고/칼날에
쪼개지는 여름 수박들/새빨간 알몸으로/바다를 갈라 놓더라/새까만 씨들
이 쏟아지며/물사마귀처럼/깜박깜박 헤엄치더라

—시 〈심심풀이 · 42-여름수박을 보면〉

밀물과 썰물이 교체될 때 시인은 바다에서 시퍼런 칼날을 본다. 그 칼날
은 여름 수박을 갈라놓는 그것으로 연상 작용을 일으킨다. 또한 밀물과 썰
물의 해후에 의해 인생사의 만남과 이별과도 결부된다. 여름날 수박 한 덩
어리에서 이렇게 깊고 다양한 이미지가 줄줄이 엮어짐에 감탄하게 된다.
차영한의 시는 수식어와 감정어들이 절제되었다는 특성을 가지고 있지만
실은 그가 얼마나 풍부한 감정을 가지고 있는지를 보여주는 증거 중 하나
로 나는 위 詩를 들고 싶다. 수박 껍데기가 청자 그릇처럼 깨지면서 내지
르는 신음, 새빨간 알몸을 드러내면서 물사마귀 같은 씨들을 쏟아내는 광
경, 감정적으로 윤리적으로 매우 절제된 시세계를 전개하면서도 이 시는
그가 들끓는 이미지들을 얼마만큼 의욕적이고 정열적으로 그러나 끝내 정
교하게 펼쳐 보이는가를 확인시켜 준다. 갈라진 수박 껍데기에서 피와 고
름이 터졌음을 본다는 속뜻은 삶에 대한 절망을 말함이고 마침내 수박씨
들이 깜박깜박 헤엄침을 본다는 속뜻은 절망을 통한 생에 대한 사랑이라
고까지 과잉독서(over reading)하지 않더라도 그 자체로 얼마나 풍부한 이미
지인가. 피 고름이 터지는 수박을 보면서 피우는 담배 연기가 연기를 뿜는
목선으로 탈바꿈되는 데야 이미지가 다른 이미지를 현란하게 물고 들어오

는 흐름에 몸을 맡길 뿐이다. 그리고 이 지점에서 아마도 이 시인이 어렵사리 획득한 평화를 그 무엇도 파괴시키지는 못하리라는 예감이 든다. 마침내 수박 한 덩이가 시퍼런 칼날 아래 "제 살빛 무당춤으로 드러내며" 갈라지는 이미지는 바다가 갈라지는 이미지로 치환된다. 이 시를 읽었을 때의 나의 일차적이고 감정적 인상은 뭘 어떻게 써야 하는지를 알고 쓴 사람의 시라는 것이다. 이미지리의 전개를 이 시인이 앞으로도 열정적으로 개척해 나가리라고 생각해 본다. "망루에 올라 푸른 숲에 동공瞳孔 얹어 당기는"(〈심심풀이 · 26〉에서 약간 변형) 차영한 시인의 화살들이 현란한 이미지들에게 폭발적으로 가 닿을 수 있기를. 차영한의 시가 이미지의 절묘한 구축에 그치지는 않는다. 그의 시세계는 한반도 남단 로칼리즘 대 세계 로칼리즘 사이에서 끊임없는 길항작용을 일으키면서 유기체적 전체를 형성한다.

2. 한반도 남부 로칼리즘(Localism) 대 세계 로칼리즘

> 어쩌면/혓바닥 깨물고 싶어/되도록 많이 다치고 싶어/눈 부릅뜨고 끌어
> 안고/치고 박고 싶어/알몸 찢어 석탄가루에 짓이기고 싶어 세상 구정물 토
> 하고 싶어/비린내를 술통에 담아 씻으며/소금에 쑤시는/슬픔에 버물리며/
> 고약한 냄새 휘젓는/부작대기나 되어/노랭이들 앞에서 춤출거나
> ─시 〈심심풀이 · 8-세상 구정물 토하고 싶어〉

되도록 많이 다치고 싶고 알몸을 찢어 짓이기고 싶은 이유는 세상 구정물을 토하고 싶어서이다. 견딜 수 없는 상태에서 화자는 차라리 부지깽이가 되고자 한다. 자신을 산산조각 낸 뒤에 그리 변신하고자 한 이 부지깽

이는 또다시 자신을 정화시키고자 한다. 소금으로 자신을 훑어 내리고 비린내 나는 술통 속에서 씻고 끝내는 슬픔에 자신을 버무리고자 함이 그것이다. 화자 자신의 산산조각→부지깽이 변신→정화의 과정을 겪은 뒤 부지깽이는 고약한 냄새를 풍기는 '노랭이들'에게로 향한다. 노린내를 풍기는 백인들에 대한 적대화는 최근 이정기 교수(《시문학》 수록)를 통해 이슈화되어 한국 문단의 논쟁과 전망을 제시한 포스트식민지 문학론의 타자성(Othering)이론을 적용, 차영한車映翰 시세계의 핵심인 경남을 중심으로 한 한반도 남부 로칼리즘(localism)과 세계 로칼리즘을 대비시켜 해석해 볼 수도 있겠다. 차영한 시세계의 핵심이 한반도 남부 로칼리즘 대 세계 로칼리즘이라는 점은, 본고에서는 논의가 제외되었지만 그의 제1시집 《시골햇살》과 제2시집인 《섬》을 보면 더욱 확연하다. 즉, 사이드, 스피박, 바바의 탈식주의는 그들이 아무리 고급 이론을 구사하더라도 자신의 산산조각→변신→정화라는 수난으로부터의 극복 과정이 없었기 때문에 파농, 농기구, 소잉카 등과는 달리 해방보다는 유희에 가깝다는 한계를 지니게 된다. 차영한의 시에서의 한반도 로칼리즘은 '작은 키', 세계 로칼리즘은 키가 큰 '윈도우의 마네킹' 등으로 나타남으로써 서로 간에 마음을 열기 곤란한 이미지로 그 대립이 지속된다.

시간을/성냥개비처럼 뚝뚝 꺾어보면/리어카는 담배 한 대 비뚜름 물며/땀을 먼저 훔치더라/왕개미들의 울음처럼/납작 차들이 거리 복판으로/무슨 말로 더 두렵게 미끄러지더라/차바퀴에 둘러쓰는 허드렛물에/윈도우의 마네킹은/날마다 늘씬하게 키만 커서/작은 키가 된 우리 동네 사람들/어둠의 높이를 쳐다보고/부들 부들거리는 것은/뭔가 마른 입술에/물만 자꾸 추기는/눈만 껌벅거리는 것은/혀 차는 창호지 문살에/침 발라 손가락

넣어보면 알지/걸 거치는 말마디마다 바겐세일에/거미줄로 방귀 동이는
소리 보면 알지

—시 〈심심풀이 · 9-혀 차는 창호지 문살〉

"시간을 성냥개비처럼 뚝뚝 꺾어보면"은 시간에 따라 한 컷 한 컷 잘 보면이라는 뜻이다. 그렇게 해서 시인이 잘 본 내용은 다음과 같다. 동네 사람들이 더욱 작은 키가 되어 어둠의 높이만 쳐다보게 된 이유가 점점 커지고 있는 늘씬한 마네킹 때문이라는 현상이다. 이 시에 있어 작은 키 대 마네킹의 관계는 리어카 대 '납작차'의 그것과 같다. 이러한 이 나라 로칼리즘과 세계화의 대립이 차영한 시의 골격을 튼튼하게 지탱시키고 있다. 전근대적 운송수단인 리어카는 삐뚜름하게 담배를 물고 땀을 '먼저' 흘리고 있다. 반면에 승용차들은 거리 복판으로 미끄러지듯 두렵게 달린다. 이 시에서 승용차와 마네킹은 친화적 관계인가, 때문에 전자의 바퀴에서 튀기는 허드렛물을 맞으면서 후자는 날마다 늘씬하게 자란다. 그 기세에 마을 사람들은 상대적으로 키가 점점 작게 되고 몸을 부들부들 떤다. 떠는 이유는 승용차의 두려운 주행과 키 큰 마네킹의 어둠 높이 때문이다. 몸만 떠는 게 아니라 입술이 말라간다. 그러나 이미 뚫려서 그곳을 지나는 바람 소리가 혀 차는 소리를 내는 창호지에 침 발라서 더 뚫고 보면 모든 게 달라 보인다. "혀 차는 창호지 문살"은 한반도 로칼리즘의 세계에서 세계화가 진행 중인 세계 로칼리즘을 바라보는 문이다. 이 문에서 세계화를 바라보면 그건 바겐세일 형식의 유혹적 상품 판매에 불과하며 거미줄로 방귀들을 묶어보자는 수작일 뿐이다. "거미줄로 방귀 동이는 소리"라는 로칼리즘 색조 강한 어휘의 적절한 구사는 차영한의 시를 더욱 돋보이게 한다.

창호지 문살이 로칼리즘의 세계와 세계화의 세계를 갈라놓지만 그러나

두 세계를 가름하기에는 창호지는 연약한 이미지이다. 그 점 역시 시인은 충분히 계산에 넣었고 그 연약함이 창호지 스스로 내는 "혀 차는" 소리가 된다. 즉 어느 세계를 보호하기에는 창호지는 약하기 때문에 영 마땅치가 않다는 의미로 혀 차는 소리를 낸다. 그러니까 창호지의 구멍은 로칼리즘의 세계로부터 세계화의 세계를 구경하는 문이기도 하지만 동시에 신자유주의적 자본주의체계를 강화하는 이데올로기로써의 세계화의 물결이 건잡을 수 없이 넘쳐서 흘러 들어오는 문이기도 하다.

로칼리즘이더라도 차영한의 시는 향토적 아름다움의 완결감을 노래한 박목월이 아니라 향토성의 세계와 그것을 위협하는 세계의 상반성을 노래한 백석, 이용악 계열에 정확하게 속한다.

3. 동양 사상과 무당의 생명력

차영한의 로칼리즘 사상은 유교적 윤리성을 바탕으로 한다. 그래서 그의 최대 가치관은 "정직과 진실의 땀방울이 맺히는 이마"(시집 自序)라는 개인적 덕성과 "우리 모두가 성취하는 맑은 웃음소리"(역시 시집 自序)라는 공동체적 윤리의식에 놓이게 된다. 그래서 "한지에 불빛 새어나오듯 어진 이들의 살아온 순리와 禮記를 읽어서 사악한 긴 사래밭을 진실의 쟁깃날로 깊이깊이 된 갈이 하여 봄을 예비하고 싶다."(제1시집 《시골햇살》 후기)가 된다. 그야말로 공자가 《시경詩經》의 세계를 시詩 사무사야思無邪也라고 요약한 그대로이다.

참으로 소중한 당신의 눈물/함부로 간음하지 마옵소서/넝쿨에 걸려 어
정쩡해도/안스러운 핏줄 두고는/함부로 바람눈물/ 터놓지 마옵소서/사악
하는 죄 이슥해도/서릿발 천심天心 키워 도려내어/함부로 헤픈 눈물/찔금
하지 마옵소서/우리가 쏠 과녁/망루에 올라서도/푸른 숲에 동공瞳孔 얹어
당기되/함부로 절름거리는 눈물/허공을 겨냥하지 마옵소서
　　　　　　　　　—시 〈심심풀이 · 26-함부로 간음하지 마옵소서〉

　서릿발 같으면서도 따뜻함을 잃지 않고 있는 따뜻한 서릿발의 간절함으
로 쓰인 시다. 윤리적 삶의 어려움에 대해 차영한 시인은 서릿발 천심을 키
워서 사악의 죄를 도려내야 한다고 말한다. 간음에 관련된 눈물은 그 소중
한 것을 함부로 흘렸기에 추잡한 눈물이라고 보는 것이 차영한의 윤리관이
다. 인간이 흘리는 눈물이 추잡할 때도 많겠지. 이러한 정신은 동양의 전통
적 문학관에 비추어 보면 시의 요체일 수 있다. 그러나 피카소가 말했듯이
"예술은 정숙하지 않으며 정숙한 예술은 예술이 아니다"라는 식의 서구적
현대 예술은 동양의 전통적 문학관에 배치된다. 사람은 윤리적으로 살 수
가 있다. 그런데 정말 윤리적으로 살 수 있을까? 함부로 흘리는 눈물도 없
고 허공을 겨냥해 보지도 않고 십 년, 이십 년, 삼십 년을 산다는 게……?
　차영한 시의 기법은 서구적이되 그 정신은 동양적 윤리관에 바탕하기 때
문에 그의 모든 작품에는 그 어떤 방황도 없다. 가족 관계를 넝쿨에 걸린
어정쩡함이라고 절묘하게 표현하면서도 안쓰러운 자식애가 확고하기에
방황할 수가 없다. 1988년에 간행된 첫 시집인《시골햇살》의 성격 또한 이
점에서 일치한다. 그는 변함없는 사람이라는 느낌이 강하게 든다. 그러나
방황이 없다 하여 갈증마저 없는 것은 아니다.

흙바람 속에서/두둥게 둥실 두둔하다가/나를 숨긴 덜미 잡히고/해지는 쪽에 서면/아슬히 뉘가 이끌어/타는 목마름만 들먹거려/꿀꺽꿀꺽 흙탕물만 마시더라/한참 마시고 보면/물지렁이 몇 마리 죽어 있더라/쑤시는 어깨너머 빗소리는/속 쓰리게 타일러 오더라

—시 〈심심풀이 · 37-빗소리는 타일러 오더라〉

향토의 흙바람 속에서 두둥게 둥실 스스로를 두둔하면서 자신을 한껏 띄우는 데 열중한 태도에 대한 벼락같은 반성으로, 결국 자기가 자신을 속였음을 깨닫게 된다. 그 반성을 시인은 나를 숨긴 덜미가 잡혔다고 표현한다. 이 깨달음과 반성은 참으로 잘된 일이다. 그 바람에 시인은 해지는 쪽에 서게 된다. 그때 무엇을 반성하는지 명확한 설명이 가능해진다. '아슬히' 누군가가 이끌어온 길. '아슬히'는 약간 희미하게 멀게 느껴진다는 아슴푸레하다는 의미로만 쓰인 게 아니고 아슬아슬하다는 이중의 의미로 사용되었다. 누군가가 아득하면서도 아슬아슬하게 여기까지 이끌어온 것이다. 이곳에 이르기까지 타는 목마름만 느끼면서 물지렁이 몇 마리 죽어 있는 흙탕물을 마셔왔다. 이 깨달음 앞에서 어깨가 쑤신다. 그때 빗소리를 듣는다. 비는 썩은 물이 아니다. 빗소리가 속이 쓰려올 정도로 시인을 타이르고 그는 그것을 받아들인다. 이 시는 상술한 〈심심풀이 · 8-세상 구정물 토하고 싶어〉와 상통한다. 세상의 구정물을 다 토해내어 거기 결코 물들지 않고 빗소리의 타이름을 겸허히 들을 수 있음은 이 시인의 유교적 가치관에 기인한다. 차영한의 시세계는 본능과 허영과 자본주의적 소란함에서 기인하는 해로운 갈증들을 다스리고 정제한다. 그런데 〈심심풀이 · 4-털털 어깨비 털고〉는 어떤가.

> 한숨이어 술잔을 들라/어디 모가지 뽑아도 별수 없지/그렇다구 그렇다
> 구/맞장구치면/모질다 모질다 목숨 하나/빈 잔에 담아/텁텁한 하루를 마
> 신다니까//그래도/무던이 생각이 자꾸 나서/새터 진데를 밟으며/털털 어
> 깨비 털고/나리꽃집에 들어설라치면/하얀 덧니 하나가 달려 오더라/철 거
> 른 동남풍에/허물 벗은 뱀인 양/차갑도록 나를 껴안아주더라
> ─시 〈심심풀이 · 4─털털 어깨비 털고〉

인생은 한숨이고 모가지를 세워 보든 뽑아 보든 별수 없고, 바로 그렇다
고 누가 맞장구를 쳐주면 하루하루 모진 목숨을 빈 잔에 담아 쭈욱 마실 뿐
이다. 그러고 나서 시인은 시의 연을 가른다. 차영한의 대부분의 시는 1개
의 연으로 구성되어 한 번에 쭉 읽히는데 이 시에서는 그렇고 그런 고달픈
인생사와 사랑의 순간을 갈라놓는다. 제2연 첫 행을 '그래도'라는 접속어
만으로 처리해서 또 뜸을 들인다. 그래도 무던히 생각나느니 나리꽃집에
사는 하얀 덧니 난 그, 허물 벗은 뱀인 양 화자를 차갑도록 껴안아 주던 그
를 만나기 위해서 어깨 비를 털면서 새터 진창을 밟으며 간다. '어깨에 내
린 빗방울을 털털 털고'라고 할 것을 '털털 어깨 비 털고'라고 표현한 데서
차영한 시의 뛰어난 순우리말 조어법을 거듭 확인한다. 이 젊은 시절의 시
를 읽으면 마음이 아릿하다. 나리꽃집에 사는 '하얀 덧니' 이야기가 시인의
젊은 시절의 한 단면인지 지금의 어느 때인지 알 수는 없다. 그러나 그것
이 설사 10년 후의 장면을 예견하고 썼다 할지라도 이 시는 시인의 젊은 시
절 이야기이며 그 시절의 가장 귀중한 비밀을 너무나 솜씨 있게 쏟아낸 작
품이다. '차갑도록'은 '하얀 덧니'가 가지고 있는 영예로운 사람이기 때문이
다. 그렇다. 우리 모두에게 필요한 것은 영예이다.

피카소에게는 예술은 절대로 정숙해서는 예술이 아예 아니다. 차영한에

게는 진실의 쟁깃날과 차가운 포옹의 동시성 속에 예술이 존재하게 된다. 그는 윤리의 시인이요. 동시에 생명의 시인이다. 그는 그 둘을 억지로 합치려고 하지 않고 전문가적 솜씨로 동시에 놔둔다. 생명파의 시가 인간 본연의 생명력에 대한 찬가로서 윤리를 초월하는 경향을 가지고 있었다면 차영한은 동양 사상적 윤리와 무당적 생명력의 분출을 동시에 근거로 삼는다.

4. 결론

이상에서 차영한의 제3시집 《살 속에 박힌 가시들》을 중심으로 그의 시세계를 살펴보았다.

차영한의 시는 서정적 주체가 잘 드러나지 않음으로써 어조(tone)의 현대성을 획득한다. 그렇기 때문에 주체에 대한 수식어와 감정어가 자동적으로 생략된다. 서정적 주체의 은폐가 극단화 될 경우 무가적巫歌的 상태에 이른다. 이는 무가적 로컬리즘을 현대시에 담은 것이므로 그것을 포스트 무당의 목소리라 명명했다.

그런데 차영한의 로칼리즘은 자본주의 이데올로기의 재再강화로써의 신자유주의의 세계 로컬리즘에 대해 맞버틴다. 여기에 포스트 무당이 수행해야 할 시대적 한풀이의 사명이 있다.

또한 그의 로컬리즘은 동양 사상의 정신을 고향으로 삼고 있다. 그러면서도 무당의 생명력과 상충하지 않으며 그 둘을 불연속적 동시성으로 확보한다.

본고에서는 전혀 논의의 대상으로 삼지 않았지만 차영한의 제2시집 《섬》은 한반도 남부의 로칼리즘과 지중해 로컬리즘이라는 주제 하에 비교

문학적 차원에서 그 아름다운 바다와 섬에 대해 논의가 가능한 보고寶庫임을 소개해 둔다.

　근래에 시인론을 쓴다는 작업에서 이토록 기쁨을 느낀 적이 없었기에 차영한 시인에게 고개 숙여 감사드리며 풍자를 위주로 한 이 시집의 후반부 시편들에 대해 내가 왜 전혀 언급하지를 않는지 생각해 볼 것을 감히 청한다.

☞ 출처: 《詩文學》통권 제360호, 7월호(시문학사, 2001. 7), pp.142～155.

집중조명 : 시인 차영한과 바다

– 《경남문학》제76호(가을호, 2006, 09/pp14~43쪽 참조) '작가집중조명'을 그대로 옮김.
당시 순서는 작가의 연보(여기서는 생략), 작가의 대표 시 자평, 대표 시와
신작시 10편(대표 시 5편, 신작시 5편), 10편에 대한 평설을 실었음을 밝혀둔다.

◎ 대표 시 자평

파도자락으로 쓰는 빛의 유희

때로는 입술 하얗게 찢어지는 원고지 사이마다 결핍증은 우매함의 갈증
이 아니라도 딱지놀이보다 더 안타깝다. 마치 밀물 썰물이 엇갈리는 시간
의 초조함처럼 그러니까 반 물 잡힌 노 젓기에 뻘뻘 땀 흘림도 없이 물발
을 거슬러 봐도 변덕스런 광기만 바다의 부표들 앞에 웃음거리만 되는 것
이다. 물신주의에 걸려 허우적거리는, 오히려 오만과 편견의 센 물줄기에
표류하고 만다.

그러나 그러한 기표들의 은유와 환유보다 때로는 숭어 떼, 전어 떼, 날
치기 떼, 즉 기의가 표층으로 올라오는 꼬리지느러미로 빛의 유희들을 탁
탁 쳐본다. 유혹의 비늘들이 더 현란하게 빛날 때까지 유혹을 멈추지 않
는 응시 속으로 다가갔을 때 나의 파도자락이 파괴하는 전복의 힘 없이는
이어질 수 없기 때문에, 말하자면 대상에의 집착을 버리는 작업이다. 보
여짐을 위해 길들이는 응시에서 존재하지 않는 곳으로 헤엄치는 지느러미

가 생각하는 존재를 버리기 위해 딱지 따먹기에도 부러움을 지우기도 한
다. 연방 유머와 우연 사이를 헤엄쳐 오가는 끝없는 격랑에도 역동적으로
노 젓기를 하고 있다.

◎ 대표 시

화엄경華嚴經을 읽다가 외 4편

1.
무릎을 탁 치고
하나 밖에서 하나를 보았다
안개 빛 거치리 섬이다
우리 그렇게 사는
정작 만나는 것 앞에서는
눈을 감아야 보인다는 것도
자기 몸 구석에 까만 점마저 잊고 사는 것 아닌가

2.
자다가 벌떡 일어나서 헛소리하는
겨우 눈을 뜨는 순간에 알듯 하다가도
그 해의 실수들 앞에서는 씩 웃듯이
잠시뿐인 제 그림자만 밟고

분명히 오면서

가기는 어디로 가는가

식은땀에 젖은 옷섶자락

일일이 챙기기는…

없지 않은가

3.

망설임을 털다가

가슴이 타는 불덩이마저

또 맨발로 밟으면서

구워낸 돌 접시에 담아

삼키는 것도 눈을 감아야하는

깊숙이 한 바다 속으로 깔아 앉는

새카만 섬 하나

열반에 설법 앞세우는

속 빈 강정을 밥 먹듯이

저 거짓말로 담금질하지 않는가

4.

듣다가 잠든 발길에

깨어지는 빈 항아리

엉겁결에 더듬다가

또 엎질러버린 머리맡 물그릇

흠뻑 둘러쓴 짜증스러움만 챙기기는…

그것도

다음날 널름 삼키고

하필 웃는 눈깔은 왜 껌벅이는가

5.

눈으로 알고 속이는 말에서

아무리 다듬어 낸 돌기둥 하나라도

바다 밑에 세운들

바람이 붙들고 있겠는가

구름에게 묻는다 하여

오가는 길은 누구를 붙들겠는가

거꾸로 매단 굴비생각에도 미치지 못한

가오리 콧구멍에 닻 던지는 일이다

참으로

김 안 나는 뜨거운 물에

담그는 발 재촉하는 다름 아닌가

6.

여태껏 그것에도

갈림길은 어정쩡 식은 죽사발만 들고

무엇을 찾았는가

마땅히 한 가지에도 서성거리는 두 그림자

가까이는 해파리 헤엄처럼

멀리는 두 개의 달이 뜨는 지금 너는 어디쯤 서 있는가

항해하면서

이 엄청난 긴 항해에서 나는 만났네.
더 지혜롭고 온유한 자를 맞이했네.
위선 하는 자네의 헛웃음에 식상한
이후부터 섬과 섬 사이의 암초를 피해
항해하는 그 선장이야기

내가 잠시 머물던 태양의 나라 스페인
바르셀로나 항구에 닻 던지듯
시원시원해서 무한한 꿈은 부풀었네.
고리타분한 그 카페의 담배연기 같은
안개 낀 나그네의 실눈이 없어 더욱 좋았네.
불타는 바다를 황천항해 하는 해도 위에서
망망한 수평선을 짚어 순순한 물길 찾았네.
깜직한 승리자의 비겁함보다 목적지까지
천천히 알아내는 뚝심은 든든하였네.
무사히 닿을 수 있는 확신을 얻어내었네.

버리지 못한 야망 성취감으로 이끄는
돌고래 떼의 곡예에 더욱 감동하는
참으로 오랜만에 태양이 빛나는 바다에서
나를 향해 던지는 강인한 밧줄 처음 보았네.

밤바다 · 1

처음에 갯바위에 붙어 뼈다귀 살점 핥다가
서로 끌어당겨 잇몸까지 빨아대는 혓바닥
남은 이빨마저 뻔뻔스럽게 마구 뽑는 뉘누리*

나자빠진 아우성들이 으깨지고 부서지는
저 높은 아파트의 유리알이 쏟아지는 동공
오히려 현란한 핏빛 위에 누군가 소금 뿌리며
펄럭이는 야전용 검푸른 천막을 치고 있다

손전등으로 사다리 타고 유리 끼워 넣기도 한다
맞춤 하고 있는 거대한 통나무를 톱질하는 달빛
톱날 끝에 튀는 톱밥들을 누군가 쓸고 있을 때
심상치 않은 도시 한복판에 일렁이는 촛불시위

* 뉘누리 : 여기서는 소용돌이 물살을 일컬음.

궂니

Ⅰ
기관지 천식을 앓는 할머니 혼자
대 조리로 일고 일며 하얀 뜨물 흘리는
쌀과 보리를 섞어 안치는 소리
맨발로 물 벼랑을 건너가 꺾어온
청솔가지로 밥 짓는 연기를 치마끈으로
칭칭 동여매고 콜록콜록 기침을 한다
설거지하면서 게걸거리는 가래를 뱉어 낸다
눈물과 콧물을 훔치는 치마 자락 끝에서
객선 머리로 날아가는 괭이갈매기 떼
하얀 가운을 걸친 진료소 간호사가 보낸
약을 받아오면서 고양이 소리를 한다

Ⅱ
한눈 팔 때 갑자기 내 나비넥타이를 매고
유혹의 물갈퀴, 아니 스위스 취리히 호숫가에서
저녁 나눌 때 내 왼손에 잡힌 포크를
빼앗아 헤엄쳐오는 하얀 물오리
흔드는 꼬리는 내 오른 손에 잡힌
나이프로 잘라내는 모놀로그
물컹한 해금내의 메뉴를 물리치고

자맥질하는 물오리의 뜨개질

Ⅲ

문득 떠오르는 야만野蠻의 희생자 칸딘스키*

그의 아내의 저녁은 칼국수 아니면서

자꾸 그렇게 마음 내키는 쪽 밀가루 빵에

우유를 마셔도 흰 머리카락은 닮았다

화가 치밀 때마다 반음半陰에 비탈진 바위틈

얼굴 내민 방풍 꽃 옆자리에 있는

달개비 꽃보고 빈정거리나니

치마끝자락이 접치며 흔들리다 뿐이겠는가.

윗도리 한 적삼마저 벗어 던진 알몸을

그대로 맡긴 숨결 자지러지는 모가지쯤

비켜 가는 하얀 돛배 한 척 거슬러

돛폭으로 탈춤 추며 가린다 해도

더 잘 불타면서 시퍼런 투기심 울컥울컥

쏟아내는 크메르의 압살라 춤사위

꿈틀거리면서 싸움질하는 캄보디아의

뱀들은 스라이(여자) 스라이 스라이(예쁜 여자)

아직도 누군가의 눈짓으로 부추기나니

* 칸딘스키: "그림에 있어서 선線이 사물을 나타내지 않아도 되게 되었을 때 선은 그 자체가 하
   나의 사물事物이 되고 2차적인 여러 가지 국면에 의하여 나약해지지 않은, 그것의 내적인 조화
   가 그 나름의 내적인 힘 안에서 그 모습을 드러낸다"고 하였으며, 추상파지만 한때 다다이스트
   다.(Cinquant'Annui a Dada, p.17)

황천항해 荒天航海

새벽바다 달구는 기관실 엔진소리
일출 전 당기는 밧줄에 닿아
펄떡펄떡 뛰네

상처 난 이마에 또 쿵쿵
찍어대는 내 머리통 만질 때마다 벌써
매혹적인 항구를 빠져 나오네

구명줄 챙겨주는 바닷새들
한 바다 위로 빙빙 돌면 아네
꿈 많은 나의 두려움은 마구
흔들리기 시작하네

갑자기 높새로 돌아가는 마파람
비 타작이나 하듯 도리깨질 돌려 치며
일어나는 돌풍에 만반준비 완료에도
16m/s의 회초리 끝자락에
눈뜰 수 없는 이 엄청난 롤링피치
앞뒤로 곤두박질 할 때마다 이미
나의 불안과 당황함은 밀려나 처박히네
연방 토해내는 토악질은 해파리 떼로

떠가고 있었네 폭풍주의보마저
날개 죽지 꺾인 채 스텐(stern)의
깃발이 부들부들 떨어대고 있네

마구 숨통을 쪼개듯 생장작 패는
파도자락이 유인하는 수많은 병마와
병졸들을 휘몰아 험준한 협곡에서
굴러 떨어뜨리는 바윗돌들이 처절한
아비규환까지 함몰시키는 탕탕 탕
뱃전을 칠 때마다 덜컹 덜커덩 삐거덕
삐거덕 쩍쩍—체인 케이블의 파열음들과
함께 울부짖는 선체 아찔한 현기증마저
자주 멈칫거리는 엔진소리 찰카닥찰카닥
미리 죽음을 필름에 담고 있네

한참동안이나 빨려 내려가는
바다 깊이에서 등짝에 찰싹 붙은 가슴마저
철렁 내려앉네 바짝바짝 타다 터진 입술
핏방울만 빨아대네 들큼한 피 냄새를
맡은 식인상어 떼들 입 벌리며 꼬리지느러미로
탁탁 쳐보기도 하네 누군가 기절한
시간屍姦들의 팔다리를 순간순간 토막 내네
시퍼런 불길 속으로 내던지고 있네

눈감아도 흥건한 피바다가 나를 묶은
구명줄로 이빨 끊어내려고 발버둥 치네
낚시에 찔려 꿈틀대는 애처로운
갯지렁이들로 보이네 그러나
갑자기 건장한 사내가 분노하면서 발길로
노란 페인트 통을 내 얼굴 향해 차버리는 순간
안 돼-! 외마디소리 지르는 거까지 알겠네

누군가 내 몸 흔들면서 자면 안 돼! 야! 야!
소리에 겨우 눈을 떴을 때 농구공처럼
튀어 오른 태양을 보았네 매골埋骨되지 않은
내 식은땀방울을 쓰다듬어주고 있었네
갑판을 씻어대는 호수물줄기가 도시 한복판을
뿜어대는 분수대처럼 시원시원했네

파란 하늘은 나를 충전시켜 부축해주었네
갈매기 떼 보내와 아직 살아 있어
사랑한다고 하트를 그리고 있었네

초록빛 항로로 이끄는 남방돌고래 떼는
뱃머리 앞에서 고향 물레방아질하고 있었네

해파리의 춤 외 4편

여태껏 놀랜 것 중에 또 놀라는
때 국물 질질 흐르는 내 넥타이를
불태우는 카니발에 모여든 유령들의
불꽃놀이 한복판을 밟는 그로테스크한
누드들의 패션쇼

싱싱한 군살이 겹쳐지는 눈알도 그
여자의 알 엉덩이 숨기다 튀어나와 버린
또 다른 목격자를 따돌린 그 동굴에서
부닥친 이빨에 기생하는 무관심까지
우무가사리로 만든 한천 회를 쳐 민망한
실핏줄이 확 확 화끈거리도록 닳아 올라
터진 클리토리스에 물든 핑크색 웨딩드레스
펼치는 너울 따라 곡예 하는 낙하산이다

다시 보면 드라이모발을 위해 돌리는
선풍기에 넥타이가 내 모가지를 휘감아
풀린 갓끈으로 덩실덩실 춤추는 김 삿갓이다

어로선漁撈船에서

한창 내갈기는 황소 오줌 살 같은 뱃심
꽃게통발 배에서 배 씻는 생명의 물줄기를
걸러내는 강렬한 바다의 생리를 보고 있네

울퉁불퉁하고 단단한 땅만 막연히 밟아온
창백한 안일에만 그저 맹종해 온 내 이유들
그간의 오만과 편견의 창시를 싹둑 잘라버리는
후련하도록 퍼붓는 욕설을 냉혹하게 후려치며
뱃전을 달구는 격렬한 파도자락 근육질을 보네

시퍼런 불길 속에서도 출렁이는 빛의 유희
모처럼 터키 이스탄불에 갔을 때 나를 사로잡은
호론 댄스처럼 달리는 말 발굽소리들
광대한 청포도넝쿨에 걸려 넘어지고 있네
검푸른 포도주 흔들리며 넘치는 크리스털 컵들
유리 기둥에서 박살나 얼음덩이로 솟구치네
격랑과 격랑 사이에 토막 난 부표들을 밀치며
금발로 숨기는 메두사의 날카로운 이빨에 씹히는
거대한 문어발이 발버둥치는 짬뽕 국물을 보네
꽃게가 시체입술을 물고 그물에서 춤추고 있네

파랑주의보

장딴지 위에까지 바지를 말아 올리는 바다
갑자기 고기가 많이 잡혀서 불안하다
더 시장기 드는 내 창시는 꾸르륵 거린다

배 만져줄 수록 부풀어 오르는 복어처럼
뽀드득 이 갈며 삐걱대는 배
벌컥 흥분된 흥분들이 몰려오는 경련을
토해내고 있어 소금저린 욕선로 퍼붓는 갈증에
홀랑 내 옷마저 벗긴 채 춤추는 방어 떼

다른 데 헛발로 뻗친 포물선에 휘감기는
채낚시 줄 봇돌들이 턱주가리를 칠 때마다
흩어지는 물방울에서 무지개서는 구역질 멀미
호소하는 갈매기 떼는 사과껍질을 벗기고 있다

바다에 쓰는 시 · 18

먹줄 잡게 하더니 활연豁然 하는
희한한 위안만큼이나 딴 짓하며
자네 눈부신 그 눈금 어디 있는가.

퉁긴 먹물에 내 눈만 멀게 하더니
이제 웃음까지 돌아앉아 짓밟고 오히려
의심하여 원성마저 꺾어 군불이나 지피는
따신 방에 둘러앉아 저 호기부리는 망언들
불가사리그물질에는 안 걸리던가. 어찌 그것도
썩은 뻘 젖인가 바로 시커멓게 녹아버린 담즙
그것도 추운 한데서 절절 끓이는 알코올램프에
안토시안 나비 떼 날개가 타버린 바다비듬들

아직도
멍든 붕어빵 모가지만 구석진 통발그물에 걸려
누군가 절박한 외마디소리마저 끊어내는 치정
모닝콜 새벽닭소리라도 빨리 듣고 싶구나.

합포만, 그 파란 물

당신보고 싶어 언덕을 오르면
항상 활짝 열어놓은 파란 창문
자꾸만 반짝이는 시원한 눈매

오가는 거대한 배들이 움직이는
빙빙 도는 너울에 뛰는 숭어 전어 떼
옷 벗고 싶은 호기심 쪽으로 몰려와
지느러미문살이 걷어 올리는 하얀 웃음소리

껴안아보면 흰 연꽃으로 일렁이는 땅
돋보기안경 그냥 두고 와도 연꽃이슬로 잘
닦아둔 내 아이들의 핸드폰소리가 헤엄쳐오는

예! 예… 어머니의 그 파란명주목수건도
펄럭입니다 여기 있어요 어시장 바깥 동백 숲
이파리에 설레는 바람물살을 대문발[竹簾]로 짜는
해조음 그대로 받아 써둔 아버지의 바다 시를
지금 괭이갈매기들이 낭송하고 있어요

시인 차영한과 바다

김 미 진
(한국해양대학교 국제해양문제연구소)

어둠과 스탠드의 불빛이 말없이 지켜보는 가운데, 흑백黑白의 밀고 당기는 치열한 전투가 바둑판, 아니 원고지에서 끝없이 벌어진다. 한 치도 물러설 수 없는 시인과 백지白紙, 언어와 침묵간의 소리 없는 전쟁이 며칠 동안 이어진다. 말로는 다 옮길 수 없는 그 고통의 사투 끝에 마침내 싸움은 시인의 승리로 끝이 난다. 금방이라도 온몸이 터져 버릴 것만 같은 전투가 일단락 나면 고통과 절망의 그 전장에서는 환희와 아쉬움, 연민의 향기가 담긴 피만큼이나 붉은 시詩의 꽃이 피어난다.

차영한의 《섬》시집을 훑을 때면 그 어느 때보다 더 치열했을 전쟁에 마음마저 숙연해진다. 한 소재를 가지고 50여 편에 이르는 시를 짓는다는 것이 결코 쉽지 않은 일임을, 화려하기만 한 기교나 설익은 성찰로는 결코 이룰 수 없는 구도求道의 과정임을 잘 알고 있기 때문이다. 한 순간도 쉬지 않고 흘러가는 바다에 말없이 몸을 담구고, 쉴 새 없이 파도에 씻기고 깎이고, 아무리 얻어맞아도 꿈쩍도 않고 웅크리고 있는 침묵의 섬들과 교통交通하기 위해 얼마나 오랜 인내의 시간을 그는 참아냈을까? 그리고 마침내 터진 그들의 목소리를 제한된 시의 시간 안에 옮겨놓기 위해 또 얼마나 많은 불면의 밤을 보냈을까? 차영한은 분명 집요할 정도로 끈질기고 치열한 투사임에 틀림없다.

그에게 바다는 시를 퍼 올리는 작업장이다. 언젠가 그가 직접 말했듯이 자유연상이 살아 있는 거대한 늪인 바다에서 그는 끝없이 이어지는 이미지들을 좇고 또 좇는다. 고기떼를 좇아 새벽바다를 달구는 배처럼 그는 바다에서 이미지를 숨 가쁘게 낚아 올린다. 그리고 그대로, '날' 이미지 그대로 시라는 형식 안에 담는다. 그의 시가 독자가 계속 쳐대는 그물을 비웃듯 빠져나가 버리는 것도 바로 그 때문이다. 그의 이미지들은 '펄펄' 살아 뛰어 오른다.

그러나 이러한 생명력 덕분에 차영한의 시는 뛰어난 회화성을 보인다. 섬처럼 바다 위에 버티고 서서, 좀처럼 그 입을 열지 않는 비밀스런 시어들이 있기에, 투명하게, 눈에 선하도록 그 풍경을 펼쳐놓는 시어들은 더욱더 우리의 주목을 끈다. 이미지의 본질적 기능이 환기에 있다면 시인 차영한의 시어는 화려하다 못해 현란한 시각성을 보여준다.

예를 들어 한 순간도 정지하지 않고 규칙적으로 그러나 끊임없이 움직이는 거대한 덩어리인 바닷물에 대한 그의 묘사는 독자의 눈앞에 실제 바다를 가져다 놓는다.

> 시퍼런 불길 속에서도 출렁이는 빛의 유희/모처럼 터키 이스탄불에 갔을 때 나를 사로잡은/호론 댄스처럼 달리는 말 발굽소리들/광대한 청포도 넝쿨에 걸려 넘어지고 있네/검푸른 포도주 흔들리며 넘치는 크리스털 컵들/유리기둥에서 박살나 얼음덩이로 솟구치네
> —시 〈어로선漁撈船에서〉 중에서

은밀하게 액체("시퍼런", "출렁이는")에 둘러싸인 신비로운 "시퍼런 불길"에서 시인은 이스탄불의 옛 기억을 이끌어낸다. 나란히 서서 같은 동작을 절도 있게 보여주는 사나이들의 힘찬 "호론 댄스" 소리는 "말 발굽소리"로 바뀌고, 이어 "말 발굽소리"는 다시 독자를 "광대한 청포도넝쿨"로 이끈다. 시각과 청각이 교차하며 이미지들이 잇따라 흐르며 그림을 만들어낸다. 그런데 옆으로 길게 늘어서서 힘차게 절도 있게 달려오다 시인의 눈앞에서 걸려 넘어지는 것은 과연 무엇인가? 바로 파도다. 기세 좋게 달려오던 백마白馬들은 "청포도넝쿨"에 걸려 넘어지면서 미세한 거품으로 사라진다. 그리고 "청포도넝쿨"은 지체 없이 다음 시행에서 "검푸른 포도주"로 이어진다. "불길"의 붉은 색과 "시퍼런" 색의 강렬한 동거, 이어지는 호론 댄서들의 검은 색 복장, "청포도넝쿨"의 선한 연두색과 "검푸른" 색, 포도주의 적색, 그리고 솟구치는 "얼음덩이"의 흰색에 이르기까지 시인의 팔레트는 화려하다. 순간 순간의 역동적인 바다의 모습을 시인은 이렇게 역동적인 이미지의 연쇄를 통해 표현한다.

그런데 한 가지 스스로에게 질문을 해 보자. 바다는 정말 푸른가? 아마 성실하게 그리고 집요하게 바다를 바라본 적이 있는 독자라면 철저히 자신만의 눈으로 대상을 바라본다는 것이 얼마나 힘든 일인지 느낄 수 있을 것이다. 바다는 푸르지 않지만 우리는 푸르다는 표현 외에 다른 표현을 찾을 수 없다. 그 점에서 모험가 차영한은 우리가 알지도 못하는 채 빙글빙글 돌고만 있는 닫힌 인식의 중력장에서 이미 상당히 벗어나 있다.

의미를 건지려 안간힘을 쓰는 독자의 그물을 유유히 빠져나가는 검푸른 포도주가 담긴 "크리스털 컵들"과 "유리기둥"을 보도록 하자. 그 자체로는 투명하지만, 역설적으로 보이는 것만을 보는 데 익숙해진 독자들에게는 막막한 절망감을 주는 콘크리트 벽이나 다름이 없다. 그러나 그 벽에 창문을 내야하는 것은 바로 독자다. 시인은 "크리스털 컵들"과 "유리기둥"에 대해 고집스럽게 침묵한다. 앞의 "말 발굽소리"—"청포도넝쿨"과는 달리, 이미지의 내재적 논리는 수면 아래로 가라앉아 있다. 마치 꿈처럼 무의식의 층위로 사라져 버린 논리를 찾아 독자는 혼돈의, 수 없는 의미가 출렁대는 바다로 뛰어들어야 한다. 한결 같아 대부분의 사람들이 관심조차 두지 않는 바다의 움직임 속에서 시인은 시원의 용기容器와 구조물을 본다. 누가 계속 그렇게 붓는지 "크리스털 컵" 위로 바닷물이 찰랑이며 넘친다. 그리고 버티고 선 "유리기둥"에 부딪혀 바닷물은 흰 얼음 마냥 솟구친다.

독자의 호기심을 한껏 자극하는 "시퍼런 불길"에서 시작해 마침내 대기 속에서 하얗게 부서지는, 생각만 해도 시원한 "얼음덩이"에 이르기까지 숨 가쁘게 이어진 이미지를 좇아 독자는 시인이 어로선漁撈船에서 보았을 풍경을 마치 퍼즐을 완성하듯 재구성해 나간다. 그러나 푸른빛과 흰빛이 사이좋게 나란히 달리던 "뱃전을 달구는 격렬한 파도자락"의 역동적인 그림이 어느새 생경한 초현실주의화로 흐르고, 시인과 독자 간의 공감의 '탯줄'은 끊어지고 만다.

> 격랑과 격랑 사이에 토막 난 부표들을 밀치며/금발로 숨기는 메두사의 날카로운 이빨에 씹히는/거대한 문어발이 발버둥치는 짬뽕 국물을 보네/꽃게가 시체입술을 물고 그물에서 춤추고 있네
> —시 〈어로선漁撈船에서〉 중에서

시어를 통해 시인의 체험을 고스란히 '다시 살던', 다시 말해 시인이 본 풍경을 함께 보던 독자의 저항이 갑자기 시작된다. 메두사의 날카로운 이빨에 씹힌 문어발이 발버둥치고 있는 짬뽕 국물, 시체입술을 물고서 그물에서 춤추고 있는 꽃게는 꽃게잡이 통발선에 한 번도 올라본 적이 없는 독

자로서는 쉽게 상상할 수 없는 풍경임은 틀림이 없다. 곰곰이 풍경을 계속 머리로 그려보고 들여다보지만 도저히 이해할 수가 없다. 그런데 과연 이해되지 않는 것은 정말 존재할 수 없는 것일까? 마치 개기일식처럼 시인에게 몸을 내주고 있었던 독자를 향해 잠자고 있던 독자의 이성理性이 깨어나 소리를 질러댄다. 그런데 왜 이 시행에서 갑자기 이성은 활동을 재개하는 것일까? 그리고 왜 시인은 독자의 손을 놓고 홀로 앞으로 내달리는 것일까?

그것은 아무리 성글더라도 이미지들을 꿰는 논리를 독자가 늘 찾으려고 하기 때문이다. 그러나 직접적이든 간접적이든 개인의 경험에 비추어 그 논리를 찾아낼 수 없을 때 대부분의 독자는 당황해하며 그 자리에 주저앉고 만다. 꽃게가 입에 물고 있다는 시체입술이 익사체의 입술이라고는 아예 상상할 수도, 가정할 수도 없는 결국 뭍 사람인 독자 대부분은 이해할 수 없는 이 '이상한' 이미지를 '시니까'라는 이름의 블랙홀 속으로 서둘러 던져 버리고 등을 돌릴지도 모른다. 그도 그럴 것이 차영한의 많은 바다 시는 바다와 늘 함께해 온 그의 삶에 뿌리를 박고 있다. 그가 시보다 더 시 같은—현대적 의미에서 시선의 비틀기에서 나오는—현실의 이미지를 낚아 올리는 곳은 바로 바다. 역설적으로 가장 사실적인 그의 묘사가 오히려 가장 비현실적인 이미지로 거듭나는 것은 바로 그는 바다에 있고 우리는 뭍에 있기 때문이다. 바닷가에서 태어나 바다에서 뼈가 굵은 《섬》의 시인은 뭍에서 살아가는 독자들을 매료시키면서도 두려워하게 만드는 낯선 매력의 바다 언어를 자유자재로 부린다. 물론 "바로 바다의 마음이네/바로 나의 마음이네"(《섬 · 36》)에서 보듯 바다 편에서 살아가는 시인의 시가 바다에 무지한 독자들에게는 간혹 빤히 보이는데도 갈 수 없는, 내릴 수 없는 안타까운 '섬'이 되어 버리는 것은 바다의 시인인 그가 감내해야 하는 고약한 시련인지도 모르겠다. 이는 신작시 〈파랑주의보〉도 예외가 아니다. 시인의 가시可視적이면서도 동시에 불가시不可視적인 이미지는 다가오고 멀어지는 움직임을 반복하며 일정한 독서의 리듬을 만들어낸다.

> 장딴지 위까지 바지를 말아 올리는 바다/갑자기 고기가 많이 잡혀서 불안하다/…중략…//배 만져줄수록 부풀어 오르는 복어처럼/뽀드득 이를 갈며 삐거덕거리는 배/…중략…다른 데 눈을 두어도 포물선에 휘감기는/채낚시 줄 봇돌들이 턱주가리를 칠 때마다/흩어지는 물방울에서 무지개서는 구역질 멀미/호소하는 갈매기 떼는 사과껍질을 벗기고 있다
>
> —시 〈파랑주의보〉 중에서

진부한 표현에 빠질 수 있는 바다 풍경의 요소들이 새로운 시선을 가진 능란한 화가의 손을 통해 어느새 살아 움직이는 '몸'을 가진, 독자의 감각 기관을 한껏 자극하는 생생한 그림으로 태어난다. 튼실한 "장딴지 위까지 바지를 말아" 올리고 기세 좋게 달려드는 바다에 "삐거덕거리는 배"는 마치 배를 만질 때면 부풀어 오르는 "복어처럼" "뽀드득" 소리를 내며 "이를" 간다. 얼룩점이 박힌 복요리 집 간판 그림만 보다 부산 아쿠아리움의 수조 속을 누비는 조그마한 풍선 같은, 복어의 한 종을 넋을 잃고 한참이나 바라보았던 나로서는, 그리고 어릴 적 그랬듯이 손으로 그 통통한 풍선의 바람을 빼보고 싶다는 생각이 들었던 나로서는 배를 만지면 "뽀드득" 부풀어 오른다는 복어의 배 앞에서 번지는 미소를 참을 수가 없었다.

그러나 곧 나름대로 해양문학을 이해한답시고 뻔질나게 바다로 향했던 나의 무지함과 한계를 느끼도록 하는 "사과껍질" 앞에서 당황하지 않을 수가 없었다. 어지럽게 "구역질 멀미"를 호소하는 갈매기 떼가 벗긴다는 "사과껍질"은 과연 무엇일까? 바다사람인 시인이 본 또 다른 믿을 수 없는 광

경의 현실적인 묘사인지 아니면 시인의 상상 속 풍경인지 도저히 알 수 없는 수수께끼 같은 이 시행 앞에서 나는 또 한 참을 머무른다.

시인의 야속한 침묵 앞에 나의 시―그림은 미완성의 상태로 끝이 났다. 지난 주말, 요트를 타고 나간 나는 평소와는 다르게 열심히 하늘만 바라보았다. 누가 물었다. '뭐 보고 있어요?' '갈매기 떼는 사과 껍질을 벗기고 있다', 나는 차영한의 시구를 읊조렸다. 바로 이것이 시의 생명력이 아닐까? 시인의 목소리는 긴 울림을 가지며 다시 내게로 돌아오고 있었다. "사과 껍질을 벗기고" 있는 갈매기 떼를 그날 보지 못했지만, 미완의 그림을 완성시키기 위해 사과 껍질을 벗기고 있는 나의 갈매기 사냥은 계속 될 것이다.

차영한 시인은 소비의 순간만을 남겨두고 있는, 잘 만들어진 이미지를 생산하지 않는다. 그는 '노래하는 자'로서의 욕망을 스스로 누르며 뒤로 물러선다. 이미지 자체에 목소리를 돌려주기 위해서다. 그의 이미지들은 호기심 어린 독자를 끊임없이 불러 세운다. 생명을 가지고 살아 꿈틀대는, 스스로 성장하는 이미지, 이것이 바로 차영한 시의 힘이다.

비밀을 봉인하고 있는 침묵과 화려한 시각적 언어가 공존하는 차영한의 시에서 바다의 이원적 속성을 발견하기란 어렵지 않다. 겉과 속, 그 아름답고 잔인한 존재의 층위―아마도 바다의 본질이기도 할―는 시인의 캔버스에서 나란히 모습을 드러낸다. 신작시 〈해파리의 춤〉에서 시인은 "유령들의 불꽃놀이"와 "그로테스크한 누드들의 패션쇼"로 매혹적인 해파리의 섬뜩하면서도 아찔한 아름다움을 환기한다. "싱싱한" 살을 가진 "여자"로, 그리고 다시 순백의 "웨딩드레스"를 입고 "핑크 색 클리토리스"를 노출시키는 뇌쇄적인 신부新婦로, 죽음과 사랑을 동시에 현현하는 해파리의 치명적인 겉과 속을 들추어낸다. 뭍사람들에게는 그저 평온할 따름인 "고분고분한 바다"(〈섬·41〉) 아래에서 치열하게 벌어지는 진한 삶의 투쟁을 시인은 놓치지 않는다.

> 처음에 갯바위에 붙어 뼈다귀 살점 핥다가/서로 끌어당겨 잇몸까지 빨
> 아대는 혓바닥/남은 이빨마저 뻔뻔스럽게 마구 뽑는 뉘누리
>
> —시 〈밤바다 · 1〉 중에서

　그의 바다가 흔한 낭만주의적 시선에서 완전히 벗어나 생명들의 부단한
부대낌으로 채워져 있는 것은 그의 바다가 한가롭게 바라보는 감상의 대
상이 아니라 나날의 뼈아픈 삶의 애환이 흘러 녹아내린 "한恨"의 바다이
기 때문이다.

> 쉰 목청/자식들 타일러 노 잡히고 한바다로 갔지/술잔에 파도 한자락
> 적시며/바다와 함께 껄껄 웃어야 했지/섬들이 바다 위에서 뛰어 숨으면/
> 던진 그물 재빨리 뽑아도/비바람 만나 몇 번이고 죽었다가 살아왔지/삭히
> 는 한恨 억세어 때로는 고분고분한 바다마음도 알고 있지/하지만 우째도
> 뭍에 가서 살고 싶었네/하지만 바다에 나서야 뼈아픈 만큼이나/몸살을 바
> 람 앞에서 풀 수 있었네.
>
> —시 〈섬 · 41〉 중에서

　그런 이유인지 그의 바다는 불탄다. "뱃전을 달구는 격렬한 파도자락 근육
질을 보네//시퍼런 불길 속에서 출렁이는 빛의 유희"(〈어로선漁撈船에서〉), "불
타는 바다"(〈항해하면서〉). 한 걸음 더 나아가 "일렁이는 촛불시위"(〈밤바다 · 1〉)
에서 보듯 불은 일렁이고 물은 타오른다. 물과 불의 걱정스러운 공존, 성서
를 빌린다면 바로 불바다다. 그러나 시인은 그 지옥에서도 결코 꺼지지 않
는 생명의 몸짓을, 그 지옥에서 스스로를 구원하는 삶의 에너지를 믿는다.
　물결처럼 쉬지 않고 어디론가 흘러가는, 불연속의 이행을 거듭하는 바다

의 이미지의 흐름을 좇아 수평선을 향해 끊임없이 전진하는 차영한의 시는 어느새 바다와 무척 닮아 있다. "자맥질하는 물오리의 뜨개질"(《굿니》)처럼 눈 시리도록 선명하다가도 "흔드는 꼬리는 내 오른 손에 잡힌/나이프로 잘라내는 모놀로그"(《굿니》)처럼 도대체 어디가 경계인지 알 수 없게 하늘과 하나가 되어 버리는 바다 마냥 의미화의 중력으로부터 벗어나 대상을 전복시키며 자유로이 유영한다.

그리고 그는 뭍에서 바다를 바라보지 않는다. 바다에서 뭍을 바라본다. 바다와 함께 시인의 시선은 끝없이 흔들린다. 보이는 것만을 보는, 이미 굳어지려는 자아의 시각을 의도적으로 해체하며 바꿔 보기, 다르게 보기를 시도하는 시인의 실험실은 바로 바다다. "맞춤하고 있는 거대한 통나무를 톱질하는 달빛"(《밤바다 · 1》)에서 통나무는 다름 아닌 '레고(Lego)' 도시의 건물들이다. 건물에 가린 달, 물결의 리듬에 맞춰 달이 좌우로 건물을 톱질한다. 그리고 파랗고, 붉고 흰 "톱밥"들, 건물의 잔영이 물 위로 떨어진다.

이처럼 차영한의 시선은 일방적이기를 거부한다. 전후좌우로 계속 움직이며 쏟아내는 이미지의 연쇄들은, 낯설지만 또 다른 진실의 풍경을 우리에게 선사한다. 경계를 넘어서려는 시인의 의지 속에 그 어느 때보다도 다양한 시적 시선의 생산이 시작되고 있는 것이다. 《섬》이 외진 갯가처럼 버려진 많은 목소리-언어-가 부활되는 장이었다면, 최근 그의 작업은 이미지로의 회귀라 할 수 있겠다. 첫 번째 이미지로부터 출발, 또 다른 이미지로 계속 쉴 새 없이 미끄러지는 시적 사유를 좇아 그는 원고지 위를 달리고 또 달린다. 그가 집요하게 벗겨내는 바다의 비밀들처럼 그의 시 한 편 한 편이 비밀의 바다를 담고 있다. 이제 모두 그 비밀의 바다로 떠날 준비를 해야 한다.

☞ 출처: (1) 〈작가 집중조명〉, 《경남문학》 제76호 가을호(2006. 9), pp14~43.
(2) 〈작가 집중조명〉, 《慶南文學硏究》 제5호(2008. 6), pp222~242.

생존의 바다, 실존의 섬, 공존의 삶 의식

─차영한의 연작시집《섬》간행 20주년에 부쳐

송 희 복

(문학평론가 · 진주교육대학교 교수)

차영한의 연작시집《섬》을 다시 살펴보아야 하는 까닭

차영한 시인의 연작시 〈섬〉은 1989년에《시문학》지誌에 연재되었던 것이다. 이것이 이듬해에 시집으로 간행되었으니, 연작시집《섬》은 올해에 이르러 초판 간행 20주년을 맞이한 셈이 된다. 그제나 이제나 할 것 없이 특이하기 이를 데 없는 시집으로 얘기될 수밖에 없는 차 시인의《섬》이 20년의 세월 위로 흘러오기까지 우리의 문학 담론의 성격도 꽤 많이 변모되었다.

연작시 〈섬〉이 연재되던 1980년대 말의 문학사적인 시대 상황이란 것은, 두루 아는 바와 같이 현실주의 문학관이 유례없이 극성을 부리고 있었다. 그나마 대안의 담론이 있었다면 마광수로 대표되는 성性의 문학을 둘러싼 담론이라고 할 수 있었다. 이러한 시대적인 분위기에서 연작시 〈섬〉이 동시대의 지배 담론의 수면 위로 떠오르기란 거의 불가능했을 터이다. 다시 말해 그 당시에는 비평적으로 전혀 주목되지 못했던 것이 엄연한 사실이었다.

1990년대 이후 문학의 새로운 담론은 무척 다양해졌다. 그것은 화려한 꽃밭의 난만한 백화로 비유될 수 있었다. 80년대식의 현실주의 문학관이 퇴조한 자리에, 자유주의 문학, 포스트모더니즘, 여성주의 문학, 생태문학, 뉴미디어와 관련한 새로운 문학 등등이 잇달아 등장하면서 다양성이 공존하는 문학의 시대가 활짝 열렸던 것. 최근 20년 동안에 지역문학과 해양문학 등의 새로운 문학적인 화젯거리가 제기되었다는 점도 뜻깊은 대목이 아닐 수 없다고 여겨진다. 이러한 유의 화젯거리가 물론 아직까지는 지배 담론으로 부상하지 못하고 주변적인 데 머물고 있다는 것이 저간의 실정이긴 하지만 말이다. 최근 20년간의 문학적인 환경의 변화가 그동안 비평적으로 배제되어 왔던 작품을 재조명하는 기회를 부여하기도 한다면, 내 생각으로는 차영한의 시집 《섬》도 그 가운데의 한 사례가 되지 않을까 한다. 이것을 다시 살펴보고, 재조명하고, 비평적인 의미를 새롭게 부여해야 하는 까닭도 바로 여기에 있는 것이다.

이 글은 그의 연작시집 《섬》에 관하여 새로운 해석과 가치판단이 어떠한 맥락에서 과연 가능하며, 논의의 수면 위로 드러나며, 또한 정당성을 지닌 것인지를 묻기 위해 쓰인 것이다. 나는 다음과 같이 세 가지의 관점에서 그의 시집이 지향하는 바를 밝혀보려고 한다.

지역문학론의 관점에서 본 연작시집 《섬》에 대하여

지역문학론에 관한 관심이 최근에 부쩍 고조된 감이 있다. 이 글로벌 시대에 지역문학이 무슨 말인가, 하고 의구심을 갖는 이들이 없지 않을 것이라고도 생각된다. 그러나 그것에 관한 관심의 추세는 거의 국제적인 수준이라고 말할 수 있다. 이와 관련하여 최근에 장소상상력이니, 문학의 지지학地誌學이니, 문학적인 상상력의 심성지리心性地理니 하는 표현들이 사용되고 있는 것만 보아도 지역문학론이 편중된 사고의 틀에서 벗어나고 있음을 반증하고 있다고 할 것이다.

나는 올해 봄에 두 차례에 걸쳐 지역문학에 관한 주제를 두고 발표회를 가진 바 있었다. 경남시인협회 세미나(2010. 3. 6)에서의 〈경남의 지역시는 가능한가?〉와, 한글학회 진주지회 제45차 학술발표회(2010. 4. 24)에서의 〈경남 지역 시인들의 장소상상력과 방언시〉가 그것이다. 나는 이 두 차례 발표회에서 지역문학의 기본적인 전제 조건을, 역사 · 경관 · 언어에 두었다. 경남의 문학이 지역문학으로서의 독자성을 가질 수 있는 것은 경남 지역의 사적史蹟과 관련된 것, 자연의 풍광이나 삶의 구체적인 현장으로서의 공간, 언어 정체성의 기초가 되는 방언의 말맛 혹은 말의 힘 등에 있는 것이 아닌가 한다.

이런 관점에서 볼 때 차영한의 연작시집 《섬》은 경남 지역시의 한 전범이 되는 것으로 평가되어 마땅할 수밖에 없는 작품이다. 물론 그의 개별적인 시편 가운데서 지역문학적인 특성이 가장 뚜렷하게 드러나고 있는 것은 경남의 지리적, 역사적인 자취가 담겨 있는 자연 경관인 통영 앞바다 섬을 무대로 한 사람들에 관한 시편이라고 하겠다.

임진년 칠월 팔일 새벽의 일
청사靑史에 빛나는 한산대첩
수백년이 지났다 해서
어허! 어찌 목동만 전하랴
임 앞에 분향재배하면

지금도 물목에 되받치는 서기瑞氣

그 날의 들끓던 물살이 몸을 떤다

금새 번개가 번쩍번쩍 천둥이 운다

—시 〈섬 · 16〉, 부분

인용 시 〈섬 · 16〉은 6면에 걸쳐 쓰여 있을 만큼 분량이 긴 작품이다. 내용적인 면에서 볼 때 일종의 영사시詠史詩라고 할 수 있으며, 형태적인 면에서 볼 때는 장시長詩라고 말할 수 있다. 이 시는 한산도를 소재로 한 것이다. 우리나라 사람이라면 누구나 한산도 하면 이순신 장군의 한산도대첩을 떠올릴 것이다. 〈섬 · 16〉도 보다시피 이순신과 임진왜란 사적으로부터 시작하고 있다.

경남의 지역문학이라고 하면 이순신 · 논개 · 곽재우 등의 임진왜란과 관계가 깊은 역사 인물과 결코 무관할 수 없다. 이순신 사적과 관련해서는 경남 출신의 문인 가운데 김용호의 서사시 〈남해찬가〉와 김탁환의 역사소설 〈불멸〉 등의 작품을 남긴 바 있다. 차영한의 한산도에 관한 시편 역시 이와 같은 맥락에서 비평적인 논의의 필요성이 제기된다고 말할 수 있겠다.

당시에는 이 나라의 간성干城으로

탄탄했던 유서 깊은 이 섬에도

웃섬에는 한때 식민지의 바람은 불어

힘없는 백성들은 돛을 내리고

게다 소리에 옛땅의 이름마저 짓밟혀서

하는 수 없이 허전한 물비렁에 나가 앉아

술로 세월을 달래며

바다로 나가서 바다만 쳐다보고

닻 없이 쏟아낸 목청
찢어진 수천 수만 마디의 한恨
누가 알겠는가 깊은 한숨은 물굽이
나울로 나울로 섬 되어 울 수밖에

—시 〈섬 · 50〉, 부분

　이 시는 사량섬을 소재로 한 것이다. 일반적으로는 사량도라고 불린다.
이 섬은 통영시 사량면으로 우리나라 남단 다도해의 통영시 서남부 해상,
한려해상국립공원 중심부에 위치해 있다. 한려수도의 빼어난 경관과 조화
를 이루고 있는 이 섬은 암릉과 능선 좌우의 확 트인 바다 조망이 일품이어
서 바다와 산을 함께 즐기는 섬 산행으로 가장 인기가 있다.

　앞에서 얘기한 바 있었거니와 〈섬 · 50〉은 한산도 소재의 시편과 함께 장
시에 해당된다. 장시로 분류될 수 있는 것은 연작시집 《섬》 50편의 시 중에
서 〈섬 · 16〉과 〈섬 · 50〉 외에는 없다. 역사의 거대담론을 반영하기에 분량
이 긴 장(편)시나 서사시밖에 그 어떠한 단형의 서정시도 가능하지 않을 성
싶다. 임진왜란 사적에 국한된 전자에 비해 통시적인 역사에 대한 시인의
안목을 보이고 있는 후자가 비교적 입체성을 띠고 있다고 하겠다.

　인용한 부분은 일제 강점기를 배경으로 삼고 있다.

　한때 바다 가운데의 간성으로 이름이 있었던 사량섬에도 어김없이 식민
지의 바람이 드세게 불어와서 이 섬에 살고 있는 어부들이 정치적으로 구
속되고, 경제적으로 수탈되던 당시의 농민들의 삶과 다를 바 없이 식민지
의 민초로서 살아갈 수밖에 없었다고 시의 화자는 말하고 있다. 어부들의
한과 한숨이 파도가 되고, 또 너울(나울)이 되고, 결국 끝 간 데 이르러서는
섬이 되어 울게 된다는 것. 그들의 민중적인 삶의 조건은 살림살이에 있어

서의 소유의 결여에 말미암았던 것이다. 인용된 시의 내용은, 요컨대 식민지 백성의 애환을 곧잘 극화한 부분이라고 생각된다.

바다와 섬의 이미지가 인간의 생의 조건, 참여의 현장이 되기도 한다. 섬은 예로부터 국가 방어의 전초기지이며 외세 침략의 교두보로 여겨져 왔다. 역사 속의 섬사람들은 역사의 희생양이 되기도 했는데 차영한의 연작시 중에서 이 시는 예외적으로 이러한 부분에 초점을 맞추고 있는 것이다.

해양문학론의 관점에서 본 연작시집 《섬》에 대하여

인간의 문학은 대부분 땅 위에서 이루어지는 일들로 이루어진다. 그런데 다소 특이하게도 바다를 대상으로 하거나 또는 바다가 작품 가운데서 주제를 이루어 쓰인 문학이 존재하기도 한다. 이를 두고 해양문학이라고 한다. 해양문학의 가장 일반적이고 사전적인 정의는 이와 같은 의미의 맥락에서 얘기되는 것일 성싶다. 최근에 해양문학에 관한 관심이 점증되고 있다. 영문학자 이상섭은 해양문학이란 용어를 쓰지 않고 '바다의 문학'이란 표현을 사용하는 것이 이채를 띠는데, 이것은 서양문학에서 하나의 뚜렷한 전통으로 자리를 잡고 있다고 간주되고 있다.

아닌 게 아니라, 세 면이 바다로 둘러싸인 우리나라만 해도 바다에 관한 소재는 그다지 흔하지 않다. 〈심청전〉이니 〈별주부전〉이니 하는 극히 제한적인 문학 작품 속에서 비실제적인 환상의 요소로 드러나고 있는 것이 고작이다. 그러나 서양의 경우에는 옛 그리스 시대부터 〈일리아스〉와 〈오디세이아〉 같은 격조 높은 해양문학이 있었다. 특히 영미 문학사에서 해양문학의 전통은 다니엘 디포에서 헤밍웨이에 이르기까지 계보를 형성하고

있다. 잘 알려져 있지 않는, 해양문학의 특이한 존재가 있다면 존 메이스
필드(1878~1967)를 꼽을 수 있다. 가정 형편이 어려워 어릴 때부터 선원 생
활을 했던 그는 열여섯 살의 나이에 이미 원양선을 타게 되고, 또 다년간
축적된 해양 체험을 바탕으로 해양시집 《짠물 민요집》(1902)을 공간公刊하
기에 이른다. 그 후 세월이 흘러 그는 1930년에 영국 왕실의 계관시인으
로 임명된다. 영국의 시인으로선 가장 영예로운 지위에 오르게 된 것이다.

　최근에 해양문학의 개념적 조건에 관한 비평적 쟁점이 눈길을 모으게 했
다. 한국해양대학교 교수 구모룡과, 해군사관학교 교수 최영호 사이에 있
었던 논쟁적 상황이 바로 그것이다. 이 두 사람은 모두 문학교수이며 또
비평가이기도 하다. 구모룡은 해양문학을 가리켜 '바다—배—항해'라는 것
이 포함된 개념의 소위 해양 체험이 지배적인 배경과 주제가 된 시와 소설
이라고 규정한 바 있었다. 이에 대해 최영호는 바다와 더불어 생겨날 수밖
에 없는 삶 가운데서 사랑과 죽음, 웃음과 슬픔, 분노와 희망과 같은 존재
론적인 삶의 고유성이야말로 해양문학을 규정하는 중요한 조건이 된다고
주장했다. 차이가 있다면 해양문학을 전자는 특수한 개념으로, 후자는 일
반화된 개념으로 이해하고 있다는 점이다. 문학이 가치로운 체험의 기록
이라고 한 최재서의 논리를 승인한다면 전자의 경우는 해양문학이 문학의
특수한 위상을 점하고 있음을 인정한 경우라고 말할 수 있을 것이다. 이에
비해 후자의 관점을 따르면 해양문학도 일반 문학과 다를 수 없으며, 따라
서 그것은 소재론적인 장르 분화의 가능성을 지니고 있을 따름이라고 표
명하는 것 같다. 어쨌든 해양문학을 둘러싼 쟁점이 드러났다는 사실 자체
가 이 분야 문학의 활성화를 점칠 수 있다는 점에서 고무적인 것이었다고
평가할 수 있을 것이다.

　차영한의 《섬》은 해양문학과 관련하여 많은 비평적인 논의거리와 단서

들을 함유한 것이라고 말할 수 있겠다. 향후 해양문학을 논하는 자리마다 이 시집이 지니고 있는 의미와 가치를 배제할 수 없으리라고 생각된다. 그 참고 작품의 한 사례의 가능성으로 점쳐지는 시를 다음과 같이 따오기로 한다.

> 포찰이나 고부지기나 뚝을
> 쪼시개로 따 먹고 살 수만 없었네
> 톳이나 지총 미역 가사리만
> 뜯어 먹고 살 수 없었네
>
> 매바우 웃치나 아랫치에서
> 따라오는 눈물 하나 꿀꺽 삼키며
> 날물 앞질러 가야 했네
> 꼴 노를 한 장 노를 이물 노까지
> 저어 사철 없는 한바다로 가야 했네
> 된새 갈시마 니살에도 날밭이 물때
> 한 걸음에도 멍에 쓰듯
> 실랭이 몸서리 어얼 내러
> 솥뚜껑여 오리바우 지나
> 굴비섬 저승 밖을 황망히 갔네
>
> —시 〈섬 · 7〉, 전문

이 시에는 바닷가 생활에 익숙하지 않는 사람들이 이해하기 어려운 어휘들이 나열식으로 열거되어 있다는 점에서 해양에 관한 박물지博物誌의 성격을 지닌 특이한 내용의 시라고 하겠다. 포찰 · 고부지기 · 뚝은 패류의 이름이며, 톳·지총·미역 등은 해조류의 이름이다. 노의 종류를 가리키는 어휘도 흥미롭거니와, 뱃사람들이 일상으로 사용하는 기상 현상의 용어도 머리를 끄덕이게 한다. 즉, 갈시마는 서남풍(갈 마파람)의 일종인 것으로 추정된다.

이 시의 화자는 모두에 포찰이나 고부지기나 뚝을 쪼시개로 따 먹고 살수만 없다고 진술하고 있어 주목되고 있다. 고려 속요 〈청산별곡〉 화자의 굴과 조개를 먹고 바다에 살겠다는 결의에 찬 고백과는 서로 사뭇 다르다. 이 화자가 바다를 현실로부터 벗어난 은둔의 공간으로 생각하고 있음에 비하여, 〈섬·7〉의 화자에게 바다는 생활의 중심부로 뛰어드는 참여의 현장으로 직시하고 있는 대상이다.

> 뒷등의 아림도 잊고 사는
> 돌팍에 눈물 찍어 진물 난 세월
> 땅굿(지굿) 무당춤처럼 놓어 삼치 떼 뛰고 솟네
> 욕망과 허무의 목덜미를
> 팍팍한 물 자락이 사정없이 잡아당기네
> 대리고 어서 보는
> 버가 보는 노에 이는 두드러기
> 긁어봐도 갯결로 나네
> 빗나가는 센 물발 한숨을 덮쳐 때리네
>
> ─시 〈섬·23〉, 부분

해양문학의 전문가의 한 사람인 황을문은 저서 《해양문학의 길》(2007)에서 '생존의 바다'라는 장章을 설정한 바 있었다. 바다가 낭만적인 시심을 자극하는 아름다운 시적 경관의 공간이 아니라, 어쩔 수 없이 부대끼면서 살아가야 하는 현실적인 삶의 현장이다, 라는 데서 비롯하는 문학적 상상력의 결과를 빚은 것이 바로 '생존의 바다'로서의 해양문학, 해양시가 되는 것이다. 황을문은 이러한 사실과 관련하여 통영 출신의 시인 김보한과, 주문진 출신의 시인 강세환을 각별히 주목하였다. 그러나 이 두 사람 이전에 차영한의 연작시집《섬》이 이미 선행하고 있었다.

인용한 시편〈섬·23〉은 해양 문화의 흔적이 고스란히 담겨져 있어 해양시로서의 느낌과 인상을 물씬 풍기고 있다. 이를테면 남해안의 풍어제 습속과 관련된 이미지가 생동감 있게 묘사되고 있다든가, 어부의 일상에 부딪쳐 오는 생활의 위기를 갯결, 즉 갯바람에 의해 날고 있는 바닷물의 모습이 센물발로 비켜가면서 그의 한숨을 덮쳐 버린다는 인상적인 표현으로써 형상화하고 있다든가 하는 것이 적례가 된다.

그리고 뱃사람들이 사용하는 은어도 흥미롭다.

시집에 몇 차례 되풀이되고 있는 '대리고 어서 보다'와 '버가 보다'이다. 앞엣것은 당기며 밀며 노를 젓는 것을 표현한 것이며, 뒤엣것은 일정한 방향을 향해 노의 균형을 잡는다는 사실을 적시한 것이다. 이러한 표현은 시적인 표현으로서도 값어치가 있지만 언어학인 자료의 측면에서도 정보의 양을 축적시키는 데도 일정하게 기여한다.

실은 아픔을 웃음으로 노 저어 풀 듯
눈물보다 더 깊은 곳을 갈라내며
안달이 나서 다시 그물을 칼로 끊어내고
잇달아 낸 매듭 다시 보며,
내가 먼저 바다보다 소리쳐서 앞 닻을 던져도
가슴 한복판에 한바다 있어

한 생애의 밧줄을 다 주고도

된살 되 앗아 잡고 사리고 사려도

비탈길에 휘어잡은 나뭇가지처럼

놓으면 사정없이 후려치는

그 회초리로 하여 혼자 웃고 사는 늦 날진 샛바람이여

(…)

아! 끄나풀 몇 가닥으로 하여

이날 이직지 샛날로 가고 마는

참으로 무거운 짐

털털 털고 일어설 수 없을까.

—시 〈섬 · 45〉, 부분

　이 시는 통영 앞바다 수우섬[樹牛島] 근처에서 어로 작업을 하는 한 어부의 말을 빌려 쓴 시다. 이 어부는 아마도 평생을 두고 고기잡이를 해 온 사람인 것 같다. 그의 업은 "한 생애의 밧줄"을 잡고서 살아온 "참으로 무거운 짐"과 같은 것이다.

　일반인들은 잘 모른다, 바다도 농경지처럼 수탈의 현장이라는 사실을. 외세의 침략은 바다로부터 시작되고, 섬의 사람들은 늘 역사의 희생양이 되어 살아왔다는 사실을. 바다를 생업의 현장으로 살아온 뱃사람들은 농민·노동자처럼 가장 민중적인 조건에 처해져 있던 사람들이다. 우리가 그동안 민중문학의 주체를 농민과 노동자로 인식해오는 데 매우 익숙해져 있지만, 어부를 민중문학의 주체로 이해하는 데는 다소간 인색하지는 않았는지에 관해 한 번쯤 반성해 볼 일이다. 이런 점에서 볼 때 민중문학에서 어부는 광부보다도 못한 대접을 받았다고나 할까?

　1978년에《문학사상》지에 정희성의 시편 〈저문 강에 삽을 씻고〉가 발표된 바 있었다. 우리나라 노동자 삶의 현실을, 분노나 증오심이나 상대적 박탈감 등의 감정세계를 잘 조율하면서, 한편의 그림과 같은 시로 잘 제시한 시라고 할 수 있다. 노동자의 한 생애가 샛강바닥 썩은 물로 저문다는 대목에 이르러서는 잔잔하고 곡진한 느낌의 공감을 환기시키기에 충분했다. 이 시가 1980년대 민중시의 전범으로 높이 평가되면서, 박노해와 백무산처럼 실제의 노동자들이 시를 쓰게 하는 데 한 시대의 집단적인 시심을 촉발하게 했다. 이런 점에서 그 시는 문학사적인 기여도가 참 높은 시라고 할 수 있다.

차영한의 시편 〈섬 · 45〉도 어부의 생애를 노래한 것이다. 노동자와 함께 1980년대 가장 민중적인 조건에 처해진 어부의 삶의 애환과, 생애에 깃든 곤핍함을 묘파한 이 시는 어찌하여 민중시의 범주에 들어갈 수가 없던 것인지? 민중시에도 차별이 있어서는 안 되겠다는 생각이 이 대목에서 문득 스쳐간다.

토착어 문학의 관점에서 본 《섬》에 대하여

마지막으로 차영한의 《섬》에서 주목해야 할 것이 있다면 그것은 우리말을 구사하는 데 남다른 애정을 기울였다는 사실이다. 언어의 토착성은 기층민 삶의 깊은 곳에서 우러나온다. 어쩌면 그가 지역적으로 궁벽지고, 배경에 있어서도 낙후한 바다를 소재로 삼았다는 점에서 토착적인 기층 언어와 무관하지 않을 수 없었을 것이다. 우선 그는 우리말의 반복적인 율조를 드문드문 구사한 바 있었는데, 이는 짐작컨대 해안 지역의 민요에 영향을 받은 게 아닌가 여겨진다.

샛구름 인다 샛날이 간다
새꽃이 인다
새꽃 따먹는 날치게 떼 봐라
메방아 찧는 숭어 떼 봐라
물치 떼가 따라온다
물새 떼가 울고 난다

—시 〈섬·26〉, 부분

이 시는 노동요의 4·4조 변형이 아닌가 싶다. 새꽃은 본디 억새풀꽃을 가리키는데 여기에선 하얀 잔파도를 은유한 것이다. 물치는 통영 지역어로 돌고래를 뜻하는 것이라고 한다. 차영한의 시집 《섬》은 풍광을 시각적인 이미지로 묘파한 것이 대체로 많다. 이 인용 시는 여기에다 소리 감각의 자연스러움이 덧보태져 있다. 그래서 감각적인 경험을 재현하는 데 있어서 입체적인 느낌을 주고 있다는 장치가 뚜렷해 보인다. 다음의 인용 시도 마찬가지다. 청각적인 감성은 앞의 경우보다 더 현저하다고 하겠다.

보채는 개펄도 없네
덕지덕지 찍어 붙일 흙도 없네
어글어글 하는 돌담뿐
돌구멍마다 소금바람만 불어
서글서글 떨어지네
진눈깨비처럼 수염부터 적셔
비끌어 맨 버랑돌이 먼저 떨어지네

(…)

올데갈데없는 힘없는 백성의 한숨만 남아
문어 낙지다리처럼 시뻘건 발버둥
보이지 않는 목덜미만 잡혀
가슴 찢어 먹물 들인 기다림만
저물어 후미진 물이 간다 가네

(…)

부글부글 일어 치밀어 앓는 물발
울음으로 모여 벼랑 끝에 흰피 쏟아내네
저어 몸부림의 번뇌 맨발로 퍼질러 앉아
두고두고 저승보다 이승을 되묻고 있네

―시 〈섬·2〉, 부분

  보다시피 이 시는 우리말의 의태어를 십분 잘 이용하고 있다. 소매물도
의 풍광을 소재로 삼아 인간의 존재성을 시각적으로 형상화한 이 시는 율
동적인 말부림의 아름다움이 부가됨으로써 시의 격조를 한결 살려내고 있
다.
  양병호가 저술한 《시여, 연애를 하자》라는 시 해설서에 이 시를 선정한
바 있었거니와, 이 책에 의하면 "오로지 구멍 뚫린 돌들만이 어글어글하
다 서글서글 뒹구는 곳. 이따금 돌담의 돌들이 무료함을 깨치려는 듯 툭
탁 하며 떨어지는 섬. 새파란 바람과 질척한 진눈깨비 맞아 엉덩방아 찧
으며 나가 눕는 세월. 그 속에서 입 앙다물고 견딜 수밖에 없는 참으로 차
가운 가난. 그 억울한 아니 서러운 거시기가 풍화되어 한숨만 펄럭이는 해
변. 그 해변 따라 옆길로 내달리는 그리움, 부글부글 일어 치밀어 앓는 기

다림."(317면)이라고 쓰여 있다. 적확하고도 흥미로운 시 해설이라고 판단된다. 토착어 문학의 관점에서 볼 때 〈섬·2〉는 듣기의 감성을 자극한 섬세한 언어의 모꼬지라고 평가될 만한 것이다.

그 밖에도 차영한은 자신의 시집《섬》을 통해 지역의 방언을 드문드문 구사함으로써 시적 언어의 활용 가치를 제고시켰다. 시에서의 방언은 자연스러움과 생동감을 동시에 지향한다. 〈섬·42〉에 있는 시행 중에서 "까꾸막길 한 생애 별시리 안해도"와 "날씨가 차버서 하모하모 그럴 뿐이 더되나" 등의 표현은 언어 현실의 현장감을 여실히 재현한 것이라고 판단된다. 세세한 삶의 목록은 이처럼 언어의 결과 층에 의해 구현되는 것이다.

에필로그—섬의 일반 상징으로부터의 벗어나기

문학비평가 이경수는 1990년대 이후에 발표된 섬의 시들을 대상으로 한 비평문 〈두 개의 시선, 섬의 이중성〉(《시와사람》, 2002. 봄)을 발표한 바 있었다. 이 글의 내용 중에서 바다의 상징성을 '고독한 영혼의 서식지'로 표현하기도 했다. 그는 섬을 가리켜 "바다로 둘러싸여 대륙과 유리된 공간인 섬에서 고독을 연상하는 것은 지극히 자연스러운 일이다. 군중 속에서도 고독을 느끼고 사랑하는 순간에도 외로움을 느끼는 현대인에게 섬은, 고독한 영혼이 깃들고 싶어 하는 유사성의 공간이라 할 만하다"라고 지적한 바 있었다. 이러한 관점에 합당하는 작품은 고은의 《독도》(1995)와 이생진의 《그리운 섬 우도에 가면》(2000) 등과 같은 시집에서 찾기도 했다. 이런 점에서 섬은 고뇌의 승화를 상징한다. 고독, 소외, 형언할 수 없는 그리움의 세계, 혹독한 단절의식 등과 관련되는 일반적인 상징성을 내포하고 있다. 광해군의 한시 〈제주적중濟州謫中〉이 절망적인 고독감의 정점에 놓이는 것이기는 하겠지만, 일반적인 시의 전범과 관련해서, 영국의 낭만파 시인 셸리가 "아! 수많은 꽃핀 섬들이/넓은 고뇌의 바다에 누워 있구나"라고 노래했을 때, 앞으로 많은 시인들에 의해 바다가 치명적으로 아름다운 영혼의 풍경화로 그려지는 사실을 이미 예견해 놓았는지도 모를 일이다. 특히 현대인과 고독의 관계는 긴밀하다. 현대시에 있어서 고독의 표상으로서 섬의 이미지는 거의 사은유死隱喩가 되다시피 하고 있다. 시뿐만이 아니다. 미켈란젤로 안토니오니의 시적인 영화 〈정사〉(1989)에서도 불모의 바위성이 갖는 영상언어가 고독, 소외, 격절감, 섹스로도 맺을 수 없는 현대인의 인간관계를 보여준 것이다.

그러나 한편으로는 바다와 섬의 이미지가 어쩔 수 없는 생의 조건, 참여의 현장으로 돌변하기도 한다. 섬은 예로부터 국가 방어의 전초기지이며 외세 침략의 교두보로 여겨져 왔다. 역사 속의 섬사람들은 역사의 희생양이 되어 왔던 것(제주도 출신의 문충성이 이러한 관점에서 가장 지역적이고 해양적인 특성을 지닌 대표적인 시인이라고 할 수 있다). 섬은 '생존의 바다'에 떠 있는 삶의 절박한 표지이기도 하다. 차영한의 시집 《섬》의 시세계야말로 여기에 해당되고 있음은 필지의 사실이다. 연작시집 《섬》은 역사 현장으로서의 섬에 관한 얘깃거리의 드러냄을 절제하고 있는 대신에 현실주의에 근거한 어부의 실제적인 경험의 삶에 한껏 직핍하고 있는 자기류의 특성을 드러내는 데 주력하였다.

가장 해양적인 특성을 지닌 문인의 한 사람으로서 알베르 카뮈를 꼽을 수 있다. 그의 항해 체험은 문학의 바탕이 되기도 했는바 그에게 있어서의 바다는 생존을 넘어 일종의 실존의 영역으로까지 고조되었다고 한다. 차영한에게 있어서의 섬도 마찬가지이다. 그에게 있어서의 섬은 인간의 결단을 요구하기도 하고 고독의 치명상 너머에 비논리적인 힘을 증류시키기도 한다. 이런 점에서의 그가 그린 섬은 실존의 섬이기도 하다.

그러나 섬이 지닌 최고의 단계는 공존의 삶 의식이 아닌가 한다. 섬은 한쪽과 다른 한쪽을 이어 주는 역할을 한다. 물론 차영한의 경우에 그것은 암시적인 수준에서 내면화되어 있을 뿐이다. 이 점에서는 그의 연작시가 가지는 시적인 미완의 부분이 남아 있다. 만약 그가 또다시 섬에 관한 시를 쓰게 된다면 섬의 구경적인 의미를 거기에서 찾아야 할 것 같다. 섬을 공존의 표상으로 묘사한 탁월하고도 잠언 같은 이행시二行詩가 있다. 정현종의 〈섬〉이 그것이다. "사람들 사이에 섬이 있다./그 섬에 가고 싶다."

우리의 의식을 순간적으로 일깨우는 듯한 이 화려한 난센스는 마치 한 편의 선시와도 같다. 그렇지 아니한가? 순간적으로 활짝 피운 언어의 꽃이다. 아니, 매혹적인 섬광이다! 이때 그 섬이 사람과 사람 사이에 놓여 있는 소통, 관계, 진정한 사랑의 또 다른 등가적인 표현인 것이다.

☞ 출처: 《경남펜문학》 제6호(2010. 10), pp.37~53.

초현실적인 시 창작산실은 바다

대담 · 정리 **정 이 경** 시인

차영한

1938년 통영에서 출생하여 현재도 통영에서만 살고 있다. 1958년 《산호도》 동인지를 주도하여 프린트 판으로 간행했으나 창간호에 그쳤다. 그동안 시를 계속 쓰다가 1978~1979년 월간 《시문학》에서 자유시로 추천이 완료되어 시 문단에 데뷔하였다. 시집에는 《시골햇살》, 《섬》, 《살 속에 박힌 가시들─심심풀이》 등 단행본이 있고, 1999년에는 제24회 '시문학 본상' 수상. 2001년에는 제13회 '경남문학상 본상'을 수상했다. 주요 논문에는 〈초현실주의 수용과 《三四文學》의 시 연구─문학박사학위 논문〉, 〈청마 유치환 고향 시 연구〉 등이 있다.

▶**정이경** 올 경인년 새해 들어서는 처음 뵈옵습니다. 경인년 올해도 건강과 문운을 기원합니다. 오늘 뵈옵게 된 것은 아름다운 통영 구경과 선생님의 작품세계를 좀 더 알고 싶어 왔습니다.

▶**차영한** 모처럼 먼 통영까지 오셨지만 가시는 걸음이 뿌듯해야할 텐데 이렇다할만한 것을 드리지 못할까 염려됩니다.

▶**정이경** 공식 등단경력은 32년으로 알고 있습니다. 그간에 시집은 3권 출간했다면 10년에 1권 정도로 보고 있습니다. 그러나 시집 발표 이후에도 몇 권 분량의 작품을 발표한 것으로 알고 있습니다. 출간이 늦어진데 대해서도 궁금합니다.

▶**차영한** 10년 간격으로 출간하려한 것은 아니지만 첫 시집《시골햇살》
(1988)이후, 연작으로 된《섬》시집(1990), 심심풀이 연작시집《살 속에 박힌
가시들》(2001) 등이 출간 되었습니다. 또 연작시집《섬》(2001)이 재판되기도
했습니다. 그러는 동안 새로운 시집을 간행하지 못한 것은 게으른 탓이죠.
그러나 쉬르리얼리즘 분야에 대한 연구를 위해 모더니즘, 포스트모더니
즘, 리얼리즘을 비롯한 관계되는 연구사, 철학부분, 심리학 · 정신분석학
등 이론적인 학문에 매료되어 열정을 쏟아온 세월은 벌써 10년 넘은 것 같
아요. 또 한 가지는 변변찮은 작품들을 푹 숙성시킨다는 핑계로 시집 출간
이 늦었다는 변명뿐이죠.

▶**정이경** 초기작품들은 접하는 기회를 얻지 못했지만 발표된 근황의 작
품들은 일부가 초현실주의적인 작품으로 읽히고 있는데, 초기작품세계와
는 다른 시세계인지요?

▶**차영한** 작가이면 누구든지 작품세계가 달라지듯이 조금 변한 것뿐입
니다. 초기 작품으로 보는 첫 시집에 담긴 110편의 시들은 누구나 노래할
수 있는 서정시에서 크게 벗어나지 못한 것 같아요. 제2시집 연작시 〈섬〉
50편도 문체는 독창성이 있다고들 평하지만 서정시 안에 포함되는 것 같
습니다. 그리고 제3시집에 실린 80편의 '심심풀이'는 대부분 풍자와 해학
이 함의되어 있는 작품들인데 1980년대 초, 8개월간 월간《시문학》지에
연재되어오다가 40편에서 그친 것으로 압니다. 그때가 퍽 어려운 시작 고
비였지요. 그러니까 제2시집이 제3시집이 되었습니다. 그 이후부터 다시
방황하기 시작하다가 더 공부해야 하겠다는 결심을 하게 되었습니다. 앞
에서도 언급했지만 초현실주의에 끌려 본격적인 구경究竟에 몰입되었죠.
초현실주의적인 기법은 서정시 안에서 초현실주의적인, 그러니까 절대현
실을 형상화 하려고 노력해 보았지만 현재에도 접근하지 못한 것 같아요.

▶**정이경** 초현실주의적인 시세계에 대한 상식은 시인 누구나 대부분 어느 정도 알고 있을 뿐 아니라 이미 시 창작을 생활화하고 있다고 볼 수 있는데, 선생님의 생각은요?

▶**차영한** 대부분은 그렇게 생각하시지요. 그러나 지금까지 초현실주의를 모더니즘 안에 포함시키는 견해는 오류를 범한 것 같습니다. 다시 말해서 초현실주의는 모더니즘에 대한 반발로 최초 탄생된 것으로 보아야 함에도 모더니즘 안에 어떤 유파로 보고 모더니즘의 시를 초현실주의적인 시라고 보는 이들이 많은 것 같습니다. 그러나 앙드레 브르통 계열의 초현실주의 선언에서도 명시되어 있고, 심지어 절망과 허무 등 자폐증과 파괴적인 혐오감에 찌든 채 백치적인 선언을 한 다다이즘과도 차별성을 갖는 '이즘'으로 봅니다. 또한 이반·골의 초현실주의와도 차이점을 갖고 있습니다.

브르통 계열의 초현주의자들은 현실과 꿈을 내세우는, 즉 모든 게 집중되는 중심점, 즉 삶과 죽음, 과거와 현재와 미래 등이 절대현실이 되는, 모든 억압으로부터 정신의 자유와 해방임을 전제하므로 착란 또는 광기, 괴기성, 신비와 이미지의 기만 등 환상적인 것들이 우연과 일치되는 어떤 상상력을 통하여 경이로움을 성취하게 하는데, 바로 꿈의 본질과 연관성을 갖기 때문입니다. 그러나 일부 학자들이 지적한 것처럼 이반·골의 초현실주의와 모더니즘이 혼류된 일본식 초현실주의가 우리나라에 이입된 후, 모더니즘 안에 초현실주의가 태동된 것으로 오인하고 있기 때문에, 일부 연구자들은 모더니즘과 쉬르리얼리즘을 혼용하고 있는 것 같습니다.

서울대 오세영 명예교수도 지적했지만 모더니즘은 독일과 프랑스에서는 모더니즘이라는 용어가 없는 것으로, 모더니즘은 영·미 비평가들이 사용하는 용어입니다. 이 모더니즘은 이미지즘에서 온 것인데 주지주의로 작동하기 때문에 시급히 새로운 연구가 절실합니다. 어쨌든 초현실주의는 모더니즘과는 관점이 다르다고 보아야 할 것 같습니다.

▶정이경 그렇다면 초현실주의를 어떻게 쉽게 이해하도록 정리할 수 있을까요?

▶차영한 현실과 꿈이 같은 선상에 놓여야 한다고 봅니다. 살을 베어내면 겉으로는 붉은 피도 보이지만 그 깊이에서 타오르는 불꽃이 반드시 검붉은 것이 아니라 은백색 용암일 수도 있다는 이중적인 이미지의 무한한 개연성입니다. 나를 옭아맨 억압이 아니라 자유와 해방감으로 만날 수 있는 꿈의 자유가 리비도(libido)와 외상(trauma)을 통해 은유적인 공간에서 환상적으로 꿈틀거려야 하기 때문입니다. 삶(에로스)과 죽음(타나토스)은 다른 것이 아니라 하나의 현실로 보았을 때 우연한 상상력은 유머와 수수께끼를 함의한 꿈들로써 성취되는 것과 같다 할 것입니다.

▶정이경 우리가 인식하는 초현실주의는 모더니즘과 유사하다고 보았지만 초현실주의를 이해하려면 새로운 연구가 시급한 것 같습니다. 혹시 근황에 발표한 시들 중에 초현실주의적인 시가 있는지요?

▶차영한 거의 없다고 봅니다. 그러나 초현실성적인 세계에 접근하려고 노력한 몇 편 있기는 하지만 미흡할 뿐입니다. 앞에서도 말했지만 우리 현실을 대상으로 서정성의 바탕에 두되 주지적인 시가 아니라 유머와 우연성을 갖는 괴기성, 착란적인 애매모호한 정체성을 전복시키는 환상적인 에로티시즘을 형상화한, 마치 미노토르 같은 작품이라 할 수 있는데, 2009년도 겨울호 《시향》(제9권, 36호, p.15)에서 '현대시 펼쳐보기 50선'에 다시 뽑았다는 작품입니다.

> 그때 소설로 씌어 지지 않은 해안가 커다란
> 눈빛으로 엉덩이만 노출시킨 채 흔들리는

젖가슴을 자꾸 감추려는 그 여자

꺼내는 거울 속에 날고 있는 갈매기 떼
날갯짓하는 바람에 혹시나 화이트크루즈 선
티켓을 하얀 손톱으로 쿡쿡 눌러보다가
기울어진 각도에서 유난히 잦은 망각으로
하이힐 벗기더니 금세 다리를 더듬어대며
올라오는 검실검실 털 난 한사리 누드물발에
갑자기 커서로 돌변하는 날갯짓
곤두박질할 때마다 아이콘을 지우려 하지만
지금 열정으로 쓰고 있는 소설 속의 백상아리
떼들이 치솟아 굶주린 이빨로 급습하는지

갑자기 들어 올리는 검푸른 여자 엉덩이
감싸다 터진 내 흰 바지가랑을 디포커스 하며
숨기려는 허벅지도 불거지는 실핏줄들도
에잇! 못 물어 보겠다…

—차영한, 시 〈해운대 소견, 말없음표〉, 전문

　무엇보다도 우리들의 눈을 따돌리는 관능적인 이미지의 유머를 통하여 환상적으로 표출해 보았습니다. 말하자면 현재의 평면적이고 기성품적인 오브제들로 하여금 생명을 불어 넣어 원초적인 생동감을 형상화해 보았습니다.
　해운대의 일상적 관념을 전복시키는, 말하자면 '커서'가 '돌변하는 갈매기 날갯짓'과 이안류 같은 '백상아리 떼'와 해운대의 백사장 형상이 엉덩이처럼 내민 것은 물론 검푸른 물굽이를 '여자 엉덩이'로 형상화해 보기도 했습니다. 한편 바닷가를 주름잡는 '흰 바지가랑'과 '허벅지'를 타오르는 물결에서 언젠가 떠올려지는 그 여자의 다리에 시퍼렇게 불거진 낯선 '실핏줄' 등 초현실적인 상상력으로 재구성해 보았습니다. 따라서 해운대는 언제나 설레는 상상력을 사로잡는 괴물과 같은 환상의 백상아리가 우리를 유혹하는 곳이기도 합니다. 말하자면 여름해수욕장 그 자체가 너무도 매혹적이라는 의미입니다. 거대한 욕조를 즐기는 꼬리지느러미 그림자가 지금도 환영(幻影—여기서는 헛것)처럼 떠올려져요. 수많은 발자국처럼 말없음표가 되 살아나면서 긴 여운을 남기기도 하는 해운대죠.

▶**정이경** 해설을 더하니까 느끼는 심리와 지각의 불확실성의 동시적인 경이, 발작적 아름다움이 객관적 우연성으로 표출되는 것 같습니다. 말하자면 사도마조히즘적인 색채의 이미지들이 관능적으로 다가오는 것 같습니다. 또 다른 작품은 어떤지요?

▶**차영한** 2009년 여름호 《P.E.N문학》(통권91호, 6월호, 69쪽)에 발표한 시 작품 〈0과1의 진술〉을 보여 드릴까요?

하나씩 쌓아 올린 2.5톤의 돌을 밟고 높이 137미터를 보며 나 나선형으로 올라 피라미드껍질 속에서 만난 현실玄室 안 석관石棺에 없는 쿠프 왕. 지하의 나일 강을 갈 수 있는 태양의 배 노 저어 우연일치 이전 최초의 소통을 드나들게 하는 별들의 통로에서 숙박한 태양의 걸음 위 일직선 꼭대기에서 마음과 우주를 잇는 태양의 발자국 소리까지 옮긴 '이집트박물관'에서 뜻밖에 본 빛의 파편. 다른 미라의 이빨 사이의 0과1의 데자 부(deja vu).

갈비뼈처럼 비스듬히 시작된 경사 52도의 빛이 그림자를 지우면서 움직

인다. 피비린내가 벽 쪽에서부터 양파 냄새처럼 진하게 풍겨온다. 막 저녁
상을 물리듯 걷히는 진흙커튼 안쪽 벽에다 무엇을 새기는 소리… 전혀 다
른 기억으로 질문만 눈멀게 하는 거대한 블랙홀 속의 냉기가 재촉하는 0너
머 무無를 세우는 재빠른 발걸음들이 기다림과 만남은 이미 흰개미의 침액
같은 것이 분비되는 헛바닥의 백태… 영영 몽롱하게 휘어지는 헛것들로부
터 구원받는 빛의 출구로 이동시킬 수 없는 생체를 비춰주는 초라한 건전
지 불빛에 끌려 다니는 나는 노예였다. 일출점도 모르고 멍하게 연대기도
없는 나는 매트릭스 세계 속으로 방황하다 스스로 바깥 별빛에 퇴화된 눈
꺼풀이나 도움 받는, 그것도 저 거대한 돌기둥에 기댈 때 제일 먼저 녹아
있는 정액 가루속의 DNA세포가 집적거려오는 나선형의 에로티시즘이야
말로 1 · 0… 0 · 1이다.

　　아니. 1992년 4월 하순 피라미드 일몰 점을 덮어 버리는 모래언덕을 겨
우 구시렁거리면서 빠져나올 때 정동향으로 앉아서 7천년이나 늙은 스핑
크스가 던지는 말 한마디의 수수께끼. 1이 0으로 멈춘 시계를 움직이는 풍
뎅이 한 마리의 소리 들었느냐고… 꺼버리는 캔들 오! 별들의 통로가 황금
비율로 환히 움직이고 있다.
　　　　―차영한, 시 〈0과1의 진술―이집트 쿠프 왕 피라미드 탐방기〉, 전문

　위의 작품은 모처럼 이집트 탐방 기회가 주어져 직접 사막을 밟아 보고
사하라사막의 낙타도 타 보고, 몇몇의 피라미드와 거대한 스핑크스, 그리
고 룩소르의 신전神殿들과 왕들의 계곡과 뽕나무가 있는 시골 마을은 물론
남쪽에서 북쪽으로 흐르는 나일 강의 갈대숲을 가까이에 다가가는 보트를
타 보는 한편, 신비의 파피루스 비밀 속으로 들어가서 기원전 3~4천 년
전의 초록 숲을 거닐던 무한과 유한적인 체험을 맛보았습니다. 이러한 0

과1은 이집트의 피라미드뿐만 아니라 일천여 년 전 그리스의 기하학자들이 파르테논 신전에도 활용했던 황금비(황금분할)도 보았습니다. 이러한 황금비는 이탈리아의 피사 출신인 레오나르도 피보나치의 '수의 배열'에 의하면 첫 두 항이 0과1에서부터 시작된 숫자(0, 1, 1, 2, 3, 5, 8, 13, 21, 34…)에서도 검증되었듯이 '신선한 힘'으로도 추앙되었다고 합니다. 그리고 바이오리듬에 의하면 인간(1)과 짐승(0)에서도 나타난다는 것에서 놀라지 않을 수 없었습니다.

또한 디지털 전자회로 상으로도 0과1을 만들 수 있음을 볼 때, 컴퓨터 그래픽이 만드는 가상세계를 한 겹 벗기면 0과1의 디지털 신호가 만드는 매트릭스 세계를 통해 시간의 무덤들을 파헤칠수록 지구의 숨결과 시간의 속살을 더 구체적으로 볼 수 있게 될 것입니다. 거슬러 보면 '미라의 이빨'은 태양의 발자국으로 보이는 것 같았으며, '별들의 통로에서 숙박한 태양'이 '빛의 출구로' 드나드는 '양파냄새'와 '피비린내'를 태우다 별들의 눈꺼풀로 냉각시키는 소리도 들리는 것 같았습니다.

한편 카프레 왕의 피라미드 안에는 정精세포가 분명히 증식하고 있는 것 같았습니다. 서로 나누던 언어의 뼈들이 쌓인 그 속에 포도주와 치즈의 맛에서 날카로운 붉은 눈빛을 본 것 같았습니다. 초저녁이 내릴 때의 황홀한 것 중에서도 피라미드 꼭대기로 달과 별들이 솟아오를 때의 장관은 단순한 해시계로 가름하는 것이 아니라 최초로 12개로 구분된 생물학적 메커니즘이 가지는 리듬과 생체의 시계소리도 들리는 것 같았습니다. 카이로의 시내 '이집트박물관'에 찾던 미라에서 시간의 뼈들이 공감각을 통해 "당신이 말하는 것을 나는 보고 있다"라는 것처럼 자꾸 유혹하는 스핑크스와 더불어 나를 불태우고 있는 불가사의들 뿐이었습니다.

▶정이경 사막이라는 무덤에서 실체를 응시하는, 삶과 죽음 사이를 자

유롭게 왕래하는 팡토마스(살을 가진 그림자이자 육중한 육체를 가진 존재, 또는 살아 있는 망자일 뿐 아니라 살해된 살인자)를 보는 것 같습니다. 체험을 통한 직관력의 기능을 접하고 보니 작가들은 여행의 소중함을 느끼는 것도 상상력을 업그레이드 할 것 같아요.

▶차영한 이제는 지구촌의 전 세계가 글로벌시대를 펼치는 이상 여러 나라를 여행해 보는 것도 창작활동에 매우 도움이 될 것 같아요.

▶정이경 그런데 쉬르리얼리즘의 본질인 꿈과 현실을 동일 선상에 놓는 작품 구성이라는 것을 더 쉽게 이해시킬 수는 없을까요?

▶차영한 퍽 어려운 질문입니다. 할 포스터(Hal poster)에 따르면 "모더니즘은 자아를 탄탄한 기반 위에 세우려고 할 때, 또는 새로운 양식의 기초를 다지고자 할 때 사용했던 방법"입니다. 그러나 쉬르리얼리즘은 꿈과 현실을 의식과 무의식을 통한 유추와 은유만으로 표출하지는 않는 것 같습니다. 누구든지 작품을 구성하려면 의식과 무의식의 관계가 작동하는 상상력을 공통적으로 갖기 때문입니다. 그러나 쉬르의 기법은 앞에서도 간단히 언급한 것과 같이 무의식을 통한 현실과 꿈의 이미지가 객관적 우연성이 착란하는 환상기법을 통해 낯익은 것들이 낯설게 다가오는 등 괴기성, 즉 언캐니(uncanny)가 논리성을 전복시키는 것이라고도 할 수 있지요. 브르통은 프로이드가 임상실험한 인간의 내면 깊숙한 무의식을 차용, 초현실주의의 핵심적 기법인 '자동기술법'을 주장했습니다. 예를 들면 회귀하는 환상들이 경이와 언캐니한 구조로 재구성하는, 즉 호프만의 '모래사나이'처럼 괴기성 등 풍부한 상상력이 자아에 몰입하면 자동기술법은 가능할 것 같습니다. 그것은 근황의 신경학자 올리버 색스(Oliver Sacks)에 따르면 "지속적인, 그러나 무의식적인 감각의 흐름이 우리 몸의 동작 부위에서 나온다"라고 했습니다. 이러한 과정은 "(…)자동적이고 무의식적으로 일어

나기 때문에 숨어 있는 과정"이라고 할 때 초현실주의 기법에 접근하는 것은 불가능한 것만은 아닌 것 같아요.

▶**정이경** 우리가 인식하고 있는 초현실주의와는 새로운 차이점을 느끼게 합니다. 깊은 연구가 수반되지 않고는 언어유희만으로는 어려울 것 같아요. 또 다른 작품을 한두 편 더 보여줄 수 있을까요?

▶**차영한** 지금 보여드리는 2편은 이미 발표된 작품이지만 극히 일부 개작된 것입니다.

①

펑펑 구멍이 뚫어져야 동반자살 할 수 있는 급물살들이 무성영화 속의 흰 수염으로 잡아당겨지는 치즈클러스터 흥분을 박음질해오는 주름살의 질문에 당혹스런 눈빛으로 보는 곤충학자의 모지가 실망하는 프로타주 그 옆에 있는 가장 빠른 디지털웃음이 백태 낀 혓바닥으로 핥다가 먼저 사라진 그림자 흔들리는 그 해변을 밀대 질하여 밀개떡 빚는 물살들이 바닷새 앞세워 파안대소하면서 주름살 덮쳐 펴는 또 하나의 주름살들. 파, 파, 파라, 파라, 파라보라, 피, 파이, 냉동파이, 초코파이, 마이너스 파이, 파이다, 파이다, 파이라, 어 파이다, 파이로다, 파이로다, 하, 하, 하파, 파하, 보라, 보라, 파장, 파심, 파이토털에 엑스파일…

—차영한, 시 〈거울주름살〉, 전문

주註:
* 우리말 파는 전혀 다른 par, pah를 포함된 의미를 갖고 있으며, 우리 말 파라는 전혀 다른 para의 의미도 갖고 있음.
* 우리말 파라보라는 전혀 다른 parabola의 의미도 갖고 있음.
* 우리말 파이는 전혀 다른 fy, pi, pie, phi뿐만 아니라 동음이어 적이며 다의성을 갖고 있음. 특히 phi는 그리스 자모의 제21자字로서, 대문자 파이(phi)①)는 숭고한 것으로 우리를 이끄는 위치에 있는 대상이며, 정신분석학에서는 상상계가 실재계를 파악하는데 실패하는 점点이기도 하다. 즉 마이너스phi(거세)이기도 하다. 다시 말해서 현실적인 근거는 없다고 가정하는 어머니

의 남근을 상징하기도 하는 남자다움, 바보 같음, 자기도취적 향락과도 연관된다. 두 번째 phi 가 갖는 의미는 간단히 형태, 형식 패턴의 뜻으로 여기서는 지각 '전체성'을 뜻하는데, 착각이 일어나는 등 혼란을 뜻하기도 한다(게슈탈트심리학을 주창한 막스 베르트하이머(1880—1943)의 실험, 즉 두 개의 빛이 1000분의 60초 간격으로 번갈아가며 깜박거리면, 빛 하나가 앞뒤로 움직이는 듯 착각이 일어나는 현상 등 '혼란'을 뜻함).

* pie a la mode: 아이스크림을 얹은 파이(요리)/유행의, 최신의 뜻.
* a pie a tart: ① 과일 또는 고기나 과일을 가루 반죽에 구은 것 ② 매춘부 등 행실이 더러운 여자. ③치덕치덕 또는 야하게 꾸미다. ④ 행실이 지저분한, 상스러운 등.
* 우리말 파이로(다)는 전혀 다른 그리스어 접두사 'pyra(불꽃)'다 외 와이파이로 등 다의성이 포함 됨.

②

봄을 보면 봄보다 화안이 보이는 봄은 다 보이지 않는 봄을 보기 위해 아
른아른 감기는 아지랑이 눈에 피는 봄꽃 민들레 마주봄을 봄으로 보는 봄
은 내 눈알에 혀를 넣어 봄을 뱅뱅 돌려 더듬어 보아도 보이지 않는 거년
보리가시랭이만 도져 마들가리는 봄을 봄이라서 보는 것인가 헐렁한 봄을
안다 안아 보면 안다 봄은 걸 봄만이 아닐진대
                                                          —차영한, 시 〈봄은 봄이 아니다〉, 전문

위 시① 〈거울주름살〉은 거울에 생긴 주름살이 아닙니다. 거울 속에는
주름살들을 볼 수 있습니다. 거울에 반영되는 바다 또는 대상들의 주름뿐
아니라 심지어 보이지 않는 많은 주름살, 즉 자아의 주름살도 있을 수 있
습니다. 특히 의성어, 의태어들이 사전적 어원을 뛰어 넘는 칼렁부르(동음
이의어의 유희)를 비롯한 다의성끼리 연결고리를 만들거나 풀어내는 아나그
램(글자의 수수께끼)의 새로운 버전도 만들어 보았습니다.

여기서 주목되는 것은 전혀 다른 오브제들의 반복 기법에서 전복, 전치
되는 아이러니가 다중적 분열성을 일으키는 것을 볼 수 있습니다. 분열에
서 분열을 위한 패러독스 현상이 나타나는데, 작품 중에 주름살을 보면 '홍

분을 박음질해오는 주름살의 질문'이라고 하는 것에서도 또 하나의 주름살을 알 수 있고, 주름살을 펴는 유사 단어들이 비논리적 내면성으로 이동하면서 텍스트의 회화성을 환기시키고 있다 하겠습니다. 자크 라캉에 따르면 상상계가 실재계(현실)를 파악하지만 자기도취적 향락 같은 꿈이 착각하는 현상을 보여주기도 합니다. 어떻게 보면 그가 말한 '꿈'의 이미지가 압축과 자리바꿈을 겪게 되는 과정에서 은유와 환유가 되는 것과 같습니다. 위의 시에 나오는 'phi(Φ)'가 갖는 이중성에서도 알 수 있습니다만 우리가 흔히 쓰는 말에서도 실패하는 점(点)을 경상도 방언으로 흔히들 '파이다', '파이로다', '파이라' 등을 사용하는 경우가 더러 있습니다. 이러한 모노그램(신조어)적인 단어들끼리 연관성을 지니면서 창조하는 이미지들은 전혀 다르게 현현된다 할 것입니다. 이 작품에서도 자동기술은 가능할 것 같습니다.

두 번째의 ② 〈봄은 봄이 아니다〉 시편은 ①의 기법과 같습니다. 봄[春]을 통한 봄[見]을, 봄[見]을 통한 봄[春]을 뒤섞는 눈과 대상의 경계에서 보이는 것과 보이지 않는 것에서도 봄과 보이는 간극에서 또 하나의 보임은 우연적인 행과 연의 연관성을 새롭게 실험해 본 것입니다. 움직이는 이미지를 왜곡시키는 내 눈의 맹목성을 반성적 사유로 이끌어내려고도 했습니다. 이러한 아이러니적인 현시에서 머물 것이 아니라 우리가 호기심을 갖는 동음이의어의 유희를 통한 아나그램을 내세워 단순한 인식을 경이로운 너머에서 보는 우연적인 겹침에서 부분의 전제를 위해 봄과 보임을 시도해 보았습니다.

자코메티도 "나의 흥미를 끄는 것은 유사성, 곧 나에 대한 유사성입니다. 이를 통해 나는 외부세계를 약간 발견할 수 있다"라고 말했습니다. 초현실주의자였던 데스노스도 보는 눈에 대해 "세상에서 가장 아름다운 눈은 우리들의 생각을 알고 있다(1929)"라고 말했습니다. 안으로 보는 따스한 생각은 언제나 새싹을 움틔울 것입니다. 우리가 말하는 봄[春]도 그냥 봄보다 보이는 새로운 사물을 보기 때문에 봄은 해독할 수 없는 오컬트(occult, 마술적인)이기도 합니다. 우리가 사용하는 '봄'은 단순한 시지각視知覺에만 머물 것이 아니기 때문입니다. 보이지 않는 살을 보고 자유를 구가하던 모리스 메를로퐁티가 말한 것처럼 "모든 관점 너머에 있는 공간의 존재에 참여하는 것"이라고 했던 말을 저도 동의합니다.

▶정이경 선생님의 시를 그냥 읽어보고 넘어갈 것이 아닌 다의적인 의미를 짚어야 할 것 같습니다. 그런데 좀 분위기를 바꾸겠습니다. 앞에서도 연작시《섬》시집 이후에도 (사)한국해양문학가협회에 가입하여 선생님은 많은 해양시를 발표한 것으로 듣고 있는데 간단히 말씀해 주시겠어요?

▶차영한 고향에 살면 살수록 살고 싶은 이곳은 아름다운 한려수도와 청정해역인 '물의 나라[水國]'가 있기 때문이죠. 통영에 가장 거닐고 싶은 곳은 하버브리지인 통영대교(차영한이가 보는 관점)가 있는 운하교 일대입니다. 지금도 산책하듯이 해양시를 쓰고 있죠. 이러한 토양에서 빚어진 〈섬〉 연작시는 우리들의 쉼표가 있는 통영에 산재한 섬들을 노래해 보았어요. 시집이 나오기 전인 1989년 2월부터 월간《시문학》에 10개월간 연재한 작품으로, 현대인의 처절한 삶과 죽음의 모습을 비유한 실재계의 섬들을 내세워 욕망으로 성취하려는 끈질긴 투지는 눈물과 웃음의 동시성에서 찾으려하는 신비한 꿈을 리얼하게 표출시키려고 했어요.

이 시집은 1990년 3월 초판으로 출간되었는데 어느 비평가의 말처럼 "흉내 낼 수 없는 해양시"인지는 모르나, 90년대부터는 한스 로베르트 야우스가 말한 '기대의 지평'에 다소 부응된 것 같습니다. 2001년 4월에는 재판되었는데, 재판된 지도 벌써 십년이 되었군요. 그러나 여기서 그친 것이 아니라 해양에 대한 시를 계속 발표해오고 있는데, 섬 시편들과 다른 바다의 본질을 통해 또 다른 자아를 찾아보려고 방황하고 있습니다. 아마 출간하게 된다면 한 권 이상 되는 시집 분량은 될 것 같습니다.

▶정이경 또 하나의 해양시집이 기다려집니다. 끝으로 어렵지만 우리나라 작금시단 흐름에 대하여 간단하게 말씀해 주셨으면 합니다.

▶차영한 시작의 흐름을 서로가 잘 알고 있기 때문에 민감한 부분은 생략하겠습니다. 오늘날의 시작품은 반드시 그렇지는 않지만 제가 볼 때 1930년대 시작품보다 오히려 퇴행되는 것 같습니다. 너무도 전통서정시의 기법을 계속 되풀이하는 것 같습니다. 저도 그 범주에 속하지만 관념시 현상이 너무 돋보이는 것 같습니다. 또한 재 문맥화는 동의하지만 발표되는 시를 보면 약속이나 한 것처럼 유사성이 많고, W.K. 윔저트와 M.C. 비어즐리의 공동 논문에서 거론된, 즉 '문예작품의 의미나 가치를 그 작품에 대한 독자들의 정서적 반응의 강렬성에서 찾으려는' 〈감동의 오류(또는 감정의 오류, 영향의 오류)〉에 너무 치우쳐 있는 것 같습니다. 계속되면 작품들이 통속화될 경향이 짙을 것 같습니다. 또한 저 자신을 포함한 시어들의 독창성과 신선감이 없이 남의 시어들을 차용하는 경향도 전혀 없지 않은 것 같아요.

▶정이경 날카롭게 지적한 것 같습니다. 바쁘신 데도 유익한 말씀 잘 들었습니다. 감사합니다. 건강하시고 문운을 빌겠습니다.

☞ 출처: 〈경남시인초대석〉, 앤솔러지 《경남시학》 제2집(경남시인협회, 2010. 02. 25), pp.28〜41.

탈 경계적 생태시학의 네트워크, 차영한의 시세계

―차영한의 시집《캐주얼 빗방울》(한국문연 시선123) 중심으로

송용구

(문학평론가 · 시인 · 고려대 연구교수)

　시인 차영한은 문학박사이자 문학평론가의 활동을 병행해 온 문학꾼이다.

　그를 "~꾼"이라고 호칭한 까닭은 그의 창작세계를 폄하하려는 의도에서가 아니라 그가 한평생 문학의 외길을 올곧게 걸어왔다는 필자(송용구)의 판단에 근거를 두고 있다. 통영 출생답게 그는 주로 '바다'와 '섬'을 시의 공간배경으로 삼아 로컬리즘(localism)을 형상화하는 발군의 솜씨를 보여주었다. 연작시집《섬》은 그 대표적 모델이다. 지역적 토속성과 생태의식이 조화를 이루고 있는 이 시집은 차영한에게 시인으로서의 정체성을 각인시켜 준 "문학꾼"의 대변자이다. 그런데 이 시집에서 로컬리즘과 토속성을 독자에게 전해주는 시어詩語는 서구시西歐詩의 풍모를 갖추고 있다. 시인의 생활공간 속에서 그와 함께 호흡해왔던 해양의 생물들과 사물들은 '방언'에 어울리는 토속적 이름과 지역적 명칭을 갖고 있었지만 그 개별적 명칭과 이름이 시의 언어를 결정하는 요소는 아니었다. 이름과 명칭은 생물과 사물의 고유한 개별성을 나타내는 언어의 독립성을 갖추고 있었다. 또한, 각각의 사물과 생물이 어떻게 유기적으로 상호작용을 이루고 있는가를 보여

주는 과정 속에서 전체적 시어詩語는 그 유기적 연관체계를 증명하는 "이름들의 네트워크"와 "명칭들의 공동체"를 재생하고 있었다. 즉, 토속성과 지역성을 대변하는 차영한의 시어는 낱말의 독립성과 낱말들 간의 '상호관계'라는 현대시의 현대적 언술방식을 드러냈다. 차영한의 시가 지니고 있는 이러한 성격은 그의 새 시집《캐주얼 빗방울》에서 더욱 넓게, 더욱 뚜렷하게 재현되고 있다. 단절 없는 문학꾼의 외길처럼….

새 시집《캐주얼 빗방울》에 담겨 있는 주요 시작품들을 살펴봄으로써 필자가 규정한 문학적 가치를 확인해 보자.

> 늘 산울림 받아 꿀밤처럼 때굴때굴 웃어대다
> 잠깐 움칫하는 궁금증이 얼른 스치는 저만치
> 경이로운 그림자 좇으면 갈색 구름 그리다 만
> 줄다람쥐 약간 상기된 산초 알 같은 눈빛
> (중략)
> 바스러지는 갈증처럼 말라버린 내 입술
> 혀 둘러 침 돌리는 순간 다가오는 산수유 몇 알
> 이미 새빨간 떨림마저 불 지펴서 화끈
> 화끈거리도록 내 눈웃음마저 끌어당기는 걸 보면
> —시 〈겨울날의 눈짓들〉 중에서

"줄다람쥐"의 영롱한 눈동자가 청청히 빛나고 있다. "산초 알 같은" 줄다람쥐의 "눈빛" 속에서 생생히 약동하는 자연의 생명력을 만져볼 수 있다. 시인의 "눈웃음"을 "끌어당기는" 줄다람쥐의 눈동자를 닮은 "산수유" 열매를 보라! 그의 "새빨간 떨림"은 겨울의 혹한을 넉넉히 견디고도 남을 자연의 생명력이다. 시 〈연꽃〉에서 노래한 것처럼 "진흙 속이 하얗도록 뜨거운" 시인의 "피"는 언제나 자연의 생명체들과 함께 숨결을 주고받는 가운데 "새빨간" 생명의 "떨림"을 공유해왔다. 시 〈겨울날의 눈짓들〉과 〈연꽃〉에서 드러나듯이 시인은 자연인自然人이다. "언어는 존재의 집"이라고 말했던 마르틴 하이데거의 말에 비추어 "시는 시인의 집"이라고 한다면 이 "집"에서 시인과 동거하고 있는 가족은 시어詩語들이다. 그런데 각각의 시어는 "줄다람쥐"와 "산수유"처럼 생명 있는 사물, 즉 생물의 현존現存을 말해줄 뿐만 아니라 "칼바위"처럼 생명 없는 사물의 현존까지도 증거하고 있다. 시 〈안다, 허수아비는〉을 살펴보자.

먼저 빈 잔에 보름달을 채워본다
태풍 때 죽은 매미 넝마주이 눈으로
그냥 우두커니 선 채 풀치다*하듯
빈잔 기울면서 흔쾌해서 쏟아 붓는 웃음소리
참새 떼로 날아 줄줄 앉는 푸서리 땅
쉬는 저녁 잡아 발개*까지 촌스럽게
걸어온 땀방울 식히는 분수대 둘레를
빙빙 돌며 바다 유리창 열고 싶은
바로 이런 물쿠*는 짬에 희떠운 사람
오면 팔 벌리고 입 벌린 채 주춤거리다가도
누가 던진 푸석돌에 맞아도 만지기만 하다
개구리 뒷다리 같은 무잠뱅이 끝자락으로
닦아내는 뭇방치기 손가락질에도 간지다
— 시 〈안다, 허수아비는〉 중에서
* 각주는 차영한의 《캐주얼빗방울》, 37쪽 참조.

위의 시에서는 시인의 고향인 통영 앞바다와 해안지대의 생활방식, 즉 해양문화의 특징을 나타내는 사물들의 토속적인 이름들이 풍부한 시어의 어장漁場을 형성한다. 이때, 사물은 생물과 무생물을 총칭하는 것이다. 그런데 시인은 생명을 가진 동식물에게도, 생명 없는 무생물에게도 똑같이 독립적 존재가치와 고유한 존재의 의미를 부여하고 있다. 그 까닭은 무엇일까? 사물 하나하나가 그 지역 사람들의 생활방식, 풍습, 정서, 내력을 고스란히 간직하는 개별적 역사책의 의미를 갖기 때문이다. 이와 같이 차영한의 시에서 사물의 독립성이 부각되는 것은 탈주체脫主體의 과정을 통하여 사물을 타자화他者化시키는 해체주의적 경향과 일치한다. 새 시집의 전반에 걸쳐 뚜렷하게 나타나는 현상이다. 시적 주체의 주관적 관념 속에 갇혀 있던 "줄다람쥐", "산수유", "매미", "바다달팽이", "바다직박구리"를 주체로부터 해방할 뿐만 아니라 "칼바위", "해골선" 등 생명 없는 사물들까지도 해방하여 각각의 사물을 독립적 존재인 타자他者의 위치로 되돌려 놓는다. 사물이 자신의 본래 그 자리로 돌아간 다음에 각각의 사물과 시인은 동등한 수평관계를 형성한다.

시인은 자연과 더불어 자연의 일부분으로서 살아가고 있는데, 이때 자연은 시인이 독립적 사물들과 함께 살아가는 집이자 동네가 된다. 사물들의 입장에서 본다면 시인도 타자他者화된 개체이다. 생물과 무생물을 모두 포함하는 폭넓은 개념으로 '사물공동체'를 이해한다면, 시인조차도 사물공동체의 일원이다. 그는 상대적 존재의 지위만을 가질 뿐이다. 이와 같이 시인은 주체 중심의 세계관에서 벗어나 있다. 그는 자신마저도 상대화시키는 탈주체의 거리距離를 조성한다. 비로소 "원앙새", "쇠물닭", "뿔논병아리", "검포구나무" 등 차영한의 시에 등장하는 수많은 동식물들은 이 해체주의적 "거리"에 힘입어 존엄성과 생명권을 함께 갖춘 생명체로서 존재하게 된다. 시인은 그들과 함께 사물공동체의 일원이자 생명공동체의 한 식구로서 살아가게 된다.

　시인과 함께 살아온 그 지역의 주민들과 사물들 간의 관계도 마찬가지이다. 이때, 사물들은 시인을 비롯한 그 지역 주민의 생활방식과 풍습을 기록하는 생활사生活史의 역할을 담당한다. 위의 시 〈안다, 허수아비는〉에 등장하는 "푸서리 땅", "발개", "분수대" 등의 사물이 바로 그 장본인이다. 비로소, 시어는 각 사물과 지역 주민 간의 사회사적社會史的 관계를 매개하는 미디어 역할을 자연스럽게 부여받는다.

　여기에 그치는 것은 아니다. 차영한의 시를 구성하는 각각의 시어는 자연과 사람 간의 생태적 상호관계를 증언하는 시인의 대변자 역할을 맡는다. 사람과 자연이 생태계 안에서 맺고 있는 유기체적 연관체계를 비추어주는 거울 역할을 하는 것이 개별적 시어들이다. 그렇다면 각각의 시어는 생태계의 생명선生命線을 포착하고 확대하여 보여주는 언어의 현미경이 아닌가? 시인의 친구인 "바다나비", "비비새", "오리", "단풍나무" 등 수많은 생물과 사물은 시인과 함께 대자연의 숨결을 나눠 마시면서 단절 없는 생명의 상호작용을 이어간다.

> 신神은 아침에도 나보다 먼저 일어난다 말의 솔깃함은
> 비올라 위에서 나는 나비가 되나니 장중한 첼로 사이로 넘
> 나들면서 재테크하는 미묘한 키워드 역할
>
> 　　　　　　　　　　　　　　—시 〈깨꿍스런 날씨〉 중에서

　위의 시에서 암시하듯이 녹색의 네트워크 안에서 이루어지는 생명의 연속적 상호작용은 단절 없는 의미들의 상호관계로 "재테크" 된다. 의미의 그물코 역할을 맡은 각각의 시어에 의해 생태계의 생명선生命線은 의미들

의 혈맥과 동일해진다. 흙과 나무와 공기空氣와 사람으로 이어지는 생명선의 흐름은 각각의 독립적 생명체가 갖고 있는 고유한 의미들의 핏줄로 이어져서 물결처럼 시의 바다 속을 흐르고 있는 것이다. 차영한의 시가 갖는 언어적 연결성에서 그 사실을 선명히 알 수 있다. "넘(1행)/나들면서(2행)"처럼 새 시집의 모든 시에서 발견되는 빈번한 월행越行을 보라! 이 월행으로 인해 차영한의 시 한 편은 한 몸의 생명체가 되기도 하고, 생명공동체를 축소한 마이크로코스모스(MICROCOSMOS)가 되기도 한다. 한 편의 시 안에서 살아가는 시어들은 한 몸의 생명체를 움직이는 내부기관들이 되기도 하고, 생명공동체의 네트워크를 구성하는 생명의 그물코가 되기도 한다.

차영한의 시는 때로는 사물공동체, 때로는 생명공동체와 같은 크기로 확대되었다가 사물 및 생명공동체를 통합하는 "녹색의 코스모스"로 확대되기도 한다. 이때, 시 속의 낱말 하나하나는 사물의 독립적 지위를 갖는다. 시어 하나하나는 생명체의 고유한 위치를 점유한다. 주체와 객체 간의 이분법적 대립구도가 허물어진다. 시인은 자연을 대상화하는 인간중심주의적 사고방식에서 벗어나 자연과의 합일에 이르는 생명의 길을 걸어간다. 자크 데리다의 사상으로 대표되는 서양의 '해체주의' 철학이 시인의 생태의식과 하모니를 이루고 있다. 그런데 이 생태의식이 노장老莊사상으로 대표되는 동양적 생태의식의 색채를 띠고 있다는 것이 차영한의 시가 가진 또 하나의 장점이다. 그의 시 안에서 서양의 현대철학과 동양의 자연사상이 통섭을 이루고 있는 것이다. 시 〈나는 굽어지려고 할 때마다 활을 쏜다〉는 독자의 다양한 상상을 가능케 하는 작품임에도 필자(송용구)의 위와 같은 해석에 타당성을 안겨 준다.

　　나를 찾고 싶은 날에는

세차게 비바람이 몰아닥치는
가장 침울한 깃을 날카롭게 세우는
시간이 마구 경적을 울리며
어둠 속으로 달아나버리는
또 순간을 놓쳐버릴 때 흔들리는 나무로 선다

나무와 나무들의 어둠을 타고 간혹
나타나는 승냥이의 눈빛이 노려보는 저만치
내 사랑하던 친구의 무덤이 하나 있는 곳에서
누군가 분명히 나보다 먼저 겨냥해
당긴 화살에 죽어가는 승냥이의 신음소리
알고 있는 나무는 다시 당당히 걸어 나오고 있다
　　　　　　　—시 〈나는 굽어지려고 할 때마다 활을 쏜다〉, 전문

　흙 속에 묻힌 "친구"와 "승냥이"와 "나무"와 하나의 생명공동체 안에서 살아가는 시인. 그는 한 그루의 "나무"가 된다. "승냥이"의 고통에 공감하고 "승냥이"의 임종을 지켜주는 "나무"가 된다. 시인은 죽어가는 "승냥이"의 "신음소리"를 "겨냥해" 나뭇가지를 활처럼 한껏 구부린다. 그는 "신음소리"의 과녁을 향해 슬픔의 눈빛을 화살처럼 쏘아 보낸다. "신음소리"의 과녁에 명중된 나무의 초록빛 화살이여! 슬픔의 눈빛과 혼연일체를 이룬 화살이여! 무위자연無爲自然의 자연관이 차영한의 시에서 선명히 나타나고 있다. 자연과 인간의 물아일체物我一體를 추구하는 동양적 생태의식은 시 〈장자론〉에서 더욱 명징하게 표현되고 있다.

　지리산에서 줄 없는 낚싯대로
　떡갈나무 숲 가실거리는 파도 사이

농어를 낚고 있다 짙푸른 절정의 깊이에서
한없이 헤엄치는 물살 쪽으로 내던져
흔들리는 만큼이~나 휘어진 낚싯대를
힘차게 끌어당기는 좌사리, 치리섬들
산머루 같은 눈매로 달려온다
가뭄에 탄 골짜기가 소낙비를 마시듯
얼큰한 내 술잔 안에서 파닥이는 지느러미
오호라 저것 봐 내뿜는 눈부신 꽃 비늘 튄다
(중략)
갑자기 내 숨소리를 빼앗아 먼 산맥 굽이치게
파도 소리는 떡갈나무 숲 물고기 떼를 휘몰아
펄떡펄떡 뛰며 가로질러 헤엄치고 있다

—시 〈장자론〉 중에서

　　제목에서도 드러나는 것처럼 차영한의 시 〈장자론〉은 무위자연의 삶을
"지느러미"처럼 "파닥이는" 자연의 생명감과 결합시켜 표현해낸 수작秀
作이다. 시인의 "숨소리"들은 "파도소리" 속에 스며들고 파도의 숨결이 되
어 "떡갈나무 숲"을 "헤엄치고" 있다. 어느새 초록빛 나뭇잎들의 "물고기
떼"가 되어 "숲"의 바다 속을 유영하는 시인의 숨결들이여! 파도, 물고기
떼, 숲, 숨소리가 서로 다른 색깔의 혈맥으로 살아 움직이다가 하나의 심
장 속으로 모여들어 조화롭게 혼류混流하는 순환 질서를 보여준다. 차영한
의 시를 움직이는 해체주의 사상은 노장의 동양적 생태의식을 자양분으로
흡수하여 마침내 서양과 동양의 문화적 장벽을 허무는 탈경계적 생태시학
의 결실을 맺었다.
　　지금까지 인용한 시작품들과 지금까지 전개한 해설의 내용을 조금 더 심

층적으로 파고들어 차영한의 시가 갖는 문학적 의의를 자리매김해 보자. 고향인 통영 앞바다를 중심으로 생물들의 상호작용이 이루어지는 생명공동체와 토속적 "사물들의 네트워크"가 차영한의 새 시집에서 살아 움직이고 있다. 그런데 이 네트워크는 생태시학적 가치와 함께 언어학적 가치까지도 얻고 있다. '시'라는 집을 짓는 벽돌 역할에 비유할 수 있는 것이 시어이다. '시'라는 몸을 움직이는 세포이자 피톨 역할에 비유할 수 있는 것이 시의 낱말이다. 그러나 적용이 가능한 무수한 비유들의 베일을 걷고 차영한의 시 안에서 실제로 나타나는 시어의 역할은 '집'의 토대처럼 확고하고 '몸'의 심장처럼 필수적이다. 각각의 시어는 사물과 사람 간의 사회사적 관계를 알려 주는 정신적 미디어 역할을 맡고 있다. 이와 동시에 각각의 시어는 사람과 자연 간의 생태적 연관체계를 증언하는 자연인自然人의 대변자 역할을 겸하고 있다. 시어는 사물 및 생물의 현존現存을 나타낼 뿐만 아니라 생명공동체의 유기적 연관체계를 대변하고 있는 것이다. 이것은 차영한의 시가 지니고 있는 내용적 측면에서 분석해 본 시어의 역할이다. 내용적 측면에서 바라본 그의 시어는 생태시학적 역할을 맡고 있다고 볼 수 있다.

그의 시를 예술형식의 측면에서 분석한다면 시어는 또 어떤 새로운 역할을 부여받게 될까? 차영한의 시가 공간의 지역성 및 사물의 토속성을 강하게 노출하면서도 시어의 현대성을 겸비하고 있다고 주장할 수 있는 것은 바로 이 예술형식의 측면에서 바라본 시어의 역할이 언어학적 성격을 갖는 데 근거를 둔다. 그의 시어가 사물과 생물의 고유한 이름을 규정하는 언어개체言語個體의 독립적 지위를 누리는 것은 이루 말할 나위 없다. 이와 동시에 시어는 한 편의 시를 "언어생태계"와 "낱말생태계"로 구현하는 언어적 생명의 연결고리 역할도 수행하고 있다. 즉, 한 사물의 이름과 다른 사물의 이름 사이에 위치하여 양쪽 사물의 이름에서 공통적으로 드러나는 토착민들의 문화의식文化意識을 또 다시 이름 짓는 "언어매개체"의 역할을 맡는다. 시어는 한 생물의 이름과 다른 생물의 이름 사이에 위치하여 양쪽 생물의 이름에서 공통적으로 발견되는 토박이들의 지역적 정서와 생활감 정을 새롭게 이름 짓는다. 시어는 "정서매개체"의 역할까지도 담당하고 있는 것이다. 차영한의 시를 움직이는 개별적 시어들과 각각의 낱말들이 이와 같은 "언어매개체" 및 "정서매개체"의 역할을 수행함으로써 궁극적으로 얻게 되는 예술형식의 언어학적 열매는 무엇일까?

그 열매는 크게 두 가지로 수확할 수 있다. 하나의 언어학적 열매는 실제적 생태계와 생명공동체를 "언어생태계"와 "낱말생태계"로 변용한 것이다. 또 하나의 언어학적 열매는 실제적 생태계와 생명공동체 안에서 이루어지는 사물과 생물과 자연과 사람 간의 상호의존相互依存을 "언어생태계"와 "낱말생태계" 안에서 이루어지는 개별적 시어들의 유기적 상호작용으로 변용한 것이다. 이것은 차영한의 시가 갖고 있는 '생태언어학'적 자산이다. 이 시인만이 가질 수 있는 고유한 문학적 가치가 아닐까? 관심 있는 독자들은 언어학자 알빈 필(Alwin Fill)의 저서《생태언어학(Ökolinguistik)》을 읽어보길 바란다. 차영한의 시에서 나타나는 생태언어학적 특징을 찾아보길 권유한다.

필자는 해설을 마치면서 시인 차영한의 새로운 시집《캐주얼 빗방울》과 그의 시세계에서 발견되는 문학적 의의를 다음과 같이 정의해 본다. "생태언어학, 해체주의를 비롯한 서양 철학, 노장老莊사상으로 대변되는 동양의 자연사상과 생태철학, 한국의 토속적 로컬리즘이 부단히 상호의존의 관계를 맺고 있는 탈경계적 생태시학의 네트워크"여!

☞ 출차: 월간《시문학》통권501호, 4월호(시문학사, 2013, 4), pp.146~155.

사이의 시학

정 신 재
(문학평론가)

1. 무선상상無線想像과 '사이'

주지하다시피 20세기에는 소쉬르의 언어학과 프로이트의 정신분석학이 인문학에 변화를 가져왔다. 소쉬르는 기호는 기표(시니피앙)와 기의(시니피에)로 이루어져 있다고 하였는데, 해체주의자들은 기존의 기의가 사물의 본질에 비하여 편협하다고 보고 기존의 기표를 해체하여 사물의 본질에 다가서고자 하였다. 그러다 보니 학자들은 기존의 진리라고 여겨왔던 개념에 대한 해체를 시도하면서 다양한 각도에서 사물을 들여다보고자 하였다. 가령 프로이트는 인간의 의식 밑에 엄청난 무의식이 있다고 보고 개인의 꿈 등을 분석하면서 무의식과 관련한 심리 현상을 고찰하였다.

이와 같은 패러다임의 변화는 인문학에서 미래파, 입체파, 다다이즘, 초현실주의, 모더니즘, 포스트모더니즘 등의 여러 사조를 이끌었다. 특히 초현실주의들은 인간의 무의식에 있는 가치를 끌어내자는 의도에서 오브제, 아시체 놀이, 무선상상 등의 표현 기법을 계발하였다. 이와 같은 기법들은 두 사물 사이를 멀리 떨어뜨려 놓음으로써 독자들이 두 사물의 의미를 연계시키는 상상 놀이를 하게 할 수가 있다. 이는 이른바 무선상상無線想像에서 기원한다. 무선상상은 두 사물을 멀리 떨어뜨려 놓음으로써 무한한 상상과 의미의 생산을 가능하게 기법이다.

그럼 왜 사물과 사물, 이미지와 이미지 사이를 떨어뜨려 놓는가. 아마도 사물간의 '사이'에서 그 의도를 엿볼 수 있을 것이다.

2. 주체와 타자 사이

현대 철학에서는 다양한 주체가 요구된다. 그것은 복잡하고 다양한 상황에 대처하는 방식이다. 이 주체에는 타자他者가 필요하다. 타자는 주체가 가진 열린 시선으로 존재의 본질에 접근하는 데 유용하다. 주체는 일상에서의 생활 패턴만으로는 복잡한 현대의 상황에 대응할 수가 없다. 그래서 주체는 자신의 본성을 닮았으면서도 외형은 다른 타자와, 자신의 분신을 닮은 요소들을 가지고 있는 타자도 필요하다. 이 타자는 담론으로 나타날 수도 있고, 이미지로 나타날 수도 있다. 그러므로 차영한의 시를 이해하는 데에는 이러한 주체와 타자가 어떻게 다양한 언어와 이미지로 형상화되어 있는지 알아보아야 할 것이다.

> 그는 본능 앞에 세워 둔 붉은 말을
> 올라탔을 때 하늘 한 복판에 쏜 화살을
> 찾고 있어 지금까지 돌고래 떼만 동원하여
> 샅샅이 나비는 물속에서도 보이지 않던

황금화살을 끝까지 찾기 위해

수만 마리의 크고 작은 물고기들을
풀어놓았지만, 바닷말[海藻] 사이를
지나 산호 숲 밑 가장 깊은 심연 그리고
산에서도 보이지 않는 미궁
그곳에 웬 바리데기를 시켜 물 길어
오는 체, 그러나 너무 군살이 쪄서 아마
믿을 수 없는 수십 억 년 전부터 그
소임을 다하지 못한 더듬이 수염 따라
걷거나 헤엄치다 못해 지느러미날개는
얻었지만 그는 관능의 검은 말을
탔을 때는 눈부신 별들 보다가 눈멀어
그곳에 산다는 이야기도 모르는 그곳

문 앞에 부러진 황금화살 지나간
흔적조차 깜깜하여 어둠 속에 자질구레한
꾀주머니 화살만 고속도로 위로 질주하는,
눈부신 파충류들이 부러워서 펄펄 끓는
쇳물에 피를 담금질하듯 황금박쥐
날갯짓을 수습 한다 황금화살 만들기 위해

—시 〈황금화살〉, 전문

이 작품에서 "붉은 말"은 태양의 메타포다. 이와 같은 메타포는 "황금 화
살"로 진행되는데, 이와 같은 흐름을 이해하기 위해서는 신경과학자 폴 맥
린의 뇌 구조가 도움이 될 것 같다. 그에 따르면 인간의 뇌는 3층으로 되

었다고 한다. 이와 같은 구조에 따라 화자가 상상 여행을 한다. 곧 뇌의 1층에서는 파충류에 해당되는 물고기의 생명력이 동원되어 있으며, 뇌의 2층에서는 당초 육지에 살던 고래 젖빨이동물(포유류)인 고래류가 그려진다. 그리하여 뇌의 3층에서는 인간의 뇌 무게와 유사한 뇌의 2층을 넘어서서 사고하는 뇌의 3층을 회복하는 "황금화살", 즉 본래의 햇살(긍정적인 즐거운 뇌, sunny brain)로 나아간다.

이와 같은 뇌의 활동은 수많은 타자들을 만나면서 구체화된다. "물속에서" "수만 마리의 작은 물고기들을/풀어놓"기도 하고, "바닷말 사이를/지나 산호 숲 밑 가장 깊은 심연 그리고/산에서도 보이지 않는 미궁", "수십억 년 전부터 그/소임을 다하지 못한 더듬이 수염", "흔적조차 깜깜하여 어둠 속에 자질구레한/꾀주머니 화살만 고속도로 위로 질주하는" 이미지들을 만나며 나아간다. 이와 같은 상상을 통하여 "그"는 "황금화살"을 만들어 간다. 이 화살은 뇌의 3층 구조라는 공간에서 하여 얻은 결과물이다. 그리하여 "그"라는 주체는 인간성 회복이라는 타자에 도달하게 된다.

3. 정지와 이동 사이

사람은 정지와 이동 사이에서 활력을 가지고 살아간다. 정지되어 있다면 그것은 죽은 것이요, 이동하고 있다면 그것은 진정성이 없는 것이다. 정지하고 이동한다는 것은 사람이 살아 있다는 증거다. 그러므로 정지와 이동 사이를 적당히 가로지르기 하는 것은 사물의 본질을 들여다보는 하나의 방식이 될 수 있을 것이다.

내 결핍을 물렁해지게 하는 비닐하우스 귤이
제 습윤을 움직이게 하는 커다란 사과 하나 섞어
바꿔치기 하듯 바다소금을 들고
배에서 내리자 부두에서 하역작업 하는
허벅지 물살웃음소리 깔깔거리도록
칼크리 하던 기억들을 되살리고 있어

미혹하는 루어(인조 미끼)에 행운을 묶어서
내던지는 낚싯줄 휘어지면서 떨리고 있어
물었다! 낚아 올렸어 그러나 복어 한 마리
배때기만 부풀어서 올라온 내 의문표를
깜박이게 하는 궁금증, 아니 얕아 보이는
물속 자갈들 틈새 걸림돌들

꿈쩍도 않는 무게에 그날의 단절들
연계되는 잠재성들이었네라
또 정지하여 보니 번식하고 있는
별불가사리 떼뿐이었어

　　　　　　　　　　　　—시 〈정지, 보이는 겨울오브제〉, 전문

'오브제'라 함은 사물이 가지고 있는 의미를 A에서 B로 옮기는 것이다. 그래서 초현실주의 시인들은 의식과 무의식을 오가며 새로운 의미를 찾는 오브제 방식을 즐겨 사용한다. 일상 언어는 시의 양식에서 시어가 되면서 그 의미가 새롭게 변용된다. 그러므로 시인이 '정지, 보이는 겨울오브제'를 제재로 한 것은 정지와 이동 사이에서 뭔가 새로운 의미를 이끌어 내려고 시도한 것이다.

화자는 1연에서 "결핍"을 벗어날 시도를 한다. "내 결핍을 물렁해지게 하는 비닐하우스 귤"과 "제 습윤을 움직이게 하는 커다란 사과"를 섞어 의식을 변화시키려고 시도한다. "허벅지"와 "물살웃음소리"가 "깔깔거리도록" 하면서 "기억들을 되살"린다. 2연에서 화자는 루어(인조 미끼) 낚시를 통해 뭔가를 얻으려 한다. 그러나 낚아 올린 것은 "배때기만 부풀어서 올라온 내 의문표를/깜박이게 하는 궁금증"이고, "얕아 보이는/물속 자갈들 틈새 걸림돌들"이다. 3연에서 화자는 "꿈쩍도 않는 무게에 그날의 단절들"과 "번식하고 있는/별불가사리 떼"에 정지되어 있다. 정리하자면 화자는 "귤"과 "사과", "허벅지"와 "물살웃음소리"를 비틀어짜기하면서 미끼로 뭔가를 낚으려 하는데, 낚인 것은 "궁금증"이요, "걸림돌"이다. 그래도 화자는 희망을 버리지 않는다. 비록 정지해 있다고 보여도, 거기에는 "연계되는 잠재성들"이 내포되어 있기 때문이다. 이렇게 볼 때 화자가 사용한 오브제는 정지와 이동 사이를 가로지르기하며 잠재되어 있는 의미들을 무한히 생산하는 가능성을 찾는 데 활용된다.

4. 정결함과 불결함 사이

시인은 주체의 시야를 넓히고 정지와 이동, 정결함과 불결함 사이를 가로지르기함으로써, 사물이 가지고 있는 본래적 의미들을 찾아내려 한다.

  서로 충돌하고 있어…
  꽃바구니에서 분노하는 생선들의 흰
  눈깔들이 가시 선인장 꼭대기로

넘어가면서 달디 단 사과들끼리
해를 붙잡다 폭발하고 있어

빨강 속곳만 입은 채, 패러글라이딩
쇼하는 부끄러움마저 다 벗고 된 정 나도록
썰매 타는 이오티콘, 카카 오톡들
코카콜라의 난잡한 장난 끼들끼리
산산 조각내고 있어

시커먼 긴 꼬리 뱅어 돔 같은 광기마저 튀어 올라
역광으로 벌떡이며 철새들이 들킨 의심 증상
고병원성 AI인플루엔자에 감염된 채 손가락으로
가리키는 오렌지 지붕에서 새로 터뜨리는 수만 개
고무풍선이 자꾸 위로 날아오를 때
통가리 난 헝겊들마저 갈매기 떼 날갯짓은
너무도 허우적거리고 있어

늦게 서두르는 전염병 에볼라 실핏줄
셉테드 칸막이만 새카맣게 태우고 있잖아
눈부시게 거두질 하는 톱니바퀴해안선에서 저
기름띠마저 숨긴 채 검푸른 개들의 흰 머리카락들
희 해 지도록 물고 끌어당기고 있잖아

눈 거신 곳 몰래 내버린 스팸메일마저 붙잡고
밑에 사는 차이가 격심해질수록 먹잇감은 이빨로
뜯을 때마다 발버둥치는 생선들의 시퍼런 눈깔들

눈 티가 밤 티가 되어가면서 그래도 살려고…
싸우고 있어 백내장 녹내장으로
으깨지면서 번지고 있어

—시 〈버려져가는 바다〉, 전문

　시인은 생태 문제를 다루는 데에 정결함과 더러움 사이를 언어들이 가로
지르기하도록 해 놓았다. 여기에는 자연과 문명과 온라인과 오프라인 용
어들이 뒤섞여 나타난다. 그리하여 "꽃바구니에서 분노하는 생선들이 흰/
눈깔들이" "가시 선인장 꼭대기"와 "달디 단 사과들"과 "해"와 부딪친다.
"이오티콘, 카카 오톡들"이 썰매를 타고, "코카콜라"가 "난잡한 장난"을 한
다. "고병원성 AI인플루엔자"와 "전염병 에볼라 실핏줄"이 "시커먼 긴 꼬
리 뱅어 돔 같은 광기"와 "기름띠마저 숨긴 채 검푸른 개들의 흰 머리카락
들"과 놀고 있다. 시인은 문명과 생태의 더러움을 자연과 문명과 세균이
뒤섞인 현장으로 표현함으로써 주체의 시야가 "백내장 녹내장"으로 병들
어 있음을 고발하고 있다. 이는 시인이 의식과 무의식, 자연과 문명, 현실
과 환상보다 더 우위의 차원에서 사물을 바라봄으로써 얻은 결과물이다.

5. 회상과 상상 사이

　시인이 표현한 인간성은 매우 독특하다. 그것은 의식과 무의식, 현실과
환상의 차원을 넘어 보다 중층적 차원에서 확보된 것이다.

끊임없이 시작 되네 나무와 풀빛이야기

물바람으로 하여
하나하나 다발묶음으로
서두르는 햇살들 앞세우고 있나니

자유스러움으로부터 무심코
내다버린 헌 옷 가지도
그 누군가가 걸치더라도
나서야 하네

즐거움으로 나타나 장날 구석에 앉아도
웃음 전塵에 헤벌쭉한 보리딸기
내다 팔려고 그 위에
통통한 햇살 줄거리 얹어보면
봄 두레길 에둘러서라도 오지

어쩨 말문 여는 눈물방울의 속살
보리가시랭이에 찔린 기억마저
모둘 떼기 뒷면만 보여 주고 있어
배시시 입술에 짓 물어보면 그거는 알지

밋밋함도 어디 믿는 데가 있어
가늠하는 눈짓에 알콩 달콩
가시버시가 새끼 친 즈거가 뭐 알겠냐?
저 엉뚱한 말씨름

내치어도 설레는 고놈들 땜에

우리는 여태껏 속고도 모른 체
그 햇살 줄거리 솎아내며 따리로 웃다
첫걸음 샛별걸음으로
이고지고 요렇게 살았네라

아장 아장걸음이야 어찌
헛물켜는 허깨비 간肝 이야기만 있건대
그대로 씨름도 해봤지만 어쩔 꺼나
헐뜯어…내다 건 춘방春榜을

원래 개살구 개복숭이 제 맛 다른 거 알면서
우리 사는 용서 내나*불러
사초史草부터 먼저 쓸 줄 몰라서가
아니라네, 하필 강물에다 쓴다는 것들이
철철 헹궈냈네라

손톱 다 닳아 터진 만큼 아프고 서운해도
깨운 한 일 그거 다 어디 갔겠느냐

　　　　　　　　　　—시 〈우리 사는 용서 내나 불러〉, 전문

* '내나'는 일인칭이면서 동의하는 '그래'란 뜻이 있고, 또한 '내川'의 뜻을 갖는데, '내川가 나
　를 불러'라는 함의, 즉 역사를 지칭하기도 한다.

　시를 형상화하는 목적 가운데 하나는 존재의 인간미를 멋있게 그려내
는 것이다. 시인은 이와 같은 인간미를 토속적인 공간에서 연출하였다. 그
의 연출은 "장날 구석"에서 "통통한 햇살 줄거리"를 보고, "봄 두레길"에서
"눈물방울의 속살"을 보는 중층적인 차원에서 이루어진다. 그것은 화자가

자식들의 잘못을 포용하면서 사물의 본질로 나아가는 것과 같이, 존재의 숭고미를 향하고 있다.

6. 주체와 대상 사이

4차 산업 사회에서는 개인과 국가, 개인과 개인, 인간과 로봇, 사무직과 노동직, 공장과 사무실, 생산자와 소비자가 맞춤형으로 연결된다. 이와 같은 환경에서는 다차원적이고 다양한 이미지와 담론이 횡행한다. 그래서 시도 다양성을 내포하여 사물의 본질에 접근을 가능하게 한다. 그러므로 주체와 대상 간에 다양한 언어들이 놓여 있게 된다.

그런데 해체 철학에서는 기존의 기표와 기의로 맺어진 기호가 편협하다고 보고, 기호에 새로운 의미를 부여하려 한다. 그리하여 기존의 기호는 시에서 새로운 기표로 태어난다. 이를 위해서는 기존의 기표와 기의 방식과는 다른 기호가 필요하다. 가령 기존의 기호가 비유와 알레고리에 주로 의존하였다면, 새로운 방식은 새로운 메타 방식을 요구한다. 그 방식은 '주체—언어—대상'의 관계에서 주체와 대상을 숨기고 언어가 가진 다양성을 형상화하는 것이다. 이는 사물의 본질을 추구하기 위해서는 기존의 비유 방식으로는 새롭고 창의적인 담론을 생산할 수 없기 때문이다.

    나는 말없음표를 밟고 가는 느낌표

    '!'는 나의 지팡이다 짚다 닳도록 짚다가
    어느 새 마침표는 강냉이 알에 굳어

해골 이빨에나 씹히는 캄차카 섬의
유빙遊氷 밑층을 떠돌고 있어

녹는 어느 빙산 기슭에 쉬는 내
발목뼈가 눈사람으로 눈을 밟아서

북극곰의 콧부리에 굴리는 물음표 되어
나를 숨기고 있어 지팡이 짚을 때마다
툭 쳐 보는 고슴도치도 웃어주고 있어

벌써 바다 속에서는 벌거벗고 춤추는
달팽이가 춤추고 있어 다시 비만증에 걸린
군소로 변절된 그때까지도 살아

기어 다니고 있어 느낌표는 뼈가 없는
해삼일까 말없음표만 짚고 가니까. 허허! …!

—시 〈'!'는 나의 지팡이다〉, 전문

　　시인에게 "지팡이"는 "느낌표"다. 곧 언어다. 그러나 이 언어가 기존의 '
주체—언어—대상'의 관계로는 사물의 본질로 나아가는 감동을 주기 어렵
다. 그래서 시인은 주체에 다양한 기호를 중층적으로 대입시키고 있다. 그
리하여 "나"는 "느낌표"·"지팡이"·"발목뼈"·"물음표"·"달팽이"·"군
소"·"말없음표"·"뼈가 없는 해삼" 등의 타자로 변신을 시도한다. 이른바
기호를 통한 상상 놀이를 하는 것이다. 그리고 주체가 접하는 대상도 일
상에만 머물지 않는다. "강냉이 알"·"해골 이빨"·"캄차카 섬의 유빙 밑

층"·"어느 빙산 기슭"·"눈사람"·"북극곰의 콧부리"·"고슴도치" 등으로 무의식의 공간을 유영하고 있다. 이는 사물의 본질로 나아가기 위한 시인 나름대로의 메타적인 언어 놀이다. 그러므로 주체를 따라가다 보면 다양한 시야를 확보하게 되고, 다양한 이미지와의 만남을 통하여 어느새 사물의 본질을 알 것 같은 시야에 들어서게 되는 것이다. 이것이 시인이 다양한 기호를 통해서 사물의 본질에 접근하려는 메타 방식적 접근법이다. 기존의 비유 방식과는 다른 색다른 언어 놀이를 통해서 사물의 본질에 접근할 수가 있는 것이다. 그래서 필자는 이 방식을 사물의 본질에 접근하는 메타적 기호 놀이라고 단정 짓고 싶다. 차영한 시인의 사물의 본질을 향한 기호 놀이에 박수를 보낸다.

☞ 출처: 《인간과문학》 제24호(2018년 겨울호), 인간과문학사, pp.54~

《캐주얼 빗방울》 시집에 나타난
초현실주의적 표출 탁월성

차 진 화

(시인 · 서울시립대학교 현대문학 박사과정)

1. 들어가며

　차영한은 시인이자 문학평론가이다. 그는 1978~79년 월간 《시문학》에
〈시골햇살 Ⅰ · Ⅱ · Ⅲ 〉, 〈한려수도〉, 〈어머님〉 등으로 추천 완료하여 공
식적으로 문단 활동을 시작하였으며, 〈청마시의 심리적 메커니즘 분석〉이
당선되어 평론으로도 등단하였다. 또 《초현실주의 수용과 연관된 '三四文
學' 시 연구》 논문이 합격되어 문학박사 학위를 취득함으로써 학자로서의
길을 걷고 있다. 그의 16권의 단행본 시집 및 2권의 평론집, 500페이지나
되는 차영한 수상록 단행본 등 저술이 있어 심층 분석코자하는 연구자들
은 차영한 약력을 별도로 검색하기 바란다.
　차영한의 시세계는 크게 주지적 서정시 경향과 초현실주의적 경향으로
구분해 볼 수 있다. 즉 첫 시집 《시골햇살》(시문학사, 1988)과 연작시집 《섬》
(시문학사, 1990) 등으로 대표되는 주지적 서정시 경향 이후 제4시집인 《캐
주얼 빗방울》(한국문연, 2012)부터는 초현실주의적 경향이 두드러진다. 주지
적 서정성에서 초현실주의로 급선회하는 경우는 흔한 변화라고 볼 수 없

다. 두 경향은 사물을 대하는 인식 및 기법의 출발과 지향점이 상당 부분 차이가 있기 때문이다. 물론 그의 급선회한 시 경향이 종전의 시세계를 완전히 차단하고 새로운 시 쓰기를 고집한다는 뜻은 아니다. 오히려 차영한의 시는 서정성과 현실을 발판삼아 무의식의 세계를 환상적으로 그려내는 것 같다. 그리고 기표와 기의의 자의적 해석에 따른 의미 생성 과정 및 의미 변용 과정을 자동기술법이나 이항 대립적 비유 등으로 부각한다. 이는 페터 뷔르거가 말했듯이 예술(꿈)과 삶(현실)의 분리성을 고집하는 모더니즘과는 다르게 예술과 삶의 절대현실을 재통합으로 시도한다는 점에서 강렬한 흡인력을 갖고 있다. 따라서 이러한 초현실주의적 경향을 선언한 것이나 마찬가지라고 할 수 있는《캐주얼 빗방울》시집을 중심으로 차영한의 시세계를 살펴보고자 한다.

2. 언어 질서 해체로 실현하는 예술(꿈)과 현실의 소통

《캐주얼 빗방울》시집은 2012년 발간되었지만, 대다수가 문예지 및 신문 등에 발표한 작품들을 묶은 것으로 본다. 그러면 차영한 시에 나타난 초현실주의 경향의 연조年條는 2012년이 아니라 꽤 이전 시기로 거슬러 올라갈 수 있다. 《캐주얼 빗방울》시집의 특징은 내용적 측면과 기법적 측면에서 다양하게 포착될 수 있다. 그중에서도 본 글이 주목한 것 중 하나는 의미를 생성하는 과정이다. 즉 기존의 언어 질서가 아닌 이를 해체함으로써 새로운 의미에 도달할 수 있게 되는, 주로 알레고리적으로 시화하고 있다. 다음 시작품이 그 대표적 예가 된다.

평평 구멍이 뚫어져야 동반자살 할 수 있는 급물살들이 무성영화 속의
흰 수염으로 잡아당겨지는 치즈 클러스터 흥분을 박음질해오는 주름살의
질문에 당혹스런 눈빛으로 보는 곤충학자의 모자가 실망하는 프로타주 그
옆에 있는 가장 빠른 디지털 웃음이 백태 낀 혓바닥으로 핥다가 먼저 사라
진 그림자 흔들리는 그 해변을 밀대 질하여 밀개떡 빚는 물살들이 바닷새
앞세워 파안대소하면서 주름살 덮쳐 펴는 또 하나의 주름살들. 파, 파, 파
라, 파라보라, 피, 파이, 냉동파이, 초코파이, 파이 알라 모드, 마이너스 파
이, 파이다, 파이라, 어 파이다, 파이로다, 파이로다, 하, 하, 하파, 파하,
보라, 보라, 파장, 파, 파이토털에 엑스파일…

—시 〈거울주름살〉, 전문(주註 생략)

　위의 시에서 가장 먼저 주목할 단어는 "동반자살"이다. 동반자살은 하나
가 아닌 둘 이상을 뜻하는 복합체로써, 이 시에서는 거울을 보고 있는 나
와 거울 속의 나를 각각의 개체로 보고 있음을 암시한다. 그런데 거울 속
의 나는 현상학적 개념으로서의 존재가 아니라, 무의식 속에 자리한 나의
모습이다. 이는 찰리 채플린을 연상케 하는 "무성영화 속의 흰 수염"이라
는 문장과 거울 밖인 의식 세계에서 "곤충학자"로 형상화된 모습이 다르다
는 점에서 기인한다. 무의식과 의식을 연결해 주는 단어는 "모자"와 "치즈
클러스터"라고 할 수 있다. 다시 말해 무의식 속의 나는 찰리 채플린과 같
은 자유로운 영혼, 예술가의 삶을 상징한다. 그리고 의식 세계의 나는 곤
충학자로 대표되는 장 앙리 파브르와 같이 소박하고 규칙적인 삶을 영위
하는 겸손한 사람으로 상징된다. 두 사람이 모자를 애착하였던 것은 주지
의 사실이다.
　의식 세계는 종종 무의식 세계에 의해 위협당하고, 또 서로 마찰하면서
새로운 세계를 창출한다. 마찰로 인해 새로운 세계로 도약하는 과정은 "프

로타주"를 중심으로 장면이 전환되는 부분을 살펴보면 알 수 있다. 프로타주는 마찰을 일으키며 문지르는 행위로서 주로 회화에서 많이 사용하며, 물질에 의해 촉발된 의식의 불안한 이미지를 표현하는 초현실주의 기법이다. 시적 주체는 의식에 침입하는 무의식이 결코 달가운 것이 아니며, 이에 실망하고, 또 마찰을 일으킴으로써 불안의식을 드러낸다. 하지만 이내 의식은 무의식의 바다에 의해 밀려 나가고, 몸은 기계적인 웃음이 아니라 온몸으로 웃는 파안대소의 절정을 맛본다. 특히 "파, 파, 파라, 파라, 파라 보라, …(중략)… 파이토털에 엑스파일…"을 각주 처리한 지면을 확인하는 순간, 단어 하나에서 파생되는 무수한 의미와 이미지에 압도당하기 충분하다. 시적 주체는 이를 대뇌의 주름이 새롭게 생성되는 것과 같은 현상으로 묘사하고 있는데, 결국 "주름살"의 의미가 거울에 비친 나잇살에서 출발해 대뇌피질의 주름살로 전치되는 과정으로 이해할 수 있다. 이와 같은 의미 생성 과정은 라캉이 말하는 상징계와 상상계로 대변될 수 있다. 상징계와 상상계를 좀 더 직접적으로 구체화한 예는 다음 시에서 확인된다.

> 따듯한 가슴을 파고드는 미풍이 희한한 깃털로 날면서 알아챌 수 없는
> 낯익은 얼굴로 다가오는 잎과 잎 사이 빛나는 눈빛 그 웃음을 건너뛰어 오
> 는 그토록 내 곁에 오직 머물기로 작정하는 떨림을 더욱 믿게 하여 보이지
> 않는 아누비스의 손으로 켠 등잔불 앞에 바람의 저울질처럼 이젠 분명히
> 낯익은 음성으로 내미는 하얀 종이에 죄다 쓰도록 붓을 잡게 하는 어느 날
> 훔쳐본 아버지의 옴팍한 가슴 깃털 내 심장을 스치는 순간 갑자기 불 끄고
> 날아가는 풍뎅이 한 마리 여행하다 쉬는 이집트 룩소르 초저녁 길가에서
> 나를 찾아 날갯짓하고 있다
> ─시 〈가슴 깃털 볼 때마다─상상계와 상징계 사이〉, 전문

나의 점은 별의 발자국이네/점점 사라진 발자국들이 갑자기/날아와 나의 등잔불을 꺼버리고/밝히는 어둠을 내 등에 일곱 번 찍어버린/풍뎅이//점점 복수腹水가 차올라 부글부글 들끓던 내 새빨간 날들 불붙이더니/낯선 점들이 점점이 까만 사마귀 화석 되어/ 밟고 건널 미리 등짐 져다 내려놓던/징검다리 돌 걸걸한 들숨소리 점점 들리는 쯤//들리고, 보고 싶은 것이 보일 때/저승까지도 막내둥이 울음소리 어머니 귀에/들렸는지 달려와 점점 어루만질수록/뚜렷한 내 칠성줄 점 점 점 움직이다가/날고 있는 별 따라 풍뎅이로 날아오르고 있네

　　　　　　　　—시 〈점점… 사라지는 것은 살아 있는 점점으로〉, 전문

　인용한 위의 두 시는 서로 짝패를 이루는 것처럼 보이는데, 〈가슴 깃털 볼 때마다─상상계와 상징계 사이〉에서는 등잔불을 켠 상태에서 현시된 시적 주체, 즉 무의식적 환상(Phantasy, Fantasy가 아님)을 형상화하고 있으며, 〈점점… 사라지는 것은 살아 있는 점점으로〉에서는 등잔불을 끈 어둠 속에 자리한 시적 주체의 모습도 앞에서 논급한 무의식적 환상을 형상화한다. 그리고 이는 아버지와 나, 어머니와 나의 관계로 대조되면서 "풍뎅이"가 갖는 의미로 나아간다. 풍뎅이는 날아다니는 자유 외에도 이승과 저승을 매개하는 신화적 요소와 부활, 생성의 의미와 맞닿아 있다.
　두 시를 좀 더 살펴보자면, 〈가슴 깃털 볼 때마다─상상계와 상징계 사이〉는 아버지와 시적 주체의 관계를 상징계와 상상계 사이의 존재로 바라보고 있는 작품이다. 이 시에서 아버지는 이미 죽은 자이다. 시적 주체는 문득 깃털 같은 미풍에서 아버지 가슴에 나 있던 깃털을 떠올린다. 그리고 자신이 어느새 아버지 모습을 하고 있다는 것을 깨닫는다. 즉 나이가 들면서 나의 고유성은 온데간데없고 아버지의 모습으로 변해 있는 자각을 통해 '나는 누구인가'가 아니라, '나는 무엇이고 싶었는가'라고 하는 실

존의 물음을 던지고 있다. 아버지의 모습은 자크 라캉에 의하면 기존의 가치 질서 및 남근 중심적 세계를 법의 상징적 세계로 대표되며, 상징계를 형상화한 것이다.

반면, 〈점점… 사라지는 것은 살아 있는 점점으로〉에서 시적 주체는 나이가 들수록 점점 사라져가는 것뿐인 자신의 본질을 복원하려는 의지를 보인다고 할 수 있다. 복원의 의지는 1연에서 출생의 특징적 내력인 점의 의미로부터 출발하며, 2연과 3연을 거치면서 구체화된다. 즉 점은 살갗의 점點에서 차츰차츰 의미하는 부사어 점점으로, 또 문장 부호인 '…'과 소실점인 점으로, 앞날의 운수나 길흉 따위를 미리 판단하는 점占으로 혼용되면서 나의 존재와 풍뎅이의 동일화 의지를 엿볼 수 있게 한다. 여기서 풍뎅이는 무당벌레와 같은 의미로 이미지화되는데, 1연과 3연의 의미망에 의해 나의 등, 곧 나의 눈으로는 볼 수 없는 몸의 위치에 있는 칠성점이 칠성줄의 의미로 전이되는 과정을 통해 저승에 있는 어머니와 이승에 있는 내가 만나게 되고, 자유롭고 빛나는 존재로 거듭 태어난다. 자유에 대한 열망은 2연의 대비되는 내용을 염두에 둘 때 더 확고하게 다가오는데, 현재의 나는 "사마귀"의 모습을 하고 화석처럼 굳어져 버린 사고와 길들어진 공격성을 무기로 살아가는 자로 변해있기 때문이다.

이런 관점에서 볼 때, 〈가슴 깃털 볼 때마다─상상계와 상징계 사이〉, 〈점점… 사라지는 것은 살아 있는 점점으로〉 두 작품은 점점 희미해지고 잊어버린 것들을 떠올리는 과정이 이승과 저승의 경계를 넘나드는 신화적 상상력에 의해 상징계와 상상계를 넘나드는 존재의 근거에 질문하는 대표적 시라 할 수 있다.

자크 라캉에 의하면 아이는 상상계에서 상징계에 진입한다. 상상계는 어머니와 아이만이 존재하는 세계, 곧 무의식의 세계이다. 상상계는 상징계에 의해 억눌리면서 형성된다고 할 수 있다. 라캉이 상징계와 상상계를 통해 말하고자 하는 것은 언어에서 기표와 기의 관계를 설명하기 위해서이다. 즉 기표에 대응하는 기의가 상징계를 대표하는 보편적 언어 질서라고 한다면, 라캉은 기표와 기의가 대응하지 않는 세계, 곧 자의적 의미가 방출할 수 있는 세계를 무의식과 연결 짓고 언어로써 욕망을 분석하는 발판을 마련한다. 줄리아 크리스테바는 여기서 한 걸음 더 나아가 기표와 기의의 자의성을 쌩볼릭(le symbolique)과 세미오틱(le sémiotique)으로 설명한다. 즉 쌩볼릭은 기존 언어체계인 상징질서 또는 아버지의 법을 의미하며, 세미오틱은 자유분방하고 유동적인 움직이는 기호계로서 어머니의 몸을 의미한다. 쌩볼릭은 세미오틱의 관여로 인해 기존의 개념이 흔들리게 되고 결국 해체되며, 서로의 자리바꿈이 계속 일어나는 한 의미는 새롭게 창출될 수 있다.

쌩볼릭과 세미오틱의 자리바꿈은 《캐주얼 빗방울》에 나타난 두드러진 현상 중 하나로서, 기표와 기의의 관계가 유동하고 새로운 의미를 생성해내는 과정을 잘 반영하고 있다. 차영한의 시가 난해한 것으로 정평 나 있는 이유 중 하나도 기표와 기의의 자의성과 관련이 깊을 것이다. 그의 시편에서 의미의 비약만 보더라도 한 행, 한 문장이 끝나기도 전에 일어나며, 이로 인해 현실 상황은 단숨에 초현실의 환상에 도달하는 것은 물론, 암시와 생략, 절제로 애매모호성이 가중되기 때문이다. 그렇다고 하여 그의 시가 초현실이나 환상만을 노래하는 것은 결코 아니다.

차영한 시의 초현실주의적 특징은 현실과 꿈의 아이러니, 자기모순, 사회적 비판의 목소리를 내는 패러독스(역설)적일 수 있다. 《캐주얼 빗방울》에는 사회적 현상에 민감하게 반응하는 시적 주체들이 곳곳에 등장한다. 표제 시인 〈캐주얼 빗방울〉을 비롯하여, 〈넥타이, 뱀장어구이〉, 〈원원으로 차단, 층간소음〉, 〈트라우마 1·2·3〉, 〈휴지통 고발〉 등등 현실을 뛰어넘는 방법으로써 환상과 언어트릭, 유머(블랙유머) 등이 긴장을 조절해 준다. 그런 점에서 현실의 왜곡을 꼬집고 있는 《캐주얼 빗방울》 시집에 나타나는 시들의 초현실주의적 특징은 영미 모더니즘적 계열과는 구별되는 유럽계 아방가르드와 맥이 닿아 있는 경우라고 할 수 있다.

3. 다의성의 경계를 허무는 실험적 시세계

《캐주얼 빗방울》 시집의 또 하나의 특징은 다의어의 확장으로서 외래어나 방언, 또 품사 및 문장 부호의 활용 등을 꼽을 수 있다. 한국 시사에서 외래어 사용은 모더니즘 계열의 시가 유입된 1920년대 후반부터 발견되는 현상이다. 이는 생경한 언어에서 촉발되는 낯선 이미지의 창출에 기여한다. 그러나 한국시사에서 방언의 현저한 사용으로 초현실주의를 실현하는 작법은 흔하지 않은 경우라고 할 수 있다. 외래어가 지성적이고 문어적인 성격을 가진 세계어라고 한다면, 방언은 토속적이고 구어적인 성격이 강한 모국어라고 할 수 있기 때문이다. 이에 방언을 사용한 시는 주로 서민들의 일상과 민속 등을 표현한다는 점에서 서술적 서정성, 혹은 현실주의의 특징으로 주로 언급되곤 한다. 그런데도 《캐주얼 빗방울》에서는 방언을 적극적으로 활용해 사라지고 있는 모국어를 복원하고, 다의성 및 언어의 리듬감을 드러내면서 이를 통한 새로운 이미지 창출과 기존 관습 체계에 저항하는 태도를 보인다. 이때 문장 부호나 품사의 변용이 함께 작동함으로써 발랄하고 생동감 있는 언어의 세계를 맛볼 수 있게 한다.

신神은 아침에도 나보다 먼저 일어난다 말의 솔깃함은 비올라 위에서 나는 나비가 되나니 장중한 첼로 사이로 넘나들면서 재테크하는 미묘한 키워드 역할 처연한 중량감에 의도한 느낌들이 테크노를 분망하게 접목하고 있다 들썩거리면서 빤칠 때마다 마치 '죠스' 속 식인상어 촬영에 성공한 스필버그 감독의 무중력과 유사한 수중의 '중성부력'을 잘 이용한 것을 엄두도 못낸 단절, 방수 하우징Housing에 넣고 4옥타브를 거뜬히 넘어 고음보컬 같은 스릴과 서스펜스 사이를 촬영한 파랑주의보 날씨끼리 빗장뼈와 날개뼈 삼각근육 등 네 개의 근육을 꼬시 가지고 어깨관절 삼천 번 이상 스와핑 하고 있는 바다나비 떼들

——시 〈깨꿍스런 날씨〉, 전문

이 시는 제목부터가 방언이다. '깨꿍스럽다'는 국어사전에도 실리지 않아 그 뜻을 파악하기 어렵지만, 시인의 고향인 통영에서는 예부터 쓰던 말로, '전혀 예상 밖의 사태'를 뜻하는 것과 유사하다. 그렇다면 시적 주체가 전혀 예상치 못한 날씨를 표층적 이미지로 하면서 실제 드러내고자 하는 심층적 이미지는 무엇일까? 시적 주체는 스스로 "나는 나비"라고 말한다. 이 문장은 '나는 나비다' '날아다니는 나비다'를 함축하고 있으며, 또 나비의 비를 비非로 규정할 때 '나는 나비가 아니다'라고 하는 타자의 의미를 파생할 수 있다. 이와 같은 함의를 중심으로 시적 주체는 급작스런 바다 날씨의 변화를 음악이 클래식에서 테크노로 급변하는 과정으로 구체화한다. 그리고 바닷바람이 거세게 휘몰아치는 파랑주의보를 "죠스" 영화의 스릴과 서스펜스의 상황으로 시각화한다. 이때 해수면이 거칠어지고 높아져 뾰족한 삼각형을 이루는 풍랑의 광경은 나비의 날갯짓과 연결된다. 이는 파랑주의보의 현상에서 비롯된 전혀 뜻밖의 상황으로 인해 죠스의 한 장면을 무의식적으로 떠올린다고 하는, 의식과 무의식의 교류를 "스와핑"이라는 이

중어로 대체하는 것으로 이해될 수 있다. 스와핑은 부부 교환인 성적 행위 외에도 정보 통신의 가상 저장 기능을 포함한다.

다시 말해 〈깨꿍스런 날씨〉는 전혀 뜻밖의 날씨 현상을 표층적 이미지로 내세우면서, 의식과 무의식으로 대변되는 나와 타자 간의 "꼬시"는 행위를 심층적 이미지로 배태하고 있다. 이때 음악과 날씨, 나비의 삼각 구도를 유기적으로 결합하면서 종국에는 "바다나비 떼"로 형상화한다. 즉 나→나비→날갯짓→파도에 이르는 의미망이 바다나비 떼로 확장되면서 나비효과에 다다르는 현상과 또 의식과 무의식의 작용을 뇌파의 움직임으로까지 시각화되는 것을 목격할 수 있다.

《캐주얼 빗방울》 시집에서 다의성을 통한 비약은 외래어와 모국어의 동음이의어뿐 아니라 품사나 문장 부호의 활용 등 그 진폭이 매우 광범위하다. 다소 실험적이기까지 한 비약적이고 우연일치적인 요소들은 한 행 또는 한 문장으로 이어지면서 아주 빠른 리듬감 및 미처 은폐되어 알 수 없었던 이미지를 창출해낸다. 이는 보편적 언어체계를 답습하지 않은 결과로서 가능해진다. 언어체계의 무너뜨림은 기존 가치 질서에 대한 비판적 인식이 내재했다고도 볼 수 있다. 다음 시들은 이와 같은 내용을 확인할 수 있는 예가 된다.

①깔딱 숨넘어가도록 넣는 한/굽이 신명난 꽹과리 삼채/에, 자지러지는 나는 · 나는 · 나는…

—시 〈여름날의 오브제들〉, 부분

②엉덩방아로 찧는 토끼 한 마리 커다란 귀가/윈드서핑 할 때마다 아무렇게나 줄줄이/울어대는 이올리아 하프따라 날아오르는/새떼들의 싱크로

나이즈… 싱! 싱

—시 〈달빛, 셀프〉, 부분

③죽어도 너울너울 날아가기 쉽게 미리/빗소리까지 앗아 섭게 우는 비
구니들/비둘기로 꾸르륵꾸르륵 <u>구구久久</u>/비잉 둘러 삼켜도 체! 체로/내팽
개치는 <u>구구仇仇</u>한 구걸 소리

—시 〈구구 구〉, 부분

④또 내게로는 애둘러 닿지 않게 오는/주디 쎈 얼치기의 돌기들 넌더
리 난다야/무덤덤해지도록 가끔 감추지 못한 맞대매/피근피근 거린다야
입과 목구멍 사이서/간들대는 혓바닥 그 나무 잎들이 <u>아나필락시…/씨
의 지랄</u>

—시〈입술에 발린 말〉, 부분

위 인용문에서 밑줄 그은 부분(인용자 강조)을 중심으로 살펴보면 ①의 "삼
채/에"에서 "에"는 원래 조사에 해당하지만, "에"를 행갈이 함으로써 감탄
사의 기능까지 가능할 수 있도록 변용한다. ②의 "싱크로나이즈… 싱! 싱"
의 경우는 "싱"이 단순반복에 그치는 것이 아니라, 'sing'과 '쏜살같이 움직
이는 소리나 모양'인 '싱'의 의성어를 지시하는 것으로 볼 수 있다. ③은 "구
구"의 한자어 변용을 통해 비둘기 울음인 의성어에서 출발해 '기다림의 久
久'와 '오만한 태도의 仇仇'까지 객관적인 의미를 비약시키고 있다. 또 "체!
체로"에서 "체"는 못마땅할 때 내는 감탄사에서 '전체 체體'로 전치되면서
의미 전환을 획득하고 있다. ④의 경우는 심한 쇼크 반응이라는 뜻을 가진
'아나필락시스'의 말끝을 흐림으로써 진짜 쇼크를 일으킨 듯 처리하고, 또
"아나필락시"와 "씨이 지랄" 등등 말줄임표로 잇대는 탁월한 기법 덕분에

알파벳이 갑자기 감탄사로 뒤바뀌는 해학적인 형국을 유발한다.

살펴본 바와 같이 ①~④에 나타난 다의성의 양상은 방언이나 한자, 외래어, 또 부호나 품사 등을 가리지 않는다. 현대시에서 다의성의 추구는 애매모호성으로 이어지는 미학적 특질인 것은 물론이거니와, 기존의 언어 질서를 해체적 관점에서 접근할 때 가능해지는 행위가 된다. 시의 해체적 인식 행위는 고정된 의미를 지양하기 때문에 독자가 시를 해독하는 과정을 통해 독자를 저자의 위치에 놓이게 한다.《캐주얼 빗방울》시집에 나타난 실험성은 새로운 언어 질서의 세계가 독자 각자의 경험에 따라 시적 주체가 의도하지 않았던 의미나 이미지까지 창출해낼 수 있다는 점에서 의의가 크다.

4. 나가며

지금까지 살펴본 것은 차영한의《캐주얼 빗방울》시집에 나타난 초현실주의적 경향의 특징이다. 이 시집뿐만 아니라 그의 초현실주의적 시들은 다수로서 지면 관계상 본 글은 두 가지 측면에 대해서 주목하였다.

첫째는 새로운 의미를 생성해내는 과정을 묘사한 시들의 내용적 측면을 중심으로 기표와 기의의 자의성 관계가 라캉의 상징계 및 상상계와 연관성이 있으며, 한 걸음 더 나아가 크리스테바의 쌩볼릭과 세미오틱의 관계로 확장되고 있음이 상견된다. 이는 초현실주의를 통해 현실 상황의 부조리 및 자기모순을 부각하는 알레고리적 등 현실과 삶(꿈)으로 재결합을 시도한다는 점에서 초현실적 경향으로 이해된다.

둘째는 다의성을 실현하는 기법측면에 있어서 외래어뿐 아니라 방언이나 한자어, 또 부호나 품사 등의 변용을 자유자재로 운용하는 점이 발견된다. 《캐주얼 빗방울》 시집에 나타난 다양한 기법적 실험성은 애매모호성을 표출하고 있다. 역설적이기 때문에 독자들이 각자의 경험으로 제각각의 해석을 창출해낼 수 있게 하는 틈새마저 제공하는 것도 없지 않다. 이는 독자를 창작의 주체로 끌어들인다는 점에서 현대시의 미학적인 핵심이 어떤 것인지를 질문하기도 한다. 이처럼 차영한의 《캐주얼 빗방울》은 초현실주의 특징을 가진 시세계가 기존의 가치 질서 및 언어 질서의 해체 및 경계 허물기를 통해 재통합에 대한 의지를 드러내고 있다.

 《캐주얼 빗방울》 시집에서 본 글이 주목한 기법 외에도 독특하고 탁월한 특징들을 미처 살피지 못한 내용은 다른 지면을 통해 밝혀 볼 기회가 있으리라 생각한다. 부족하나마 시인의 세계를 접할 수 있었던 것은 할애해 준 지면 덕분이다. 무엇보다 놀라운 것은 고령의 시인이 청년처럼 번득이는 시 작업을 여전히 이어나가고 있다는 사실이다. 차영한 시인의 행보는 앞으로도 많은 젊은 시인들에게 귀감이 될 것으로 믿어 의심치 않는다.

제2부

단행본 시집별 발문跋文과 시인의 말

◎ 제1시집,《시골햇살》시세계

순수한 언어의 감미로움

曹 秉 武

(詩人 · 文學評論家)

車映翰 시인의 첫 시집《시골햇살》은 시집 제목에서 엿보이듯이 시골 냄새가 뭉클 풍기고 있다. 말하자면 車 시인은 시골의 풍물과 시골의 마음과 시골의 향기를 노래하고 있음이 전편의 작품에서 그대로 숨김없이 나타내고 있다.

그것은 車 시인 스스로 이 시집 후기에서 그럴듯한 그의 심경을 열어 보이고 있는 것이다. "한지에 불빛 새어 나오듯 어진 이들의 살아온 順理와 禮記를 읽어서 邪惡한 긴 사래밭을 진실의 쟁깃날로 깊이깊이 된 갈이 하여 봄을 예비하고 싶다"고 하였다. 이러한 자신의 소견은 바로 車 시인의 시에 대한 인식이자 시세계를 나타내는 시론이기도 하다. 위의 말에서 "한지에 불빛 새어 나오듯" 하는 비유는 그의 시의 변모가 어디인가를 가름할 수 있으며 "邪惡한 긴 사래밭을 진실의 쟁깃날로 깊이깊이 된 갈이" 한다고 하였으니 그의 시의 갈 길을 말해 주고 있는 것이다. 그것은 다름 아닌 우리의 고유한 전통적 관습이나 인습, 그리고 생활의 면모에 의존하려는 경향이다.

가끔 시에서 나타나는 소재의 형태를 보면 도시적인 것과 비도시적인 것에 의한 선택을 하는 경향에 부딪치게 된다. 도시적인 것은 문화문명의 최대의 혜택과 향유 속에서 생활하는 일면을 말할 수 있다면 비도시적인 것은 문화와 문명의 영역에서 다소 소외되고 있는 계층이나 실상에 관한 관심이 될 것이다. 車 시인은 이런 면에서 후자의 경우, 즉 비도시적인 경향에 의존하고 있으며, 그중에서도 시골풍경이나 고유한 면모를 지닌 향토적인 것에 더욱 애착을 나타내고 있다고 하겠다. 그것은 그의 후기에 "한지에 불빛 새어 나오듯" 바라보면서 "쟁깃날로 깊이깊이 된 갈이"한다는 의도와 일치한다고 할 것이다. 그의 시골풍경은 때 묻지 않은 정갈하고 정숙한 고향의 그것에 두고 있다. 잃어져가고 변질되는 그런 고향의 이미지가 아니다. 재래식으로 변모되지 않는 고향의 일면을 노래하고 있다.

현대 문명사회는 향수적 형태의 고향에 대한 개념이 희박해져가고 있는 것이다. 새로운 문명에 의한 침식이 우리들이 지니고 있는 일상의 의식에서 벗어나고 있다. 현대의 많은 사람은 그래서 원시적 회기관념에 젖어들기도 한다. 인간소외와 공해의 무질서 속에서 아우성이 되어 버린 문화문명의 과다성이 먼 과거의 인간 형태를 갈구하는 경향으로 몰려가고 있는 것이다. 이러한 일면에서 볼 때 車 시인은 시골냄새 나는 고향에 대한 애착과 향토에 대한 사랑을 이야기하고 있는 것이다.

> 어지럽다던
> 어머니의 눈빛이 도시에 와서
> 수돗물소리를 듣고 웃으시며
> 이망山이 비치는 큰골 물소리라 하여
> 저어 물소리가 들려오면

산딸기가 익어온다고요

하기사

고향산 물소리를 수돗가에서

날마다 듣고 있노라면

산딸기酒 마시던

아버지의 목소리가

사는 것을 자꾸만 물어 온다.

―시 〈수돗물소리〉

　　이 作品은 〈수돗물소리〉라는 제목의 시다. "수돗물소리"를 듣고 웃으시는 어머니를 "이망山이 비치는 큰골 물소리"로 생각하는 것은 문명에 의해 만들어지는 수돗물이 오히려 큰골 물소리로 전환되어 나타나는 어머니의 의식은 옛날 시골 우물가에서 퍼마시었던 그런 물, 아니면 큰골에서 흘러내리는 물소리 그것으로 인식되는 것이다.

　　이것은 문명보다는 자연에 귀착하는 본래의 인식에 젖어들고 싶은 소망의 그것이 되는 것이다. 그러니까 수돗물소리가 고향의 물소리로 나타나 그것에 의해 산딸기가 익어오는 환상의 의미에 젖어들게 된다. 그것은 어머니가 살아온 본래의 모습 그것이었다. 그래서 그 인식은 하나의 변환을 나타내기란 어려운 것이다. 수돗물소리보다 오히려 큰골 물소리로 전환되어 들려오는 실상이 그에게는 더욱 중요했던 것이다.

가까이 살고 싶어서

나 여기 고향 숲을 찾아왔노라

칡골 이야기 바라다 보이는

아버지의 밤나무 언덕에 섰노라

도리깨로 몇 떼기 콩 타작해도

남는 것 없어

—시 〈고향 뻐꾸기〉, 부분

〈고향 뻐꾸기〉의 첫 몇 행이다. 고향에 대한 애착을 뻐꾸기를 통해 전달
한다. 가깝게 살고 싶은 고향의 애착이 고향 숲을 찾게 되는 것, 몇 떼기 콩
타작해도 남는 것 없는 고향이라도 찾고 싶은 애착이 절실하게 나타나 있
다. 車 시인은 이러한 향토적이고 고향에 대한 애착의 형태를 〈시골햇살〉,
〈우리 할아버지는〉, 〈어머니〉, 〈二代〉, 〈思鄕〉, 〈고향 이야기〉, 〈同鄕人〉 등
에서 더욱 엿보이고 있다.

열 살 남짓한 맨발의 눈물이

돌아오는 대청마루에

어머니의 웃음만 서서 기다리게

자꾸 허리 굽혀 찾게 하는 그리움이

솔밭 갈비로 쌓이더니만

산 밭길을 내려오면서

떠 마시던 박바가지 달을 생각나게

새 한 마리가 故鄕 쪽에서 울고 있네요

그래서인지

쓸어 올리는 내 머리카락이

바람 앞에서도 눈물에 닿아

달을 잡겠다던

오월 단오 날의

누나 그네 줄이 보이네요.

—시 〈思鄕〉, 전문

〈思鄕〉의 전부다. 그야말로 고향을 생각하는 모든 향수가 깃들어 있다. "솔밭 갈비"하며 "박바가지"에 떠 마시던 물에 비친 "달"이 어울려 "고향 쪽"에서 울고 있는 한 마리의 "새" "달을 잡겠다던" 누나의 "그네 줄" 등이 모두가 오버랩 되어 나타나는 추억의 향수다.

이러한 시적 표현에서 우리는 순수의 이미지를 대하게 된다. 티 묻지 않은 깨끗한 향수의 매력이 엿보인다. 마치 한 폭의 그림 같은 정갈한 이 시에서 思鄕하는 한 어린 맨발 소년을 생각하게 한다. 車 시인의 이러한 추억은 단순한 감상적인 것에 의하는 것이 아니다. 그것은 시인의 本性的인 순수성이 그대로 전달되기 때문이다. 대부분의 사람들은 고향의 순수하고 순박한 향수가 꿈의 대상이다. 그것이 다소 추악했다 하더라도 꿈의 대상으로 정갈하게 나타난다. 가난했다 하더라도 미소와 함께 떠오르는 행복한 요소로 나타난다. 미웠다 하더라도 아름다움으로 승화되어 나타난다. 그것이 고향에 대한 향수와 추억이다.

車 시인의 추억은 이러한 순수성에 있는 것이다. 작품 〈부부〉에서 "우리 꼬옥 손잡고 함께 걷자/손잡은 한 마음에 달이 뜨게"라고 했다. 달뜨는 사념에 의해 부부의 손은 하나가 되는 것이다. "동그라미 그리고 그려서/꽃바람 스치게/노를 젓듯 그네 줄 밀며 당기듯/꽃무늬에 바람결 앉듯/사는 매듭 입김으로 풀자" 모든 것을 부부의 '입김'으로 풀고자 하는 애정은 하나가 된다. "찬바람에 눈물 나면/눈물 가꾸는 陽地마을에 살자" 그이 양지마을은 순수한 애정이 싹트는 마을이 아니겠는가. 대체로 車 시인의 언어는 순수하고 맑으며 정갈하다. 그에게서 나타나는 일상의 모든 것이 이와 유사하리라.

車 시인의 시에서 또 한 가지 두드러지게 나타나는 것은 기도적인 마음

의 자세와 응집된 언어의 참신성에 있다. 앞서 이 시인의 시적세계가 순수성에 입각하고 있다 함은 이러한 기도적인 자세와 연관을 맺어 볼 수 있다. 순수한 자기 정화의 형상을 맺기 위해 자신을 순화시키고 맑고 아름답게 만들고 있다. 그가 보는 사물은 모두가 기구하듯 합장의 요인으로 나타나 있다. 그에게 어떠한 이미지가 와 닿으면 그것은 순결하고 정화된 물상으로 변화고 만다. 그러한 표현 기법이 퍽 감각적이다.

> 山中의 계절이
> 나의 장삼 끝에 닿아
>
> —시 〈山情〉의 첫 두 행

> 새소리는 가지 골라 산 빛을 밝혀들고 오더라
>
> —시 〈山門에서〉의 첫 행

> 덜 깬 빗소리에
> 속아온 기별 티눈처럼 박혀서
>
> —시 〈어떤 사람〉의 첫 두 행

몇 행 골라본 것 중에서 "계절이//장삼 끝에 닿"는다든지 새소리는 "산 빛을 밝혀 들고" 오는 모습이라든지, "덜 깬 빗소리" 등에서 정화된 감각적 언어를 느낄 수 있는 것이다. 시어의 정화는 물론, 그의 참신한 표현법역시 맑고 세련된 멋을 느낄 수 있다. 그러한 정화된 표현이 한의 맑은 기도로 나타난다.

> 눈물이 익으면

우리들의 눈빛이 모여

서로 찾아 헤매는 맨발의 약속

아직도 삭지 않은 불씨로

기다리며 사는

지극한 노래가 되어

끝날 수 없는 세상

허허벌판에서도

내미는 간절한 언 손들을 손잡아주나니

—시 〈등불의 노래〉의 첫 연

　위 시에서 보듯이 "눈물이 익으면" 이라는 감각적 언어에 "맨발의 약속"
으로 이어짐으로써 하나의 기원의 소망이 나타나게 된다. "언 손들을" 잡
아주는 여유스러움이 나타난다. 그의 기도적인 요소는 인간의 근원적인 본
성의 합치를 갈구하고 있는지 모른다. 인간 내면에 내재해 있는 가장 깨끗
하고 맑은 알맹이를 캐 보겠다는 염원이 서려 있는 것이다.

　車 시인은 이러한 그의 요구가 시에서 가장 함축된 언어의 결정체를 가
려내려는데 완숙된 여유를 보이고 있다. 가장 합치되는 언어를 찾기 위해
고심하는 흔적이 여러 작품에서 보인다. 〈因緣〉, 〈스승〉, 〈눈물〉, 〈그리움〉
등에서 간결한 언어와 그 언어에 내재된 응결된 덩어리가 인상적으로 나
타나 있다. 그의 시어가 함축된 응집력을 엿보이는 것은 이미지의 축약된
언어적 표현 기교에 있다고 하겠다. 시란 언어의 마술이라고 하고 언어의
기술에 의해 나타나는 이미지의 요인이라고 한다. 이러한 기본적인 개론
을 나타내듯이 車 시인의 언어의 매력은 퍽 인상적이다.

　다음으로 그의 사물에 대한 인상이다. 그가 바라보는 사물에 대한 정감

어린 애정의 노래는 그가 얼마만큼 모든 사물에 대하여 애정을 나타내고 있는가를 보여주고 있다. 그가 대하는 사물은 모든 것이 그의 정적인 대상으로서 애정의 표현물이 되고 만다.

햇빛을
달빛을
하나하나
떨림으로 접어
산 이슬에
다시 씻다가
산울림에 들켜
되러 볼을 붉혔나니
눈 닦고
찾아낸 세월이
성큼 다가서며
웃음으로
끌어당기고 있다.

—시 〈산열매〉의 첫 부분

〈산열매〉의 첫 부분이다. "떨림으로 접어" "산울림에 들켜" 등의 시적 표현의 완숙된 언어의 정감은 車 시인의 최대의 강점이라고 하겠다. 이러한 시적 언어의 완숙미는 그대로 그의 시의 전체가 되고 만다. 차 시인은 어떠한 시적 대상을 대하더라도 그것이 그에게 닿으면 언어의 마력을 부려 그대로 가장 적합하게 표현해내고 있다.

"짐짓/맨발로/함께 뉘우치는/허물 밟을라/추슬리다가/감추어온/속엣

말 함께 쏟을라"라는 〈밤송이〉의 시 전편에서 보듯이 가장 적합한 언어의 표현으로서 군더더기가 없다.

車 시인의 시에서 보아온 바와 같이 그의 시는 언어를 자유자재로 다듬을 수 있는 잠재력을 지녔으며 그 잠재력에 의해 함축되고 응집된 이미지와 표현법을 가장 독보적으로 보이고 있는 시인이라고 하겠다.

그야말로 '시골햇살' 비치는 소박하고 깨끗한 언어의 소리를 듣는 것 같아 퍽 감미롭기까지 하다.

☞ 출처 제1시집 《시골햇살―111편》, 시문학 오늘의 정예시인시리즈 35(시문학사, 초판, 1988. 6. 30, p.176.) 중 평설 pp.65~172.
☞ 재판: 1988년 9월 30일 발행: 편집내용은 위와 같음.
☞ 평설 수록: 조병무 편저, 〈순수한 언어의 감미로움―車映翰論〉, 《새로운 命題》(世界書館, 1990. 9. 20), p. 223.

◎ 제1시집, 《시골햇살》 시인의 말(後記)

풀 한포기 돌 하나에 이르기까지 모든 것을 사랑하고 싶은 마음과 蘭을 가꾸듯 차분한 日常을 걸러내며 살아보고 싶다.

절박한 시대에 사는 탓을 탓하지 않고 어떤 學說이나 合理性으로 이 땅을 굳어지게 하지 않고 스스로 여유를 찾아내는 천천히 사는 법을 유연하게 체득하고 싶다. 오히려 非科學的인 데서 이 땅의 멋을 잘 구르게 하여 5천년을 지켜온 順理를 항상 뒤돌아보며 잘못이 있다면 크게 뉘우치며 조용히 깨닫고 싶다.

높은 곳을 향한 어떤 욕심보다 낮은 곳을 보살피며, 어렵게 생각하며 따지는 것보다 쉽게 이해하며 따스함으로 스스로를 감싸고 싶다. 항상 신선한 바람과 맑고 푸른 물소리가 햇빛으로 반짝여서 가슴에 와 닿는 곳을 거닐고 싶다.

가장 작은 가슴이 되어 꽃씨처럼 겸허한 자존심으로 내 땅을 다스리며, 하늘을 우러러 사는 참뜻을 가슴에 새기며, 안마당을 넓혀서 달빛 밟는 이 나라의 퉁소 소리를 듣고 싶다.

한지에 불빛 새어 나오듯 어진 이들의 살아온 順理와 禮記를 읽어서 邪惡한 긴 사래밭을 진실의 쟁깃날로 깊이깊이 된 갈이 하여 봄을 예비하고 싶다. 가지마다 그리운 까치소리를 귀담아 들으며, 국화와 매화 밭에서 고향의 빛깔과 맛을 손질하며 떠나는 사람들 내 이웃의 손을 다시 잡고 고향을 지키고 싶은 마음뿐이다. 그러므로 개구리 소리와 흙냄새를 맡는 情의 原形과 회복성에 두고 나의 울타리 밑에 함께 심어온 拙詩를 감히 상재하는 하나의 심시에 불과하다. 생각할수록 두려움뿐이며 이 시대의 거드름 피우는 어떤 기교만은 제외되었음을 밝힌다. 끝으로 이 시집은 문단에 데뷔한지 10년 만의 나의 첫 시집이며 다만 순수와 진실을 또아리 한 것임에 틀림없다. 앞으로의 詩作은 현실성을 리얼하게 투영하여 인간성 회복에 다른 시인들과 함께 외로운 각고의 노동으로 탐욕을 버리고 충실할 것임을 밝힌다.

1988. 6.
車 映 翰

섬, 그 생명 형상화의 과정

吳 養 護
(문학평론가)

필자가 이번에 읽은 차영한의 연작시 〈섬〉은 모두 50수이다. 이것은 자그마치 한 권의 시집에 해당되는 작품의 양이다. 〈섬〉은 소매물섬, 글씽이섬(설청이섬), 알섬(갈매기섬), 어유섬(어릿섬), 큰 닭섬, 진비생이섬, 가오섬, 되머리섬, 추봉도(벌섬), 비산도, 솔섬, 윈기미섬, 종이섬, 간섬(딴간섬) 등등…. 이를테면 통영 앞바다, 또는 남해에 흩어져 있는 허다한 섬들을 하나도 빠뜨리지 않고 모두 노래한 듯한 작품이다.

이 시편들은 1989년 2월부터 11월까지 한 해가 채 못 되는 기간에 발표됐다. 만약《詩文學》이 이 시인에게 지면을 계속 할애한다면 다도해의 그 많은 섬들이 모두 이 시인에 의해 노래되었을 듯하다.

차영한은 거년에《시골햇살》이란 시집을 간행한 바 있고, 그는 이미 그 시집의 '한려수도' 등의 장을 통하여 '바다 · 물'에 대한 심상을 이 시인 나름의 원초적 구원으로 껴안으면서 이 존재의 근원으로 파고들었다.

항상
늦으막한 바람은
물무늬 속 서로 찾아낸
이야기부터 꺼내면,
낯익은 눈빛을 걸음걸이로
정작 손잡고 싶어
사랑 앞세우는 일기를 쓴다.

물베개 가장자리쯤에
하얀 물새 날려서
놓친 돛배의 세월을 찾는
뉘우침 속 간절한 손짓에
조용한 몸부림으로
櫓 젓는 일기를 쓴다.

닿는 인연 마주하여 띄우며
꿈 묻은 별빛으로 청자 빛 속살 다시 헹구며
헤엄쳐오는 지느러미로
선잠 깨운 가장 아픈 곳을 굽이돌면
섬과 섬들이 보이는 여기에서
지난날들을 약속한 물무늬가
밀물 썰물 사이 깨닫고 사는
일기를 쓴다.

—시 〈포구일기 · 1〉, 전문

이 시에 나타나는 시인의 의식은 바다의 일기, 섬과 섬 사이에 나타나는 물무늬 이야기, 밀물 썰물 사이 꿈 묻은 별빛으로 일어서는 물의 이야기를 쓴다는 것이다. 바닷가에 살면서 포구의 이야기를 조용히 써나가겠다는 뜻이 위 시 속에 담긴 시의식이다. 바다와 섬과 밀물 썰물, 돛배, 바닷새, 바닷바람을 언제나 대하면서 살아가는 시인이 그 존재의 근원으로 찾아들겠다는 것이다.

물은 인간과 매우 깊은 관계를 가진 원초적이며 보편적인 물질이다. 물은 순간순간 살아가며 순간순간 죽기도 한다. 흐르는 물 작은 호수에 갇힌 물, 봄날 새벽의 땅을 적시는 빗물, 또는 사람이 살지 않는 먼 바닷가에서 제 혼자 출렁이는 물… 이와 같이 물은 우리에게 생명에의 근원으로, 때로는 미완성된 꿈의 존재로 실체를 끊임없이 변모시키는 참으로 그 본체를 파악하기 어려운 원소이다. 바슐라르는 그의 《물과 꿈(L'eau et les Rêves)》에서 '물은 인간의 사고 가운데서 가장 큰 가치부여(Valorisation) 작용의 하나, 즉 순수성에 의한 가치부여 작용의 대상이다. 맑고 맑은 물의 이미지, 즉 순수한 물(Une eau Pure)에 대해 말하여 "이 아름다운 동의어의 반복이 없다면 순수성의 관념은 어떻게 될 것인가. 물은 순수함의 모든 이미지를 받아들인다"고 했다. 이처럼 물이 모든 순수함의 이미지들을 상징하는 존재라고 할 때 차영한이 들어서고 있는 이 섬, 물로 사면이 둘러싸인 작은 육지의 세계는 이 시인의 지적, 정서적 상태가 어떤 세계에 가 있다는 것을 가장 단적으로 암시해 주는 객관적 상관물이 된다.

구체적인 어떤 공간적 대상이 시의 테마를 설정해 두고 수십 편의 연작시를 쓴다는 것은 퍽 어려운 작업이다. 그것은 첫째, 작품이 하나의 제재에 한정됨으로써 시적 상상력을 차단당하거나 제한 받을 위험이 있고, 둘째, 상상력이 설령 다양성을 차단하지 않는다 하더라도 동일테마의 반복에서 오는 유사한 반응이 시의 질을 떨어뜨릴 위험이 있기 때문이다.

구체적인 어떤 공간적 대상이 시의 테마가 될 수 없다는 논리는 성립되지 않는다. 그러나 실재의 공간을 차례차례 들어가며 그 대상을 형상화한다는 것은 시가문학이 가지고 있는 일차적인 생리, 곧 의식의 확대 또는 환상성을 경직화시킴으로써 그 대상을 설익은 예찬이나 송가풍의 형식으로 떨어뜨릴 위험이 강하다.

우리가 잘 아는 노산 이은상의 고향바다와 섬의 노래를 잠깐 생각해 보자. 노산이 〈가고파〉란 절창을 쓸 수 있었던 것은 그 고향을 떠났기 때문이고 '오륙도'를 아름다운 섬으로 독자들에게 인식시킬 수 있었던 것 역시 현장과 일정한 거리를 견지할 수 있었던 때문이 아니었을까. 〈가고파〉는 그가 떠나서 바라볼 수밖에 없었던 고향이었고, "오륙도 다섯 섬이 다시 보면 여섯 섬이"라고 애매한 표현, 그래서 문학적 성취를 획득했을 때도 노산과 오륙도와는 심리적으로 일정한 거리가 형성된 이후라고 봐야 한다. 운문이 산문과 구별되는 일차적 특징은 한 대상에 대한 체험과 그 울림이 다시 돌아오기까지의 기다림, 그리고 그것과 작자의식이 융합되는 과정이라고 할 수 있다. 대상을 직접적으로 묘사함은 운문정신이라기보다 산문정신이다. 그런데 〈섬〉은 작가와 대상이 일정한 거리를 두고 형상화된 것이 아니라 현장을 직접적으로 바라보는 형식이다. 그 고향의 공간, 섬들을 영혼의 한 거처로서 의미화하며 그 의미화에 다양성을 시도하고 있다.

시인들의 체험반경은 넓어야 하고, 다양해야 하고, 깊어야 한다. 그리고 이러한 세계가 또 더욱 다양하고 심화된 상상의 세계로 표현되는 것이 바람직하다. 차영한이 쓴 일련의 〈섬〉 연작시들도 우리가 겪는 다양한 삶 속에서 발견되는 그러한 문학적 반응의 하나라고 볼 수 있겠다. 시를 이해하고 그 시 속에 내장되어 있는 의미를 해독하기 위한 방법은 여러 가지이다. 시인의 의식은 그가 몸담고 살아가는 환경, 그리고 그가 태어나고 자란 배경과 절대로 무관할 수 없다. 시인 차영한은 바닷가에서 태어나 바닷가에서 성장하고 바다를 바라보면서 살아가는 사람이다. 그러니까 연작시 〈섬〉은 이 시인과 가장 가까이 있는 세계의 구상화이자 그 세계에 대해 의미부여의 첫 자리에 놓일 영적 산물이다. 따라서 〈섬〉이라는 공간적 존재가 개개의 시 속에서 어떻게 형상화 되었는가를 고찰함은 이 시인의 의식과 정서가 어떤 구조에 뿌리를 내리고 있고, 아울러 시의 미적 특질이 어떠하다는 것을 이해하는 길이 된다.

차영한에 있어서의 이러한 섬의 심상은 이 시인의 시적 출발이 되는 '바다' '물'과 함께 몇 개의 시의식의 원형으로 형성되어 있다.

1. 환상과 꿈

모두모두 여기 와서
하얗게 웃자
하얗게 날자

갈매기 풀 섶마다
하얀 알 낳자
하얗게 살자

수많은 갈매기처럼
하얀 춤추자
강강수월래 하자

하얀 파도처럼
하얀 손뼉 치자
하얗게 펄럭이자

모두모두 여기 와서
하얗게 웃자
하얗게 살자
하얗게 날자.

—시 〈섬 · 4—알섬, 갈매기 섬, 鴻島〉

〈섬 · 4—알섬, 갈매기 섬, 鴻島〉를 노래한 것이다. 이 시는 맑고 투명하
다. 시인이 섬을 바라보고 발견한 것은 갈매기이고, 하얀 빛깔이다. 갈매
기는 하얀 알을 낳고, 하얀 춤을 추며 하얗게 사는 것으로 되어 있다. 하
얗다는 것은 깨끗하다는 것이고, 그래서 죽음에 가깝다는 것이다. 그러나
이 죽음에 가깝다는 말은 혼탁한 삶과 떨어졌다는 것이고, 정복되지 않았
다는 것이고, 고통을 모른다는 것이고 초월했다는 것이다. 초월은 승화된
세계이고, 충일된 세계이고, 영원한 세계이다. 따라서 반목이 있을 수 없
고 갈등이 있을 수 없는 유토피아의 영토이다. 번민과 오욕칠정을 벗어난
세계이다. 그런데 새 생명의 탄생은 이런 세계의 다음에 온다. 만약 이런
세계만 계속된다면 이 세상은 곧 바로 종말에 당도할 것이다. 이 시는 결
코 그런 세계에 머뭇거리는 음울한 엘레지가 아니다. 열리고 피어나는 생
명의 부화장이다.

"갈매기 풀 섶마다/하얀 알 낳자/하얗게 살자"는 모든 욕심에서 벗어난
정일한 생명탄생을 노래한 것이 아닌가. 그래서 모두가 밝고 환하다. "웃

자" "날자" "살자" "춤추자" 그리고 "강강수월래 하자" 다시 시적 톤은 "손
뼉 치자" "펄럭이자" "웃자" "살자" "날자"로 이어져 있다. 한 가닥의 고통
도 없는 꿈과 환상의 공간이다. 차영한의 연작시 〈섬〉을 지배하는 대체적
인 포에지는 이런 데서 출발하고 있다. 다시 하나의 작품을 더 읽어 보자.

가야지 그래도 가야지
바다로 가야지
내가 가나 바다가 가지
바다가 가나 배가 가지
배가가나 사리가 가지

가야지 그래도 가야지
바다로 가야지 배가 가나
해가 가고 달이 가지
해가 가고 달이 가나
세월이 가고 있지

가야지 그래도 가야지
바다가 가나 우리가 가지
우리가 가나 욕심이 가지
욕심이 가나 세상이 가지

—시 〈섬 · 19〉, 전문

'가야지~가야지,' '가나~가지,' '가고~가나'란 간결한 감탄조의 종결어
미는 이 시가 함유하고 있는 '바다로 간다'는 초월, 극복, 일탈의 세계를 감

상이 아닌 진솔한 반복법으로 진술하고 있다. 환상과 꿈도 넘어서고, 열락과 환생도 욕심이고, 바다가 가는 데로, 배가 가는 데로 해와 달이 가고 세월이 가는 데로 가겠다는 초극과 달관의 무념무상이 전 시행을 지배한다. 〈섬 · 4〉가 시인의 내면에 자리 잡고 있는 가장 순수하고 깨끗한 정감을 간결한 시어로 응집시킨 것이라면, 이 〈섬 · 19〉는 그 순수함도 초월한 정감의 결정체, 인간이 본질적으로 벗어날 수 없는 인연, 혹은 숙명이 감미롭고 소박한 언어로 응결된 판타지의 공간이다.

2. 섬의 내력, 삶의 내력

차영한의 〈섬〉에는 쉰 개의 섬이 노래되고 있다. 일반 독자들로서는 전혀 들어보지 못한 섬들이 거의 대부분이고, 간혹 이름을 들었던 섬도 그 지방에서 불리는 친근한 이름과 함께 그 섬의 내력이 일상적 삶과 대비되면서, 그리고 삶의 텃밭으로서, 그것은 눈물과 한을 딛고 일어서려는 의지로써, 또 인간들에게 고통을 강요하면서 그러나 앞의 〈섬·4〉나 〈섬·19〉처럼 순수하고 깨끗한 정감을 삶과의 친화력으로 반응시키면서 서정화 되고 있다.

수많은 저승의 돌문
허무의 계단 너머 절절한 깊이
내리 대대로 뼈 속의 울음소리
밀물과 썰물로 지새우는
칠정七情의 안개 숲이어

언 손에 들나는 짐작으로
바람은 세월을 붙잡고
간절한 것 이름그대로 복받쳐
이제 무엇을 두고 날아오르는가.

(중략)

끊어지는 그물 맞물리는 눈물
눈물을 당겨야 하네
눈물을 노 저어야 하네
그래도 사방 뛰는 고기 보아라
된살 놓고 매듭을 풀어야지
한을 풀어 늦걸음 주어야지
헛사인들 저승을 밀어붙이고
이 애비의 헛웃음보고 살아야 하네
타이름 앞에 뒤엉킴의 공탓이
제발 혀 차는 절망 버려야 하네
한 번 더 당김의 체험을 풀어야 하네

─시 〈섬・49─학섬〉, 1・4연

〈섬・49─학섬〉의 1, 4연이다. 1연은 학섬의 외양에 투사된 시의식이고, 4연은 서러우나 치열한 삶의 방식을 배운다는 대목이다. 고향의 바다와 그 바다에 널려 있는 섬과 그 섬사람들에 대하여 말하는 차영한의 시들은 그 섬의 숨은 내력과 섬 사람들의 삶의 내력, 곧 그리움의 간절함이나 고통의 시각으로서가 아니라 소외된 삶이 갖는 자연과의 동화감을 다룬다. 삶은 눈물로 노 저어야 하고, 삶은 수많은 저승의 돌문, 허무의 계단 너머 절절한 깊이로 인식되지만, 어기영차 힘차게 노 저으며 살아야하는 생활의 현장, 어촌의 현실이 한지의 불빛처럼 투사되어 있다. 남해안의 어항 어느 작은 섬일시 분명한 이 학섬에서 소리 죽이고 살아가는 인간의 삶이 때 묻지 않은 정갈한 색깔로 부조된 작품이다. "밀물과 썰물로 지새우는/칠정의 안개 숲" 속에 섬은 "세월을 붙잡고, 간절한 것 이름 그대로 복받쳐/이제 무엇을 두고 날아오르는가"라고 해 놓고, "이 애비의 헛웃음보고 살아야 하네/한 번 더 당김의 체험을 풀어야 하네/제발 혀 차는 절망 버려야 하네/한 번 더 당김의 체험을 풀어야 하네"라고 당부하고 있다. '—하네'는 간절한 청유 당부의 뉘앙스를 준다. 학같이 생겨 학섬이란 이름이 붙었을 것이다. 그래서 그 섬을 비상하는 학의 형태로 노래했으리라. 그러나 그것은 다분히 사물묘사의 패턴이다. 그러니까 이 시의 특징은 이런 고정된 고향의 인식이 아니라 비문명적인 자연에 동화된 삶의 방식, 원시적 인간 형태에 머물러 있는 순결한 시골풍경, 삶의 내력이다. 이런 점은 이 시의 마지막 연으로 잘 마무리 되어 있다.

3. 유미의식과 고향

차영한의 〈섬〉 세계를 관통하는 포에지를 우리는 유미의식이라고 말할 수 있겠다. 이러한 성향은 그의 시 도처에 나타나는 바다, 그 고향을 지키는 언어의 풍성함에서 쉽게 확인된다.

오늘은 小知島와 마주하여

기울고 싶은 수려하고 투명한 유리잔

후끈해서 한 잔 더 붓고 싶은 목숨

아리고 저림도 은비늘로 나부껴서

당신이 부르면 세상을 가르며

하얀 물오리 떼처럼 노 젓고 싶네

더딘들 투덜대지는 말게나

사는 것이 무엇인지 사는 것 밖에서

저어 질 푸른 자존의 지느러미

유연하게 헤엄쳐 오는 것 보아라

—시 〈섬 · 9〉, 2 · 3연

위 시를 특별히 고른 것은 아니다. 〈섬〉 50편을 거의 이런 밝음의 시학에서 출발되고 있다. 유미주의는 원래 시인과 사회가 혼탁하거나 나서기 어려우면 시인은 자기만의 세계에 칩거할 수 있다. 차영한의 경우는 세상과 일정한 거리를 두면서 자신의 세계, 고향에서 고향 사람들과 고향 사투리로 살고 싶어 한다. "오! 눈부신 빗살무늬 보아라/눌른무늬 빗방울무늬 삿무늬 울타리무늬 발무늬 반달무늬 번개무늬 청어등뼈무늬 꺽쇠무늬 짧은 빗발무늬 사내끼무늬…," 이런 시어에 가장 예민한 공감을 보일 사람은 이 시인의 고향 사람들일 터이다. 이것은 개인적 좌절의식이 아니다. 고향이 활기찬 도시도 아니고, 특별한 풍광을 자랑하는 어항도 아니다. 그러나 이 시인은 그런 가난한 어촌을 결코 슬픔으로 인식하거나 감상으로 탐닉하지 않고 자기 나름의 서정적 세계로 추출하고 있다. 이것은 이 시인이 그리운 까치소리를 들으며, 국화와 매화 밭에서 고향의 빛깔과 맛을 손질하며 살겠다는 바로 그 소박한 삶의 자세에 다름 아니다. 화려한 도회문화와 가까이 갈 때 시 의식은 자칫 자기패배로 떨어지기 쉽고, 자신의 언어 고향의 언어를 잃고 한 시대의 모던 보이처럼 낼낼거리는 기교파가 될 위험이 있다. 그러나 차영한의 〈섬〉은 이런 것에서 멀다. 세상사 아리고 저림도 은비늘로 나부끼고, 당신이 부르면 바다도 물오리 때처럼 노 젓고 싶다고 했다. 이것은 실로 사는 것이 무엇인지 잊고, 사는 것 밖에는 자존의 실체로 한갓 자연이 되는 생명형상화의 과정이다. 차영한의 시는 또한 고향에서의 일상적 삶과 언어를 포용하며 이들을 교직시켜 유미적 세계로 구축하고 있다. "떡파래, 밀파래, 우럭, 깨꼬지, 떡조개, 강갑이, 매물고둥, 재첩조개, 비단조개, 실조개, 갈매기조개 백합조개, 쌀조개/뜯고 파내어도"와 같은 섬의 박물지 다음에는 이런 가난함으로부터 솟아오르고 빠져나와 반드시 이웃의 손을 잡고 인간과 자연이 동화되는 기쁨을 시화한다. 어촌의 일상적 세계를 절제된 감정으로 노래할 수 있었던 것은 "꽃씨처럼 겸허한 자존심으로 내 땅을 다스리며 하늘을 우러러 사는 참 뜻을 가슴에 새기며 안마당을 넓혀서 달빛 밟는 이 나라의 퉁소소리를 듣고 싶다"는 이 시인의 문학관이 단단히 자리 잡혀 있기 때문일 것이다.

우리는 이와 같이 초극되고 절제된 감정의 세계에서 자연을 인간적 삶과 동화시키는 이 시인의 시적 기교를 발견하게 된다. 그리고 그런 기교를 결코 세상사와 가까워지려는 계산으로서가 아니라 물처럼 근원적이고 이슬처럼 순수한 자기세계에서 바다의 빗살무늬처럼 정화된 자세로 오는 것이었다.

차영한이 보여주고 있는 이런 유미적 세계는 하나의 테마에 대한 집착으로서 보다 더 확대된 삶의 체험과 융합될 때 더욱 깊어질 것이다.

☞ 출처 제2시집 연작시 《섬—50편》, 시문학시인선④
(시문학사, 초판, 1990. 03. 05. p.118.) 중 평설 pp.107~116.
☞ 재판 : 시문학시인선 183/(시문학사, 2001. 04. 20. 하드커버, p.134.) 중 평설 pp.117~131.

섬 연작시를 쓰고 나서

먼저 이 시는 고향에 살면 살수록 아름다운 내 고향에 바칩니다.

한려수도의 물길이 시작되는 이곳은 淸淨海域으로 지정되어 있고 한려 해상 국립공원의 빼어난 경관 속에 산다는 행복에 스스로 젖어 있기 때문 인지 모릅니다.

도처에 떠 있는 이 시대의 우리들의 섬처럼 침침한 모습이 아니라 환상 적인 꿈의 지느러미가 헤엄쳐오고 자존하는 고독은 오히려 빛나고 있음을 볼 때 그 원초적인 비밀을 캐기 위해 수년간 섬을 헤매며 물과 바람을 직접 만나게 되었습니다. 태양에 의해 빚어지는 근원적인 존재성보다 그로 말미 암아 구원적 처절한 생명의 본체에서 순수하게 열려 있는 영혼을 찾았습니다. 언제나 삶은 물과 융합하는 힘으로 치솟고 있으며 바람으로 하여 상처 가 나도 덧나는 세월은 보이지 않았습니다. 비록 자신처럼 가난하고 아파 도 다시 일어서는 恨과 눈물은 희망차고 진실하였습니다.

전혀 듣지도 못한 특유한 언어는 물론 향기와 빛깔은 펄펄 살아 움직여 가슴을 쳤습니다. 뜨거운 눈물은 새처럼 날고 내일을 예비하고 있었습니 다.

끝으로 삶의 동질성을 알았으나 시작은 달랐음을 밝히며 다소나마 해양 문학에 관심 있는 자를 위해 바다의 언어와 풍속을 새롭게 기여하는 계기가 되었으면 합니다.

1990년 1월

차영한

재판을 내면서

초판을 발행한 지 11년 만에 재판을 발행합니다. 11년이면 어찌됐든, 시집이 거의 바닥이 날 세월이지만 저의 경우는 발행한 지 2년도 못되어 보관본으로 딱 한 권밖에 남게 되지 않아서, 누가 시집을 달라고 해도 드릴 수가 없었습니다.

초판을 발행할 때는, 제가 낳고 자라고 지금까지도 떠나지 않고 살고 있는 고향의 투박하면서도 정겨운 섬 생활의 모습과 섬의 생태를 토속적인 섬의 언어로 형상화함으로써 '섬'을 함께 느끼고 살아가는 고향사람들과 이 시집을 나누어 가지려고 했는데, 뜻하지 않게 먼 곳의 여러 사람들에게서도 호응과 관심을 얻게 됐습니다.

그 호응과 관심을 저버릴 수 없어서 재판을 발행하여 보답코자 생각합니다. 이 시집으로서 현대문명 속에서도 훼손되지 않고 원초적으로 살아 숨쉬고 있는 '섬'의 삶과 언와 풍속을 감상하는데 다소라도 도움이 된다면 더 이상 기쁠 수 없겠습니다.

2001년 4월
치영한 또 씀

겉 다르고 속 다른 세상에 대한 풍자

강 희 근

(시인 · 경상국립대학교 교수)

1

차영한 시인의 연작시 〈심심풀이〉는 총 80편이다. 시인은 심심풀이로 주변과 생활 한 가운데를 지나가 보기로 작정한 듯한데 막상 지나가는 가운데 겉 다르고 속 다른 세상을 만나 때로는 좌절하고 때로는 분노하고 또 때로는 애써 외면해 보기도 했음을 보게 된다. 그러므로 우리는 연작시 〈심심풀이〉가 겉 다르고 속 다른 세상에 대한 풍자로 그 값을 갖게 됨을 확인하게 된다.

2

풍자는 한 시대, 한 사회의 모순과 부조리에 대해 야유 · 멸시 · 분노 · 증오 등 여러 정서 상태를 통해 부조리를 비판 · 고발하는 문학양식을 말한다.

허명虛名에 허울 좋은
허풍이 보아라
허영에 날뛰다가
허우적거리는
허덕허덕하던
허전한 허기 거꾸러지더라

허망한 헛웃음 치며
허세 부리던 허튼소리
허드레 물처럼 허황하게 헛탕치고
허갈한 허사가
헛손질하는 바람에
허수애비 허깨비 되어
허겁지겁 허랑한 허무는 자빠지더라
허 허 달래다가 영영 쓰러지더라

—시 〈심심풀이 · 56〉, 전문

따옴시는 "허명"과 "허영", "허세"와 "헛손질"하는 이를 질타하고 있다. '허'를 가지고 말을 만들어 나가는 것은 골계에서 자주 이용하는 펀(pun, 말재롱)이다. 말 재롱이 진행되는 동안 첨예한 공격이 많이 둔화되고 있음을 본다. 해학적인 공간이 비집고 들어오고 있다는 이야기이다. 풍자는 사회나 현실과 결부된 양식이기 때문에 구어체의 활용이 두드러진다고 볼 수 있다. 차영한의 시도 예외일 수 없다.

어쩔 수 없지
너는 막차로 오면서
막소주 마셔도

누가 말리는 이 있겠나

—시 〈심심풀이 · 14〉에서

친구야 알재
눈물 바라보면 사랑을 지키는
종소리

—시 〈심심풀이 · 16〉에서

허 허 그것 참!
비싼 불빛 앞에서도
까닭은 되려 고독해서
불 끄면 편하고 편하더라

—시 〈심심풀이 · 53〉에서

따옴 시편들은 구어체의 활용에 어떻게 되고 있는지를 금세 알아차릴 수 있게 한다. "없지" "있겠나" "알재" "허 허 그것 참!" 등을 보면 시에서 구어로 쓰는 말 그대로를 굴절 없이 받아들이고 있음을 확인할 수 있다. 시에서 구어를 그대로 쓴다는 것은 생활 그 자체를 문제로 삼거나 생활 내용의 현장성을 살린 다른 데에 그 의미가 주어질 수 있다. 막차를 타고 오면서 막소주를 마신다는 것은 살아 있는 현실이다. 눈물과 사랑은 공상이나 관념을 말하지 않고 친구에게 드러내 보이는 실제 상황에 속한다. 밝은 불빛보다는 고독하면 할수록 어둠이 오히려 편하다는 것 역시 현실이다. 구어체는 이같이 현실에 말이 붙어 있게 되는 문체이다.

구어는 생활 현장과 결부되어 있으므로 토속어나 토속적인 관용구를 대거 포함하고 있게 마련이다. 토속어로는

몽돌, 꽁보리밥, 씨사니,
질경이풀, 장날, 지어미, 갈가마귀떼,
쇠파리떼, 거룻배, 장승 이빨, 높새, 불매,
풀무질, 살풀이춤, 몽달귀신, 선무당, 아홉물,
쟁기질, 논배미, 덧뵈기춤, 똥감싱이, 쇠작살, 당골래

등이 줄줄이 박혀 있음을 본다. 토속어가 의도로만 박혀 있으면 시적 문맥의 힘을 죽일 수도 있는데 차영한 시인은 '의도→관용구 삽입→기지·야유성 획득'이라는 풍자적 특질을 비교적 잘 살려내고 있어 보인다.

내 안경을
자네 비웃음으로 치켜들고
넘기 치기 잘하는 놈아
참아낸 병에
털 난 심장까지
전생의 죄까지 관계하는
저 헛웃음 걱금걱금 씹고 있더라

넉살좋게
먹성 좋게 것 탐 한들
목에 걸린 걱정뿐이더라
들통난 소문 서둘러 본들
불난 집에 부채질이더라
어중잽이 제 꾀에 넘어 지더라

—시 〈심심풀이 · 63〉에서

천성적으로 "넘기 치기" 잘하는 사람에 대한 야유의 시이다. "참아낸 병"

"털 난 심장" "전생의 죄"까지 그 넘기 치기를 감행하지만 돌아오는 것은 "걱정" "불난 집" "제 꾀에 넘어지"는 일 뿐이다. 그 넘기 치기는 "헛웃음" 으로 일관하고 "넉살좋게" "것 탐" 하는 것임으로 해학적이다. 풍자라도 신 랄한 것에서 그 도를 감한 정관적인 것이 되고 있다.

따옴시에서 "먹성 좋게 것 탐 한들"을 보면 '먹성'과 '것 탐'이 토속어인 데 이 낱말이 관용구에 삽입되어 있다. 그런데 그 관용구가 넘기 치기하는 이를 공격하는데 아주 자연스럽게 활용되고 있다. 차영한 시인은 토속어 와 관용구, 이를 포함하는 구어를 어색하지 않게 기지나 야유에 접목시키 고 있음이 확인된다.

3

차영한 시인은 80편 〈심심풀이〉 거의 대부분을 겉 다르고 속 다른 세상, 구정물과 같은 세상을 경계하고 비판하는 데에 힘을 쏟고 있다. 모여 사는 뜻이나 떠도는 삶, 고향을 그리워하거나 시골 풍경을 때때로 노래하고 하 지만 〈심심풀이〉의 절대 관심은 오염되고 비인간화 된 삶이나 세상의 정 체에 관한 것이다.

시인이 세상을 향해 풍자의 날을 세우는 단초가 될 만한 시는 〈심심풀 이 · 8〉이다.

> 어쩌면
> 혓바닥 깨물고 싶어
> 되도록 많이 다치고 싶어

눈 부릅뜨고 끌어안고

치고 박고 싶어

알몸 찢어 석탄가루에 짓이기고 싶어

세상 구정물 토하고 싶어

비린내를 술통에 담아 씻으며

소금에 쑤시는

슬픔을 버물리며

고약한 냄새 휘젓는

부작대기나 되어

노랭이들 코앞에서 춤출꺼나

—시 〈심심풀이 · 8〉, 전문

〈심심풀이 · 8〉 전문이다. 세상 구정물 때문에 헛바닥 깨물고 싶고, 나치고 싶고, 알몸 찢어 석탄가루에 짓이기고 싶다는 내용이다. 세상 구정물은 속에 숨겨져 있고 화자의 자기 확대행위만 전면에 나와 있다. 이른바 자기 풍자인 셈이다. 비록 '구정물'로 표현되고 있지만 세상의 흐림은 시인으로 하여금 자학과 절망의 늪에 빠져서 허우적거리게 한다. 이것이 풍자의 날을 세우게 되는 단초인 것이다.

섬섬 기는 이란 놈이

상그러워

사방 긁적거리면

벼룩이란 놈은

열두 고을을 뛰어넘는다

하도 뒹굴다 보면

저어 불타는 무력無力

흰 기를 들고

또 한마당을 위해
말끝을 미룬 체머리 보아라
귀와 눈만
말뚱거리더라

—시 〈심심풀이 · 25〉에서

'이'와 '벼룩'이 날뛰는 사회를 꼬집고 있는데 이 꼬집음은 자기 무력증을 드러내는 데서 오는 것이라 첨예한 성질을 띠지 않는다. 그렇다하더라도 시의 후반부가 갖는 "흰 기를 들고" "눈만 멀뚱거리는" 자기 무표정은 사회악에 대한 하나의 도전적 표현으로 볼 수 있다. 표현적 아이러니라고 할까.

아직도
허름한 신발을 끌며
자정子正의 윤곽을 뜬눈으로 밟으면
쌍심지나는 상실의 뒷켠
또 누가 날궂이 피리를 불더라
보이지 않는 난간 끝머리 잡고
달빛을 뽑아내더라
아홉물의 갯펄에
맨발 빠지듯
이승의 쟁기질 수모가 들나더라
두 발 짐승이
네 발로 걸어오더라

—시 〈심심풀이 · 38〉에서

따옴시는 비교적 난해한 편이다. 제1연은 상의 상황에서 "날궂이" 피리를 부는 이가 있다는 내용이고 제2연은 "아홉물의 갯펄"에 맨발 빠진듯한

"이승의 쟁기" 수모가 드러난다는 내용이다. 제2연의 그 수모는 "두 발 짐
승"이 "네 발"로 걸어오는 데에 있다. 완전한 짐승처럼 행동하는 이들 때문
에 삶은 어지럽고 쌍심지가 나는 형국이 된다는 것이다.

　여기까지는 상실의 상황이 구체성을 드러내지 않는 데에 특징이 있어 보
인다. 그러나 뒤로 갈수록 세상 풍경이 구체성을 띠는 것이 이채롭다. 심
심풀이가 아니라 정색하고 말해야 할 계제에 이른 것이리라.

　　　예감의 안팎에서
　　　저 눈치와 염치 짓뭉개 놓고
　　　이제 양심도 팔아넘기는
　　　빼돌린 남의 피땀
　　　몇 날로 물 먹여서
　　　철저히 본능마저 도려낸
　　　안심 등심마저 속여
　　　뻔뻔스럽게 갑절이나 팔아넘기더라.
　　　내 모를까
　　　내 몫까지 넘어다보며
　　　세상 하나 눌러둔 채
　　　눈 가리는 살구지판
　　　또 따돌림으로 이 엄청난 사냥
　　　덤으로 이끌려가도
　　　말 못하는 인질소동
　　　껄껄 혀 차본들
　　　낼름 혀가 먼저 빠지더라.
　　　　　　　　　　　　　　　—시 〈심심풀이 · 57〉에서

　여기 이르면 세상은 구정물이 아니라 썩은 물임을 알게 된다. 염치, 양

심, 본능을 속이는 뻔뻔스러움이 횡행하는 세상이기에 그렇다. 세상은 "엄청난 사냥"을 당하고 있어도 "말 못하는 인질 소동"일 뿐 혀를 차면 혀가 "낼름" 먼저 빠진다는 것 아닌가. 이 정도 극악한 세태에서는 골계적이거나 동정적인 여유는 찾으려야 찾아 볼 수가 없는 지경인 것. 공격의 방아쇠를 당기고 있을 밖에 없다.

4

차영한의 연작시 〈심심풀이〉 80편은 한국시에 새로운 풍자시의 한 면모를 만들어 놓고 있다. 겉 다르고 속 다른 세상을 향해 던지는 질타의 메시지일 뿐만 아니라 삶의 공간이 무엇 한 군데 시원한 구석이 없는 갑갑함의 조건에 실존적인 의미로 부딪쳐 보는 한 선언이기도 하다. 차영한 시인의 풍자와 구어체, 그리고 토속어와 그 관용구의 활용은 시적 기법의 한 측면으로 기억될 만한 성과를 거둔 것으로 읽힌다. 다만 세상에 대한 지나친 밀착으로 인한 풍자적 태도가 앞으로 드러날 모든 바람직한 세계에까지 스며들지 않을까 걱정이 되는 부분이 있다. 그러나 이것은 기우일 것이다. 지금까지 추구해온 차 시인의 행보와 업적들이 스스로의 표현대로 "덜큼한 술맛"처럼 갈수록 익는 소리를 내고 있기 때문이다.

☞ 출처 《살 속에 박힌 가시들: 연작시 '심심풀이'—80편》
(시문학 시인선 182, 초판. 2001. 3. 25, p.126.) 중 평설 pp.113~123.
☞ 강희근 지음 《경남문학의 흐름》(보고사, 2001. 11), pp.322~329 참조.

◎ 제3시집, 《살 속에 박힌 가시들》 시인의 말

도랑사구에 대질리는 소리

심심풀이는 심심풀이가 되었다. 털털 어깨 비 털고 거슬러 짚으면 가파른 1984년도부터 혀 차는 창호지 문살에 침 바르다가 이제 자유로운 빛살로 꿰매듯 옷 입혀본다.

먼지투성인 거짓말을 선반에서 끄집어 내린다. 모순과 부조리의 부스러기에 갑자기 눈먼 이들, 누군가 분명히 많은 거품에 군살로 살쪄 있다. 목에 힘준 세상 주소는 빈 집마다 요란한 전화벨 소리뿐. 싸잡아 타내는 소리는 돌멩싱이 하나면 될 일도 웃음 다칠까 선하품만 하는 때가 있다. 바람에 나무들은 밑둥치가 들나 있고 쓰러져 있다.

한편 새로운 사이버 세계는 우리를 무서운 생각의 속도로 사정없이 질타하고 있다. 입맛도 몸살 나게 당혹케 한다. 보이는 눈은 보이지 않는다. 들쑤시는 혓바늘만 일고 있다. 갓 멀미는 두레박질을 한다. 그러나 서로 붙잡아 주고 빠른 물살 거슬러 우리의 모습을 되찾아야 한다. 우리들의 푸른 숲처럼 강강술래가 그립다. 우리는 우리의 된장과 김치가 살아 숨 쉬는 이 땅의 특유한 향기와 빛깔을 다시 일궈야 한다. 무엇보다도 정직과 진실의 땀방울이 맺히는 이마를 보고 싶다. 여기에서 내가 나를 만날 수 있고 자신감으로 우리 모두가 성취하는 밝은 웃음소리를 듣고 싶다. 서로 부르는 사람소리와 이웃마을에 닭 우는 소리의 청명한 새벽을 활짝 여는 대문소리.

지금도 어딘가에 간절한 기약을 기다리고 있을 것이며, 참신하고 뿌듯한 힘들이 펄펄 넘쳐서 치솟고 있는 땅, 아! 이런 곳에서 새로이 빚어내는 미래의 흙냄새와 우리의 아리랑 노래가 다시 만나는 창조의 불덩이를 만나고 싶다.

2001년 3월
차영한

카오스로 비롯하는 새로운 창세기의 포에지

김 열 규

(서강대학교 명예교수)

1. 장애물 경주하듯 읽힐…

포켓에 손을 넣으면 항상 불안하다
도사리고 있는 비밀들이 서로 다투는
허전한 본능은 손톱에 찍혀 멍들고 있다

근질근질한 손가락 끝을 건너뛰는
설마雪馬를 타고 군중 속으로 뛰어들듯
숨어버린 도망자의 숨소리 새는 망토자락
맞물려 모멸하는 조롱 속에 발작하는 눈빛

혐오감에 덜덜 떨면서도 아따! 설마 하지만
포켓에 자꾸 기어들며 킥킥거리는 밀랍인형들
터럭손 들킬까봐 눈 가려도 구멍 난 타깃들

―시 〈트라우마 · 2〉, 전문

짤막한데도 심히 난해하다. 시는 흔히들 노래라고들 하는데도 〈트라우마 · 2〉에서는 그게 통하지 않는다. 읊조리면서 노래하듯 읽어가기, 그런 것은 여기서는 통하지 않는다. 〈트라우마 · 2〉는 차영한 씨의 작품치고는 비교적 간결하고 곱상한 축에 드는 데도 그 지경이다. 시집 《캐주얼 빗방울》전체는 더 말할 게 못된다.

그러자니 그의 시는 이해가 난감한데 그치지 않고 있다. 그냥 눈에 드는 대로 줄줄이 따라서 읽어가기도 힘겹다. 시행을 따라서 움직여가는 눈길이 부딪힘을 당하고는 머뭇대게 마련이다. 시 읽기가 무슨 장애물 경주라도 하는 느낌이 든다. 폴 발레리가 말한 "진정한 시인은 시를 추구한다. 왜냐하면 이것들은 확정된 작업이 아니기 때문이다. 이러한 확정되지 않는 작업 속에서 장애물까지 만들어내야 한다"는 것처럼 이것은 시적인 수사법에서 필수조건이 될, 비유법에서 이미 말썽이 되고 있다.

> 도사리고 있는 비밀들의 서로 다투는
> 허전한 본능은 손톱에 찍혀 멍들고 있다
>
> —시 〈트라우마 · 2〉, 일부

이에는 다음과 같이 세 가닥의 비유법이 자리 잡고 있는데 '도사리고 있는 비밀', '도사리고 있는 비밀들의 서로 다투는 허전한 본능', '허전한 본능은 손톱에 찍혀 멍들고 있다' 등이다.

은유법으로 된 이들 비유법에서 비유하고 있고 비유되어 있고 하는, 두 항(項)의 관계가 만만치 않다. 보통 비유법과는 얼토당토않게 다르다.

그러나 차영한 시어가 아닌 일반적인 보기를 들자면 '땀에 저린 그리움' 아니면 '발버둥치는 아쉬움'…이런 따위의 콩파레 콩파랑의 비유법은 누구나 곱게 이해하고 받아들이게 되어 있다. 비유하는 항과 비유된 항 사이의 상호 관계가 순조롭다.

2. 어긋맞고 서로 부딪는 것들

하지만 차영한 씨의 비유법에서는 이항대립, 즉 그것을 이루고 있는 두 항의 상호관계가 서로 어긋물리고 심하면 동강나서는 서로 맞부딪치고 있다. 서로 어긋맞고 부딪치고 있다. 그래서도 그의 비유법은 모순어법을 겸하게 된다. 아니 그의 비유법은 모순어법 투성이다. 시인 자신이 외래어를 애지중지하는 말버릇을 따라서 고쳐 말하자면 '모순어법'은 '오크시모론'이라고 하게 된다.

> 모란이 피기까지는
> 나는 아직 기다리고 있을 테요
> 찬란한 슬픔의 봄을
> ─김영랑 시 〈모란이 피기까지는〉, 일부

김영랑은 시를 좋아하는 하고 많은 세상 사람들 입에 자주 오르내리는 그의 〈모란이 피기까지는〉에서 "찬란한 슬픔"이라는 모순어법을 읊어내고 있다. 찬란하면 슬프지 말아야 하고 슬프면 찬란하지 말아야 하는데도 그 두 말이 서로 짝을 짓고 있다.

이와 같은 차영한 씨의 시적 언어의 개성은 이미 시집의 제목이 대변하고 또 웅변하고 있다. '캐주얼 빗방울'이라니? 시집 전체에서 왕창 왕창 외래어가 그것도 낯선 외래어마저 아우성치고 있는 것을 대변하듯이 시집 제목에도 '캐주얼'이 붙어 있다.

우연하다거나, 변덕스럽다거나 아니면 믿음성 없다거나 하고 번역될, 그 캐주얼이 빗방울에 덧붙여진 것부터가 이미 말썽 사납다. 무슨 빗방울이, 어떻게 됐기에 캐주얼이냐 말이다. '캐주얼'과 '빗방울', 그 둘이 서로 고개며 등을 돌리고, 마침내 서로 외돌고 있다. 그래서 시를 꼼꼼히 읽을수록 머리는 갈팡질팡하다 못해 어지러워진다. 심지어 아파오기도 한다. 시의 제목으로 붙여진 '트라우마'를 독자도 당하고 만다. 정신적으로 괴롭다 못해서 상처를 입고 만다.

심하면 모순어법이 되는 이미지들, 비유법을 이루는, 두 항이 서로 간에서 어긋버긋하고 있는 이미지들은 차영한 씨의 시에서 쌓고 쌓여 있다. 수두룩하고 또 지천이다. 말하자면 이분법을 해체하고 존재의 내부풍경을 열림하고 있다. 그 열림에서 신비가 갖는 현실과 꿈을 통합적으로 재구성하고 있는 것이다.

눈꺼풀 눈짓은
접시비행기처럼 날다 바다 속
물살구름으로 숨기는 전복
　　　　　　　　　　　　　　　—시 〈꽃을 보고 웃는 동안〉, 일부

내 서랍의 연필깎이와 몽당연필 그리고
지우개 같은 것들이 벽걸이잡고 비웃는 소리

벽을 두드릴 때마다 들리지 않는 텅 빈 소리
　　　　　　　　　　　　　　　—시 〈거부반응〉, 일부

이런 비유법의 진상은 시작품 전체의 속성이며 경향을 말할 때 큰 몫을 차지하게 된다. 비유법과 그것에 의지한 이미지는 시며 시적인 언어의 알짜 알맹이가 된다. 그것은 시가 시다울 수 있는 핵심이 되기도 한다. 심지어 시적인 언어의 시다운 개성중에서 이미지는 왕중왕이 된다.

3. 새로운 카오스 , 창세기의 포에지

한데 시집《캐주얼 빗방울》에 실린 시작품들에서 이미지들은 앞에서 누누이 강조된 바와 같이 모순어법의 비유법으로 그려지고 있다. 초현실적인 이미지를 이룩해내는 비유법의 두 항, 곧 비유하는 항과 비유되는 항 사이에는 모순과 어긋남과 차질이 얽혀 있다. 다시 말해 원초적인 이행 대립(binary opposition)이라 할 수 있다.

그것은 필경 비연속의 연속이라고 규정되어도 좋을 것이다. 연결의 고리가 순탄하거나 매끄럽지 못하기 때문이다. 결코 고분고분하지 않다.

한데 이 불연속의 연속은 하나의 이미지 안에서만이 아니고 문장에서도 말썽을 빚고 있다. 그것은 심지어 한 단락의 문장 전체에 걸쳐서 한 편의 시 전체에 걸쳐서 엎치락뒤치락 하는 등 유머는 물론 환상적이고 그로테스크하게 법석을 떨고 있다.

> 그에게 단서를 얻은 것은 그 계절의
> 이슬방울들이 내 옷을 적시던
> 주이상스 시간들이 행군하며 보내온 것
> (하략)
>
> —시 〈상처는 나눌 수 없다〉, 일부

실상은 어떨지 알아보기 힘겹지만 겉보기로는 전체 토막은 하나의 문장인 것 같이 보이는데 별로 길 것도 없는 그 문장에는 "얻은 것은", "이슬방울들", "주이상스 시간들이"와 같이 세 개의 주격이 연속되어 있다. 그래서는 문맥에 혼선과 혼란이 착란을 일으키고 있다. 이에서도 비연속의 연속이 말썽을 빚고 있다.

그런 점이며 특색은 또 다른 많은 시에서도 마찬가지로 허다하게 지적될 수 있는 것이지만 구태여 보기를 들자면 다음 같은 작품을 꼽을 수 있다.

> 뱀들도 새들도 모두 그대로네
> 칼바위 지나가는 무수한 깃털로
> 팔 벌려 춤추던 허물들 지우며 갈라진
> 진흙속이 하얗도록 뜨거운 내 피
>
> 그토록 그리워하던 땅
> 밟아보지 못한 하늘 위로 날아올라
> 야, 볼 수 있었네라 섭생의 경계들
> 있는 그대로를 날카롭게 찍어둔 발톱
> 자국마다 고인 철읍啜泣의 독기들
> 이미 없어진 치명적인 상처를 다시
> 만지려고 하는 이데아—본—법계—점을
> 하나의 원으로 그리면서 바라는 원력
> 무명의 무심이 파닥 파닥거리는
> 비늘들로 밀려오는 지독한 혀 발심
> (하략)
>
> —시 〈연꽃〉, 일부

이 작품에서도 독자는 쉽게는 앞뒤의 시행이며 문맥을 따라갈 수 없게 되어 있다. 어렵사리 따지고 캐고 하면서 마치 구렁이가 혹은 똬리 감고 혹은 얽힌 사슬 풀어 가듯 읽어나가야 한다. 그래도 문맥이 잘 풀리지 않는다. 뿐만 아니다. 낱말 하나하나 이미지 날개마다에 눈알을 박고는 헤집듯이, 꼬집어 뜯듯이 읽어나가야 한다. 마치 광부가 지하 깊은 곳의 땅굴에서 광맥 캐듯 해야 한다. 독자가 그 고행을 마다해서는 시 속에서 그만 길을 잃고 만다. 갈피를 못 잡게 된다.

그러다 보니 하다못해 낱말 하나조차 독자의 눈을 쉽게는 거쳐 갈 수 없게 되어 있다. 가령, '철읍啜泣'이란 낱말은 《민중 엣센스 국어사전》과 같은 대사전에도 실려 있지 않다. 다만 《한한漢韓대자전》(민중서림 편집국 편) 같은 부피가 매우 큰 한자 사전에 겨우 올려 있는 정도다. 일본인들은 흔하게 쓰는 말로 '수수리나끼'라고 읽고 있는데, '흐느껴 운다'는 뜻이지만 우리로서는 사전에도 실려 있지 않을 정도로 희귀한 것이 시 〈연꽃〉에는 덩그렇게 쓰이고 있다. 결국 이런 저런 곡절로 해서, 차영한 씨의 시 읽기는 미로를 헤매기에 능히 견주어질 만하다. 그와 같은 읽기의 헤매기는 다른 시에서도 마찬가지다.

> 다시 가 본 지중해의 크루즈 여행 때는
> 파도를 잘라버렸는지 잠시 눈을 붙여도
> 그곳을 갈 수 있었지만 발톱으로 자란
> 허전함은 올림퍼스 산의 정상높이에서
> 내려오는 힘든 무게로 구르는
> 감당하지 못한 땀방울로 하여 그 산의
> 등고선을 그린 또 하나의 지도

그 지도를 적신 한줄기 소낙비 싱싱하게

뻗어 내리는 유월바람 넝쿨 역광으로 찍힌

하늘수박에 걸려 정지된 발걸음

무를 밟고 다가오면서 출렁이는 플라멩코

뽑는 무 이빨에 사각 사각대는 무

무당 같은 헛것들이 배낭을 붙잡아

안타까움만큼이나 바닷가 발목 저리도록

코발트블루 이안류 칼바람 따라 저승북소리

에, 어찌 퉁소 소리뿐이랴

—시 〈뼛속 푸른 불꽃〉, 전문

이 작품은 제목부터가 어지럽다. '뼛속 불꽃'은 가당키나 한 걸까 싶다. 시 전체를 아무리 꼼꼼히 살펴보아도, "뼛속 푸른 불꽃"이 이글댈 근거를 찾을 수가 없다. 그러다 보니, 작품 전체도 제목의 성깔을 나누어 갖고 있다. 시의 문맥이 앞뒤로 순리를 밟아서 읽히게는 안 되어 있다. 낱말이나 이미지끼리의 겹치기가 말썽인가 하면, 문리文理, 곧 글의 논리가 엎어지고 굽히고 겹쳐지고 하면서 현기증을 일으키고 있다. 물론 코발트블루와 하얀 파도라고 딱히 말할 수 없는 다의성을 갖고 있기 때문이다. 이렇듯이 차영한 시인에게는 그만의 언어가 따로 있고 그만의 문법이며 논리가 별도로 존재하고 있다. 일반적인 문법, 보편적인 논리, 그런 것은 온데간데없다. 그러기에 그의 시는 자칫 독백이 되고 혼잣말이 되고 말지도 모른다. 바로 그의 무의식이 갖는 자기모순적인 창의성은 상투적인 언어를 탈각하려는 중얼거림(모놀로그)에서 출발하고 있기 때문이다.

기왕에 보편적으로 통하고 있는 언어 질서, 그런 것은 그의 시에는 없다 시피 하고 있다. 그래서 그의 시에서는 소쉬르언어학이 규정하고 있는 랑

그에 들게 없다시피 한다. 언어의 보편성이 찾아지기 힘들다는 뜻이다. 극히 어느 개인 혼자만의 언어를 의미할 수도 있을 파롤, 그게 우세하다. 그만의 언어가 있다고 해도 지나치지는 않을 것이다. 그래서도 그의 시는 독야청청하다.

한데 그의 파롤은 논리며 문법을 예사로 업신여기는 나머지 코스모스 아닌 카오스를 곧잘 빚어내고 있다. 일반적인 문법이나 논리의 잣대로는 통하지 못할 '혼돈의 언어' 그게 차영한의 시다. 커뮤니케이션이나 소통, 또는 대화 그런 것이 갖추어져야만 비로소 언어고 말인데도 시인은 그걸 깔보고 있다. 논리나 문맥 그런 따위는 나 몰라라 하고 있다. 그런 것은 그의 안중에도 없고 그의 포에지에도 없다. 그래서도 그의 시는 거듭 코스모스 아닌 카오스라고 강조하게 되는데, 그것은 그가 그의 시로써 지금 당장 우리를 짓누르고 있는 이성과 논리에 찬 로고스를 짓부수고는 새로이 카오스를 빚는 결과를 낳고 있다. 카오스란 생성 에너지로써 무수한 시각이 갖는 가능함을 보여주기 때문이다.

알다시피 우주의 창생을 말하는 신화에서는 먼저 카오스가 있게 된 다음 비로소 로고스가 맥을 이루는 창조가 있게 되었음이 얘기되어 있다. 시인 차영한 씨는 이제 바야흐로 비롯하게 될 새로운 로고스의 모태로서 그의 시를 카오스가 되게 하고 있다.

그로써 그 자신의 창조신화를, 창세기의 신화를 예비코자하고 있다.

☞ 출처: 제4시집 《캐주얼 빗방울—75편》,
현대시인선 123(한국문연, 초판, 2012.11.20, p.128.) 중 평설 pp.113~124.

부트스트랩 로더(bootstrap loader)하면서

아직도 나를 벗겨 봐도 긴장은 출발지점도
귀결지점도 없이 다른 모습으로 현상된다.
오히려 벗길수록 불안한 상상력들이
자유를 위해 탈선하면서 낯선 곳으로
끌고가 몰아붙인다. 인정하지 않으려는
윽박지름에 눈을 감아도 보이는 하얀
눈 속에 감추려는 준엄한 산들의 눈빛이
눈 시리게 하는 빛살과 그림자의 능선 따라
파도썰매를 타고 뒤따라오는
산비둘기 떼 같은 친숙한 반점斑點들

스크린 컴퓨터와 내통하는 모호한 은유로 빛나면서
"모든 접근은 함축적인, 환상적인
하이퍼텍스트에 지지되어야한다"는
슬라보예 지젝의 관점으로
끄덕이는 죽은 대상들이 되살아나 떠도는

페티시의 주체들 혐오스런 실재계를
키친 도마에서 토막토막 더 잘게 썰어
로딩 프로그램에 크레타 섬의 올리브유를
붓고 양념을 뒤섞을수록 생동하는 마력
엉뚱한 괴성들마저 프라이팬에 전혀
다른 천연재료로 탄생시켜 식탁에 올리는
무한한 선택에서 여유로운 질문을 먼저
나이프로 시식하도록 하여 유발시키는 미각
아삭아삭하게 되씹힐 때 앙드레 브르통이 말한
"오래전부터 자기의 극점을 찾아 떠난 사람의
내적인 풍경(…)어딘가에 데려다 줄 수 있는 것"
그 우연한 맛(상상력)의 아이러니 등
테크네의 새로운 대칭성과 비대칭성이
착란 시킨 하이브리드 생명력들이다.

2012년 10월 17일
통영 해안선을 거닐며
차영한

시원을 향한 원초적 지느러미들의 유영

강외석
(문학평론가)

1

　차영한 시의 바다는 그 뿌리가 아주 깊다. 통영이 고향인 그의 바다에 대한 무의식이 그만큼 깊다는 증좌이다. 특히 연작시, 그의 첫 연작시집《섬》에 이은《바람과 빛이 만나는 해변》그 뿌리 깊음의 뚜렷한 물증이다. 그런데 바다는 현대시의 보편적 공간이 되면서 재문맥화의 여러 단계를 거쳐 왔지만 크게 차별화의 여지가 보이지 않는다는 한계가 있다. 이러한 한계 인식이 그로 하여금 바다에 대한 새로운 인식과 방법론을 모색하게 하지 않았을까. 그 모색의 결과가 특이한 인식의 미학적 표출인 쉬르 시였을 것, 그 쉬르 시를 통해 기존의 바다와는 차별화된, 다른 어떤 특별한 기대 효과를 노렸을 것이라는 심증이 든다. 그러니까 그는 쉬르 시의 소통 방식으로 기존의 바다를 해체하고 처음 보는 듯 새롭고 낯선 바다를 창조해 낼 수 있는지를 '에세(essai)'해 보지 않았을까 하는 것이다.

　차영한의 '에세'에서 몽테뉴의《에세(essais)》가 상기된다. 개인적인 시도와 시험을 한 글쓰기라는 뜻의 그 저술은 당시 상류층의 문자 언어였던 라

턴어에 대해 하류층의 언어인 불어로써 과연 삶의 사유와 철학을 글쓰기 할 수 있을까, 그러니까 불어가 삶의 적절한 글쓰기 언어가 될 수 있는지를 시험해 보았던 데에 그 명명의 일단이 있는 것으로 추정된다. 몽테뉴의 '에세'와 차영한의 '에세'는 그 방향이나 목적은 전혀 다르지만, 소기의 특별한 소통을 위한 글쓰기의 시도라는 점에서는 비교의 접점이 있다.

2

필자에게 시집의 처음 얼굴인 시는 일종의 압축 파일로 인식된다. 그 압축을 풀면 시집 전체 시의 기밀이 풀려 나온다는 독자적 판단이다. 그 판단을 따라가면, 가령, 차영한 시의 독특한 에세의 구체화가 일정 부분 밝혀질 수 있다는 생각이다. 시집을 열면 처음 나타나는 〈바람과 빛이 만나는 해변〉은 그런 점에서 의미심장한 시이다.

통돌이 세탁기로 빨래하는 해변
군청색 담요들이며 와이셔츠를 뒤집어 돌려주는
바닷새들의 떠들썩한 손놀림들
드럼연주에 충분한 네 시간의 결핍만큼이나
가벼워지는 세탁물들 온통 스캔들로 날고 있다

미쳐버린 내 검은 머리카락을 흰 머리카락으로
때론 절단된 신체들의 넥타이로 펄럭이다가
날아다니는 저 클래식들을 휘몰고 오는 높새 된새들
하프 첼로의 헛손질들을 마구 헝클어 버리지만

하루에 두 번씩은 외골격의 달랑게 망둥이 청소부들이
성안城內의 총구멍에다 내뱉는 바다를 리모델링하는
가래기침 같은 물거품을 거뜬히 걸러주나니 오히려

물방울 속의 물방울들로 하여 볼 수 있는 나의 배꼽을
밀려오는 물꽃 이파리들이 숨겨주는 또 하나의 눈빛
말미잘처럼 원시적 질투로 굴절하고 있다
아내의 꽃반지도⋯ 그리고 편견된 소외만큼도
                    ─시 〈바람과 빛이 만나는 해변〉, 전문

   자유와 상상력에 의한 에세의 방법이 보인다. 황당하고 비현실적인 이미지, 그 이미지의 결합 또는 병치, 환상, 통사론적 비문, 뒤죽박죽의 구문들, 한 마디로 그 방법은 언어 상식과 원칙을 전복시키는 쪽이다. 지금까지 읽었던 시와는 전혀 다른 포에지의 시이다. 전통 서정시는 말할 것도 없고, 심지어 그 난해한 미래파 시와도 차별되는 포즈이다. 그 '다름'의 결정적 유표화 표지는 전혀 낯선 언어 질서인데, 그것을 기저로 시라는 텍스트의 표면 공간에 축조된 모든 형식적인 구조물들의 배치가 다르다. 다르다는 것은 처음 보거나 처음 읽는다는 것이니, 그것은 다르게 읽혀질 것을 요구한다. 다르고 낯선 그의 시에서 그러나 성급하게 어떤 특정한 주제의식이나 의미를 찾기보다는 연상과 상상을 통해 자동 발화되어 결합된 어떤 이미지의 제시에 초점을 두고 읽어나가는 게 수순이다.
   텍스트의 바다(해변)는 우리에게 익숙한 바다가 아니다. 현실인 듯 현실이 아닌 환상의 바다 같은, 전혀 낯선 초현실의 바다가 태어난 것이다. 꿈과 환상 그리고 기획되지 않은 생각들이, 어떤 규율이나 절차에 따라서가 아니라 그대로 기술되고 있는 데에서 그런 난해한 바다가 창조되었을 것이다. 그런 까닭에 텍스트는 처음부터 일반 인식을 해체, 전복한다. "통돌이 세탁기로 빨래하는 해변"에서 '세탁기'와 '해변'은 '빨래'를 고리로 연결되고 있지만, 엉뚱한 배치이다. 전원의 흐름을 통해서만 가동되는 통돌이 세탁기가 해변에 놓여 빨래를 하고 있는 광경은 비논리적 결합이고 배치이다. 또한 "미쳐버린 내 검은 머리카락을 흰 머리카락으로/때론 절단된 신체들의 넥타이로 펄럭이"고 있는 이미지는 우연성과 동시성의 당혹스러운 병치 그 자체이다. 초현실적 이미지는 이렇게 일상의 풍경을 해체하고 경이로운 풍경을 소묘한다.

> i) 물방울 속의 물방울들로 하여 볼 수 있는 나의 배꼽을
> ii) 밀려오는 물꽃 이파리들이 숨겨주는 또 하나의 눈빛
> iii) 말미잘처럼 원시적 실부로 굴질하고 있다
> iv) 아내의 꽃반지도… 그리고 편견 된 소외만큼도

위 대목은 통사적 비문이다. 이 대목의 주어는 ii)의 "물꽃 이파리들"인데, 서술어는 "숨겨주는"이고, 목적어는 i)의 "나의 배꼽"이다. "또 하나의 눈빛"과 구문상 절을 형성하고 있다. 이때 난해한 어절은 "또 하나의 눈빛"이다. "또 하나"라는 수식을 보면 다른 하나의 눈빛이 있어야 한다. 그런데 그 눈빛을 찾을 수 없는 것이다. 또한 무엇이 "또 하나의 눈빛"인지 알 수가 없다(아무래도 내 눈이 청맹과니거나 난독 중증일 것이다) 그런데 이 눈빛이 또 iii)으로 이어지면서 "굴절하고 있다"를 술어로 하고 있는데, 한 마디로 구문이 뒤죽박죽이고 단어와 단어의 연결 또한 제대로 이어지지 않고 있다. 그것은 오로지 우연의 흐름에 기대고 있을 뿐이다. 사유의 진실을 그대로 진술한다는 기본 생각에서일 것이다. 게다가 iv)의 "아내의 꽃반지"와 "편

견 된 소외만큼"도 우연적으로 병치되고 있다. 이 두 이미지 내지는 진술은 "나의 배꼽"에 연결, '배꼽'의 근원에 가까운 사랑의 추억이거나 소외라는 아픈 경험의 상처로 읽힌다. 그 병치는 "이미지는 정신의 순수한 창조이다. 그것은 많든 적든 다소 멀리 떨어져 있는 두 현실의 비교에 의해서가 아니라 그 현실의 접근에서 생겨나는 것"이란 르베르디의 언급에서 그것의 개연성을 확보하는 셈이다.

텍스트에서 가장 인상적인 오브제는 바다(해변)와 빨래와 '나의 배꼽'이다. 시원의 형상인 이 세 오브제는 무의식의 타자에 의해 그 무의식의 틈새 사이로 지극히 짧은 순간에 모습을 드러낸 것인데, 그래서 그것은 우연일 것인데, 그 우연이 순간적으로 시적 주체에게 포착되어 자동적으로 기술되었다. 그런데 무의식의 작동이라고 하기에는 꼭 의식의 수준만큼 상당히 정교한 방식으로 얽혀 나타나고 있다. 무의식 역시 언어처럼 구조화되어 있기 때문일 것인데, 그 관계를 언어적으로 구조화하면, 다음과 같이 된다. '빨래를 씻어 햇빛에 말리고 바람에 펄럭이게 해서 리모델링하고 가래기침 같은 물거품을 걸러서 결국 물방울 속의 물방울들로 하여 볼 수 있는 나의 배꼽에 이른다.' 이 대목은 "더러운 놈 때 낀 놈이라고 죽비로 다스리고 있어/하도 온몸을 칼크리 씻기고 씻어대는 바람에/내 혈관 속의 독물들이 말끔해지고 있"《낙산사 해조음》)다는 언술과 연계하여 읽힌다. 시원의 세계는 "독물"의 오염된 세계가 아닌, 맑고 순수한 세계의 형상이기 때문이다. 그것을 걸러내야 "배꼽"의 시원 세계에 이른다. 시원의 순결주의적 표백이다. 바다든 빨래(모성의 이미지)든 배꼽이든 순결이 그 본질이다. 이 세 시원의 형상은 바람과 빛에 의해 지켜진다. 바람과 빛 또한 시원의 존재이기 때문이다. 그 바람과 빛이 사라지지 않는 한 시원의 세계는 영속할 것이고, 그 세계를 향하는 주체의 욕망 또한 끊임이 없을 것이다.

서시격인 이 시는 시원의 세계에 대한 무의식이 의식의 층으로 잠시 올라왔다가 순간적으로 잡혀 언표화 되었다. 이후 그의 시는 불연속의 연속으로 계속 의식의 층으로 올라옴을 거듭하면서 그의 의식에 잡혀 언표화되고 있다. 바야흐로 '배꼽'이 환기하는 시원의 세계를 향하는 원초적 지느러미들의 유영이 이 시집의 결정적結晶的 전모이다.

3

원초적 지느러미들은 바다에서 여인의 형상을 캡처한다. 시원의 세계에 대한 첫 유영이다. 시원의 세계에 대한 꿈과 환상은 자동적이다. 차영한의 상상 속에서 그 처음 여인의 형상은 빨래에 이어 바느질이 환유하는 어머니의 형상이다. 모성의 세계에 대한 상상은 끊임없이 격동적으로 움직이는 바다의 활동성에 기댄 방향으로 나 있다.

> 혀 놀림을 먼저 타일러주네 달달 재봉틀 바늘로 주름 잡아주네 감싸주는 당신의 옥색 깨끼치마 펄럭이는 끝자락 말아 올리며 끄는 맨발로 바닷가로 달려오네 발끝에 밟히는 치마 폭 폭에 목화송이 꽃피는 소리 하네 나풀대다 보풀로 떨어져 나가네 내 소매 끝자락을 조간대에다 얹어 헹궈 말리니 갈매기 떼로 날아오르네. 연방 가위질하면서 날갯짓으로 되박아대네 은빛바느질에 파란바다 실핏줄이 되살아나네.
> ─시 〈해소海嘯〉, 2연

어머니는 꿈속의 현실처럼 혀 놀림을 타일러 주고, 옷 주름을 잡아 주고, 옥색 깨끼치마로 감싸 주는 모습이다. 무의식에 보존되고 있는 어머니는, 어린 주체의 말을 타이르고 옷을 짓고 주체를 감싸고 살피며 보호했던 흑백 영상 속의 인물로 떠오른다. 그리고 어머니는 늘 주체를 기다리다가 맨발로 달려오는 모습이다. "목화송이 꽃피는 소리"는 바느질 소리를 연상시키면서 주체의 그리움의 정서를 고조시킨다. 그때 날아오르는 "갈매기 떼", '갈매기'의 기호는 '자유롭고 우아한 움직임으로 용이하고 행복한 활동을 상징한다'는 로트레아몽의 새와 일치한다. 그런데 그 갈매기가 "연방 가위질하면서 날갯짓으로 되박아대"고 있는 것이다. 일종의 전이 현상으로 보이는 이 겹침은 주체의 아니마적 욕망일까. 그렇게 읽힌다. 또 "은빛바느질에 파란바다 실핏줄이 되살아나"는 경이의 미장센은 주체의 아니마적 상상 기호이면서, '은빛바느질'의 그 행위는 '죽음의 현실'을 되살리는 생명성의 시각적 기호로 읽힌다. 딴은, 무의식은 때로 의식계 곧 현실계의 결핍에 대한 계기로 인해 나타나기도 한다.

그런 모성의 바다도 마냥 부드러운 생명의 바다는 아니다. 생명을 억압하는 죽음의 바다 형상으로 나타나기도 한다.

> 시달리는 강박증에 견디다 못해 끌리는 머리채
> 흩날리는 광란증이 발작 하네 이빨 다 드러내놓고
> 욕설 퍼 붓는 입술이 시퍼렁 딩딩하네 또
> 어깨 죽지 잡아당기며 서로 목을 비틀어대네
> 등지느러미 위로 날치 떼 날리면서 되 밀치기하네
>
> —시 〈한사리 갯벌〉, 부분

강박증과 광란증이 발작하는, 거칠고 험악한 바다의 형상이다. "하늘수박넝쿨 걷어내는"(《여름바다》) 환상과 경이의, 꿈의, 그런 바다가 아니다. 공격성의 "이빨"을 드러내놓고 "욕설 퍼붓는 입술이 시퍼렁 딩딩"한 살벌한 바다이고, "어깨 죽지 잡아당기며 서로 목을 비틀어대"는 그런 난투극의 바다이기도 하다. 무의식 속에 숨어 있던 과거의 타나토스의 현실이 무의식의 힘을 받아 의식의 층으로 올라온 셈이다. 하긴 무의식도 쾌락 원칙 뿐만 아니라 고통 원칙에 따라 나타나기도 한다. 바다의 거친 죽음의 삶 역시 그의 무의식에 깊이 잠재되어 있다는 뚜렷한 반증이다.

바다의 여성 형상은 모성성에서 여성성 특히 여성의 관능성으로 변주된다. 라캉은 프로이트의 리비도 개념을 받아들여 무의식의 현실은 성적 현실 곧 성적 욕망이라며 이는 용납하기 힘든 진리라는 표명을 한 바가 있다. 라캉의 견해는 바다에 대한 시인의 무의식을 뒷받침하는 유력한 표명이다.

　　그때 소설로 씌어 지지 않은 해안가
　　커다란 눈빛으로 엉덩이만 노출시킨 채 흔들리는
　　젖가슴을 자꾸 감추려는 그 여자

　　꺼내는 거울 속에 날고 있는 갈매기 떼
　　날갯짓하는 바람에 혹시나 화이트크루즈 선
　　티켓을 하얀 손톱으로 쿡쿡 눌러 보다
　　기울어진 각도에서 유난히 잦은 망각으로
　　하이힐 벗기더니 금세 다리를 더듬어대며
　　올라오는 검실검실 털 난 한사리 누드물밭에
　　갑자기 커서로 돌변하는 날갯짓
　　곤두박질할 때마다 아이콘을 지우려 하지만
　　지금 열정으로 쓰고 있는 소설 속의 백상아리 떼

치솟아 굶주린 이빨로 급습하려하네

—시 〈해운대 소견, 말없음표〉, 부분

　바다의 형상이 어머니에서 일반 여인으로 이동하여 나타난 것은 프로이트식의 응축이고, 소쉬르식의 계열 관계인 셈이다. 프로이트는 꿈의 작동 원리에 대해 설명하면서, 한 여인의 형상에 어머니, 누이, 애인 등 유사성을 갖는 여러 모습이 나타나는 것은 응축이라고 했는데, 차영한의 바다에서 어머니에 이어 누이 또는 애인의 모습으로 나타나는 것은 프로이트의 응축 논리에 따르면 자연스러운 수순이다. 그래서 특히 바다의 '여인화'는 '아내의 꽃반지'에 투영된 주체의 주이상스적 욕망의 발현으로 보인다.

　"소설로 씌어 지지 않은 해안"이기에 무의식의 우연한 환상이 가능하다. 무의식의 바다에서 지금 이 순간 그는 열정으로 소설을 쓴다. 그가 쓰는 소설은 탄탄한 구성과 플롯을 갖춘 일정한 프레임의 그것이 아니다. 브르통의 《나자》같이 사실주의 소설의 합리성을 해체한 비논리적이고 무질서한 사유와 상상력을 그대로 '받아 적기' 하는 소설일 것이다. 브르통이 군중의 바다에서 신비의 아우라를 지닌 '나자'를 만나듯 주체는 해운대의 바다에서 "엉덩이만 노출시킨 채 흔들리는/젖가슴을 자꾸 감추려는 그 여자"를 만난다. 우연이다. 무의식의 세계에서는 이미 예정된 만남으로서의 우연이겠다.

　브르통과 나자의 교유처럼 시적 주체도 여인과 자유로운 상상의, 무질서한 이미지의 세계 속의 교유를 이어간다. 2연에 몽상되는 세계의 개연성은 갈매기 떼의 "날갯짓"에 의해 추동된다. 그 여자의 "거울 속에 날고 있는 갈매기 떼"는 거울 속에 투영된 그 여자의 자아일 수 있다. 거울은 무의식이다. 거울로 인해 잠깐 열려진 틈새의 무의식으로부터 날갯짓의 자유와 상상이 분출되고 있는 것이다. 날갯짓은 어디로 날아갈지 방향도 알 수 없고, 무엇을 행할지도 투명하지 않다. 다만 날갯짓이 환기하는 대로 환상과 꿈의 세계를 유영할 뿐이다. "화이트크루즈 선"을 통한 이국적 여행의 몽상도 나타나고, 하이힐 벗기고 다리를 더듬어대는 은밀한 관음의 현장도 나타난다. 그 날갯짓은 커서로 돌변하면서 백상아리 떼를 만나기도 한다. 이질적인 요소들이 불연속으로 연결되는, 비논리적, 무질서한 이미지들의 병치가 어우러져 전격 새로운 바다가 출현하고 있다. 그 바다는 여인의 관능성과 백상아리의 야만성과 원초적 생명성의 그것이다. 바다의 두 이미지이자 오브제인 여인과 백상아리의 특이한 만남은 매혹적인 현실이자 비현실인, 브르통식으로 말하면, 현실과 비현실이 하나로 만나는 자유로운 정신의 어떤 지점이 된다. 바다가 내지르는 이 모든 자유로운 환상과 꿈을 바다는 주체로 하여금 받아 적기를 지시하고 있으며, 주체인 그는 그 지시를 따라 충실히 받아 적기하고 있는 풍경이다.

4

시원의 세계에 대한 '에세'의 방법상 그의 시는 언어와 이미지의 두 개의 층위에서 뚜렷한 특징을 보여준다.

4—1

먼저 언어의 층위에 대한 '에세'의 구체화이다. 삶의 자유로운 상상을 개진하는 개인적 언어는 해독하기에는 만만찮은 어려움이 따른다. 차영한의 언어가 조형하는 세계는 아주 낯선 세계로 다가온다. 흡사 방언의 세계랄까. 무당이나 목사가 신들린 듯 빙의되어 중얼거리는 소리와 같다. 이런 말하기는 일종의 영매적 발화 현상이다. 이 '영매적 현상'은 '받아쓰기'의 무의식적 배후로 작용, 그의 연작을 쓰게 한 힘의 계기로 지목된다.

> 작비렁에 앉은 조금 물때 큼직한 무 뽑아 씻는 물녘에 턱 걸쳐놓고 한다
> 는 솔다 말꼬리 앙달머리 이음새 톡 쏘는 읍내 땡초 고추 사러 간다는 어처
> 구니 해작 잘 치는 되모시 저년 뚜쟁이 벌떡 게한테 굶주린 만큼 입술 몇
> 번 물려 따끔한 정 침도 앗일 텐데 감청색 쓰게 치마는 뭔데 되려 엉덩이에
> 반쯤 걸쳐 서늘하도록 저프다 풀풀 저질레라
>
> ─시 〈아리새〉, 2연

어른의 옹알이라 할 수 있을 방언의 글쓰기, 달리 말하면, 자동기술적 글쓰기이다. 이 방식은 지역에서 쓰는 지역 말이 아니라 독특한 구술 방식의 말이다. 따라서 의식의 어떤 조작이 있을 리 없다. 생각나는 대로 터져 나오는 소리를 그대로 받아 적고 있다. 시원의 세계는 해석되는 세계는 아니다. 하나의 문장으로 각각 이어져 있지만, 어디서 끊어지는지 전혀 알 수 없다. 주어, 서술어 따위의 각종 문장 성분이 무엇인지를 가려내는 것조차 무의미하다. 다만 시원의 어떤 원시의 신선하고 낯선 느낌이 전해오는 것을 느끼기만 하면 된다. 사유의 원시적, 시원적 '받아 적기'는 방언이 아주 적절한 방식이다. 더욱이 차영한 시의 방언은 토속적 유연성과 사고의 연속성을 갖추고 있어 더욱 그렇다.

또 하나의 방언이 있다. 지역말, 곧 사투리로서의 방언이다. 특히 그의 시 읽기의 가장 큰 어려움이자 장애물로 작용하는 방언은 사전에도 찾기 어려운, 생토박이들만이 사용하는 생경한 말들이다. 위 시에도 "솔다",

"저프다", "저질레라" 따위의 많은 사투리가 많이 사용되었지만, 〈갯바람소리〉에는 아주 심하다.

> 어떠냐. 벌건 목구멍 넘어다보는 컬컬한 술시 절로 목젖에 걸리는가. 뿌욱새 초저녁부터 깔딱 질강거미 썰물지면 풋바심 하는 달랑게 아지매 아는가. 쌀조개 저 시푸렁둥 한 주둥아리 헤살 내는 할깃한 쌍꺼풀눈 보이는가.
> 물거리에 주낙 바퀴 시울질처럼 가오리무침이라도 한 점 맛볼 잇몸 또 빨아대네. 꿀꺽 먼저 침 삼키는 고래실 댁 연중에 새물내며 씩 웃기만 하네. 지 입살에 눈 맞추다 그슨대 나것다나것다 하네. 살살이 갯강구 발처럼 속눈썹 안에 잡아넣고 걸신들리네. 저 헤클병 봐라.
>
> ─시 〈갯바람소리〉, 3연

"뿌욱새", "질강거미", "헤살", "시울질", "연중", "새물내며", "그슨대", "헤클병"은 아주 난감한 사투리이다. 아무튼 은어든 사투리든 이방 사람들에겐 전혀 낯설고 새로운 미지의 언어 세계의 풍경이다. 그가 독자와의 소통을 의식했더라면 이런 언어는 사용하는 데 신중했을 것이다. 그러나 그는 의도적으로 그런 신중성을 버림으로써 독자와의 일차적 소통을 포기한다. 이렇게 되면 독자들에게 미지의 낯선 세계가 된 텍스트는 평소 접하던 익숙한 현실 세계와는 단절되고 만다. 전혀 낯설고 기괴한 세계와 맞닥뜨리게 된 것이다. 이른바, 새로운 언어 현실과의 대면이다. 알려지지 않은 세계의 낯선 문화와 언어는 공황과 혼돈의 카오스이지만, 이내 우리에게 새로운 문화적 자극과 충동을 주어 그 새로운 현실 세계의 창세기를 열게하지 않던가. 낯섦은 경이이다. 표준화된 낯익은 세계를 해체, 붕괴함으로써 낯섦을 대하는 마음에 일어나는 놀라움의 정신적 지점이다.

4—2

바다에 관한 자동적 사고 작용 가운데 두드러진 특징적 이미지의 하나는 바다 소리와 음악 또는 음악 악기의 연계성이다. 맥루한 식으로 말하자면, "음악(악기)이 곧 메시지"인 셈인데, 그것은 시적 주체의 연상과 상상을 전하는 주된 매체가 된다.

오늘은 청바지 입고 하얀 블라우스를 걸친 바다를 보네.
물때는 스무사흘 조금이네. 물고기들이 닷배 아래에서 반짝이는 쌍꺼풀 굴리며 외갓집 가는 길이네.
어! 어, 수천수만의 은빛자전거들이 빛의 외침을 굴리면서 달려오고 있네.

싱그러운 미역귀모양으로 물발 가를 때마다 등 너머 마을사람들 눈빛이네. 총각김치 겉절이 하는 아낙들 배꼽 웃음 흔들어 치대며 질겅질겅 헹궈내네. 우리들 새빨간 심장 하트그림 그리는 돌고래 떼도 아낙들 머리 위로 가르마 타네.
아따! 뒤따르는 전어 떼들이 저 거대한 피아노 건반 위로 뛰어올라 베토벤의 월광 소나타도 연주하고 있네.

뜻밖에 칸딘스키가 첼로 현으로 파란색선을 그리네. 모든 생명을 협주하게 하네. 반. 고흐가 폴 고갱의 파란 점들을 시샘하여 원색을 찾아내네. 프로방스의 삼나무 숲에 돌개바람 일으켜 미친 듯이 빛을 살려내고 있네. 마도로스파이프 연기가 빗금 지우며 우리들의 쉼표를 찾고 있네.
　　　　　　　　　　　　　　　　　　—시 〈바다빗금들〉, 전문

거칠고 사나운 바다의 남성성을 악기의 멜로디를 통해 거세하곤 부드러운 모성성으로 변주되고 있다. 내면적 깊이와 환상과 경이의 새로운 바다의 현실이 창조되고 있다. 악기는 바닷소리의 선율을 환기함과 동시에 그 은은함은 모성의 원리를 드러내는 감성 영역이다. "마도로스파이프 연기가 빗금 지우며 우리들의 쉼표를 찾고 있네"와 같은 언술은 그것을 탄력적으로 뒷받침한다.

특정 음악이 특정 분위기 또는 정서나 감정을 이끈다. "모든 음악은 그 음악이 표현하고 있는 감정의 기복에 따라 음높이가 계속 출렁댄다"고 말한 쿠크의 말처럼 그렇다. 그래서 피아노로 연주하는 월광 소나타이거나 첼로의 선율이거나 간에 그 아늑한 정서적 분위기가 그 소리들을 아기들을 잠재우는 어머니의 자장가로 듣게 한다. "외갓집", "쉼표"라는 기표가 갖는 파장과 정서적 여운 때문일 것이다. '외갓집'의 기의이자 또 하나의 기표가 '쉼표'가 아닐까. 외갓집은 어른의 시간보다는 유년의 시간을 환기한다. 유년의, 쉼표의 분위기에는 음악이, 음악의 악기가 적격이다. 트레바든이 읊조리는 조곤조곤한 말을 경청해 보자.

> 어머니의 말은 일종의 노래다. 올라갔다가 미끄러져 내려오는 듯한 목소리로 부드러운 어구를 우아한 박자로 규칙적으로 반복하되, 아기가 옹알거리고 까르르 웃고 손과 온몸을 놀려 참여할 수 있도록 틈을 둔다. 어머니는 아기의 모든 움직임에 반응한다. 이런 상호 작용은 어머니와 아기의 리듬과 프레이징을 맞추는 내재된 안무에 따라 복잡하게 조율된다.

시인에게 파도소리는 악기에 연주되는 일종의 노래다. 파도는 일정한 리듬의 형상을 가진다는 것, 올라갔다가 미끄러져 내려오는 파도의 시각적 형상은 어머니의 노래로 겹쳐지거나 변주되어 아기의 리듬과 프레이징을 맞추는 것이고, 또 오름과 내림의 내재된 안무에 따라 조율되는 것이다. 이렇게 어머니의 노래는 바다의 시원성을 강화한다. 그 속에 '나의 배꼽'은 순수한 형상으로 오롯이 간직되어 있다. 그러니까 '배꼽'의 처음이고 처음의 '배꼽'인 유년의 모든 것들이 그 속에 저장되어 있다. "빗금"이 지운, 그 시원의 "파란색선"과 "원색"과 "빛"을 복원함으로써 "빗금을 지우"고는 끝내 "모든 생명을 협주하게 하는" 화음의 "쉼표"를 찾아낼 것이다.

> 시원하게 클리어스토리 한
> 한여름을 뿌리치고 뛰쳐나와
> 옷 벗어 던진 채 하늘수박넝쿨 걷어내는
>
> 사다리 타고 자꾸 오르내리면서
> 페인트칠하듯 끝없이 야성을 노 저어오는
> 노 끝으로 하얗게 칠하고 있어 조금씩
> 해변으로 밀리는 클리토리스
>
> 거기다 검푸르고 긴 머리칼을 풀어헤치는
> 바람 한 끝을 잡아 스윙도어에서
> 파닥거리는 물고기들의 워터 숏
> 지느러미가 톡 쏘는 하늘수박 냄새
> 아가미 같은 벌름 코로 맡는 발가벗은 청년
> 숨 가쁘게 페인트 붓으로 덧씌우고 있어
>
> 덧씌울수록 비상하는 바닷새들은 풍금 건반 위의

내 갈비뼈 물살을 차며 뭉클뭉클하게
바이올린과 첼로를 스피카토하고 있어

—시 〈여름바다〉, 전문

    이 시 역시 응축의 논리에 따라 어머니의 노래에서 여인의 성감대를 자극하면서 에로티시즘의 세계로 변주되고 있다. 여름바다는 두 개의 오브제인 '클리어스토리'와 '클리토리스'가 미묘하게 언어유희로 걸리면서 관능적인 바다가 된다. 그 바다는 "옷 벗어 던진" 육욕의 "야성"의 바다이기도 하다. 열정과 사랑의 후끈한 분위기가 바다 움직임에서 감지되고 있다. 3연의 시적 진술이 그 움직임의 언표화이다. "물고기들의 워트 숏"에 "발가벗은 청년"이 등장하고 그는 "숨 가쁘게 페인트 붓으로 덧씌우고 있"는 오르가슴으로 치닫고 있는 달뜬 광경이다. 사랑의 행위가 절정으로 치닫고 있는 듯, 그래서 "바이올린과 첼로를 스피카토하"며 그 절정을 중계하고 있는 듯, 그리고 우리는 그 절정의 달뜬 소리를 듣고 있는 듯 혼몽해진다.

4—3

    그의 바다 시에 보이는 또 하나의 특징적 이미지는 동물 기호이다. 그의 시에서 동물 기호 또한 초현실적 상상의 발현이라는 전제가 따른다.

    뮤지컬에서 돌아온 바다는 아직도 기차가 지나가지 않은 저녁해안을 부채질하고 있네. 물비늘로 심지 돋우는 푸른 불빛끼리 너울너울 불붙이네. 승강기처럼 오르내리는 바닷새 날갯짓들 번쩍 번쩍하는 칼날에 생선들이 나비넥타이 매고 하얀 접시 위에 오르고 있네. 싱글벙글 맞물린 구름다리 아래 해안선을 잡고 밍크고래 떼는 삼바 춤을 추네. 맥주잔끼리 부딪치는 카니발 절정에 쫓겨 온 멸치 떼의 흥분들은 일렁일렁 백사장에 밀쳐대네.

내설악 수박덩이들로 굴러오네. 연방 터지는 속살에 쏟아지는 새카만 씨
알들이 우우 월광곡 오선지 위로 마구 뛰어오네. 맨발들의 공중 불꽃놀이
참으로 오랜만에 내 원시눈알을 비로소 굴리고 있네
　　　　　　　　　　　　　　　—시 〈경포대숲 저녁바다〉, 전문

　바슐라르는 로트레아몽의 《말도로르의 노래》에 나오는 185종의 동물들
을 분석, 동물 상상력에 대해 고찰한 바가 있다. 그는 동물의 가장 적극적
이고 직접적인 기능인 공격에 포착, 동물적 삶의 콤플렉스인 공격의 에너
지와 연결시키고 있지만, 차영한 시의 동물 기호에는 그런 잔인한 공격성
은 발견되지 않는다. 그의 시의 동물 기호는 바다와 인접한, 그래서 바다
를 환유하는 기호이다. 바다의 원초성의, 역동적 가치 곧 원시적 생명성
과 격렬한 삶의 충동, 길들여지지 않는 야만성 등이 동물 기호로 육화된
것으로 보인다.
　텍스트의 동물 기호는 과연 그렇다. 그것은 그 동물의 행위에서 감지되
는 바의 '솟구쳐 오름 곧 상승의 기운'이다. 그 기운은 초현실적 기운이다.
승강기처럼 '오르내리는' 바닷새, 하얀 접시 위에 '오르는' 생선들, '삼바 춤
을 추는' 밍크고래 떼, 백사장에 밀쳐대는 '흥분'한 멸치 떼의 작은따옴표
속 행위에서 그런 역동적 기운이 감지된다. 그 동물의 역동성은 곧 바다 기
운의 역동성일 것인데, 따라서 다종의 동물 기호를 통해 그가 발견한 것은
바다가 가진 역동성의 시원적 가치에 다름 아니다. 역동적 상상력의 바다
기운은 '카니발적 절정'의 축제의 대미인 "맨발들의 공중 불꽃놀이"에서 그
극점을 찍는다. 그리고 시적 주체로 하여금 참으로 오랜만에 "원시눈알"을
굴리게 한다. 굴림은 경이의 표현이다. 경이는 시원의 초현실적 환상 세계
를 본 데에서 나타난 정신적 열림 현상이고, 그 시원 세계를 바라본 "원시

눈알"은 그래서 '시원눈알'로 읽힌다.

> 아이스크림을 핥을 때 하모니카 소리 나는 곳 훤칠한 여인이 일어나면
> 서 양손으로 잡는 드레스를 아주 조용히 끄는 걸음걸이 계단에 걸쳐놓은
> 햇살을 밟자 유혹하는 야생마들의 입술이 뒤집혀지나니 엉겁결에 도망친
> 다는 것이 백마를 타고 달리다 해안 절벽 앞에서는 콧구멍 치째지는 소리
> 휘잉! 휘잉 푸들, 푸들거리는 이빨에 되돌리면 길 트이는 푸른들 가로질러
> 해변을 질주하고 있다…펑펑 쏟아지는 눈발을 갈퀴로 치며 뛰어넘고 내달
> 린다 내가 환호하도록
>
> —시 〈해소海嘯〉

다양한 이미지의 눈부신 향연이 눈앞에 펼쳐진다. 아이스크림   하모니
카 소리—여인의 등장—백마의 질주로 거침없이 연속적으로 이어지는 이
미지는 혼란스럽고 엉뚱하지만 풍부하게 유추된 연상의 풍경이다. 이 시
의 가장 역동적이며 핵심적인 이미지는 여인과 백마의 존재이다. 인간과
동물이 우연히 만나 환상의 "푸른들"을 가로질러 해변을 질주하는 듯한 환
각은 시적 주체로 하여금 "환호"하게 한다. 의성과 의태의 적절한 지원을
받은 야성과 운동적 이미지에서 '바다의 백마화', '백마의 바다화'라는 치환
의 새로운 바다 현실이 창조되고 있다.

5

원초적 지느러미들의 유영이 지속적인 항진으로 이어지리라는 분명한

징후가 있다.

    i) 무한대(∞)로 펼쳐진 수평선위로 페달을 밟고 오는 두발 자전거 보네. 원심력에 끌리는 바다도 오늘은 타원형이네. 원의 중심은 하나의 점에서 모여드는 근시 원시를 바다안개로 지울수록 안경알은 난시네. 굼실굼실 구더기로 오는 파도들은 자전거 타고 다시 원을 그리는 나의 기표네. 미소 짓는 기의들이 V자형으로 투신하다 밀려난 중심은 빗금 친 S자로 비껴나네.

—시 〈수평선에 안경 걸쳐보면〉, 전문

    ii) 나의 피부 속으로 빨려드는 수평선이 서늘하다.

    그 주름에서 쇠스랑 게처럼 생명을 가꾸어 온 지난날들이 흔들린다. 어지간한 물살의 산란에도 끄덕치 않았던 먹이사슬의 꼭대기에서 나의 가장자리는 부들거렸다. 검은 비에도 나의 활기는 멈추지 않고 밉상처럼 청청했다. 나 역시 꿈이 고개 치켜드는 동안 쉴 수가 없다. 아마도 스칸디나비아 반도로 항해하는 블루투스처럼 탑재시킨 항해술을 갖춘 만큼이나 나는 항진할 수 있는 수평선이 아직 광활함을 보았기 때문일까

—시 〈수평선을 바라보며〉, 전문

  i)에서의 바다는, 그러나 그 자신도 시원의 깊이를 알 수 없는 무한대(∞)의 세계이다. 그가 아무리 기표적 곧 시적으로 다가가도 그 바다의 깊은 기의는 자신을 드러내지 않는다. 오히려 그것을 뚫어보려고 안경까지 낀 주체의 눈은 "난시"가 되고 바다는 빗금 친 S자(/S)로 비껴나고 있지 않는가. 빗금은 도달할 수 없는 거리이다. 그리고 바다 파도는 "다시 원을 그리는 나의 기표"가 된다. '원'은 끝이 없다. 시작과 끝이 따로 없는, 끝이 바

로 시작인 영원이다. 기표는 기의에 도달하지 못한다는 라캉의 말이 먹히는 순간이다. 바다는 그래서 하나의 기의를 가진 기표에 사로잡혀 기호화되지 않을 것이다. 그래서도 그는 앞으로도 계속 바다라는 기표에 낚시를 드리운 채 집요하게 매달릴 것 같은 그런 예감이 든다. 그럴수록 바다는 그에게 더욱 꿈과 환상의 현실 혹은 그 역이 되지 싶다.

ii)는 무의식의 흔적이 전혀 없는 오히려 의식의 뚜렷한 정신이 드러나 있는 시편이다. 그래서 뜻밖이다. 그런데 이 의식적 글쓰기가 그의 무의식적 연작의 시편을 낳게 한 어떤 동기를 짐작하게 한다. 그의 시원의 세계에 대한 집요함은 무의식의 요청이기도 했지만, 현재, 미래로의 의식적 요청 때문이기도 하다. 무의식은 대체로 과거가 쌓여 잠재된 것으로 인해 발현되기도 하지만 반드시 그렇지는 않은 모양이다. "나는 항진할 수 있는 수평선이 아직 광활함을 보았기 때문일까"를 읽으면 그의 계속적인 탈각의 유목의 욕망이 전해 온다.

차영한의 시는 과격한 초현실주의와는 거리를 두고 있다. 가령, 무의식에서 분출하는 듯한 환상적이고 격렬한 이미지들을 구사하고 있기는 하나 기존 질서에 대한 완강한 거부와 그것을 근저에서부터 송두리째 파괴해 버리고자 하는 난폭한 반항과 의지는 발견하기 어렵다. 그의 시는 시원의 세계를 향한 자유와 무한의 상상을 기반으로 한 초월과 환희의 미학이었다. 언어를 벗어 던진 언어의 퍼포먼스를 행하는 그의 시에서 잠시나마 새롭고 다른 높이의 세계를 여행한 느낌이다.

끝으로 원초적 지느러미들 속으로 사라진 그의 육성이 전하는 초현실 세계의 진실(시 작품)을 하나 부치며 어지러운 이 글을 맺는다.

물이 서야 보이는 기라

앉아도 보이고 눈감아도 보이는 기라
사는 것도 서봐야 더 잘 보이는 기라
보이는 만큼 움직이는 기라
사는 멋이 그리고 맛이 팍팍 나는 기라

—시 〈물이 서야 보이는 기라〉, 부분

☞ 출처: 제5시집, 《바람과 빛이 만나는 해변—50편》,
현대시인선 168(한국문연, 초판, 2016. 10. 25, p.136.) 중 평설: pp.109~133.

굽이치는 타자의 담론 그리고 쓴웃음으로 식히는
짜증들과 강렬하게 맞부닥치는 상한골격들이 너무도
눈부시게 쏟아지는, 바로 흔들리는 사다리 너머
던져지는 미끼에 걸려 대롱거리는 저 불가사의들
스파이렌즈로 찍어대도 풀리지 않는 실마리들
그 음침한 틈바구니에 숨는 감성어의 지느러미가
뒷걸음질 치는 물살에도 포착되지 않는 필름들
히스테리아적인 환자들이 웅성대다 버린
바닷가 옴팡한 접점에서 코 고는 소리마저도 들이키는
결핍들을 채취하여 끓는 물에 살짝 데쳐낸 순간들
겨우 그물로 건져 올려놓고 보니 함께 웃어대는
한심한 해파리들의 허탈감들 다시 칼질하여
내가 키우는 쥐치 물고기 떼 먹이로 되살아나는
자유로운 희열을 휘휘 뿌리지만 자꾸 무료급식으로
나약해져가는 가치들을 지우고 있는 낯선 기표들
내 응시 속으로 환유하는 저 파란 그림자들 아하!
허상을 전복시키는 원초적 지느러미들로 헤엄치고 있다.

2016년 10월
통영미륵산 아래 한빛문학관에서
차영한

◎ 제6시집, 《무인도에서 오는 편지》 저자의 자작시 해설

파란빛의 외침들이 쓰는 편지

차 영 한

1. 들머리

무인도에서 오는 편지 내력은 자조 섞인 허기 채우기, 서로 찾기 위해 제자리 지키기, 우주소리에 화답하기, 파란색 메시지 맥 잇기 등으로 된 짜임새라 할 수 있다. 이에 따라 먼저 오가는 배들과 바닷새의 구성진 노래와 자조 섞인 허기를 생각한다. 탐식하려는 본능 욕구를 표출하고 있다. 다음은 섬들이 육지가 잊어버린 이야기의 실마리를 잇대 주기 위해 서로 손짓하며 부르고 있다. 그중에서도 서로 사랑할 수 있도록 껴안고 사는 밀물과 썰물을 가리키는 물 어우름에서 보면 분명히 무의식의 양면성이 보이기도 한다. 서늘하게 밀고 당기는 몸짓, 서로 부르는 소리, 쿵쿵거리며 나뒹구는 소리, 가장 적요함을 일으켜 세우는 웃음소리를 비롯한 역설逆說적인 응시들이 의미를 변증법적으로 환속시키고 있다. 부활하는 영감으로 비상을 꿈꾸고 있다. 어디서 만난듯하면서 낯선 생명력들이 짜박 짜박이며 더욱 모호성으로 다가오고 있다. 옛 발걸음소리들이 두려움과 연민들로 가득 찬 눈빛들로 일렁이고 있다. 갑자기 멱살을 잡고 확 끌어당기고

있다. 그럴수록 우주소리가 꽉 막힌 피와 살을 시원하게 뚫어 주는 것 같다. 어떤 동굴 너머(한복판)에서 누가 내 마음 안을 들여다보는 거대한 거울이 하늘을 그대로 비춰 주고 있다. 시각의 무의식이 파란 메시지들을 쓰고 있다. 보이지 않는 시작과 끝을 수평선이 펼쳐 주고 있다. 그냥 무의미하게 흘러가지 않기 위해 4시간 동안의 시간대를 밟는 밀물과 썰물소리가 우주순환을 걸러내고 있다.

의도된 패턴 없이 이올리아 하프(Aeolian Harp)를 스스로 켜고 있다. 무인도들은 해조음에서도 알 수 있듯 우리들의 음표이기 때문이다. 동시에 기다리는 자리를 마련하여 오는 손님을 인정해 주는 상象 · 상相 · 상想의 연기적 인과율도 보여주고 있다. 그곳에는 틀림없이 우리가 마지막 양식을 찾아 헤맬 때 어디에 숨겨 놓은 파란메시지가 있다. 아직도 생명의 신비를 풀어 줄 희망과 꿈들이 우리들의 혀를 감칠맛으로 끌어안는, 저장된 곳이 무인도일 수 있다. 이에 따라 어눌한 나의 졸시 70편은 생명의 탄생을 위해 꿈꾸는 운석隕石들이라 할 수 있다. 주이상스(Jouissance)로 고백할만한 희열을 불태우고 있다. 어쩌면 원시 지구가 가슴 터질듯 한 관능을 주기적 회귀성으로 그리움의 덩어리를 반복적으로 굴리고 있다. 멀티태스킹의 덫일 수도 있지만 바람은 물론 배와 새 떼가 그냥 지나가겠는가? 지금도 우리의 뇌를 누군가 해킹하는 불안한 시대에 살지만 돌연하고 강렬한 파도가 드셀 미래를 위해 시원하게 카타르시스를 앞으로도 영원히 반복해 줄 것은 틀림없다. 바로 집단무의식적인 바다 속에 있는 해인海印이 초현실적인 변화의 중심을 요동하기 때문이다. 이에 따라 우리가 무인도라는 단순한 호명을 지우기 위해 독수리 날갯짓으로 공감각共感覺을 불러일으킨다.

무인도에서 오는 헤르메스 트리스메기스투스(Hermes Trismegistus)가 외친 "빛의 목소리 같은 외침"이 살아 있다.

2. 갈래 말

2—1. 자조 섞인 허기 채우기

1만년으로 거슬러 올라가도 인류의 빈부 차이는 숙명적이라 할 수 있다. 언어에 따라 뇌의 발달이 달라질 수 있었기 때문일 것이다. 특히 바다로 하여금 시원始原일 경우, 바다 환경은 변화를 거듭했을 것이다. 오늘에 이르기까지 완전하게 바다를 인식하지 못한 것에서 삶은 더 두려운 존재가 되어왔다. 그래도 생명은 바다로부터 시작되었을 것이다. 여기서 말하는 바다는 지구를 총체적으로 본다면 굳이 바다와 육지로 구분할 필요는 없을 것 같다. 따라서 필자의 무인도는 실재하는 이름들을 차용했을 뿐이다. 다시 말해서 개개인의 위치와 현주소에서 본 상징성에 불과한 무인도를 무의식이 갖는 초현실주의적 문학성으로 끌어올려 보았다. 자크 라캉(Jacques Lacan, 1901—1981)도 문학을 "정신분석의 주제인 증상(Symptom)과 같이 욕망의 원인인 실재계(the Real)의 오브제 a 를 중심으로 형성된다"면서, "실재계와의 관계에서 상징계(the Symbolic)와 상상계(the Imaginary)가 어우러져 만들어진 산물"이라고 했다. 나 자신이 무인도요 무인도 역시 나 자신이기에, 서로 배리된 것이 아닌 오히려 연결하고 끊임없이 소통하는 것을 보았다. 그들의 편지에 대해 나를 써 내려가는 무無가 존재하고 있기 때문이다.

참고로 무인도들은 이미 발표된 제2시집 《섬》(1990)의 후편으로 볼 수 있다. 다시 말하면 통영바다에 있는 유인도有人島를 의인화하여 노래한 것과는 다소 차이점은 있다. 무인도가 품고 있는 토템신화와 에로티시즘을 삶의 충동과 죽음충동을 통해 심리적 메커니즘으로 노래해 보았다.

산야의 먹잇감을 수렵 채집해온 유목민의 슬기는 물론 그들의 두려움과 공포는 체험을 통해 단련된 생명력의 나눔에서 이마고와 아우라가 공

존하는 우리의 핏줄이 얽힌 데서도 연유한다. 이기주의와 개인주의라 할
지라도 아직도 소외계층을 더 이해 배려하는 관심은 물론 꿈과 희망을 갖
도록 유도하는 데는 먹거리가 제일 중요하다고 보기 때문이다. 치열한 삶
을 향한 갈망과 자조 섞인 허기가 서로 갈등하는 본능을 오히려 무인도가
연결해 주고 베푸는 것을 처음 알게 되자 신선한 충격이 아닐 수 없었다.

> 따뜻한 대화의 시간은
> 뚝배기 된장찌개에 보리밥 그리고
> 세 잔의 쐬주 이날의 점심에서
> 노숙자의 손을 잡으며 나누었지만
> 그 다음에 오는 허기는 무엇인가?
>
> 굴러가는 자전거 바퀴에
> 감기듯 풀리는 기억,
> 문제의 이랑마다 일고 있는 안개처럼
> 까닭만 혀 차는 본능 앞에는 닭살로
> 저 비겁한 웃음을 때 밀 듯 바로
> 눈가림만 남기는 빠른 속도로 또다시
> 번지는 적조赤潮 앞에 가장 안이한
> 황토 투하 너무도 익숙한 자들의 포만이어.
>
> 빈 쟁반을 든 익명의 뒷줄에 서서
> 좋아하는 생선회의 유전자 이야기만 썰어놓는
> 무관심의 교활성을 뒤섞는 밀물과 썰물사이
> 그들은 미리 보아 둔 비상구만 향해 뛰는
> 불안한 계단에서는 그냥 통과하는 입술

하얗게 타버린 지난밤의 의사소통이여.

애매한 위로만 손잡고 걱정 한 짐
보냈을 때는 보이지 않는 그가 깔고 누웠던
신문지마저 밟힌 생명보험회사가
보이는 지하철 입구에서 이리저리
살피는 비둘기 한 마리
누군가 숨기는 나를 또 찾고 있다.
—시 〈무인도에서 오는 편지 · 1, 옥도〉, 전문

　"빈 쟁반을 든 익명의 뒷줄에 서서/좋아하는 생선회의 유전자 이야기만 썰어놓는/무관심의 교활성을 뒤섞는(…)" 사바세계의 빈부 차이는 예나 지금이나 상존함을 발견했다. 물론 생로병사 중에서 고통 하는 우리 생계生界의 심각성을 진술해 보았다. 그 다음 메시지는 말하지 않아도 각국마다 다소 차이는 있으나 공통점인 인류의 본능에서 오기 때문에 자조 섞인 중얼거림은 유전인자이기도 하다. 운명적인 것을 타자에게 떠넘기는 것은 인간의 욕망에서 볼 때 본능적이다. "애매한 위로만 손잡고 걱정 한 짐 보냈을 때는/보이지 않는 그가 깔고 누웠던 신문지마저 밟힌/생명보험회사가 보이는 지하철 입구에서/이리저리 살피는 비둘기 한 마리/누군가 숨기는 나를 또 찾고 있다"는 데서 알 수 있듯이 나를 찾는 자는 사실상 외로운 나 자신이지만 연결시켜 주는 2인칭이기도 하다. 삶은 1인칭이라 할 수 있기 때문에 의사소통마저도 자기와의 대화에서 현재가 되는 것이다. 너무나 낯익은 자나 낯선 자마저도 나 자신이기 때문에 삶의 덫에 스스로 걸리고 갇혀 버리는 경우는 사실상 없다. 그렇다면 어떤 비난과 버림을 감내하는 것은 물론 도움도 스스로 해결해야 할 것이다. 우리들의 현실적 도피처는 없는 데도 때론 도피처를 갈망하거나 그곳으로 도피하려 한다. 그곳은 죽음본능일 뿐이다.

그러나 인간에게는 가장 위대한 힘은 바로 공존의 힘에서 발현된다 할 수 있다. 어떤 울력도 용납하지 않는 순리 또한 한계점을 극복할 수 있는 것도 제자리를 지킬 때 존재하고 빛난다. 가장 슬픈 것이 가장 기쁜 것이 되는 것도 나와 타자가 서로 일직선에서 바라보기 때문이다. 흔히들 공감과 사회적 관계에서 잊어지고 마는 어떤 기억력이 되살아나는 때는 아무도 모른 그곳에 금세 도착한다. 문득 떠오르는 상징적 이미지들이 자기 자신이 아닌 어떤 가상현실임을 인식하지 않으려 해도 빛의 곡선처럼 착각하는 환시인幻視人이 우리들이라고 보았다. 그럴수록 우리는 안달이 나서 허망한 그곳에서 만날 수밖에 없게 된다. 애매한 내 자신을 만나 도피가 아닌 은둔을 즐기면서 구시렁거리는 본능에서 제한되어 온 것으로 생각된다. 나는 여기 있어도 그곳에 있다. 그곳에의 마음이 성취감을 갖고자하는 욕구의 결핍에서 나를 보지 못한다는 것을 인식하게 되었다. 바로 누군가 노숙자가 된 나를 숨기고 있다. "그들은 미리 보아 둔 비상구만 향해 뛰는/불안한 계단에서는 그냥 통과하는 입술/하얗게 타버린 지난밤의 의사소통"인들 그냥 무관심으로 지나칠 경우, 무의미할 뿐이다.

2—2. 서로 찾기 위해 제자리 지키기

지금도 사방으로 흩어지는 디아스포라 현상은 심각하다. 따라서 무인도가 대부분 되어가고 있는 것 같다. 그러나 아직도 누군가가 우직하게 제자리를 지키려는 오랜 기다림이 있다. 바로 바다의 이빨처럼 깊게 뿌리박혀 있는 무인도들이라 할 수 있다. 파도가 침묵할 때마다 처절한 순교자의 모습이기도 하다. 천형적인 고독을 다스리고 있어도 머리와 어깨를 내어 주기도 하며, 때론 징검다리 역할도 한다. 그래서인지 토착성은 자기 존재감을 더욱 굳건히 드러내는 것 같다. 미지의 예언자처럼 일상을 변함없이 다스리는 것 같다. 무엇보다도 무인도는 순환하는 생명을 그대로 간직한 채 너울대는 연꽃이파리처럼 우리들의 쉼표다.

긴 항해도 아닌 여기에 정박하려는
흔들림의 소주 한 방울
떨어뜨린 실수로 흰 장미가
붉은 장미꽃이 되는 전설을 더
믿어야 하네. 이미 알고 있듯이

물 깊이로 내려서는 썰물의 계단 아래
더 흐린 이유를 저 펄 층에서 찾은
내 수경水鏡에서 알 수 있네
불확실성의 조류에서 잃어버린 기억들
궂니 떨림에서도 빛을 보내와 놀랐네.

갈매기도 추억에서만 신음하는
아직도 비릿하고 콤콤한 냄새에
헤어나지 못해 얼빠진 저승을
두려워하지 않는 경계에서 저승사자마저
없다는 소식만 전하기 때문에 오히려
갯가 술집에서 술떡술떡 먹으면서 함부로
내뱉은 죄들 이젠 그 무게에 짓눌린다는
중압감마저 꾸짖커려 오다 그가 완전히
포말 되어 여기로 와서 은신하는 연명

엎드린 눈알이 튀어나온 채 은근히 자기
제삿날에 싸리 꽃 피는 시간만 가름한 눈짓
별빛에도 너무 약해져 있었네. 조간대에서
언젠가는 눈물 닦기를, 때론 절망기슭으로
잠행 하면서 코빵보 소리로 욕설을
퍼부어대네. 아무도 아랑곳 하지 않는
눈 흘김에서도 뭔가 기다리는 바다독수리 여!

—시 〈무인도에서 오는 편지 · 69–싸리 섬[柤島]〉, 전문

오가는 배들과 바닷새들의 살아 있는 긴장성을 휴식하게 해준다. 의도에서도 고유한 태깔과 빛깔을 발휘한다. 안으로 품는 빛깔과 열망으로 하여금 생명체를 번식시키는 변학를 관장하기도 한다. 공존하는 우주 본래의 생태를 그대로 반영해 준다. 깊이에서 내뿜는 토템적 신비감은 역동적이라 할 수 있다. 생존하는 굵직한 목소리로 바다의 에너지가 불끈거리도록 한다. 악착같은 욕망과 아량을 함께 베푸는 바다는 우리의 인식과 전혀 다른 생리를 인연으로 맺어 주기도 한다. 그러므로 유무인도는 더 생물학적으로 우리에게 던지는 물음표는 강렬하다.

"물 깊이로 내려서는 썰물의 계단 아래/더 흐린 이유를 저 펄 층에서 찾은/내 수경水鏡에서 알 수 있네/불확실성의 조류에서 잃어버린 기억들/궂니 떨림에서도 빛을 보내와 놀랐네"라고 표출하고 있는데, 무인도가 말을 하고 모든 것을 표현하는 민감한 동작은 인간 이상일 수 있다.

해와 달과 비와 바람 때문만이 아니다. 그 생명체의 구성원리보다 환경이 빚어낸 생명체를 살피면 경탄할 수밖에 없는 역동적이기 때문이다. 그래서 엄연한 존재감 앞에 호기심은 설레고 있는 것이다. 그러나 미약한 인간이 우월감으로 경시하기 때문에 그 풍요한 비밀을 알 수 없는 그대로

결핍성에서 머뭇거리기도 한다. 참담하도록 왜소해지는 때도 없지 않다.

"내뱉은 죄들 이젠 그 무게에 짓눌린다는/중압감마저 꾸짖어려 오다 그가 완전히 포말 되어 여기로 와서 은신하는 연명//엎드린 눈알이 튀어나온 채 은근히 자기/제삿날에 싸리 꽃 피는 시간만 가름한 눈짓/별빛에도 너무 약해 있었네(…)"라고 표출해 보았다. 그러면서 강인한 생명력으로 한 획을 그으며 획득한 아름다운 이름을 갖는 모든 생물들이 다스리는 에너지가 솟구치고 있다. "(…)아무도 아랑곳 하지 않는/눈 흘김에서도 뭔가 기다리는 바다독수리 여!"라고 노래한 것은 처음으로 지구의 원초적 관능을 보았기 때문이다. 지금도 회자되고 있는 이집트 모성신母性神이 갑자기 날아온다. 독수리 머리처럼 발기된 남근을 갖고 있는 양성 신에 동의하기 때문이다. 이미 지적된 무의식집단 속에 있는 '原初的心象'이 갖는 전설 · 민담 · 샤머니즘 · 사도마조히즘을 비롯한 토템신화가 유혹하는 것을 알아냈다. 특히 사도마조히즘적인 원형에서 동시에 아버지와 어머니가 한 몸이 되어 있는, 자웅동체雌雄同體임을 알 수 있다. 따라서 자신의 졸시拙詩에 많은 바다독수리를 등장시킨 것은 모성적 공간에서도 아버지를 만날 수 있기 때문이다. 앙드레 브르통(André Breton, 1892—1966)이 지적했지만 바로 무의식이 갖는 초현실주의 관점에서 가능하다할 것이다.

도달이라는 어떤 기점을 타자로 하여금 가름할 뿐 본래적인 온정과 뚝심으로 오히려 꿰뚫고 있다. 모든 것을 베풀기 위해 몸을 허락하면서 고통하지 않으려 한다. 유연한 바다지느러미를 활용, 변화를 제공하는 바다는 자신을 위한 봉사자이기도 하다. 그러나 공동체로 결집되어야 생존할 수 있는 현대인일수록 가장 위험한 모순임을 더 잘 인식하도록 한다. 이러한 처지일 때마다 손상된 모습에 집착하지 않고 우주의 소리에 공감하는 순리를 일체 거역하지 않는다는 것도 자웅동체가 갖는 생명력이라고 보았다.

2—3. 우주소리에 화답하기

모든 불경을 집약한 《반야바라밀다심경》을 암송하는 바다소리가 들려온다.

4배 밝아진 우주의 눈 '천리안2B 카메라'가 미세먼지 황사를 한눈에 볼 수 있게 되었지만, 만물의 시초를 갖는 코라(Kora · 無 · 空)인 우주 섭리가 꿰뚫고 있는 명철한 해답은 어디에 있을까? "있는 것이 없는 것이고, 없는 것이 있는 것"이라고 볼 때 현재도 풀리지 않는 물음표일 뿐이다. 살수록 더욱 두렵고 신비스러운 순환적 생명들의 탄생은 너울발톱소리처럼 날카로울 뿐이다. 무인도를 만날 때마다 바로 우주순환의 웃음소리가 그대로 발현되기 때문이다.

지금도 해와 달로부터 시작된 탄생은 이 지구상의 어느 곳에서도 진행형이다. 그 태초의 빛들이 현재를 변화시키고 있다. 하여 움직이는 것은 생명체라는 인식단계마저 알 듯 말 듯 할 때마다 깨우쳐 주는 먼 우주소리가 이곳으로 들려온다. 그러나 그 빛의 소리로 하여 기억력을 회생하는 것마저 설령 이해한다 해도 그 나머지는 우리의 미래가 어떻게 진화할 것이며, 어떤 모습인지는 전혀 알 수 없다.

근황에서 발표된 것 중에서도 바로 지구 밑을 계속 1천㎞ 굴착할 경우, 거대한 바다가 있다는 최신 우주과학 소식이 사실이라도 나의 현재는 우주의 신비에 더욱 빨려 들어가고 있다. 특히 생명체가 갖고 있는 사고력은 어떻게 진화할 것인지는 더욱 캄캄할 뿐이다.

어류가 네발 동물로 시작하던 시대(유스테놉 테론; 3억 8천오백만 년 전)이전부터 제행무상諸行無常이라 하지만 그 또한 만물간의 질서를 구성하는 통일적 · 조화적 원리로의 이성인 로고스(logos)라고 볼 때, 초라하기 짝이 없다. 따라서 바다의 본질 자체도 한갓 물로 구성된 액체에 불과하다고 일축

할 것이다. 그러나 바다는 우주의 모든 비밀을 그대로 간직하고 있다. 보이지 않지만 넓게는 신화를 비롯한 사도마조히즘, 에로티시즘은 물론 걸쭉한 유머를 제공하는 등 바다가 갖는 심리적 인과율도 간과할 수 없을 것이다.

바다가 다수 차지하는 변화무쌍한 생명력은 너무도 괴기한 존재로 우리들에게는 호기심과 두려운 존재다. 우리들의 눈을 통해서도 인식되지만 사유에서 오는 상상력에 매달리는 심오한 퍼즐들의 경이로움이야말로 이루 형언할 수 없다.

내가 말하는 것이 아니라 그들이 먼저 말하기 때문에 내가 답하거나 오히려 침묵하는 것은 아닐까? 참으로 인간은 영악하다고 동의하지만 보다 더 미련스럽고 우둔하기 짝이 없다. 그러나 우리들 내면의 바다에 몰입하면 활달한 그들은 오히려 제자리를 지키고 있다. 집요하게 착생하면서 확장력을 펼친다. 우주의 소리에 민감하게 반응한다. 지구가 갖는 순리를 이행하면서 미래지향적인 사고 갖기를 줄기차게 발원한다. 낯선 이미지를 만들면서 그들과 화답하는 것에 흡족하는 것 같다. 그러나 끝없이 집요하게 탐구하려는 우리의 욕망 또한 경이롭다. 우리의 혈관 길이 12만㎞에 피돌기가 45초 걸린다지만 동시 작동하는 우리 몸의 신비도 현재 풀리지 않은 상태에서 바다와 다를 바 없기 때문이다. 어정쩡한 어떤 경계에 살면서 각자가 환경에 순응하는 것을 보면 신기로울 뿐이다.

우주에 화답하는 글을 각각 전혀 다르게 쓰는 것은 더 살고 싶은 욕망일까? 과연 삶의 충동이 죽음충동을 연장하는 것일까? 본능적인 무의식이 갖는 상상세계를 갖고 있는 한, 우리가 우리를 창조하려는 능동적인 순환에서 조금 알 수 있다. 항상 우리들은 스스로 위대한 존재요 창조자이며 우주의 배꼽임을 자랑하기도 한다. 우리들의 눈이 갖는 신비와 꿈은 벅차더욱 감격한다. 대상을 신격화하는 것은 곧 내가 신이라는 것을 믿기 때문인지도 모른다. 서로 화답하고 주고받는 법열을 원리로 받아들인다. 내가 아무런 가치가 없으면서 알 수 없는 힘을 갖고 살아가는 가장 강한 자라고 자부할 때는 한바다에서도 나는 무인도가 되어 무인도끼리 연결하는 편지를 쓰며 답신을 읽고 있다.

요새도 사는 기이 자 앙 그러냐?
천불이 나도, 반찬이 없어도 에이그 아무 시렁치도 않아!
그래서 그만치만 사는 기라 젓가락으로 노 저으면
반짝반짝 바닷물에서 은빛 전어사리 떼가 치솟은 깨!
속이 없는 게 아니라 늘 그만치서 사는 기라
고추장에 약 오른 풋고추가 호호 입술 불며 불꽃놀이나
할 때쯤 저녁들물 잡히면 포도청인 목구'멍에 눈감는
눈물이야 굴비처럼 매달아 놓고 매운 혀끝 감춰도
시장기가 반찬인 기라 소쿠리에 썰물소리 끌어당겨도 출출
하제 고매*에 열무김치만 또 동이 나는 웃음이제
단기 사천삼백삼십칠 년 그러니까 갑신, 갑신 하는 걸
갑신년甲申年이라 우겨대지 말게 그래도 마찬가지여
빈상貧床 아닌 빈상貧相이지만 그래도 사는 기이 좋다고
희희 거려대지 허 허 이! 자네는 빈상 비우기만 참!
좋아 하제 나는 자네 품새 안께* 마찬가지 소리구만
　　　　　　　—시 〈무인도에서 오는 편지 · 66-시무 섬[柴蕪島]〉, 전문

* 고매 : 고구마를 일컬음.
* 안께 : 주로 호남지방에서 쓰는 '안다'는 방언임.

분수에 맞는 그대로, 어쩌면 복이라고 받아들이면서 하늘보고 순응하는

지순한 짐승의 몸짓을 본다. 만나면 나의 현주소를 먼저 묻고 있다. 스스로 혼자더라도 대상이 있기에 대화는 소통한다. "요새도 사는 기이 자 앙 그러냐?/(…)/아무 시렁치도 않아!" 그래서 "그만치만 사는 기라(…)/그래도 사는 기이 좋다고 희희 거려대지(…)/나는 자네 품새 안께 마찬가지 소리구만"을 자신 있게 소통하고 사는 것이다.

외부로 추방된 것들이 내부로 들어와 착란하지만 가장 간절한 것 중에서도 소통은 분리되지 않는 하나임을 각인시켜놓고 있다. 각각 거리를 둔 것은 어떤 그리움의 결정체로 존재하게 한 자유가 우주의 소리에 순응하는 데서 출발하는 신비스러움으로 다가온다. 하층민인데도 그들은 사실 있는 그대로 정직하게 살고 있는 중산층일 수 있다. 하늘은 감춘 것이 없기 때문에 가장 최초의 우주소리에 화답하기는 물론 우주순환에 따라 무인도를, 자기 자신을 지키는 파란 메시지를 쓰고 있다.

2—4. 파란메시지 맥 잇기

누군가 무인도로 하여금 역동적인 메시지를 쓰고 있다. 마치 연적硯滴에다 군청색(blue black)을 갈고 있다. 화선지를 펼쳐놓고 끊임없이 나의 검푸른 숨소리를 내갈기고 있다. "너는 어디 있느냐"는 신神의 첫 질문부터 '지금 바로(라틴어; modernus)' 쓰지 않으면 안 된다는 것을 믿게 한다. 우리의 눈동자에다 원색적인 질문을 쓰고 있다.

내가 여기 머물던 자리에 놓고 떠난 마음 만나서 됫 되기 안 해 싸도 얌생이 새끼와 잘 놀고 있는 얼뚱아기 마실 똥오줌 싸도 몰래 내통만은 속닥 속닥 따스했네라. 기지개 갈아주면서 어이!…그 그래 진자리 분간 못해 달빛웃음 그 마른자리 가름하여 손 넣어 오냐오냐하면 내가 생각지 않는 곳

도 보여주었네라. 아가야 자리 빨랫줄 잡고 놀던 햇살마저 짝수바리에 기
대 이빨 없이 애 띤 파란웃음도 처음 보았네라.

—시 〈무인도에서 오는 편지 · 64-애기 섬〉, 일부

파란빛(Blue light)은 원초적인 탄생을 의미한다. 모든 생명체의 근원이다.
망막을 통과하는 파란빛은 각성뇌파로 하여금 해이해진 나의 집중력을 활
성화 시켜 준다. 그렇다면 뇌파는 어떻게 반응할까? 집중력을 갖게 하여
생명의 불꽃이 된다. 생존으로 남기 위해 먼저 자유와 해방을 쟁취하려는
나의 호흡(Esprit)이기도 하다.

러시아의 화가 칸딘스키(Wassily Kandinsky, 1866—1944)는 색채에도 소리
와 느낌이 있다고 말했다. 즉 "파란빛은 첼로, 남색은 플롯, 검은 색은 베
이스(…)"라고 주장하면서 선線 안의 점點과 점 안의 선들이 면面에서 숨겨
져 교차 중첩되어도 뒤섞이지 않는 퍼즐마저 남겼다. 반드시 그렇지 않지
만 나의 유추類推는 "선線 안의 점點과 점 안의 선"에서 무인도를 떠올려 보
았다. 말하자면 수평선을 움직이는 무인도로 보이기도 했다. 이러한 상상
력은 어디까지나 상상에 불과하지만 과거의 내가 될 수 없는 생존수단이
야말로 뼛속까지 변해야 보일 수 있다. 내면의 깊이로 내려가서 혼돈의 색
깔을 걸러내어야 한다. 반의적인 갈등과 불안을 제압하려고 죽음충동을 아
름답게 승화시켜야 한다. 거울 신경세포가 스스로 자라게 한다면 무한 반
복을 받아들여야 하지 않겠는가!

"진자리/분간 못해 달빛웃음 그 마른자리 가름하여(…)/아가야 자리 빨
랫줄 잡고 놀던 햇살마저/짝수바리에 기대 이빨 없이/애 띤 파란웃음도
처음 보았네라"처럼 그리움으로 회귀하는 원초적인 파란빛을 볼 수 있다.
바로 우리들이 잠시 머물다 떠나는 현대문명의 텅 빈 장소(non—place), 즉

낯선 곳도 사랑할 수 있는 성숙된 희망과 꿈의 빛깔이 상존하고 있다. 물은 물이기에, 곧 물이 무아無我임을 자증自證하면서 그 속에 생존하는 나의 생명력을 만나고 있다. 수평 중심을 잡아 주는 수평선에 캄캄한 항해航海할 때 푸른빛을 내뿜어 가름해 주는 나의 등대는 주로 무인도에 있다. 끝없이 망각을 일깨우기 위해 등대불빛으로 불어대는 트럼펫소리가 밤바다를 지키고 있다. 나의 맨발자국이 깊이 각인된 현주소를 환기시키고 있다.

3. 맺는 말

현재 오늘의 시문학사에서는 최초로 연작시집《섬》(초판1990, 재판 2001)에 이어, 연작시집《무인도에서 오는 편지》를 엮어 보았다. 그들도 꿈틀거리는 생명체이기에 의인화擬人化해 본 것이다. 그들이 나에게 쓰는 편지를 받아 시집으로 간행하기까지는 어떤 미묘한 감정에 사로잡혀 뿌리칠 수 없었기 때문이다. 특히 바다는 하늘거울이기에 나를 비춰볼 때는 하늘이 보인다. 말하자면 내가 나에게 쓰는 편지를 매순간 읽을 때마다 나의 참모습을 볼 수 있다. 끊임없이 오는 파란 메시지는 실재하는 빛의 탄생으로 인식하려했지만 반드시 그렇지도 않는, 아이러니한 내면의 어떤 그 자체로 다가왔다. 다시 말해서 모든 것을 포용하고 관대와 용서마저 함께 뒤섞는 참신한 자유, 즉 어떤 책임들이 사랑으로 변하는 나의 갈등을 그대로 두지 않았다. 바다를 사랑할수록 그 깊이는 무한적임을 알 수 있다. "자유인이여, 언제나 너는 바다를 사랑하리"라고 노래하면서 슬픔이나 우울을 없앤다는 '샤스 스플린' 와인을 좋아하던 프랑스의 상징적인 시인 샤를 보들레르(Charles Baudelaire, 1821~1867)처럼 필자도 바다를 사랑하는 까닭이 있다. 우리들의 쉼표인 섬들에 내가 함께 있기 때문이다. 사바세계에서 알파파를 찾기 위해 다가가면 그들끼리 오히려 응집하려는 것을 본다. 끊임없이 파란 메시지들을 주고받고 있다. 지금도 제자리를 지키며 변화를 수용하는 현재진행형이다.

바로 외롭고 고독한 그 대상들이 빛나도록 굳게 참고 견디면서 마음마저 추호도 흔들리지 않는[堅忍不拔] 정신으로 제자리의 아름다움을 스스로 만족하고 있다. 자족自足은 지혜에서 생기기에, 떳떳이 살 수 있는 밧줄을 풀어[解纜], 즉 출범하는 자력갱생을 터득한 파란메시지를 나에게 보내고 있다.

그들은 거리를 두고 있지만 우주순환의 청량소淸亮素처럼 오히려 연결시켜 소통하고 있다. 지금도 신비스럽게 살아가는 파란메시지를 먼저 나에게 보내와서 경이롭기만 하겠는가!

☞ 출처: 제6시집, 《무인도에서 오는 편지—70편》, 경남대표시인선. 27(도서출판경남. 1쇄. 2017. 6. 20. p.128) 중 평설 pp.106~125.

오랜 시간 속에서 숙성된
기억의 생산적 재생 언어

심 상 운

(시인, 문학평론가)

1. 들어가는 글

차영한 시인은 1978년 월간《시문학》에 등단하여 시와 평론을 함께하는 중진을 넘어서는 원로급의 시인이다. 그래서 이번에 상재하는 일곱 번째 시집《새소리 받아 일기도 쓰고》에 실려 있는 시편들의 많은 부분에서 제목이 암시하는 바와 같이 자연과 한 몸이 되어 세사世事에 초연超然해지려는 시인의 마음이 읽혀진다. 시인은 그것을 '시인의 말'에서 이 시집을 상재하게 된 내적동기內的動機와 결부하여 "오래된 시간이라도 마음에 걸린 것들은 사라지지 않는다. 바래지다 오히려 휘파람새 소리로 더 가까이 와서 살고 있다. 어쩌면 내면에 타자가 존재를 지우지 못하기 때문인지도 모른다"는 말로 드러내고 있다. 그래서 이 시집 속의 시편들은 시인의 무의식 속에서 사라지지 않는 오랜 기억들이 문득문득 의식 위로 떠오르는 프로이드(Freud)의 꿈과 같은 무의식의 현상을 받아서 일상의 일기를 쓰듯 쓴 것이라고 인식된다. 그래서 이 시집의 시편들은 초현실적인 환상과 사실적인 언어의 서사敍事가 하나의 이미지로 직물처럼 짜여 있는 것이 인상적으로 감지된다. 시인은 그것을 "날마다 새롭게 탄생하는 어떤 소원들이 스스로 나를 창조하는 것인지도 모른다"라고 말하고 있다. 이런 '시인의 말'은 20세기 독일의 대표시인 릴케(Rilke)가《말테의 수기手記》에서 한 말, "나이 어려서 시詩를 쓴다는 것처럼 무의미한 것은 없다. 시는 언제까지나 끈기 있게 기다리지 않아서는 안 되는 것이다. 사람은 일생을 두고, 그것도 될 수만 있으면 칠십 년, 혹은 팔십 년을 두고 벌처럼 꿀과 의미意味를 모아 두지 않으면 안 된다. 그리하여 최후에 가서 서너 줄의 훌륭한 시가 씌어 질 것이다"라는 말과도 연관된다. 그런 관점에서 볼 때, 이 시집의 시편들은 '오랜 시간 속에서 숙성된 기억의 생산적 재생의 언어'라고 이해된다. 따라서 시의 기법도 모더니즘의 의도적 언어기법과 자연발생적인 의식의 언어가 조화를 이루고 있다고 생각된다. 필자는 5부로 나누어 편집된 80편의 시편들을 통독하고, 자연과의 동화, 디오니소스적 낭만성, 시인의 내면의식의 표출이라는 측면에서 나름대로의 시선으로 시편들을 들여다보며 해설을 해 보기로 하였다. 그리고 현대시의 언어에서 특정한 지방색이 두드러진 방언方言의 특성이 내포하고 있는 시적 효능을 가늠해 보고 그와 관련해서 순수 토착어의 활용을 살펴보았다.

2. 시편 들여다보기

가. 자연과의 동화
시인의 의식이 자연현상에 몰입되어 자연의 동식물들과 동일체同一體를 이룬다는 것은 말로는 쉬운 일이지만 실제에서는 불가능에 가까운 일이다. 그것은 인간이 자아自我와 타자他者의 관계 속에 존재하면서 자아의 틀 속에서 타자로 존재하는 사물과 사건들을 인식하고 판단하고 분별하는 존재이기 때문이다. 그래서 자연과 동일체를 이루기 위해서는 시인의 의식이 자아의 틀(아상)에서 벗어나 '무아無我의 경지'에 도달하지 않으면 안 되는 것이다. 그런 관점에서 이 시집 일부의 시편들을 읽고 놀라움을 느끼는 것은 시인의 의식이 자연현상 속에 몰입되어 있을 뿐만 아니라 자연의 동식물들에 동화되어 있는 시인의 마음을 보여주고 있기 때문이다.

시편들 중 먼저 〈칠월 산방에서〉를 읽어 보자. 이 시는 칠월의 산 속 절간에 들어가서 자연과 한 몸이 되어 노니는 시적 화자의 정신수행의 한 경지를 담고 있다. 그래서 "푸른 바람을 불러들여/마주 앉으니"라는 구절에서부터 "부연 끝에 달로 뜨나니" "산비에도/젖지 않고/하나로 날아오르니 귀와 눈/부연 끝에 새가 되나니"라는 구절들이 선禪의 경지에서 자연에 동화된 시인의 마음을 보여주고 있어서 시의 언어가 허사虛辭가 아닌 실사實辭로 읽히는 것이다.

> 1. 모처럼/푸른 바람을 불러들여/마주 앉으니/세월도 청 대숲에서/노닐고/하나로 머무는 몸과 마음/부연 끝에 풍경 되나니/
> 2. 생각을/붙잡아도/세상일은 잎 되어/물소리에/떠내려가고 하나로 흐르는 피와 살/부연 끝에 달로 뜨나니/
> 3. 오랜 만남을/먼저 손잡으니/산비에도/젖지 않고/하나로 날아오르니 귀와/부연 끝에 새가 되나니.//
>
> ─시 〈칠월 산방에서〉, 전문

이런 관점에서 볼 때 〈무량無量〉, 〈불이문不二門 앞에서〉 등의 시편들이 불교의 틀을 벗어나서 자연스럽게 다가온다. 그것은《금강경金剛經》제8분의 끝 부분 "수보리여, 불법이라는 것은 곧 불법이 아니니라"와 연결되기 때문이다. 노자老子도《도덕경道德經》의 첫 구句에서 "도가도비상도道可道非常道"라고 했다. 이 말은 도가 도라는 관념에 갇혀 있으면 진정한 의미의 도가 될 수 없다는 것이다. 그 말은 현대시에서도 시가 특정한 관념에 갇혀서는 안 된다는 의미로 이해된다. 그런 관점에서 "비로소//피 속의 우주 한 복판에/오늘은 무릎을 꿇고/담담한 초연으로 얻어낸다/내가 사는 세상 하나를"이라고 무한한 우주 속에서 자신의 '존재의 집'을 인식하고 있는 〈무량無量〉의 우주적 사유, "산 빛으로 눈을 닦아도/가까운 것 멀어지고/먼 것도 안개 되어/차라리 눈을 감고/날마다 새소리 받아 일기나 쓰는 이여"라고 노래한 〈불이문不二門 앞에서〉의 시가 내포하고 있는 자연과 하나로 동화된 존재에 대한 깨달음은 어디에도 걸림이 없는 보편적인 열린 사유思惟로 인식되는 것이다.

　　진작 길들인 일로/둘 보다 하나를 위하여/ 잠자는 천년의 물바람 소리/ 그대로 조용한 다함이어//비로소//피 속의 우주 한 복판에/오늘은 무릎을 꿇고//담담한 초연으로 얻어 낸다/내가 사는 세상 하나를// 그 높이 아래를 헤아리지 않고

　　　　　　　　　　　　　　　　　　　　　　　　—시 〈무량無量〉, 전문

　　사는 만큼 사는 뜻을/물소리로 풀어놓고/세월도 두 손 모아/뉘우치고 깨닫는데/누군가 법등法燈을 들고/여깁니다 맞이하나니//산 빛으로 눈 닦아도/가까운 것 멀어지고/먼 것도 안개 되어/차라리 눈을 감고/날마다 새

소리 받아/산 일기나 쓰는 이여

　　　　　　　　　　　　　　　　　—시 〈불이문不二門 앞에서〉, 전문

〈탄생, 삼삼 하나〉에는 너도밤나무 가지에서 날아다니는 새들의 실제 형상이 동영상動映像의 카메라에 찍힌 듯 생생하게 그려져 있다. 이러한 세밀한 관찰과 묘사는 시인이 새와 밀접한 관계가 되지 않으면 불가능하다고 생각된다. 그래서 새들이 날아오르는 생태적 날갯짓을 3이라는 기호의 형태로 표출해낸 것은 자연현상에 대한 범상치 않은 포착능력의 구현이라는 관점에서 자연에 동화된 시인의 정신을 확인하게 한다. 따라서 끝 연의 "오! 나는 생명들은 삼삼 하나로 탄생하는구나"의 구절이 새의 자연과학적 생태에 구속되지 않고 읽히는 것이다.

　　너도밤나무 가지에서 떨어뜨리는/열매 하나 보고 먼 눈 파는 암컷 새/3을 움직이고 있는 날갯짓에/갸웃거리다 3으로 포르르 나는 수컷 새/음지로 날았다 금세 날아와/몇 미터가량 거리를 둔 가지에 앉아/너도밤나무가 부르르 떨도록 관심을 흔들며 또/떨어뜨리고 있다 그러나//가지에다 주둥아리 부비며 조잘대는 암컷/이제는 해바리로 날아서 뭔가를 물고 온 수컷/세 번째 떨어뜨리자 포르르 내려가서 물고/날아와 꼬리 치켜들고 수컷 옆으로/세 번 뛰어 서로 입 맞추듯이 공중으로/나무 위로 한 바퀴 돌아서 나는 것 보고//한 바퀴 당 이파리 수가 셋인 너도밤나무도 너울너울/손뼉 치며 그려, 그려! 우쭐우쭐 어깨춤사위에/초록빛 꿈 너머 미리 짝짓기 마련한 태반의 성소/햇살따리로 서둘러대는 가장귀들//오! 나는 생명들은 삼삼 하나로 탄생하는 구나

　　　　　　　　　　　　　　　　　—시 〈탄생, 삼삼 하나〉, 전문

〈찔레꽃봉오리 속으로 굴렁쇠 굴려보렴〉에서는 제목의 이미지 그대로
가상假想의 초현실적인 상상의 이미지가 낭만적인 시의 공간을 보여주고
있다. 이 시 속의 화자는 여름의 태양을 의인화하여 서로 소통하면서 찔
레꽃이 피는 자연현상을 시의 공간으로 끌어들이고 있다. 이 시에서 눈길
을 끄는 말은 땀방울과 웃음을 결합하여 만들어 낸 "땀방울웃음"이라는 조
어造語다. 그 조어가 이 시에서 토착어의 맛과 함께 살아 있는 언어감각을
느끼게 하고 있다.

> 여름이 따끈따끈할수록/녹색 등허리에 하얀 쉼표 찍어줘요//한줄기 소
> 낙비에 헛웃음 치는 태양이/후줄근한 땀방울웃음을 찔레꽃으로 피워/꽃
> 길 사이마다 섶 다리 놓아줘요//자아! 꽃봉오리 속으로 굴렁쇠 굴려보렴
> 해요
> —시 〈찔레꽃봉오리 속으로 굴렁쇠 굴려보렴〉, 전문

나. 디오니소스(Dionysos)적 낭만성

이 시집의 시편들 중 술의 이미지, 성적 황홀감, 인간적인 감성의 정취情
趣를 드러낸 시편들은 디오니소스적 낭만성의 시편으로 분류된다. 디오니
소스는 그리스 신화에 나오는 '술과 황홀경의 신'으로 알려져 있다. 독일의
철학자 니체(Nietzsche)는 논리와 이성理性으로 모든 문제를 해결할 수 있다
고 생각하는 근대 이성주의를 소크라테스(Socrates)적 '이론적 세계관'이라
지칭하고, 이에 대항하는 예술적 경향의 상징을 부조화와 모순적인 요소
들을 품에 안고 함께 가는 디오니소스적 낭만성에서 찾고 있다. 그래서 그
시편들의 표면에는 감정이입感情移入의 초현실적인 상상과 현실적인 사실
의 이미지가 뒤섞여서 드러난다.

〈간월산 물소리〉에는 이성적 상황에서 벗어난 순수한 인간적인 감성이 생동하는 이미지가 되어 신선하고 운치韻致 있는 시적 공간을 형성하고 있다. 시 속의 화자는 어느 봄날 양산 간월산 계곡 머루산장에서 계곡의 물소리에 취해 하룻밤을 보내면서 가상의 시청각視聽覺 이미지로 봄밤의 정취를 그려내고 있다. 그 가상의 이미지에는 현대인들이 잃어버리고 사는 19세기 조선朝鮮의 아름다운 낭만적 감성이 주조를 이루고 있다. 그래서 시 속에 징검다리, 멧새, 버들치 떼, 스무사흘 달, 깨끼옥색치마의 여인, 하얀 속치마 갈아입던 여인이 등장하여 짧은 서사敍事를 형성하고, 굽이치는 물살에 떠내려가는 여인의 꽃신 이미지가 시의 절정을 이루면서 화자의 안타까운 목소리가 시적 울림을 만들어 내고 있는 것이 살갑게 느껴진다. 그리고 그 이미지는 프로이드의 꿈의 현상같이 시인의 무의식 속에서 오래 숙성되고 잠재되었던 이미지의 돌출突出로 해석된다.

> 양산 간월산 계곡 머루산장쯤 와서 하룻밤 베개 깃 당기는 물굽이가 방등이 들썩거리도록 밀치는 바람에 건너는 징검다리에서 그만 머루넝쿨에 걸려 멧새들에게 들켰네라 버들치 떼 물살에 첨벙 첨벙거리는 깨끼옥색치마 다 적신 스무사흘 달이 천상골 등바대 돌려 세워놓고 하얀 속치마 갈아입던 눈웃음마저 미끄러지는 거 봤을까 저 여인 꽃신 떠내려가는 꽃 웃음소리 우아! 우야 끼고 다 벗겨진 숨소리마저 저 저런…! 떠내려가고 있어 굽이치는 것을 자낸들 우야 것 노
>
> —시 〈간월산 물소리〉, 전문

〈봄 바다가 들뜨는구나〉에서도 끝 연에서 "저것 봐라 밀물이 들치는 바람에 그만/새침데기 속치마가 화들짝 걷어 올려 지네/시샘하는 봄 바다가

갈대숲건너서 들뜨는구나/덩달아 유채 꽃이 미치도록 웃어대네"라고 봄
바다의 정취를 자연현상에 연결하여 성적 황홀감으로 그려내고 있다. 시
인의 상상력과 생동하는 예술적 감성이 시의 공간을 풍성하고 맛깔스러운
정경으로 조성하고 있다.

> 바삭바삭하는 갈대 숲길을 걸음 하네/뼈 속으로 들어간 햇살걸음들이/
> 흘린 발자국 다시 밟네/바지가랑 걷어 올릴 때 허리띠 푸는 썰물//먼저 호
> 미로 갯바닥에 금 넣네 /갈맛조개가 새침데기 눈 구정에다/오줌 싸버렸다
> 고 아이구야 소리하네/삐쭉 조개 웃는 입술에 무지개 서네
>
> —시 〈봄 바다가 들뜨는구나〉, 1,2연

그런 예술직 김각은 〈솔숲바람〉에서도 솔숲에 불어오는 바람에 바람이
라도 난 듯 "솔숲은 술에 취했는지 볼그족족한/목덜미마저 제법 흔들리고
있다"라고 술의 이미지를 통해 디오니소스적인 황홀과 성적 감성의 이미
지를 드러내고 있다.

> 솔숲은 술에 취했는지 볼그족족한/목덜미마저 제법 흔들리고 있다//까
> 마귀와 까치들이 시금털털한/잔소리를 아침부터 자꾸 퍼붓고 있다//술 취
> 한 몸짓 흉내 내다 혼쭐난/산새 떼도 요리조리 쫓겨 폴폴 날다가//웃음으
> 로 아침햇살 받고 있는/떡갈나무 손 갈피 새로 숨고 있다
>
> —시 〈솔숲바람〉, 전문

〈가을 숲을 사랑하는 까닭은〉에서는 색동옷 같은 단풍마저 다 떨어낸 가
을 숲 나무들의 나신裸身을 "화장 지우고 옷 벗는 그 속살의 그 살 냄새"라
고 육감적인 언어로 그리고 있다. 그래서 가을 숲에 들어가는 것을 그 여

자를 만나는 행위로 상상하는 시인의 마음이 순수한 사춘기적思春期的 떨림으로 다가온다. 그리고 끝 연의 "서녘 바다도 '마르 살라 와인'에 취해 있었네"라는 술을 매개로한 감정이입의 흥취가 멋스러운 시적 효과를 느끼게 한다.

그 여자를 만날 때는 다 보이니까!/우아한 그녀를 만나야하네 더 그리워
지면/옷 벗는 시간까지 기다려야 하네 기다리면/나신으로 걸어오는 날씬
한 모습 달려가서도/보듬어줄 수는 없었네 바로 앞에서 보면/볼수록 눈 시
리고 우아해서/어리둥절하기 때문이네// 화장지우고 옷 벗는 그 속살 그
살 냄새/눈 감으라고 해서 눈 감을수록 다 보이네 연방/훌훌 옷 벗는 당신
의 알몸 보지 않도록 더/꼭꼭 눈감으라고 윙크해서 꼭꼭 눈감고 서서/기다
리면 바스락 숨결까지 훤히 웃는 당신// 그중에서도 애지중지 아끼던 색
동옷 벗는 때깔/더군다나 목욕탕에서 막 나올 때 물안개면사포에/볼그레
한 낯빛 잘 익은 산수유입술 보고 깜짝 놀란 고라니는 쿵덕쿵덕 뛰는 걸 보
네/눈떠 보니 후드득 꽃비가 쏟아지고 있네// 마지막 부끄러움 한 잎마저
떨어뜨리지 않으려고/달라붙다 거미줄에 걸려 나비로 떨고 있네/차마 눈
감아 주려해도 감출 수 없는 낙하/서녘바다도 '마르 살라 와인'에 취해 있네
　　　　　　　　　　　　　　　　─시 〈가을 숲을 사랑하는 까닭은〉, 전문

이런 에로스(Eros)적 감성이 〈석류〉에서는 "낯선 외간 사내같이 끌어안는 당신/젖은 손 잡힌 채 휘어지는 입맞춤"이라는 구절 속에 촉촉한 감각언어로 갈무리 되어 있다. 그래서 이 시에서는 언어의 절제미節制美가 시적효과를 도드라지게 상승시키고 있음을 느끼게 된다.

입술 터져도 여태껏//당신이 좋아서//이빨 시큼하도록 사는데 늘//낯선

외간 사내같이 끌어안는 당신//젖은 손 잡힌 채 휘어지는 입맞춤//헐린 잇
몸에 떨리는 입술 또 터질라

—시 〈석류〉, 전문

이 밖에도 여름 소나기가 쏟아질 때 "쉿! 쉿 소리에 화끈거리는 입술에/
줄줄 타 내리는 빗줄기 닿을 때마다/사방 훑어보다 눈웃음 치"는 젊은 여인
네들의 육감적 마음을 노래한 〈한 줄금 여름소나기 쏟아질 때〉, 가지가 남
성의 성기 같아서 "며느리 가지 못 따먹게" 하는 〈음력 칠월 가지 밭 소문〉
등의 시편들이 아득한 세월 속에서 전설 같이 사라져 버린 농촌의 서사적
인 정서 속에 감춰진 성적 감흥을 감칠맛 나게 담아내고 있다.

다. 지방색의 언어와 내면의식의 시편들

앞에서 언급한 것과 같이 이 시집의 시편들의 대부분이 시인의 오랜 기
억 속에 잠재된 1950년대 이전의 농촌을 배경으로 당시의 정서를 바탕으
로 하고 있다. 그래서 그 정서가 급변하는 시대 속에 고가古家 같이 남아 있
는 지나간 시대의 서정抒情이라는 관점에서 소중하게 생각된다. 시편들의
언어구조, 토착어와 방언의 쓰임이 현대의 독자들에게 소통과 공감대의 형
성이라는 측면에서 문제점을 던지고 있지만, 현대시에서 방언의 쓰임이 내
포하고 있는 독특한 지방색地方色과 정서 표출의 시적효과가 그런 문제점
보다 더 우월한 가치를 안고 있다고 생각된다.

연작시 〈소두래 · 2〉를 읽어 보면 "뭐라 쿠몬", "우야 꼬!/우야 것 노",
"우찌 낸들 확실히/알겠나마는 요새 노래방은 더 그렇다 안 카나" 등의 경
상도 방언이 현대의 표준어로는 표현할 수 없는 향토색鄕土色을 맛보게 하
는 시적 효과를 드러내고 있다. 그래서 시의 언어에서 토착어와 방언이 얼

마나 귀중한 언어자산言語資産인가를 생각하게 한다.

> 뭐라 쿠몬 씽글 뺑글 웃는 맵시야/나무랄 데 어디 있나 그런데 언제는/
> 따감이나 타 더나 그것도 되기 밉지만/껀둥껀둥 거리는 저년 치마 자락/
> 걷어 올리는 아이고 우야 꼬!/우야 깃노 뒤꿈치 봐~라 벌써/바람이 등 너
> 머로 우우 찌 안 나 것 노//비 오는 날에도 한 갈증이 난 굴비장수/그놈이
> 저년 두레박질 물을 꿀꺽 꿀꺽 다/마시면서 왜 해필 마주 쳐다보고 웃었겠
> 나!/…니가 봤나? 들었나? 그래! 그래는 당그래지/니도 잘 모르는 것을 우
> 찌 낸들 확실히/알겠나마는 요새 노래방은 더 그렇다 안 카나
>
> —시 〈소두래 · 2〉, 2,3연

〈귀뚜라미 울어대면〉, 〈아 그립다, 오두막집〉 등의 시편들은 나이 들어
시를 쓰는 시인의 마음 속 내면의 영상映像을 보여주고 있다. 〈귀뚜라미 울
어대면〉의 영상 속에는 "컴퓨터 바탕 화면에 일곱 살 아이 사진으로 깔아
놓고 혼자 있고 싶을 때 클릭 하면 부엉이 우는 둠벙골에서 날아온 귀뚜라
미들이 어머니를 찾고 있다"는 어머니에 대한 간절한 그리움이, 〈아 그립
다, 오두막집〉에서는 "구들장 있는 뜨뜻한 우리 집"에 대한 그리움이 시의
중심을 이루면서 가슴에 울림을 주고 있다.

> 번갈아 밟히는 내 그림자 발로 차며 옆으로 함께 흐르는 도랑물소리에
> 누가 알까 섞어놓고 부르르 떠는 주먹으로 울었다 너무 울먹거리다가 간
> 간이 흐느낄 때 어떻게 알고 왔는지 보듬는 따뜻한 어머니 품안 덜덜 떠는
> 군불 방 보다 더 뜨뜻한 어머니 등에 업혀 눈물 비빌 때 어린 손에 떨어지
> 는 어머니 눈물방울로 어머니 눈물을 닦아드렸다 너무도 따스한 싸락눈도
> 가스 불에 나비날개처럼 함박눈으로 바뀌면서 내리던 그 골목 돌담길 그

대로 찍어온 디지털 동영상을 내 컴퓨터 바탕 화면에 일곱 살 아이 사진으로 깔아 놓고 혼자 있고 싶을 때 클릭 하면 부엉이 우는 둠벙골에서 날아온 귀뚜라미들이 어머니를 찾고 있다

—시 〈귀뚜라미 울어대면〉, 2연

　와 그라 노 니는 내 곁에 조금 더 머물고 싶으면 오라 안 카 더나 내, 니한테 안 가더나 구들장 있는 뜨뜻한 우리 집으로 오라 캐 싸도… 그래 알 것다! 멀어도 당장 갈 끼다 간다니까 신 한 짝에 두발 끼워 앞서거니 뒤서거니 서둘러 갈긴데 니, 와 또 그래 쌓 노 요새도 버선발로 뛰어나오나!

—시 〈아 그립다, 오두막집〉, 앞부분

〈여기는 어딘지요〉에는 "아직도 따신 손으로/내 눈마저 술래로 감기더니 저 멀리/날아가는 백학 한 마리/나 두고 가는 여기는 어딘지요"라고 시인의 내면의식 속에 잠재된 육친(肉親)의 영상이 '백학'이라는 환상의 이미지로 표출되고 있다.

　지금도 울고 있는 당신의 아이들//빗물에 젖고 있습니다/소용돌이치며 달려가는 흙탕물소리 그래도 바닷가에 서 있는 나를/함빡 젖은 당신의 온몸으로 쓰다듬어/내 옷 갈아입혀 씻어주고 총총한 걸음//통곡하는 내 눈물마저 뿌리친 채 또/발자국도 지우고 아직도 따신 손으로/내 눈마저 술래로 감기더니 저 멀리/날아가는 백학 한 마리/나 두고 가는 여기는 어딘지요?

—시 〈여기는 어딘지요〉, 뒷부분

이 밖에도 "내 품에서 주르륵 양볼 눈물 흘리면서/눈 뜬 채 떠나시던 당

신"이라고 아내에 대한 사랑을 절절한 가슴으로 읊은 〈뻐꾸기울음 곁에 당신을 묻어놓고〉, "하늘에서 내려다보는 또 하나의 눈빛/다가오는 찰라 저 너머로 날아가는/한 마리 검은 새"의 이미지로 아내의 모습을 그려내고 있는 〈임자는 몰랐을 거라〉 등의 시편들이 시인의 내면의식과 관련된 시편으로 '가슴의 울림'을 전한다.

3. 나가는 글

필자는 차영한 시인의 일곱 번째 시집 《새소리 받아 일기도 쓰고》에 실려 있는 81편의 시편들을 읽고 가, 자연과의 동화 나, 디오니소스적 낭만성이 다, 지방색의 언어와 내면의식의 시편들로 분류하여 감상적인 측면에서 해설을 하였다. 이 분류는 필자 나름의 분류일 뿐 다른 관점에서 새롭게 분류할 수 있다고 여겨진다. 그러나 이 시편들의 언어가 오랜 시간 동안 시인의 무의식 속에서 숙성된 기억들이 재생된 생산적인 언어라는 것은 변하지 않는다.

필자는 이 시집에서 자연과 한 몸이 되고자 하는 정신수련이 형성해낸 시의 공간에서 시인의 마음이 봄풀같이 푸르고 싱싱한 감성으로 살아 있음을 느꼈으며, 생동하는 토착 이미지들이 디오니소스적 예술성과 결합하여 이성주의를 뛰어넘는 풍성한 시적 에너지를 발휘하고 있는 것을 인식하였다. 그리고 시인의 내면의식 속에 잠재된 육친과 아내에 대한 사랑의 언어에 담겨 있는 진한 울림에서는 일상에서도 뜨겁게 달아오르는 시인의 내면적인 섬세한 감성과 상상력을 감지하였다. 이 시집에서 문제점으로 드러나는 것은 다수의 시편에 표출되어 있는 토착어와 방언이다. 그것은 긍정과 부정의 양면성이 있으며, 현대시에서 독자와의 소통과 정신적 치유의 언어와도 연결되고 있다. 필자는 그 문제를 긍정적으로 수용하여 이 시집의 토착어와 방언의 시적활용은 시인의 독특한 언어인식이 만들어낸 '개성의 언어'라는 관점에서 인정하였다. 끝으로 오랜 연륜年輪 속에 촘촘히 감겨 있는 기억의 테이프를 풀어내어 매일 일기를 쓰듯 시를 쓰는 시인의 감성적인 일상의 모습을 상상하면서 해설을 줄인다.

☞ 출처: 제7시집 《새소리 받아 일기도 쓰고—81편》,
시문학시인선, 563(1판 1쇄, 2018. 1. 30, p.144) 중 평설 pp.127~142.

◎ 제7시집, 《새소리 받아 일기도 쓰고》 시인의 말

양면성을 띤 패러독스적 트라우마여

오래된 시간이라도 마음에 걸린 것들은
사라지지 않는다. 바래지다가 오히려
휘파람새소리로 더 가까이 와서
살고 있다. 어쩌면 내면에 타자가
존재를 지우지 못하기 때문인지도 모른다.
하나의 인연으로 인식하겠지만,
초현실주의를 이끈 앙드레 브르통에 따르면
"오이디푸스 퍼즐 같은" 것이다. 자꾸
낯설게 나를 기존의 어떤 것들과 연결시키고
있기 때문이다. 오히려 강박하는 트라우마들이
역설적으로 다가온다. 침전하는 세월 위에
소금쟁이처럼 맴돌 때 의미화는
불안한 대상으로 나타난다. 낯선 충격들이
날고, 춤추고, 공격하고, 모호한 권태를 이끌어
거울과 마주할 때는 절대현실을 주장한다.
앙드레 브르통이 지적한 "포르트/다 놀이" 같은

무의식이 양면성으로 가장하여 말을 건다.
모성적 공간들이 자동인형처럼 춤추기도 한다.
어쩌면 나에게는 경이로운 그리움이라 할까!
그렇다면 프로이드가 지적한
"주체가 갖는 소원"처럼 날마다 새롭게
탄생하는 어떤 소원들이 스스로 나를 창조하는
것인지도 모른다. 그러니까 비애를 잘
알기 때문에 '새소리 받아 일기도 쓰고'라는
상상력을 현실로 바꾸는, 실재라는
육체는 도솔 암자에서 구은 돌 하나 되어
아프지 않은 고독을 다스리고 있다.

2018년 01월
통영미륵산 아래 편백나무숲길을 오가면서
차영한

◎ 제8시집, 《산은 생각 끝에 새를 날리고》 시세계

지리적 공간에서 만난 총체적 서정성

김 지 숙
(문학평론가 · 시인)

1. 시의 현실은 실제보다 더 현실적

  루카치에 따르면 총체성(totality)이란 가치 평가의 기준이므로 결정적 중요성을 지니는 동시에 현실의 기준이 되기도 한다. 따라서 그는 인간이 예술을 통해 현실을 포착할 수 있는 위대한 도구 중 하나라고 본다. 다른 어떤 예술보다도 시는 다양한 의미 관계를 통해 삶을 형상화해 왔다. 그래서 시의 현실은 실제보다 더 현실적이기도 하고 때로는 시에서 묘사된 미지의 세계를 동경하면서 현재의 고통은 상쇄되기도 한다. 또한 기대하지 않았던 존재를 확인하며 기뻐하거나 혹은 슬픔에 잠기는 감정의 소용돌이 속을 헤매기도 한다. 이렇듯 우리는 시를 읽으면서 미처 깨닫지 못한 자아를 발견하기도 하고 혹은 부조리한 현실을 깨닫고 이를 되돌아보거나 새로운 삶의 활력을 충전하기도 하며, 이에서 나아가 이를 매개로 스스로의 삶에 대한 증언 또한 가능하게 된다. 따라서 시는 시인의 내면에서 사회와의 소통을 전제로 하므로 삶과 상호 수용 관계에 놓이거나 등가 관계로 발전하기에 이른다. 시인이 자신의 경험을 바탕으로 현실적 삶에 대한 의미를 구체화하는 과정에서 시가 탄생한다. 이는 사회적 존재 여부 속에 개인의 감각과 의식을 두고 이루어지기 때문에 가능한 일이다.

통영에서 태어나고 살아온 차 시인의 삶과 시를 들여다보면 통영과 그는 떼려야 뗄 수 없는 불가분의 관계에 놓여 있다는 점을 바로 알게 된다. 그는 여섯 권의 시집과 두 권의 평론집을 상재한 탄탄한 필력을 가진 시인이다. 첫 시집 《시골햇살》(시문학사 1988)에서는 통영의 풍물과 향수를 가장 응집된 시어로 정감어린 이미지들을 축약하여 독자에게 전달하고 있다. 사물을 천천히 여유롭게 바라보고 또 사랑어린 눈길을 서로 주고받는 소박하고 따뜻한 시를 담아낸 이 시집에서는 정情의 원형과 회복성에 중심을 두고 있으며 그러한 겸허함과 삶의 여유가 시를 통해 차분하게 전달되고 있다.

두 번째 시집이자 최초의 연작시집인 《섬》(시문학사 1990)에서는 통영 앞바다에 있는 한려해상의 섬들을 대상으로 고향이라는 현장성 있는 공간을 정감이라는 의미화 과정에서 초극되고 절제된 시세계를 보여준다. 어떤 가식적 기교도 넘어선 채 스스로를 정화하는 한편, 자연 속의 진정한 삶과 영원한 생명성을 서정성을 담아 시적 형상화를 하고 있다. 세 번째 시집 《살 속에 박힌 가시들》(시문학사 2001)에서는 일상의 삶 속에서 느끼는 좌절과 시대적 상황 속에서 절실한 분노를 풍자와 고발로 표현하고 있다. 허세와 허영을 질타하는 해학성을 지니는가 하면 신랄한 독설도 서슴없이 세상을 향해 날리는 시어에는 자연스럽게 날이 서 있다. 이 시집에서는 특히 구어체와 토속어 관용구를 잘 활용하여 그의 시가 당대 현실의 삶과 깊이 밀착되어 있음을 보여준다.

네 번째 시집 《캐주얼 빗방울 》(한국문연 2012)에서는 차 시인의 다른 시에서 볼 수 없는 언어 질서에 대한 우수성과 독창성을 볼 수 있는데, 이는 시들이 뿜어내는 강한 생성 에너지가 보여주는 무한한 가능성을 확인하는 계기가 된다. 다섯 번째 시집 《바람과 빛이 만나는 해변》(한국문연 2016)에서는 바다에 대한 새로운 인식과 방법론을 모색하며, 쉬르 기법을 사용하였기에 앞서 쓰인 바다를 소재로 한 시들과는 차별성을 두고 있다. 병치 통사론적 비문 환상 등의 낯설고 환상적인 방식으로 언어의 상식을 전복시키는 이미지의 충돌을 일으키는 난해한 바다, 그리고 음악적 메시지가 가미된 시적 연상과 상상을 들여왔다. 여섯 번째 시집이자 두 번째 연작시집인 《무인도에서 오는 편지》(도서출판 경남 2017)에서는 바다가 화자에게 보내온 메시지를 읽고 그 바다에 답신을 보내는가 하면 우주를 순환하는 생명체의 의인화에 역점을 두었으며 섬은 시인의 삶에서 쉼표가 되어 있다. 지금껏 상재된 각각의 시집들은 각기 다른 방향성을 표출하고 있으며, 그의 시세계는 무엇이라고 하나의 세계를 쉽게 단정내릴 수 없는 다양한 특성을 지닌다.

이번 시집 《산은 생각 끝에 새를 날리고》에 실린 시들은 현실 속에서 살아온 그간의 삶의 여정이 고스란히 녹아 있다. 이를 외부와 내부가 균열되지 않은 상태의 형이상학적 원을 뜻하는 총체성이라는 관점에서 그의 삶을 표출하는 시를 대상으로 살펴보았다. 일상적 삶이 녹아 있는 시들의 주제는 '사투리'와 '길'을 중심으로 논의하며, 자연을 중심으로 표출된 내면적 서정에서는 '불교적 가치관'과 '자연일체'의 가치관을 중심으로 논의하고자 한다.

2. 일상적 삶의 두 얼굴

2—1. 통영 사투리

사투리는 삶의 표상이자 언어표현의 민낯이다. 이러한 민낯은 사람 사이에서 거리감을 없애 주는 동시에 공동체적 결속감을 높여 주는 의사소통 수단이 된다. 그의 이번 시들에서는 통영지역 방언이 자주 드러나는 특성을 보인다. 국립국어원에서는 지방 방언을 사투리로 표현한다. 흔히 방언을 J. Séeguy식의 방언 구획 방법에 따라 경상도 방언권을 부산 대구 마산 등을 중심으로 나눈다. 하지만 같은 경상도라고 해도 통영은 고성 거제와 더불어 통상적인 경상도 방언과는 또 다른 특성을 지닌다.

김택구(1991)에 따르면 음운('ㅅ:ㅆ, 에 애'의 대립, ㄹㄱ〉ㄹ, ㄹㄱ〉ㄱ, ㄹㅎ〉ㄹㄱ, 어중 'ㅂ, ㄱ', 'ㄱ'의 경음화,〉아,〉오 에)이) 어휘(부추, 그제[前前日]), 어법('하라체' 의문종결어미 '노, 내)을 기준으로 동부방언과 서부방언으로 나눈다. 동부방언에는 울산, 양산, 밀양, 창녕(동북방언)과 합천, 의령, 함안, 창원, 김해(중부방언) 둘로 나누었으며, 서부방언은 거창 함양(서북방언), 하동, 사천, 진양, 산청(서부방언), 남해, 고성, 통영, 거제(서남방언) 셋으로 나눈다. 통영방언은 서남방언으로 대표적 특성으로는 '축약'을 든다. 이 지역 사람들은 주로 바다를 생업으로 삼은 어업종사자로 이루어지므로 간략하게 의사전달을 하기 위해서 불필요한 단어와 어구를 줄이는 단어의 경제성을 보여준다. 또한 각 섬에는 그 섬마다 각기 다른 방언을 변형하여 사용하기도 하며 주로 어업과 관련된 방언과 뱃사람의 강한 기질이 언어에 분명하게 드러나는 등 강한 발음이 많은 것도 특징이다. 두 번째 특징으로는 성조가 높고 쌍시옷 쌍기역 쌍디귿 등의 경음화 격음화 현상들이 드러나며 발음이 높고 세서 다른 지방의 사람들이 들으면 싸우는 것으로 오인하기도 한다. 이 역시 바다를 배경으로 하여 먼 곳까지 잘 들리도록 의사소통을 위한 방편으로 생겨난 언어 사용의 특성으로 볼 수 있다. 셋째 통영의 사투리는 전라권의 방언과 섞인 후 다시 통영의 토속어로 정착하기도 한다. '아' 모음을 '이' 모음으로 단순화하여 발음하기도 한다.

> 오뉴월 쏟아지는 딸구비 받아 물 잡는 품앗이
> 논갈이 써레질에 흙탕물 철벅이는 달구지들
> (중략)
> 물 자배기는 잘 알고 말고 나란여에서 물숭여 걸어
> 그물 내던져 대리 듯 욧가락 방질 '신 걸에 사 릇'
> 뿐이겠나. 세 모 떼로 잡는 셞은 만큼이나
> 시래기 뚝배기에 남은 딸꾹질로 이겼나니
> (중략)
> 사투리 한마당 먼 널 굿니 잡고 숭어 모치 떼몰이
> 탁탁 무릎 치는 엉덩이춤에 어깨춤사위에도
>
> 물 자배기는 잘 알고말고. 나란여에서 물숭여 걸어
> 그물 내던져 대리 듯 욧가락 방질 '신 걸에 사 릇'
> 뿐이겠나. 세 모 떼로 잡는 셞은 만큼이나
> (중략)
> 풍어기 올린 징 캥수 소리 선창 골에 되 받쳐
> 소풀개 먼 당을 짚어 이망 먼 당으로 올라 그만
> (중략)
> 시루바우 굼턱 굼턱 도다리는 넙치보고 눈 흘겨도 어찌 그리 딱 맞아떨
> 어지는 눈깔! 썰물도 모래밭에 숭어 봄 멸치를 밀쳐 마실 늦잠 속에서 물
> 장구치는 봄날
>
> —시 〈양지리 사람들〉, 일부

시인의 당대 현실 속에서 사용하는 언어로 자신이 느낀 감흥을 시 속으

로 들여오기 때문에 시가 곧 당면한 현실 그대로일 수는 없지만 그 본래의 모습은 어느 정도 유지하고 있다고 봐도 무방하다. 따라서 시인 자신의 고유한 정체성을 시라는 거울을 통해 형성하거나 내면의 자아를 단련하고, 또 편협한 시야에서 벗어나 진실한 세계를 경험하는 삶을 유지하며 살아간다. 설령 그것이 지역 방언이라고 해도 달라지는 것은 없다.

위의 시를 읽으면서 통영 사투리에도 통역이 필요하다는 생각이 든다. 사투리가 지닌 본래의 뜻을 알고 나면 그 언어들이 지니는 의미들이 한층 정겹게 와 닿지만 그렇지 않을 경우에는 인내로 읽어내야 하는 고충이 뒤따르기도 한다. 통영지역 사투리는 육지의 방언과 달리 독특한 억양이 있다. 그 한 예로 이 지역 사람들은 통영을 '토영'으로 발음한다. 'ㅇ'을 탈락시키는 경우로 발음의 경제성이 드러난다. 또한 그 어원을 쉽게 짐작조차 할 수 없는 방언 '이야'는 '언니 누나'를 정겹게 이르는 통영에서만 소통되는 언어이다.

그의 시에 정감 있는 사투리에는 통영지역의 특징과 문화, 지역민의 고유한 정서와 정체성을 담고 있다. 이러한 통영만의 독창적인 사투리를 살려 시어로 정착시키려는 노력이 그의 시에서도 엿보인다. 우선, 격음화 경음화 현상으로 변화된 강하고 억센 사투리 형태를 접하게 된다. 예를 들어 "머라 쿠 것노(뭐라고 하겠어)"에서는 섬사람들의 거센 기질이 보이는 '쿠'와 같은 격음화 현상과 '것노(겠어)'에 해당되는 축약에서 통영방언의 특성이 나타난다. 마찬가지로 "굼틱 굼틱(군데군데)" "캥수(두레패나 농악대 따위에서, 꽹과리를 치면서 전체를 지휘하는 사람. 상쇠의 지역 방언)"에서도 격음화현상이 나타난다. 캥수 소리는 상쇠를 뜻하는 방언으로 깽수 깽맹이 등으로도 사용되며, '떼' 역시 '도'의 의미를 지닌 강한 쌍디귿 발음으로 의사전달이 어려운 지역의 자연 환경 속에서 자연스레 생겨난 의사소통 방식으로 소리가 높고 거센 발음방식의 특성이 그대로 드러난다. 이는 강하고 큰 소리를 원하거나 먼 거리에서도 소통하기 위해 생겨난 것으로 세고 강한 표현을 사용한 격음화 현상으로 보인다. 경음화의 경우로는 "깝지는(깝치는, 다그치는 재촉하는)"(〈낙목산방〉)에서 '깝'과 같은 쌍기역은 그와 유사한 의미로 사용된 경음화의 경우로 볼 수 있다.

두 번째로 그의 시에는 축약의 방식으로 사용된 사투리의 형태가 나타난다. 이는 지역적 특성상 쉽게 의사전달이 용이하도록 하기 위해서 사용되었던 방언으로 볼 수 있다. 예를 들어 "딸구비(굵고 거칠게 쏟아지는 비, 작달비)"(〈양지리 사람들〉)에서 '딸'은 표준말 '따라—붓다'에서 그 의미를 찾을 수 있으며 '아주 세게 따라 붓듯이 퍼붓는 비'라는 의미를 지닌다. "나란여(나란히 있는 여礖)"에서는 '나란히'와 '여'의 합성어로 '히'가 탈락된 채 '나란'은 관형사의 형태로 명사인 '여'를 꾸며 주는 형태로 형성되어 있다. "물숭여(물에 잠겼다가 보인다는 의미의 礖)"에서는 '물이 숨었다가'와 '여'가 동등한 명사로 합성어 형태로 형성된 축약 방식이다. 그 밖에도 "거는(거기에는)"(〈오수〉)에서는 '겠'이 '것'으로 표현되는 탈락과 '거기'가 '거'로 축약이 나타난다.

세 번째로는 전혀 그 본래의 의미를 짐작할 수 없는 사투리가 나타난다. 이에는 "방질(그물망을 잡아당기듯 던지는 행동) '신(상대방)걸에 사 룻' 뿐이겠나. 세 모 떼(윷놀이의 도)로 잡는 섦은 만큼이나" 등에서도 '방질' '신'은 전혀 원래의 뜻을 짐작할 수 없는 독특한 지역 사투리의 한 형태로 볼 수 있다. "굼턱 굼턱"은 '굽은 터→굽 터→굼터→굼턱'으로 '은'이 탈락되고 대표소리 현상으로 ㅂ→ㅁ으로 변형되어 갔으며, '터'에서는 'ㄱ'이 첨가된 것으로 유추해 볼 수 있으며, 이는 이 지방의 언어표현 방식으로 지방색이 강하게 나타나며 바닷가의 갯바위의 구석구석의 모양새를 뜻하는 것으로 보인다.

그밖에도 그의 시집에는 드러나는 원래의 뜻을 쉽게 짐작할 수 없는 사투리들이 다음과 같이 나타난다. "이마배(아주 작은 배)" "열래(긴 작대기, 삿대)"(〈찾았다, 1억4천만 년 전 내 안경알〉에서), "더품(거품)" "대질리(그릇끼리 닿는 짓)"(〈바닷가 가을소리〉에서), "감풀다(거칠다)"(〈한여름 소나기〉에서), "닛살(파도결)"(〈오수〉에서), "무중우(잠방이, 농번기에 허드레로 입는 바지 류의 옷)"(〈가실은〉에서), "가신(닿을 듯 말 듯)했구나"(〈리빙 포인트〉에서), "더우(표준말은 더위로서 어떤 곳을 오를 때나 그곳에 당도하려는 기점을 일컬음)"(〈달을 태우는 눈발〉에서)는 원래 의미를 짐작할 수 없는 사투리가 통용되고 있다.

네 번째로는 발음의 편이성을 위해서 자음자가 변형을 일으키는 경우와 모음자가 변형을 일으킨 사투리를 들 수 있다. 예를 들어 "더품(거품)"(〈바닷가 가을소리〉)에서는 초성 'ㄱ'이 'ㄷ'으로 변형되어 발음 되는 현상으로, "눈구정(눈구멍)"(〈한여름 소나기〉)에서는 '멍'이 '녕'이나 '정'으로 변화된 모습을 보인다. "가실(가을)"(〈가실은〉)은 통영의 방언이기도 하지만 경남 타 지역을 비롯하여 강원도 지역에서도 사용되는 방언이다. 가실(가을)은 어휘 형태에서 'ㅅ' 음가의 역사적 변화는 'ㅅ 〉 ㅿ 〉 ㅇ'와 같다. 중세 국어에서 'ㅿ'으로 실현된 것은 대개 그 이전에 'ㅅ' 음가를 가진다. 통영뿐만 아니라 부산 지역에서도 중세 국어 이전에 존재하였던 'ㅅ' 음가를 가진 어휘 형이 그대로 존재한다. 또한 "파이야 파이로라(썩 별로 좋지 않다)"는 의미의 '파'자는 마칠 파罷자에서 온 것으로 파장罷場 틀렸다는 의미로 사용되며, 이 역시 경상도 타 지역을 비롯하여 경북 동해안지역에서도 흔히 사용하는 지역 방언이다.

모음이 변형을 일으킨 경우에는, "엉딩이(엉덩이)"(〈우포늪〉)는 '덩'이 '이'를 닮아가는 '딩'의 모양을 취하고 있으며 이는 "오디가 이 있노(어디가 있어)"(〈리빙포인트〉)에서 '이' 의 뒷 글자 '있노'에서 '있'을 닮아가는 형태로 취한다. "뿐이것나(뿐이겠냐)"(〈한여름 소나기〉)에서는 'ㅅ' 'ㅣ'의 탈락 현상이 나타난다.

어느 날 정오 더우 잡는 화개 골 쨤에
마악 굴러 온다 카이 수레바퀴들이
산을 밀며 되올라가던 햇덩이 하나를
귀고리 한 여자가 손짓으로 몰래 빼돌려
물레방앗간으로 웃으며 들어가는 거
아무도 안 봤다 카이 허지만 안다 카이 나는
(중략)
지금도 쌩쌩 살아서 차바퀴 없는 차가 벌써 수박밭 농막에 와서 자꾸만
방앗간 쪽을 흘금거리며 마시고 마시는 녹차… 은자* 알것다! 인자*는 말
안 해도 알것다!

— 시 〈산 수박냄새 나는 하동 땅〉, 일부

　인간은 언어로 사유하므로 언어는 살아 있다고 표현되기도 한다. 그러
므로 지역이나 사회의 정도에 따라 변화되고 사라지며 의미가 달리 변형
되어 사용되기도 한다. 이러한 방언을 시어로 사용하는 경우에는 그 지역
의 지방색이 강하게 드러나므로 그 고장 사람들만의 결속력을 다지기도
하지만 타지방사람의 경우, 인내심을 가지고 읽어야 하므로 공감대 형성
에는 불리하다. 하지만 적재적소에 꼭 알맞게 쓰인 방언이라면 또 어휘가
갖는 시적 어감이나 분위기에 제대로 사용된 경우라면, 시를 읽는 재미를
더하게 된다.

　위의 시에서는 더위를 일컫는 "더우"에서는 'ㅣ' 생략의 방식으로 축약된
방언의 형태가 나타나고, 화개골 즈음을 뜻하는 "골 쨤"에서는 된소리 'ㅉ'
을 사용하여 화개골에 대한 의미를 강화하는 효과를 가져 온다. 또한 '온
다니까'를 의미하는 "온다 카이", 안다는 의미를 강조하는 뜻으로 "안다 카
이"로 표현된 격음화 현상을 사용하여 '오거나 안다'는 의미를 강조하고 있

다. 또한 이제 혹은 지금의 의미를 뜻하거나 인자仁慈의 의미로 사용된다는 "인자"를 통해서는 그 지역만의 발성법에 독창적 시어의 특성을 읽어낼 수 있다.

이렇게 그의 시에 사용된 방언은 통영이라는 지역적 공간 속에서 살아 숨 쉬는 화자의 생동성 강한 정서를 고스란히 드러내기 위한 방편으로 사용된다. 따라서 현장성을 지니고 향토적 서정성이 강한 지방색을 불러일으키면서 동시에 공동체적 의식을 공유한다는 충격을 가져오는 효과를 누릴 수 있다. 또한 시적 화자가 지니는 개성적 성격을 새롭게 구현해 나가는 장점도 지닌다. 그의 시들은 바닷가를 배경으로 형성된 만큼 투박하고 생략이 많은 언어의 특성을 살려 사라져가는 말들을 시어로 사용하는 점은 상당히 의미 있는 일이고 또한 많은 노력이 들어있는 의도적인 시적 작업의 일환이라고 본다.

2—2. 길의 상징성

흔히 시에서 길은 다양한 상징성을 띤다. 진 쿠퍼의《상징어 사전》에 따르면 통상 길은 시공과 주야를 초월하는 능력 정신과 영혼에 의해 초월되고 극복되는 현세적인 것을 극복하는 과정으로 본다. 또한 목적지가 없는 길은 순례자나 진정한 내면적 고향을 찾아나서는 여행으로 표현되기도 한다.

> 가는 걸음에 몇 마디 얹어본다 피로에 사로잡히지 않도록 불빛을 찾아나서는 눈빛에 끼우도록 신신 당부한다 몇 마디는 귀에 넣지 말고 친숙한 글씨이니 눈에 새겨 발걸음과 의논하면 저절로 먼 길은 오후의 긴 여름햇살 발걸음이 짧아지나니 보이지 않는 생소한 것들이 함께 나서면서 일러주는

방향을 잊어서는 안 된다 사내웃음이라고 찡찡 소리치면 새들마저 숨어버린다 다 얼리고 얼러서 저녁불빛을 먼저 찾아야한다 마중하는 사람은 없나니 투정부리면 잠이 오지 않는다 항상 발을 믿고 발을 씻어 반듯한 걸음으로 재촉하지 말고 온 길을 묻지 말고 눈웃음치면 먼저 꽃이 나서서 웃어가름해 준다 절대로 꺾지 말고 향기를 받아들여야 다음날 가는 길 가리키나니 걸어갈 수 있다 확연하게 올 수 있다.

—시 〈걸음에 몇 마디 부치나니〉, 전문

　인간은 누구나 자신도 모르는 사이에 옷차림 표정 말 등으로 자기만의 내면 심리를 밖으로 드러내 보인다. 즉, 마음과 정신력처럼 종종 타인에게는 전혀 드러나지 않는 부분들이 은연중 몸이나 글 이외의 다른 무엇으로 표현하기도 한다. 위의 시에서 이 점은 바로 '길'을 대하는 화자의 모습을 통해 찾을 수 있다. 시에서 '길'은 화자에게 미지의 세계로 나아가면서 나타나는 다양한 감정들 가운데 긍정성 등이 혼재되어 나타난다. "발걸음과 의논하면 저절로 먼 길은 오후의 긴 여름햇살 발걸음이 짧아지나니 보이지 않는 생소한 것들이 함께 나서면서 일러주는 방향을 잊어서는 안 된다"에서 보면 발걸음과 의논하면 먼 길도 짧아지기도 하고 잘 보이지 않던 것들이 앞서 나아갈 길을 일려주는 안내 표지판이 되기도 하므로 걸음을 걸을 때에는 매사에 살펴 걸어야 한다는 의미들을 담고 있다. 그리고 스스로가 선택한 길을 믿고 가는 길을 확신하는 화자의 내면이 진솔하게 드러난다. 시의 화자는 길을 걸으면서 상념에 잠긴다. 사소한 여러 생각들을 스스로 정리하면서 길을 걸어간다. 그런데 그 길을 일상 속에서 걷는 길이 되기도 하고, 혹은 "마중하는 사람은 없나니 투정부리면 잠이 오지 않는다"에서처럼 인생의 소소한 여정 속에서 일어날 법한 일들을 '길'이라는 상징적 의미

속으로 옮겨 놓기도 한다.

　이와 유사한 '길'의 심상은 〈그래도 걸어야 보이네〉에서도 읽을 수 있다. 이에서 '길'은 "새소리들이 해방될수록 나는 나의 걸음에서 자유로워지네" 화자가 어디를 향해 길을 걸어가든지 편안한 발걸음으로 걷는 화자와 만난다. 그렇지만 그 길은 "맨발이 웃어대는 길 따끔 따끔거리도록 하는 나를 잘 보이게 앞서서 날고 있네" 화자가 가식 없이 걷는 길이요 그러한 길을 걷다 보니 주변의 환경들은 비록 자신의 몸을 괴롭게 하더라도 그것은 궁극적으로는 화자에게 많은 도움을 주는 길을 내어 준다고 볼 수 있다. 그의 시에서 길은 일상에서의 걸음을 의미하거나 혹은 인생길을 의미한다.

　　어느 날 바다 해물전시장 입구에서

　　방명록에 서명하는 손 떨림 앞에

　　떨어지는 나비넥타이를 얼른 주어

　　뻣뻣한 목에 다시 거는 그 사람의 콧물

　　슬쩍 훔치는 내 눈물 보다 서투른 글씨네

　　쳐다본 이들은 왜 나를 보고 웃었을까

　　아무리 손발톱을 깎고 향수를 뿌려도

　　계단마다 밟히는 겨울 비린내 때문일까

　　　　　　　　　　　　　　　　—시 〈해명〉, 전문

우리는 인생이라는 길 위에 스스로의 발걸음을 묶고 가까이에서 서로를 바라보면서 살아 있다는 확인한다. 또, 길 위에서 마주 치고 만나는 사람들을 통하여 사회의 부조리에 분개하기도 하고 아름다움에 감동하는 등 자신의 내면적 질서와 현실의 삶을 이에 반추하며 재조정을 하기도 한다. 그런가 하면 한 존재의 삶을 이해하거나 손수 체험하는 장소로써 '길'을 만들어가면서 다양한 삶의 꿈을 만들고 실현한다. 위의 시에서는 인생의 무상함을 '길'로 표상한다. 길을 걷다가 방명록에 서명하는 나비넥타이를 한 사람을 보면서 자신의 모습을 반추한다. "겨울 비린내"는 인간의 삶을 4계절에 비교하여 4단계인 그것도 마지막 단계에 머물러 있는 삶에서 '비린내'를 내뿜고 있는 화자 자신에 대한 의미심장함으로 스스로의 늦은 생을 다시 한번 깊이 생각하는 계기가 된다.

빛나는 유언장을 쓰는 것은
나무이파리들 몫이 아니네 햇살들이네

종이에 쓰듯 연필소리 내는
나의 발자국에서부터 그 속의 탄소알들이
지나간 길을 만나고 있네

때론 마추픽추의 숨결에 살아있다는
잉카 라마의 눈에서 4만㎞는
나타나도 신의 발자국은 없네

다만 새들은 그곳을 잘 알기 때문에 구태어
우리는 마감되는 입살[口煞]로 임종의

불안을 알아볼 필요 없네

잘려나간 매듭은 이어지게 마련이네

내 목도리도 버려진 근심에서 다시 돌아오는
바로 지금 햇살이 쓰는 편지 자네 읽어 보게
　　　　　　—시 〈문득, 햇살이 쓰는 편지 보다〉, 전문

　셀리그만(2002)에 따르면 행복한 삶이란 긍정정서를 많이 경험하는 즐거운 삶(pleasant life), 즉 과거를 수용하고 '지금 이 순간'에 몰입하여 즐거움을 경험하는 것을 든다. 그리고 개인의 장점을 바탕으로 자신의 일에 몰입하는 적극적인 삶(engaged life)이 있는데, 이는 자신이 선택한 활동에 열정적으로 참여하고 몰입하여 자신의 강점을 발휘하여 자기실현을 이루어가는 진정한 자기가 되는 느낌을 아는 것이다. 끝으로 자신에서 확장하여 가족 직장 사회를 위해 봉사하고 공헌하는 의미 있는 삶(meaningful life)을 드는데, 이는 자신보다 더 큰 범주의 삶과 행위에서 의미를 발견하고 봉사하고 공헌하는 과정에서 자신의 존재가치를 느끼는 것이라고 한다.

　위의 시에서 화자는 종이에 쓰면 연필소리 나듯 발자국에서부터 그 속의 탄소알들이 지나간 길을 만나고 있다고 말한다. 자신이 한 평생 살아온 길을 그렇게 만나고 있다. 삶의 길목에서 긍정도 부정도 아닌 현재의 순간 속에서 햇살이 쓰고 있는 편지를 읽어 보라고 한다. 가슴을 따뜻하게 만드는 것은 햇살 한줄기면 충분하고 따뜻한 햇살 한줌이 있어 얼마나 행복한지를 화자는 이미 다 알고 있다. 구체적이고 체험적인 삶에 기초한 섬세한 감각과 스스로의 내면을 다독이는 자의식이 돋보이는 부분이다. 햇살은 화자의 시야에서 그냥 보내 버리지 않고 민감하게 받아들여 자신의 내면을 구축하는 내면과 외면의 상호 작용을 돕는 매개가 된다. 탄소알들이 지나간 길은 바로 화자 자신이 살아온 길과 유사한 의미맥락을 지니는 긍정적인 성향을 지니는 고마운 존재로 표상된다.

3. 자연을 소재로 내면적 서정성

3—1. 불교적 가치관

그의 시에는 미륵이 자주 등장한다. 흔히 불교에서 말하는 미륵은 미래불로 석가모니가 열반에 든 후 56억 7천만년이 되면 도솔천에서 하생하는 보살을 미륵이라 한다. 이 미륵이 나타나면 세상에 가르침을 펼쳐 깨달음으로 경지에 들게 된다(《석가모니와 미륵의 경쟁담》 2013). 《미륵경》은 《팔만대장경》과《선불가진수어록》《격암유록》에 실린 내용 중 미륵불과 관련된 부분만을 발췌하여 만든 경전이다.

> 늘 내 어깨에 닿아 있는 바다에서 피어오르는
> 하얀 구름 불태우며 어딘가 있는 용화세계를
> 찾고 있어 벽발산 가섭존자가 미륵경 읽으며
> 오늘은 바다에 빠진 새소리 건져 올려 나무에
> 매달고 있어 비참한 바다혼백 부활을 위해 먼저
> 본래적 심과 함께 땅속 깊이 내려 설 수 있는
> 그 초능력을 터득하는 귓바퀴와 동거해온
> 풀꽃들의 이야기부터 신비스럽게 귀담아주며
> 조그마한 것도 만다라세계가 있다는,

나의 심오한 기대감을 감발한 채 내딛고 있는
지금까지 간작한 마그마 위로 뛰고 있는
원력으로 발원하는 탁발소리 용화기둥에 닿고 있어
(중략)
여섯 개의 용화기둥이 치솟아 미궁들이 수수께끼를
풀고 있어 나를 먼저 쳐다보고 윙크하지만…
더디더라도, 친숙한 길일수록 항상 더 내려서서
고개 숙이기만 하라고 윽박질러 에코 힐링 하는
로고스와 뒤섞은 파토스여 낯선 산봉우리 찾아
걸을수록 긴 그림자만 꿈틀거리는 애벌레여

—시 〈트레킹, 미륵〉, 일부

　'용화세계'는 중생이 사는 사바세계를 벗어난 안락하고 행복한 삶이 보장
되는 세계이다. 벽발산은 고성군 거류면과 통영 광도면의 경계산으로 마치
가섭존자가 벽발(바리때, 공양그릇)을 받쳐 든 모습과 같다 하여 생긴 이름이
다. 가섭존자는 부처님 12제자 중 최고의 두타(dhutanga) 수행자로 존숭된
다. 만다라 세계(Mandala 제불, 보살 신)를 총합한 만신전으로 우주적인 심리
도이다. 상호공양과 상호예배의 세계가 부처의 법계, 우주의 본질을 의미
한다. 즉 선 부처 우주의 일체성역공간을 신성시 여긴다. 시의 화자는 "용
화세계를/찾고 있어 벽발산 가섭존자가 미륵경을 먼저/읽고 있어", "조그
마한 것도/만다라세계가 있다는", "지금까지 간작한/마그마 위로…용화기
둥에 닿고 있어", "더디더라도, 친숙한 길일수록…" 엎드린 하심으로 발원
하나니에서 그가 찾는 세계는 분명 중생의 세계를 벗어난 미륵이 사는 세
계 즉, 도솔천으로 그곳의 용화수 아래에서 미륵불이 하생한다고 해서 미
륵부처를 모신 곳은 용화전이라고 한다.

화자 역시 그 세계를 찾기 위해 가섭존자처럼 미륵경을 읽고 또 작은 플꽃 속에서도 만다라의 세계를 찾는다. 더디더라도 고개 숙이고자 하나 마음과는 달리 그렇지 못한 자신에 대해 마음을 내리려 놓는 연습을 하고 또 그렇게 되기를 바라는 마음을 담고 있다. 잎사귀를 밟으며 산기슭을 오르는 화자는 길을 걸으면서 여러 감정을 느낀다. 발아래 집중하거나 혹은 길가의 불개미 정도에 정신을 빼앗기지 않겠다는 일념으로. 그래서 화자가 염원하는 곳에 오르고자 희망하므로 힘차게 정진한다. "신갈나무 이파리를 깔며/내 짚신 벗겨질수록 나를 달아오르게/불개미 몸짓은 가당찮다 뿐이겠어! 더 찰싹/붙이는 반복이 구불구불 길 보여주는 중심"에서 화자는 나무 잎사귀를 밟으며 산길을 오르면서 길이 가져다주는 복합적인 감정들을 느끼게 된다. 자신의 발아래에 마음을 집중하거나 혹은 길가의 불개미 정도에는 정신을 빼앗기지 않겠다는 쉽지 않는 일념으로 산길을 오른다. 그래서 이 길은 화자에게는 스스로의 마음을 정복하는 길이고 오르기 위한 희망이 있는 힘찬 걸음이 된다. 화자에게 미륵세계는 그의 긍정성을 부여하는 고마운 존재로서 상징된다.

식은 커피를 마시다 보는 찻잔 속에
고여 있는 어느 날 콱 막힌 산 기포가
일렁이나니 연이파리들로 흔들리는
미륵산 아래 용화사 해월루海月樓 연못

물방울들과 줄넘기 하다
안경알을 닦는 청개구리 한 놈
문고리 잠그듯이 지 눈 속으로 숨는
집달팽이 물바람 깃을 발끝으로

끌고 뛰고 있어 나 온몸마저 벗겨놓고
초저녁달 걸음걸이로 되려 부끄러워
덮어주듯 진흙탕을 씻어대고 있어

가피의 미소 다 주고도 남은 꽃밭 등
개펄 안 눈곱빼기만 한 것도 녹색 줄무늬
에, 올려놓고 있어 우리네 실핏줄마저
인드라 그물망에서 보도록 하고 있어

—시 〈연꽃무늬〉, 전문

미륵산 용화사는 신라 선덕여왕 때 은점恩霑 스님이 창건한 남해지역 최고의 미륵도이다. 그중에서도 보광전은 경남 유형문화재 제249호로 용화권 해월루 해마루 등이 있다. 용화사를 중심으로 한려해상공원에는 한산 습득(거제) 보리암 앞에 세존도 미륵도 연화도 같은 불교 용어를 사용한 섬들이 많이 있다. 〈연꽃무늬〉에서의 화자는 "가피의 미소 다 주고도 남은 꽃밭"이라 하여 가피를 마다한 꽃인 연꽃을 든다. 가피란 부처나 불보살들이 자비를 베풀어 모든 중생을 이롭게 하는 힘을 뜻한다. 기도나 원력을 이루도록 하는 부처님의 위신력으로 불가사의한 힘을 부여하여 이익을 주는 한편, 중생신심이 부처에 감응되어 어울리는 것을 뜻한다. 그런 만큼 연꽃밭을 바라보는 화자의 시각은 섬세하고 남다르다. 또 "우리네 실핏줄마저/ 인드라 그물망에서 보도록 하고 있어"에서 인드라(Indra)는 인도의 신 가운데 한 사람으로 우주만물은 한 몸 한 생명이라는 가치관을 가진다. 이는 불교의 연기법을 상징적으로 표현하는 말로 불교에서 세상을 바라보는 관점이 잘 드러나는 부분이다. 마찬가지로 화자가 개펄의 작은 푸른 줄무늬조차도 놓치지 않고 바라보는 자연관 또한 이러한 불교적 가치관에 기인된다는 것으로 볼 수 있다.

3—2. 자연일체

노자에 따르면 도라는 우주의 본체는 가장 크고도 유일한 무극으로서 모든 삼라만상은 이 무극의 세계에서 생겨난다고 하고 자연으로 돌아가는 삶, 무위로 사는 삶만이 인간을 구제한다고 보았다. 그는 자연적인 도를 절대적으로 강조하였으며, 감각적 인식과 편견에 사로잡힌 인간이 우주 만물을 상대적으로 인식하고, 인위적으로 가치를 판단하여 도와 자연으로부터 멀어졌으며 타고난 자연의 덕을 망각하였고, 그 결과 사회적 도덕적으로 쟁탈과 욕심이 생겨났다. 따라서 그가 생각하는 이상적인 인간이 살아가야 할 삶이란 인위적 문화를 거부하고 자연 그대로의 모습과 섭리대로 살아가는 삶이다.

지리산 중산리쯤 오르면서
귀에 익은 톱질소리… 아니
소낙비소리 밟고 몇 걸음 늦추면서
두 귀 막아 봐도 가름 안 되네.

눈으로는 가름이 어림없네. 분간도
아시기 굽 돌아 산 너울에 얼버무려
발 담그게 하네. 탁족 할수록 그 시린
물소리 더욱 깊어져 서글서글한 그대
찾아 나선 여기까지도 산 미역 씻는
청량한 그대로의 소리네.

그 음성 따라 어디서 스친 옷깃소리에

점잖게 쓰다듬는 하얀 수염이 닿는

웃음으로 등물 치며 등 밀어주는

생생한 그 목소리도 뜨뜻해서 정 드네.

—시 〈지리산 물소리〉, 전문

　　무위자연이란 꾸밈이 없이 자연에서 모든 백성으로 하여금 천지만물의 생성자인 도의 뜻을 체득하여 자연의 순리에 따른 삶을 살아야 한다고 주장하는 사상이다. 노자가 주장하는 자연무위에서 말하는 가장 인간다운 삶이란, 인간이 자연 그대로의 모습으로 자연의 섭리에 순응하면서 살아가는 소박한 삶을 말한다. 시의 화자는 "소낙비소리 밟고 몇 걸음 늦추면서/두 귀 막아 봐도 가름 안 되네"라고 하여 물소리의 소란함에 이런저런 생각을 하고 있다. 하지만 곧 화자는 자연 본래의 모습대로 사는 것이 무위자연의 도와 겸손의 덕을 갖추는 것으로 여기게 되고 지리산의 물처럼 만물을 이롭게 하고 낮은 곳에 처하는 자세에 이를 수 있어야 비로소 덕에 이른다는 점을 알게 된다. "발 담그게 하네 탁족 할수록 그 시린/물소리 더욱 깊어져 서글서글한 그대"에서와 같이 화자는 결국은 지리산의 물소리와 또 계곡을 흘러내리는 물과 일체되는 과정에서 안도감을 찾고 스스로 자연에 다가서면서 자연과 일체된다.

　　이렇듯 자연과 다투지 않고 귀하게 여기야 언제나 자연은 가까이 있어 준다는 것을 깨닫고 난 후에는 마음에 혼란이 없어지게 된다. "두 귀 막아 봐도 가름 안 되네" "청량한 그대로의 소리네" "생생한 그 목소리도 뜨뜻해서 정 드네"라고 하여 화자가 듣는 지리산 물의 목소리 즉 자연의 소리는 처음에는 두 귀를 막아도 들리는 다소의 부정적인 감정상태가 되지만 그

소리는 점점 화자의 귀에 생생하게 들려오고 급기야는 정이 들 정도로 화자와 가까워지고 있다. "그 음성 따라 어디서 스친 옷깃소리에/점잖게 쓰다듬는 하얀 수염이 닿는"에서는 계곡물이 흐르는 모양을 의인화하였으며 마치 점잖은 할아버지 대하듯 화자 자신은 유약하고 겸손하면서도 스스로의 존재를 다스리는 이상적인 삶을 살고자 하는 모습에서 자연일체의 경지에 이르게 된다.

> 설산에서도 끈질긴 힘줄들
> 히말라야산맥에서 백두대간으로 날아와
>
> 일천구백육십 미터에 칠십칠 센티미터로
> 치솟은 정수리 천왕봉에 내려앉는 봉황새
>
> 일월란日月卵 품는 청삼靑衫 끝자락
> 책갈피 넘겨가듯 연방 물바람소리 일으켜
> 부연 끝으로 몰려오는 은어 떼들
> 등지느러미물살 난다 시원하게 새떼로
> 날수록 나는 산사들의 게송소리
>
> 들숨으로 그대로 내맡기면 통쾌한
> 통천문 개천문 볼수록 물구나무로 서는
>
> 장엄한 하늘기둥[天柱] 꼭대기로
> 산천을 끌어 올리는 내 날갯짓…
>
> ―시 〈지리산〉, 전문

노자에 따르면 "도는 늘 함이 없으면서도 하지 아니함이 없다[道常無爲 而無不爲 /37장]"고 하여 가식이나 위선에서 벗어나 억지로 무엇을 하지 않으며 본래의 자신의 모습으로 소박하게 살아가기를 바란다. 위의 시 가운데 "일월란日月卵 품는 청삼青衫 끝자락/(…)하늘기둥[天柱] 꼭대기로(…)"에서는 마치 지리산을 청삼자락을 걸친 큰 어른으로 여기며, 그 옷자락을 때로는 책갈피인 양 넘긴다. 지리산의 장엄한 풍광은 하늘의 기둥을 연상케 하여 그 하늘 꼭대기로 산천을 끌어올리는 대범함마저 보인다. 그렇다고 하더라도 시에서는 자연의 어떤 미물이라도 하찮게 여기지 않고 인간과 마찬가지로 동등한 생명성을 지니는 고귀한 존재로 여기며 현실의 모든 존재들을 평등하게 생각하고 있다.

이러한 사상은 노자사상에 기인된 것으로 자신을 현실과 초월공간을 자유롭게 넘나들며 조화로운 삶을 추구하려는 모습으로도 볼 수 있다. 또 "산천을 끌어 올리는 내 날갯짓"에서는 현재의 삶 속에서 자신의 삶의 자리를 소멸시키고 이로써 집착에서 벗어나는 초월적 삶을 택하는 자연과의 합일 조화로움을 꾀하려는 몸짓으로 나타난다. 그의 시에서 자연은 높고 낮음이 없고 서로 대립하여 싸우는 것이 없이 모든 것을 초월해서 경지에 도달하기 위해 노력에서 나올 수 있다.

> 스스로 자란 파란풀밭에서
> 펄럭이는 자유를 보네
> 빽빽이 들어서 있는 측백나무
> 편백나무 참나무 숲에서도 자주
> 만나는 편안함을 안겨주네

뭉게구름이 탁 트인

수평선 위로 한 마리 참수리로

날아오르네 귀 아래는 물소리가

반짝이네 새소리 겹쳐지면서

나를 부르고 또 손짓하네

파랑들이 씻어대는 몽돌해안을

휘돌아 나무둥치를 껴안는

풍만함을 온 몸으로 받아들이네.

마음 비움으로 나를 만져보네

느림에서 자유의 날개를 보네

빛나는 땀방울 거울에서 그대 보네

—시 〈힐링, 자유〉, 전문

노자는 작위 없는 그대로의 자연이란 스스로 자유자재하고 무엇에도 의존하지 않는 정신의 독립으로, 사물과 실상의 합일로 얻어지는 정신적 원만성을 일컫는다. 또 무엇을 하지 않는 그 삶이 바로 무위자연의 삶이자 혼란한 자신을 정화하고 자연스러움을 회복하는 방식으로 본다. 위의 시에서 화자는 "파랑들이 씻어대는 몽돌해안을/휘돌아 나무둥치를 껴안는 풍만함을 온 몸으로 받아들이고 있네/마음 비움으로 나를 만져보"는 과정에서 자연을 온몸으로 받아들이고 그 과정에서 자연과 일체되어 자연의 절대적 도리에 따르려고 노력하는 점을 알 수 있다.

또한 속세적 삶에 대한 갈망을 파랑에 씻어내고 세상의 모든 욕망 또한 몽돌해안을 휘돌며 스스로의 마음을 비워 버리려는 화자는 세상의 어느 것에도 구애되지 않고 자신마저 비워내고 스스로에게서조차 자유로운 삶을 추구하려는 현실에 대한 관조나 초월을 만끽하는 모습이 나타난다. 욕심을 버리고 지혜마저도 버리는 경지에 이르러 진정한 자유로운 정신과 행복을 추구할 수 있으므로 자연과 일체되고 그러한 삶 속에 무위자연을 꿈꾸는 자세는 행복한 삶의 척도를 가늠한다고 볼 수 있다.

4. 독특한 시적 아우라 형성

결론적으로, 그의 시에는 통영이라는 지역성에, 내면에서 깊이 우러난 본래적 서정성이 함축적으로 결합되고 나아가 다양한 삶의 외적인 요인에 의해서 부단히 다듬어지는 과정에서 시인만의 고유한 정서를 불러일으킨다. 이들은 어떤 현상도 외면하지 않고 시인의 눈에 선별적으로 사물을 선택하여 자신만의 감각적이며 개성 있는 섬세함으로 시화한 결과물이다. 햇살 한줄기마저도 순간적으로 포착하는가 하면 이로써 보편타당한 공감대를 이끌어내는 한편, 감각적 보편화를 이끌어낸다. 결국 그의 시는 고유한 서정성이 지적 추상성에 포착되어 더욱 풍부하고 분명하게 다루어지고 있다. 뿐만 아니라 통영은 시 속에서 표출된 삶에도 지대한 영향을 미치고 있다는 점이 시의 현실 속에서 다양하게 묘사되고 있다. 이를 위해서는 시인의 부단한 노력이 전제되어야 했을 것이며, 이 노력은 차후 시인 자신뿐만 아니라 그가 속한 세계도 변화시킬 만큼 끊임없이 강화되리라 생각된다. 그의 시에서 표출된 지역적 서정성은 그가 속한 시대 현실을 철저히 반영하고 있으며 스스로의 개성적인 성향 또한 일상적 삶 속에서 실천하고 있다. 한편, 이러한 서정성은 뿌리 깊은 시적 잠재력에 접목되어 내면 깊이 숨어 있는 자의식을 뿜어내고 일상과 관련된 정신적 충족감으로 만족시킨다. 나아가 그가 속한 사회 집단과의 인간적인 가치를 추구하는 공통된 통일성을 드러내는 지평의 확장을 시도하고 있다. 앞서 언급된 그의 시에서 표출된 대표적 정서는 어떤 시류에도 편승되지 않은 채 자신만의 삶의 기준과 자신이 처한 현실의 잣대로 스스로를 자리 매김한 총체적 서정성으로 발현되며, 이는 통영의 시인인 그의 내면에서 솟구친 독특한 시적 아우라를 형성하고 있다.

☞ 출처: 제8시집 《산은 생각 끝에 새를 날리고―69편》, 시문학 시인선, 564(1판1쇄, 2018. 1. 30, p.152.) 중 평설 pp.123~150.

◎ 제8시집,《산은 생각 끝에 새를 날리고》시인의 말

반복하여 산봉우리 오르는 이유

나를 사랑하기 위해 산을 먼저
사랑해야지. 하여 산을 오르내리며
사랑하고 싶다. 산에 가면 나의
발끝에 돌부리가 불쑥거려 생의 수행부터
날카롭게 물어온다. 생명의 척도가 산에 있음을
각인시킨다. 영롱한 땀방울의 소중함을
보여준다. 땀방울은 나와 함께 깔깔 웃어대며
등산과 하산의 반복을 권하고 있다.
제일 문제는 내가 나를 용서하는 문답이다.
나를 내려놓지 못하고 뻔뻔스럽게
산과 함께 걷는다는 것은 오만하기
짝이 없다. 산은 우리들의 고향이요
그 속에 부모님이 살아계시는 거울이다.
신의 목소리도 들을 수 있다. 무섭고
두려울 만큼이나 우렁우렁하는
산신의 목소리가 굴러도 발걸음은
멍청하다. 보이지 않는 것을 보인다고

산신 앞에서는 널름 거짓말을 둘러댄다.
인의仁義와 청직을 알면서 세상 쪽으로
너무 기울어져 영특하기 때문이다. 내가
제일 고민하는 것은 바로 내가 현실에
안주하려는 소소한 목적성으로 인해
굽어지는가가 문제다. 바람이 불지 않아도
흔들리는 나무가 될까 두렵다. 나는
아직도 글을 공부 하면서 의뭉한 딴
생각으로 변절자가 돼서는 안 된다고
다짐한다. 시정잡배가 되어 역류하는
검은 피가 산물소리에 부딪치면 어떻게
아플까? 특히 고향 미륵산 봉우리를
오르는 이유는 내가 산이 될 수 있는지
묻고 싶어서다. 니체가 말한 바로 그곳이
'아포리즘'이기 때문이다. 남은 날들이
얼마 남지 않았지만 아름다운 산과 광활한
들을 향해 그 깊이는 물론 나의 깊이를
찾고 싶다. 이번 시편들은 산에서부터
시작된 자연현상학의 중심과 파토스가
어떤 것인지를, 그래서
산은 생각 끝에 새를 날린다.

미륵산 아래 봉수 1길9번지쯤에서 산을 오르내리면서
차영한

◎ 제9시집, 《꽃은 지기 위해 아름답다》 시세계

어머니 수기手記로 쓴 아들의 사모곡
─ 어머니 말씀, 70편

이 태 동
(문학평론가 · 서강대 명예교수)

　　《꽃은 지기 위해 아름답다》는 시인 차영한이 그의 "어머니가 남겨놓은 말씀"을 기초로 쓴 사모곡(추모) 시집이다. 그러나 이 시집은 존 밀턴의 〈리시더스〉와 알프레드 테니슨의 〈인 메모리움〉 등과 같이 희랍의 목가적인 애가의 전통으로 쓴 추모시가 아니라, "어머니 말씀"을 통해 남다른 견인력으로 고난을 헤치고 쓰라린 아픔 속에서 오랜 세월을 치열하게 살았던 위대한 어머니의 숨은 일생을 서정적으로 노래한 자전적 사모곡으로 되어 있다.

　　이 시집의 주제는 저자인 시인이 머리말에서 밝혔듯이 궁핍한 시대를 살았던 어머니의 한恨과 견인적인 삶 그리고 자식에 대한 끝없는 사랑과 은혜에 관한 것이다. 그러나 이 시집의 화자話者는 시인이 아니라 어머니다. 시집의 스펙트럼은 어머니가 바닷가 어촌마을에서 태어나 103세까지 거친 삶을 살면서 배를 타고 노를 젓는 것은 물론 자갈밭을 매는 일을 하는 어려운 삶을 살면서도 젖을 물리며 키웠던 아들이 시인으로 성장하는 과정을 바라보고 느꼈던 감동적인 일들과 사랑의 힘으로 힘겨운 삶을 극복했던 모습들을 서정적 리얼리즘으로 노래한 서사시敍事詩로 되어 있다.

이 시집에서 어머니의 고된 삶의 슬픈 경험과 함께 노래하고 있는 어머니의 사랑은 어머니의 개인적인 것이지만, 그것은 인간의 보편적인 슬픔과 지혜를 동시에 나타내고 있기 때문에, 어머니와 같은 시대를 살았던 사람들은 물론 오늘을 살아가는 우리들로 하여금 우리 자신의 삶을 되돌아 볼 수 있게 하는 기회를 마련해 주고 있다.

여기서 시인이 어머니를 흙과 대지의 이미지로 노래한 것은 자식을 위한 어머니의 희생적인 삶이 '자연'의 변함없는 영원한 질서라고도 생각했기 때문인 듯하다. 파스칼이 우주적인 차원에서 "질서는 미의 원천일 뿐만 아니라 진리의 원천이다. …진정한 질서를 발견하는 것은 자연에 이르는 것이다"라고 말한 것은 이러한 사실과 무관하지 않다. 시인 차영한은 처절할 만큼의 숨은 노력과 견인력으로 질박하게 살다 간 어머니의 착하고 선한 삶을 '자연' 그 자체라고 생각했다.

또 그는 어머니가 사용한 원형적인 토착어, 즉 방언이 자연의 근원적인 진리에 닿아 있거나 연결되어 있다고 느끼고 그것을 어머니의 삶을 그리는 물감으로 사용했다. 이것은 토착적인 언어로 민속적인 경지를 탐색한 백석白石 시인의 시에서도 나타났지만, 19세기 시인 윌리엄 워즈워스는 토착어로 시를 써서 자연의 근원적인 진리를 반영하며 놀라운 시적인 성공을 거두었다. 낭만주의 시인 워즈워스는 인간에게 가장 기본적이자 "자연적인" 것은 구체적인 자연의 아름다움과 선 그리고 영원한 근원적인 질서와의 소통이라고 생각했기 때문에, 소박하고 "겸손한 시골 생활", 즉 모성적 공간에서 "시적인 미"를 찾으려고 했다. 초기에 모더니즘 시를 썼던 백석 시인이 후기에 방언을 사용한 향토색 짙은 시를 썼던 것도 같은 문맥에서 이해될 수 있으리라. 차영한의 이 사모곡 시집에서 사용한 "어머니 말씀" 역시 자연의 언어 그 자체로 나타나고 있다. 그래서 이것은 '사회적인 허영'이라는 영향을 받지 않고, 영원히 반복되는 인간 경험과 정상적인 언어에서 탄생한 것이기 때문에 보다 근원적이고 철학적인 것이라고 생각할 수 있다.

이 시집은 "요람에서 무덤까지"의 어머니의 거칠고 험난한 슬픈 일생을 "어머니 말씀"을 통해 시적인 이미지를 통해 역동적으로 그리고 있으며, 힘겹고 비참했던 삶의 변천과정을 단계별 5부로 나누어서 노래하고 있다. 특히 주목되는 것은 바슐라르도 지적했지만 물이라는 액체들의 탄력성에서 발로되고 있다. 즉 바닷물, 강물, 눈물, 콧물, 땀방울, 핏방울, 빗소리, 눈, 진눈깨비, 물소리 등이 동원되고 있는 것이 독특하다. 말하자면 물과 같은 맑고 끈질긴 생명력을 구체화하고 있다.

제1부는 오페라의 경우 서곡序曲에 해당되는 것으로서 "아이 꽃"이 생장하는 것을 눈물겨운 애정으로 바라보며 살았던 어머니 자신의 마음과 일제강점기의 질곡 속 아픈 삶의 풍경을 조감도鳥瞰圖로 나타내고 있다. 이 시집의 서시序詩로 씌어진 〈꽃은 지기 위해 아름답다〉는 어머니 삶의 편력 과정에서 생명력의 끈으로 묶여진 꽃보다도 더 아름다운 사람 꽃을 그 중에서도 "아이 꽃"임을 두고 어머니의 눈길이 얼마나 아름답고 깊은가를 끈질긴 삶의 이미지로 형상화하고 있다.

처음에는 들뜨는 눈 닦고 보아도
고와서 눈에 들어 세상도 꽃이지

잊은 만큼이나 그리워하듯
아무리 보아도 서운한 것까지
다 챙겨 살 속 깊이 번지는

꽃 중에 꽃은 사람 꽃임을
그 중에서도 아이 꽃이나니

속눈썹 적시는 주름살 밟혀도
여태껏 이렇게 바라보고 사는
삭히는 죄 어찌 죄가 되랴

슬픈 몸짓에 지는 달인들
어찌 기약이라 하지 않겠는가

—시 〈꽃은 지기 위해 아름답다〉

"꽃은 지기 위해 아름답다"는 표현은 어머니의 눈에 꽃보다도 "아이 꽃"이 아름다워 죽을 때까지 보고 싶다는 것을 나타내는 말이겠지만, 너무나 시적으로 씌어진 것이라 논리적으로 이해하기 어렵다. "지기 위해 아름답다"는 말은 존 키츠가 죽음을 미의 극점, 즉 성숙으로 보았다는 것을 기억하면, 꽃은 질 때가 가장 "아름답다"는 뜻으로 읽을 수 있을 것 같다.

그러나 또 이것이 "꽃은 지기 때문에 아름답다"는 비극미悲劇美를 뜻할지도 모를 만큼 지극히 모호하다. 하지만 시의 전후 맥락으로 한 가지 분명한 것은 꽃에 비유한 "아이 꽃"이 영원히 존재하지 않고 죽기 때문에, 즉 죽음의 연장은 '아름답다'고 철학적으로 읽을 수도 있다. 그래서 이 시편은 어머니가 "서운한 것까지/다 챙겨 살 속 깊이 번지는" 그리움으로 "아이 꽃"

의 성숙한 아름다움을 끝까지 꽃으로 보고 싶다는 뜻으로도 읽을 수 있다. 어머니가 살아 있는 동안 "아이 꽃"을 쳐다보며 느끼는 사랑의 깊이와 손길은 눈으로 보이는 현상과 범위를 초월한 것이었다는 것은 〈눈 뜨는 법─어머니 말씀·2〉에서 다시금 나타나고 있다.

> 어찌 잊은 것만 잊은 것이랴
> 어찌 잃은 것만 잃은 것이랴
> 어찌 버린 것만 버린 것이랴
>
> 빗소리가 기름으로 타듯
> 한들바람에도 꺼지지 않는
> 물음에 답하는 등불처럼
> 앞세워 찾아서 찾은 것
> 다아 가리고 가려내어
> 이 또한 가시고 가셔내면
>
> 어찌 얻은 것만 얻은 것이랴
> 어찌 기쁜 것만 기쁜 것이랴
> 어찌 바라는 것만 바라는 것이랴
>
> ─시 〈눈 뜨는 법─어머니 말씀·2〉

다음에 이어지는 시편들은 어머니가 "섭섭이 하나 앞세우고" 살고 있었기 때문에 "답답이 하나 뒤세우고… 손 타는 정으로 눈이 어두워"지는 것을 경계해서 거리감을 두고 막내아이에게 살아가는데 필요한 여러 가지 지혜를 이야기한다. 특히 바슐라르가 '물은 젖'으로 치환, 생명체로 형상화 한 것처럼 물처럼 모성적으로 살아야 한다는 것이다. 어머니는 생의 속사정은 겹겹으로 되어 있고 끝나 봐야 그것이 무엇인지 알기 때문에 "네 자신을 알고" 순리대로 사는 것은 물론 "땀 흘리는 지혜"를 알고 조심스럽게 인내를 갖고 살며 "망발妄發"을 하지 않도록 주의를 당부하고 있다.

> 땀 흘리는 지혜와 총명
> 얼마나 아름다우냐
> 아무리 베어도
> 늘 푸른 후박나무처럼
> 다시 새순이 곧게 돋느니라
> 살핌에도 안타까울 때는
> 맑은 물소리 곁에
> 잠깐 머물러 깊게 생각하다가
> 그것도 안 풀리면
> 산다는 것 한 묶음
> 물에 풀어놓고
> 네가 찾는 것
> 나를 먼저 찾아보아라
> 네가 누군지를 아느니라
> ─시 〈산다는 것 한 묶음도 물에 풀어놓고─어머니 말씀·7〉, 부분

어머니가 "아이 꽃"에게 전하는 지혜의 "말씀" 가운데 〈굴뚝새에게〉라는 시편은 은유적 표현이 낯섦을 느낄 정도로 신선하고 소박하다.

> 바람이 머무는 자리

들꽃 흐드러지게 피듯
우리 그러한 마음으로
사는 것도 잘 삭히면
(중략)
어찌 맑은 날에 비가 오랴
한번쯤은 눈감아 생각하는 것도
어느 누가 혀 차겠는가

—시 〈굴뚝새에게〉, 부분

다음에 오는 〈어머니 말씀〉은 어촌마을에서 일을 하는 총각과 처녀가 만나 사랑을 꽃피우는 과정에 대한 소박한 '덕담'과 함께 둘째아들을 잃고 이 년 째 되는 해, 마흔 한 살에 막내아들, 즉 자라서 시인이 되는 "아이 꽃"을 낳아 너무 기뻐 통곡했지만, 그를 집에다 두고 바닷가 들판에 나가 일을 해야만 했던 뼈아픈 경험을 회상하는 두 편의 노래로 이루어졌다. 하나는 직설적으로 리얼하게 쓴 것이고, 다른 하나는 그 시대의 풍경을 은유적으로 나타내 주고 있어 감정이 절제된 미학을 보이고 있는 작품이다.

아들 둘 다 잃은 이날까지 단 하나
살아 있는 너 하나 보고 살아온 세월

지금도 내 눈에는 꽃이다 피는 꽃이지
이 눈 안에 넣어도 마들 거리지 않는 눈물

치마끝자락뿐이겠나 등 적삼마저 다 닳았다
미어진 채 땅 후벼 파다가 배고픈 내 새끼

내 새끼야! 밭고랑에서도 문득 생각나서
허둥지둥 찾으면 못 먹어 들 난 갈비뼈에

아직도 젖이 말라 배고파서 울던 눈물소리
쟁쟁 내 귀를 뒤쫓아 달려오는 어린 것이
              —시 〈애기손가락이 더 아픈 것은-어머니 말씀·11〉, 부분

항상 다친 것들은 멍이 삭아도
날이 궂을 때는 도지는지
저녁담장 무너지는 낙담처럼
한 다리 뽑아내는 걸음으로 감추는 눈물

훔치던 별난 별별 반짝 반짝이도록
목도리에 감아 눌러온 거북이 고갯짓
익숙한 돌멩이길 거의 다 밟아가다
한 섶다리 건널 때마다 혹시나 움마
우움마 부르는 소리 뒤따를까 돌아보지 않고

총총히 갔다가 오면서 쉬엄쉬엄 쉰 장날 저녁
빈 걸음도 무겁지만 내 눈을 적시는
어린 원앙새 한 마리 둥지 밖에서 퉁퉁 부은
눈알만한 굵은 빗방울로 울고 있었네라
             —시 〈둥지 밖에 남아 있는 빗방울-어머니 말씀·19〉

    제2부는 어머니의 "주름살 속 깊이 박힌" 초년 시절의 아픈 경험을 노래
하고 있다. 이 부분은 어머니가 아버지와 함께 고통의 가난 속에 살았던 시

절의 역사를 토착적인 이미지를 통해서 시적으로 형상화하고 있어, 미학적으로 절정을 이루고 있다. 이를테면, 젊은 시절 어머니가 얼마나 가난한 삶을 살았는가를 풋보리의 이미지로 나타내고 있다. 어머니는 그때 그 시절 너무나 가난해서 보리죽으로 "배고픔을 콧물만 훌쩍/훌쩍하다 목구멍으로 넘기는 기라"라고 회상을 하고 커서 시인이 된 아이를 "풋보리 밭에 자란 눈물 하나"라고 노래했다. 어느 시인이 사람의 일생을 '눈물'의 이미지로 표현한 것처럼, 눈물은 고난 그 자체에 대한 탁월한 상징이 되고 있기 때문에 "풋보리 밭에 자란 눈물 하나"라는 표현은 "손마디마다 피리구멍을 내어 우는 새소리"만큼이나 고난의 세월을 보낸 어머니의 젊은 시절과 시인의 어린 시절의 실상을 서정적인 색채로 리얼하게 그리는 탁월한 표현이다. 특히, 이 시편에서 "아부지 애 터진 등짐"을, 어머니의 "치마끈/끊어 함께 조이다가 툭 터지는 소리"를 듣고 절망하는 어머니의 슬픔이 눈물로만 나타내지 않고 뻐꾸기 울음으로 슬픔을 더하면서도 객관화시켰을 뿐만 아니라 보편화시켜 자연을 나타내는 산 그림자와 함께 하도록 만들고 있는 것은 주목할 만하다.

이것뿐만 아니다. 〈빗소리―어머니 말씀 · 16〉에서 "아이 꽃"의 울음소리를 확대시켜 나타내는 눈물 소리를 시련과 불운 그리고 죽음을 나타내는 빗소리로 대체하면서도 혼합적으로 나타내어 감정을 절제된 감정으로 시적인 효과를 높이고 있다.

또 어린 막내둥이를 홀로 집에 두고 바다로 나갔다가 돌아오는 어머니의 길목 풍경을 그리고 있는 시편 〈빈 걸음―어머니 말씀 · 18〉과 〈저 너머 길목에는―어머니 말씀 · 20〉은 당시의 어촌마을에서 갖은 고난을 극복하고 자연과 싸우며 어렵게 살아왔던 어머니의 모습을 생생하게 보여주고 있다.

이 시편에서 사용된 돌다리와 바닷물에 부딪치는 갯바위의 이미지는 어머니가 넘어야 했던 장애물의 계단과도 같다. 젖이 불은 어머니가 일터에서 돌아오는 귀가 길에 석양의 햇빛을 받으며 기다리는 아이를 생각하며 조심스럽게 돌다리를 건너는 모습을 큰 눈과 빛나는 날개를 가진 고추잠자리의 이미지를 통해 은유적으로 묘사한 것도 일품이라고 말할 정도로 무척 아름답다.

> 마다하지 않는 믿음의 그 돌다리
> 난간을 잡고 잠시 머무는 햇살과 겹쳐지는
> 숨소리 한 몸으로 날던 희열 깔딱
> 넘어가는 고추잠자리 한 쌍은 날개 밑에
> 이제 내 팔목 검버섯처럼 너덜너덜한
> 돌이끼 난간에 자기 그림자 접고
>
> 눈알 굴리는 기 바로 저 것일레라
>
> 온통 날갯짓에 흐르는 강물 빛살들이
> 떨리는 끝에 미끄러지는 땀방울 올실들
> 모시 베 매는 손놀림처럼 그날들이 알른알른
> 저녁햇살 아끼고 아끼다 보면
>
> 잠자리 등에 붙어 날고 나는 이치인 기라
> ─시〈저 너머 길목에는─어머니 말씀·20〉, 부분

우리가 이 시점에서 주목할 또 다른 하나는 베틀에 앉아 허리가 휘도록 삼베를 짜고 빗물로 배를 채워야 하는 가난 속에서 어렵게 살아가지만, 어머니는 미륵산에 철철이 열리는 도토리가 들판에 흉년이 들면 더 많이 열리는 우주의 오묘한 숨은 '법'을 읽어내는가 하면, 절절한 사랑의 눈길로 크는 "아이 꽃"을 바라보며 이웃과 정을 나누는 모습은 물론 유머까지 보이고 있다는 것이다.

어려운 일이 생겨도 나서서 내 일같이
거뜬하게 거들어주면 가난해도
어디 담이 있다더냐?
그 맛으로 이직기 에서 살았네라

빗소리 끝에서도 기다린 눈물이
꽃으로 필 때처럼 티 없이 맑고
곱던 동기들의 옷고름 웃음들
울타리 너머로 영글어 쏟아지면
흐뭇한 햇살들도 남아돌아 돌렸네
　　　　－시 〈기다리던 눈물이 꽃으로 필 때－어머니 말씀 · 24〉, 부분

회임한 너를 가리고 걸음은 갈지자로
걸으면서 네 애비 걸음을 흉내냈니라

되기 웃다 보면 빗방울들이 목구멍으로
그만 넘어가서 중참 놓치는 적도 있었니라
　　　　－시 〈손마디마다 피리구멍 내어 우는 새소리－어머니 말씀 · 28〉, 부분

　제3부는 어머니가 중년에 겪었던 가난한 삶의 어려움을 극복했던 경험을 몇 가지 모티프를 통해서 아들에게 이야기하고 있다. 첫째, "쭈글쭈글"

주름이 가는 얼굴을 하고 추운 겨울 척박한 자드락 땅에서 이삭을 줍는 어머니가 "핏방울이 멍든 것"을 느끼지만, 어디든지 낳고 싶어 하는 "얼뚱아기 새"와 같은 막내 아이를 볼 때, 삶의 의욕과 희망을 가진다.

> 자드락 땅에 떨어진 피와 좁쌀 한 알 한 알도
> 죄다 주워 호호 잘 뒤러서 담아보는
> 동짓달 눈짓에도 날아오는 얼뚱아기 새
>
> 대사립밀치고 어머니! 부르며 들어설 때 금세
> 아픈 것 다 달아나더니라
>
> —시 〈얼뚱아기 새—어머니 말씀 · 29〉, 부분

둘째, 지아비와 자식으로 부터 받는 사랑과 정의 모티브다. 어머니가 아프다는 것을 숨기고 있는데, 아버지가 어떻게 알고 일어나서 어디 아프냐고 다그치는 그 마음이 고마워서 정이 들고 그 정든 사랑의 눈으로 서로 쳐다볼 때, 삶의 아픔을 잊고 살아갈 수가 있었다고 한다.

> 내 마음 알아주는 사람이 누구누구도 아니지
> 에자들은 어디가 아프든 말 못하여
> 서러워질 때가 있지 밤중이라도 금방
> 알아채는 남정네 정이 그리운 기라
>
> 나는 찌들인 가난에도 그거 하나 고마워서
> 허리띠 불끈 조이고 살았다 아이가
>
> —시 〈내리사랑 이야기—어머니 말씀 · 30〉

셋째, 존재의 근원에 대한 낭만적 믿음의 모티프. 어머니가 "배고픈 서러움"과 같은 현실적 고난을 이길 수 있었던 것은 죽음의 이미지인 눈 속 깊이 숨어 있는 사랑의 뿌리 같은 불씨에 대한 낭만적 내지 실존적 믿음 때문이다.

〈어머니 말씀 · 31〉에서 어머니는 이것은 "보고도 멀리 두고 보아온/짐작"이라고 말하며 다음과 같이 노래하고 있다.

> 섣달그믐쯤에 생각나서 눈으로만
> 전해오는 전설
> 하얀 눈으로 내릴 때 두 손으로 받아
> 불 밝히는
> 느거 수야 누나 붉어지는 볼을 보는
> 시간을 미리
> 알아낸 듯 멈췄어 입에 넣은 말 우물
> 거릴수록
> 진실만 포옹해 왔네라 촛불이 타는
> 용서가 눈물로
> 타오르네 보고도 멀리 두고 보아온
> 짐작으로
> 나무이파리에만 써온 엽신 갈림길
> 물소리에
> 띄운 날들 이제는 배고픈 서러움 무디고
> 안 아플까!
> 그것도 어쩔 수 없었던가 꽉 주먹만
> 쥐게 한숨
> 한두 번이겠는가 촛불심지로 지진

눈물 고백처럼
끄덕이는 고갯짓만 너무 익숙해서
또 웃어
답하는 것이 입술에 머문 느그 수야
누나 눈물
내 눈에서는 진눈깨비 끝없이 내리고
있었네라

—시 〈어머니 말씀 · 31〉

"섣달그믐쯤에 …눈으로만/전해오는 전설/하얀 눈으로 내릴 때 두 손으로 받아/불 밝히는" 것은 자연의 전설을 싣고 오는 눈 속에 구원의 불씨가 있다는 것을 말해 주고 있다. 여기서 눈 이미지를 고난의 생을 상징하는 눈물의 이미지로 대체시켜 보았을 때, 어머니가 수야 누나의 눈물을 보고 "내 눈에는 진눈깨비 끝없이 내리고" 있다고 노래한 것은 이러한 사실을 뒷받침해 주고 있다. 또 이것은 어머니가 눈물을 결실의 이미지와 연결시키는 것과도 무관하지 않기 때문이다.

어머니의 이러한 경험은 〈눈물도 너름새 바람으로 웃고―어머니 말씀 · 37〉에서처럼 '아이'의 장래를 생각하고 "오뉴월 땡볕에 두마지기 콩밭" 매는 힘든 일을 하면서 느끼는 역설적인 희열을 담은 노래와 함께 갑자기 쏟아지는 소낙비를 맞으며 좋아하는 경험을 통해 자연과의 친화로 이어지고 있다.

마지막으로 자연과의 친화 모티프이다. 〈어머니 말씀 · 32〉에서 어머니가 너무나 힘들고 고통스러워 울면서도 눈물방울을 떨어뜨리지 않으려고 하늘을 쳐다보았을 때는, "눈물방울 떨어뜨리던 별들도 내 눈물 닦아주었네라"고 말한다. 그리고 "피땀" 흘리며 일을 한 후, 소죽을 끓여 주던 어머니의 터져 욱신거리던 손마디에 묻은 "죽은 피"를 마구간의 소가 핥아 주며 눈물을 흘리는 것을 보고 어머니는 많은 위로를 받고 고통을 잊었다고 말한다.

이것뿐만 아니다. 밤사이 별들은 아침 이슬 눈물을 흘리며 호미질 하는 자갈땅에 내려 어머니의 슬픔을 달래고 힘내어 살아가도록 온몸을 후끈하도록 적셔 놓고 어머니의 슬픔을 웃음으로 바꾸어 놓고 있다.

> 밤새 내 눈물방울 떨어뜨릴 때마다
> 물두레 내리어 받아간 별들이 다음날
> 아침 물 길러 가는 첫걸음 풀잎마다
> 매달아 내 눈빛 살피는지 초롱초롱한
> 눈망울들 치맛자락 붙잡고 불끈불끈
> 힘내어 살라고 온몸 후끈하도록
> 흠뻑 적셔놓고 함께 웃었나니
> ─시 〈아침저녁 이슬방울소리─어머니 말씀·34〉, 부분

제4부는 가난의 질곡 속에서 많은 세월을 의연히 보낸 어머니가 쟁기질한 자줏빛 가을들판 같은 주름진 얼굴의 위엄으로 저문 강에서 지난 세월 힘겨웠던 자신의 삶을 가족사家族史와 함께 아들에게 전해주는 것으로 구성되어 있다.

여기에 포함된 시편은 어머니가 기다림의 상징인 바닷가에 피는 "해국화"를 보고 태어난 막내 아이가 생장하는 시절을 회상으로 가름하고 그 아들이 자라 객지에서 자취自炊를 하며 굶주렸던 일들을 새들의 울음소리를

들고 기억하는 시편들과 그리고 많은 부분 자갈밭과 같은 척박한 환경을 극복한 어머니 자신과 아버지의 삶과 죽음에 대한 이야기를 담고 있다.

어머니가 섬마을 훈장의 딸로 태어나 불과 열여섯에 시집을 왔을 때, 신랑은 한 살 위였다. 신부가 신랑으로 하여금 공부를 할 수 있는 계기를 마련하여 소학, 대학 공부는 물론 신랑의 빙장聘丈으로부터 받은 책을 독학해 주역에 심취했고, 손수 쓴 시첩詩帖은 물론 "천기대요天機大要"라는 인쇄본을 읽기도 했다. 아버지는 너의 친할아버지의 큰아들인데도, 아들이 없는 둘째할아버지에게 말로 지은 양자로 들어간 것은 극히 드문 일인 것 같다. 그러나 네 마지기 자갈밭 땅만 물려받아 가난한 땅에 버려진 상태였다.

아버지는 "부엉이 우는 자갈밭 구석에 초가삼간을 짓고" 처음에 허름한 풍선風船 돛단배를 사서 연안어업을 했다. 어머니는 몸이 약한 아버지를 도우기 위해 당시 여자에게는 금기禁忌시 되어 있던 아무도 보지 않을 때 바다에서 노를 함께 젓는 힘든 일을 했으나 돌풍을 만나 죽을 고비를 넘긴 후 그만 두었다. 그 후 아버지는 어머니와 함께 자갈밭을 논으로 바꾸는 일을 하는 동안 다랑이논 두 마지기를 사들이고, 산 2정보, 그리고 "뒷집 위에 있는 긴 사리 밭"을 사들이었다. 그러나 가난은 물러나지 않았다. 어머니의 고난은 오십 고개에 올라서도 "아이 꽃"을 성장시킨다고 더하였다. 예순 여덟 해까지 거뜬히 극복하자 비로소 조그마한 소망을 얻을 수 있었다. 그것은 "아이 꽃"이 벌써 자라 공직생활을 시작하기 때문이다. 그 이후부터 아들에게 눈물 이야기를 풀어낸다. 어머니의 꿈을 위한 피눈물은 눈부시고 강렬했다.

제5부는 상당 부분 어머니가 생의 끝자락에서 지금까지 살아오면서 터득한 삶의 지혜를 시 형식으로 노래하고 있지만, 중심적인 주제는 막내아들이 젖은 토방에서 호롱불을 켜고 책을 읽으며 공직에 입문하는 사람으

로 발돋움함은 물론 시객으로 크게 성공하는 모습을 바라보며 아들이 겪었던 시련과 고초 그리고 극기克己과정을 시정 넘치는 산문채彩로 조용히 노래하고 있다.

임종 가까운 마지막 지점에서 어머니는 시객詩客이 된 아들에게 한때 가난으로 인해 버리려고 했던 생명의 소중함을 다시 언급하면서 면면히 이어오는 생명의 나무 뿌리를 잊지 말고, 그것을 위한 제의祭儀를 지켜 줄 것을 간절히 당부한다. 왜냐하면 이것은 부모에 대한 존경과 사랑의 경건한 표상이기도 하지만, 그것은 또한 근원적인 진리의 원천인 우주적인 질서를 지키기 위한 인간의 기본적인 의무라고 어머니는 생각했기 때문인지도 모른다.

지금까지 살펴보았듯이 이 추모적인 시들은 시인의 사랑보다 깊은 낭만주의적 믿음 때문인지, 아니면 어머니가 103세까지 품격을 잃지 않고 의연히 장수했기 때문인지 몰라도, 다른 전통적인 추모 시들과는 달리 죽은 어머니를 애도하는 슬픔은 없다. 물론 이 시집에는 눈물이 넘쳐흐르지만, 그것은 어머니의 죽음에 대한 것이 아니고 가난으로 인해 겪어야만 했던 아픔과 부조리한 삶 그 자체에서 오는 것이다. 그럼에도 불구하고 혹자는 이 사모곡 시집에 눈물이 너무 많다고 불만스러워 할 것이다. 그러나 이 사모곡 시집의 화자인 어머니는 도시와는 거리가 먼 바닷가 섬마을에서 가난과 싸우며 허약한 지아비와 크는 막내아들만을 일생동안 바라보며 살았던 한 많은 어머니라는 사실을 우리는 이해해야만 할 것이다.

이 사모곡 시집의 눈물은 허무적인 죽음에 대한 것이 아니고 실존적 삶의 노역에서 오는 경험의 스펙트럼 결정체로 볼 수 있다. 앞에서 말한 바 슐라르가 지적한 물은 생명력을 갖는 모성애적이기 때문에 삶의 어려움을 극복한 원천적인 힘일 수 있다. 돌아가실 적에도 젖물이 흐르는 〈무화과나무에게 너를 맡겨놓고－어머니 말씀·70〉를 읽으면 세상의 어머니 눈물은 삶의 원형질임을 다시 확인할 수 있다. 따라서 전편에 걸친 눈물은 어떤 지나친 감정의 범람으로 나타나 보이지 않는다. 그래서 타계한 어머니를 추모하기 위해 시인 차영한이 쓴 《꽃은 지기 위해 아름답다》는 시집은 어머니가 살았던 시대를 비쳐 주는 거울임과 동시에 견디기 어려운 질곡 속에서도 굴하지 않고 보이지 않게 위대한 삶을 살았던 어머니의 역사를 새긴 기념비다. 누군가가 자기의 단점까지 적나라하게 써야 한다고 볼 때 망각의 어둠 속에 묻혀 버릴 수 없는 소중한 작품이다.

　풍부한 서사로 엮어 한편의 드라마는 물론 극화해도 손색이 없을 것 같다. 이렇게 어머니의 삶 그 자체가 '시'이며 경건한 삶의 원천이라는 사실을 발견하고, 그것을 바탕으로 새로운 패러다임의 추모적인 시는 장편 시가 부족한 한국 시단에 남길 수 있는 것은 시인 차영한의 몫인 동시에 적지 않은 그의 문학적 성취라고 말할 수 있겠다.

☞ 출처: 제9시집 《꽃은 지기 위해 아름답다》,
시문학 시인선 565(1판 1쇄, 2018. 01. 30, p.160.) 중 평설 pp.139~158.

자갈밭 매는 어머니의 땀방울 노래

일백세살에 돌아가시기까지 고생하시던
어머니 말씀을 수시로 받아
메모해 둔 것을 그냥 버리지 못해
'재문맥화'해 보았다. 어쩌면
사사로운 시편들일 수 있다.
불교계의 '부모은중경' 중에서는 부모님을
업고 수미산을 수백만 번 돌더라도 그
은혜를 갚을 수 없다는 부모은혜라 해도
나에게는 너무도 모자란다.
유교의 '효경孝經'에도 십대은혜十代恩惠를
구체적으로 울림하고 있지만
미흡할 뿐이다. 또한 성경에도
"네 부모를 내 몸같이 섬기라"고 했고, 탈무드에도
"신은 모든 곳에 존재할 수 없어서 어머니를 보냈다"는
뜻을 새길 때도 나의 마음 한구석은
텅 비어 있는 것 같다.

2017년도 영국문화협회가
세계102개국, 4만 명 대상으로 설문한 결과
"세계에서 가장 아름다운 단어는
어머니(Mother)"라고 발표했다. 그렇다면
이 지구의 생명과 사랑의 중심축은
어머니임은 확실하다.
흔히들 대지를 어머니라 부르기도 하며,
조국을 어머니라고 부르는데,
티베트 나라는 "살아 있는 모든 것이
나의 어머니로 믿는다" 한다. 이처럼
그리운 어머니, 불러볼수록 소자 눈물에는
어머니 모습이 그렁그렁하게 뜨는
달이요 지는 달입니다. 아참! 애지중지
말씀 하시던 흙의 노래를 시로 옮겨 드립니다.

흙의 노래

신비한 영혼의 어머니여
생명의 육체여

물로 하여 나의 핏줄이여

바람으로 하여 나의 가슴이여

빛으로 하여 나의 존재여

오로지 하나 뿐인 나의

진실한 사랑이여

정직한 나의 신이여

청청하고 풍요로움에

넉넉하고 조화로움에

항상 감동하고

항상 감사하고

항상 감내하고

항상 감미롭나니

하늘의 뜻을 빚어 생멸하는 순리의 향기여

오! 내뿜는 향기와 빛깔에 긴 목을 뽑는

학처럼 날갯짓으로 날아오르는

영원한 나의 어머니여

영원한 나의 고향이여

2018년 01월

통영미륵산 아래 봉수1길9 한빛문학관에서

차영한

◎ 제10시집,《물음표가 걸려 있는 해와 달》시세계

본질과 현상의 동일성

유 한 근

(문학평론가)

차영한은 시인이며 문학평론가이며 문학을 연구하는 학자이기도 하다.[8] 그의 시에 대한 평가는 대체적으로 "짤막한데도 심히 난해하다. 게다가 그 냥 눈에 드는 대로 줄줄이 따라서 읽어가기도 힘겹다"고 언급되면서, 그 이유를 "시인의 비유법에서 이항대립, 즉 그것을 이루고 있는 두 항의 상 호관계가 서로 어긋물리고, 심하면 동강나서는 서로 맞부딪치고 있기 때 문이"며, "마치 광부가 지하 깊은 곳의 땅굴에서 광맥을 캐듯, 낱말 하나 하나 이미지 낱개마다 정신을 집중하고는 헤집듯이, 꼬집듯이 읽어야 한 다. 그 과정을 통해 이분법을 해체하고 존재의 내부풍경을 열림하고 있는 데, 그 열림에서 신비가 갖는 현실과 꿈을 통합적으로 재구성하고 있다"[9] 고도 평가된다.

---

8) 월간 《시문학》에 〈시골햇살 I, II, III〉, 〈어머니〉, 〈한려수도〉 등이 추천 완료되어 등단. 같은 문학 지에 〈청마시의 심리적 메커니즘 분석〉 문학평론이 당선. 시집은 《시골햇살》외 다수. 평론집은 《 초현실주의시와 시론》, 《니힐리즘 너머 생명시의 미학》 등이 있다.

2) 차영한 시집 《캐주얼 빗방울》(한국문연, 2012)에서 인용.

2부 단행본 시집별 발문과 시인의 말 317

또한, 시집《바람과 빛이 만나는 해변》에 대한 평가에서는 그의 원체험 공간인 "바다를 해체하고 마치 처음 보는 듯 새롭고 낯선 바다를 창조해 내고 있다. 황당하고 비현실적인 이미지, 그 이미지의 결합 또는 병치, 환상, 통사적 비문, 뒤죽박죽의 구문들, 한마디로 언어 상식과 원칙을 전복시키는"[10] 시인임을 확인하기도 한다.

한편, 어느 대담에서 차영한 시인은 자신의 시에 대한 이야기를 진솔하게 정리하는 자리에서 이렇게 말하기도 한다.[11] "첫 시집에 담긴 110편의 시들은 누구나 노래할 수 있는 서정시에서 크게 벗어나지 못한 것 같"고, "제2시집 연작시〈섬〉50편도 문체는 독창성이 있다고들 평하지만 서정시 안에 포함되는 것 같"으며, "제3시집에 실린 80편의 심심풀이는 대부분 풍자와 해학이 함의되어 있는 작품들"이었다고 토로한다. "그 이후부터 다시 방황하기 시작하다가 더 공부해야 하겠다는 결심을 하"고 "초현실주의에 끌려 본격적인 구경究竟에 몰입"하였으나, "초현실주의적인 기법은 서정시 안에서 초현실주의적인, 그러니까 절대현실을 형상화하려고 노력해 보았지만 현재에도 접근하지 못한 것 같"다고. 그것은 "초현실주의를 모더니즘 안에 포함시키는 견해"의 "오류를 범"했다는 토로가 그것이다. 그리고 초현실주의를 쉽게 정의해 달라는 사회자의 질문에 차영한 시인은 이렇게 답한다. "현실과 꿈이 같은 선상에 놓여야 한다. (…) 살을 베어내면 겉으로는 붉은 피도 보이지만 그 깊이에서 타오르는 불꽃이 반드시 검붉은 것이 아니라 은백색 용암일 수도 있다는 이중적인 이미지의 무한한 개연성" 때문인 "나를 옭아맨 억압이 아니라 자유와 해방감으로 만날 수 있는 꿈의

---

10) '한산신문' 김영화 기자의 기사.

11) 시인의 변―경남시인 초대석. 2 '실험시 탐구하는 차영한 시인―초현실적인 시 창작산실은 바다' 대담 · 정리 정이경(시인).

자유가 리비도(libido)와 외상(trauma)을 통해 은유적인 공간에서 환상적으로 꿈틀거려야 하기 때문"이라는 것이다. 그리고 "삶(에로스)과 죽음(타나토스)은 다른 것이 아니라 하나의 현실로 보았을 때 우연한 상상력은 유머와 수수께끼를 함의한 꿈들로써 성취되는 것과 같다"는 것이 그의 대답이다. 이 또한 쉽게 이해할 수 있는 성격의 것은 아니지만, 이를 바탕으로, 그리고 최근에 발간한 세 권의 시집[12] 에서 보여주고 있는 시세계를 참고하여 제10시집《물음표가 걸려 있는 해와 달》속으로 들어가려 한다.

이 시집 서두의 '시인의 말'에서 차영한 시인은 자신의 상상력에 대한 신뢰와 본질과 현상에 대한 괴리, 그리고 시적 형상화의 오류에 의혹을 지니고 있다.

> 부르짖는 모든 음소들의 기표는 잃어버린 주체를 갈구하지만 풍경적인 빗금들이 어느 창문을 박살낸 채 드러내서는 안 되는 혼미를 자처한다. 말하자면 동일하지 않는 존재에 의존하는 가면들로 행동한다. 마치 우연일치인 것처럼 가공된 착각에 친숙해진다. 형상은 아니지만 참여하는 웃음에서 나타난 대상들을 착각케 한다. 어찌 보면 심각한 동성애적인 블루 홀에서 자기를 억지로 밀어 넣는다. 이러한 모양 없는 파편들을 형상화해 보았지만 상상력은 어떤 수면垂面으로 미끄러지면서 늘 결여로 구시렁거리고 있다. 불안한 물음표에 주렁주렁 걸려 있는 햇빛과 달빛으로 하여금 보지 못한 새로운 내 눈을 찾는 말더듬이들을 바람으로 불러내 보았다.
> ─시인의 말 〈대면하는 착각과 표면화되는 이미지〉에서

위 '시인의 말'의 제목이 "대면하는 착각과 표면화되는 이미지"이다. 이

---

12) 차영한의 시집 《새소리 받아 일기도 쓰고》 《산은 생각 끝에 새를 날리고》 《꽃은 지기 위해 아름답다》 시문학사, 2018.1.30.

제목부터 다의적 해석이 가능해져 고정된 하나의 의미망을 형성하는데 어려워진다. '대면하는 착각'의 주체가 현실이나 본질이라면, '표면화되는 이미지'는 초현실이고 현상일 수 있을 것이다. 전자의 주체가 실존재이라면 후자의 주체는 시의 형상화를 의미할 수도 있는 것이 그것이다. 하지만, 위의 인용문에서 지나칠 수 없는 부분은 "불안한 물음표에 주렁주렁 걸려 있는 햇빛과 달빛"이 표상하고 있는 의미가 무엇인가이다. 해와 달은 불변의 실체이다. 이것이 본질이라면 햇빛과 달빛은 현상이며 본질이 굴절되고 왜곡된 "가공된 착각"일 수도 있다. "모양 없는 파편"들이기 때문에 "불안한 물음표"를 함유한다. 헤겔은 '본질'을 '존재'와 '개념' 사이에 놓인 영역이며, '관계'의 존재양식으로 나타나는 것으로 인식했다. 그리고 '현상'은 본질에 상관적인 타자가 통일을 결여한 다양한 형태로 실재 세계 속에 나타난 것으로 인식하여 본질과 현상은 '반성' 개념으로 보았으며, 본질은 현상의 총체를 나타내고 현상은 본질의 한정된 형태들로 나타나는 것으로 인식한다. 따라서 현상은 비본질적인 것과 우연적인 계기를 내포하고 있지만 현상과 분리된 본질은 있을 수 없다고 하였다. 그러나 칸트는 현상을 인간의 감각 내용이 시간, 공간, 범주(category) 등과 같은 인식 형식에 의해서 정리된 것에 국한되어 그 배후의 본체인 본질을 인식할 수 없다고 하였다. 이러한 관점에서 볼 때, 차영한 시인의 관점은 헤겔적인 정신현상학에 가깝다. 이에 따라 우리는 차영한 시인이 보여준 "불안한 물음표에 주렁주렁 걸려 있는 햇빛과 달빛으로 하여금 보지 못한 새로운 내 눈을 찾는 말더듬이들을 바람으로 불러"낸 창조물을 탐색해 보아야 한다. 그것이 인간 존재의 핵인 생명이든 죽음의 문제이든.

1. '말더듬이'의 실체

우선 우리는 그의 시가 난해한가, 혹은 소통을 거부하는 시인인가에 대한 의혹부터 풀어야 한다. 형상화된 언어들의 현상이 난해해도 그 뒤에 은폐되어 있는 본질이 무엇인가를 살펴야하기 때문이며, 그것들이 진정 시인이 말한 '말더듬이'인가를 확인하기 위해서이다.

오독을 허용하지 않는 제목의 시 〈간다, 봄날은〉을 먼저 읽자.

> 날아온 꿩이 분홍 쟁반에 곤두박질하고 있어
> 늦은 봄날 아카시아 봄을 쏟아내면서
> 톡 톡 쏘는 자기를 사냥하고 있어
>
> 관능이 비시시 웃도록 사이코틱한 리터치들
> 고성능 화소로 꿩꿩 박아대고 있어
> 소스라치도록 자기 깃털을 뽑아대고 있어
>
> 산기슭까지 번지는 꽃불에 덜 익었는데도
> 자기 속살마저 꽝꽝 포크로 찍어보고 있어
> 저녁상에 고소한 산채 내음에 더 살고 싶다며
>
> 멀어지는 꽃잎들마저 참기름에 버물리고
> 질근질근 씹어보다 살과 뼈를 추려내면서
> 비워내는 쟁반에다 앙살을 떨어대고 있어
>
> 스캐닝으로 봄날 카니발을 전송하고 있어
>
> —시 〈간다, 봄날은〉, 전문

위의 시를 읽으면, "황당하고 비현실적인 이미지, 그 이미지의 결합 또는 병치, 환상, 통사적 비문, 뒤죽박죽의 구문들"이 피카소의 입체파 그림처럼 느껴져 일별에 장애를 주는 것은 분명하다. 그러나 하나의 시어와 시행을 해체하여 조립하여 읽으면 피카소의 그림처럼 입체적이며, 그것이 만들어내는 의미공간을 시각의 각도에 따라 다르게 읽을 수 있다. 아카시아가 피는 늦은 봄날, 시적 화자는 "분홍쟁반에 곤두박질"하듯 날아온 꿩과 만난다. 이렇게 문법적 구조로 따라 이해하면 해석이 달라진다. 그 꿩은 분홍쟁반에 봄을 쏟아내며 "고성능 화소로 핑핑 박아대고" 자신을 사냥한다. 자기 깃털을 뽑는다. '핑핑' '꽝꽝'이라는 언어트릭으로, '관능' '고성능 화소'라는 시어로, 요리가 되어 쟁반에 받쳐 올려온 봄날의 꿩의 이미지를 형상화로 읽으면 이 시는 오독하게 된다. 미각적 이미지의 표현 때문이다. 그래서 다른 각도에서 다시 읽어야 한다.

이 시를 이해하는데 있어 관건이 되는 것은 은유구조와 시어에 대한 독특한 인식이다. 이 시의 서정적 자아는 시인이지만, 시적 대상은 봄날과 꿩이다. 따라서 시 · 공간은 봄이고 산이다. 그리고 '분홍쟁반'은 시행 "날아온 꿩이 분홍 쟁반에 곤두박질하고 있어"(1행)와 "산기슭까지 번지는 꽃불에"(3연 1행)를 유기적으로 연결하여 읽을 때, 그 의미는 진달래가 핀 봄 산을 은유한 것으로 보인다. 그러나 2연 "관능이 비시시 웃도록 사이코틱한 리터치들/고성능 화소로 핑핑 박아대고 있어"를 읽으면, 이해하는 데 장애가 생긴다. 그것은 '관능', '사이코틱한 리터치들'과 '고성능 화소'라는 낯선 시어들의 조합 때문이다. '리터치(retouch)'의 사전적 의미가 "컬러 인쇄물의 색을 맞추는 일"이기 때문에, "관능이 비시시 웃도록 사이코틱한 리터치들은" 비상식적이고 심리적으로 미친 봄의 조화로운 색깔을 의미한다. 그 봄의 색깔을 꿩의 관능으로, 꿩이 표상하는 것을 봄의 본질, 섹슈얼리티적인 본능으로 이해해도 좋을 것이다.

이렇게 낯선 언어와 문장, 이미지의 유기적 구조를 풀어나가면 난해한 시라고 해도 독해는 가능하지만, 시의 구조적 미학에서 오는 시의 맛은 반감된다. 그러나 이 시 〈간다, 봄날은〉의 특징은 봄날과 꿩과 꽃불과 같은 봄꽃, 산채 등 자연물을 비롯한 사물에 역동적인 생명을 부여하여 봄의 서정을 시 · 미각적으로 표현하고 있다는 점에서 난해성을 극복한다. 뿐만 아니라, 시 제목 '간다, 봄날은'에서의 '간다'와 외래어인 '포크' '스캐닝' '카니발' 등 중의적 의미와 내포된 언어 의미를 통해서 시의 모티프를 깊게 한다. '간다'는 '가다'의 현재진행의 의미로 장소 이동과 '갈다'라는 교체 혹은 교환의 의미, 그리고 무딘 날을 날카롭게 세우기 위해 문지르다 등 중의적 의미를 지닌다. 그러니까 '간다, 봄날은'의 의미는 봄날이 지나간다 혹은 봄날이 바뀐다는 중의적 의미를 지닌다. 지나가는 봄날의 무상성, '분홍'색이 "산채"색으로 바뀐 그 역동적인 힘이 계절의 순환이지만, 봄 꿩의 관능에서 나온다는 발상이나 상상력은 차영한 시인의 발칙한 기발함이다. 그러나 이런 맥락의 차영한 시는 여전히 접근이 여의치 않다.

한편, 시 〈그 역에서 탄 마지막 완행열차 유감〉, 〈통과하는 기차〉, 〈나의 수레바퀴〉 등 일련의 시에서는 행간 속에 스토리가 함유되어 있고, 삶의 단편적인 모습이 담겨 있기 때문에 비교적 그 접근이 용이하다. 〈그 역에서 탄 마지막 완행열차 유감〉의 경우, 제목이 시사하는 바, 완행열차를 타기 위한 차표 사기의 행렬, 그리고 완행열차 속 풍경, 그리고 종착역에 놓고 온 시적 화자의 모자를 흔들어 주던 여자 등 마지막 완행열차가 있었던 그때의 정취를 그린 서정시이다. 이와 같은 이야기나 서정이 연결되는 시 〈통과하는 기차〉는 서사를 지닌 전통적인 서정시의 제재전통을 잇는 시라 할 수 있을 것이다.

늦게 나온 레드와인을
마실 때 그 열차는 그만
내가 내릴 간이역을 통과해버리네

마주보고 웃어대던 수수한 그 여인
함박꽃웃음 때문이네

지금도 잊어버린 내 간이역을
통과하는 기차 누가
함박꽃나무 심었는지 벌써 키 자라
지고 있는 함박꽃손짓 아래
한숨만 내려서고 있네

—시 〈통과하는 기차〉, 전문

　　시적 화자는 열차에서 함박꽃 웃음의 여인과 레드와인을 마시다가 내려
야할 간이역에서 내리지 못한다. 이 짧은 스토리 속에는 삶의 모습이 온축
되어 있다. 레드와인과 함박꽃 여인은 실재하는 존재이기보다는 표상적 존
재이며 삶의 표상적인 현상이다. 그래서 위의 시 3연의 "지금도 잊어버린
내 간이역을/통과하는 기차 누가/함박꽃나무 심었는지 벌써 키 자라/지고
있는 함박꽃손짓 아래/한숨만 내려서고 있네"가 가능해진다. '간이역을 통
과하는 기차'와 '함박꽃 손짓', 그리고 시적 화자의 표상인 '내려서는 한숨'
이 가능해진다. "지고 있는 함박꽃손짓 아래/한숨만 내려서고 있네"의 시
적 화자의 은유, 그 정체를 독해하기 위해서는 다른 시과의 유기적 구조관
계를 이해해야 한다. '내려서는 한숨'과 대척적인 위치에 있는 시 〈나의 수
레바퀴〉에서의 '아내'와 시 〈아직도 우리는 따뜻했다〉 등 일련의 시와의 유

기적인 관계를 이해해야 한다. 전자의 시는 "따뜻한 식솔"과 "덜커덩거리는 세월 진흙탕에 처박히다가/아내의 웃음"과 "비워내는 아내의 눈물"(시 〈나의 수레바퀴〉)이다. 여기서 수레바퀴는 화자의 눈과 아내의 눈을 지칭할 수 있는데, 눈물이 웃을 때 수레바퀴인 아내의 눈은 물레방아가 되고 만다. 그리고 후자의 시 〈아직도 우리는 따뜻하다〉는 "일일이 앞두고 사는 우리들 이야기"를 노래한 시이다. 이를 통해서 물레방아 돌듯이 "시원한 물소리로 헹궈내는 한 세상"과 "함께 힘차게 껴안아 줄 수 있는 아늑한" 우리들의 집을 노래한 따뜻한 시이다. "기우뚱거리는 바퀴/시간을 으깨며 굴러"(시 〈나의 수레바퀴〉) 가고, "날이 갈수록 깜깜한" 세상이지만 식솔과 '우리'가 있는 세상은 따뜻하기 때문일 것이다.

2. 역사적 상상력과 서정적 상상력의 합일

우리는 전쟁이 끝나지 않은 한반도에 살고 있다. 여의도 정치는 혼란스럽고 노숙자는 도심을 배회하고, 넥타이는 매고 있고 있지만 삶에 좌초한 사람들이 사는 세상이며, 세계는 한반도에 시선이 쏠려 있다. 그런 세상에서 시인이 해낼 수 있는 일은 없다. 그것들을 시로서 환기喚起해 주는 일 뿐이다.

서두에서 일별했지만, 차영한 시인은 서정적인 모더니스트다. 그러나 그도 발을 딛고 있는 이 세상을 외면할 수도 없다. 시인으로서 그것들에게서 고개를 돌리면, 그 비겁한(?) 시인, 시인의 소명을 상실한 시인이라는 혐의를 받게 된다. 이에 따라 그는 역사와 개인적 서정의 변증법적 합일을 꾀할 수밖에 없다.

지워지나? 지워지겠나? 물에다 아무리 씻고
헹구어내도 지워지지 않는 선만 되살아
파닥이는 버들붕어 지느러미인양 언월도偃月刀 물고
우는 한탄강 억새풀 섶 사이 외다리로 선
단학 한 마리 제 하얀 그림자를 일몰에 적셔
또 쭉쭉 핏방울 흡입할 때마다
시퍼런 칼날이 서는 울음소리

(…)

비단거미 잡아먹는 사마귀눈알만 굴리는
날카로운 발톱으로 도사리는 국회의사당 천장
거미줄도 흔들리면 철렁거리는 한강다리
난간을 붙잡아보는 자유마저도 수면물살 위로
날아오르는 고추잠자리 떼가 빼앗아 텅 빈
가을의 DMZ로 이동하면서 지우겠다는 군사분계선
그거 지우지 못한 빨간색연필의 정체성도
한탄강 속으로 포복하나니 그간 우리는
산그늘 헛짚고 또 물구나무서기만 하지 않는지?
　　　　　　　　　—시 〈색연필로 지우려는 분계선〉, 전문

　위의 시 〈색연필로 지우려는 분계선〉은 분계선과 국회의사당 모티프를
"우는 한탄강 억새풀 섶 사이 외다리로 선/단학 한 마리"와 "빨간색연필의
정체성"으로 형상화한 시이다. 그리고 "거미줄도 흔들리면 철렁거리는 한
강다리/난간을 붙잡아보는 자유마저도 수면물살 위로/날아오르는 고추잠
자리 떼"로 알레고리적 표현구조로 형상화한 시이다. 그러면서 "한탄강 속

으로 포복하나니 그간 우리는/산그늘 헛짚고 또 물구나무서기만 하지 않는지?"라고 의혹을 제기하는 시이다. 기존의 사회참여시 혹은 민중시와는 변별성을 보여준다. 역사나 사회를 바라보는 미시적 시각이 아닌 거시적 시각이 그것이고, 기존시의 비시적 표현구조를 지양하고 있다는 점에서이다. '버들붕어' '비단거미' '사마귀눈알' '고추잠자리' 그리고 '단학' 등 자연친화 상상력과 '빨간색연필'과 '물구나무서기' 등 객관적 상관물로의 표현구조가 그것이다.

특히 "가을의 DMZ로 이동하면서 지우겠다는 군사분계선"에 대한 거시적 인식이 그것이다. 그러나 이러한 거시적 시각과는 달리 미시적 표현도 간과하지 않는다. 시 〈색연필로 지우려는 분계선〉의 첫 행 "지워지나? 지워지겠나? 물에다 아무리 씻고/헹구어내도 지워지지 않는 선만 되살아"처럼, 시행 "자네는 들었는가!/뭣을? 아니, 못 들었네라"로 시작되는 시 〈이른 아침 새소리 들려도〉에서의 군사분계선에 대한 인식이 그것이다. "오늘 아침에도 새가 우짖는 소리/기분이 좋아서 치켜든 꽁지//자기들끼리 무엇이라는 재잘거림도/어중간하게 사는 나는 못 들었네라//아직도 군사분계선을 날아다니는/새가 되지 못한 소 한 마리//머리 위에 새가 앉아도/귓구멍에 숨어사는 말은 못하겠는가!"(시 〈이른 아침 새소리 들려도〉)도 그것이다. 또한 시 〈우리들의 이야기는〉에서의 "날로 격렬하게 저항하던 의문들을 되레/풀무질하고 있어 저어 겉으로만 빛나는 소금마저/티끌이 불거져 나오는 역사를 끝내 참지 못한/아픔이 화장터에서 나온 허벅지 탄알임을―"이 그것이다.

산에서 만나는 짐승 보다/길가에 만나는 사람이 반갑지 않는/무서움 증상에 허탈감으로 오는 걸음//약 먹는 이유야 아니지만 눈 내리던 그날 밤/

노숙자처럼 항상 퇴원 당하는 우울증에 걸려/집에 있는 아내의 허전함 보
다 더 쓸쓸해지는 저녁//그래도 따끈따끈하게 끓인 시래기국물에/식은 보
리밥덩이라도 말아먹을 때마다 무엇을/기다리는지 길가에 떨고 있는//그
노숙자들 생각에 오늘 저녁도/다 먹은 듯이 숟가락을 놓는 나는 누군가
—시 〈무관심 뒤에 오는 것〉, 전문

위 시 〈무관심 뒤에 오는 것〉은 읽으면 독해가 가능한 시이다. 그러나 끝
연의 "그 노숙자들 생각에 오늘 저녁도/다 먹은 듯이 숟가락을 놓는 나는
누군가"에서의 시인의 정체성에 대한 의혹은 쉽지 않다. "노숙자처럼 항상
퇴원 당하는 우울증에 걸려/집에 있는 아내의 허전함 보다 더 쓸쓸해지는
저녁"에 "보리밥덩이라도 말아먹을 때마다" 노숙자들 생각에 숟가락을 놓
는 시적 화자인 시인. 그 시인은 자아성찰과 정서 표출민올 고집하는 서정
시인만은 아니다. 역사 · 사회적 상상력과 서정적 상상력을 변증법적으로
합일하는 시인이다. 시 〈밤 열차에서〉의 첫 연 "누군가 한 시대를 엉망으로
저질러 놓은 채/거짓말은 시퍼런 거짓말 사이로 피해가지만/우리들은 근
심하는 수레바퀴에 감기면서/마지막 밤 열차에 허탈을 잔뜩 실었다"에서
보여준 "날고 있는 검은 새"처럼. 시 〈말 타는 술비〉에서의 "젖어버려 벗을
수록 감발머리 바깥보다/야윈 말 골라 달려도 내리는 술비"처럼.

3. 판타지와 죽음에 대한 선험

프로이트는 말한다. 판타지(Fantasy)는 현실인식의 장애물이 아니라 인간
인식의 본질을 파악할 수 있는 구조적 조건이라고. 그러나 인간의 무의식

적 욕망을 온전하게 재현, 그 기억을 완전히 회복될 수 없다고 말한다. 그래서 문학의 상상력 층위에서 콜리지처럼 별개의 것으로 치부하지만, 그래도 판타지는 인간의 상상력으로 가능케 하는 세계이다. 공상空想으로 번역되고 있는 팬시(Fancy)를 가능하게 하는 현실에 기반을 둔 상상력이다.[13] 이를 전제로 해서 탐색해볼 수 있는 시가 〈진 붉은 거미〉이다.

　　지하철에서 올라오는
　　마담의 창백한 아랫입술
　　에, 앉은 흰쥐가 되러
　　검은 고양이를 물어뜯었는지

　　다운타운의 하프 미러 위에
　　거미 한 마리
　　지는 달을 포획하여
　　진 붉은 입술을 그려주고 있다

—시 〈진 붉은 거미〉, 전문

　위 시 〈긴 붉은 거미〉는 전동차에 탄 '마담의 입술'을 모티프로 한다. 그 여인의 창백한 입술을 시적 화자인 '검은 고양이를 물어뜯은 흰쥐'로 인식한다. 그리고 "다운타운의 하프 미러 위에/거미 한 마리"가 "지는 달을 포획하여/진 붉은 입술을 그려주고 있다"고 딴청부린다. 다운타운의 거미가 지는 달을 포획하여 진 붉은 색으로 입술을 그리고 있다고 묘사한다. 거미와 흰쥐는 시인의 상상력으로 마담의 입술과 입술 그리기를 비유적으

---

13) R.L.Brett, 《Fancy and Imagination》, Barnes & Nobel Inc,1969,pp.54~55.

로 묘사한 이미지이다. 이것은 콜리지가 언급한 현실체험이 반영된 상상력이 아닌 판타지이다. 그러나 이 시에서 보여준 이미지는 현실을 기반으로 한 시인의 상상력으로 만들어진 이미지임은 분명하다. 시 〈나의 저녁바다〉에서의 "악보위로 노 저어오는 배 한척/첼로를 싣고 배에 오르는 나의 저녁은/새빨갛게 동백꽃 피는 아내의 바다"처럼. 시 〈탈모—꿈에도 빠지는 머리카락〉의 "내가 물려준 털끝만한 숨결도, 눈 안에서 반짝이던 내 실핏줄 햇살이 벌써 거미줄에 걸"렸다는 이미지처럼 몽상적이다. 시 〈전동차가 흑장미 꽃으로 달려오고—비몽사몽〉의 1,2연 "새벽 같은 야릇한 눈빛 속에/몸 내밀기전의 심장박동소리는 전동차처럼/자꾸만 내 온몸을 레일위로 되깔아 눕히었네라// 금발을 빗질하는 도시의 햇빛이 바뀌듯이/진정하지 못해 잠시 머뭇거리는 회한마저/감추듯 죽어가는 자의 입술을 뜨겁게 달려오는/전동차가 흑장미 꽃으로 피는 것"처럼 시인의 현실 체험을 바탕으로 한 상상력의 소산인 차영한 시인의 개성적이고 특별한 이미지이다. 이것을 몽상, 공상, 그리고 판타지이든 그것은 그렇게 중요하지는 않다. 다만 그의 시적 표현구조가 얼마나 특별한가가 문제이다. 시 〈태양이 빛나는 동안에는—역발상, 위기돌파〉에서의 "우리가 아름답게 사는 것에서/그 자리로 돌아와 돌아가는 접점의/속도가 만들어낸 환상보다 지금은/나로부터 자유로워지는 삶의 그래프"를 그는 시인의 상상력으로 인식하고 있을 뿐이다. "자유로워지는 삶의 그래프"인 판타지는 시인의 "중심인 우주의 아바타[分身]들/먼저 그 눈빛부터 교감을 마중하는 푸른 숲이/메아리치는 원초의 신비성"과 같은 본질의 현상이다.

옷 벗은 시커먼 괴물들의 숨소리가 뒤쫓는/놈들을 또 잡아챌 듯이 흰 창눈알들이/노려보고 있어 떨리면서 숨기다 한 발 들고/절름거리는 아킬레스의 증상들을 보이면서/해빈海濱의 너울숨소리 낚아채려 하고 있어//더이상 아닌 벼랑위에 걸어놓은 허탈들/보여주고 있어 바닷새가 잃어버린 깃털처럼/초라하게 바람에 나부끼면서 헝클어지고 있어/(…)//순식간 허상들이 눈썰매를 타고/맹렬히 추적하면서 온몸을 바늘로 찔러대고 있어/이미 블랙홀 속으로 빨려 들어간 정보유출은 더/이상 없어 곪아 터지도록 기다리던 K의사도/상투적인 가운웃음만 펄럭이고 있어//나를 생각해 주는 행복의 마지막 되는 날/미리 이승을 떠나려 모든 것 내려놓은/내 숨결 쓰다듬으며 눈 감겨 주는/당신의 눈물 내 볼에 떨어지는 온기에서/당신의 손가락에 별들이 반짝이는 걸 느꼈어//바로 내가 누운 하얀 시트 위에서 빤히(…)/물소리 따라 날아가는 한 마리 가시새/절규하는 소리가 유별나게 들려왔어/여태껏 잘 간직해온 첫날 웃음꽃 소리였을까//드디어 내가 내 이름을 호명하며 끌려가고 있어/꽃받침에 남은 메아리들이 바람에 흔들려오다/끊어질 때 애절한 한 소절도 꺾이면서/어린 시절 풀꽃 반지 끼워주는 그길로 가다 애원하는 무릎 꿇고 비는 두 분 지금도 선하이

　　　　　—시 〈저승꽃밭길 문 앞에서 – 간 수술대기실에서〉에서

　위의 시 〈저승꽃밭길 문 앞에서〉는 부제로 "간 수술대기실에서"가 붙어 있고, 주석으로 '2011년 4월 2일 오전 8시 수술실로 가기 전 훈영暈影들'이라고 기재되어 있다. 이를 통해서 볼 때, 간 수술은 시적 화자의 현실이다. 그 수술실로 들어가기 전에 본 훈영, 그것은 훈영이 의미하는 바, "강한 빛이 필름이나 사진 건판에 닿았을 때, 그 면에서 반사된 빛이 다시 유제乳劑에 닿아 감광되는 현상"인 문학적 이미지이다. 그것이 환상이든 심상이든 그 명칭은 문제 될 것 없다. 시인의 상상력이 창조해낸 이미지의 세계이기 때문이다. 간 수술은 시적 자아의 자연인으로서의 현실이고 본질이지만, 그가 체험한 '훈영들'은 시인으로서의 본질에 대한 하나의 문학적 현

상이다. 이 시의 제목이 시사하는 바 '저승꽃밭길'에 대한 선험이며 죽음에 대한 선험이다. 그 선험의 이미지들은 "옷 벗은 시커먼 괴물들의 숨소리"와 "잡아챌 듯이 흰 창 눈알"이다. 그러나 그 저승길을 시적 화자는 "물소리 따라 날아가는 한 마리 가시새 /절규하는 소리" "여태껏 잘 간직해온 첫날 웃음꽃 소리" 있는 꽃밭길로 인식한다. 이런 선험을 가능하게 해준 K의 사에 대해서도 시인은 이 시에서 놓치지 않는다. "미리 이승을 떠나려 모든 것 내려놓은/내 숨결 쓰다듬으며 눈 감겨 주는/당신의 눈물 내 볼에 떨어지는 온기에서/당신의 손가락에 별들이 반짝이는 걸 느꼈어"라는 "당신(K의사)"에 대한 시인의 이미지이지만, 그것은 하나의 몽상이기 때문이다. 그로 인해 이 시의 끝 부분인 "어린 시절 풀꽃 반지 끼워주는 그길로 가다"가 설득력 있게 아름다움으로 다가온다.

이 시와는 같은 맥락이면서도 모티프가 다른 시 〈있는 것과 없는 것 사이〉에서도 죽음에 대한 선험 이미지를 볼 수 있다. 이 시의 시적 자아는 '피'이다. 이 시는 다음과 같이 '피'가 화자가 되어 발상 전개된다. "45초마다 내가 이어지는 생명 끄나풀에서/죽음과 욕망이 연장되는 아름다움을//달과 해를 드레싱 하는 야만성은/이빨에서 더 강렬하게 느낄 수 있어//유혹하는 환상에서 만나는 그것들의 본색을/드러내는 억압들이 웃고 있기 때문일까"(1,2,3연)가 그것이다. 45초마다 인간의 혈관 12만㎞를 피가 돌아가면서 유지되는 생명, 그 "끄나풀에서 죽음과 욕망이 연장되는 아름다움을" 느낄 수 있다고 시인은 시적 화자인 '피'를 통해서 서두에 발화한다. 그뿐만 아니라, 피의 야만성과 환상에 대한 유혹, 훼절 파편의 본능, 잠복되어 있는 모호성은 명증하지 않게 진술하는 피의 본질이며 현상이라는 인식을 통하여 이 시는 써진 것으로 보인다. 있는 것과 없는 것 혹은 보이지 않는 것과 보이지 않는 것 사이, 본질과 현상 사이에 존재하는 것이라는 인식이 그것임을 생명의 원천인 피를 통해서 진술하면서 그 이면에 있는 죽음을 선험한다.

이러한 나의 독해는 차영한 시에 대한 오독일 수도 있다. 특히 이 시에서 죽음에 대한 선험의식을 탐색하려는 의도가 그것이다. 그러나 자명한 것은 그의 시 속에 해와 달이 표상하고 있는 역동적인 생명성과 무상성無常性, 그 이면의 죽음에 대한 선험의식이 함유되고 있다는 점이다. 그것은 아마도 시 〈저승꽃밭길 문 앞에서〉에서 보여준 시적 체험 때문일 것이다.

이 시집의 '시인의 말'에서의 "불안한 물음표에 주렁주렁 걸려 있는 햇빛과 달빛"이 창조해내는 '대면하는 착각'으로 '표면화되는 이미지'는 현실이며 진실이다. 그것이 '새로운 시인의 눈을 찾는 말더듬이들'이라 해도. 따라서 그의 시는 서두의 인터뷰에서의 그의 말인 "삶(에로스)과 죽음(타나토스)은 다른 것이 아니라 하나의 현실로 보았을 때"를 상기하다면, 불교적 인식까지 이해하지 않아도 쉽게 그의 시 속으로 들어갈 수 있을 것이다. 그래서 그것이 시의 본질과 현상을 이해하는 게 도움을 줄 것이며 그것이 차영한 시인의 시법이다. 이 시집에 수록되어 있는 차영한 시들은 우리문학의 지금, 여기의 판도를 일별하게 하는 다양성을 보여준다. 서정시에서부터 민중시, 해체와 조합을 통해 실험되는 시에 이르기까지. 그리고 의식과 무의식을 넘나드는 리얼리즘 시와 쉬르리얼리즘 시에 이르기까지 그 판도를 보여준다. 그 점이 차영한 시를 주목하게 하는 이유이다.

☞ 출처: 제10시집 《물음표에 걸려 있는 해와 달》, 인간과문학사(2018. 08. 27), pp.136~160.

대면하는 착각과 표면화되는 이미지

내가 진입하는 발화에 어떤 언어적 실망의 환상이
인식적으로 발작할 때 착시현상은 탐욕의 본능으로
도발한다. 하지만 정체성이 없는 욕구는 복합적 분열에
직면한다. 호소력으로도 포착되지 않는 실재계에서
주체는 스스로 허구적일 수밖에 없다. 무의식으로부터
현현하며 구멍 난 해골들의 웃음을 볼 수 있다. 바로
파편화된 상징성이 페티시(fetish)로 다가온다. 이러한
초상화들의 출렁거림이 안과 밖의 눈으로만 멍청한
현실을 탈주하지 못하는 것 같지만 이미 외계에서
은유로 자유롭다. 바로 결여(lack)가 갖는 비열한
대상에 합류하였기 때문일 것이다. 잔인하리만큼
부르짖는 모든 음소들의 기표는 잃어버린 주체를
갈구하지만 풍경적인 빗금들이 어느 창문을 박살낸 채
드러내서는 안 되는 혼미를 자처한다. 말하자면
동일하지 않는 존재에 의존하는 가면들은 하나를 위해
단념하지 않는 행동을 한다. 마치 우연일치인 것처럼

가공된 착각에 친숙해진다. 형상은 아니지만 참여하는
웃음에서 나타난 대상들을 착각케 한다. 어찌 보면
심각한 동성애적인 블루 홀에서 자기를 억지로
밀어 넣는다. 이러한 모양 없는 파편들을 형상화해
보았지만 상상력은 어떤 수면垂面으로 미끄러지면서 늘
결여로 구시렁거리고 있다. 불안한 물음표에 주렁주렁
걸려있는 햇빛과 달빛으로 하여금 보지 못한 새로운 내
눈을 찾는 말더듬이들을 바람으로 불러내 보았다.

2018년 7월
통영미륵산 아래 봉수1길9 통영한빛문학관에서
차영한

◎ 제11시집,《거울뉴런》시세계

스케일과 디테일의 창의적 결속을 통한
삶과 사물의 근원적 탐구

유 성 호
(문학평론가 · 한양대학교 국문과 교수)

1. 섬세하고도 역동적인 사유와 실천 과정

통영의 오랜 지킴이로서 등단 40년을 넘어서고 있는 차영한車映翰 시인의 열한 번째 시집《거울뉴런》은, 삶의 현실과 초현실을 가로지르면서 인간의 내면과 무의식 그리고 사물의 존재 방식에 대해 가열한 탐구를 수행한 소중한 미학적 실례로 다가온다. 이번 시집에서 그의 현실과 초현실을 통합해내는 안목과 솜씨는 인간 무의식에 숨겨져 있는 잠재적 에너지를 끌어냄으로써 삶과 사물을 보다 더 선명하고 복합적으로 발견하고자 하는 데 미학적 목표를 두고 있다. 그 점에서 차영한 시인의 시 쓰기는 자연스럽게 주체와 타자에 대한 동시적 발견을 가능하게 하는 여정이라고 할 수 있을 것이다. 이성과 감성, 생성과 소멸, 정靜과 동動, 생명과 무생명 사이를 끊임없이 횡단하면서 새로운 삶과 사물의 존재론적 가능성을 궁구해가는 차영한 시학의 경계景槪는 이처럼 새로운 인식론적 접근을 통해 이

336 상상력의 프랙탈층위 담론

루어지고 있다.

　일찍이 이러한 차영한 시학에 관해 "사물의 본질로 나아가기 위한 시인 나름대로의 메타적인 언어 놀이"(정신재, 〈사이의 시학―차영한論〉)라는 분석 결과가 있었거니와, 시인은 그만큼 다양한 기호를 통해 삶과 사물의 본질에 다가가려는 노력을 멈추지 않는다. 또한 사유와 감각의 폭과 깊이를 더욱 확장하고 심화하여 자신만의 미학적 표지標識를 적극적으로 구축해간다. 이러한 점은 이번 시집에서 더욱 깊어진 진경進境으로 나아가면서 한 단계 더 도약한 차원을 얻고 있는데, 이 길지 않은 글에서는 커다란 스케일과 꼼꼼한 디테일을 창의적으로 결속하여 삶과 사물을 근원적으로 탐구하고 있는, 이번 시집에 나타난 섬세하고도 역동적인 시인의 사유와 실천 과정을 투명하게 개관해 보고자 한다.

2. 매혹적 환상 속에서 상상하는 인간 존재의 복합성

　차영한 시인은 '시인의 말'에서 다음과 같은 전언을 우리에게 건네고 있다. 가령 시인은 자신의 시 쓰기야말로 "어떤 물신적인 질문에 잃어버린 그 해답"이기도 하고, "내 무의식의 역설을 오래 전부터 간파하려고 한" 스스로에 대한 탐구 과정이기도 하다는 점을 분명히 밝힌다. 그 결과가 "내면의 이중적인 추상화(abstraction)와 충돌되지 않는" 상상력의 안간힘으로 나타난 것이고, 결국 시인은 자신만의 매혹적 환상 속에서 인간 존재의 복합성을 상상해가는 아름다운 탐색 과정을 우리에게 보여준다. 시집 첫머리에 실린 다음 작품은 그러한 과정을 형상적으로 보여주는 빼어난 가편佳篇이다.

날고 있는 구름 사이 빛나는 별은
내 눈알을 꿰뚫고 새카맣게 타면서도
초롱초롱 어둠을 밝혀주고 있어

거대한 꽃잎의 겹겹들이 벗겨지고 있어
폭발하는 성운들이 불꽃놀이하기 시작했어
중심으로 돌고 도는 행성처럼 소진된 힘 다하여
기체 방울 속으로 떨어지고 있어

같은 눈빛들 다시 뭉치면서 달빛 속으로
이동하고 있어 경탄을 내뿜을 때마다
속눈썹 사이 새로운 별들 눈 깜박이고 있어
눈 깜짝할 사이 제 꽃자리에서 빛나고 있어

눈 감아도 다가오는 영혼의 파란 깃털 둘이 아닌
하나임을 가리키고 있어 경계로 흐르는 강과
바람들이 그 속을 씻어주고 있어 그대
아니더라도 낯선 배꼽 까만 점을 만지면서

움직이는 탄생… 윙크… 윙크 옳지!
팜 파탈에서 아직 내가 살아서 또 새로운
나의 탄생을 실컷 보도록 하고 있어
　　　　　　　　　　　　—시 〈새로운 눈의 탄생을 볼 때〉, 전문

　삶과 사물을 바라보는 '새로운 눈'은 어떻게 탄생하는가. 여기서 '별'의 이미지는 눈을 태우면서도 "초롱초롱 어둠을 밝혀주고" 있는 빛의 원천으로 나타난다. '태양'처럼 뜨겁게 작열하는 빛이 아니라 구름 사이로 희미하게 제 존재를 드러내는 '별'을 존재론적 기원(origin)으로 삼은 시인은 "거대한 꽃잎의 겹겹들"이 벗겨지고 "폭발하는 성운들이 불꽃놀이"를 시작한 순간을 새삼 목도한다. 안간힘을 다하여 기체 방울 속으로 떨어지는 '별'과 '꽃잎'과 '성운'의 연쇄는 시인으로 하여금 "같은 눈빛들 다시 뭉치면서 달빛 속으로/이동"하고 나아가 "속눈썹 사이 새로운 별들 눈 깜박이고" 있는 장면을 바라보게끔 해준다. 그 순간 "영혼의 파란 깃털"이 강과 바람을 거쳐 "움직이는 탄생…"이라니! 시인은 "살아서 또 새로운/나의 탄생"을 바라보는 일종의 자기 개안開眼 과정을 이렇게 노래한 것이다. 시인이 "별들의 날개들이 들숨소리로 돛 올리는 곳"(〈들숨 쉬기〉)에서 얻은 '새로운 눈'은, 다시 시를 쓸 수 있는 '시안詩眼'이기도 하고, 새롭게 삶과 사물의 근원을 들여다볼 수 있는 '영안靈眼'이기도 하다. 그래서 차영한 시편은 이 '눈'에 의해 포착되고 씌어지고 소통되는 힘을 적극적으로 견지하게 된다.

자작나무가 눈발에 새빨갛게 타던
그곳에도 나는 없었다. 다만
나무가 밟지 못한 발자국들이
승냥이를 쫓고 있다.
어떤 확신감에서 살도록
푸른 핏방울의 기억을 위해

욕망의 구덕이 아닌 눈 속에 묻혀
있을 수 있는, 어쩌면 샤머니즘
피리 소리를 듣는 뼈다귀로 웃을 수 있다
낡은 구름으로 꿈틀거릴 때까지

눈 내리는 응시로부터 벗어난 자유인의 숨결마저
어둠의 눈 구정에도 영하의 입김에도 없다.
없다. 늘 관념적으로 나무아미타불의 기만
하얗게 불타는 나무로 있을 수 있다.

—시 〈나무의 무아無我〉, 전문

　'무아無我'란 불변의 실체로서의 '나'는 존재하지 않는다는 불가적 견해를 깊이 함축한다. 시인은 "하얗게 불타는 나무"라는 관념의 목소리를 빌려 어디에도 존재하지 않는 '나=나무'의 역동적인 유동성과 가변성을 노래해 간다. 다만 "나무가 밟지 못한 발자국"만이 남아 승냥이를 쫓고 "푸른 핏방울의 기억"을 쌓고 있을 뿐이다. 그러니 자연스럽게 욕망의 구덩이가 아니라 "눈 속에 묻혀/있을 수 있는" 순간은 어쩌면 시인으로 하여금 샤머니즘에 가까운 시선을 통해 피리 소리를 듣는 존재자로 거듭나게끔 할 수 있을 것이다. "자유인의 숨결"도 없고 "나무아미타불의 기만"만 관념적으로 반복되는 상황에서 그저 벌거벗은 "하얗게 불타는 나무"로 있으리라는 다짐과 확인은 그 자체로 존재론적 해답을 찾아가는 시인이 내면의 이중적인 추상화와 충돌되지 않는 상상력의 안간힘을 보여주는 뚜렷한 실례인 셈이다. 말할 것도 없이, 그것은 생명의 "이 엄청나고 무서울 만큼이나 아름다운 신비"(〈인간 뇌의 비밀은 어딘가에 있어〉)를 보여준다.

　일찍이 프랑스의 비평가 장 벨망 노엘은 《정신분석과 문학》이라는 책에서 시적인 것은 "시인이 '느꼈던 것'에 귀착되지 않으며, 어떤 의미를 '말하고자 했던 것'에도, 또한 역사의 변천에 종속되어 있는 인간이 감동할 것임에 틀림없는 어떤 '느낌'에 귀착하지도 않는다"면서 "꿈, 놀이, 허구의 작품이나 환영"이야말로 새로운 시적 발화의 원천임을 지적한 바 있다. 이렇듯 차영한의 시가 구현하는 '시적인 것'의 함의는, 대상 자체의 재현이나 주체의 내면 토로 이상의 어떤 것으로서, 꿈과 놀이의 언어적 상상력 속에서 성취해내는 환영에 가까운 물질성을 띠게 된다. 그래서 우리는 그의 시편 안에 담긴 '시적인 것'을 통해 하나의 신성하고도 자족적인 물리적 우주를 경험하면서, 시인 자신의 몸속에 빛나는 경험 하나가 각인되는 순간을 맞는다. 차영한의 시에 담긴 '시적인 것'은 그 점에서 대상 자체도 아니고 그것을 해석하고 평가하는 주체의 신념도 아니고 주체와 대상이 하나의 정황(context)에서 만나는 관계를 언어적으로 재구성한 '소우주(microcosmos)'로 다가온다. 그래서 그의 시 안에는 사물이나 풍경의 재현보다는, 그와 맞서는 주체가 안아 들이는 매혹적 환영과 새로운 차원의 인식론이 함께 들어 있는 것이다. 이는 우리 시단에서 차영한 시인만이 외따로 구축하고 있는 고유하고도 개성적인 시적 영토가 아닐 수 없을 것이다.

3. '말의 기억'을 통한 시인으로서의 자의식

'말'을 통해 유추되고 구성되는 기억은, 시간예술로서 시가 가질 법한 속성을 오롯이 충족하면서 인간의 오랜 기원을 유추하게끔 하는 형질로 기능한다. 그만큼 '말의 기억'이란, 시가 오랫동안 쌓아온 핵심 기율이기도 하고, 망각된 것들을 탈환하는 경험적 방법론이기도 하다. 차영한 시인은 말의 기억을 통해 자신을 가능하게 했던 존재론적 조건과 기원을 깊이 사유하고 탐색한다. 그 점에서 그가 구축해가는 시의 시간성은, 과거로부터 격절된 현재가 아니라 과거와 미래를 한꺼번에 포괄한 현재형이다. 이러한 현재형을 구성하는 원리로서 시인은 사라져간 것들의 흔적을 상상적으로 복원하고 나아가 '오래된 미래'를 꿈꾸어간다. 이때 기억은 바로 현재에 대한 미적 비판이 되고, 미래적 비전은 지난날을 복원하는 과정에서만 가능해진다. 이러한 상상적 탈환 과정을 통해 차영한 시인은 자신의 삶과 마음을 되돌아보는 성찰의 자세를 줄곧 견지한다. 시를 향한 강렬한 자의식을 통해 격정과 성찰 사이의 균형 감각을 유지하고 있는 것이다.

부끄러움 앞에서는 떠오르는 태양도 그렇다
물속에서도 생생하고 초콜릿 빛깔을 유연하게
자랑하면서 감출수록 드러내는 구미를
감쳐오는 엄매 매! 엄매婫呆, 맛이네

얌생이 침이 고이도록 부딪치는 혀끝을 관능적으로
폭발시키는 갯바위 파도의 파안대소로도 허락지 않는
놋젓가락의 야만성 짓눌러도 빛나가는
해조 이파리 물갈퀴들이 당돌하게 휘몰아
절시증 같은 전자음악 선율마저 포획하는 연주 앞에
확 열어버린 매직미러 창 너머 펼쳐지는 발리댄스

굽이마다 자르르 참기름 넘나들 때마다 광란하는
메두사의 머리카락들이 내 하얀 접시를 돌리면서
암컷모기가 사람피를 탐하듯 쌍끌이 하는 젓가락
부러지는 엉거주춤도 벌건 동굴 안쯤에서 요절내네
녹아 넘치는 군침부터 그냥 꿀꺽 삼키는 거식증에
분간 못하는 개말도 늘 간맞추는 간에서 흔들리나니
—시 〈참말 먹는 법―이미지의 반란〉, 전문

여기서 '참말'이란 해조류의 일종이지만 그것은 어느새 '진짜 말'이라는 겹의 의미를 중의적으로 내포한다. 그러니 '참말 먹는 법'은 감출수록 생생하게 구미를 돋우는 참말을 먹는 방법이기도 하지만, 경험을 해석하고 심미적 이미지를 세계에 부여해가는 예술적 방법을 함의하기도 한다. "물속에서도 생생하고 초콜릿 빛깔을 유연하게/자랑"하는 "엄매 매! 엄매婢매, 맛"에서 '엄매' 역시 사전적 의미대로 남을 모함하는 어리석은 일을 뜻하기보다는 '어머니'를 유추케 하는 의성擬聲 형식으로 나타난다. 감쳐오는 엄매 맛이 침이 고이도록 부딪치는 혀끝을 관능적으로 폭발시킨다. 그렇게 해조 이파리 물갈퀴들의 이미지는 창 너머 펼쳐지는 발리댄스로 변형되어 가는데, 계속되는 연주와 광란 속에서 이루어지는 쌍끌이 하는 젓가락은 '개말'을 넘어 '참말'에 이르는 시법을 탐색해간다. 말하자면 그의 시는 "균열이 간 틈새마다 전율할 수 있도록 보이지 않는/그물망이 펼쳐져"〈궁금증〉 있는 미적 결실인 셈이다. 그 안에는 사라져간 것들의 흔적을 복원하면서 '오래된 미래'를 꿈꾸어가는 시인의 모습이 약여하게 나타난다.

차영한 시인은 이 작품에 '이미지의 반란'이라는 부제를 붙였거니와, 이는 구상적인 해조류들의 외관과 생태를 들어 추상적인 '말의 기억'으로 이월해간 사례라고 할 수 있을 것이다. 일찍이 마르크 샤갈은 "내가 말하는 '추상'이란, 대조법이나 조형성 또는 심리적인 요소들과 함께 자연스럽게 일상생활 속으로 걸어 나와 새롭고 낯선 요소들과 함께 화폭에 나타나 감상자의 눈 속으로 스며들어가는 그 무엇을 의미"한다고 했는데, 차영한 시인의 추상 화법話法 역시 일상 속에서 걸어 나와 자연스럽게 읽는 이들로 하여금 "연계되는 잠재성"〈정지, 보이는 겨울 오브제〉을 통해 '참말 먹는 법'에 가닿게끔 하고 있다는 점에서 "눕혀도 좋은 세워도 좋은 네 구미 맞춰 펄펄 끓여 내 목 구정까지 걸치도록 천천히 써보겠다는 글발"〈느낌표는 느낌으

로 지우고 있어〉)의 표현이요, "미혹하는 저 눈부신/물고기비늘들로만 반짝이
는 환몽"(〈어떤 수면〉)에 가까운 추상 화첩으로 다가온다 할 것이다. 시인으
로서의 깊고도 오랜 자의식이 여기 농을 치고 있는 것이다.

　　나는 말없음표를 밟고 가는 느낌표

　　'!'는 나의 지팡이다 짚다 닳도록 짚다가
　　어느새 마침표는 진보라 강냉이 알에 박히다

　　해골 이빨에나 씹히는 캄차카 섬의
　　유빙遊氷 밑층을 떠돌고 있어

　　녹는 어느 빙산 기슭에 쉬는 내
　　발목뼈가 눈사람으로 눈을 밟아서

　　북극곰의 콧부리에 굴리는 물음표 되어
　　나를 숨기고 있어 지팡이 짚을 때마다
　　툭 쳐 보는 고슴도치도 웃어주고 있어

　　벌써 바다 속에서는 벌거벗고 춤추는
　　달팽이가 춤추고 있어 다시 비만증에 걸린
　　군소로 변절된 그때까지도 살아

　　뚜벅뚜벅 걸어 다니고 있어 말없음표 따라
　　느낌표를 짚고 생각하니까.
　　사는 그림자가 웃어주고 있어 허허!…!
　　　　　　　　　　　　　　　　—시 〈!는 나의 지팡이다〉, 전문

시인은 스스로를 "말없음표를 밟고 가는 느낌표"라고 명명한다. 느낌표(!)는 자신의 지팡이라고 고백한다. 그러고 보니 '느낌표'와 '지팡이'는 형상적으로 유추 가능하게 서로 닮았다. 시인은 그 '느낌표'를 지팡이 삼아 땅을 짚다가, '마침표'가 진보라 강냉이 알에 박히는 순간에 닿는다. 나아가 시인은 "캄차카 섬의/유빙遊氷" 밑을 떠돌다가 어느 빙산 기슭에서 쉬면서 발목뼈로 눈을 밟는다. 그때 '느낌표'는 '마침표'를 지나 어느새 '물음표'로 몸을 바꾸면서 자신을 은폐시킨다. '느낌표'라는 지팡이를 짚을 때마다 춤추는 달팽이처럼 따라오는 '말없음표'를 따라 시인은 결국 긍정적 웃음에 도달하는데, 이렇게 '느낌표―마침표―물음표―말없음표'라는 문장 부호의 교체와 연쇄를 통해 시인은 자신의 시 쓰기가 감각과 정착과 물음과 긍정에 이르는 과정임을 은유하고 있는 것이다. 그 안에는 "슬픈 울음들을 감추지"(《주말 봄에 허브 빗방울이 나를 낚고 있다》) 못하는 지극한 순정과 함께 삶의 신산한 "허구虛溝의 깊이"(《어떤 수면》)가 담겨 있고, "침묵 속 불덩이처럼 비밀한 나에게 물어보는"(《지금 나는》) 생의 불확실성과 "생명력에 대한 강렬한 믿음"(《인간 뇌의 비밀은 어딘가에 있어》)이 호혜적으로 공존하고 있을 터이다.

이처럼 차영한 시인은 삶과 사물에 대한 합리적 해석의 바탕 위에, 합리성만으로는 근본적으로 불가능한 인간 이해의 과정을 투명하게 겹쳐 놓는다. 물론 우리는 합리적 의사소통 가능성만이 시의 존립 근거가 되는 것은 아니라는 점을 너무도 잘 알고 있다. 또한 차영한의 시가, 일부 난해성에도 불구하고, 난해성 자체를 어떤 미학적 필연성으로 가지고 있음에 상도想到하게 된다. 아닌 게 아니라 그의 시는 난해성 자체를 메시지의 일부로 삼고 있을 때가 허다하기 때문이다. 따라서 우리가 합리성과 난해성 사이에 존재하는 부정으로서의 초현실성에 대해 미학적 함의를 적극 부여할 경우, 우리는 매우 중요한 예술 정신의 한 측면을 차영한 시에서 발견하게 된다. '말의 기억'을 통한 시인으로서의 강렬한 자의식을 통해 "죽어서는 바람칼 되고"(〈바람칼〉)자 하는 '새로운 눈'의 새 한 마리를 지극한 순연성으로 바라보게 되는 것이다.

4. 존재 전환의 경험적 제의祭儀

　다음으로 우리가 차영한 시인의 음역音域 가운데 중요한 지분으로 만나게 되는 것이 그의 남다른 '기행紀行' 편력이다. 그는 '기행시'란 모름지기 장면과 순간의 디테일을 잘 담아내야 한다고 생각하는 편이다. 아닌 게 아니라 '기행시'는 미지의 공간에 대한 호기심과 그에 따른 고도의 탐험 정신을 바탕으로 하기 때문에, 공간 이동을 수행하는 시인의 서사와 묘사를 통한 재현 과정이 불가결할 것이다. 물론 기행은 그 시간만큼은 자신을 송두리째 타자화함으로써 '낯선 자아'와 한껏 마주치게 하는 형식이고, 또한 일상으로의 흔연한 복귀를 전제로 한 떠남이기 때문에 필연적으로 '낯익은 자아'로 귀환하는 회귀형 구조를 취하게 된다. 하지만 다시 돌아온 '자아'는, 타자의 경험을 내면 깊숙이 받아들인 탓에, 이미 새로워진 '자아'로 거듭난 존재자일 것이다.
　이렇듯 '기행'이란, 미지의 길 위로 자신을 내묾으로써 일상에 무심히 길들여진 자신을 적극적으로 성찰하는 방법 가운데 하나로 등극한다. 전혀 다른 방식으로 새로운 사물과 습속과 풍경을 이방異邦에서 만나보는 것은, 우리에게 무엇이 결핍되어 있고 무엇이 과잉되어 있는지를 성찰하게 해주는 가장 종요로운 실천적 행위가 되는 것이다. 또한 그것은 순수 원형의 자연 풍경 혹은 풍속의 속살들을 만나는 존재 전환의 경험적 제의祭儀이기도 하다. 다음의 시집 표제작을 한번 읽어보도록 하자.

땅에 앉았을 때부터 부질없이 살아온 그 자리 후끈하게 가슴 한복판 솟
대에 불타던 기억들이 나의 DNA에 남아 있어 하나씩 하나씩 빙하의 깃
털이 쭉쭉 뽑혀지고 우주 밖으로 활공하는 해방감의 열비悅飛를 얻고 있어
한라산으로부터 백두산을 한 바퀴 돌아 만주 중앙아시아를 거쳐 히말라야
산맥을 주름잡아 끌고 있어 잉카 마야문명의 숲 그 이전의 숨결과 생명력
을 향유해 있는 마추픽추로 날아가고 있어

절대자유의 메신저 콘도르 새로 날고 있어

이 나라에는 죽음이 없는 고귀한 생명의 땅이기에 잠깐 날개를 바꿔야
했어 모든 것 뿌리치고 가파른 안데스 산맥을 넘어서 깎아내린 2백 미터
의 절벽에서 몸을 던지는 눈물을 자기 날개로 받아내면서 다시 환생하는
영혼의 새로 날고 있어 오로지 진화할 수 없을 만큼 유전적인 비상력 그대
로 날갯짓하고 있어
이글이글 불타는 눈빛으로 고난도를 자랑하는 착지에서부터 천연치료
제 점토를 찍어내어 핥으면서 계속 날 수 있어 이빨 갈아대는 악마들의 저
주와 너무 믿는 육질 예찬에 휴브리스(Hubris) 하지 못하도록 소름끼치게
날고 있어 통쾌감의 목구멍을 쭉 벌리면서 후줄근한 야수들이 으르렁거리
는 울부짖음마저 하늘 높이 토해내고 있어

(…) 왜 나는 순간 그곳에서 나를 찾고 있을까?

흡혈귀들이 웃어댈수록 피비린내 원한들이 알리려는 두려움과 절망의
경계에서 나의 착시는 탈출을 과감하게 시도하고 있어 먼저 하늘을 믿고

나는 한 마리 콘도르가 나의 눈짓으로 비상하고 있어

　　바로 저기 이구아스 폭포 일대에서 안데스 절벽을 배경으로 해안선을
주름잡아 기원전에 잃어버렸던 나를 찾기 위해 지금도 높이 그리고 멀리
날고 있어

—시 〈나를 찾아 멀리 나는 새〉 중에서

이 아름다운 작품은 "절대자유의 메신저"를 자임하는 '나를 찾아 멀리 나는 새'의 실존적 고백록이다. 새의 몸 안에는 부질없이 살아온 자리를 넘어서 "후끈하게 가슴 한복판 솟대에 불타던 기억들"이 오롯한 DNA로 남아있다. 빙하의 깃털이 뽑히면서 "우주 밖으로 활공하는 해방감의 열비悅飛"를 얻어간 새의 비상飛翔은, 한라산으로부터 백두산을 돌아 만주 중앙아시아를 거쳐 히말라야 산맥으로 내닫고 있다. 더러는 잉카 마야 문명의 숲을 거쳐 강렬한 숨결과 생명력을 간직한 마추픽추로 날아가기도 한다. 그렇게 "절대자유의 메신저 콘도르 새"는 고귀한 생명의 땅에서 잠깐 날개를 바꾸더니 가파른 안데스 산맥을 넘어 절벽에서 몸을 던지는 눈물을 날개로 받아낸다. 불타오르는 눈빛으로 계속 날아갈 수 있다고 믿는 그 '새'는 그 순간 탁하기 그지없는 지상의 질서를 새롭게 건져 올리고 있다.

여기서 단단한 날개를 활짝 펼 때까지 무거운 흰 눈썹을 털어버리는 '새'는 깎아지른 절벽과 맞서 날아오르는 편협성을 날카로운 발톱으로 만들면서 스스로의 내면을 관조하는 냉엄한 자제를 견지한다. 그러니 "원초적인 영혼을 순간적으로 포착"하면서 '새'는 온갖 문명의 폭력과 변모가 웅성거리는 공간에서 "왜 나는 순간 그곳에서 나를 찾고 있을까?" 하는 엄혹한 실존적 물음에 도달하게 되는 것이다. 그렇듯 '새'는 간단없이 과감한 탈출을 시도하면서 "기원전에 잃어버렸던 나를 찾기 위해 지금도 높이 그

리고 멀리 날고" 있다. 결국 이 작품은 차영한 시인의 실존적 초상임은 물론, 상처받고 살아온 인류 문명에 대한 거대한 위안이자 치유의 말 건넴이기도 하다. 또한 "쓰디쓴 말들이 뛰어서 낙타처럼/너도밤나무 그늘을 흔들면서 되새김질하는"(〈터키나라 낙타를 타고〉) 순간을 환하게 보여주기도 한다. 그 안에서 '나를 찾아 멀리 나는 새'는 우리에게 "영원한 푸른 자유의 날갯짓으로/신비스런 에로스의 블루칩을 보여주고"(〈아 파도여 아파도 아름다워〉) 있다. 결국 이 작품은 기행 형식을 취하면서도 그 실질적 주체를 '새'로 의인화함으로써 훨씬 더 존재의 시원始原을 열망하게 되는 활달한 시편이라 할 것이다.

> 이미 비행기는 스페인 광활한 하얀 모래밭을 펼쳐 보여주고 있어 지중해를 낀 이베리아 반도 바르셀로나 항구의 산호 숲으로 비행하고 있어 느슨한 염세주의자 증후군이 호기심에 이끌리다 텅 빈 연쇄 고리를 잡고 두리번거리고 있어 그러나 나는 거기에는 보이지 않아 볼펜의 노예가 되어 그 무엇을 놓치지 않고 있어 어떤 틈새를 보기 위해 메모는 피에로 코끝에 매달려 놀고 있어
>
> — 시〈사라진 시간 위에 사는 나라 · 1–다시 떠오르는 태양의 나라 스페인 바르셀로나〉 중에서

이 작품에서 시인은 "스페인 광활한 하얀 모래밭"이 시야에 들어오는 순간으로부터 "지중해를 낀 이베리아 반도 바르셀로나 항구의 산호 숲"에 가닿기까지의 비행시간을 재현하고 있다. 그에게 그곳은 사라진 시간 위에 사람들이 살아가는 나라이고 다시 떠오르는 태양의 나라이기도 하다. "느슨한 염세주의자 증후군"이 어느새 호기심에 이끌려 그동안 "볼펜의 노예

가 되어 그 무엇을 놓치지 않고" 있던 자신을 "어떤 틈새를 보기 위해" 떠나온 자의식으로 밀어 넣은 것이다. 이때 시인은 비로소 "나의 그림자는 벌써 자유를 찾아 돈키호테를 흉내" 내게 되고, "강철 같은 신뢰는 창조의 힘과 자유의 본질이 정당함을 보여주고" 있음을 알아가게 된다. 이러한 기행 과정에서 차영한 시인은 한결같이 "지중해의 오후 저 고독한 속살"(〈바르셀로나 몬쥬익 오후 지중해〉)이 뿜어내는 정동情動적 자유를 만끽하고, "그들의 정직과 성실은 빛나는 태양이 내려준 것"(〈사라진 시간 위에 사는 나라 · 2〉)임을 깨닫게 된다. 거기에는 "곡선 속에 점과 선이 잇닿은 쉼표"(〈사라진 시간 위에 사는 나라 · 2〉)가 있기 때문일 것이다.

이렇게 차영한 시인은 '시 쓰기'와 '기행'의 기율과 방법과 본질을 상동적相同的으로 사유해간다. 그는 시가 스스로 겪어온 시간에 대한 경험 형식으로 씌어지는 양식이라는 점을 바탕으로 하여, 거기에 기행 경험이라는 구체적 시공간을 겹쳐 놓는다. 이러한 메타적 시 쓰기의 지속성은 참으로 이채롭고 값진 것이 아닐 수 없는데, 가령 그는 시가 시간에 대한 경험적 재구성의 양식임을 증명하면서 가장 오랜 풍경과 시원의 목소리를 통해 자신이 사유하는 어떤 정점에 가닿는 것임을 입증해간다. 그래서 우리는 차영한의 시편을 통해 이 불모와 폐허의 시대에 아직도 우리가 시를 쓰고 읽는 것이 이러한 시공간의 심층에 대한 구성 원리가 세상을 상상적으로 견디게끔 해주기 때문이 아닐까 하고 생각하게 된다. 그 점에서 '시인'이란, 오랜 시간의 흔적을 순간적 함축 속에서 발화하고 구성함으로써 이 불모와 폐허의 시대를 견디게 해주는 사람이다. 그 핵심에 존재 전환의 경험적 제의로서의 기행 형식이 가로놓여 있는 것이다. 그 형식을 통해 '시인 차영한'의 실존적 초상이 비근하게 우리에게 다가옴은 말할 것도 없으리라.

5. 가장 근원적이고 궁극적인 관심으로서의 시 쓰기

차영한의 기행시에는 섬세하고도 아스라한 시공간에 대한 농밀한 기억이 녹아 있다. 또한 그것은 우리가 잃어버린 어떤 가치에 대한 인지적이고 정의적인 충격을 서늘하게 선사한다. 물론 이러한 상상만으로 차영한 시의 존재론을 다 설명할 수는 없을 것이다. 하지만 우리가 여전히 그의 시에서 기행 경험을 강조하는 까닭은, 그러한 형식과 원리가 인간을 가장 근원적이고 궁극적인 관심으로 이끌어갈 수 있기 때문이다. 결국 우리는 이러한 시적 경험을 담은 차영한의 기행시와 함께 어떤 존재론적 기원으로 한없이 흘러가게 된다. 아닌 게 아니라 그 흐름의 은유 안에 감각과 상상력을 비끄러매면서 우리도 이 쓸쓸하고 고독한 세계를 살아가는 것이 아니겠는가.

　　생전에 어디서 본 듯한 그리스 에게 바다
　　물줄기 잇댄 이오니아 바닷가 물에 내 두 발을
　　담가봅니다 누군가 주황색 크레용으로
　　눈부신 일몰 직전의 파동을 배꼽에서부터
　　굽이굽이 새겨줍니다

　　수평선이 배꼽 아래로 내려가지 않도록
　　불두덩 위로 끌어올립니다. 팬티가 경탄하도록
　　나의 아랫도리가 저절로 벗겨질 때
　　유혹하는 물살의 장난기마저 껴안아봅니다

　　해 울음 울던 내 유년의 얼레 질처럼
　　추스르는 이오니아 바다, 오! 무지개 요람에서

플라멩코 춤으로 희열을 푸는 하얀 덧니들이
보헤미안 랩소디처럼 머리부터 흔들어댑니다
더 구성지게 짜릿해오는 선율이 휘몰려옵니다

어머니가 몹시 보고플 때 자주 꺼낸
거울에 내 눈물방울 구르듯 바다 빛깔이
내 눈알을 씻어줍니다 눈 감을수록
어머니 젖꼭지에서 떨어지는
우유 빛깔 같은 은방울들이 내 조개입술에
닿아 안태본눈물마저 받아 읽어 봅니다

바로 몇 발 안 되는 곳에 사도 바울이
직접 세운 교회로 손잡아 끌더니
바울이 앉았던 의자에 앉혀놓고 나를 찍어낸
카메라 속에 심심하면 사도 바울이 만나자고
꺼내줍니다 이오니아 바다 잊지 말라면서
바울의 너그러운 바다 빛 그리워하라고―
　　　　―시 〈이오니아 배꼽 물살―역설적逆說的인 향유〉, 전문

　'이오니아 바다'를 인류의 배꼽으로 상상하면서 '역설적 향유'를 누리는
과정이 섬세하게 새겨진 시편이다. 마치 "생전에 어디서 본 듯한" 이오니
아 바다에서 시인은 고향 통영 바다에서처럼 "물에 내 두 발을/담가" 본다.
"주황색 크레용으로/눈부신 일몰 직전의 파동을 배꼽에서부터/굽이굽이
새겨"놓은 듯한 아름다운 바다에서 "수평선이 배꼽 아래로 내려가지 않도
록" 끌어올리는 상상적 과정이 아름답게 펼쳐진다. "유혹하는 물살의 장난

기마저" 껴안은 채 시인은 "해 울음 울던 내 유년의 얼레 질처럼/추스르는 이오니아 바다"를 만끽하는데, 그렇게 몸으로 다가오는 '희열'과 "짜릿해오는 선율"을 느끼면서도 한편으로는 "어머니가 몹시 보고플 때 자주 꺼낸/거울"을 떠올리며 "내 눈물방울 구르듯 바다 빛깔이/내 눈알을 씻어" 주는 것을 느껴보는 것이다. 눈을 감아도 우유 빛깔 같은 은방울들이 입술에 닿는 그 순간, 몇 발 안 되는 곳에 사도 바울이 세운 교회를 발견한 시인은, 바울이 앉았던 의자에서 찍은 사진과 함께 '이오니아 바다'를 그리워할 자신을 한껏 느끼게 된다.

원래 프랑스의 정신분석학자 자크 라캉이 말한 '주이상스(jouissance)'는 금기를 넘어서야 되기 때문에 고통을 주고, 실재의 단면에 접촉하기 때문에 희열을 준다는 점에서 이중적 의미를 내포한다. 주이상스를 고통스러운 희열로 해석하는 것은 바로 그 때문이다. 하지만 차영한의 주이상스는 금기보다는 오랜 시간을 거슬러 오르는 역류逆流를 통해 삶의 고처高處를 지향한다는 점에서, 단연 동양적 처사나 선비의 기질을 닮았다. 그 안에는 이역異域에서도 "조국을 사랑하고 싶은 날엔 나그네를 보고/망원경 속으로 다가오는 고향의 통영바다를/가리켜주고"(〈보스포루스 해협에서〉) 있는 시간을 응시할 줄 아는 눈과 "새벽 바다로 일찍 나선/자만이 아직도 살아 있다는 외침"(〈쓰디 쓴 어떤 술병의 미소 앞에는〉)을 듣는 귀가 있는 것이다.

이집트의 끝자락에서 본 사하라 사막
끝없이 펼쳐진 사평선沙平線의 적막
한가운데에 내 또한 목마른 운명을
오히려 맨발 아프게 직접 걷게 하였네라

걷다가 흰 낙타처럼
울 수 있다는 울음소리에 새카맣게 타고 있는
불사신의 눈물마저 내 혓바닥으로
핥아야 하는 짭짤한 생명
처절한 후회도 맛볼 수 있었네라

자유와 박해, 음모와 파렴치들
전혀 없음에도 고뇌하는 허무 일체들
가장 비겁한 식인종처럼 절박한
아우성으로 달려와 살덩이를 스스로
물고 뜯었나니 영겁의 뒤편에서

하셉수트 여왕 미라의 눈물방울이 웃는
냉혹한 체온의 모래바람을 뒷산에 올라
보았네라 꿈틀거리는 4천 년 전 또 하나의
손짓을 알라딘 램프에서 펄럭이는 나일강물이
'필레신전'에서 예언서를 쓰고 있었네라
　　　—시 〈남쪽에서 북쪽으로 흐르는 나일강물─이집트의 해마여〉, 전문

　　남쪽에서 북쪽으로 흐르는 나일 강에서 바라본 "이집트의 해마"를 소재
로 한 이 시편은, 이집트 끝자락의 사하라 사막에서 끝없이 펼쳐진 "사평
선沙平線의 적막"을 전경화前景化한다. 그 적막 한가운데에 "목마른 운명"을
맨발 아프도록 걷게 한 시간을 따라 시인은 "흰 낙타처럼/울 수 있다는 울
음소리"를 내면에서 듣고는 "자유와 박해, 음모와 파렴치"를 넘어서 궁극
적인 "허무 일체"에 가닿는다. 동향 선배 청마青馬 유치환柳致環의 절창 〈생

명의 서〉 분위기를 빼닮은 듯한 가열한 목소리로 시인은 "절박한/아우성으로 달려와 살덩이를 스스로/물고" 뜯는 "영겁의 뒤편"에 다다른다. "냉혹한 체온의 모래바람"을 뒷산에 올라 바라보면서 나일강물이 쓰는 예언서를 만난 것이다. 말할 것도 없이, 이 예언서에는 "혼종 된 슬픈 민족의 노래"(〈터키나라 낙타를 타고〉)도 적혀 있을 것이고, "눈먼 보헤미안들을 맑디맑은 물로 온몸을 씻어 주다 오히려 바위로 굳어 버린 신들의 속살이 역동하고"(〈그리스 아테네의 흰 돌산〉) 있는 시간도 새겨져 있을 것이다. 나아가 "파피루스 숲에서 상형문자로 날아드는 새떼"(〈이집트의 파피루스〉)들도 둥지를 틀고 있고 "지구가 최초로 빅뱅 하던 천지개벽 소리"나 "하얀 불길 위로 비상하면서 천년설로 굳어진 빙하를 짓밟다 녹아내리는 말발굽 소리들" 혹은 "한곳으로 휘몰아오는 신神들의 발걸음 소리"(〈나이아가라 폭포〉)도 담겨 있을 터이다. "올리브나무 잎에다 시詩를 쓰고"(〈그리스 라비린토스(Labyrinthos) 찾다〉) 있는 신성한 힘은 그렇게 시인이 밟아간 여정을 충일하게 채우고 있었을 것이다. 이러한 속성을 암시적으로 드러내기 위해 차영한 시인은 방대한 자료와 경험을 일종의 콜라주 기법으로 통합하고 갈무리하는 미학적 세공도 마다하지 않은 것이다.

언젠가 프랑스 비평가 조르주 풀레는 《비평과 의식》이라는 저작에서 "놀이와 취향, 가면의 취미, 허구적인 존재에 대한 취향은 이제 가장 매혹적인 자극인 동시에 가장 마르지 않는 몽상의 원칙"이라는 점을 밝힌 바 있다. 차영한 시학이 보여주는 기행 형식을 통한 몽상의 원칙은 오랜 시간의 적층積層에서 발원하면서 동시에 가장 매혹적인 상상적 자극을 통해 형성되고 번져가고 있다. 오랜 시간을 쌓아 이루어진 기억의 지층에서 그는 자신이 치러온 경험과 상상을 섬세하게 재현하고 있는데, 그러한 미학적 의지를 통해 삶의 고고학적 지경地境을 탐색하는 것이 말하자면 그의 시인 셈이다. 이때 우리는 그의 손길을 통해 가장 근원적이고 궁극적인 관심으로서의 시 쓰기가 가능해짐을 알게 된다.

6. 구심과 원심을 두루 갖춘 궁극적 자기 발견

우리는 시를 통해 현실에서는 불가능한 대체 질서를 꿈꾸고 극적인 존재 전환을 욕망한다. 물리적인 일상적 현실에서 벗어나 전혀 다른 시공간으로 상상적 이월을 감행하기도 한다. 그 시공간에서 이루어지는 시적 경험이란, 사물들로 언어의 자장을 한껏 넓혔다가 일종의 자기 발견으로 회귀하는 과정을 밟을 경우가 많다. 원심의 극한에서 구심의 견고함으로 돌아오는 순환 과정이 바로 그 안에 있기 때문이다. 차영한 시인의 이번 시집은 그 자체로 열정과 고요가 혼효된 사유와 감각의 기록으로서, 이러한 구심과 원심을 두루 갖춘 궁극적 자기 발견을 희원하는 마음으로 가득하다. 그것은 신성과 초월에 대한 순전한 열망을 담은 진정성 깊은 고백록으로 우리에게 남게 될 것이다. 그의 목소리는 시종 격정적이고 역동적이지만, 내밀하고 깊은 역설적 속성에 의해 깊이 감싸여 있다. 그리고 그 시상詩想은 한결같은 내면의 풍경을 선명하게 담아내면서 궁극적인 시원의 목소리를 발화하는 극점으로 나아가고 있다.

프랑스의 문예학자 바슐라르는 이미지 생성이 인간 존재의 근본적 움직임인 역동적 상상력에 의해 이루어진다고 말한 바 있는데, 차영한의 시편에서 물질적이고 역동적인 상상력은 시인으로 하여금 새로운 환상적 창조물을 길어 올리게끔 하는 핵심 역할을 한다. 원래 창조물에 의한 자기 충족적 공간에는 타자의 무의식이 들어설 틈이 생기기 쉽지 않은데, 차영한의 시편에는 현대인의 심층을 채우고 있는 타자의 무의식을 낱낱이 드러내는 역동적 동선動線이 가득하다. 그것은 도저한 삶의 밑바닥이나 가파른 벼랑에 서 있는 자의 감각에서 비로소 물질과 영혼의 파문이 시작된다는 것을 암시해 준다. 다시 말하면 그것은 삶의 불모성과 맞닥뜨린 경험만이 심미적 창조물을 남길 수 있다는 시인의 운명에 대한 추인에 가까운 것이다. 물론 이는 탄탄대로를 걸어가는 모든 인간에게 던지는 충격과 변형의 지표이기도 할 것이다. 이처럼 차영한의 시는 구체적 삶의 실감을 통해 존재자들의 다양한 컨텍스트를 구성해간다. 그리고 존재의 원심과 사유의 구심을 높은 긴장에서 통합하는 과정을 통해, 일회성과 불가역성을 본질로 하는 시간관념에 저항하면서 존재 자체를 암시하고 충격하는 형이상학적 전율로서의 가능성을 보여준다.

차영한 시인은 이번 시집에서 시공을 넓혀 시원으로부터 현재를 거쳐 미래에까지, 소소한 일상적 주변으로부터 통영 바다를 거쳐 세계와 우주로까지 뻗어가는 모습을 보여주었다. 그는 그러한 확장 과정에서 중요한 삶의 이치들을 굴착해간다. 그는 이집트 여행에서 그쪽에서나 우리 쪽에서나 신성한 상징적 속성을 가진 '풍뎅이'를 발견하거나, "파피루스 종이에다 최초의 지명 수배자를/그려낸 파라오"(〈말의 무게 달기, Thoth의 서書〉)를 떠올리면서 죽음을 삶으로 전환하는 과정에서 생기는 이집트의 환상을 발견하기도 한다. 그리스 '흰 소의 신화'에서는 불교《능엄경楞嚴經》에서 힘을 과시한 '흰 소[大力白牛]'의 내력을 떠올리기도 한다. 이러한 동서양의 회통會通 과정은 차영한 시학의 남다른 깊이와 너비를 충실하게 증명해 준다.

그렇게 시인은 '나이아가라 폭포'에서도, 이스라엘이나 이집트에서도, 스페인이나 터키에서도, 그리스의 라비린토스에서도, 삶이 가닿을 수 있는 최대치의 시공간을 탐색하면서 긴 호흡으로 산문적 장시長詩를 써간다.

앞으로의 차영한 시학이 나아갈 길도 암시적으로 보여주는 대목이 아닐 수 없다. 대여大餘 김춘수金春洙 시인 이후 통영 출신의 계보를 이어가면서도 더욱 더 시적 아우라를 깊고 넓게 일구어가고 있는 차영한 시인의 진면목은 앞으로 더욱 활달하게 개진되어갈 것이다. 이번 시집에서 보여준 스케일과 디테일의 창의적 결속을 통한 삶과 사물의 근원적 탐구 과정이 참으로 아름답고 융융하고 깊게 다가오는 소이연所以然이다.

◎ 제11시집,《거울뉴런》시인의 말

동전의 어떤 증상

언젠가는 마멸되겠지만 유보된 마멸의 바위와
바위사이의 꽃나무보다 돋보이는 바위의 비밀이
아니면서 내 증상을 술회하고 있는 침묵 속에
어떤 물신적인 질문에 잃어버린 그 해답
그중에서도 먼저 슬라보예 지젝이 말한
"존재하는 것이 사유에 있지 않은 사유형식" 바로
내 무의식의 역설을 오래전부터 간파하려고 한
'실패하는 점'에서 일어나는 속성들의 이미지마저
분열하고 있나니 동일한 젓가락에 걸친 의식과
전의식들이 손가락사이에 맞물려 전희하는 여기에
나를 실망시키고 있는 연쇄적 욕망들
자크 라캉이 말한 "항상 빛과 불투명의 유희", 바로
그 응시의 그것 사고뭉치 속의 표면에 밀착된 위치에
관찰자의 모순되는 실재계, 또 하나의 내용을 숨겨온
꿈과 수수께끼로 구멍 뚫린 형식 그것들을 여행가방에서
끄집어낸 물화현상 가치의 뒷면을 들춰보기도 한다.

그래서 내 여러 곳의 여행은 유인원 이전의 나를 찾아

지금도 추적이라면 충분치 못한 현혹적인 것들이

이미 내면의 이중적인 추상화(abstraction)와 충돌되지

않는 한, 바위들도 그 틈새의 꽃 이파리에 매달려

상상력의 안간힘을 다하고 있는 기억들을, 구름발가락들이

먼저 알면서 시침이 떼고 있을까? 그 검은 간극마다

여우눈빛 속의 솔라리제이션은 없다. 다른 완성을 위해

매혹적인 환상(Phantasy)은 늘 이마고(Imago)로 날고 있지만…

이제는 무의식을 방대한 아나그램 자료들을 콜라주하는

하늘 새로 하여금 무중력의 우주를 무한히 항진하는

비행 법 스윙바이(Swing By)를 하고 싶어—

2019년 5월
통영미륵산 아래 봉수1길9 한빛문학관에서
차영한

◎ 제12시집, 《황천항해》 시세계

의미와 비의미 사이의 항해

김 미 진
(문학평론가 · 부산대 외래교수)

"아직도 수천수만 번의 바다 손짓은 궁금하네"(《나를 움직이도록 하는 것은 바다네》), 시집 《황천항해》로 나선 차영한 시인의 속마음이 아닐까 싶다. 통영 출신인 시인은 통영수산고등학교 어로과를 나와 육군에서 전역한 후 어선 을종 2등 항해사 자격으로 원양어선에 오른다. 뱃멀미 때문에 장기승선을 못하고 말지만, 길지 않은 그 시간은 시 속에 수시로 소환된다. 시인의 상상력은 초현실주의자들처럼 거침이 없다. 전통적인 유사성과 근접성의 은유 대신, 의미와 비의미 사이의 아찔한 경계를 넘나든다. 전복적인 언어유희 속에 그로테스크한 환상의 바다가 펼쳐진다. 그것은 관념에서 해방된 바다다. 누구도 꿈꾸어 본 적이 없는 새로운 바다다. 시인은 현실을 해체하는 기이하고 낯선 언어로 바다를 재구성해낸다.

1. 감각적 언어와 "담금질"

새로운 바다에서 먼저 눈에 띄는 것은 감각의 혁신이다. "(…) 뾰족한 칼이 된 하현달에 새벽비늘/뽐내고 있어 수박껍질냄새 같은 비린내들/톡! 코를 찌르고 있어", "황금애벌레들이 머리 치켜들고 경쾌하게/굼실굼실 헤엄쳐오도록 하고 있어 언제나/바다에 나서면 떠오르는 시뻘건 태양이"(《새벽바닷물보기》), "함부로 버린 휴지들이 갈매기 떼로/환생하고 있어"(《너울발톱》)처럼 굳어버린 관념을 비트는 초현실주의적 유머가 독자를 즐겁게 한다. 독자는 "별"이 어떻게 "물고기 떼"가 되고, "하현달"이 왜 "뾰족한 칼"이 되는지, "수박껍질" 냄새가 어떠한지 떠올리고, 일출의 바다를 헤엄치는 "황금애벌레들"이 무엇인지 스스로에게 묻는다. 시인이 던진 수수께끼의 답은 그리 어렵지 않다. 탐색의 과정은 현실의 유쾌한 전복을 유도하고 해방감은 마땅한 보상이다.

　그러나 "채낚시 줄 봇돌들이 턱주가리를 칠 때마다/흩어지는 물방울에서 무지개는 구역질 멀미/호소하는 갈매기 떼는 사과껍질을 벗기고 있다"(《파랑주의보》), 그리고 "내 키 반 정도 같은 팔십오 센티미터 참돔/한 마리를 하얀 파도 위에 눕히자/날카로운 가시들이 돋친 채 우주 속으로/날아오르려는 최초의 운석"(《탁본拓本, 감성어》)에서처럼 유추가 한층 어려워지는 수수께끼도 있다. 바다는 본질적으로 이성과 논리에 강하게 저항하는 공간이다. 다시 말해, 속성상 환상적인 이야기를 풀어내는 데 용이한 공간이다.

　　　고래들이 내뿜어대듯 섬 벼랑들이 삽 들고
　　　나서서 내 머리위로 퍼 넘기는 얼음덩어리
　　　마구 흩뿌리네 자꾸 하품하는 미치광이 옷
　　　벗어 휘둘러 새 쫓고 있네
　　　달달거리는 재봉틀로 돗폭 깁듯 감쳐

박아오는 물발 지 지 찍! 유리 끊는 칼에 내
너털웃음은 작파斫破되네
내 희끗한 수염 끝에 매달렸다가 부서지네
                            —시 〈우울증, 바다소리〉, 부분

바람이 토끼풀위에서 뒹굴다 윈드서핑 하는
해파리 떼 배꼽춤을 프로타주 하고 있어
모처럼 휴가 온 허 선생도 물보라 되어
허 허어 헤헤! 헤~벌레해지고 있어
                            —시 〈칠월바다는〉, 부분

썰물 잡힌 갯벌에서 모든 은유를
동원한 컬러안개꽃잎들끼리
청바지콜라주를 위해 박음질하다
다 터져버린 조개입술을 내려다보는
현란한 밤하늘 눈빛이 일탈하는 여유로
유별나게 바다입술을 꿰매고 있어—
                            —시 〈리메이크, 거대한 바다입술〉, 부분

　시인은 "컬러안개꽃잎들", "청바지콜라주", "바다입술", "얼음덩어리",
"미치광이", "유리 끊는 칼"과 같은 주관적인 바다의 조각들을 마치 "콜라
주"처럼 결합한다. 유사성, 인접성이 보이지 않는 페티쉬적인 이미지들이
어지럽게 이어진다. 앙드레 브르통이 말한 '객관적 우연', 다시 말해 무의식
과 현실이 만나 나타나는 결과라 하겠다. 이 기표들은 "프로타주"처럼 파
편 상태로 드러나는 미지의 세계, 이른바 초현실의 재현이다.

"파도들이 갑자기 갑판 위로/뛰어 오르고 있어 그럴수록 마스트 깃발은/물개처럼 손뼉만 치고 있어"(《풍파》), "풍향풍속계를 파괴하려는 거대한 바다 터럭손/상어이빨을 쑥 뽑아 와류渦流를/치켜 올려 보여주고 있어"(《풍랑조업》) 등에서 볼 수 있듯이 시집 곳곳에서 관찰되는 전복적인 유머는 이어지는 수수께끼의 피로감을 적절히 풀어낸다.

그리고 돋보이는 또 다른 새로운 언어는 바로 바다의 몸이다. "장딴지 위에까지 바지를 말아 올리는 바다"(《파랑주의보》), "파도가 크리스탈 잔을/내던지고 있어 물 때 격렬하게/솟구치고 있어"(《뱃멀미》), "물구나무 선 바다는 등지느러미가시만 돋치겠어?"(《터닝 포인트》), "몸놀림하다 수평선을 스스로 끊어버리고/미치고 있어 치솟는 근육질 불끈거리도록/옆구리 찌르기도 하고 있어"(《항해하면서·1》), "너울은 지석 없이 이빨 갈아대고 있어/(중략)/빙빙 돌려 흔들면서 말뚝 컵 맥주거품을 쭉쭉/들이키고 있어 마실 때마다 덧니도 보이고 있어"(《풍랑주의보》), "그간의 오만과 편견의 창시를 싹둑 잘라버리는/후련하도록 퍼붓는 욕설을 냉혹하게 후려치네/뱃전을 달구는 격렬한 파도자락 근육질보네"(《어로선에서》)에서처럼 시인은 바다를 "근육질"의 단단한 몸으로 그린다. 흐르다가 "근육"이 되는 그 모습이 마치 액체였다가 금속이 되고, 금속이었다가 다시 액체가 되는 영화 속 터미네이터를 떠올리게 한다.

> 배 만져줄 수록 부풀어 오르는 복어처럼
> 뽀드득 이 갈며 삐걱대는 배
>
> —시 〈파랑주의보〉, 부분

> 마구 숨통을 쪼개듯 생장작 패는

파도자락이 유인하는 수많은 병마와

병졸들을 휘몰아 험준한 협곡에서 굴러

떨어뜨리는 바윗돌들이 처절한 아비규환까지

함몰시키는 탕탕 탕 뱃전을 칠 때마다

덜컹 덜커덩 삐거덕 삐거덕 쩍쩍—

체인 케이블의 파열음 들려오네 함께

울부짖는 선체 자주 멈칫거리는 엔진소리

아찔한 현기증마저 찰카닥찰카닥

죽음을 미리 필름에 담아내고 있네

—시 〈황천항해〉, 부분

가공할 파괴력은 마찰과 파열의 소리로 극대화된다. "생장작"을 패듯,
"파도자락"이 뱃전을 "탕탕" 때리고, 사방이 "삐거덕"대고, "덜커덩"거리며
"쩍쩍" "파열음"을 낸다. '철썩 철썩'하기만 하는 관념 속의 바다 소리가 아
니라 살아 펄떡대는 바다의 소리다. 청각적 이미지는 시각보다 훨씬 더 효
과적으로 파도의 에너지를 환기한다. 다음으로 독자의 시선을 붙드는 것
은 바로 "시퍼런 불길"이다.

시퍼런 불길 속에서도 출렁이는 빛의 유희

모처럼 터키 이스탄불에 갔을 때 나를 사로잡은

호론 댄스처럼 달리는 말 발굽소리들

광대한 청포도넝쿨에 걸려 넘어지고 있네

검푸른 포도주 흔들리며 넘치는 크리스털 컵들

유리 기둥에서 박살나 얼음덩이로 솟구치네

—시 〈어로선에서〉, 3연

거대한 아궁이에 활활 타는 생장작불
검푸른 불덩이들 위에 펼쳐놓은 채
'어업용 해도'위에서 곤두박질할 수 있는
바다 밑 깊이 숨겨둔 욕망속의 불꽃들
좌절과 절망을 컥컥 씹다가 내뱉고 있어

　　　　　　　　　　—시 〈삼각파도 피하면서〉, 1연

핏방울만 빨아대네 들큼한 피 냄새 맡은/식인상어 떼들 입 벌린 채 꼬
리지느러미로/탁탁 쳐보기도 하네//누군지? 떠다니는 시간屍姦들의 팔다
리를/다시 토막 내고 있네 눈감아도 흥건한/피바다 시퍼런 불길 속으로/
내던지고 있네

　　　　　　　　　　—시 〈황천항해〉, 7연 부분

　　상반되는 푸른색과 붉은색, 그리고 물과 불이 융합되어 있다. 여러 시
에 반복적으로 등장하는 "시퍼런 불길"은 "검푸른 포도주"로, "검푸른 불
덩이"로 변주된다. 푸르지도 않은데 늘 푸르다고 불러온 바다를 시인은
"아궁이"로, "생장작불"이 타오르는, "몇 천도의 마그마"로 들끓는 "물발"
로 부른다. 게다가 누군가가 그 물살을 "담금질" 중이다.

번쩍번쩍하는 번개와 우당탕하는
천둥소리에 생살들이 찢어지고 있어
이건 몇 천도의 마그마를 다시 덮쳐
담금질하고 있어 피고름이 엉킨 물발이
벌건 문어 빨판으로 다가오고 있어

　　　　　　　　　　—시 〈거식증바다〉, 1연 부분

"물발"은 "담금질" 속에서 "벌건 문어빨판"으로 거듭난다. 물이 다시 한 번 단단해진다. 배나 혹은 배에 탄 인간을 파도가 담금질하면 모를까, 파도가 담금질된다니! 빈곤한 예상은 어김없이 빗나간다.

> 저기 보라카이
> 대장간에서 막 꺼내 수천수만
> 두드려대다 담금질하고 또
> 담금질하는 너울 어쩔거나!
>
> —시 〈리메이크, 거대한 바다입술〉, 1연

바닷물은 "쇳물"이다. 그리고 "담금질"을 통해 "쇳덩이"가 된다. 네덜란드 판화가인 M.C. 에셔의 〈바위 혹은 물결의 연구〉에서처럼 파도는 "쇳덩이물발"로 변한다. 시인이 여러 차례 소환하고 있는 "황천항해"에서 겪은 파도가 이러한 것이었을까?

> 대장간 불매질 코숭이 위로 쉿, 쉿—!
> 퍼 넘기는 쇳물 그대로 보여주고 있어
> 참고래 떼가 되돌아와 에메랄드 대문 확
> 열어젖히고 바닷소리를 끓여대고 있어
>
> 조업일지에 써둔 처방 찾지 않아도
> 백파白波 그놈에 담금질 당하는 쇳덩이물발
> 기관장만 화끈 화끈하다고 기름걸레로
> 닦아주면 좋다고 노는 거 보제 보라카이
>
> —시 〈바다 관능〉, 3연, 5연

아오르는 아랫도리 액세서리 익살들 지금
대장간 망치로 때릴수록 벌게지고 있어
쿠릴해류 지류에 이르는 담금질소리 쉿, 쉿!
연방 두들겨 동한해류에 다시 담금질 하고 있어

—시 〈바다 근성〉, 3연 부분

　불에 달구고 벼리는 대장장이의 일은 본질적으로 연금술과 다르지 않다
고 볼 수 있다. 연금술에 대한 설명에서 미르치아 엘리아데는 용광로를 "원
초적 혼돈으로의 회귀를 담당하는 중추이자, 우주 창조의 반복을 담당하는
중추"로, 그 속에서 "물질은 죽었다가 다시 살아나서 마침내 황금으로 변
환"(《대장장이와 연금술사》, 177쪽)된다고 설명한다. 시인의 바다는 그 같은 용
광로가 아닐까 생각이 든다. 탄생과 죽음이 이어져 있는 공간 말이다. "대
장간 망치" 소리에 맞춰 파도는 부서지고, 소멸하고, 생성되고, 다시 일어
나는 과정을 끝없이 되풀이한다. 매순간 죽고 매순간 다시 태어난다. 시인
이 포착한 바다의 "신비한 생명력"이 바로 이것이 아닐까 싶다.

바다로 갔을 때 처음 알았네

날마다 새롭게 탄생하는 숨결
신비한 생명력을 환호하는
선언문을 낭독하는 바다를 보았네

—시 〈태양이 빛나는 바다〉, 부분

2. 오래된 상징과 유토피아

그런데 그러한 바다에 둘러싸인 자신을 바라보는 시인의 사유는 의외로 전통에 머무른다.

구명줄로 몸을 맨 채 그물망 다 퍼주고도
롤링 피치 배질로 사는 것은 저승길이네
누가 불러서 바다로 온 것은 아니지만
바다를 만나면 파도자락 질문서는
언제나 던지는 그물망에 있네
녹색칠판에 그림 그려온 성난 파도와는
다르지만 내 뱃장은 든든하네
기약 없는 것이 죽음이라면 앗 차
하는 순간에 갈림 길 예감으로
눈 감으면 그만이지만 바다와 사투
사투하면서 살고 싶어지는 내가
누군지를 똑똑히 볼 수 있네

—시 〈참 어부 되는 답변서〉, 1연 부분

"녹색칠판에 그림 그려온 성난 파도"와는 전혀 다른 현실의 바다는 '나'에게 "질문"을 하고, "백파"는 '나'의 기개를 시험한다. "너울"과의 싸움은 "사투"라고 할 만큼 힘겹다. 바다는 '나'를 "후려치고", "내동댕이치면서", "마음대로 갖고" 놀기 때문이다.

사정없이 목덜미를 후려치는 너울자락
갑판에 넘어뜨려 내동댕이치면서
기가 차도록 일부러 헛웃음도 치네
일으켜 멱살 잡고 마음대로 갖고 노네
쇳덩어리로 버티는 꺾쇠 보여주면서
검실검실한 구레수염도 슬쩍 쓰다듬어주네
　　　　　　　　　—시 〈참 어부 되는 답변서〉, 2연 부분

　그러나 "저승길"인 그 바닷길은 동시에 '나'에게 투지와 용기, 근성을 자극하고, "내가/누군지를 똑똑히 볼 수" 있도록 해주는 자아 발견의 여정임을 시인은 강조한다.

구명로프에 허리 묶여도 데크(deck)
넘나들며 까불대는 백파에 불만과 오기는
탱탱해지며 더 빳빳하게 서네
　　　　　　　　　—시 〈갈등, 너울이여〉, 2연 부분

절벽 강정높이를 질투하는 성난 파도
150층의 빌딩을 무너뜨리면서 덮쳐 오네

욕망의 발톱 새에 빛나는 태양을 불태우네
언제나 내 심장 꺼내 달라고 으르렁대네

협곡 속에서도 윽박질러대네 애매한 화두로
나를 향해 처절한 혈투하기를 오기로 선동하네
　　　　　　　　　—시 〈나를 움직이도록 하는 것은 바다네〉, 2,3,4연

"영하 40℃의 뜨거운 땀방울"(《캄차카 바다 조업》)이 환기하듯이 바다에서의 "처절한 혈투"는 입문 의식적인 성격을 가진다. 그러므로 바다를 통과한다는 것은 그러한 의식을 통과하는 것으로, 그 결과, '나'는 새로운 인격으로 거듭 태어날 수 있다.

> 깜찍한 승리자의 비겁함보다 목적지까지
> 천천히 얻어내는 뚝심은 든든하였네.
> 무사히 닿을 수 있는 확신을 얻어냈네.
> 버리지 못한 야망을 성취감으로
> 이끄는 신비로운 끈기에 더욱 감동했네.
> 참으로 오랜만에 한바다에서 나는
> 나를 향해 던지는 강인한 밧줄 처음 보았네.
>
> ─시 〈항해하면서 · 2〉, 부분

바다를 통한 정신적인 성숙은 "나를 향해 (바다가) 던지는 강인한 밧줄"이라는 표현에서도 잘 드러난다. 바다가 던져준 이 "강인한 밧줄"이란 아마도 표류하지 않고 제대로 정박해 살아갈 수 있는 버팀줄을 일컫는 말이 아닐까 생각해 본다. 시인은 자신의 경험을 바탕으로 바다가 훌륭한 학교임을 재차 확인시켜 준다.

그리고 한 발 더 나아가, 바다가 인류의 새 터전이 될 수 있을 것임을 예언한다. 그 곳은 "바다 속" 세상으로, '이곳'과는 다른 원리, 이른바 "물때" (《바다배꼽시계 와 허리물살》)의 원리로 움직인다. "바다 속"임에도 불구하고 청포도가 주렁주렁 열린 초현실적인 풍요의 세상이며, "새 떼"가 "물고기 떼"가 되는, 다시 말해 바다와 하늘이 하나가 되는, 궁극의 경계마저 무화된 융합의 세상이다. 시인은 이를 "가슴이 뛰는" 세상으로 정의한다.

바닷속에서도 아이들이 맛볼 수 있게
주렁주렁 열리는 청포도밭을 가꾸는
꿈을 자주 꾸고 있네
바다 속에서도 살 수 있는 순백한
아이들 탄생을 나는 믿기 때문이네
(중략)
활기찬 새 떼 저절로 날아와 노래 부르다
물고기 떼로 헤엄치는 걸 가끔 꿈꾸고 있네
하늘배꼽 보여주는 숲 물결 위에서
황금빛의 외침들이 너울 속을 확 까발리네
거대한 바다거울에 신통한 에너지 덩어리 꺼내
미래의 길을 보여주네 이제

우리는 아가미를 창조할 수 있네
바다 깊이에서도 터득할 수 있는 지혜는
완성되었네 바다로 가고 싶은 아이들에게
고래가 살아온 이야기부터 구체적으로
전해야하네 어릴 때부터 물속에서 헤엄치면서
어머니가 바다임을, 그리고 양수품은
모성적 공간에서 체험토록 해야 하네

미래는 아가미가 생긴 사람들끼리 만남도
예사일거세 사람과 물고기는
가슴이 뛰는 곳에 살 수 있으니까
　　　　　　　　—시 〈언젠가 사람도 바다 속에서 살 수 있다〉, 부분

시인이 "바다 속에서도 살 수 있는 순백한/아이들 탄생을" 굳게 믿는 까닭은 "아가미"로 호흡하는 인간의 등장을 확신하고 있기 때문이다. 시인의 말처럼 모든 생명의 근원인 바다를 제집 삼아 살아가다 보면 근원으로 되돌아가 아가미를 가진 새로운 존재로 진화하게 될지 아무도 모르는 일이다. 바다로 회귀하는 인류의 "미래"가 시작되는 오늘, 시인은 기꺼이 그들의 안내자가 되고자 한다. "바다로 가고 싶은 아이들에게/고래가 살아온 이야기부터 구체적으로 전해야" 한다고, "어릴 때부터 물속에서 헤엄치면서/어머니가 바다임을", "체험하도록" 해야 한다고 시인은 주장한다.

3. 미래의 시, 현실의 바다

그 다음으로 눈길을 끄는 것은 향후 보다 활발한 시적 구현이 기대되는 시인의 해양생태학적인 감수성이다. 바다에 천착해 온 시인은 오늘날의 바다가 당면하고 있는 환경 문제를 외면하지 않는다.

> 근황에 와서 급속도로 번지는 남해안
> 적조 사체들의 사혈死血이어
> 피투성이로 절규하는 목멤에도
> 황토만 투하하는 얼버무림 저런!
> 저래서야 될 일이가? 정말 적조積阻하네
>
> 온통 하혈하는 아! 어머니 차라리 제 칼로
> 제 살점 도려내어 흩뿌려 주이소.
> (중략)

내 몫마저 기온상승 탓으로 돌리는 한해살이
해마다 물 타기하는 눈가림은 없었어.

고생만 뼈마디 타고 너울소리 아리고
아프다 아이가! 근질대는 바다비늘 긁어대며
간밤 냉수대에서도 벌건 탄식 답답하여 황토
뿌림도 다행이지만 약단지에 사슴뿔
달여 내더라도 새파란 울 어머니 하혈 뚝
그치도록 손잡아주는 파란물길
하늘처방 주이소! 주이소—제발, 제발!

—시 〈하혈하는 바다—적조 보고서〉, 부분

    주검들이 춤추는 바다, 연중행사가 되어 버린 적조를 바다의 "하혈"로 바라보는 시인의 시선은 안타까움으로 가득하다. 현실 바다의 "너울소리"는 고통스러운 신음소리다. "하혈 뚝 그치도록… 하늘 처방 주이소! 주이소…제발, 제발!"이라는 간절한 외침은 죽어가는 "새파란 울 어머니" 바다에 대한 시인의 연민이다. 동시에 "피투성이로 절규하는 목멤에도/황토만 투하하는 얼버무림 저런!/저래서야 될 일이가?" 라는 반문에는 적조가 발생할 때마다 효과적인 방지대책을 내놓기는커녕, 실효성마저 의심스러운 황토만을 수 톤씩 바다에 쏟아 붓고 있는 "얼버무림"에 대한 날선 비판이 담겨 있다. 물론 시인은 비판에만 그치지 않는다. "내 몫마저 기온상승 탓으로 돌리는 한해살이"라는 자기반성을 통해 점점 더 심각해지고 있는 적조에 대한 책임이 우리 모두에게 있음을 꼬집는다. 시인이 분노하는 것은 적조만이 아니다.

저것들 보이는가! 붙잡는 구멍뱀고둥, 각시수염고둥, 표주박고둥…처녀
개오지, 기생개오지, 거북손, 딱총새우, 보리새우, 매미새우, 성게, 말똥성
게, 홍삼, 멍게, 돌기해삼, 문어들…몸 비틀면서 신음하네 고뇌하던 껍데
기들의 적막마저 짓누른 파리채, 빈병, 깡통, 폐타이어, 토막로프, 유리조
각, 냉장고, 자전거, 외 신짝, 양말, 손수건, 팬티, 요양소의 다 큰 아이들
이 갖고 놀던 주사기, 기저귀, 브래지어, 짝 잃은 젓가락들, 우산대, 장난
감인형들…오오! 웹 사이트들끼리 뒤범벅타령을 하네 무자비하게 잘린 바
다관절마저 포식하는 가시거미불가사리 놈들도 눈감아 주네 그 위로 해파
리 떼들의 발리댄스로 난장판이 되네 콧물 흘리며 호소하다 뒤집혀지는,
아! 조것들 저렇게 살고 싶어 검붉은 피 울컥울컥 토해내네 분노하고 있네
—시 〈허탈하여 혀 내미는 바다〉, 부분

시인에 따르면 열거도 할 수 없을 만큼 수많은 해양생물들이 "신음" 중
이다. 각기 다른 이름만큼이나 고유한 생명체들이 고통 속에 있다. 알맹이
는 사라지고 이미 껍데기만 남은 바다 무덤마저 인간이 버린 쓰레기들로
가득하다. 별의별 것들이 바다에 버려진다. 그러나 생존마저 위협받는 상
황에서도 "입에서 검붉은 피를 울컥울컥 토해내며 분노"할 뿐이다. "아! 조
것들 저렇게 살고 싶어"라는 시인의 한탄에는 깊은 연민이 담겨 있다. 그
래서일까? 시인은 많은 독자들이 이름조차 모르는 생명들의 이름을 일일
이 부른다. 해수면 상승으로 인한 바다 환경의 변화 역시 시인의 관심사다.

소용돌이치는 북극의 빙붕水柵이 불쑥
내민 비수처럼 날아올라 내 눈알 속
스카이실링을 치는 소리로 파닥이다 번쩍
번쩍하는 비늘 그 은하중심에서

별의 탄생 같은 기존가설을 뒤엎는 찰라
온몸을 찍어대자 파도는 더 굽이치고 있어

변두리로 빨려드는 별들의 죽음처럼 사라진
남태평양 투발루 작은 무인도의 몸부림
인공위성으로 수몰 확인된 인도의
로하채라 섬처럼 발작적으로 토해내는
거뭇거뭇한 몸체가 퍼덕 퍼덕거리고 있어

—시 〈탁본拓本, 감성어〉, 2,3연

   지구 온난화로 북극 빙하가 예상보다 훨씬 더 빠른 속도로 녹고 있다고
한다. 늘 한결같은 바다라고 생각하지만 현실은 그렇지가 않다. 해수면 상
승으로 바다 속으로 사라지는 섬의 수가 점점 더 증가하고 있다. 하지만 많
은 사람들에게 그러한 현실은 멀고먼 남의 불행일 뿐이다. 시인은 "남태평
양 투발루 작은 무인도의 몸부림"과 "인도 로하채라 섬"의 단말마를 전하
며 독자에게 그 섬들을 기억할 것을 명령한다. 그리하여 그런 일이 일어나
지 않도록 우리가 할 수 있는 일이 무엇인지 막막한 고민을 시작하게 만든
다. 싱싱한 감성어 물고기가 죽어가는 위의 시처럼 생태학적 비전을 담고
있는 해양시가 보다 활발하게 창작되어 실질적인 변화를 이끌어내는데 필
요한 초석이 되었으면 하는 바람이다.
   의미와 비의미, 현실과 초현실 사이를 오가는 낯선 언어의 항해를 따라
가다보면 독자는 어느새 기이한 바다 한복판에 있는 자신을 발견하게 된
다. 언어라는 그릇에 담긴 관념의 현실을 유쾌하게 언어로 비틀며 현실을
해체하는 시인의 초현실주의적 상상력은 미학적인 유희를 넘어 독자에게
전복을 통한 해방을 연습할 시간을 제공하기도 한다.

삶과 죽음의 바다배꼽 찾기

떨리는 스탠바이(stand by)로 타전해오는
풍랑의 거센 시점에서 앞뒤 없이 부분적으로
시작하는 전환점이 불안한 물발에
짓밟히는 착각들이 정체성과 겹쳐진다.
격렬하게 부딪칠 때마다
클리노미터(Clinometer) 계기計器에 나타나는
35도 이전 생사의 기울기를 파도가 핥는다.
혼절치 않고 간신히 욕망의 한복판에 해도를
펼쳐 사는 방향을 가리켜 주는 바람에
예의 주시한 시간들 시퍼렇다.
항진하는 키를 믿으면서 강인한 인내와
슬기로 생동하는 에너지들은 아직도
덩어리로 굴러다니고 있다.
"삶이라는 것은 심연 위에 걸쳐 있는 밧줄과 같다.
건너가는 것도 힘들고, 돌아서는 것도 힘들고,
멈춰 서 있는 것도 힘들다"는 니체의

차라투스트라 말에 때론 고개 끄덕이고 있다.

스타보드 택(starboard tack)에서도 곤두서는

방향을 잡고 스테이(stay), 스크루 기어(screw gear)

쇠붙이끼리 다그치는 악천후에도 항진 코스는

운명에만 맡길 수는 없다.

바우(bow)나 스텐(stern)에서

하얀 장미꽃 유혹을 갈아 눕히며,

배의 속도와 배 밑에 흐르는 시간을

안배하는 순식간을 포착해야 한다.

마스트의 깃발 소리에 긴장의 끈을

조여야 한다. 데크 체어(deck chair)에서

고독한 그물망을 목숨보다 더 소중하게 챙기는

동안 수평선 너머에서 생경한 날갯짓을 지금도

감지한다. 하아! 토하는 탄성들끼리 부둥켜안다가도

갑자기 바다 한복판의 긴 휘파람 소리 들을 때는

민첩하게 서둘러 가까운 기항지로 뱃머리 돌리는

기지機智도 있어야 한다. 그때 목 놓아 울부짖던

생명의 소중함은 더욱 생생하다. 그때의

아날로그 조업이 조금 섭섭하더라도 반드시

그물질 멈춰야 모두가 구원될 수 있으며

다시 기회의 땅을 만날 수 있다.

바다는 스스로 확신을 가르쳐준다.

고난도의 체험에서 꿈과 희망은

거센 바다에도 있다는 것을─

2019년 9월
통영 미륵산 아래 봉수1길9 '한빛문학관'에서
차영한

어떤 모호한 빛의 굴절

나의 열세 번째 시집 속의 시들은
바다의 궁금증을 오히려 바다에 던져
채낚시 해보는 빗금 진 물방울들이다.
단순한 얼룩들의 응어리가 아니다. 어쩌면
날씨와 전혀 관계없이 굴절된
모호한 빛깔들이다. 직조해 보면
얼룩들의 그래프와 만난다. 벌써 25년 전에
우발한 것들이 군청색의 개 구석에
개소리로 떠돌면서 허망하게 코고는
군말을 하고 있다. 그러한 갯녹음에
남은 것들이 양면성을 갖는
역설逆說들의 이미지로 군림하고 있다.
어쩌면 리비도의 필연성에 치환과 환유적인
상처들 그리고 몽상적인 표리들을
뒤섞어 햇빛 쪽에 펴놓아본 것들이다.
유연성의 자유를 더 해방시키기 위해

두꺼워지는 햇살에 내 골계滑稽들의
몰골을 난전에 펴 본 것이다.
나의 오만함과 편견들이 극렬하게
반항함에도 일부러 촉매작용의 계기를
마련해 보았다. 이런
경우일수록 바닷물의 깊이가 위장해있는
집단무의식의 또 다른 행동거지들이
겹쳐진다. 말하자면 가상세계의
허구적인 오인들이 합리화하는데
거추장스런 징검다리를 놓은들 물론
흡족해지지는 않음도 잘 안다. 오로지
감금된 채 캄캄한 열등감들의 껍질을
치열하게 벗겨내는 어떤 비바람에
부탁해도 늦다. 바로 그러한 생각들이
현실에서 만나는 실재계가 갖는
존재 앞에서 더욱 경악함을 금치 못한다.
거대한 자연의 거울에 반영되는 절실한
우연 일치도 이젠 기대하기 어렵다. 그러나
사는 이치의 본질은 더 선명하게 빛나는
밤하늘의 별이 있다. 이에 따른 나의
기다림의 속질이 어떤 무늬인지 드릴로,

때론 은빛 톱날의 충격요법으로 꿰뚫어

보는 성찰은 더 가혹하다. 너무 두꺼운

위선 때문에 올곧은 직관력으로

움직이지 못한 그러한 것들, 무엇인지

애절한 만큼이나 감추지 않고 그 콤콤한

것들을 화끈하게 확 뒤집혀 보고

싶었다. 멸시되고, 폄훼되고 하찮은

나의 인과설정오류因果設定誤謬를

바로잡을 수는 없을까. 아직도

시퍼렇게 살아있는 인의仁義와

신의信義들이 먼저 나서면 안 될까.

새롭게 채근한 햇살 뿌리들끼리 당당히

만날 수 있는 이 땅, 흙의 본심은

추호도 변함이 없는데 나는

어떤 모호한 빛의 굴절에 힘줄은

여리고 골격은 무른다는 한심함이

없지 않다. 위장한 군말들이

얼룩들의 그래프와 만나는 것 봐라

2019년 12월
경상남도 통영시 미륵산 아래 봉수1길9 '한빛문학관'에서
차영한

◎ 제14시집 ,《바다리듬과 패턴》 시세계

바다를 통한 어울림의 세계 지향

박 수 빈

(시인 · 문학평론가)

    폭넓은 사유로 차영한 시인이 《바다리듬과 패턴》(인간과문학사, 2020)을 상재하며 독자들에게 다가간다. 이번 시집에는 살면서 겪는 희로애락과 삼라만상의 곡절이 재현되어 있다. 그의 시는 출렁이는 바닷물처럼 마음의 격랑 속에 있다. 이 흔들림은 리듬이 되어서 반복적 효과가 있고 지친 일상에 생기와 위안을 찾는다. 어울리는 패턴과 소리를 위해 귀를 기울이는 대상이 시인에게는 바다에 의한 변주 양상인 것이다.

    차영한의 시는 파도 소리 가득하다. 은유화가 된 내면의 음감들을 포함하며 세계와의 소통으로 나아간다. 무심한 사람들이 간과하는 내용과 영혼의 소리를 듣는 행위는 시집 전반에 걸쳐 나타난다. 시인의 생활이 녹아 있는 통영이라는 구체적 공간부터 무의식의 순간까지 광범위한 영역을 선보인다.

    밀물과 썰물이 교차하듯 좌절과 희망이 때로는 죽음과 부활이 엎치락뒤치락 리듬을 탄다. 물결치는 모습은 경이롭고 에너지는 오랜 부침을 거듭하며 형성된 것이다. 윌리엄 포크너(William Faulkner)가 "삶은 움직임이다"

라고 했던 말처럼 고인 게 아니라 일렁이는 바다의 모습에 시선이 닿아 있기에 차영한의 시는 그만큼 역동적이다.

부서지는 포말은 시인에 의해 소금의 이미지로 전이되는 것 같다. 〈다시 방황하며〉에서 "목 쉰 소리 노 저어/거슬러오는 소금바람"이라고 표현한 것을 보면 짐작할 수 있다. 소금이 사람에게 없어서는 안 되는 필수 요소라면, 파도는 고통의 되풀이이자 내적 자각이라서 영혼을 깨우는 중요한 역할을 한다. 행복한 삶이란 파도처럼 고통과 희생을 감내하는 자만이 획득할 수 있는 거라고 시로써 증명해 보인다.

이때 차영한 시인은 낯선 시각으로 사물을 사유한다. 누구나 감정을 지니고 있고 이것을 언어로 표현하려는 욕망이 있다. 하지만 표현하는 방식은 저마다 다른 점이 개성이다. 생각을 표현한다고 모두 시가 되지 않는 것은 시에 나름의 요건과 체계가 있기 때문이며 그래서 시는 어려운 것이다. 현대시에서 '낯설게 하기'는 타성에 젖어 있는 사람들의 인식에 충격을 주고 깨치게 하는 방법이다. 이를 통해 평범한 언어가 예술적 언어로 변모된다. 수사에만 국한되는 것이 아니라 분별하고 판단하는 능력을 신장하여 철학적이고 형이상학적인 세계의 문을 여는 열쇠가 되기도 한다.

가령 "빠르게 사는 사람들의 눈에는 더 멀리서 빛나는 별을 의심하고 있어 사실상 풀벌레 소리는 별들로 날아다니지만 생동감에도 캄캄한 이면이 있어"(〈드레싱 하는 바다〉)라거나 바다를 음식에 비유한 "섬 시금치 크림 소스 곁들인/쿠스쿠스 농어구이를 드레싱/하고 있는 통영바다"(〈수평선 오후〉)와 "물구나무서는 군무 퍼레이드잖아 어 어!/물망초들도 바다에 시를 쓰고 있네"(〈물망초, 한려수도 그 쪽빛바다〉)라면서 노래하고 춤추는 바다 생물을 묘사한다.

이외에도 뜬금없이 등장하는 이미지들은 선문답하는 듯하고 대상을 돌올하게 응시한 결과이며, 생생한 직관을 보여준다. 덧붙여 주목할 것은 단어와 단어 사이, 시행과 시행 사이에 의식의 단층을 만들어 아시체를 연상하게 하는 사례들이다. 아무런 연관성이 없이 동떨어진 언어들을 배치하여 이질감을 주고, 감상할 때는 현실로부터 일탈을 느끼게 한다. 준칙을 깨뜨리는 언어로 전도와 비약을 하면 기존 관념에서 풀려나고 자유로워지는 것이다.

혀끝에는 늘

바다가 격렬하게

분노하고 있어 그대로

뒤집혀 질수 없기 때문에

바다가 되살아나려고

몸부림치고 있어

늘 배를 띄워놓고도

바람눈을 매혹하면서

북새질하고 있어

—시 〈내면의 바다는〉, 전문

마음이 파도를 타는 이는 어디에 머물 것인가. 시인의 심상을 대변하는 시이다. "혀끝에는 늘//바다가 격렬하게//분노하고 있"다는 표현으로 보건대 언어가 빚는 상처와 갈등이 떠오른다. 심정적으로 내 안의 바다는 양면성으로 "몸부림치고 있어" 불안한 내면 심리의 발화가 진지하다. 세계 속에 위태롭게 던져진 자의 근심을 드러난다고 하겠다. 이런 인식은 욕구 충족이 되지 않은 상태이며 결핍과 갈망에서 오는 한계로 시인은 안주하지 못하고 바다를 향하는 것이 아닐까 짐작해 본다. 사는 의미에 대한 근원적인 질문은 사람에게 숙제처럼 따라다닌다. 부산스러운 가운데 허탈이 전해오는 것도 이와 무관하지 않은 까닭이겠다.

단순하고 짧은 진술로 이루어졌고 갈등하는 심리가 포착된다. 말의 수다스러움으로 시를 다 담아낼 수 없기에 "북새질" 하듯이 호흡을 극도로 이완시켜 짧게 끊어진 각 행을 독립된 연으로 배열했을 것이다. 이 시의 형식적 특징은 행과 행의 간격을 극대화하고 여백을 주며 행간의 의미를 인위적으로 풍부하게 하는 수법으로 쓰였다. 단어마다 의미를 부여하며 단절된 호흡을 효율적으로 전달하기 위한 고려이다.

한 행의 한 연 구성인 예시가 또 있는데 문명비판의 시각이 직접 드러난다. "도시는//바다를 잘//모르기 때문에//시퍼런 한복판에다//자꾸 빌딩을 올려놓고//하늘을 올려다보기보다는//뭍과 이어지는 바다 탐하네"(〈바다 탐욕〉)라는 성찰에서 알 수 있다. 도시는 첨단의 물질문명 사회이고 바다는 자연의 공간이다. 인간의 탐욕심은 끝이 없어 "자꾸 빌딩을 올려 놓"는다. 각박한 도시와 바다로 상징되는 자유정신은 대비가 된다. 도시가 경쟁과 유혹의 공간이라면 바다는 피곤한 사람들에게 휴식을 주는 곳이다.

존재의미에 대해 질문이 담긴 바다 시편들은 죽음에 대한 견해로 연계된다.

가)

유월 바다안개는

그물코를 빠져나가는

실뱀장어 떼다.

교묘하게 꼬리치며

허물고 나가는

실재계實在界인가 바로

죽음의 속살

—시 〈죽음의 속살〉, 부분

나)

　살점에 박힌 화살들처럼 절망의 갈대밭 단념들은 혀를 찬다. 뒤틀며 썩는 바람마저 흐느끼고 있다. 이미 날개 잃은 새들은 저승에서도 정처 없이 날고 대가리만 남은 분노들마저 잘린 채 녹 쓴 깡통으로 뒹굴고 있다. 처박혀 죽은 풀 더미가 반쯤 덮어주고 있어도 보인다. 어떤 해골들은 쓰레기를 둘러 쓴 고깔에 탈춤 추는 한심한 허탈도 마비되어 갈증처럼 비뚤비뚤거리고 있다. (중략) 온 갯가에 널브러진 하얀 울음소리 듣고 갈매기 떼들도 대성통곡하고 있다. 오싹해진 내 머리카락을 만져볼 때 누가 싹둑 잘라버린 갈대들마저 썩어 나자빠지고 있다. 썰물은 그만큼 내려서며 이를 갈고 있다.

—시 〈죽어가는 바다〉, 부분

다)

섬 그늘도 동백 잎으로 빛나네

그 이파리들로 망자의 이승 몸 닦듯이 오!

그날 못 잊어 피는 동백꽃보라 바로

열반하는 스님 피눈물을
하늘이 내려와 수습하고 있네
(중략)
알지 못하도록 속여서
해안가 동박새 눈망울에도 그렁그렁
눈물이 굴러 떨어지네 미리
내 사후 사리도 보여주네

—시 〈내가 찾는 하늘숨결은〉, 부분

가)의 "바다안개"에서 "실뱀장어"를 연상하는 대목은 낯선 이미지의 활
용이다. 시인은 여기서 그치지 않는다. "허물고 나가는/실재계인가 바로/
죽음의 속살"로 이어지는 죽음에 대한 심려는 독자들에게 긴장감을 전하
며 감상의 여지를 낳는다.

나)는 "날개 잃은 새들은 저승에서도 정처 없이 날고" "처박혀 죽은 풀
더미"며 "어떤 해골들은 쓰레기를 둘러 쓴 고깔에 탈춤"을 춘다. 중략한 다
음에 "온 갯가에 널브러진 하얀 울음소리"는 아연실색할 정도로 생태계가
무너지는 현장이다. 인간 중심의 기술문명사회에서 자연으로의 회귀는 어
렵다. 개발과 발전이라는 미명이 지배한다. 자연에 발을 딛는 순간, 파괴
와 훼손이 있다. 낭만적 자연 세계와의 합일은 저만치에 비껴있는 실태를
이 시는 고발하고 있다.

다)에서 동백 잎은 반짝인다. 시인은 "그날 못 잊어 피는 동백꽃"과 "망자
의 이승 몸 닦"는 연상을 한다. 앞부분 스님의 상황은 시인에게 감정이입이
되어 어느새 "내 사후 사리"로 자신의 존재성과 연결되어 살핀다.

위 세 편의 시는 공통으로 죽음의식을 다루고 있다. 관찰되는 대상들은

죽음과 생 사이의 간격을 느끼게 하는 동시에 친연성을 보여주기도 한다. 이런 모순된 세계에 주목하면서 시인은 대상과 운명에 대한 실체에 접근해 간다. 죽음은 생의 종착점이다. 죽음 속에는 이미 생이라고 하는 삶의 과정이 스며 있다.

인간은 본인의 죽음을 직접 경험할 수 없고 타인의 죽음을 통해서만 사건으로서 죽음을 받아들이게 된다. 죽음은 철학적, 사회학적, 심리학적인 면에서 여러모로 해석되고 있으며 삶이 중요하듯 죽음도 지대하다. 생명 현상의 중지로 형체가 흩어져 비존재가 되는 사건이며 관념적 차원에서는 가시적 현상이 사라짐으로써 현상 세계와 단절이다. 가치관에 따라 다를 수 있으나 사후에 다른 세계로 이동한다고 생각하기도 한다. 죽음에 대해 두려워하거나 도외시할 것이 아니라 누구나 겪기에 죽음을 대비하는 지혜가 요구된다.

이렇게 죽음에 대한 의식은 삶을 재조명하는 역할을 하며 다가올 변화의 대처가 된다. 지난날을 돌아보며 남은 시간의 가치를 부여하는 측면에서 죽음을 둘러싼 의식은 의미가 있다. 인간을 완성하는 것은 죽음이며 인간이 죽을 수밖에 없다는 사실은 인간의 본질이다. 죽음은 이렇듯 삶의 종말이며 존재에 대한 근원적인 질문이 된다. 사람은 시간 속에 존재하기 때문에 죽음은 시간과 관련이 있다. 죽음에 대해 느끼는 불안, 공포, 허무, 연민, 구원, 해방감 등등 복합적인 감정은 죽음을 성찰하는 동시에 삶을 가치 있게 보내는 대안적 계기가 된다. 인용한 예시처럼 주변의 죽음을 거울로 삼을 수 있다.

비추어진 모습들은 혼재되는 양상을 보인다. 시 안에서 견해들이 양가적으로 나타난다. 따듯하면서 쓸쓸하고 동경하면서도 비판하는 양태는 시인의 사유가 복합적이라 그렇다. 그리워하면서 외롭고 초월적인가 하면 머물러 있으려 하며 엎치었다 뒤치었다 한다. "내가 그리울 때마다 오는 바다의 시원한 몸짓은 오랜만에 나를 새파랗게 물들게 내던지고 있습니다. 자꾸자꾸 파도가 드로잉 하여 줍니다."(〈파도가 뭉게구름 껴안아주면〉)에서 파악된다. 이는 시가 열정에 휩싸여 쉼 없이 마음의 파도를 타고 있는 것이라고 짐작해 본다. 진통을 감내하는 시인의 모습은 "해안도시 귀퉁이에 길도 없어 리어카 끌던 통절 저 물살 굽이가 살아 있는 동안 나의 마디마디 관절은 늘 시큰거리고 저리고 있다 뿐이겠는가."(〈바다의 몸살〉)에서 감지가 된다.

다음으로 "늘 밀썰물을 묘박지에 계류시키지 못한/백로 한 마리 바지선에서 기다리고 있네/은빛고독이 사무치는 날갯짓을 하고 있네"(〈바다리듬〉)를 보자. 배가 안전하게 정박할 수 있는 묘박지에 이르지 못해 불안한 백로 한 마리는 시인의 또 다른 자아이다. 약육강식의 논리가 지배하는 세상에서 시인은 생각이 많고 고독하다.

파도치는 광경을 "메두사의 머리칼"로 비유한 〈바람과 바다〉는 또 어떤가. "은빛으로 흩날리는 메두사의 머리칼/곤두박질하는 갈매기 발톱에 휘감기네/입술 닿을 때마다 활활 타오르고 있네/불타는 혓바닥을 이빨로 컥컥 물고 있네"는 생생한 묘사이다.

여기에 "사람을 움직이는 매혹은/아무래도 사람냄새라고"(〈보여주지 않는 바다목록〉)하는 대목은 정겨움을 추가하니 그야말로 다채로운 감정을 동반한다.

> 가)
> 나는 나를 기다릴 때 가장 행복하네 나를 지탱해주는 바다의 힘이 기다림에서 오기 때문이네 먼 곳으로부터 걸어오고 있는 까만 점이 늘 깜박이기 시작하네 감도록 기다리는 몸이 화끈거리면서 노 저어 가고 싶은 충동

은 걷잡을 수 없네 바로 당장 말할 수 있는 자신감을 보여줄 나의 간결한
언어들이 배 한 척으로 오네 행복해지는 온도까지 알 수 있는 열정을 쏟을
그것들이 먼저 솔직히 나누어주기 때문이네 나를 광활한 바다에서 그물망
잡고 너를 기다릴 때 출렁거리는 만큼이나 행복하네

— 시 〈바다와 만나는 행복〉, 전문

나)
오늘은 바다가 출렁다리에서 만납니다.
온 바다가 쑥부쟁이 꽃 무지로 몰려오면서

그림자의 경계점도 지우고 있습니다.
트라우마들이 유리파편 밟을수록

나에 대한 질문은 자괴감으로 흩어집니다.
한바다 소용돌이 물보라가 새떼를 날려

파란 그리움을 마구 휘젓고 있습니다.
'잭슨 폴록' 그림을 흉내 내면서

— 시 〈바다의 자괴감〉, 전문

가)는 행복감을 표현하고 나)는 자괴감을 토로하면서 이질적인 감정이
드러난다. 이 두 편의 시에서 시인의 대조적이면서 대표적인 심리를 읽을
수 있다. 가)에서는 나를 지탱해 주는 힘은 바다에서 오고 그것은 기다림
이 추동한다는 것과 나)에서는 "그림자의 경계점도 지우고 있습니다"에 주
목해 보자.

시인의 지향점이 궁금했는데 사고의 경계를 넘나드는 게 아닐까 싶다.

시는 생각을 형상화하는 것이며 새로운 시의 적은 상투성이다. 누구나 알고 있는 생각은 글쓰기의 측면에서 권장 사항이 아니다. 혼자만의 생각으로 성급하게 일반화를 해서 성긴 추상화를 범하기도 하지만 비의는 글 읽는 즐거움이기도 하다.

'잭슨 폴록'은 추상표현주의와 액션 페인팅을 주도했다. 일정한 틀 없이 자유로운 영혼을 반영한 작품으로 유명하다. 행로에는 흔적들이 남아서 뿌린 씨앗에서 싹 튼 꽃들이 피어 있다. 때로는 방황하다가 목적지가 다른 자본의 물결에 떠가는 안타까움도 있다. 하지만 이 자리에서 여정은 다시 시작된다. 새로운 길을 만들고 물꼬를 트는 일들이 중요함을 안다. 지나온 날을 되돌아보고 호흡을 가다듬기도 한다. 상황에 따라 바라던 바를 올곧이 지키기 힘들 때도 있다. 좋은 작품을 위한 예술가들의 고민은 그치는 것이 아니라 연장한다고 보아야 할 것이다. 왜냐면 예술작품은 실험이기 때문이다. 변별력이 있어야 하므로 실험이다. 예술을 답습으로 여기는 것은 안일하다. 예술작품이 출발하는 지점은 미학적 자유의 상태여야 한다. 이렇듯 예술작품은 가능성에 대한 도전이다.

차영한 시인도 이질적인 것들을 병치했을 때 경이롭고 사고의 경계는 사라진다는 것을 보여준다. "자괴감으로 흩어"지다가 "파란 그리움을 마구 휘젓"는 경지는 이것과 저것의 경계를 아우르는 모습이다. 바다에 대한 활달한 상상력으로 조화와 상응의 시를 낳고 있다. 시 속의 주체들이 꿈꾸는 곳은 인간과 자연이 조화를 이룬 세계이다. 이는 예술 창작이 궁극적으로 지향하는 바가 아닌가. 타자의 이질성을 수용함으로써 나와 너, 여기와 저기, 삶과 죽음까지 양분화 된 경계를 무화시킨다. 차영한의 시는 이렇게 경계를 지우고 타자와 교감하며 화응한다.

◎ 제14시집, 《바다리듬과 패턴》 시인의 말

바다에 있는 줄 알았던 야망은 눈알에

팽배해 있었네. 근원을 모르는

짐작들이 떠다니며 변형시켜온

이질적인 것들을 눈으로 담아내는

경이로움에 바다의 내면 깊이는

몰랐네. 그러나 시점을 그 깊이에서

출발시켜 나를 바다에서 보는, 이분법이

아닌 막연한 경계에서 헝클어진

이물질을 재구성해서도 내가 기억의

바다에 있다는 풍경을 생경하게

밝혀내지는 못했네. 하지만

몽타주와 오토 콜라주기법 그리고

헤테로 콜라주기법을, 때론

프로타주와 물고기가 새가 되는

시간을 그라타주 하는 기법도 바다의

근육질에서 동원해 보기도 했네.

어떤 돌연한 삶과 꿈의 층간에서

질문할 수 있었네. 병치와 배열이
아닌 파편화된 시각 속의 언어들이
다시 일상성에서도 왕래하는 것을
찾아낸 내면의 바다 흐름을
환대하고 있다 뿐이겠는가.

2020년 9월
햇살이 학으로 나는 통영시 봉수9 한빛문학관에서
차영한

해체한 기호로 재조립된 오감의 세계

김 홍 섭

(소설가 · 문학평론가)

차영한 시인의 시편들을 읽으려면 약간의 불편함과 상당한 인내를 각오하는 것이 좋다. 그의 시는 독자 입장에 어떠한 배려도 하지 않는다. 감미로운 단어는 넘치지만 그 단어들이 조합된 문장과 문맥은 거칠고 불친절하다. 그의 시는 읽는 이에게 정답게 다가오거나 낭만적 호소로 다가오지도 않으며 그럴 생각도 없는 것 같다. 오히려 내 시를 읽으려면 미로迷路에서 헤맬 수 있으니 조심하라고 엄중히 경고하는 듯이 보인다.

우선 〈제자리에는 나무가 있다〉라는 표제어부터가 심상치 않다. '나무는 제자리에 있다'라면 문맥상 시비 걸 일이 없겠지만 '제자리에는 나무가 있다'는, 문맥상 앞뒤 단어가 호응을 이루지 못하고 있기 때문이다. 나무가 제자리에 있으면 있을 자리에 있는 것이 되지만 '제자리'가 앞서 나오면 이는 임자 없는 자리가 되거나 누구나 먼저 안착하면 그의 자리가 되는 것이 맞다. 뒤에 따라오는 사물의 전용 자리로 전제될 수 없는 것이다. 그런데 '제자리'에 '나무'가 있다는 문장에서는 '제자리'가 '나무'만의 전용자리가 되어 버리면서 묘한 이미지를 만들어낸다. 나무 외의 다른 모든 것은 제자리가 아닌 곳에서 부유하거나 방황하고 있다는 말이 되기 때문이다. 다시 말해서 차영한 시인의 어법에 따르면, 세상엔 나무만 제자리에 있고 다른 모든 사물은 제자리를 벗어나 배회하고 있다는 뜻이 된다.

이 문제를 먼저 이해해야 다음 단계로 넘어갈 수가 있다. 해체되고 기호화 된 문장들의 파상적 공격에 당황하지 않고 그의 시로 접근해가는 통로를 만들기 위해 반드시 필요하다. 표제어에 숨은 뜻을 먼저 아는 것이 그의 시 전체를 독해하는데(독해해야만 하는 시이므로) 중요한 길잡이가 되기 때문이다. 물론 이 정도는 시작일 뿐이지만.

> 목숨이 제일 잘 보이는 곳은 가장 낮은 곳에서도 물 아래임을 끄덕이는 고개 그곳에서 당신을 가까이하면 무섭지도 않습니다. 다가설수록 친근감은 나무숲과의 대화입니다. 어디서 본 것 같은 얼굴들과 목소리에 매혹되는 순간 당신을 볼수록 피는 꽃입니다. 남은 날들이 자주 꽃불 켜면 콸콸 산 물소리 들립니다. 바로 그 순간 사는 것은 그림자가 아님을 그때서야 감격할 줄 압니다. 언제나 책갈피에 넣어둔 가을 감성의 한가운데에서 줍던 씨알을 만난 희열처럼 산골짜기의 아늑함으로 내려서면 말하는 나무가 손짓합니다. 웃음으로 나눠서 좋은, 살아 있다는 실체가 더 긍정하는 고갯짓에 사랑도 다 보입니다. 모든 꽃이 왜 싹을 틔우면서 새와 나비를 부르는지 햇살은 왜 팔 벌리며 웃고 있는지 걸을 때마다 긴 느낌표 햇살이 길을 열어줍니다. 오랫동안 기다리던 나무들이 어둠 내려도 서로 꽃불 심지 돋우면서 속살 보여줍니다. 밤을 향해 밤을 극복하는 꿈을 꿉니다. 사실상 당신을 보면 제자리 아는 나무입니다. 비가 내릴 때 꿈들은 제일 높은 곳에 별이라는 것을 알려주기 때문에 가장 낮은 곳에 뿌리를 내리는 이치를 숲에서 비로소 찾았습니다. 지금 참나무 숲이 있는 집으로 돌아오는 것은 질문을 던지는 시작입니다. 제자리에는 나무가 있기 때문입니다.
>
> —시 〈제자리에는 나무가 있다〉, 전문

차영한 시인의 시는 기성의 문장 읽기로 접근해서는 독해가 안 된다. 사용되는 단어가 가진 각각의 의미와 그것들이 연결되어 만들어내는 모호한 이미지들은 마치 색맹 검사표에 알록달록하게 쓰인 숫자와도 같아서 단숨에 읽어내기란 쉽지 않다. 그럼에도 불구하고 특유의 시적 색채들은 충분히 매혹적이다. 하지만 상당히 불편한 것도 사실이다. 문장들이 색종이 조각처럼 뒤섞여 어지러운 '색맹 검사표'에서 무언가를 찾아내야만 하기 때문이다.

이 시에서 '나무'는 다양한 이미지로 읽힐 수 있다. 그러므로 읽는 이의 관점에 따라 그 이미지는 전혀 달라질 수도 있을 것이다. 나 역시 이 시를 몇 번 거듭 읽으면서 조금씩 내 안에 정리된 이미지가 만들어지는 것을 느꼈고 마침내 하나의 이미지를 확립할 수 있었다. 내가 읽은 차영한 시인의 '나무'는 생명의 시원始原을 의미하는 것으로 짐작된다. 만물의 탄생과 소멸, 시작과 끝이 맞물려 윤회하면서 세상을 존재케 하는 것. 세상이 어떻게 창조되고 어떻게 영속성을 가지는지 아무도 보아주지 않아도 '제자리'에서 묵묵히 세상을 만들어가는 '나무'야 말로 제자리에서 스스로 감당할 몫을 묵묵히 지켜내고 있는 것 같다. 그러므로 시인의 나무는 생명의 시원始原이자 사랑이며 희생이며 겸손함이다. 생명은 궁극의 사랑을 담고 있다. 사랑 없는 잉태는 없기 때문이다. 차영한 시인이 나무를 통해 생명과 사랑을 담는 이유다. 또한 '사랑'은 희생 없이는 설명할 수가 없다. 사랑을 바탕으로 자기희생을 통해 생명을 잉태한다. 그리고 인내와 겸손을 통해 그 사랑은 영속성을 가진다. 그리하여 마침내 세상의 모든 존재가 구성되는 것이다. 아마도 차영한 시인의 존재에 대한 사고는 바로 거기 닿아 있는 것 아닐까 생각되는 이유다.

"목숨이 제일 잘 보이는 곳은 가장 낮은 곳" "매혹되는 순간 당신을 볼수록 피는 꽃" "바로 그 순간 사는 것은 그림자가 아님을 그때서야 감격할 줄 압니다." "산골짜기의 아늑함으로 내려서면 말하는 나무가 손짓합니다." "모든 꽃이 왜 싹을 틔우면서 새와 나비를 부르는지" "꿈들은 제일 높은 곳에 별이라는 것을 알려주기 위해 가장 낮은 곳에 뿌리를 내리는 이치" "지금 참나무 숲이 있는 집으로 돌아오는 것은 질문을 던지는 시작입니다." "사실상 당신을 보면 제자리 아는 나무입니다."

그가 언어를 해체하고 다시 조립한 시를 한 번 더 해체해 보면 인용한 구절들로 이루어진다. 이걸 다시 한 번 해체하면 다음과 같은 단어로 나열된다.

'목숨', '매혹', '당신', '피는 꽃', '사는 것', '그림자가 아님', '산골짜기', '말하는 나무', '모든 꽃', '새와 나비', '꿈', '별', '가장 낮은 곳', '뿌리', '집', '당신', '제자리', '나무'

최소한으로 줄여서 나열하면 인용한 단어들로 구성된 것이 표제어 시 〈제자리에는 나무가 있다〉의 중심 단어다. 단어 구성원만 봐도 무엇을 뜻하는지, 무엇을 말하려 하는지 어느 정도 느낌이 온다. 그는 어쩌면 평범하게 전달할 수 있는 평이한 단어들을 가져다 쓰면서 전혀 다른 방법으로 단어를 조립한 것이다. 평이한 단어로 평이하게 조립하면 기성의 문장밖에 만들 수 없다. 그게 싫어서일 것이다. 한국인이 시적 재료로서 가진 것은 평범한 한글 단어밖에 없으므로 조립 방법을 달리하지 않으면 식상하고 타성에 젖은 문장, 죽은 시가 될 것임을 알고 있기 때문이다.

특히 '사랑'을 설명할 수 있는 언어가 그에게는 마땅치 않아 보인다. 통속화되다 못해 이미 화석이 되어 버린 언어로 사랑을 표현하는 것은 존재의 궁극을 '사랑'으로 설명하려는 시인에게 한계를 준다. 그래서 시인은 마침내 우리가 사용하는 언어, 즉 제도화되어 버린 기존의 언어를 해체하기에 이른다. 보통의 사람들이 하루에도 몇 번씩 '당신을 사랑합니다'라는 말을 되뇌지만, 그 문장 안에 들어 있는 영혼이 담기지 않은 '사랑'이라는 단어로는 진정한 사랑을 느끼지 못하며, 궁극적인 사랑은 표현되지 않는다는 것을 시인은 알기 때문이다. 그래서 해체된 기호들을 사용하여 사물을, 대상을, 사랑을 이미지화 한다. 문장의 나열이 아니라 각각의 문장들이 갖는 의미들을 레고 조각처럼 재조립하여 전혀 새로운 이미지를, 대상을, 사물을, 사랑을 만들어내는 것이다.

그의 나무가 생명과 사랑을 의미한다고 자신 있게 말할 수 있는 것은 나무를 모티프로 하는 대부분 시에서 그런 모습으로 나타나기 때문이다. 그러나 우리가 일상에서 보고 듣고 생각하는 생명과 사랑이 아니라 그보다 더 높은 경지, 더 깊은 경지, 더 궁극적 경지의 생명과 사랑을 보라는 것이다. 아니 느끼라는 것이다.

> 낙엽 질 때 그 이파리 속에서/들리는 새소리가 지금도/나를 부르고 있어/사랑이 먼저였음을
>
> —시 〈그 이파리 속의 새소리〉, 부분

> 지금도/강물처럼 알려주는/남아공 림포소 바오밥나무 수명/6천 년 하얀 꽃이 바람 되어/굽이쳐오지 않아도/뿌리털에서 오는지 촉촉합니다/해맑은 최초의 눈빛에 닿아/모든 실핏줄이 햇빛 받아 희열로/빚어내고 있습니다/하늘이 귀를 세워 내려섭니다"
>
> —시 〈사는 길은 재회뿐〉, 부분

몇 번을 읽어도 참 독특한 서술방식이라는 느낌이 사라지지 않는다. 이런 작법의 시도는 전혀 다른 시적 작업을 진행토록 만드는데, 보통의 시는 언어를 색종이처럼 접거나 줄을 긋고 가위로 잘라 원하는 모양을 만들어간다면, 차영한 시인의 시는, 언어를 갈기갈기 잘게 찢은 다음 만화경 속에 넣고 흔들어서 원하는 이미지가 만들어질 때까지 반복하는 작업이랄 수 있다.

차영한 시인의 작품들을 읽으면 표현에 담긴 의미를 판독하기엔 쉽지 않지만 그렇게 어려운 점도 아니다. 그러나 이처럼 낯선 시를 쓰는 시인의 인식적 본질에 다가서 보려 한다는 것은 다른 문제다. 아마도 차영한 시인에게 현대의 언어란 관성이라는 방직기에 의해 통념화된 의미만 직조해낼 뿐이라고 생각하고 있는지도 모른다. 관습적 언어에 의해 다듬어진 기표(signifiant)에 담긴 기의(signifier)는 관습적 의미만 담을 뿐이라고 말이다. 일상의 기표는 표정이 사라진 무표정의 얼굴로 전락했으므로 시인에겐 그런 언어는 쓸모없다고 생각했을 것이다. 무표정으로 생명과 사랑을 말할 수는 없는 것이다. 만약 그렇다면, 그로서는 이미 오랜 시간에 걸쳐 완고하게 체계화된 언어라는 기호를 어떤 방식으로든 해체할 필요가 있었을 것이다. 그다음 새로운 언어 구사 형식을 통해 그가 원하는 의미를 제대로 담을 수 있을 것인가가 가장 중요한 화두가 된다. 그러지 못하면 자신이 빚어낸 그릇은 제대로 된 의미를 담을 수 없는 빈 그릇이 될 뿐이기에 지금껏 사용해왔던 언어라는 낡은 도구를 깨버려야 한다.

미셸 푸코의 철학적 개념에서 에피스테메(episteme)는 일반적으로 '지식의 범위' 정도로 인식된다. 의미를 확장해 보면 한 시대를 끌어가는 생각의 총체라고 말할 수 있을 것이다. 여기서 푸코는 인류와 학문의 역사를 연속적 계승 발전이 아닌 불연속이며 단절의 거듭된 반복으로 인식한다. 단순하게 정리하면, 사람의 사고는 그것이 가지는 사고 체계가 연쇄적으로 반응하며 끊임없이 반복되는 양상 즉 메타 에피스테메로 이어지는 구조에 따르게 된다는 것이다. 이 생각에 의하면, 어느 시대의 사회를 지배하는 '에피스테메'로부터 해방되려면 '에피스테메'의 파괴로밖에 해결되지 않는다는 것이 비판적 입장인 사람들의 인식이다. 이는 공고하게 쌓아 올린 낡은 인식의 구조를 허물어야 새로운 모럴을 생성할 수 있다고 믿는 자크 데리다의 해체론과도 바로 연결된다.

차영한 시인의 인식은 바로 그 지점에 서 있다고 보인다. 하나의 시대나 사회를 지배하는 에피스테메는 그 시대와 사회를 구성하는 사람들이 생산한 에피스테메에 의해서, 확장하거나 파멸하거나 여러 가지로 변화한다고 본다면 기존의 에피스테메를 파괴해야만 새로운 에피스테메를 만들 수 있는 것이다. 그런 의미에서 자크 데리다의 '해체론'은 그 첨병 역할을 한다고 보아도 좋을 것이다. '구성적 사유가 아니라 해체적 사유' '더하기의 철학이 아니라 빼기의 철학'이 그것이다. '빼기의 철학'은 더 나은 것을 모으기 위한 것이라는 해체론의 주요 모티프를 받아들인다면 차영한 시인의 인식 윤곽은 물론 시도하려는 형식도 어느 정도 이해할 수 있을 것이다. 다음 시를 읽으면 해체를 통해 새롭게 재건하려는 그의 인식에 한 발짝 더 가까이 다가설 수 있을 것이다.

저 습속習俗 시간이 고인 습지대에
숨어 자라는 독버섯들 서로의
불행을 전혀 모르지는 않습니다

느끼는 피로만큼 이미 미래는

과거 아님을 순간마다
후회하지 않으려고 색깔을
바꿔주지만 가장 친숙한
모양들을 보이면서
회귀하지 않도록 허탈을
다른 운명으로 받아드립니다

썩어가는 외고집 상상계를
탄생시키는 어떤 순환적인 고통 서로
치유하여주면서 위험을 두려워하지 않는
경계에 살아있다는 경이로움을 햇살에다
질근거리는 다행한 웃음으로 쭉쭉
뻗은 측백나무 숲길 발소리 오!
자유의 본질은 어느 줄기에서도
언제나 녹색 이파리입니다

청량한 물소리는 슬픔 쪽으로
기울지 않는 나룻배 한 척 띄웁니다

—시 〈어떤 순환은〉, 전문

첫 번째 문장을 "습속習俗 시간이 고인 습지대"라는 말로 시작하고 있다. 습지대는 생명을 포괄적으로 담는 그릇이기도 하지만 그 안에서는 끊임없이 썩어가는 과정을 반복한다. 즉 생명이 나고, 그리고 썩고 다시 나고 썩고, 하는 과정이 반복되는 곳이다. 그런데 첫 단어가 '습속習俗'이다. 긴 설명 필요 없이 국어사전에서 뚝 떼어온 뜻은 '예로부터 어떤 사회나 지역에 내려오는 고유한 관습과 풍속'이다. '고유한 관습'이라는 말엔 양면성이 있다. 전통의 미풍양속일 수도 있지만, 그것이 족쇄로 작용하면서 새로운 것을 잉태하지 못하고 썩어가는 매너리즘일 수도 있는 것이다. 재미있는 것은 '습속'과 '습지대'를 '습'으로 라임(rhyme, 압운押韻)을 맞추면서 습지대는 습속에 젖은 생태계라는 것을 은연중에 비치고 있다. 그러므로 거기는 "썩어가는 외고집 상상계"의 "독버섯"이 자라는 곳이 된다.

고여서 썩어가지만 스스로 그것을 모르지는 않는다. "(…) 서로의/불행을 전혀 모르고 있지는 않습니다"에서 시인은 우리의 모두가 상대를 바라보며 상대의 모습에서 썩어가고 있는 자신의 '불행'을 본다. 그래서 함께 '불행'해지는 것을 알고 있지만 그래도 그 '습지'에서 무력하게 존재해야 하는 '불행'을 지적하는 것이다. 그러나 또한 그 썩어가는 습지에서 그것을 제대로 인식할 수만 있다면 그것이 새로운 생명을 구하는 새로운 에피스테메가 될 수 있다고 믿는 것이다. "썩어가는 외고집 상상계를/탄생시키는 어떤 순환적인 고통 서로/치유하여주면서 위험을 두려워하지 않는/경계에 살아있다는 경이로움을 햇살에다/(…)" 인용한 부분 시의 방점은 '순환'에 찍혀 있다고 본다. 그가 말하는 생명, 사랑, 자유, 꿈 이런 모든 것이 낡은 것을 깨어버릴 때, 썩어가는 것을 휘저어 버릴 때, 이미 죽어버린 생명, 사랑, 꿈들을 미련 없이 내다 버릴 때 우리는 찬란하고 신성한 생명과 진지한 사랑과 진정한 자유를 얻는다고 보기 때문일 것이다.

> 사십억 년부터 흘러 내려오는
> 에너지로부터 생명력의 비밀을
> 지금도
> 강물처럼 알려주는

남아공 림포소 바오밥나무의 수명

6천 년 하얀 꽃이 바람 되어

굽이쳐오지 않아도

뿌리털에서 오는지 촉촉합니다

해맑은 최초의 눈빛에 닿아

모든 실핏줄이 햇빛 받아 희열로

빚어내고 있습니다

하늘이 귀를 세워 내려섭니다

피는 꽃들이라서 모두 꽃피는

고향 소리 밟도록 공중에서

1억5천만 년 전부터 나는 새소리

아프리카 케냐 중서부의 온도

섭씨 25도에서 탄생한 생명력을

우주 꽃씨만 뿌려놓고 질문했을까요?

―시 〈사는 길은 재회뿐〉, 전문

　앞에서 푸코는 인류의 지식과 학문의 역사를 연속적 계승발전이 아닌 불연속이며 단절의 거듭된 반복으로 인식한다고 했었는데, 이것은 역설적으로 단절의 연속이며 그래서 연속적 계승발전과도 통한다고 할 수 있다. 끊임없이 단절되고 새로운 에피스테메를 만들어낸다면 그것은 결과적으로 인류의 지식과 학문이 불연속의 연속선상에서 발전하는 것이라는 얘기가 된다. 이미 만들어진 에피스테메를 계승하든 단절하든 바로 앞서 에피스테메로부터 진화한 점은 분명하기 때문이다. "사십억 년부터 흘러 내려오는/에너지로부터 생명력의 비밀을" 이 구절은 그 에너지가 연속성 상으로 이어졌든 다른 의미에서 불연속 선생에서 이루어졌든 인류 역사라는 하나의 강물 줄기를 통해 전해왔다고 진술하고 있다. 따라서 앞의 시가 단절을 통한 새로운 언어 찾기라면 〈사는 길은 재회뿐〉은 순환을 통한 연속성을 보여준다. 남아공 림포소 바오밥나무가 가지는 의미는 6천 년을 살아 '하늘의 귀'와 닿고 뿌리는 6천 년 깊이의 땅속으로 뻗었다. 이 바오밥 나무는 하나의 세계이자 스스로 우주이다. 6천 년 동안 스스로 나이테를 바꿔가면서 하나의 세계, 거대한 우주를 구축한 것이다. 의문과 해답을 함께 담고 있는 세계, 의문으로 하나를 부수면 새로운 해답 하나가 나타나는 세계, 그리고 그 해답도 오래지 않아 의문이 되는 세계. 그래서 제목은 '사는 길은 재회뿐'일 것이다. 의문과 해답이 끊임없이 단절되고 재회하는 것. 그것이야말로 차영한의 세계로 보인다.

> 나는 물방울로
> 떨어질 때 깊이 생각합니다
> 잔잔한 깊은 산골짜기의 정서를
> 잠재우기 위해 덩달아 성찰합니다
> 마음속의 물거품들마저 윈드서핑하면
> 도피하는 고요들의 걸음 소리마저
> 나와 함께 물장구치는 폭포수 물방울들
> 날갯짓 없이 날아오릅니다
> 하나로 모여 찾아낸 옛 웃음들의 그림자
> 순간 3분 40초에 그림 그리기
> 동영상을 유튜브에 담습니다
> 사는 대로 잘살고 있습니다
>
> —시 〈순간 잔영들을 위해〉, 전문

이 시를 분석하기에 앞서 일단 먼저 눈을 자극하는 게 3분 40초라는 시간 단위다. 짚고 넘어가야 다음 얘기가 가능할 것 같다. 시인이 하필이면 3분 40초라는 시간 단위를 제시한 이유가 무엇인지는 정확히 짚기 어렵다. 하나의 단서를 대입해서 단순하게 유추해 보기로 한다. 사람이 느끼는 시간의 단위는 모두에게 같을 것이라고 생각한다. 그래서 같은 시간을 산다고 생각한다. 다르다. 시간은 사용자에 따라 주관적이기 때문이다. 다르다는 사실을 밝혀내는 실험이 있었다. 1996년 미국에서다. 19~24세의 젊은이들 그룹과 60~80세의 노인 그룹으로 나누어 마음속으로 시간을 재게 했다. 결과 젊은이들은 평균 3분 3초가 지날 무렵 3분이 되었다고 생각했고, 노인들은 3분 40초가 지난 뒤에 3분이 되었다고 생각한 것이다.

이후 듀크대학의 교수가 그를 토대로 한 연구 결과를 발표했다. "사람들은 흔히 젊은 시절의 기억이 풍부한 것에 감탄한다. 하지만 그때의 경험이 더 깊거나 더 의미가 있어서가 아니다. 단지 두뇌 속에서 빠른 속도로 처리됐기 때문일 뿐이다." 이 말은 사람들이 감각의 자극을 통해 새로운 이미지를 받아들이게 될 때 비로소 사람들은 시간이 흐른다고 느끼는데, 다시 말하면 자신이 인지하고 있는 이미지가 바뀔 때 시간의 흐름을 느낀다는 말이다. 그러므로 시간이 흐른다는 것은 이미지가 끝없이 바뀐다는 뜻이며 바뀌어야 시간이 정체되지 않고 흐른다는 말이 된다. 그러니 차영한 시인이 일반적 언어의 패턴을 자꾸 바꾸고 해체하려는 이유도 그 어디쯤 닿아 있을 것이다.

인용한 시는 일단 "떨어질 때를 깊이 생각합니다"와 "날갯짓 없이 날아오릅니다" 상반된 두 현상 사이에서 벌어지는 일련의 상황을 관찰하고 있다. 몇 개의 단어가 눈에 띈다. '성찰' '도피하는 고요' '물거품' '물방울' 그 사이를 관통하는 '윈드서핑'이다. 그런 단어들이 흩어지는 물거품과 무언가에 자극받아 튀어 오르는 물방울들 사이에서 어지럽게 소용돌이치는 모습이다. 한 번 더 정리하면 떨어지는 곳엔 물거품이 있고 날아오르는 곳엔 물방울이 있다. 꺼지는 것과 피어나는 것이 있다. 시인은 그것들이 함께 모여 하나의 세상을 이룰 때 거기 웃음이 있으며, 그렇게 그곳에서 어우러지며 '잘살고' 있다며 능청스럽게 마무리 짓는다. 이 시에서, 물거품이 꺼져가는 에피스테메라면 튀어 오르는 물방울은 갓 생성된 에피스테메로 비유할 수 있을 것이다. 그리고 차영한 시인이 즐겨 차용하는 이미지 중 하나가 '초인'이다.

> 산봉우리 주름잡는 아침 해뜨기 전/아포리즘이라고 명명한 산봉우리/
> 위버멘쉬의 새벽 발자국소리
>
> —시 〈아포리즘에서 만난 햇발〉, 부분

> 니체 망치질 작업이 살아있다는/길모퉁이 건물에서/이분법은 두 번째의 하산이 이뤄진 내공이 위버멘쉬의 몫?/그렇던가? 그 새사람이/창조할 수 있을까?
>
> —시 〈서로 질문하기〉, 부분

초인은 영어로 번역하면 overman이 되는데 오독하면 웃기는 번역이 될 수도 있기에 본래의 독일어로 읽는 것이 좋을 듯하다. 위버멘쉬 (Übermensch), 즉 초인은 니체가 짜라투스트라를 통해 설파한 개념으로 니체 철학의 중심사상이다. '망치의 철학자'라고도 불렸던 니체는 어릴 때부터 특이한 학생이었다. 학교의 딱딱한 풍조와 낡은 도덕을 비웃으며 반항적 기질이 강했다. 기독교 질서에 반항했고 모두가 아는 바와 같이 신은 죽었다며 스스로 초인이 되라고 했다. 시에서 말하는 '니체의 망치 작업이 살아 있다는' 의미는 니체가 '망치의 철학자'로 불렸기 때문이다. 니체는 말한다. "나는 그 어떤 새로운 우상도 내세우지 않았다. 옛 우상들은 자신이 진흙으로 만든 다리를 갖고 있다는데 그것이 무엇을 뜻하는지 배우게 될 것이다. 우상을 파괴하는 것. 바로 그것이 내가 하는 일이다."

니체는 기존의 낡은 질서와 죽은 관념을 과감하게 깨부수려고 했다. 기존질서를 해체하려 한 것이다. 그 상징적인 대상이 신이다. 파괴란 거친 방법이지만 이 또한 새로운 에피스테메를 구현하기 위한 어쩔 수 없는 수단이다. 기존의 에피스테메가 스스로 멸절되지 않는다면 파괴만이 새로운 창조를 가능케 하기 때문이다. 너무 익숙해져 버린 그래서 거역할 수 없게 된 신, 그 신이 만든 질서가 이미 습속의 습지처럼 썩어가고 있던 시대에 파괴를 통해 스스로를 극복하고 초인이 된다는 것은 신선하며 매력적이다. 차영한 시인은 니체의 그 역설에 주목한다. 주목하되 의문을 가지며 살짝 비꼰다. "창조할 수 있을까?" 과연 그것이 쉽겠냐는 물음일 것이다. 이것은 시인 스스로에게 하는 말이기도 할 것이다. 그리고 자신에게 던지는 '창조할 수 있을까?'라는 의문은 그것을 향해 부단히 '망치'를 들고 나가게 하는 에너지가 된다.

별들 사이에서 빛나도록
반짝이지 못한 우중충한
물감들을 짓이겨 봅니다 그
수채화의 농담들이 변질하면서
바다 붓놀림에 닿아 원초적인
비늘로 번쩍입니다.

춤추기 꺼리면서 눈웃음만 까 보여

줄 때는 뭉클대는 파도가

구름으로 납니다 배때기 흰 돌고래 떼

등지느러미와 꼬리지느러미 잡고

꽃밭에서 뒹굴어댑니다 여기에도

나의 별들은 서툰 너울춤이 아닌

말춤으로 내림굿 합니다

—시 〈거기에도 별들은〉, 전문

그의 시는 오감으로 느껴야 한다. 시각 후각 청각 미각 촉각까지 자극하는 시다. 그것을 위해 그의 시는 언어를 거칠게 부수고 교묘하게 재조립하며 읽는 이의 시각을 교란하고 후각을 자극하며 미각에 충격을 주고 청각에 이명을 울리는 과정을 거치고 있다. 그렇게 한참을 교란당하다가 색맹검사표에 익숙해지듯이 그 이미지가 조합될 때쯤 읽는 이는 비로소 느낀다. 그가 새로운 에피스테메를 레시피로 하여 제공한 퓨전요리의 참맛을.

누가 뭐래도 그의 시의 본질은 서정이다. 생명의 뿌리가 닿는 가장 깊은 곳에서부터 별의 희망으로 피어나는 가장 높은 곳까지, 생명의 힘을 사랑으로 피워내려는 강한 자유의지로 점철되어 있다. 그렇다고 하더라도 차영한 시인의 서정의 향기는 익숙하기보다 낯설다. 그런데 낯설기에 신선하다. 그가 언어해체를 통해 새롭게 피워내려고 했던 모습이 바로 그것 아니었을까.

차영한 시인이 언어를 조각내고 다시 조합하는 작업을 끊임없이 하는 이유는 낡은 언어에 참을 수 없는 가벼움을 느낀 것 같다는 말을 했었다. 예를 들어 "나는 당신을 사랑합니다"라는 도식적 언어에서 우리는 과연 사랑을 느낄 수 있을까. 그보다 그 말에 진정한 사랑이 담겨 있기나 할까. I Love You는 미국인들이 습관적으로 사용하는 말이다. 진정성은 당연히 결여되어 있다. 언어라기보다는 습관에 불과하다 마음속으로 내일 이혼을 말해야지, 생각하면서도 오늘 잠자리 들기 전엔 일단 I Love You다. 이건 죽은 언어 아니면 거짓의 언어에 불과하다. 그래서 차영한 시인은 누군가에게 사랑한다고 말할 때 "나는 당신을 사랑합니다"라고 무료한 목소리로 말하는 것이 아니라 그 말을 조각내고 다시 붙여 새롭게 기호화한다. 그런 다음 새로운 형식으로 조립하여 보여주는 것이다. 그의 언어에는 직설적 '사랑'이라는 단어가 들어있지 않지만, 다양한 기호를 새로운 형식으로 조립하여 만들어낸 이미지화된 '사랑의 세계'를 오감으로 느끼게 하는 방식을 찾아낸 것으로 보인다.

단어들의 충돌이 만들어내는 파괴성과 의외성 그리고 이질성 같은 것들은 그가, 해체한 언어로 자유롭게 자신만의 이미지를 다시 빚는다는 면에서 본다면 그는 언어 세계의 히피(hippie)다. 질서와 궤도를 거부하며 규칙은 더욱 받아들일 수 없다. 언어 세계에서 그는 때로 무정부주의이기도 하고 때로 허무적 행동주의에 기댄 자유주의자이기도 하다. 니힐리즘이든 아나키즘이든 히피의 방종이 생명 존중과 사랑 그리고 자유를 위한 것이라면 그의 파괴적 언어사용은 한국의 시적 풍토에서 새로운 에피스테메를 구성하려는 시도로 충분히 받아들일 수 있다.

◎ 제15시집,《제자리에는 나무가 있다》시인의 말

심리학자 칙센드미하이(Csikszentmihalyi)는
아침을 노크하며 그대 집을 묻고 있네.
중심 잡고 몰입(沒入, flow)을 주장하네.
"지금, 이 순간에 집중하라"하면서―
덴마크 나라 행복의 열쇠를 들먹거리네.
'휘게(hygge)'라는 소개에 1만 시간의
법칙에 동의하면서 90분 동안 일하고
쉬기로 했네. 그렇다면 일주일 동안 42시간,
4주에는 168시간을 자연스럽게 재편성,
속담에 "당나귀 찬물 건너가듯" 명암경계선을
가리키지 않아도 타이머를 맞춰 살려고 하네.
내 마음의 고향을 안에서 경험하는
토포필리아(Topophilia)', 바로 여기서
뇌의 반복 리듬을 통해 변환시키고 있네.
지금 제자리 찾은 나무 하나가
하늘과 산과 물을 함유한 호기심으로
나만의 질문에 집중하는 사고와 정체성을
마주해 보는 시작이 있네.
강박과 상실감에 시달리지 않기 위하여

2021년 3월 초
경상남도 통영시 봉수 1길 9 한빛문학관
집필실에서 차영한

◎ 제16시집, 《랄랑그Lalangue에 질문》 시세계

초월 세계를 향한 마술적 몽상과 열정

이 병 철

(시인 · 문학평론가)

모더니티 미학의 시초인 보들레르는 역설적이게도 문학이 일종의 '마법(magic)'이라고 말했다. 근대는 주술과 결별한 합리적 이성과 지성의 시대이지만, 낭만주의 이후 문학은 현실과 이상 사이 괴리를 초월하여 매혹적인 아름다움의 세계에 도달하는 마술을 꿈꾸었기 때문이다. 일시적이고 우연한 시대적 '모드(mode)'에서부터 영원하고 항구적인 '미美'를 발견하는 정신이 보들레르의 모더니티라면, 그 근대적 예술성에는 확실히 마법적인 요소가 있다. 이러한 보들레르의 모더니티 미학은 20세기 기욤 아폴리네르와 앙드레 브르통에게 와서 초현실주의(surrealism) 경향이 된다. 초현실주의의 핵심은 '일상적 순간을 낯설게 하기'다. 평범한 대상을 특별한 무엇으로 변화시키는 시의 연금술에서 우리는 초현실적 마법을 본다. 그런데 오늘날 우리 시는 지나치게 현실에 집착하면서 마법적 힘을 잃어버렸다. 물론 문학은 현실을 반영하는 거울이기도 하지만, 오늘날 우리 시의 주된 경향은 재현으로써의 문학과는 거리가 멀다. 요즘 시인들의 시에는 외부세계의 보편적 현실이 아닌 개인의 자폐적이고 고립적인 일상만이 담겨 있다.

그 장면들은 지극히 협소하고 사소하기만 하다. 외부세계의 풍경도, 고유명의 타자도 존재하지 않는 자폐적 현실에 깊이 침잠한 채 혼잣말로 중얼거리는 시들이 너무나도 많다.

거두절미하고, 차영한 시인의 시는 여전히 마법이다. 그는 시간과 공간의 한계를 뛰어넘는 상상력을 통해 독자를 꿈의 세계, 즉 현실 원칙의 간섭과 제약이 없는 자유로운 몽상의 시공간으로 인도한다. 그 과정에서 두드러지는 특징은 이국적 감각과 환상성, 그리고 핍진한 현실인식의 공존이다. 차영한 시인은 히말라야, 시나이반도, 스페인 몬주익 언덕, 고대 이집트 유적지, 미국 버지니아, 파리 콩코르드 광장, 인도네시아 등의 이국 풍경들을 그려내면서 일상의 권태로부터, 현실의 온갖 구속과 억압, 폭력으로부터 벗어나려 시도한다. 차영한 시인의 시가 초월적 이동성을 동력으로 세계 곳곳을 자유롭게 여행할 때, 시인의 언어는 권태로운 일상적 감각들로 하여금 새로운 감동과 충격을 받아들여 눈과 코와 입을 갱신하게 한다. 시를 읽는 독자는 "지중해의 욕망과 절망의 검붉은 피"(〈관람, 스페인의 투우장〉)의 뜨거움을 피부로 느끼고, "초모른 마라의 울부짖음"(〈요동치는 하얀 핏줄〉)을 귀로 듣고, "그리스 카메라 신의 피사체를 훔쳐보"(〈푸른 눈동자의 불꽃〉)기도 한다. 그리고 마침내 "평행선의 현기증을 사로잡아 지는 햇살을/휘어지도록 날갯짓하"(〈내가 본 검은 새〉)는 자유로움을 만끽하게 된다. 이처럼 차영한 시인의 시를 읽는 것은 패키지 단체 관광이 아닌 단독 자유여행이며, 떠나온 자리로 다시 돌아가지 않는 편도 여정이다. 좋은 시는 어떻게든 독자의 묵은 감각을 갈아엎고 내면에 유의미한 혁명을 일으켜서, 시 읽기 이전의 상투적이고 권태로운 일상으로 돌아갈 수 없게 하는 법이다.

1. 경계를 없애고 세상 모든 것들을 사랑하기

하이웨이 위로 날고 있는 검은 새
1995년 8월 04일 오전이네
센트럴파크숲 녹색 잎이 날고 있어

미국 버지니아주로 갈 때는 처음 본
평행선의 현기증을 사로잡아 지는 햇살을
휘어지도록 날갯짓하고 있어

워싱턴숲으로 날아와서는 잠시 둘러보고
나를 발티모어로 이동시키고 있을 때
누아르 이파리로 날고 있어

투숙하는 나의 침대를 벌써 야릇하게
손질하고 있어, 가랑비 소리 겹쳐지도록
블랙블루 팔베개를 높이는 이어링 은방울소리

자꾸 닿아서 잠들지 못하는 도어 번호마저
먼저 뛰쳐나가고 싶은 날갯짓소리
내게 온 케이크 포장지를 뜯기 다행이었네

—시 〈내가 본 검은 새〉, 전문

차영한 시인의 시에 펼쳐진 세계에는 구획과 경계가 없다. 국경을 자유롭게 넘나드는 비경계, 비구분의 세계에서 시적 주체들은 시간마저 초월한다. 시집 《랄랑그Lalangue에 질문》에는 2022년 오늘의 통영에서부터 1995

년 8월 4일 오전의 맨해튼, 1992년 4월 중순의 이집트를 지나 18세기 파리, 17세기 네덜란드, 고대 그리스의 시간들이 씨줄과 날줄로 촘촘하게 엮여져 있다. 위 시에서 시인은 "하이웨이 위로 날고 있는 검은 새"를 등장시키면서 "센트럴파크"와 "버지니아"와 "워싱턴숲"과 "발티모어"를 순식간에 돌파하는 시적 장면 전환술을 선보인다.

물리적 법칙을 무력하게 하는 자유로운 공간 이동, 그리고 과거와 현재, 미래가 무화된 환상성의 시간은 모두 현실을 벗어나려는 시인의 초월 의지로 수렴된다. 그렇다면 차영한 시인은 왜 현실을 초월코자 하는 것일까? 왜 일상적 삶의 자리에서부터 탈주해 현실의 중력이 미치지 못하는 환상성의 세계로 이동하려 하는 것일까? 그것은 이 세계가 온갖 부자유로 가득한 거대 감옥이나 마찬가지이기 때문이다. 인간의 온갖 탐욕들이 "야비한 음탕을 훌쩍대"(《어떤 착각들》)는 현대사회는 시인으로 하여금 현실 초월과 탈주에의 욕망을 부추긴다.

차영한 시인은 "스모그·황사 겹친 중국 발/미세먼지는 햇빛을 잘라내"(《블랙아웃》)고, "미세 플라스틱"과 "온실가스"와 "탄소가스들"이 "뜨거운 죽음덩어리"(《그라타주 하면》)를 만들어내는 인류세人類世를 환멸 어린 시선으로 바라본다. 더 이상 정복하고 파괴할 자연이 없어지자 인간은 디지털 세계로 항로를 변경했는데, 디지털 세계에서도 자행된 무분별한 개발과 확장은 결국 인간을 파멸시키는 비극을 빚어내는 중이다. 사람들은 점점 실재 대신 시뮬라시옹의 이미지만을 추종하고, 대중의 이목을 끄는 가상의 이미지를 입기 위해 주체성을 포기한다. 악플과 관심 강박에 시달리던 연예인들이 자살하고, 온갖 허구와 위선만이 판친다. 이 "별난 신자유주의" "스마트워킹"(《날아다니는 핸드폰》) 시대에 현대인들은 "녹음"과 "USB"와 "카

톡"으로 "스스로 왜곡하는 스마트폰"(《한마당 다음에 오는 거》)의 노예가 되어
버린 지 오래다.

파놉티콘(원형감옥)은 죄수를 효과적으로 감시하기 위해 고안된 것으로
18세기 영국 법학자인 제레미 벤덤이 설계했다. 이 파놉티콘이 사회현상
용어가 된 것은 미셸 푸코가 《감시와 처벌》에서 원형감옥의 감시체계 원
리가 사회 전반으로 침투되었음을 지적하면서부터다. 푸코가 이미 지적했
던 것처럼 오늘날은 감시와 처벌의 시대다. 감시는 처벌로 이어지고, 때
로는 감시 자체가 처벌이다. 정보기관 등 공권력에 의한 감시와 통제는 더
욱 은밀하고 강력하게 이루어지며 개인의 삶을 억압한다. 뿐만 아니라 일
반 시민 개개인들도 타인으로부터 자신의 욕망을 방어하기 위해, 또는 타
인의 내밀한 삶을 자기 욕망의 굴레 안으로 포획하기 위해 서로 감시하고
감시당한다.

> 바깥저녁은 가로등만
> 지팡이를 짚고 서있다 이곳저곳에서
>
> 음흉한 코로나19가 우리들의 마스크를
> 벗도록 기다리고 있다
>
> 실망한 나를 아래계단만 자꾸 밟고
> 내려서도록 짓누르고 있다 하지만
>
> 아래계단에서 촛불 켜고 올라오는
> 간호사들이 마스크 불꽃을 보여주고 있다

뭉클하도록 서리가 낀 내 안경을
다시 닦아주면서

지금 죽어서는 안 된다고 기록부에
현주소와 이름과 전화번호를 쓰도록 한다
내가 살 수 있는 온도를 마주보도록 한다

눈을 환하게 밝혀주는 거울과 마주 서게
전화를 입력하도록 한다
응답 없어도 후끈해지는 온몸

통과하기 전에 살고 싶다는 순응
가장 낮아지는 겸허보다 더 질박해서

21세기의 슬픈 그림자를 보았다
어떤 경계점의 불안한 눈물소리를
휴대폰에서 듣고 있다

늘 처절함에는 괜씸하게 누구도 없다
　　　　　　　　　　　　　　—시 〈내 사는 현재 온도〉, 전문

　인간의 탐욕에 의해 병든 자연과 인간이 만들어낸 디지털 문명이 결합해
인류 역사상 가장 강력한 파놉티콘을 만들어내고야 말았다. 팬데믹 시대의
"음흉한 코로나19"는 우리를 "짓누르고 있"다. 국가에 의해 모든 사람이 백
신을 맞아야 하고, 마스크를 써야만 한다. 모든 사람들의 일거수일투족이

카드 이용 내역과 QR코드, 스마트폰 위치 추적 등 전파 통신에 의해 감시 당하고 통제되는 중이다. "파멸로 휘모는 무섭고 두려운 역병/코로나19의 살인적인 창궐"(〈간빙기 수칙은─포스트코로나19 극복 위해〉)은 무엇보다 이동과 모임의 자유를 앗아갔다. 이 "21세기의 슬픈 그림자"와 "어떤 경계점의 불안한 눈물소리"가 시인으로 하여금 공간과 시간의 초월적 이동성을 시의 인식소로 삼게 했다. 현실에 가해지는 압력이 강해질수록, 파놉티콘 세계의 모순과 폭력, 비극이 심화될수록 현실을 벗어나려는 시인의 초월 욕망 또한 강해진다. 타자와의 접촉과 이동이 제한된 코로나 시대에 시인은 공간과 시간을 자유롭게 넘나드는 시적 상상력으로, 또 비경계·비구분의 자유로운 커뮤니케이션으로 우리들을 '다른 세계'로 데리고 가려 한다. 바슐라르의 만대로 좋은 시는 우리를 다른 곳으로 옮겨놓는 몽상이 될 수 있다.

다시 일어나서 흰 운동화를 신고
뛴다 날씨 불문하고 달리다
날개를 다는 나의 거울 그림자

그 그림자에서 움직이는
웃음이 샌다 상쾌한 발돋음으로
반올림하며 층층 계단을
밟지 않고 먼저 날뛰나니

무중력을 가르는 황금빛 화살들
과녁이 된 내생의 눈알에 죽은피 뽑아
별빛으로 갈아 넣고 있다

날고 있는 운동화 뜯어먹는

하얀 토끼 싱긋싱긋 웃으면서

인도네시아 1만7천개 섬을 건너뛴다

아바나쯤에서는 초원의 검은 물줄기 누 때

몰며 만나자고 태양주위를 시속 10만 7천km,

초속 8만 4천km로 내가 지구되어 뛴다

—시 〈노드node에서〉, 전문

　'노드(node)'는 '연결점', '접속점'을 뜻하는 단어다. 차영한 시인은 이 '노
드'를 자기 시의 지향점으로 삼고 있다. 시인은 '나'와 '타자'를 연결하기 위
해, 모든 이질 대상들과 접속하기 위해 공간과 시간의 경계를 초월하는 여
행을 시도한다. 방랑자의 자의식은 시집 전체에 걸쳐 나타난다. "카오스 날
개 달린 지팡이의 마술자"(〈카오스 날개 달린 지팡이의 마술자여〉)라는 자기규정
도 그렇지만, 자주 등장하는 이국의 지명들은 시인의 세계 인식이 일상적
자리에 머물러 있지 않음을 계속해서 환기시킨다. 시인은 낯선 세계를 향
해 "다시 일어나서 흰 운동화를 신고" "인도네시아 1만7천개 섬을 건너뛴"
다. 아예 "태양주위를 시속 10만 7천km,/초속 8만 4천km로 내가 지구되
어"(〈노드node에서〉)버리기를 희망한다. 여행을 통해 타자와 융합하면서 '나'
를 '우주'로 가꿔나가고자 하는 것이다. 이러한 방랑에의 지향은 익숙함으
로부터 벗어나 새롭고 낯선 자극과 감동을 선취하기 위한 것이므로 탈중
심, 탈자아적 세계관으로 귀결된다. 시인은 '나'에서 '타자'로 옮겨가는 주
체 이동과 연대를 통한 세계와의 관계 재편을 도모한다.

　관계의 재편은 구획과 경계를 허무는 것에서부터 출발한다. 나와 타자

사이의 경계를 지우면 자유로운 교감과 상응이 이루어진다. 경계를 지우기 위해서는 경계에 가서 서야 한다. 정현종 시인이 "사람과 사람 사이에 섬이 있다. 그 섬에 가고 싶다"(〈섬〉)고 했을 때 '섬'은 바로 경계를 의미한다. 나와 너 어디에도 기울어지지 않은 중립의 장소에 가야만 경계는 무화될 수 있다. 위의 시에서 화자는 "층층 계단을 밟지 않고 먼저 날뛴"다. 계단은 수직적 계층구조의 은유다. 화자는 계단을 밟지 않음으로 인간과 인간 사이 인종, 성별, 국적, 세대, 빈부, 지위 따위의 경계를 무화시키려 한다. 그러자 "그림자에서 움직이는 웃음이 샌"다. "상쾌한 발돋음"이 가능해진다. 화자는 걷거나 기차를 타는 대신 공중을 나는 방식으로 여행한다. 공중은 이쪽과 저쪽 어디에도 속하지 않은 곳이므로 텅 빈 결여와 부재의 공간이다. 그렇기에 공중은 가장 자유로운 세계다. 시인은 '나'와 타자 사이의 그 규정되지 않은 '공중'으로 가려는 것이다. 그때 비로소 "인도네시아 1만 7천개 섬을 건너 뛰"는 '치명적 도약'이 가능해진다.

옥타비오 파스는 존재의 본질적인 이질성, 즉 타자성을 포용하려는 시도를 치명적 도약이라고 불렀다. 나와 타자, 자아와 세계 사이의 이분법이 사라지고, 새로운 관계의 가능성이 움트기 시작하는 이 여행에서 "길은 사랑 때문에 있"(〈등불 켜지 않아도 보이는 길〉)다. 시인이 어떤 대상을 시의 오브제로 삼는 순간, 치명적 도약은 이미 시작된다. 대상의 타자성이 시인의 내부로 옮겨와 전혀 뜻밖의 것으로 변화하며, 시인 역시 자기존재의 본성이 전환되는 체험을 하게 된다. 차영한 시인은 이것을 '사랑'이라고 부른다. 그에게 시 쓰기란 세상 모든 것들을 사랑하기 위한 화해와 합일의 방법론인 것이다.

2. 초월 세계를 향한 주이상스

이제 신도 오를 수 없는 그 계단은 바로
날개에 있는 걸 비로소 찾아냈어

이미 낡은 현수교는
학의 날갯짓을 하지만
지금은 맨발로 걷는 길은 끝났지

그래서 신의 계단은 공중에는 없어
아우라 계단도 없어
무의식 계단은 더더욱 없어

그러나 우리 뇌의 3층 구조에는
나선형 진공계단眞空階段이
있다는 헛웃음에 동의할 수 있어

위험한 가설이기는 하지만 지금 그 계단을
찾은 0과1의 인공위성들이, 우주 택시들이
달, 화성, 수성, 금성, 토성으로
오갈 수 있는 실재계實在界는 성큼 다가왔어

동일성으로 비상하는 꿈을 꾼다는 것은
날개가 타지 않아 거기에 집을 짓는
메타버스Metaverse가 있어

투명한 유리 계단에서 삶과 죽음
모든 판테온이여
찐득찐득한 마티에르 쉼표, 파피용이어

그렇지만 그대가 애타도록
찾는 계단은 지구에 있다.

—시 〈진공계단〉, 부분

　지그문트 바우만은 "고체와 달리 액체는 그 형태를 쉽게 유지할 수 없다. 유체는 이른바 공간을 붙들거나 시간을 묶어두지 않는다. 고체는 분명한 공간적 차원을 지니면서도 그 충격을 중화시킴으로써 시간의 의미를 약화시키는 반면, 유체는 일정한 형태를 오래 유지히는 일이 없이 지속적으로 변화할 준비가 되어 있다. 따라서 액체는 자신이 어쩌다 차지하게 된 공간보다 시간의 흐름이 중요하다. 왜냐하면 결국 액체는 공간을 차지하긴 하되 오직 '한순간' 채운 것일 뿐이다."[14] 라고 말한 바 있다. 물은 늘 같은 모습인 것 같지만 실은 쉼 없이 형태를 바꾼다. 일시적이고 우연한 것이면서도 영속하며 흐른다. 변화에 유연하고, 이질적인 것들과 융합한다. 가볍고 증발하지만 그 분산된 에너지가 모이면 엄청난 파괴력을 지닌다. 물은 만물을 흩어버리고 또 한데 모은다. 산업화 근대의 견고하고 무거운 '형태주의' 대신 실용과 편리를 추구하는 포스트모던의 변화 양상이 곧 물의 속성이다. 디지털 기술 발달로 경계와 구획이 없어진 비경계 · 비구분의 커뮤니케이션 역시 물을 모방한 것이다. 한곳에 정착해 썩지 않고 끊임없이 새로운 곳으로 흘러 이전에 없던 것을 창조한다. 이는 곧 포스트모던

---

14) 지그문트 바우만, 《액체근대》, 이일수 옮김, 도서출판 강, 2009, 8쪽.

의 중요한 특징이다.

차영한 시인이 지향하는 '다른 세계'가 결국 공간 이동이 자유롭고, 시간 구획이 무화되는 비경계, 비구분의 열린 우주일 때, 어쩌면 그곳은 제4차 산업혁명이 이미 도래한 21세기 디지털 문명사회인지도 모른다. 지그문트 바우만은 이 디지털 시대를 '액체 근대'로 명명했지만, 차영한 시인은 "나선 형 진공계단"으로 고쳐 부른다. 나선형 진공계단은 곧 우주를 뜻한다. 은하 는 나선 구조로 되어 있고, 진공계단은 중력이 없는 공간이기 때문이다. 하 지만 시인이 말하는 건 물리적 우주가 아니다. 그는 지금 대기권을 돌파해 태양계로 가자는 제안을 하고 있는 게 아니다. "맨발로 걷는 길은 끝났"다 는 선언과 함께 "지금 그 계단을/찾은 0과1의 인공위성들이, 우주 택시들 이/달, 화성, 수성, 금성, 토성으로/오갈 수 있는 실재계實在界는 성큼 다가 왔"다는 시인의 예언은 "메타버스" 안에서 현실이 되고 있다.

메타버스는 '가상', '초월' 등을 뜻하는 영어 단어 '메타(Meta)'와 우주를 뜻 하는 '유니버스(Universe)'의 합성어다. 현실세계에서와 마찬가지로 사회, 경제, 문화 활동이 이루어지는 가상세계를 의미한다. 컴퓨터 게임이나 그 래픽 안에서 인간이 마치 실제와 같은 체험을 할 수 있는 VR 가상현실보 다 더 진화한 개념이 메타버스다. 이 메타버스 안에서는 아바타가 다른 아 바타와 상호교류를 하고, 상점에서 쇼핑도 하는 등 실제 현실처럼 활동할 수 있다.

메타버스의 가장 큰 특징은 '초월성'이다. 시간과 공간에 한계가 없으며, 주체는 그 무엇에도 얽매이거나 간섭 받지 않는다. 시인은 이 메타버스 세 계를 "실재계"라고 부른다. 라캉이 말한 실재계는 상상계와 상징계 어디에 도 속하지 않는 곳이다. 상상과 상징을 초월하는 어느 곳에 존재하지만 언 어나 이미지로 다 표현할 수 없는 실재들의 세계다. 예컨대 내 마음에 어떤 아픔과 고통이 있는데 그것을 언어로, 이미지로 표현하고자 아무리 노력한다 해도 항상 충분히 표현되지 못하고 내 안에는 늘 아픔과 고통이 일부 남겨지게 된다. 그 일부 남겨지는 '잉여'의 세계가 바로 실재계다. 실재하지만 표현할 수 없는, 표현될 수 없는 불가능성의 차원인 셈이다.

　차영한 시인은 어떻게 메타버스에서 실재계를 발견했을까? 메타버스가 그 어떤 불가능도 없는 세계, 모든 한계를 초월하는 세계라면, 시인은 시니피에와 시니피앙의 간극에서 발생하는 언어의 불가능성, 초자아의 구속, 인정투쟁과 현실원칙의 중력 등으로부터 자유로운 '시의 메타버스'를 꿈꾸고 있는 것이리라. 그러나 시의 메타버스는 아무에게나 허락되는 엘도라도가 아니다. 그 초월 세계를 향한 "날갯짓"은 기성 세계의 질서와 법칙을 부정하고, 오직 새롭고 낯선 감각과 상상력을 통해 불가능성을 가능성으로 바꾸는 고통스런 도전을 반복해야만 한다. 시인이 실재계라는 개념을 빌려온 까닭이 여기에 있다. 차영한 시인에게 시 쓰기란, 예정된 실패에도 불구하고, 불가능을 반복함으로써 실재계라는 가능 세계로 조금씩 가까워지는 고독한 여정인 것이다.

　　　자유가 가장 빛나는 곳은
　　　주이상스를 절정으로 사냥할 때다

　　　스페인 몬쥬익 언덕에서 본
　　　에게해에서도 시작되고 있다

　　　바위 틈새와 싸워온 포말이
　　　에게해를 선셋 필라테스
　　　하고 있어 아프로디테처럼 살아온

본성의 빛살을 펼쳐주고 있다

뜨거운 응시의 중심을 가리켜 주기 때문일까

—시 〈블루타임Blue time〉, 부분

상상계는 상징계에 포섭당하고 억눌린다. 상상이 현실에 의해 통제될 때 '욕망'이 발생한다. 그런데 이 욕망은 영원히 해소될 수 없는 결핍의 세계이므로 한계적이다. 이 결핍을 채우는 방식 중 극한의 쾌락, 상징계의 구속을 잊어버릴 만큼의 강렬한 쾌락을 추구하는 것을 라캉 철학에서 주이상스(jouissance)라고 부른다. 간단히 말해 고통 속의 쾌락, 나를 소모시키는 쾌락 추구를 의미한다. 현실원칙은 주체에게 쾌락을 조금만 추구하도록 절제시키지만, 그 원칙을 위반하고 넘어서서 스스로를 극도의 파멸로 이끄는 것이 주이상스다. 주이상스는 라캉의 개념 중 가장 난해하다. 여러 층위의 해석이 가능하지만, 실재계를 향한 무모한 도전과 실패의 반복을 가리키는 용어가 되기도 한다.

이 주이상스가 예술로 오면, 표현의 불가능성에 끊임없이 도전하는 초현실주의 경향이 된다. 이 도전은 실패할 수밖에 없기에 예술가를 소모시키고 그에게 고통을 안겨주지만, 표현할 수 없는 것을 표현하고자 할 때 비로소 예술가는 자유롭다. 위 시의 화자는 "자유가 가장 빛나는 곳"에 주이상스의 절정이 있다고 외친다. '주이상스=자유'라는 등가가 성립되는 순간이다. 이상이 《날개》에서 "박제가 되어버린 천재를 아시오? 나는 유쾌하오. 육신이 흐느적흐느적하도록 피로했을 때만 정신이 은화처럼 맑소"라고 노래한 것 역시 주이상스의 고백이다.

이번 시집에서 차영한 시인은 한 번에 그 의미가 파악되지 않는 낯선 시어들을 독특한 방식으로 배열하고, 시적 공간과 시간에 한계를 두지 않으며, 외래어와 이국 지명이 우리말과 뒤섞여 기묘한 인상을 자아내게 하는 등 다채로운 문학적 실험을 하고 있다. 예술가로서 기성에 편입되거나 대중과 결탁하기를 거부하고 끊임없이 다시 태어나기 위해 치열한 자기갱신을 시도하는 차영한 시인의 시 쓰기야말로 아름다운 주이상스가 아닌가? 자꾸만 실패하는 그 주이상스 안에서 시인은 언제나 자유롭다.

파블로 네루다는 이렇게 말했다. "리얼리스트가 아닌 시인은 죽은 시인이다. 그러나 리얼리스트에 불과한 시인도 죽은 시인이다"라고. 차영한 시인은 현실을 날카롭게 응시하는 리얼리스트인 동시에 현실 너머의 초월적 세계를 향해 끊임없이 뛰어오르는 로맨티스트이기도 하다. 그가 "저 시뻘건 태양이/피 흘리게 하는 피카소"와 "시계를 녹여버린 살바도르 달리"(《관람, 스페인의 투우장》)를 호명할 때, 우리는 초현실주의를 향한 한 시인의 지독한 편애, 그리고 초월 세계를 꿈꾸는 그의 마술적 몽상과 열정을 확인하게 된다. 이 시집을 읽음으로써, 이제 우리는 그와 같은 꿈을 꾸게 되리라.

끝물 생성이미지들과의 충돌

그 토막 난 둥근 고리너머 틈새를
헤집고 서로들 찾아 부르짖는
절규들의 떨림을 아나크로니즘으로
다가서 보았다. 균열하는 공유들이다.
온 지구의 소중한 목숨을
앗아가는, 인간의 나약성을 파고드는,
COVID─19, 오미크론 살기
무서운 돌림병도
그래서 원시적 훈영마저
도망치는 교활함을
오히려 붙잡지 못할까 두렵다.
그러나 나를
시원하게 묵살시키고 있는 언어 물살들이
리아스식 해안을 끼고
되밀치기 하듯 상식의 소통을,
낡은 사유를 찢어 불태울 때마다

반란하는 날것들의 이미지들

견디지 못한 무한론無限論의 밤이 있더라도

생소한 질문으로 해체함과

동시 계속 소통할 수 없도록 하여 충돌하는

순간은 눈감아도 아찔하다. 그러나

그 두려움들을 씹고 씹어서

 긁적거려본 날라니 랄~랄~ 하는 은하별들

그러나 볼수록 낯선

랄랑그(Lalangue)에

질문해본 열여섯 번째 시집이다.

2022년 3월
통영시 봉수1길9 세 마리 학이 날갯짓하는
한빛문학관 집필실에서 차영한車映翰

제3부

시 작품별 단평

慶南文學史의 제2편 갈래별 흐름: 제1장 시

강 희 근

(시인 · 경상국립대학교 교수)

침침한 얼굴에
끈적끈적한 세월
빗물로 닦고 보면
우리는 同鄕人
냉이 꽃 웃음도
덩달아 나서더라

앞서가는 웃음 따라
내비치는 귀엣말
은행잎으로 속삭여 보면
우리는 同鄕人
철 잃은 새들도
덩달아 날더라

　　　　　　—차영한, 〈同鄕人〉, 《시골햇살》(시문학사, 1988. 6), 27쪽.

　차영한은 〈동향인〉에서 동향인의 동질성을 노래하고 있는데 세월을 빗
물로 닦고 귀엣말을 은행잎으로 속삭이는 서정을 드러내 보여준다. 냉이

꽃과 철새들이 함께 어우러져 동향을 이루어내는 풍정이 결 고운 감성에 이끌려 나오도록 짧은 시 형식을 빌어 노래하고 있다. 그는 70년대 말《시문학》을 통해 등단한 이래 시집《시골햇살》, 《섬》 등을 발간했는데, "비도 시적인 경향에 의존하고 있으며, 그중에서도 시를 풍경이나 고유한 면모를 지닌 향토적인 것에 더 애착을"*느끼고 있다.

* 조병무, 〈순수한 언어의 감미로움〉, 《시골햇살》(차영한 시집, 시문학사. 1988). 166쪽.

☞ 출처: 《光復50周年紀念―慶南文學史》(경남문인협회. 1995. 12), 135~136쪽.

21세기의 시적 패러다임의 모색과 실천

유 한 근

(문학평론가)

　요즈음 우리는 거대한 공룡과도 같은 컴퓨터가 주도하는 사이버 시대에 인쇄매체문학이 어떻게 대응해야 할 것인가에 대한 담론에 신경을 곤추세우게 된다. 이는 변화의 폭이 가늠되지 않는 세기말인 지금, 인쇄 매체 문학의 위기감이 증폭되고 있기 때문이며, 사이버 공간에 굴종하는 우리의 정신과 정서를 다잡아 21세기의 문학을 바르게 자리매김하기 위해서일 것이다. 필자도 이 문제에 대한 관심으로 모 문학회가 주최하는 행사에서 〈현대시의 새로운 패러다임〉이라는 연제로 그 극복의 한 방법으로 신서정주의와 신인본주의를 제시한 바 있다. 그러나 그 구체적인 모습은 우리가 시작해야 할 논의로 남겨 두었다. 그때 제시한 신서정주의와 신인본주의라는 용어가 낯익어 새롭다 할 수 없기 때문에 이 용어에 대한 담론은 다시 논의되어야 하며 어떤 용어로도 가능하다. 황폐해진 우리는 세기말적 정서를 시정하고 인간의 원초적인 정서를 다시 추출해야 한다는 의미에서 신서정주의라는 용어를 차용했으며, 인간과 신, 인간과 자연, 인류와 우주의 화해와 공존의식의 회복을 위해 신인본주의라는 용어를 차용했기 때문이다.

　이런 점에서 필자는 《시문학》에 발표된 몇 편의 시와 담론을 주목하게 된다. (…) 이에 따라 차영한의 신작시 〈화엄경을 읽다가〉외 4편의 시가 주

목된다.(《시문학》'99. 4)

(…) 차영한의 시 〈화엄경을 읽다가〉 외 4편의 시는 모두 불교적 인식 혹은 상상력에 의해서 쓰인 시이다. 이에 따라 다소 선어적인 표현과 비유의 비약으로 이 시를 이해하는데 많은 장애를 느끼게 된다. 예컨대, "무릎을 탁 치고/하나 밖에서 하나를 보았다"라든가, "잠시뿐인 제 그림자만 밟고/분명히 오면서 가기는 어디로 가는가" "열반에 설법 앞세우는/속빈 강정을 밥 먹듯이/저 거짓말로 담금질 하지 않는가"《화엄경을 읽다가》 중에서) 등이 그것이다. 이러한 차영한의 표현구조는 이번에 발표한 5편의 시 도처에서 발견된다.

> 꺼낸 하얀 타월로 땀을 훔치듯이/꽉 막힌 피로 끝에/갈대 머리 위로 날아오르는 백로 떼/나래 짓마다 마실 연기가 햇빛에 빛나고/그 사이로 나룻 배 닿는 둔덕/오르내리는 낯익은 손님들의 반가운 만남/눈 맞춤을 뒤돌아 밟는 총총한 걸음걸이/숨결 따라 어느 초상집의 불빛을/보는 망각의 언덕에 섰나니/수평선과 하늘이 엇갈리는/파도와 구름이 소용돌이치는/육체와 영혼이 분리되는/순간과 순간의 끊어지고 이어짐에서/어디로 가는지 한 마리의 노랑나비를 본다/나비의 날개에 묻어나는 저승꽃을 본다.
> —차영한의 시 〈담배를 태우면〉, 전문

이 시의 제목은 〈담배를 태우면〉이다. 이 시를 이해하는데 있어서 "담배 연기"는 이 시의 중요한 모티프가 된다. 이를 비유하고 있는 시어들은 "백로 떼" "초상집의 불빛" "파도와 구름의 소용돌이" "육체와 영혼의 분리" "순간과 순간의 끊어짐" "노랑나비" "저승꽃" 등이다. 그리고 이러한 시어들이 함의하고 있는 시어는 "저승꽃"이다. 저승꽃이라는 시어로 연결되어 있으며, 그 연결고리는 불교적 인식에 의해서 이루어지고 있다. 예를 들면, "연기가 햇빛에 빛나고/그 사이로 나룻배 닿는 둔덕"과 "순간과 순간이 끊어짐과 이어짐에서"라는 표현 구조가 그것인데, 이 표현은 찰나의 무상성과 영원의 찰나성이라는 불교의 시간 개념에 뿌리를 두고 있는 것으로 보이며, "나룻배 닿는 둔덕"은 나룻배를 보살행의 의미로 보았을 때, 피안과 차안의 경계에 대한 불교적 인식에 그 근거를 두고 있다는 의미이다. 이러한 필자의 이해가 지나친 해석일 수도 있다. 그러나 이렇게 이해하지 않고는 이 시를 온전히 이해할 수 없다. 혹자는 이 시를 단순히 '넌센스 포에트리'로 보고 그 표현구조를 분석할 수도 있을 것이다. 그러나 5편의 시를 관통하고 있는 큰 줄기가 불교적인 상상력이라는 점에서 이 시는 불교적 인식을 그 잣대로 하여 살펴보아야 한다.

앞에서 필자는 그의 시를 선어적인 표현 시로 보았다. 선어는 논리 이전의 언어이다. 선어는 일상성으로부터 초월한 상징의 언어이다. 선어는 不立文字, 格外別傳, 直旨人心의 언어이며, 직관 그대로의 언어이다. 차영한의 시가 선적 요소를 강하게 지녔다고 해서 선시라는 말은 아니다. 선적인 표현구조 그리고 선어와 같은 시어들이 시의 상징성을 돋보이게 한다는 의미이다. 5편의 시 속에 어디에도 이런 요소는 있다.

> 오가는 길은 누구를 붙들겠는가
> 거꾸로 매단 굴비 생각에도 미치지 못한
> 가오리 콧구멍에 닻 던지는 일이다.
> ㅡ시 〈화엄경을 읽다가〉 중에서

> 화엄산 하얀 눈 더미 속으로 굴러 떨어지는

옷 벗은 채 헛웃음 치는 명아 지팡이 하나
감춘 빈정거림의 뼛속 깊이를 다시 짚고 일어섰나니

　　　　　　　　　　—시 〈어느 유배지의 일기 · 2〉 중에서

눈썹에 남은 의지의 칼날을 갈며
위기의 북소리에는 분연히 일어설
한 자락의 포효하는 파도처럼
침묵의 갈비뼈를 떳떳이 다듬고 있다.

　　　　　　　　　　—시 〈어느 유배지의 일기 · 3〉 중에서

때 아닌 먹 뻐꾸기 가깝게 와서 귀 후비는 것은 뭣인가
아뿔사 박제된 땀방울의 흥정에다 뒷구멍 파는 소리다

　　　　　　　　　—시 〈바다는 텔레비전 속에서 신나게 뛰고〉 중에서

　위의 인용한 구절을 논리적으로 이해하는 것은 쉽지 않다. 그로 인해 이
해를 포기하기 십상이다. 그러나 이런 시; 문장을 읽음으로써 문장연구와
분석 추리 없이도 一瞬해서 우주와 인간의 삶을 맑게 꿰뚫어 보는 것처럼
느끼게 된다. 이는 곧 선의 언어적 체험이다. 이러한 체험을 통해 우리는
특이한 우주적인 감동을 얻게 된다. 분별이나 과학적 인식이 소용없음도
체험하게 된다. 이것이 불교적 인식, 선적인 언어로 표현된 시를 접해서
느끼게 되는 감동이다.
　고 김동리 선생은 '제3휴머니즘'이라는 이름으로 자신의 소설 세계를 인
본과 신본을 결합한 새로운 휴머니즘 문학세계로 구축하려 했으며, 단편
적이기는 하나 이론적인 모색도 시도했다. 그리고 미당을 비롯한 몇몇의
시인들도 초월주의적 혹은 신비주의적인 시세계를 구축한 바 있다. 따라

서 '신인본주의'라는 편의적인 이름으로 살펴본 이글의 의미는 그다지 새롭다고는 할 수 없을지 모른다. 가장 인간적인 문학으로의 회귀 또는 환기 정도의 의미로 폄하될 수도 있을 것이다. 그러나 사이버적인 문학의 출현과 이에 대한 평가나 주목이 우호적으로 증대되고 있는 지금 우리의 문학 현실과 미래의 시 지평을 전망할 때, 우리는 무엇인가로 그 거대한 흐름에 맞설 수 있는 대응 의식이라도 가져야 할 것이라는 생각을 하게 되며, 그 대응 의식이 무엇이든 인간 정서와 정신을 황폐화시키고 있는 것으로부터 벗어나려는 창작 실천 의지를 표면화시켜야 할 것이다.

앨빈 토플러는 제4의 물결을 '다양성'으로 보았다. 다양성은 인본주의에 뿌리를 둔다. 따라서 앨빈 토플러의 긍정적인 미래에 대한 예측이 맞는다 할 때, 우리는 초조해 할 필요는 없을 것이다. 하지만 21세기를 코앞에 둔 지금, 우리는 인쇄매체 문학의 위기를 일소하고, 우리 영역을 확보하기 위해서라도 다가올 시대흐름에 대응할 수 있는 새로운 시적 패러다임을 모색하고 실천해야 할 것이다.

☞ 출처: 《詩文學》, 통권 제334호, 제5월호(시문학사, 1999), 115~119쪽.

바다시의 전통과 이중성

(시인 · 경남대학교 교수)

통영지역 시의 중요한 전통은 바다시에 대한 집중적인 인식과 그 창작에 있다. 통영은 널리 알려진 대로 바다라기보다는 강에 가까울 정도로 잔잔한 안바다다. 난바다와는 다른 섬세하고도 아기자기한 풍광을 자랑하는 곳이다. 따라서 통영사람들에게 바다는 땅의 연장으로 지각된다. 이러한 태도는 바다사람의 것이 아니다. 무테사람의 것이라 할 수 있다. 바다는 경계를 지우고, 차지할 수 있을 뿐 아니라, 중용한 재산인 토지의 또 다른 모습으로 그들에게 바친다.

바다가 이데올로기의 자리가 되는 것은 이러한 논리와 유비관계를 이룬다. 외세 침략에 맞서는 조국수호의 보루로서 통영과 한산섬을 바라보는 태도는 바로 이러한 논리와 닿아 있다. 음악가 윤이상을 고향 통영에 돌아오지 못하게 한 것도 바로 바다를 경계 지우는 무테사람의 논리로 말미암은 탓이라 해도 틀린 말이 아닐 것이다.

(중략)

보채는 갯펄도 없네
덕지덕지 찍어 붙일 흙도 없네

어글어글 하는 돌담 뿐

돌구멍마다 소금바람만 불어

서글서글 떨어지네

진눈깨비처럼 수염부터 적셔

비끌어 맨 벼랑돌이 먼저 떨어지네

감싸고 감싼들 나가눕는 세월

삿대로 짚어도 시퍼런 눈알 굴리며

칼을 갈며 서러운 것부터 잡고

한 시대의 간肝을 떼어

갈바람 끝에 거꾸로 매단 가난

참다 참으로 참네

올데갈데없는 힘없는 백성의 한숨만 남아

문어 낙지다리처럼 시뻘건 발버둥

보이지 않는 목덜미만 잡혀

가슴 찢어 먹물들인 기다림만

저물어 후미진 물이 간다 가네

길잃은 반물 잡혀 튀는 비늘

너털웃음에 걸려 따돌리고 있네

건너서 옆길로 내달리는 게거품

부글부글 일어 치밀어 앓는 물발

울음으로 모여 벼랑 끝에 흰피 쏟아내네

저어 몸부림의 번뇌 맨발로 퍼질러 앉아

두고두고 저승보다 이승을 되묻고 있네.

—차영한의 시 〈섬·1—소매물도〉⁸⁾

8) 《섬》. 시문학사. 1990. 9—10쪽.

오늘날 통영바다는 뭍에서 겪는 삶의 고통과 신산을 거듭 보여주는 삶의 자리며, 그것보다 더한 고통의 땅이다. (중략) 바다의 간난스러움이 보다 뚜렷하게 표출되고 있다. 시인의 의욕적인 통영바다의 섬시 가운데서 맨 앞에 놓은 이 작품에서 통영바다에서 겪는 삶은 "감싸고 감싼들 나가 눕는 세월" 내내 "올데갈데없는 힘없는 백성의 한숨"으로 "먹물들인" 채 "맨발로 퍼질러 앉아/두고두고 저승보다 이승을 되묻는" 섬으로 형상화되고 있다. 통영사람들에게 바다는 어김없이 삶의 고통스런 노동과 애환이 출렁이는 땅일 뿐이다. (중략) 그러나 바다에는 바다사람의 논리가 있다. 육지와 같이 경계지울 수 없을 뿐 아니라, 숱한 변화 앞에 내던져진 자유로움 그대로의 바다 또한 중요한 지역성을 엮어낸다. 더 너른 난바다 위에서 통영인들이 꿈꾸었을 경험이 그것이다. 그리고 그러한 자유로움의 방향에 최두춘, 장춘식과 같은 시인들의 아나키즘이나 김춘수의 몰역사주의가 놓인다. 각별히 김춘수의 역사 혐오는 통영바다가 지니고 있는 자유로움의 표면을 취한 것으로 여겨진다.

통영 시 작품 속에는 이렇듯 땅의 논리와 바다의 논리가 아울러 작용한다. 그러한 지역적 개별성은 바로 통영지역 시인들에게 독특한 성격을 일깨웠음직하다. 그리고 그러한 둘의 이중성을 한 사람의 내부에 아울러 내재하고 있는 바다시가 유치환의 것으로 보인다. 유치환 시의 목소리와 표현, 대상 인식 속에 여러 길로 드러나는 이중성, 곧 여성성과 남성성, 감상성과 비판성, 현실적인 묘사와 우주적 진술, 통영바다의 이원성과 멀지 않다.

섬이면서 육지고 육지면서 섬인 이러한 통영의 지역적 이중성이 통영바다 시인들의 다양한 시적 현실을 이해하는 한 논리를 마련해 준다. 항왜의 가치도 높았지만, 왜로들의 어업자본 아래서 남해안 어느 곳보다 많은 부를 축적할 수 있었던 원동력과도 이어진 대목이다.

　이러한 바다시의 세계는 통영이 남해안과 대한해협의 중요한 정치, 문화적 경관으로 떠오르면서 새삼 적극적인 현실 수용과 새로운 변모를 아울러 예상하게 해준다.

☞ 출차: 경남대학교 경남지역문제연구연구원 편, 〈근대 통영지역 시문학의 전통—4. 3 바다시의 전통과 이중성〉, 《통영·거제지역연구》(경남대학교출판부, 1999. 12), pp.376~379.

함께 읽고 싶은 시집: 차영한 시집 《섬》

이상옥

(시인·문학평론가)

포찰이나 고부지기나 뚝을

쪼시개로 따 먹고 살 수만 없었네

톳이나 지충 미역 가사리만

뜯어 먹고 살 수 없었네

매바우 웃치나 아랫치에서

따라오는 눈물 하나 꿀꺽 삼키며

날물 앞질러 가야 했네

꼴 노를 한창 노를 이물 노까지

저어 사철 없는 한 바다로 가야 했네

된새 갈시마 니살에도 날받이 물 때

한 걸음에도 멍에 쓰듯

실랭이 몸서리 여얼 내러

솥뚜껑여 오리바우 지나

굴비섬 저승 밖을 황망히 갔네.

—시 〈섬·7-큰닭섬[大鷄島·大德島]〉, 전문

* 포찰: 굴 종류로, 갯가 바위틈에 피라밋식으로 기생하고 있음.
* 고부지가: 홍합종류로 새 홍합이라고도 함.
* 뚝: 굴 종류.

차영한 시인은 통영 갯가 출신으로, 통영시청 정보통신과장으로 재직하고 있다. 나는 평소 차영한 시인에 대하여 정말 시인다운 분이 아닌가 하고 생각한다. 시인답다는 말이 추상적이긴 하지만, 그의 시적 고집이나 자부심 등을 떠올리면 맞아, 차영한의 얼굴이 바로 시인의 모습이야 라고 생각하게 된다.

차영한 시집《섬》은 1990년 시문학사에서 연작시로서 초간본이 출간되었고, 지난해(2001)에 10여 년 만에 재판이 나왔다. 초간본 서문에는 "먼저 이 시는 살면 살수록 아름다운 내 고향에 바칩니다"라고 쓰고 있다.

차영한 시집《섬》은 그 가치만큼 제대로 아직 평가가 이루어지지 못하고 있는 형편이다. 문덕수 선생이 사석에서 차영한 시인은 남도의 백석이라고 극찬한 바 있지만, 누구나 모두 차영한 시인을 그렇게 높이 평가하는 것은 아니다.

> 초판을 발행할 때는, 제가 낳고 자라고 지금까지도 떠나지 않고 살고 있는 고향의 투박하면서도 정겨운 섬 생활의 모습과 섬의 생태를 토속적인 섬의 언어로 형상화함으로써 '섬'을 함께 느끼고 살아가는 고향사람들과 이 시집을 나누어 가지려고 했는데, 뜻하지 않게 먼 곳의 여러 사람들에게서도 호응과 관심을 얻게 되었습니다. 그 호응과 관심을 저버릴 수 없어서 재판을 발행하여 보답코자 생각합니다. 이 시집으로서 현대문명 속에서도 훼손되지 않고 원초적으로 살아 숨 쉬고 있는 '섬'의 삶과 언어와 풍속을 감상하는 데 다소라도 도움이 된다면 더 이상 기쁠 수 없겠습니다.
> ─차영한 시집《섬》중 시인의 말〈재판을 내면서〉, 부분

이 글은〈재판을 내면서〉의 일부인데, 시집《섬》을 이해하는데 도움을 준

다. "현대문명 속에서도 훼손되지 않고 원초적으로 살아 숨 쉬고 있는 '섬'의 삶과 언어와 풍속"은 바로 이 시집의 테마다. 이 시집에서 구사하는 섬의 언어는 현대 언어에서 보면, 거의 원시어에 가깝다고 볼 수 있다. 합리성, 편리성, 기능성을 좇는 문명의 발달은 인간을 과연 행복하게 하는 것인가. 시가 문명 이전, 인간이 지닌 본질을 조명하는 것이라면, 차영한의 섬의 언어는 시어의 원형질과 같은 것이다. 이 시어들은 차영한 시인이 아니면 도저히 흉내도 낼 수 없는 독특한 것이다. 처음 인용한 시를 보면, 우리말에 이런 어휘들이 있었나하고 생경한 느낌이 든다. 밑에 주를 달아놓았지만, 무슨 외국어를 읽는 것 같지 않은가.

이 시집은 통영을 중심으로 한 남도 언어의 寶庫이며, 한편으로는 섬의 풍속도이기도 하다. 육지와 단절되어 오염되지 않은 태초의 삶의 양식이 원형에 거의 가깝게 남아 있는 섬의 문화가 이 시집에 내장되어 있는 것이다.

해안선을 앗아 사리며
만나보고 싶은 고독의 한 끝을
선유대仙遊臺에서 풀어 던지면
달아오르는 내 영혼을
노 저어 오는 바다

오늘은 소지도小知島와 마주하여
기울고 싶은 수려하고 투명한 유리잔
후끈해서 한 잔 더 붓고 싶은 목숨
아리고 저림도 은비늘로 나부껴서
당신이 부르면 세상을 가르며

하얀 물오리 떼처럼 노 젓고 싶네

더딘들 투덜대지는 말게나
사는 것이 무엇인지 사는 것 밖에서
저어 짙푸른 자존의 지느러미
유연하게 헤엄쳐 오는 것 보아라.

—시 〈섬·9—비진섬[比珍島]〉

　언어의 사슬들이 자유롭게 얽혀서 새로운 언어구조(시적 질서)를 구축한
다. 문장성분들이 일상성을 뛰어넘어서면서 서로 만난다. "달아오르는 내
영혼을/노 저어오는 바다", "유리잔/후끈해서 한 잔 더 붓고 싶은 목숨",
"하얀 물오리 떼처럼 노 젓고 싶", "저어 짙푸른 자존의 지느러미" 등을 보
면 금방 알 수 있다. 시인의 언어구사능력이 돋보인다. 남도방언을 자유
자재로 구사함을 물론이고, 문장성분들을 새롭게 교합시키는 능력이 예
사롭지 않다.
　이 시집은 언어유희가 우세하면서도 삶을 진지하게 성찰하고 있지 않은
가. 바다와 섬, 고독과 성찰, 그리고 바다의 이법을 삶으로 끌어당기는 이
시집은 차영한만의 개성적인 목소리를 보이는 것이다.

향토적 서정의 형상화–
삶과 역사의 현장으로서 바다

서 석 준
(문학평론가)

'섬'이란 가끔 우리네 삶이나 고독한 인간 존재에 비유될 수 있다. 황량하고 넓은 대양 한가운데에서 끊임없이 밀려오는 세찬 파도와 바람과 맞서는 모습, 그리고 섬과 섬은 서로 절대로 다가설 수 없는 상황 등이 흡사 우주에 던져진 실존적 존재로서의 인간과 너무도 닮은꼴인 데서 그 같은 연상이 가능할 것이다. 그래서 '세파世波'란 단어를 우리는 자주 애용하고 있지 않은가.

차영한의 연작시 〈섬〉에는 향토에 대한 시인의 사랑과 애착이 곳곳에 배어 있다. 대저 고향이란 무엇인가. 그것은 우리에게 생명과 숨결을 부여한 어머니의 다른 이름이자 생명의 모태일 수 있다. 더욱이 바다란 충만한 모성적 공간일 뿐 아니라 모든 생명체들의 원초적 본향이기도 하다. 하지만 차영한의 작품에 등장하는 바다는 낭만의 그것과는 약간의 간극을 유지한다. 다시 말해서 그의 시에서 바다는 고달픈 삶의 현장이자 척박한 생업의 뒷걸개로 존재한다.

배 하나로 사는 땅

그래도 굿니 일어야

나의 농어 떼 몰려온다네

(중략)

당나귀 통배 하나로

한 몸으로 바다를 건져 올려야 하네.

—시 〈섬 · 5-어유섬〉, 부분

"통배 하나/한 몸으로 바다를 건져 올려야 하네"에서처럼 그의 시에서 바다는 삶을 영위하기 위해 그리고 자아와 대립되는 대상으로서—고달픈 노동의 현장으로 형상화되고 있다. "당나귀 통배 하나로" 표상되는 왜소함과 좁음 그리고 초라함은 무한함과 풍요의 상징인 바다와 병치됨으로써 우리네 삶의 궁색함을 확연히 드러내고 있다. 생업의 수단으로서 선택의 여지없이 바다로 나아가야 하는 상황은, 그의 시 도처에서 발견된다. 결국 바다는 식솔들의 호구를 위한 투쟁의 장에 다름 아니다.

포찰이나 고부지기나 뚝을

쪼시개로 따 먹고 살 수만 없었네

톳이나 지총 미역 가사리만

뜯어먹고 살 수 없었네

(중략)

솥뚜껑어 오리바우 지나

굴비섬 저승 밖을 황망히 갔네

—시 〈섬 · 7-큰닭섬〉, 부분

인용 시에서 바다는 식솔들의 굶주림을 해결하기 위해 나아가야 하는 생업의 현장이자, 그곳은 "저승"으로 상징되는 커다란 위험과 생명을 담보로 잡혀야 하는 척박한 공간임이 드러난다.

> 몇 번인들 내 모르냐
> 남색 끝동 눈물 가로 막아서도
> 우리 그때의 굶주림
> 게딱지로 저녁은 비울 수 없었네
> 그래서 갔지 차라리 바다로 갔네
>
> —시 〈섬 · 8-가오섬〉, 부분

> 죽을 고비 몇 번 넘거도
> 질긴 목숨 시퍼런 물에 징경징경 적셔
> 서늘해도 목 뽑아 밤 물을 보네
> 지는 달 막아서며 퉁소를 부네
>
> —시 〈섬 · 10-댓섬〉, 부분

바다는 굶주림과 허기를 면하기 위한 고달프고 힘든 생업의 현장으로 형상화되고 있다.

"입이 무서워/그리고/게딱지로 저녁을 비울 수 없었던" 연유로 바다로 나아가야 했고 그 외 별다른 선택의 여지가 없는 식구와 자신의 최소한의 생존을 위한 작업장이었다. 여기에서 차영한의 시는 '민중적 삶의 현장성'을 획득하게 된다. 앞서 필자가 지적한 바, 그의 일련의 시들이 낭만적인 바다를 노래한 여타의 시들과 변별력을 가진다는 지적이 여기에서도 적용될 수 있을 것이다.

시인에게 바다는 역사의 다른 이름으로 다가오기도 한다. 폭풍의 파고 만큼이나 거칠고 높았던 우리의 근현대사는 그의 시 속에서 고스란히 재현되고 있다.

(중략)

> 잠깐 꼬부랑개[曲龍浦]에 살아도 알고 있네
> 갈라진 조국의 마음을 부둥켜안고
> 서로 싸우다가 싸우던 눈물이 끌려와서
> 표독해서 거제도 고현 포로수용소에서
> 다시 주원周元, 여기곡女妓谷으로
> 건너와서까지 스스로 악질을 놓고
> 스스로 자기들끼리 처절히 재판히어
> 살점을 찢어 오줌통에 담아 수금동 고개나 예목치 새벽길에
> 던져진 절규의 등안 도깨비 바다
> 마늘밭 매는 동반령洞半嶺은 알고 있네
>
> —시 〈섬 · 12–추봉도〉, 부분

(중략)

> 불호령 내리는 당신의 선상船上
> 이글이글 타오르는 눈빛
> 필사의 가슴들이 신출神出 하는 방패
> 휘두르며 내려치는 도도한 칼날
> 베어지는 수억 개의 왜구들의 목
> 날으는 불화살에 비명은 다시 꽂히며
>
> —시 〈섬 · 16–한산섬〉, 부분

인용 시에서 앞부분은 '거제도 포로수용소'로 대변되는 동족상잔의 6 · 25 그리고 뒷부분에서 한산대첩과 이순신 장군은 고스란히 그의 시에서 복원되고 있다. 때로는 그 바다는 승전의 깃발을 높이 올려 민족의 기개를 활짝 펼치는 장이기도 하지만, 때로는 골육상잔의 피비린내 진동하는 비극의 바다이기도 하다. 시인에게 있어 고향 바다는 민족의 굴곡을 고스란히 간직한 채 여전히 존재하는 역사의 현장에 다름 아니다. 하지만 이 모든 것을 떠나 '바다'는 많은 시인들에게 모성적 상상력을 제공한 진원지였듯이, 그에게도 어쩔 수 없이 바다는 일상의 고달픔과 수난의 역사를 넘어서는 생명의 1번지이자 언적지로 형상화되고 있다.

한 몸 버리면 그만이지만
아무리 그렇다고 버려지더냐
마파람이 새시마로 돌아도
싱싱히 뛰는 웃음 만나려 바다로 갔네
—시 〈섬 · 8-가오섬〉, 부분

이 사람아
비정非情과 후회가 어디 있나
그래서
바람 불어도 바다로 가네
갈바지 새바지 보며
따라 나서는 내 아들 데리고
기약 없는 바다로 가네
—시 〈섬 · 17-물섬〉, 부분

가야지 그래도 가야지
바다로 가야지

—시 〈섬 · 19-종이섬〉, 부분

누구는 안 아프나
아파도 눈 내리는 바다로 가야 하네
노 젓는 눈 따라
안개꽃 따며 적막을 갈라내야 하네
뱃길 빌고 비는 망영대望迎臺에
아내의 눈빛 다시 만나기 위해
물 밑의 구름재를 넘어
맨발로 푸욱푸욱 빠지는 억새꽃 밟듯
자주 노를 버가 바다로 가야 하네

—시 〈섬 · 33-소섬〉, 부분

원형비평에서 바다는 '모성적 공간', '영원한 재생과 회기의 화소'를 지닌
다. 현세의 삶이 고달플수록 모성적인 것에의 열망은 강렬해질 수밖에 없
다. "싱싱히 웃음 뛰는 바다/기약 없는 바다를" 향해 시인은 길을 나선다.
그곳은 자신의 따뜻한 아내의 눈길이 널려 있고, 일상적 삶의 고달픔을 진
무시켜 주는 낙원인 연유이다. 결국 차영한의 바다 지향성은 희망과 재생
을 위한 희망의 노래로 명명해도 좋으리라.

이승에 한 발, 저승에 한 발 딛고 서서 보면

이승복

(시인 · 홍익대학교 교수)

크게 한 번 병치레를 해 보신 적이 있으십니까. 만일 그러시다면 아실 겁니다. 인생을 하루하루 정리하면서 살아야겠다는 마음을 이해하실 수 있을 겁니다. 심하게는 주소록도 정리하고, 내가 없을 때 누군가 내 서랍을 꼼꼼히 들여다 볼 것이 염려스러워 주섬주섬 버릴 것은 버리고 지울 것은 지우기도 하지요.

그런데 그런 생각이 들 즈음에는 오히려 죽음이 두려운 것이 아니라 살아 있음이 소중하게 느껴지는 것은 어찌된 일입니까. 지나는 바람은 감미로우며 길가에 흩어진 채로도 정겹게 살아 있는 잡초는 얼마나 소중하게 여겨지는 것인지. 도대체 이런 눈이 왜 이제야 뜨였는지 알 수 없는 일입니다.

바로 그럴 때 느끼는 소중함과 살아 있음의 존귀함 그대로를 저기 저 바다에 떠 있는 섬에서도 읽어낼 수 있다면 어떨까요. 섬은 멀리서 바라볼 때 보이는 정경이 아니라 섬 그 자체가 생명이라는 것을 십분 이해할 수 있어야 한다는 말이기도 합니다. 더구나 그 섬에서 살고 있는 사람들의 입장에서 본다면 섬은 그대로가 삶의 터전이며, 이유이며, 논리이기도 하고, 윤리이기도 하며, 심지어는 이데올로기이며, 역사이기도 합니다.

이런 생각이 들 때면 그제서야 비로소 섬이 달라 보이기 시작할 것입니다. 그동안 우리는 도시의 정서만으로, 문명인의 시각만으로 섬을 바라보았지만 그것이 얼마나 부질없고 경박한 시각이었는지를 알게 될 것입니다. 섬을 생명 시작으로 그리고 의식의 근거로 보면, 그 순간부터 우리는 실로 풍요로워지기 시작합니다. 정작 풍요로워지는 것은 섬이 아니라 바라보고 있는 우리 자신이라는 것을 알게 될 것입니다.

차영한 시인은 섬사람입니다. 하지만 그의 시 속에서 섬에 대한 사랑이나 동경을 읽어낼 수는 없습니다. 이미 그에게는 섬이라고 하는 것이 시인과 구분할 수 없는 한 몸이기 때문입니다. 그래서 그의 시는 섬사람들의 말로 씌어졌으며, 섬사람의 일상을 담고 있고, 섬사람의 생명의 저 밑바닥에서부터 치밀어 올라온 그대로의 흔적을 담아내고 있다 하겠습니다.

《시문학》이라는 잡지의 추천을 통해 시단에 발을 디딘 이래로, 그의 시적노정은 섬의 생명력을 드러내는 일에 매달려 왔습니다. 시를 쓰는 것이나 섬으로 살아가는 것이 결코 다르지 않다는 것을 체험한 탓일 것이며 그것이 곧 시를 쓰는 이유이기도 합니다.

이 시를 읽으면서 우리는 저간의 상식을 일단은 버려야할 것입니다. 책상 서랍에 남아 있던 무의미한 흔적들을 거두어내듯이, 자연 앞에만 서면 함부로 폄하하려는 도시인의 오만함도 거두어내야 할 것입니다. 새롭게 주소록을 정리하듯이 지금껏 지니고 있었던 생명에 대한 생각도 한 번쯤은 정리해 보아야 할 것입니다.

섬은 바라보는 자의 몫이 아니라 섬 그 자체로서 의미가 있는 것임을 인정하면서, 그 섬에서 섬과 함께 살고 있는 사람들의 체취도 느껴 보아야 할 것이며, 그들과 함께 지지고 볶듯이 지겹도록 함께해 온 자연들 또한 결코 무시할 수 없는 끈덕진 인연임을 고맙게 여겨보아야 할 것입니다.

보채는 개펄도 없네

덕지덕지 찍어 붙일 흙도 없네

어글어글 하는 돌담 뿐

돌구멍마다 소금바람만 불어

서글서글 떨어지네

진눈깨비처럼 수염부터 적셔

비끌어 맨 벼랑돌이 먼저 떨어지네

감싸고 감싼들 나가 눕는 세월

삿대로 짚어도 시퍼런 눈알 굴리며

칼을 갈며 서러운 것부터 잡고

한 시대의 간肝을 떼어

칼바람 끝에 거꾸로 매단 가난

참다 참으로 참네

올데갈데없는 힘없는 백성의 한숨만 남아

문어 낙지다리처럼 시뻘건 발버둥

보이지 않는 목덜미만 잡혀

가슴 찢어 먹물들인 기다림만

저물어 후미진 물이 간다 가네

길 잃은 반물 잡혀 튀는 비늘

너털웃음에 걸려 따돌리고 있네

건너서 옆길로 내달리는 게거품

부글부글 일어 치밀어 앓는 물발

울음으로 모여 벼랑 끝에 흰 피 쏟아내네

저어 몸부림의 번뇌 맨발로 퍼질러 앉아

두고두고 저승보다 이승을 되묻고 있네.

—차영한의 시 〈섬 · 2-소매물섬〉, 연작시집 《섬》, 12쪽

☞ 출처: 《시민과 변호사》, 통권 제90호, 7월호, 서울지방변호사, 2001, pp.44~45.

서글서글한 울음으로 풍화되는 존재,
그리운 섬

양 병 호

(시인 · 문학평론가 · 전북대학교 교수)

보채는 개펄도 없네

덕지덕시 씩어 붙일 흙도 없네

어글어글 하는 돌담 뿐

돌구멍마다 소금바람만 불어

서글서글 떨어지네

진눈깨비처럼 수염부터 적셔

비끌어 맨 벼랑돌이 먼저 떨어지네

감싸고 감싼들 나가 눕는 세월

삿대로 짚어도 시퍼런 눈알 굴리며

칼을 갈며 서러운 것부터 잡고

한 시대의 간肝을 떼어

칼바람 끝에 거꾸로 매단 가난

참다 참으로 참네

올데갈데없는 힘없는 백성의 한숨만 남아

문어 낙지다리처럼 시뻘건 발버둥

보이지 않는 목덜미만 잡혀

가슴 찢어 먹물들인 기다림만

저물어 후미진 물이 간다 가네

길 잃은 반물 잡혀 튀는 비늘

너털웃음에 걸려 따돌리고 있네

건너서 옆길로 내달리는 게거품

부글부글 일어 치밀어 않는 물발

울음으로 모여 벼랑 끝에 흰 피 쏟아내네

저어 몸부림의 번뇌 맨발로 퍼질러 앉아

두고두고 저승보다 이승을 되묻고 있네.

—차영한의 시 〈섬·2−소매물섬〉

섬 소리 감각부터 뭔가 외로움의 기운이 물씬 풍기는 것 같지 않나요. 글쎄 한 음절로 된 단어여서 그런지는 몰라도 말이지만요. 뭍으로부터 머얼리 떨어져 마치 유배당한 듯한 표정의 섬, 섬, 섬, 섬, 섬, 그 섬은 하염없이 밀려와 부서지는 파도를 가슴에 안아 기른다지요. 무시로 불어오고 불어가는 바람에 머리칼 헹구며 사념의 무거운 머리 식힌다네요. 어둔 밤하늘의 머언 별빛 우러러 맑고 투명한 시심을 기른다던데요. 뭍을 향한 그리움을 바다의 가슴 속 깊이 전복으로 키우고 있다고들 말하기도 합니다. 그러다가 심심하면 그리움과 외로움을 끼룩끼룩 갈매기로 만들어 하늘에 날려 보낸다고 합니다. 그러면서 섬은 소금기 가득한 해풍에 슬며시 풍화되어 갑니다. 낡아져 갑니다. 닳아져 갑니다. 흐릿해져 갑니다. 갑니다. 갑니다. 그리고 마침내 지워집니다. (중략)

하여튼 이 시는 소매물도의 풍광을 소재로 하여 인간의 존재성을 형상화하고 있습니다. 소매물섬은 가 보지 못했지만, 이 작품의 선명한 이미지 묘사로 눈앞에 훤하게 모습을 드러냅니다. 개펄이나 흙들이 모조리 파도와 바람에 쓸려 사라져 버린 섬. 오로지 구멍 뚫린 돌들만이 어글어글하다 서글서글 뒹구는 곳. 이따금 돌담의 돌들이 무료함을 깨치려는 듯 툭탁하며 떨어지는 섬. 새파란 바람과 질척한 진눈깨비 맞아 엉덩방아 찧으며 나가 눕는 세월. 그 속에서 입 앙다물고 견딜 수밖에 없는 참으로 찬, 차가운 가난. 그 억울한 아니 서러운 거시기가 풍화되어 한숨만 펄럭이는 해변. 그 해변 따라 옆길로 내달리는 그리움, 부글부글 일어 치밀어 앓는 기다림. 이와 같은 소매물섬의 풍경이 바로 우리 인생의 속성으로 읽히는 것은 왜 그런 것일까요. 배를 타고 가며 바라보는 섬은 고독한 인간의 존재를 시각적으로 확인시켜 주는 대상이 아니던가요. 그래요. 섬과 인간의 닮음성의 강도는 참말로 강합니다. 하여 시인은 섬을 통하여 인간을 말합니다. "저어 몸부림의 번뇌 맨발로 퍼질러 앉아/ 두고두고 저승보다 이승을 되묻고 있네"라고요. 그렇습니다. 우리도 더더욱 섬의 품성을 닮게 되기를 바랍니다. 하여 파도와 바람에 고즈넉이 부침하며 기우뚱 갸우뚱 한세상 출렁이기를 바랄 뿐이어요. 소금기가 진한 세파에 간 맞추며, 맞추어지며….

☞ 출처: 《시문학》, 통권416호, 3월호(시문학사, 2006. 3), pp.143~146.

지역의 시, 다양한 시편들

강희근

(시인 · 경상국립대학교 교수)

(…) '통영문학'에서는 (…) 차영한의 〈빈 걸음〉, 〈비비새〉가 자별난 말 맛을 준다.

> 너무새 짚어 허벅지 사리까지 콧물 훔치던
> 명베치마 질금질금 다 적신 누런 바닷물
> 때 씻고 헹궈 놓아도 끌고 가는 저놈의
> 엉덩이 닛살 갑자기 머리채 끌며 덮쳐 둥둥 떠
> 밀려가는 신발 엉겁결에 주뼛주뼛한 샛굴 껍질
> 갯바위라도 붙잡고 버티다 온몸 회를 쳐
>
> ——차영한의 시 〈빈 걸음—어머니 말씀〉, 전반부

따옴 시는 〈빈 걸음—어머니 말씀〉 전반부다. 언어가 칡넝쿨처럼 뻗쳐나 간다. 바다와 '명베치마', '엉덩이 닛살', '신발', '샛굴 껍질'로 이어지는 것 은 적당한 언어의 널뛰기다. 한치 순간적 틈새도 벌리지 않고 달려 나가 는 것이 화사한 잔치다. 차영한은 최근 쉬르레알리슴이나 다다의 이론과 그 실천에 골몰해 있어 보인다. 평소 섬 주변의 방언들에 탐색의 길을 보 여주던 것을 스스로의 의식의 공간을 확보하면서 활달한 세계로 펼쳐 나가게 된 것 같다.

비리비리 비린내 나는 저 비리 비린鄙吝
못 잡아먹어 안달이 난 빌어먹을 짓만 골라
비방에 못 이겨 비박非薄한 눈 흘김의 행세
비문卑門에 태어나지 않았다고 장담한지 결국
구더기만 장 담다 짓뭉개진 명태눈깔 삐뚜루미탈
용신龍身에 들어가 텅 빈 해낭奚囊만 뒤적이다가
해람海纜한들 술 취한 배 털메기 벗어든 비틀양반
튀어나온 제 눈깔 가로등에 호드기 소리는 어디인고
찢어진 헝겊 때진 너털웃음 소리 뻣정거리춤아
　　　　　—차영한의 시 〈비비새—통영오광대 보다가〉, 전문

　따옴 시는 통영오광대 연희에서의 비비새(영노) 역에 초점을 잡고 그린
것이다. 특히 언어의 퍼즐게임을 즐기고 있다는 느낌을 준다. "비리비리
비린내 나는 저 비리 비린"으로 시작하여 '비방', '비박', '비문'으로 이어지
고 '삐뚜루미탈', '비틀양반'으로 이어지는 어감을 통한 풍자가 볼만하다.
탈놀음을 언어라는 탈로 접근하고 있는 셈이다. 차영한은 이런 시 쓰기로
통영판소리를 한 마당 걸직히 펼쳐 놓고 있다는 느낌을 준다. 한 중진시인
이 이름값을 넘어 신선한 실험을 지역시단에 선보여 준다. 그것만으로 그
는 제몫을 하고 있다. 앞으로 지역시가 가야할 어떤 지침을 제시하고 있
는 듯도 싶다.

　　　☞ 출처: (1) 2010. 2. 22 '남가라미'(강희근 홈페이지)에 게재된 시평.
　(2) 2010. 4. 28 강희근, 〈지역시편 조명〉, 《시와 지역》 창간호, 봄호, pp.31~33.

아우라(aura)의 미학

—송상욱 · 차영한 · 송유미 · 박남권 · 김년균의 시詩

이 수 화

(시인 · 문학평론가)

　　인천 연안부두의 신 낭만파 임노순 시인도 《순수문학》 9월호에서 월평
용도를 읽은 시가 31명분의 많은 분량이었다고 10월호 '이달의 작품 평' 모
두에 피력했거니와 필자 역시 이 글의 모두 소감이 그 같음을 앞세워 놓
고, 송상욱의 〈매미소리〉, 차영한의 〈빵을 보면〉, 송유미의 〈달〉, 박남권
의 〈황진이—소리〉, 김년균의 〈사람 · 121—교통문법〉 등의 텍스트 독후감
을 정리해 본다.

　　　더러는/(제왕 앞에)/(절대 복종자처럼)/내 굴욕의/눈물 같은 거//더러
　　　는/(허허 벌판에)/(길 잃은 허기처럼)/내 절망의/웃음 같은 거/더러는/(칠
　　　칠한 안개 숲에)/(유혹하는 저승꽃처럼)/내 탐욕의/독버섯 같은 거.
　　　　　　　　　　　　　　　　　　　　　　　　—차영한의 시 〈빵을 보면〉

　　차영한의 〈빵을 보면〉처럼 소박한 텍스트도 없겠다. 누구나 읽고서 고개
주억거릴만한 시언지詩言志의 중국고전 시학기법이다. 뜻을 말하는 시, 그
러므로 차영한은 빵에다 자신의 뜻을 주입시키는 것이 아니라 거꾸로 빵

을 차영한의 전 존재存在로 받아들이고 있는 것이다.

그의 빵은 굴욕적이고, 절망이며, 탐욕이어서 가히 인간존재의 가이스트(Geist)뿐만 아니라 코기탄스(Cogitans)까지도 지배하고 있다고 말할 수 있다.

곧 차영한의 포에지는 저항인 것이다. 제왕 앞에서도, 절망 앞에서도, 탐욕 앞에서도 꺾일 수 없다는 시언지적詩言志的 언술이 바로 저러한 지향의 신택스(Syntax)에 담겨 있다.

그런 의미에서 차영한의 사물 즉, 현실을 보는 눈은 절대로 아리스토텔레스의 미메시스(mimesis)를 거부하는 플라톤적인 이데아 지향의 형안이라 하겠다.

☞ 출처: 이수화, 제2평론집, 《글로벌문학과 한국 당대 시》(한강), 2010. 5, pp.324~325.

〈참말 먹는 법〉 시를 읽고

차 진 화

(시인 · 서울시립대학교 현대문학 박사과정 재학)

부끄러움 앞에서는 떠오르는 태양도 그렇다
물속에서도 생생하고 초콜릿 빛깔을 유연하게
자랑하면서 감출수록 드러내는 구미를
감쳐오는 엄매 매! 엄매俺못 맛이네.

양생이 침이 고이도록 부딪치는 혀끝을 관능적으로
폭발 시키는 갯바위파도의 파안대소로도 허락지 않는
놋젓가락의 야만성 짓눌러도 빛나가는
해조이파리 물갈퀴들이 당돌하게 휘몰아
절시증 같은 전자음악 선율마저 포획하는 연주 앞에
확 열어버린 매직미러 창 너머 펼쳐지는 발리댄스

굽이마다 자르르 참기름 넘나들 때마다 광란하는
메두사의 머리카락들이 내 하얀 접시를 돌리면서
암컷모기가 사람피를 탐하듯 쌍끌이 하는 젓가락
부러지는 엉거주춤도 벌건 동굴 안쯤에서 요절내네.
녹아 넘치는 군침부터 그냥 꿀꺽 삼키는 거식증에

분간 못하는 개말도 늘 간맞추는 간에서 흔들리나니.
—차영한의 시 〈참말 먹는 법—이미지의 반란〉, 전문

* 참말: '모자반' 또는 사투리로 '모재기'라고 부르는 해조류海藻類로서 여기서는 다의성을
  내포.
* 엄매㛲呆: 여자가 억지로 사실을 가리고 남을 모함하는 어리석은 일을 뜻함.
* 개말: 참말이 아닌 먹지 못하는 해조류로서 여기서는 다의성을 내포.

▶출처: 《현대시》, 7월호, 통권 283호(한국문연, 2013. 7), 148쪽.

참말 먹는 법은 역설적으로 보입니다.

요즘은 개말(모함, 엄매)을 너무도 생생하게 유연하게 얼굴 표정(태양) 하나 바꾸지 않고 뱉어내는 시대이니 말입니다. 아마도 그 맛은 자신의 속내를 감추고 남의 물건을 훔치듯(얌생이) 중동적이며 쾌감적 야만적이며 당돌함이어서, 말은 보는 즐거움으로 그치지 않고 물갈퀴처럼 당돌하게 휘몰아 물결(입) 속에서 솟아오르니 매직미러 같았던 창(눈)에 찰랑찰랑 찰싹찰싹 펼쳐지는 발리댄스 같기도 합니다.

뱀의 두 가닥 혀처럼 보기 좋고 듣기 좋은 말(참기름)이 때론 섞여 있어서 해신인 포세이돈을 유혹하듯 내 하얀 접시라 할지라도 암컷모기인 메두사에게 엉거주춤 당하고 그 말을 받아먹어 요절납니다. 참말인지 개말인지 분간도 못하고 말의 홍수에 아무 말이나 삼키고 뱉는 거식증에 걸린 현대인들의 병. 간(비유) 맞추는 간(맛의 정도, 사이 間, 看, 諫, 奸, 姦, 肝, 侃… 등등)에서 흔들리지 말고 참말로 살면 얼마나 좋을까요.

그리운 통영바다

곽 재 구

(시인)

  (…) 나는 제법 커 보이는 한 책방을 찾아들었다. 이곳에서 차영한의 시집 《섬》과 이국민의 시집 《통영별곡》을 읽을 수 있었던 것은 기쁨이었다. 특히 차영한의 시집은 충무 앞바다에 박힌 자잘한 섬들을 소재로 한 연작시인데, 고향의 삶을 자신의 언어로 정리했다는 점에서 뜻깊은 작업으로 여겨졌다. 청마나 동랑형제, 김춘수, 김상옥, 박경리, 윤이상 등 이곳 출신으로 알려진 예술가들 외에 자기 나름의 진지한 작업을 벌이는 누군가가 꼭 있으리라는 기대가 맞아 떨어진 셈이다. (…) 미륵도의 맨 남쪽 끝 미남포구의 달아공원에 멈춰 섰다. 한눈에 시야가 탁 트인다. 수평선과 함께 점점이 흩어진 섬들. 나는 차영한의 시집을 펼쳐 들었다.

    물머리 덮쳐 와도 나서야하네
    살아서 뼈 속 섧은 설움이야
    고삐 같은 물살로 가르며
    멀다고 먼들 입이 무서워
    잠시도 머물 수는 없었네

    몇 번인들 모르랴
    남색 끝동 눈물 가로 막아도

우리 그때의 굶주림

―시 〈섬 · 8-가오섬〉, 부분

내사
둔덕을 밀며 새벽물 보아야 웃네
꾸부정한 목숨 노 저어
늘상 섶을 보고 벗가 가며
안 아물리게 아리 채우며
선 김에 바람 잘 때 내뛰어야 하네
고구마 몇 뿌리에 열무김치 싸들고
타는 눈물이야 노 끝에서 우네

―시 〈섬 · 21-딱섬〉, 부분

뒤척이는 헛웃음 걷어내며
더운 피 벼루에 갈듯 성난 오기는 노 저어 갔네

―시 〈섬 · 35-부지섬〉, 부분

유려한 가락 속에서도 그의 시는 삶을 향하여 끊임없이 노 저어 가는 힘
이 들어 있었다. 창이면서 노동요의 성격이 강한 것이다. 유치환이나 김춘
수가 다 같이 이곳 바다에 태어났으면서도 바다에 대한 열정이 새겨진 경
우가 드문 것과는 대조적이다.

포구의 마을은 얼추 보아 궁티가 가서 있다. 뭔가 부드럽고 활기에 찬 인
상을 주는 것이다. (…)

☞ 출처: 곽재구 기행산문집, 《내가 사랑한 사람 내가 사랑한 세상》,
한양출판, 1993. 8. 171, 175, 176, 177쪽.

실험 독창성 우수, 토착 언어 발굴
—차영한의 시 〈아리새〉

김 영 화
(한산신문 기자)

차영한 시인의 詩 〈아리새〉가 '지난 계절의 시 다시 보기'를 전문적으로 다루는 '2006 詩向이 선정한 엘리트 시 100인'에 올랐다. 맹문재, 김혜순, 나금숙, 나희덕, 김수우, 김기택, 길상호, 고진하, 김대규, 김지향, 문정희, 박유라, 박주영, 박형준, 손택수, 신달자, 조영서 시인 등 중앙문단의 유명 시인들과 함께 100인에 선정됐다.

차영한 시인은 1979년 중앙문단을 통해 등단했지만 현재까지 대도시로 나가지 않고 고향에서 시를 쓰면서 그간에 시집 《시골햇살》, 《섬》, 《살 속에 박힌 가시들》의 단행본 시집을 발간했다. 향토사에도 깊은 관심으로 현재 경남향토연구협의회에서 활동하고 있다.

차 시인의 시세계는 주로 해양시이면서 독창적인 서정성을 지니고 있다. 즉물시와 관념시보다 이성에다 감성을 더한 포괄의 시라 할 수 있다. 현재 3권 분량의 시를 발표했어도 숙성시킨다면서 발간하지 않고 있다. 특히 사라지는 토착 언어들이 갖는 의미의 다양성을 일궈내는 작품을 발표, 누구든지 흉내 내기를 불허하고 있다.

선정된 시 〈아리새〉는《시와시학》가을호에 발표된 시인데, 동쪽에서 불어오는 바람으로 일명 새바람 또는 꾀꼬리바람을 말한다. 이 바람은 능구렁이가 출몰하고 세상을 어수선하게 만드는 자연의 대 기운으로, 차시인은 현재의 상황을 비틀어 표현하고 있다. 기존시의 진부함을 탈피하기 위해 시어의 독창성과 낯설게 표현하기 등 형식의 실험성, 그리고 사라져가는 지역 언어의 발굴 등이 돋보인다는 평을 받고 있다. 차 시인은 "2천여 명이 훨씬 넘는 중앙문단에 내노라하는 유명시인들과 어깨를 나란히 시가 엄선 발표된 것은 영광"이라며 "시 영역의 개척을 위해 다양한 시도를 펼쳐 보이고 싶다"고 소감을 밝혔다.

☞ 출처: 주간 《한산신문》, 2007년 1월 1일 월요일, 15면(문화).

차영한 시, 〈갯바람소리〉

중앙문단에 등단, 통영에서 시작에 전념하고 있는 시인 차영한 씨의 시 〈갯바람소리〉가 계간지《시향詩向》이 선정한 2008 하반기 좋은 시 50선에 뽑혔다.《시향詩向》은 전국에서 발표된 시작품을 대상으로 2008 하반기 좋은 시로 차영한 씨를 비롯해 시조시인 이상범, 시인 문정희, 유병근, 송수권, 이영춘, 송재학, 성선경, 김유석, 김영미, 김경주, 이효림, 고영민, 윤정인 최영록, 박남희 등등 50인의 작품을 선정했다. (…)

갯바람소리

차영한

1

글피나무 껍질로 꼬인 버릿 줄 내던질 때 간지럽도록 꼬리쳐 와 입술에 닿는 곱슬머리 산발하는 물줄기 갯장어처럼 리본 리듬체조 할 때마다 혓바늘 이는 반딧불로 날듯이 밤바다 시거리[魚光] 번쩍번쩍 눈 속이는 그물

코에 파닥이는 생선들 주모혓바닥만 세우는 발갯깃 손발 꼬집는 저 변두리 없는 엉덩이 밀물소리 척 척 생소주 병마개 따는 목구멍 따가워 호호 갈매기소리 나는 갯가

2

손바닥에 파닥거리는 여섯 물 삿대질 네 물인데도 다섯물에 개발 핑계 슬슬 갯가로 썰물처럼 붙잡는 파래박이 출렁한 치마 자락 훔치듯 눈 흘긴 너벅선 노櫓 손으로 살짝 안 스쳐도 가래 노 걸친 노 좆[櫓根] 소리에 배꼽 간지럽다 카이 꼬리치는 노병아 비린내도 안 나는 주둥아리에 한 장 노 걸어본들 세발 낙지 한 입도 안 되는 성난 힘줄 불거지는 개불 힘줄 목구멍 걸릴라 눈 감아라 자아! 씹도 안하고 또 널름 삼킬라 질질 침만 흘려라

3

어떠냐. 벌건 목구멍 넘어다보는 컬컬한 술시 절로 목젖에 걸린 뿌욱새 초저녁부터 깔딱 질강거미 썰물지면 풋바심 하는 달랑게 아지매 쌀 조개 저 시푸렁둥 한 주둥아리 헤살 내는 할깃한 쌍꺼풀 물거리에 주낙 바퀴 시울질처럼 가오리무침이라도 한 점 맛볼 잇몸 또 빨아대네 꿀꺽 먼저 침 삼키는 고래실 연중에 새물내며 씩 웃기만 하는 네 입 살에 눈 맞추다 그슨대 나것다. 살살이 갯강구 발처럼 속눈썹 안에 잡아넣고 걸신들렸다 저 헤클 병 봐라

◎《詩向》2009 겨울호, 현대시 50선에 또 뽑히다

차영한 시,〈해운대소견, 말없음표〉

통영 출신 차영한은 고향에 살면서 32년 전(1978)에 시 문단에 공식으로 등단한 이래 지금도 왕성한 창작활동을 하고 있는 시인으로, 최근에는 그가 전공한 초현실주의적인 시를 많이 발표함에 따라 중앙시단의 관심을 불러일으키는 시인이기도 하다.

금년에도 현대시 50선을 뽑는 전문지 《시향》 겨울호에 신작시 〈해운대소견, 말없음표〉가 또 좋은 시로 선정되었는데, 김규동, 김지향, 유안진, 이동순, 송수권, 이은봉, 박정대, 박상순, 김형술, 권혁재, 김륭 외 등등 유명시인들의 명단과 함께 올려있다.

계간별로 50인을 뽑는 이 전문지 《시향》에 세 번이나 뽑혔는데 처음에는 시 〈아리새〉, 두 번째 시는 〈갯바람소리〉, 세 번째가 시 〈해운대소견, 말없음표〉인데, 세 편 모두 바다를 소재로 한 것이 특징이다. 특히 이번에 발표된 작품은 초현실주의적인 시라 할 수 있는데, 움직이는 이미지들의 겹쳐짐에서 우리의 눈을 기만시키는 원시적인 이미지가 해학성과 경이로움을 표출하고 있다.

마르셀 뒤샹이 재발견한 일상의 가치들을 두고 말한 '세속적인 것의 장엄함(sublimity of the mundane)'과 같은 생동감 넘치는 모티프가 번뜩이고 있다. 다시 말해서 평범한 바다로만 인식치 않고 바다의 관능적인 본능을 의미심장한 아름다움으로 표현하고 있는데, 마치 거대한 욕조에서 맘껏 누리는 한 여인의 생리를 매우 놀랍게도 신神적인 아이콘으로 터치하고 있다. 말하자면 오브제들로 하여금 생명을 불어넣어 우리들의 일상적 관념을 전복시키고 있다.

　'동백섬에서 백사장에서 속삭이던 그날'의 비루한 노랫가락이 아닌 기성품인 갈매기도 이제는 네티즌의 커서가 되어 우리가 현재까지 보지 못한 바다여인의 속살을 계속 디지털카메라로 찍어 4차원의 패턴을 전송해주고 있는 것 같다. '금세 다리를 더듬어대며 올라오는 검실검실 털 난 한 사리 누드물발'이 여자의 엉덩이를 치켜들 때마다 물어뜯으려고 달려드는 무시무시한 백상아리 떼로 비유하여 인터넷이나 어디서든지 유머와 서스펜스를 물씬 느낄 수 있도록 하얀 너울을 겹쳐 날카롭게 표출시키고 있다.

　루돌프 아른 하임(Rudolf Arnheim)처럼 "사고라고 부르는 인지작용은 지각 너머의, 지각보다 상위에 있는 정신적 과정이 아니라 지각자체를 이루는 본질적 요소다"라는 지적과 같을 수 있다. 이처럼 차영한 시인의 상상력과 은유는 뛰어난 유머감각을 통해 마치 픽션이 아닌 논픽션처럼 리얼하게 에스프리 했다.

　해운대 바다를 말없음표에 넣어 의미의 다의성을 갖게 한다. 이처럼 온몸으로 느낄 수 있도록 한 우수한 초현실주의적 작품이라 할 수 있다. 그의 작품을 보면 다음과 같다.

해운대소견, 말없음표

차영한

그때 소설로 씌어 지지 않은 해안가 커다란
눈빛으로 엉덩이만 노출시킨 채 흔들리는
젖가슴을 자꾸 감추려는 그 여자

꺼내는 거울 속에 날고 있는 갈매기 떼
날갯짓하는 바람에 혹시나 화이트크루즈 선
티켓을 하얀 손톱으로 쿡쿡 눌러보다가
기울어진 각도에서 유난히 잦은 망각으로
하이힐 벗기더니 금세 다리를 더듬어대며
올라오는 검실검실 털 난 한사리 누드물발에
갑자기 커서로 돌변하는 날갯짓
곤두박질할 때마다 아이콘을 지우려 하지만
지금 열정으로 쓰고 있는 소설 속의 백상아리
떼들이 치솟아 굶주린 이빨로 급습하는지

갑자기 들어 올리는 검푸른 여자 엉덩이
감싸다 터진 내 흰 바지가랑을 디포커스 하며
숨기려는 허벅지도 불거지는 실핏줄들도
에잇! 못 물어 보겠다…

☞ 시 〈해운대소견, 말없음표〉 출처: 월간 《시문학》, 11월호, 통권460호(시문학사, 2009), 24쪽.
☞ 현대시 50선 출처: '현대시' 계간 《시향》, 2009 겨울호, 제36호, 15쪽.

향토성 짙은 風情과 신선한 詩語들
—차영한 〈시골햇살〉

申 尙 澈
(문학박사 · 수필가 · 경남대학교 교수)

  차영한의 처녀시집 《시골햇살》이 '오늘의 精銳詩人 시리즈 35'란 딱지를 달고 詩文學社에서 출간되었다. 문단에 데뷔한 지 10년 만에 엮어내는 중간 결산서가 되는 셈이다.

  이 시집은 〈시골햇살〉, 〈등불의 노래〉, 〈눈 내리는 모음〉, 〈구르는 돌〉, 〈한려수도〉 등 다섯 장에 모두 백열한 편의 시를 나누어 싣고 있다. 대체로 보아 첫 장 〈시골햇살〉에는 고향과 혈육의 정을 읊은 작품들을 담은 것으로 보인다.

> 어지럽다던
> 어머니의 눈빛이 도시에 와서
> 수돗물소리 듣고 웃으며
> 이망山이 비치는 큰골 물살이라 하여
> 저어 물소리가 들려오면
> 산딸기가 익어온다고요

하기사 고향물소리를 수돗가에서
날마다 듣고 있노라면
산딸기酒 마시던 아버지 목소리가
사는 것을 자꾸 물어온다.

—시 〈수돗물소리〉, 전재

위 시는 전반부와 후반부의 주체가 다르다. 전반에서는 어머니이던 것이
후반부로 오면 시인 자신이 되는 것이다. 어머니는 수돗물에서 문명을 보
는 것이 아니라 이망山 '큰골 물소리'와 익어올 산딸기를 느끼게 되고 시인
은 '산딸기酒 마시던 아버지의 목소리'를 듣게 되는 것이다. 車 詩人의 시
는 이렇게 향토성 짙은 고향의 풍물과 아버지, 어머니, 누나, 당신 등의 혈
육을 짙은 정으로 읊고 있다.

이러한 시는 〈어머니〉, 〈우리 할아버지는〉, 〈당신〉, 〈석류를 바라보며〉,
〈二代〉, 〈思鄕〉, 〈고향 뻐꾸기〉, 〈同鄕人〉, 〈土着〉 등 많은 곳에서 찾아진
다.

둘째 장 〈등불의 노래〉는 산에서의 명상과 기도를 통해 禪의 경지를 지
향하는 詩를 주로 담고 있다.

비로소 촛불로
새의 그림자를 닦아내며
누가 문을 여는구나

나의 새를
다시 날릴 자여

—시 〈坐禪〉, 일부

5연으로 구성된 〈坐禪〉의 4, 5연이다. 그의 詩는 '나의 새를 다시 날릴 자'에 대한 기도가 많으니 〈祈禱〉 1, 2, 3이 그것이요, 산의 명상을 읊은 것에 〈山門에서〉, 〈山情〉, 〈山茶賦〉 등이 있다.

셋째 장 〈눈 내리는 母音〉에는 親自然的인 詩들을 주로 엮은 것으로 보인다. 〈눈 내리는 母音〉, 〈滿月〉, 〈산 열매〉, 〈江〉, 〈들국화〉, 〈이슬방울〉 등의 제목부터가 그러하다.

> 베틀에서 七夕의 눈물 짜내던
> 사랑 萬里를 함께 눈떠
> 잃은 끝자락 이어가는
> 시린 손 맞잡고
> 꽃잎ㅇ로만 반짝이는
> 잊어버린 생각들이
> 구름층계 구비 돌아 내려오네
>
> ―시 〈江〉, 일부

1, 2연으로 짜인 〈江〉의 1연이다. "사랑 萬里", "잃은 끝자락 이어가는", "시린 손 맞잡고", "구름 층계 구비 돌아" 등에서 江과 그 흐름의 이미지를 느끼게 한다. 친자연적인 이 분야에서 그의 시어가 보다 청정하게 빛나고, 이미지 또한 참신하게 살아남을 보게 된다.

넷째 장 〈구르는 돌〉에는 〈俗氣〉 1·2, 〈醉味〉 1·2·3, 〈어떤 날에는〉 1·2 등의 제목이 보여주듯 앞의 장들에 끼지 못한 여타의 작품을 싣고 있고, 다섯째 장 〈한려수도〉에는 〈한려수도〉, 〈忠武港 點景〉, 〈浦口日記〉 1·2등에서처럼 그가 사는 충무의 아름다움을 노래한 것도 있고, 〈통영 사

람들〉, 〈석류꽃을 바라보며〉, 〈漁夫〉 등의 작품에서 보듯 그곳 사람들을
읊은 것도 있다.

> 한지에 불빛 새어 나오듯 어진 이들의 살아온 順理와 禮記를 읽어서 사
> 악한 긴 사래밭을 진실의 쟁깃날로 깊이깊이 된갈이 하여 봄을 예비하고
> 싶다.
>
> ─차영한 시집 《시골햇살》 후기, 부분

이는 車 詩人 스스로가 후기에서 밝히고 있는 바다. "한지에 불빛 새어
나오듯", "예기를 읽어서" 등에서는 그의 시세계를 점칠 수 있고 "깊이깊
이 된갈이 하여 봄을 예비하고 싶다"에서 시작태도의 진지성을 엿볼 수 있
지 않을까 한다.

그의 詩는 현재와 도시보다 과거의 風情과 自然에 대한 짙은 향수를 신
선한 언어들로 직조하고 있음을 보게 된다.

☞ 출처: 월간 《시문학》, 11월호, 통권208호(시문학사, 1988년 11월 01일), 141쪽.

◎ 차영한의 〈섬 · 9─비진섬〉은 이렇게 열린다

고독한 實存에 대한 慰撫노래
─담담한 表現에 호감 (…) 〈섬〉 등

申 尚 澈

(문학박사 · 수필가 · 경남대학교 교수)

해안선을 앗아 사리며
만나보고 싶은 고독의 한 끝을
仙遊臺에서 풀어 던지면
닳아 오르는 내 영혼을
노 저어 오는 바다

이 시는 섬을 의인화하고 있다. 그러면서 그 섬은 섬으로만 있는 것이
아니라 작중 화자의 영혼이 투영되어 있음으로써 더욱 무게를 더해 준다.

오늘은 小知島와 함께 마주하며
기울고 싶은 수려하고 투명한 유리잔
후끈해서 한 잔 더 붓고 싶은 목숨
아리고 저림도 은비늘로 나부껴서
당신이 부르면 세상을 가르며

하얀 물오리 떼처럼 노 젓고 싶네

2연의 전반 4행은 소주도와 마주한 섬의 "한 잔 더 붓고 싶은 목숨"을 노래한 것으로 "수려하고 투명한 유리잔"이 "은비늘로 나부껴서"로 표현될 만큼 바다의 영상이 선연히 그려지고 있다.

후반 2행 "당신이 부르면" "하얀 물오리 떼처럼 노 젓고 싶네"는 섬의 바람이면서 또한 작품 화자의 소망이기도 하다.

"더딘들 투덜대지는 말게나"로 시작되는 끝 연은 삶에 대한 깨달음이다. 이 깨달음의 말씀은 섬에게 주는 것일 수도 있고 시인 자신에게 하는 것일 수도 있다. "저어 질 푸른 자존의 지느러미 유연하게 헤엄쳐오는 것 보아라"로 끝나는 이 시는 고독한 실존에 대한 위무를 노래한 것으로 보인다. 섬의 배경이 선명히 떠오를 만큼 이미지를 잘 살린 시라 하겠다.

☞ 출처: 일간《慶南新聞》,〈3月의 文學〉, 1989年 4月 4日 火曜日.

사라지는 海洋언어 재생의욕

―연작시집《섬》펴낸 詩人 車映翰 씨

姜 美 玉

(신경남일보 기자)

보채는 개펄도 없네/덕시넉지 찍어 붙일 흙도 없네/어글어글 하는 돌담뿐/돌구멍마다 소금바람만 불어/서글서글 떨어지네/진눈깨비처럼 수염부터 적셔/비끌어 맨 벼랑돌이 먼저 떨어지네/감싸고 감싼들 나가 눕는 세월/삿대로 짚어도 시퍼런 눈알 굴리며/칼을 갈며 서러운 것부터 잡고/한 시대의 간(肝)을 떼어/칼바람 끝에 거꾸로 매단 가난/참다 참으로 참네/올 데갈데없는 힘없는 백성의 한숨만 남아/문어 낙지다리처럼 시뻘건 발버둥/보이지 않는 목덜미만 잡혀/가슴 찢어 먹물들인 기다림만/저물어 후미진 물이 간다 가네/ 길 잃은 반물 잡혀 튀는 비늘/ 너털웃음에 걸려 따돌리고 있네/건너서 옆길로 내달리는 게거품/부글부글 일어 치밀어 않는 물발/울음으로 모여 벼랑 끝에 흰피 쏟아내네/저어 몸부림의 번뇌 맨발로 퍼질러 앉아/두고두고 저승보다 이승을 되묻고 있네

―시 〈섬 · 1―소매물섬〉, 전문

바닷가에서 태어나고 성장하고 바다를 바라보면서 살아가는 詩人 차영

한 씨가 최근 통영 앞바다에 떠 있는 쉰 개의 섬을 노래한 두 번째 시집 《섬》(시문학사 펴냄)을 출간했다. 88년에 내놓았던 시집《시골햇살》이후 2년 여 년 동안 발표한 근작들을 모아 연작시로 묶은 것(총 71편).

시인은 작품집을 통해 사라져가는 해양문학에 보다 관심을 갖고 바다의 언어와 풍속을 새롭게 마련하는 계기로 삼기를 희망하고 있다. 특히 우리 들의 가난하고 차가운 내면세계를 '어부'라는 매개물을 통해 다이내믹하게 표출, 역사성(민족성)이라는 개념에까지 접목시키고 있어 관심을 끈다. 그 가 바라보는 섬을 눈물과 恨을 딛고 일어서려는 삶의 텃밭, 어영차 힘차게 노 저으며 살아야하는 생활의 현장이다. "사라져가는 해양 '섬' 주변의 언 어를 되살리자는 욕심에서 작품의 보편성을 충분히 못 살린 것 같아 안타 깝습니다." 그러나 車 씨는 일반 독자들이 전혀 들어보지 못한 섬과 간혹 이름을 들었던 섬도 그 지방에서 불리는 친근한 이름(방언)과 함께 자세히 설명, 독자들의 이해를 도와주고 있기도.

또한 "작품의 주제를 '섬'이라는 소재에 집요하게 몰두하면서 특히 인간 의 본질적인 측면을 적절히 드러내 주목된다"고 주위의 호평을 받기도. 곧 이어 그는 사회의 부조리 부패된 사회악 등을 노래한 연작시집《심심풀이》 와 종교를 주요테마로 삼은《아프지 않은 고독》(가제)을 출간할 계획이다.

☞ 출처: 일간《신경남일보》, 第9538號, 1990년 7월 15일 일요일, 7면.

섬만을 전문으로 한 시집은 아마 처음

▷90년대 들어서면서 향토 문인들의 창작의욕이 두드러지고 있는 것 같다. 언론자유화 이후 지역단위로 양산되고 있는 종합지를 통해 주옥같은 작품들이 선을 보이고 있고 계간이나 순간으로 자리를 잡아가고 있는 전문지가 그동안 숨어있던 文才들을 발굴, 마음의 양식을 살찌워준다. 그런가하면 어려운 가운데서도 푼푼이 저축한 돈으로 책을 발간, 문학이 신연을 열어 보이는 사람들도 있다.

▷최근에 나온 책들 중에서 이색적이면서도 연작의 면모를 보이는 시집으로는 車映翰의 연작시집《섬》을 들 수 있을 것 같다. 忠武의 토박이 문인인 車 씨는 이 시집에서 한려수도 상에 점점이 떠 있는 무수한 섬들 중 50개의 섬을 추려서 그 속에 생명을 불어넣고 있다. 〈종이섬〉의 첫 구절 "가야지 그래도 가야지/바다로 가야지/내가 가나 배가 가지/배가 가나 바다가 가지/바다가 가나 배가 가지/배가 가나 사리가 가지" 섬 이름을 옥수수 껍질 벗기듯 한 겹 한 겹 벗겨낸다. 섬만을 전문으로 한 시집은 아마 처음이 아닐까 한다(후략).

☞ 출처: 日刊《慶南新聞》, 〈가고파〉, 1990. 07. 16(월).

눈물과 웃음의 變奏曲

— 統營 出身 車映翰 시인 연작詩 〈섬〉

田 文 秀

(문학평론가)

통영 출생으로 《시문학》지를 통해 등단한 車映翰 시인이 최근 두 번째 시집 《섬》을 내놓았는데, 연작시 〈섬〉은 통영의 앞바다 섬들을 노래한 것으로서 모두 50수로 되어 있다. 한 지역의 섬들을 연작시로 묶었다는 점에서 주목받고 있는 〈섬〉에 대한 문학평론가 田文秀의 書評을 싣는다〈편집자註〉.

"이 詩는 故鄕에 살면 살수록 아름다운 내 故鄕에 바칩니다." 차영한 詩人이 수년간 자기 고장 충무의 섬을 헤매며 이것들이 지탱되는 原初的 힘이 무엇인가를 캐내고자 한 의도를 솔직히 밝히고 있다. 詩가 人間의 삶과 시인의 체험 밖에서 존재할 수 없는 것이라면 당연한 결과요, 있음직한 의도라 할 수 있거니와 愛鄕의 구체적 실천이 이런 것 아닌가 한다. 사랑 없는 詩가 없거니와 애정 없는 詩人도 없다면 충무가 낳은 충무의 詩人이 곧 차영한이 아닌가 한다.

50여 개의 섬을 連作詩로 이끈다는 것이 얼마나 어려운 작업인가를 생각할 때 투철한 애향심이나 詩에 대한 애정 없이는 불가능했을 것이다. 連作詩란 본래의 기능이 전체가 부분과 有機되어 다시 조화되는 하나이면서 여럿인 관계이다. 따라서 연작시 〈섬〉은 말 그대로 섬의 意味이면서 50여 개의 부분적 삶이 전개된다. 바다 배 고기 그물 대체로 크게 잡혀지는 요소들의 관계양식, 한마디로 '섬살이'의 本體. 그것이 이 시집의 핵심이 아닌가 한다.

차영한은 여기서 '눈물'과 '웃음'의 다양한 變奏曲을 만들어내고 있다. 연작시의 배리에이션이라고 할까. 숙명처럼 섬과 연계된 사람들의 生命現象과 그것의 근저에 놓인 이끔과 뒤밈의 변증법을 축으로 해서 50개의 섬을 꿰고 있다. 이는 곧 섬살이의 총체를 밝혀내는 것이다. 눈물과 웃음의 변증법이 恨과 체념에 대한 극복의 미학으로서 生命에 끈질기게 유착돼 있는 실체. 차영한의 섬 연작은 이런 가치에서 해양문학의 원형을 형성할 수 있다고 본다. 어쨌든 충무의 대단한 자랑이 이 섬 연작시를 소유한다는 것 아닐까 한다.

☞ 출처: 日刊《慶南新聞》, 第13759號, 10면, 1990年 7月 30日 月曜日.

車映翰의 〈섬 · 44〉外

車 漢 洙

(시인 · 동아대학교 교수)

    차영한의 연작시 〈섬 · 44〉외 4편(《詩文學》 · 10)을 읽었다. 계속 연재되고 있는 이들 시편들은 남해안에 산재하고 있는 섬을 소재로 하여 섬사람들의 삶의 실상을 리얼하게 묘파함과 동시에 고유한 우리말 지명과 풍부한 방언 을 적절하게 구사함으로써 향토적 서정을 형상화하고 있다.

    눈물을 걸치고 아무거나 걸치고
    샛개에 샛바람 불어 거세어도
    저승 가는 닻이 되어
    어머니 마음에는 닻줄이 되어
    너무도 질기고 아픈 소중한 목숨
    노 저어 개바우 끝을 돌아
    큰산 먼당 용머릿개 큰개를 보며
    멀어지는 사대나무에 절하고 빌며
    꽁치 떼 전어 떼 좇아 후리 밭을 갔네
    어디 가서 잘 사는지
    한목 물새는 그 물새가 아닌데
    어둔골 지나 하생이 끝을 걸어 던진 그물

덮친 파도 한 자락에 내끌리다가

진한 피를 끌어올리다가

몰아쉬는 한숨마저 긁히고 긁혀서

쑤시는 팔다리 바닷물에 저려도

덧나는 세월 그렇다고 그대로

오사리 메기 몇 뭇 두고

또 따로 울 수는 없었네

　　　　　　　　　　　—시 〈섬 · 44〉, 전문

　이 시의 부제 '가래섬(추도 · 추라도)'은 '추목' 즉 호두나무과에 딸린 낙엽
교목인 가래나무에서 딴 아름다운 이름이다. 이와 유사한 이름이나 지명
을 다섯 편의 시 〈섬 · 41, 42, 43, 44, 45〉에서만 간추려 보아도 너무 다
양하게 나타난다.

　① 섬 이름=오시리섬[烏谷 烏首里島 앞면섬 애면섬], 오비섬[烏飛島], 딱섬[楮
　　島], 연섬[鳶島]
　② 지명=까막자리, 봉두리, 새생이강정, 목받이, 외밭골, 왼기미, 딴개
　　머리, 샛개, 개바우 끝, 큰산먼당, 용머릿개, 큰개, 한목, 어둔골, 하
　　생이끝.
　③ 인명=돌금네.
　④ 방언=까꾸막길, 별시리, 돌팍, 가리늦게, 맨날, 차바서, 아베, 나울,
　　이바구, 우째도, 둔덕, 사대나무, 굼턱굼턱, 우찌우찌, 하모하모, 찌
　　꾸둥찌꾸둥.

위의 ①~④와 같은 고유한 우리말 이름이나 방언이 내포하고 있는 그 지방 특유한 분위기를 시인은 그만의 기법으로 잘 나타내고 있다.

말의 의미를 현상과 개념 그리고 연상으로 그 층위를 구분하여 보면 형상은 개념의 소재이고 연상은 두 요소의 결합에 대한 심리적 반응이라 할 것이다. 그런데 전달목적에 따라서 의미의 일면은 배제하기도 하고 다른 한 면은 의식적으로 활용함으로써 언어의 기능을 제한하는 한편 그 효율성을 높일 수도 있는 것이다. 이러한 측면에서 보더라도 차 시인은 그 탁월한 지방어의 구사능력으로 '섬'과 '사람'이 일체가 되어 건강한 삶의 모습을 역동적으로 표상하고 있는 것이다.

"어머니 마음에는 닻줄이 되어" "노 저어 개바우 끝을 돌아/큰산 먼당 용머릿개 큰개를 보며/멀어지는 사대나무에 절하고 빌며/꽁치떼 전어떼 좇아 후리밭"을 찾아가는 어부의 생동하는 모습이나 "몰아쉬는 한숨마저 긁히고 긁혀서/쑤시는 팔다리 바닷물에 저려도/덧나는 세월 그렇다고 그래도" "죽음을 밀어붙이는 노를 젓고" 있는 "아리랑 恨"을 가슴에 안은 고뇌가 자연과 더불어 용해되어 검푸른 파도와 싸우며 생의 밭을 일구는 사람들의 선한 목소리에 촉촉하게 배어 있다. 이러한 의미에서 차 시인의 연작시 〈섬〉은 그만이 열 수 있는 시의 지평이라 생각된다. 하지만 한편 한 편의 시에 적절한 변화를 부여한다면 더욱 신선한 맛이 나지 않을까 하는 느낌이 든다.

☞ 출처: (1) 〈섬사람들의 삶 리얼하게 묘사〉, 일간지, 《국제신문》, 제11220호, 9면, 1989년 10월 30일(月曜日).
(2) 車漢洙 평론집, 《비극적 삶과 시적 상상력》, 地平, 1992. 9, pp.307~308.

한려수도 닮은 통영토박이

─한 폭 풍경화 같은 詩心 물씬

정 규 화

(시인 · 신경남일보 기자)

별늘이 내리는 우물가에서
나팔꽃을 키웁니다.

나팔꽃 속에 무지개 서는
마을이 열립니다.

반짝이는 눈웃음에 맺혀
속삭이는 이야기 꽃신에 담아들고
빈 가슴마다 소망의 빛깔을
갖다 날라 줍니다.
먼지 묻은 세상을 닦으며
바람에 흔들려도
익는 열매 지켜보고 삽니다.

─차영한의 시 〈이슬방울〉, 전문

통영의 오지 사량도 양지리 능양마을. 별이 총총히 내리는 밤 우물가에서 나팔꽃을 키우는 다정다감한 시인 차영한 씨가 태어난 곳이다.

　그 시대를 살아온 사람들에게는 귀중한 재산이자 많은 애환을 보태주는 아픈 기억이기도 하겠지만, 가난의 비참함은 형극 그 자체였다. 어촌의 가난은 산촌의 그것보다는 낫다지만 열악한 보건환경과 건강에 대한 인식부족으로 갓난애가 태어나면 제대로 자라는 경우가 드물었다. 차 시인이 태어나기 전에 3명의 형이 피어나지도 못하고 꺾였으니 그 부모의 마음이 얼마나 괴로웠을까. 차 시인이 여섯 살이 되어도 출생신고를 하지 않았던 탓에 호적상의 나이는 실제 나이보다 여섯 살 적다. 그래서 동갑내기들보다 6년을 더 직장생활 할 수 있다고 웃음을 터트리는 차영한 시인. 그 노모가 올해 아흔 여섯인데 모신다면서 어머니 장수 덕택에 '효자 상'을 받기도 했다며 멋쩍어 하고 있다.

　어린 날의 많았던 꿈들과 이상과의 차이에서 오는 고뇌의 극복은 창작의 열기로 이어지곤 했다. 그는 화가가 되고 싶었고 교육자가 되고 싶었다. 부산사범대학 미술과 중퇴라는 그의 학력이 시사하는 바는 매우 크다. 대학에 들어가기까지 다수의 '그림 상'을 받았다는 그의 그림 스승은 청초 이석우 선생인데 학교를 그만두고 그림과는 완전히 손을 끊었다면서 지금도 아쉬워하고 있다. 그림으로 이루지 못한 예술혼이 시에 접목되어 모더니즘 경향을 띤 그의 작품은 마치 한 폭의 풍경화 같은 정겨움을 주고 있다.

　사람은 어디까지 좌절할 수 있을까. 차 시인이 사범대학을 돈이 없어 중도에 포기하고 집에 와 있을 때 그를 따라다니는 것은 죽음이었다. 자살은 용기 있는 자만이 할 수 있다고 했다. 59년에 부산사대를 중퇴하고 1년동안 자살과 싸웠다. 그리고 마침내 실천에 옮겼다. 평소 자주 가서 속상한 마음을 달래곤 하던 능양마을의 바위가 있는 먼 널이라 불리는 해안에서 전신에 새끼줄로 돌을 달고 바다에 뛰어들었던 것이다. 가난이 몸서리나서 죽음에 직면했으나, 그러나 죽지 못했던 것은 돌을 제대로 묶지 못했던 탓에 살아났던 것이다. 자살의 실패는 큰 패배였고 부끄러움을 가중시켰을 뿐이다. 그의 재출발은 61년 입대 이후부터였다. 남자는 군에 가봐야 된다는 말을 체험한 셈이다. 제대 후, 1958년에 어선을종 2등 항해사 자격시험에 합격증을 갖고 3개월간 기선 저인망을 승선했으나 뱃멀미로 하선 후 그해 66년 1월 초순에 경상남도에서 치루는 지방공무원시험(당시 5급을, 8과목)에 응시하여 통영군에 첫발을 내디딘 것이 그의 30년 공무원 생활의 시작이었다. 현재 통영시청 시민과장(지방행정사무관)으로 재직 중인데 더 승진할 수 없었던 것은 그의 곧은 성품 탓일 거라고 후배 시인 최정규 씨는 통영사람들은 차 시인을 두고 "참나무 밭에서 자란 사람"이란 표현을 한다고 귀띔하고 있다.

공직생활의 바쁜 틈을 내어 시 창작에 전념한 그는 1979년 7월호《시문학》에 추천 완료되어 시단에 정식으로 나왔다. 88년에는《시골햇살》, 90년에는《섬》이라는 시집을 내놓았으며 지금 예총통영시지부장으로 활동하는 성실하고 근면한 사람이다.

> 모두모두 여기 와서
> 하얗게 웃자
> 하얗게 날자
>
> 갈매기 풀 섶마다
> 하얀 알 낳자
> 하얗게 살자

수많은 갈매기처럼
하얀 춤추자
강강수월래 하자

하얀 파도처럼
하얀 손뼉 치자
하얗게 펄럭이자

모두모두 여기 와서
하얗게 웃자
하얗게 살자
하얗게 날자

—시 〈섬 · 4〉, 전문

항상 늦으막한 바람은
물무늬 속 서로 찾아낸
이야기부터 꺼내면
낯익은 눈빛을 걸음걸이로
정작 손잡고 싶어
사랑 앞세우는 일기를 쓴다.

물베개 가장자리쯤에
하얀 물새 날려서
놓친 돛배의 세월을 찾는
뉘우침 속 간절한 손짓에
조용한 몸부림으로

노 젓는 일기를 쓴다.

닿는 인연 마주하여 띄우며

꿈 묻은 별빛으로 청자 빛 속살 다시

헹구며 헤엄쳐오는 지느러미

선잠 깨운 가장 아픈 곳을 굽이돌면

섬과 섬들이 보이는 여기서

지난날들을 약속한 물무늬가

밀물 썰물 깨닫고 사는

일기를 쓴다

—시 〈포구일기 · 1〉, 전문

　한려수도의 더없이 맑은 바다를 시인의 자아 속에 끌고 와서 생명 또는 존재의 근원을 밝히고 있다.

　통영의 섬들을 누구보다도 좋아하는 시인의 맑고 깨끗한 심성이 한려수도의 물결처럼 출렁이고 있다. 오양호 문학평론가는 어떤 글에서 자신(차영한)의 시를 이렇게 평가하고 있다. "초극되고 절제된 감정의 시세계에서 자연을 인간적 삶과 동화시키는 차영한 시인의 시적 기교는 물처럼 근원적이고 이슬처럼 순수한 자기세계에서 바다의 빗살무늬처럼 정화된 자세로 오는 것이었다"고 했다.

☞ 출처: 일간 《新慶南日報》, 제11061호, 1995년 07월 07일 금요일, 8면.

아무도 흉내 낼 수 없는 색깔 지닌 '섬' 언어
—통영의 시인 차영한, 시인 풍모 우뚝

이 상 옥
(시인 · 문학평론가 · 창신대 교수)

한때 시인이란 이름만으로도 영예롭던 시절이 있었다. 근자에는 문예지의 범람과 함께 시인들의 양산量産으로 시인의 의의와 존엄성은 현저히 훼손되었다. 시인공화국이라 할 만큼 이 땅에 많은 시인들이 있지만, 정작 자신의 개성적인 시학을 구축한 시인들은 찾아보기 힘들다. 시인은 많은데 시인이 없는 역설의 시대가 도래한 것이다.

이러한 시대에서 고향을 지키며 묵묵히 시인의 길을 걸으며 개성적인 시학을 구축하고 있는 차영한 시인은 돋보인다. 지난 6월 20일(목) 통영에서 열린 차영한 시인의 출판기념회는 차영한 시인의 제3시집《살 속에 박힌 가시들》, 제2시집《섬》재판 및 석사논문집《청마유치환 고향 시 연구》등의 간행과 공직생활(통영시청 정보통신과장)의 명예로운 퇴임을 함께 기념하는 뜻깊은 자리였다(이 자리에 필자는 서평을 했는데 이날따라 한국축구 응원 후유증으로 목이 쉬어서 차 시인의 시세계를 제대로 도려내지 못해 아쉬움을 남겼다).

차영한 시집《섬》초간본 서문에는 "먼저 이 시는 살면 살수록 아름다운 내 고향에 바칩니다"라고 밝혔다. 고향에 바치는 마음으로 출간한 이 시집은 통영문학뿐 아니라 한국시문학에도 중요한 의미를 지니지만, 아직 그

가치만큼 제대로 평가가 이루어지지 못하고 있다. 그러나 시론에 정통한 문덕수 선생은 시집《섬》을 읽고 차영한 시인은 남도의 백석이라고 극찬한 바 있다. 이 시집은 현대문명 속에서도 훼손되지 않고 원초적으로 살아 숨 쉬고 있는 섬의 삶과 언어와 풍속을 담고 있다. 섬의 언어는 현대 언어에서 보면 거의 원시어에 가깝다. 합리성, 편리성, 기능성을 좇는 문명의 발달 은 인간에게 행복을 가져다주지 못한다. 인간은 누구나 문명 이전의 세계 로 돌아가려는 꿈을 간직하고 있다. 그러나 현실에 매인 인간은 태초의 세 계로 돌아가지 못한다. 시인은 문명 이전 인간이 지닌 본질을 조명해냄으 로써 잃어버린 인간의 꿈을 재현하는 존재이기도 하다. 차 시인의 섬 언어 에는 태초세계의 질서가 살아 숨 쉰다. 따라서 섬 언어는 시어의 원형질과 같다. 시집《섬》은 차영한이 아니면 아무도 흉내도 낼 수 없는 색깔을 지닌 다. 시집《섬》은 통영을 중심으로 한 남도언어의 보고이며, 한편으로는 섬 의 풍속도이다. 육지와 단절되어 오염되지 않은 태초의 삶의 양식이 원형 에 가깝게 남아 있는 섬 문화가 이 시집에 내장되어 있다. 바다와 섬, 고독 과 정갈, 그리고 바다의 이법을 삶으로 끌어당기는 이 시집은 차영한 시인 만의 개성적인 목소리를 보여준다. 이 시대는 많은 시인들이 필요한 것이 아니라, 개성적인 목소리를 지닌 시인 한 사람이 중요하다는 점에서 통영 의 차영한 시인을 주목해야 한다.

　제3시집《살 속에 박힌 가시들》은 또 다른 개성적인 목소리를 드러낸다. 이 시집은 〈심심풀이〉 연작시로서 '심심풀이'라는 제목 자체가 아이러니컬 하다. '심심풀이'는 심심함을 잊고자 하는 가벼운 의미를 지니지만, 이 시 집은 실상 현실을 질타하는 매우 무거운 테마를 지닌다. 그래서 겉 다르 고 속 다른 세상을 향해 던지는 새로운 풍자시의 한 면모를 드러내었다는 평가를 받았다.

차영한 시인은 자신이 아니면 아무도 노래할 수 없는 개성적인 어법으로 시집《섬》에서는 삶의 원형질을 천착했고, 시집《살 속에 박힌 가시들》에서는 현실세계에 대한 모순을 알레고리나 아이러니로 강력하게 질타했다. 결국, 차시인은 현대인들이 잃어버린 마음의 고향을 회복하려는 강력한 언어의 고단위 풍자적 몸부림과 고단위 풍자적 어법을 통하여 개성적인 시인의 풍모를 우뚝 드러내었다.

☞ 출처: 주간 《한산신문》, 16면(종합), 2002년 07월 06일 토요일.

경남문학관 · 경남문인들 · 시작품

이 우 걸

(시인)

인내

가만 있자
숲 속의 빈 의자처럼 가만 있자
봄눈 속의 죽순처럼 가만 있자
소멸의 이유 앞에서는
갸우뚱거리며
가만 있자
교회의 종소리처럼 추상화만
그리며 가만 있자
태아의 잠자는 고전을 읽듯
가만 있자
생가의 창에 어머니의 불빛처럼
눈물 밝혀놓고 기다림으로
가만 있자

해설

 달변이 수치처럼 느껴질 때가 많다. 수없는 주장들이 방향 없이 일어서
는 깃발처럼 보일 때가 많다. 이기주의의 창검처럼 느껴질 때가 많다. 이
소음의 시대에 원론적이지만 침묵은 금이다. '가만 있자.' 누구도 참으려
하지 않는 시대에….

☞ 출처: 퍼온 글_《경남신문》 2005. 11. 14/ 다시 퍼 온 글: 2010. 04. 20.

차영한의 시 읽기 〈장자론莊子論〉

이 선

(시인 · 문학평론가)

지리산에서 줄 없는 낚싯대로
떡갈나무 숲 가실거리는 파도 사이
농어를 낚고 있다 짙푸른 절정의 깊이에서
한없이 헤엄치는 물살 쪽으로 내던져
흔들리는 만큼이~나 휘어진 낚싯대를
힘차게 끌어당기는 좌사리, 치리섬들
산머루 같은 눈매로 달려온다
가뭄에 탄 골짜기가 소낙비를 마시듯
얼큰한 내 술잔 안에서 파닥이는 지느러미
오호라 저것 봐 내뿜는 눈부신 꽃 비늘 튄다
컥 컥 미늘을 물어뜯는 욕망덩어리 떼
공중으로 날아올랐다가 흥건한 땀방울 맺힌
생소금에 툭 툭 떨어진다. 이것 봐
석쇠에 굽고 회를 치는 칼 빛 웃음소리
내 콧구멍을 벌름거리게 하는 새빨간 아가미
다시 짓누르는 하늘 한 자락 들썩이다가
갑자기 내 숨소리를 빼앗아 먼 산맥 굽이치게

파도소리는 떡갈나무 숲 물고기 떼를 휘몰아
펄떡펄떡 뛰며 가로 질러 헤엄치고 있다

—차영한의 시 〈장자론莊子論〉, 전문
제4시집《캐주얼 빗방울》제5부, p.56

위의 시는 '장자론莊子論'이라는 제목과 시 내용에서 장자의 '이도관지以道
觀之'의 범신론적 자연주의 향내가 물씬 풍긴다. 또한 '이미지의 극점'을 만
난다. 시각과 청각과 미각을 동원하여 오감을 자극하는 '공감각적 이미지'
를 선명하게 보여준다.

지리산 단풍과 가랑잎이 바람에 쓸려 구르고, 떠다니는 모습을 '바다—
좌시리—치리섬—농어떼'로 이미지화하였다. '나'라는 화자는 무아지경의
풍경 속으로 감정 이입되어 무아지경이다. 시 〈장자론莊子論〉 제목과 '산'과
'나'와 '물고기 떼'가 하나로 선경을 이룬 모습이 조화롭다.

차영한의 시 〈장자론莊子論〉의 구조는 '지리산—나—나와 지리산'이라는
3부 구성으로 되어 있다. 1부(1—10행; 감상자 시점), 2부(11—15행; 적극적 개입자
시점), 3부(16—19행, 나와 자연의 합치)로 분류할 수 있다. 그러나 차영한의 '장
자론'은 장자의 '자연주의'에서 진일보하였다. '자연'을 향한 '나'의 적극적
인 개입을 주목하여 보자.

'나'라는 주체는 식물성이 아니라 동물성이다. 생존과 번성을 위하여 약
육강식을 하는 '욕망' 덩어리다. '지리산 물고기 떼' 이미지를 감상하는 모
습도 적극적이다. 눈으로만 감상하는 시적거리가 먼 '관찰자 시점'이 아니
다. '입'으로 '먹음'으로써 더 직접적으로 개입한다. "생소금(…)/석쇠에 굽
고 회를 치는"(13—14행) 감상방법은 얼마나 감각적이고 육감적인가? 이보
다 더 멋진 적극적인 자연감상 자세가 있을까?

3부에서는 적극적으로 풍경을 먹다가 평정심으로 돌아간다. 나를 자연에 풀어놓고 있다. '내 숨소리―파도소리―물고기 떼'가 합치된다.

(…)
짓누르는 하늘 한 자락 들썩이다가
갑자기 내 숨소리를 빼앗아 먼 산맥 굽이치게
파도소리는 떡갈나무 숲 물고기 떼를 휘몰아
펄떡펄떡 뛰며 가로질러 헤엄치고 있다

―차영한의 시 〈장자론莊子論〉, 후반부

차영한은 위의 시에서 〈장자론〉이라는 제목에 맞는 시적성과를 거두고 있다. 이미지의 바다를 헤엄치다가 풍랑에 휘말려 독자도 함께 표류한다. 장자의 무아지경의 자연에 합치된 나. 이미지가 맛있다. 지리산을 꼭 한 번 먹고 싶은 욕망을 느낀다.

☞ 출처: 한국엔지오뉴스/한국NGO신문, 시가 있는 마을 82, 차영한 '장자론莊子論―이선의 시 읽기'/기사입력 시간: 2013년 06월 23일 04: 04:00 기록/한국엔지오뉴스에서 이기: 2013년 09월 29일(일요일) 15시 55분.

차영한, 연작시집《섬》
11년 만에 재발간, 99년 '시문학상' 본상 수상

김 영 화
(한산신문 기자)

통영 지킴이 차영한 시인이 연작시집《섬》(시문학사)을 선보인 지 꼭 11년 만에 다시 묶어 내놓아 화제가 되고 있다.

비진도와 대섬, 소매물도, 알섬 등 50개 섬을 통해 삶의 본질을 노래한 시집《섬》은 지난 99년 시문학 본상을 수상한 작품이기도 하다. 차 시인이 표현한《섬》은 통영 관내에 실재하는 섬인 동시에 모든 것을 홀로 판단해야만 하는 현대인을 지칭하는 메타포(은유)로 현실과의 처절한 싸움을 나타낸 것이다. 또한 그의 시에서는 '떡파래, 밀파래, 우럭, 깨꼬지, 매물고둥, 비단조개, 실조개' 등 갯가 어부들이 실제 사용하는 해양적이고 개성적 언어를 그대로 표출해 시어의 생동감뿐 아니라 통영을 중심으로 한 지방특성언어를 재조명하고 있다는 평을 받고 있다. 그리고 2인칭이나 3인칭 시점을 사용해 과거의 외형적 삶의 본질과 현실과의 처절한 싸움을 통해 미래세계를 가늠화해 현대인의 한계점을 극복하고 객관화했다는 것이 큰 특징이다.

차 시인은 "초판을 발행할 때는 고향의 투박하면서도 정겨운 섬 생활의 모습과 섬의 생태를 토속적인 언어로 형상화해 고향 사람들과 이 시집을 나누어 가지려 했는데, 뜻하지 않게 먼 곳의 여러 사람들의 호응과 관심으로 11년 후 재판을 발행하게 됐다"고 출간 동기를 밝히기도 했다.

☞ 출처: 주간 《한산신문》, 2001년 06월 23일(토요일), 21면.

흰 나울로 밀려오는 섬 이야기
―차영한 연작시집 《섬》

김 다 숙

(경남신문 기자)

통영에서 나서 줄곧 고향을 지키며 시를, 쓰고 있는 차영한 시인이 연작 시집 《섬》(시문학사)을 선보인 지 꼭 11년 만에 다시 묶어 내놓았다. 연작시 〈섬〉은 소매물섬, 글씽이섬(설청이섬), 알섬(갈매기섬), 어유섬(어릿섬), 큰닭섬, 진비생이섬, 비산도, 솔섬 등 모두 50수가 담겨 있다.

통영 앞바다는 물론이거니와 남해에 흩어져 있는 허다한 섬들을 하나도 빠뜨리지 않고 모두 노래한 듯한 작품이다.

> (…) 닿는 인연 마주하여 띄우며/꿈 묻은 별빛으로 청자 빛 속살 다시/헹구며 헤엄쳐 오는 지느러미/선잠 깨운 가장 아픈 곳을 굽이돌면/섬과 섬들이 보이는 여기에서/지난날들을 약속한 물무늬가/밀물 썰물 사이 깨닫고 사는/일기를 쓴다.
> ―시 〈포구일기 · 1〉, 부분

시인은 섬과 섬 사이에 나타나는 물무늬 이야기. 밀물 썰물 사이 꿈 묻은 별빛으로 일어서는 물의 이야기를 쓰고 있다. 또한 고향에서의 일상적 삶과 언어를 포용하며 이들을 교직시켜 유미적 세계를 구축하고 있다. "떡파래, 밀파래, 우럭 깨꼬지, 매물고둥, 비단조개, 실조개/뜯고 파내어도"와 같은 섬의 박물지 다음에는 이런 가난함으로부터 솟아오르고 빠져나와 이웃의 손을 잡고 인간과 자연이 동화되는 기쁨을 시화했다.

　차 시인은 월간 《시문학》지를 통해 등단했으며 시집으로 《시골햇살》과 《섬》, 《살 속에 박힌 가시들—심심풀이》 등이 있다. (…)

　　　　　　　　　　☞ 출처: 일간 《경남신문》, 2001년 06월 08일, 금요일, 11면(문화).

실험 성격 강한 참여시 묶은《살 속에 박힌 가시들》
—경남문학 본상에 차영한 시인

강동욱

(경남일보 기자)

2001년 제13회 경남문학상 수상자로 통영의 차영한 시인이 선정됐다. 수상작은 올 3월 '시학사'에서 발행한 심심풀이 연작시《살 속에 박힌 가시들》이다.

경남문학운영위원회(위원장 신상철)는 지난 7일 마산에서 신상철 이광석 문신수 전문수 강희근 정목일 등 도내 문단중진들이 참석한 가운데 심사를 해 이같이 결정했다.

수상작《살 속에 박힌 가시들》은 '5공 시절'인 지난 84년 신문에 연재하다가 본인의 의사와 상관없이 중단된 참여시로서 실험적 성격이 강한 시들을 지난 3월 시집으로 묶어 출판한 것이다. 신상철 위원장은 선정경위에 대해 "차 시인의 이번 수상작은 속 다르고 겉 다른 세상사에 대한 풍자를 다룬 시집이다. 실험정신이 강하고 객관적인 사실을 3인칭 주어로 해서 서술해 형식적인 면에서 이색적이다. 이런 점이 심사위원들에게 높은 점수를 얻는 것으로 안다"고 했다. (…) 시상식은 오는 14일 오후3시 마산 로얄호텔 10층에서 열릴 예정이다. 한편, 경남문학상은 지난 89년 수필가인 배대균 씨가 기금을 출연, 만든 상으로 도내 활동 중인 작가 중 10년 이상의 경력을 가지고 우수한 창작집을 낸 문인 중에 선정해왔다.

☞ 출처: 일간 《慶南日報》, 문화면, 2001년 12월(상세 기록 누락)

섬에 내리는 비 · 2 -과수 비

이경우
《시사사》 편집기획위원)

바람과 안개에 궂니 끼리 멱살 잡는 날씨
빈 독에라도 빗물 채우려 뚜껑 여는 과수댁
문득 초저녁 코끝에서 떨어지는 야릇한 빗방울

경대 앞에 앉아 지그시 눈감아 지우려 해도 간간이
문고리 흔드는 소리에 입술은 쉬 쉿 불타네
혀로 지워도 내밀치는 물발이 발끝 핥아대네 차올라서
허벅지를 바늘로 찔러도 빗소리는 더 자글거리네
질벅이는 장화소리 토란 밭을 밟아오고 있네
비보다 더 많은 눈물도 뜬 눈으로 자그러웠네.

한밤중에도 일부러 보쌈 하도록 문 열어났네.
달빛 받아 립스틱 짙게 발라도 어느 억센 한 놈도
건들지 않았네. 불 끄면 문 앞에 선 건장한 놈
그림자만 흔들렸네. 그만 으악! 소리치려다 밖으로

뒤처나오면 배롱나무가 혀 내밀며 웃어대고 있었네.
아 그 길로 울부짖으며 해안가 몽돌 밭을 쏘댔네.
뭉텅뭉텅 허물 쏟아내는 물살에 속치마 다 젖었네.
자꾸 자글자글해서 눈감다 날이 밝았네.

온통 찢어진 쪽빛치마 통가리들은 바닷새 떼로
날고 있네 그럴수록 해안가는 능청스럽게 웃어대고 있네
지금도 궂니 해안가를 밟으면 자글자글 자갈 비 쏟아지네
청승 장화신고 토란 밭 밟고 오는 죽은 낭군 발소리네
　　　　—차영한 제5시집《바람과 빛이 만나는 해변》, 전문, 30~31쪽.

　몇 년 전 통영을 여행한 적 있다. 미륵산 케이블카, 동피랑 마을이며 청마문학관, 한산도 앞바다를 바라보는 이순신 공원, 통영대교의 야경 등 모두가 인상 깊은 통영의 아름다운 기억으로 남아 있다. 시집《바람과 빛이 만나는 해변》을 읽으면서 그때 통영의 그 아름다웠던 풍경들을 떠올려 보았다.

　시인이 바라보는 바다는 우리가 흔히 생각하는 그런 바다가 아니다. 다소 비현실적인 듯한 이미지의 언어, 상식과 원칙을 뒤집어버린 해학적인 문구들, 그리하여 기존의 바다와는 다른 이른바 고의적인 감상적 오류, 혹은 환상적인 새로운 인식과 방법을 모색하여 바다에 대한 화려하고도 다양한 이미지의 형상들로 펼쳐진다.
　바다의 변화무쌍한 모습들을 여러 가지 환유의 형상으로 묘사했다. 특히, 파도소리에서는 "주름살이 탱탱해지도록 웃어대는 흰 수염 끝자락 만지"는 쾌감을 느끼다가 때로는 "커다란 눈빛으로 엉덩이만 노출 시킨 채"

"젖가슴을 자꾸 감추려는" 풍만한 여인의 넘치는 정념으로 변주되는가 하면 "하이힐 벗기"고 "다리를 더 들어 대"는 은밀하고도 질펀한 관음의 형상으로 나타나기도 한다.

어느 한적한 섬에 비가 내린다. "질금질금 아무데나 내갈"기는 홀아비의 그것 때문에 "몰래 치마 벗는 과수댁 속곳가랑이가 먼저 젖"어 버리는 젊은 과수댁을 상상한다.

비가 내려서 특별히 할 일 없는 과수댁이 경대에 비쳐진 제 윤기 흐르는 얼굴을 바라보다가 불현듯 뜨거워지는 몸을 느꼈을 것이다. 그때 누구 찾아오기라도 한 듯 바람이 "간간이/문고리 흔드는 소리에" 조바심이 났을 것이다. 그러나 찾아올 이 없는 젊은 과수댁은 "허벅지를 바늘로 찔러도 빗소리는 더 자글거"려 "한밤중에도 일부러 보쌈 하도록 문 열어" 놓은 채 "립스틱 짙게 발라도 어느 억센 한 놈도/건들지 않았"다는 흡사 전설의 고향 한 장면을 연상케 한다. 참다못해 "밖으로/뛰쳐나오면 배롱나무가 혀 내밀며 웃어대고 있었"다며 속 타는 과수댁의 마음을 몰라주는 섬 남정네들을 해학적으로 보여준다. "뭉텅뭉텅 허물 쏟아내는 물살에 속치마 다 젖"는 과수댁의 심정을 모르는 바보들이라고 말이다.

더군다나 초롱꽃의 "치마 끄는 소리 듣고도 어찌 내몰라 라 그냥 눈감고 지나칠 수" 있겠냐며 바위도 "거품들을 둘러쓰고 어이 어이 이리 와봐/끌어 당"긴다고 시적 상상을 확장시켜 나가고 있다.

시인은 상식적인 바다의 이미지를 던져버리고, 아프리카 내륙 깊숙한 어느 나라의 한 젊은이가 난생 처음 본 것처럼 새롭고 신선한 시선으로 낯선 바다 풍경을 그려내고 있다. "마음에 없으면 보아도 보이지 않는다"고 했던가. 역설적으로 시인은 일렁이는 바다에서 욕망의 에로티시즘, 원초적 가쁜 숨소리를 들으며 고적한 "섬에 내리는 비"를 홀아비와 젊은 과수댁의 다소 코믹하면서 해학적인 비애로 상상하고도 남았을 것이다.

☞ 출처: 《시사사POETRY LOVERS》, 2017년 1~2월호 제86호, 한국문연, 252~255쪽.

제4부

나는 이렇게 시를 썼다

시적 표현의 완숙된 언어 정감에 대하여

　설익은 산딸기나 매실도 약재로 사용되는 예가 많다. 더군다나 시큼, 새콤하거나 뒷맛에 얼떨떨한 관심을 갖고 보면 요새 말로 뜨는 것이다. 굳이 이규보李奎報 선생의 〈시유구불의체詩有九不宜體〉를 끌고 다닐 필요는 없겠지만 연상하면 벗어나지 못하는 웃음이 아니라 뭔가 씁쓸해도 짚어 볼 필요는 있지 않는가. 그것이 오늘날까지 무시당하지는 않아도 바탕이 없는 기슭을 마구 긁기만 한 것도 전혀 없지는 않을 것이다. 어찌 보면 시의 독창성을 가져온 것도 없지 않다. 그러다 보니 서로 맞물려 돌아가는 가운데 언어의 도굴은 시작되었고, 마모된 언어의 유희에서 벗어나지 못하는 것은 틀림없다. 언어가 갖는 상상력까지 도용되어 버젓이 나타나는 것이다.

　나의 연작시집(《섬》, 1990, 시문학사)에서 발견된 언어를 통한 상상력만 하여도 출간된 이후 가까운 'P시市'의 시인뿐만 아니라 도처의 시집들에서 나의 시어와 만나는 다름이 없는 바다의 소재 내용과 언어가 자주 눈에 띄는 것은 불쾌하기 짝이 없다. 엇비슷한 그것이 무슨 자기의 시라고 감히 말할 수 있는가. 여기서는 굳이 누구라고 지적하지는 않지만 오늘날 우리나라의 시에 대한 현주소가 아닐 수 없다.

　일상어나 식상어가 누구나 반복 사용하거나 남용되더라도 가장 자기적인 독보성이 강점이 되어야 하고 언어 자체가 어색하지 않아야 함은 누구나 갖고 있는 밑바닥 심정이 아닌가. 따라서 나의 시 작업은 개성을 다시 체로 걸러내는 참신성에 두고 언어를 자유자재로 다듬을 수 있는 잠재력을 발휘하는 것이다. 발휘할 때는 함축되고 응집된 이미지와 표현법을 가장 독보적으로 발현하여 왔다. 누구든지 쓸 수 있는 시제 '산열매'에도 이렇게 온몸으로 걸러내는 일상어를 가슴으로 표현하여 보았다.

> 햇빛을
> 달빛을
> 하나하나
> 떨림으로 접어
> 산 이슬에
> 다시 씻다가
> 산울림에 들켜
> 찾아낸 세월이
> 성큼 다가서며
> 웃음으로
> 끌어당기고 있다

위 내용 중 "떨림으로 접어"에서 "꽃이 핀다"고 하지 않았으며, 또한 "산울림에 들켜"라는 에스프리에서 내재율의 신선한 감을 승화시켜 보았다. 이와 같이 근원적인 물음에 답하고 자신의 순화에 초점을 둔 정감을 밀착시켜 본연의 순수성을 찾고자 하였다. 때로는 불의에 격분하고 옛날 지조 높은 길재吉再 선비처럼 등잔을 던지기는 하지만 혼불을 완숙하게 타도록 건강한 심지만은 잘 보전하고 있다고나 할까. 시문에 공식으로 데뷔한, 막 20년이 지난 지금의 문턱에서도 먼 산마저 자주 눈여겨보지만 가까운 산을 먼저 맞이하는 나의 깊은 의미는 무엇일까. 성숙한 몸짓의 완연함을 스스로 보기 위한 것이다. 내가 다시 채석장에서 울려오는 석수장이 아픔을 받아들이기 위한 것이다.

가장 깊은 고뇌의 설교雪橋를 건너듯/물과 피를 걸러내는,/고통 하는 기둥과 밑바닥의 아픔만큼/저승의 거대한 돌부리를 깎아내는,/굴욕의 어둠을 짓이겨/참으로 거만한 욕망의 공포를/배신자의 발아래에 뭉캐는/분노와 상처를 부축하며/수인囚人이 된 석수장이를 본다.//증오와 익살을 털며/비겁하고 간악한 무리들의 탈을 벗기는,/절망과 비참함을 도끼날로 찍어 파내는,/참으로 머리카락 속으로 바람이 내통하는,/안개의 늪에 던져지는 감미로운 환상幻想의 수액樹液을 뽑는,/노櫓 젓는 갈증의 희열로 고독한 레몬 빛깔을 빚는,/남루한 가난을 걸치고/진실한 애정을 빚는다./신의 처음 음성을 빚는다.//아침의 태양을 껴안듯/신음하지 않고 다시 시작하는 신선한 나의 노동이여/가장 깊고 어두운 박쥐동굴 속에서/촛불을 켜고/한 계단 한 계단을 밟고 오르는 나의 신부여/무성한 엉겅퀴 꽃밭에서/소낙비 맞으며 일어서는 저승의 석비石碑여/아! 나의 절실한 자유여/이 세상에서는/항상 나비와 새로 날아올라라.

—시 〈詩作業〉, 《시골햇살》(시문학사, 1988. 3), 전문

위에 인용된 시작품은 더 사족을 요하지 않는다. 정신착란 같은 어떤 경지에 몰입된 그대로를 겹쳐지는 듯 간극을 좁혀 간극 사이로 흐르는 열광을 체험하는 나의 시작의 실체를 내가 보면서 승화시킨 것이다. 직관을 통해 얻어낸 것이다.

끝으로 나의 근황의 창작은 격동의 1980년대의 초기 그때 연작시 '심심풀이'로 발표되다가 중지(?)된 참여시라 할까. 미완이 된 사연시라 할까.

첫 시집《시골햇살》다음의 둘째 아들이 나오지 못하고 나의 뱃속에 지금도 살아 있으니 어떻게 해도 끄집어내는 작업이었다. 그러니까 연작시집《섬》이 둘째 아들이 되어 거꾸로 된 세상을 나 역시 살고 있으니 말이다. 다시 말해서 시집은 잉태하고도 짐승새끼처럼 순서대로 낳지 못하니 나에게 무슨 시론이 있겠는가.

아무튼 우리 시인들이 항상 말하는 진실성과 개성 있는 작품 속에 순수한 작가정신만이 살아남을 수 있을 것이며, 풍요로운 한 시대의 시단에서 만날 수 있는 시인의 생명은 결코 순탄하지 않음은 남의 일이 아니고 바로 나의 일이 아닌가.

☞ 출처: 月刊《文學空間》, 통권 제113호, 1999년 4월(문학공간사), pp.47~49.

각설이의 노래

남아있는 安否에 달이 뜨는
들깨이파리에 웃음 쌈 싸는
故鄕빛깔들이 풀잎에 널뛰는
그네 줄이 도랑물소리 건너오는
이토록 뜨겁게 손잡아
쟁기질 가슴골에
길쌈으로 하늘 뜻을 풀어
산 빛 흔들리는 메아리만큼이나
빛이 흙 속에 녹아내리는,
간절한 사랑 이야기로
목쉰 바람이
간지럽도록 반짝이누나.

○ 시작노트

각설이는 지금 사라져가고 있다. 우리네 사는 뜻을 누구보다도 잘 안다.
슬픔과 기쁨을 먼저 알고 그것을 또 전한다. 사실 우리도 각설이 되어 무엇
인가 전하고 있다. 끝으로 각설이의 보호육성이 시급하다.

☞ 출처: 일간 《경남매일》, 第10410號, 1979년 09월 10일 月曜日, 5면.

사향思鄉

열 살 남짓한 맨발의 눈물이
돌아오는 대청마루에
어머니의 웃음만 서서 기다리게
자꾸 허리 굽혀 찾게 하는 그리움이
솔밭 갈비로 쌓이더니만
산밭 길을 내려오면서
떠 마시던 박 바가지 달을 생각나게
새 한 마리가 고향 쪽에서 울고 있네요.
그래서인지
쓸어 올리는 내 머리카락이
바람 앞에서도 눈물에 닿아
달을 잡겠다던
오월 단오 날의
누나 그네 줄이 보이네요.

○시작노트

사는 것이 매울 때는 고향 생각이 나는 거다. 인간의 고향이 없다면 모든 것을 잃는다고 본다. 그렇기 때문에 이 나라의 물소리 바람소리에서 우리들의 피리소리를 찾아야 하고 피리구멍을 다듬어야 한다. 나의 피로한 찻잔 곁에서 무화과가 익는 뜨거운 인정이 오늘따라 더욱 아쉬워지기 때문이다.

☞ 출처: 일간지 《경남매일》, 1980년 02월 05일, 화요일, 5면.

고향 이야기

江은 사나이를 잡고 울었지만
달은 여인들을 잡고 같이 울었지만
아직도 메주콩 쑤는
고향냄새 때문에
구름이 된 봇짐들이
학이 앉은 자리로 돌아온다.
골짜기 열리는 물소리에
발을 담그니
물레방아가 돈다
민들레 마을끼리
도리도리 웃음 모아
응답의 문을 연다
질그릇에 넘치는 달빛으로
손잡아 일으키면
오월의 바다가 모이듯
모두모두 강강수월래 강강수월래
불 밝히는 아래채 사랑방을 찾아
돌며 굿춤에 한마당 어울려서
아버지가 준 땀을 보고

들을 향해 손짓한다.

육자배기도 부른다.

장고소리에

맨발로 흙을 밟으며

덩실덩실 도리깨춤을 춘다.

○ 시작노트

이제 까치소리가 자주 들린다. 철탑에 짓던 까치들이 나뭇가지에다 다시 집을 짓는다. 고향에 살면서 고향 이야기를 할 수 있다는 것은 내 눈이 건강하기 때문일까? 지독한 여우도 고향을 향해 머리를 두고 죽는다면 우리는 본적을 분명히 하자.

☞ 출처: 일간 《경남신문》, 제10972호, 1981. 07. 08. 수요일, 7면.

그리움 · 1

너는

와서 가고

돌아와서

술래로 또 가고

가서 저만치

바람은 꽃 속에 또 숨고

고집 속에 남는

사랑의 습기는 허물벗기어

밤에 흐르는 강 빛이여.

깨닫는 용서부터

눈빛으로 씻어내라

순결의 둘레에

빗방울 떨어지는 망각의 순종이어

기다림보다 포옹으로 돌아오라

건너와서 또 그네 뛰는가.

○ 시작노트

그리움은 일종의 인연인가. 느닷없이 추억의 등불을 켜는가 하면 삶의
의미를 되씹어 보게 만든다. 만약에 인간에게 그리움이 없다면 얼마나 삭

막하고 황량한 인간관계가 될 것인가. 인간사회만이 아니라 그리움은 모든 생물체와 관계를 맺어주는 소중한 인연같이 생각되어진다.

☞ 출차: 일간 《경남신문》, 제11767호, 1984년 2월 4일 토요일, 7면.

북채
—말하는 나무 · 1

후미진 벼랑 끝에 벼락 맞은 박달나무
청매골 솔바람처럼
시퍼런 절망의 한허리를 휘어잡듯 추스르다가
돌팔매에도 어깨춤 삭혀온
캄캄한 적막을 담금질하는
그칠 듯 이어지는
또닥 뚜닥 굵어지는 산비소리

흔들리는 산울림 끝에
생살기름으로 탄다
엉키다가 튀며 날아다니는 혼불
녹아내리는 애간장 재촉하는
열두 번의 갈림길에도
시원한 폭포소리에 적시듯
휘감는 천둥과 번개
낚아 챈 눈 먼 새의 황홀한 날갯짓

먼 곳에 살아도
둥둥 얼리는 그대 핏줄 아는가.

○ 시작노트

이 땅에 신명나는 북소리가 사라지고 있다. 우리의 피가 식고 있다. 충천하는 용맹과 기상이 보이지 않는다. 말 달리는 기마민족성은 어디로 갔는지. 땀 흘리고 끓는 피가 엉기던 공감대는 식은 죽처럼 되어가고 있다.

우리는 북채다. 북채를 다시 힘차게 잡고 우리의 가슴을 두드려야 한다. 민족혼을 불러 일으켜야 한다.

북소리가 핏줄로 이어져야 이 어려운 국난을 극복할 수 있다.

이 산하에 우리의 용맹과 기상으로 지혜의 횃불을 다시 높이 치켜들고 야생마처럼 뛰어야 한다.

☞ 출처: 일간 《신경남일보》, 제12030호, 9(문학)면, 1998년 9월4일, 금요일.

아직도 아내는 목화밭에서 산비둘기 떼 날리고

　나의 초기 시작품은 대부분 모성공간에서 건져 올렸다. 마치 은어 연어 떼들이 모향으로 회귀하는, 거슬러 날아오르는 개연성의 고난도가 있다. 그래서 나의 데뷔작품은 〈시골햇살〉과 〈어머님〉과 나아가서 〈한려수도〉에서 출발했다.

　시골햇살이란 시골 햇살이 아니라 순수한 빛살을 말한다. 그 빛살 속에 존재하는 어머니의 모습을 환상環狀한 것이다. 〈시골햇살 I 〉을 보면 "어머니 눈 안에 도는/시골햇살보고/글썽이는 눈물/뜨거운 음성으로 돌아와/솔빛이 된 아버지 눈매에 부딪쳐/학이 되어 날은다"로 형상화했다. "생전에 안으로 문고리 없어도/떠나지 못하여/쏟아온 빛 속에 빛이여"라는 긍정적인 리얼로 형상화했다. 누나, 아버지, 어머니, 할머니, 아내, 아이로 표출하였지만, 아우라 같은 모성공간에서 생동하는 생명의 시는 '이마고(imago)'에서 비롯된 하나로 존재하고 있다. 거기에는 "오랜만에/서울에서 온 누나 입술이/미래봉 산딸기로/익는 것일까"에서 공해로 오염되어가는 대도시를 경고하기 위해 누나의 삶을 내세워 저항했다. 그러므로 사회성이 짙은, 현실을 관통하기 위한 '콜라주', '그라타주', '데칼코마니'랄까? 어쨌든 II 에서, 살아가는 생명력을 확인하는, "꽃밭에서/사라져가는 초가지붕을/가리키며,/약단지에/연꽃이슬을 받아/핏줄 하나에도/정情을 다려내는/물바람소리로/안부를 묻는 것인가"라고 질문하고 있다. 연꽃이슬까지 받아 약단지에 끓이는 염려의 의문표들이 절실한 안부를 캐묻고 있는 것이다. 특히 Ⅲ에서는 어머니가 우리 생명의 배꼽이기에 "아직도/아내는/목화밭에서/산비둘기 떼 날리고/아이들은/해바라기 씨가 되어/봄 편지를 쓰고 있네"라고. 또 "삼동三冬의/가지 끝에 솔빛이 되네"라고 현주소의 저항을 분출하고 있다.

어떤 평자는 여기에 나오는 '목화밭'을 현재는 몽환적이며, 퇴행적인 시어라고까지 지적했다. 그러나 목화 꽃말은 '어머니 마음'이기에 현재에도 유효하다. 야화野話 《대동기문》에 실린 〈조선 정승〉이라는 서적에 '화부화花復花'의 풀이에 의하면 '꽃이 핀 자리에 꽃이 핀다'는 뜻이 있는데, 목화 꽃이 지고 나면 하얀 솜꽃이 피는 것과 같다는 데서 의미심장하다.

목화 꽃은 어머니요, 솜꽃은 자식들이라 볼 때, '아직도'를 넣어 "아내는 목화밭에서/산비둘기 떼 날리고"라는 모성애를 생동감 있게 승화시켰다. 아울러 우리의 희망과 꿈인 아이들은 해바라기 씨처럼 까만 머리 맞대고 봄 편지를 쓴다는 싱그러운 미래너머 생명력을 형상화시켜 봤다.

물질문명으로 급변하는 1971년도 초기에 급변하는 시점에서 모티프 한 동기부여는 원시성적인 우리의 원형질을 변형시키지 않도록 하는 한편 그때의 참모습을 남기고 싶어서다. 현재에도 유효한 현재진행형의 작품이라 할 수 있다.

☞ 출처: 이 소재 이 주제―1995 · 가을, 《경남문학》 통권 제32호, pp.95~98.

나의 작품 속의 꽃

　나의 작품 속의 꽃은 몇 편 안 되지만 다른 제목의 작품 속에 핏줄처럼 얽혀 있다. 파토스를 토해내고 있다. 왜냐하면 청초한 눈동자처럼 꽃은 매혹적으로 다가오는 팜므 파탈이기 때문이다. 아마도 빅뱅에서부터 내달려 온 천상의 생명이 탄생하는 순간을 누군가 소름끼치도록 훔쳐본 최초의 언캐니(uncanny; 괴기함)에서 죽음이 꽃으로 피는 순간인지 모른다. 무의식에 각인된 아름다운 상처가 아마도 DNA혈루로 살아 있는 것 같다. 착시적인 뇌의 작동인지도 모른다.

　하여 나의 첫 시집에 나오는 들국화는 빨리 내리는 산그늘보다 늦게 돌아오는 나를 맞는 아내의 모습이었다. "(…) 잠결에 마음 준 사랑이/꽃무늬로 밀려와/눈 안에 접히더니만/자주 옷고름으로 부끄러움을 사뿐히 닦아내며/기다린 채 웃고 있는 (…)"(《시골햇살》 p.83 참조) 생명과 생명의 꽃을 처음으로 노래했다.

　이러한 작업은 1995년 월간 시전문지 《詩文學》 1월호에 발표된 시, 〈꽃은 지기 위해 아름답다〉였다. 주된 내용은 꽃 중에서도 제일 아름다운 꽃은 "사람 꽃"이라 하고 그 중에서도 "아이 꽃"이라고 노래했다. 그해 12월에 한국문화예술진흥원에서 발간한 《'95 한국문학작품선—시·시조》(p.195 참조)에 뽑혀 그 책들이 전국적으로 배포되었는지 1996년부터 '사람 꽃'에 대한 대중가요가 히트하면서 그 노래가 오늘에 이르고 있다. 물론 우동 우합일 수 있지만, 나의 작품을 패러디한 것은 틀림없는 것 같다. 그러나 말만 바꾸면 아닐 수도 있는 교묘한 꽃의 노래는 현재도 궁금할 뿐이다.

이처럼 꽃은 실재적인 틈새에서 결핍으로 피는 간절한 절규로 노래하고 싶었으리라. 생명들은 죽음이 있기 때문에 처음부터 꽃으로 태어나서 죽을 때도 꽃으로 돌아가기를 열망하기 때문에 정든 문밖을 나서는 눈물이 어찌 '꽃상여'라도 타고 싶지 않았겠는가. 죽음도 꽃이 되고 싶은 아름다운 우리의 정서가 지금은 거의 사라졌으니 너무도 안타깝기만 하다. 간혹 꽃상여가 나갈 때 나의 귀에 환청으로 낭자한 꽃 울음소리가 쟁쟁하다.

네 번째로 상재된 나의 근황 시집《캐주얼 빗방울》(2012. 11)에 모음해 본 꽃들의 형상화는 저만치에서 보고 있는 것보다 껴안고 나 스스로 피를 흘리기도 한다. "뼛속의 푸른 불꽃"으로, "꽃시계"로, "연꽃너울치마"로, "눈꽃을 핥는", 꽃비 내리는 날에는 "빗방울 접는 꽃잎소리는 꽃새 울음소리"로, 꽃이 숯을 좋아하는데 다 해져 "감발한 옷에 떨어진 별꽃소리로" 꽃을 보고 웃는 동안에 "어지간하게 적신 허벅지살 돌돌 말아/환하게 걸음 밟히는", "죽음은 비에 꽂힐수록 아름다운 꽃으로 피는 피다"라고 끌어안고 절규하기만 했겠는가!

그러다가 연꽃을 보았다. 늦게 깨달은 연기의 통찰이었을까? 진흙을 다시 보았다. "진흙 속이 하얗도록 뜨거운 내 피"라는 것은 뿌리의 껍질을 벗기면 하얀 속살에서 피어 올리는 백련, 홍련의 불성을 보았다. 아라가야 홍련 칠백 년 만에 핀 것보다 더 오래된 어디에 떨어져 천 년을 넘어서도 기다리고 있는 연꽃 씨앗의 눈동자를 지금도 떠올리고 있다. 연기적 본성은 나 자신이기에 어디로 도망쳐도 그 자리임을 알게 된 이상, 말하자면 자기의 정체성을 직관으로부터 받아낼 수 있기 때문이다. 나 죽어 연꽃 씨앗 움트게 "옴 마 니 반 메 훔"을 연창連唱하는 진흙의 몸짓.

불교의 다의적인 상징성을 띤 연꽃이 곧 부처의 말씀(무아―힘)이라 비유하는 것은 고차원의 아날로지(analogy) 과정을 거쳐 온 바로 상相이요, 관념이기 때문이다. 마티스 화가가 말한 "처음부터 여자였던 것이 아니라/보는 동안 여자가 되었다"는 것과, 이와 흡사한 김춘수 시인의 시 〈꽃〉에서도 "(…) 내가 그의 이름을 불러 주었을 때/그는 나에게로 와서 꽃이 되었다"는 것처럼 연꽃은 부처의 몸에서 나오는 빛이라고 하는 것과 같다. 즉, 나의 시작품에 나오는 이데아=본=법계(신身)=점点이 원圓을 그리는 동심원과 만월滿月도 결핍된 실재계에서 본 것이다(〈연꽃〉, p.20 참조). 생사를 하나로 보는 그림자가 나의 중심(점·배꼽)을 가리킬 때도 마찬가지다. 바로 "거渠그시다[Es]." 칼 융이 말한 "신만이 신으로 존재할 수 없다"는 것일 수 있다. 아름다운 것은 서로 다르기 때문이다. 비동시성의 동시성인 차연差延일 수 있다. 그렇다면 나를 열어두는 것을 비롯한 바깥을 향해 상승하며 움직이는 존재들은 어찌 불교의 연기설만으로 다할 수 있겠는가! 나의 작품속의 연꽃은 진흙 속에서 이렇게 꽃피게 되었다.

☞ 출처: 주간 《한산신문》, 2013. 3. 30, 27면(종합).
☞ 출처: 《水鄕隨筆》 제41집(수향수필문학회), 2013. 11. 26, 211쪽.

작가가 부르는 사향思鄕의 노래

한려수도는 한산섬 앞바다 두을포豆乙浦에서 시작되어 여수 앞바다까지로써 이 물길에 펼쳐지는 천혜의 파노라마 따라 내가 태어난 곳은 사량면 하도 양지리다. 이곳은 삼백 년 간의 삼도수군통제영 설치 때부터 두 척의 거북선을 두었다. 그러나 이러한 환경에서 나는 출생외상(The trauma of birth)을 갖고 있다. 네다섯 살적부터 통영읍내에 있는 친삼촌 집에 막연히 양자로 들어가게 된 것이다. 그러나 못 배기고 뛰쳐나왔다 아버지께서는 참을성이 없다 하여 냉대하기 시작하였다. 한학漢學이 깊으신 아버지께서 초등학교를 신식학교라며 책을 측간에 내다버리기도 했다. 또한 입양 등을 서로 미루어 온 까닭에 나이 없는 아이였다. 입학 시기에 출생신고로 보아지는 실제나이와 심한 격차가 있다. 연령 정정 절차를 몰라 후일에는 불가능했다. 나는 한때 호적계장으로 있었기에 잘 알고 있다. 초등학교를 6년 최우수로 졸업하자마자 통영중학에 입학 시 삼촌 집에 있기로 했다. 그러나 삼촌과 숙모는 나를 단순한 일꾼으로 키우려하는 눈치에 그해 오월에 또 뛰쳐나왔다. 재학 중이기에 도남동 두메 H친구 집에 머물렀다. 학교를 통해 찾은 나를 붙들고 울던 어머니의 눈물은 지금도 나를 담금질한다. 그러나 무서운 탯줄을 다시 끊고 새롭게 태어남으로써 오늘이 있기까지 나를 건재하게 하였다. 미륵산을 자주 오르는 이유 중에도 내가 태어난 사량섬을 보는 것이다. 고향집의 연기가 오르는 배고픈 굴뚝은 바다에 있었다. 고향 산 정수리로 솟는 뭉게구름, 생솔가지로 밥 짓는 연기 같은 바다안개, 수많은 섬들을 바라보는 순간 황홀한 수련꽃밭이다. 연잎처럼 떠 있는 섬 섬들은 절망하던 나에게 달려온 쉼표들이었다.

> 저것 봐요 그렇지요//(중략)/마침표 없는 바다 위에/연蓮잎으로 떠 있는 섬 섬들/우리들의 쉼표네요/흔들리며 물무늬 캐어다 동백꽃을/노櫓끝으로 가꾸고 있네요.//(중략)/물새들이 고갱의 그림 속에서/아내의 꽃반지가 있는 수향水鄕에서/강강술래 강강수월래 하네요.
> ─시 〈한려수도〉, 부분, 제1시집《시골햇살》

위의 인용된 시는 1979년 7월 시 전문지 월간《시문학》지에 추천이 완료된 작품으로 현재까지의 논평은 단순한 서경敍景적인 견해이지만 필자의 모티프는 이충무공李忠武公의 우국충정이 서린 강강술래가 있는 역사의 바다다. 또한 화가 고갱의 원초적인 색조로 남성성을 환상적으로 유발케 하는 등 역동적인 삶의 충동(에로스)과 나를 억압해오는 "마침표 없는 바다", 즉 죽음의 충동(타나토스)도 응축되어 있다. 그것은 나의 어렸을 때 사랑의 대상이 이상화된, 즉 이마고가 내 우울한 눈빛 속의 아우라(aura)를 만나고 있기 때문이다. 우연히 꽃반지를 끼고 싶다는 아내에게 꽃반지를 선물하였다. 그것은 바닷가에서 손잡고 당신의 영원한 꽃반지라며 햇빛과 달빛이 반짝이는 바다를 가리켜 주었다. 그뿐인가 바닷가를 거닐면 카타르시스적인 시원한 물보라들이 쌀 씻어 안치듯이 자글거리고 운하 따라 거닐면 하얀 들 찔레꽃들이 핀다. 하얗게 부서지는 나의 카르마(karma)의 날갯짓이다.

> 쪽빛바다를 건너오는지 다가오면서/달려가는 나를 찾는 길목에서/보는 것도 제대로 보게 하는 눈빛을/보여주는 나비의 날갯짓 두 손 모아/합장하

며 밟는 가시밭길 초여름아침/배로 오시는 내 어머님의 하얀 웃음으로/지우시는 당신의 눈물 껴안아 주나니

—시 〈하얀 들 찔레꽃 피면〉, 전문

위의 인용된 시에서도 물보라들은 어머니의 하얀 웃음이다. 지금도 하얀 찔레꽃을 만나면 미수眉壽 나이 103세에 돌아가신 어머니 생각이 뭉클거린다. 들 찔레꽃 시드는 듯한 무명옷 입으신 채 오시는 어머니가 보고 싶으면 이쪽저쪽의 굴다리 앞을 미친 듯이 오갔다. 지금처럼 구름다리와 시드니의 하버브리지의 모델 축소판인 통영대교가 없었다. 도남동으로 이어지는 육지의 교통수단은 굴다리다. 울컥하는 기분을 맘껏 뛰어다니도록 해저터널은 나를 키웠다. 아마 내 죽어도 이곳을 맴돌며 어머니를 기다리고 있을 것 같다. 6·25전생의 참상이 이곳에도 밀려와 배고픈 시대의 걸음은 송장나루터의 등대 밑에 노숙자처럼 우두커니 멈추다가 굴다리건너 착량묘 가는 골목길을 내려와 판데목 운하 길 따라 오가는 고향 배를 보고 갈매기처럼 손을 흔들기도 했다.

지금도 나의 응시는 뒤엉킴으로 시작된다. 나의 눈알에 박혀오는 파편들, 뿌리 채 뽑힌 잘피(제피), 머리 푼 모자반들이 밀려온다. 점과 점은 아딧줄로 이어져 나를 도르래에 올리고 섬으로 향한 돛폭을 펼친다. 어머니의 양수羊水 같은 바다에 떠있는 섬은 배요 오두막집이요 나의 방이다. 때로는 사자의 관처럼 둥둥 떠온다. 나의 회귀본능을 유혹하고 있다. 모든 것이 허용되는 유년기의 성감대를 갖고 있는, 즉 리비도가 있다. 프로이드의 제자 오토 랑크에 의하면 태어날 때 최초의 경련과 죽을 때의 최후의 경련이 동일하다는 것을 고향 바다는 갖고 있는 것 같다.

뼈와 살의 갈림길에, 내 눈물이 모이는 홍채 안에 일렁이는 새카만 빛들의 점·점 커지면 망막을 통과하는 뒤엉킴 끊어지면서 연결되는 경계에서 섬들은 나를 보듬고 굴절하나니 선상의 난간 위로 바다새 떼들이 내갈기는 똥 되어 내뱉는 진눈깨비의 연발하는 느낌표들 ! ! ! 아하 저 건데요 어디서 본 듯한 굼실굼실 떠오르는 낯선 빗방울들 멍든 포도송이들 서로 놀라 후닥닥 날아오르는 청둥오리 떼 갑자기 투망을 거두는 갈매기 떼의 흩어지는 반점斑點들

—시 〈면 없는 거울 보면〉, 전문

　위의 인용된 시에서도 알 수 있듯이 지금도 응시하는 고향바다는 나의 눈 먼 거울이다. 보이지 않는 기표에 의해 생성되는 의미화의 연쇄, 즉 은유와 환유에 이질적인 신비덩어리가 엉켜 있다. 어쩌면 나를 낳아준 어머니의 바다이면서 채찍질을 하는 두려움과 공포의 대상이 되는 아버지의 바다를 한 몸으로 다스리고 있는 자웅동체다. 이미 발표된 바 있는 나의 시 〈물벼랑—〉에서 표출되었지만 파도에 끝없이 시달리는 바위나 벼랑을 볼 때마다 사도마조히즘을 강렬하게 느끼기 때문이다. 나의 시는 여기에서 간간이 관능의 지느러미로 되살아나고 있다. 제1시집의 제5부에서부터 제2연작시집 《섬》등에서 발표되었지만 지금도 바다의 소리를 유연한 지느러미로 쓰고 있는 이상, 내 고향 통영바다는 모성적 대상이며, 나의 창작산실이다.

☞ 출처: 《경남신문》, 2007년(정해년) 01월 22일, 월요일, 16면(문화).

제4부 나는 이렇게 시를 썼다 531

내가 아끼는 시집 《섬》에 대한 모티프 고백

　시퍼런 바다에 펼쳐지는 섬 시작품 50편(시제 연번으로 분량은 60여 편)은 1989년 2월호부터 11월호까지 10개월 동안 월간 《詩文學》에 숨 가쁘게 연재하던 작품들이다. 시집 발간은 월간 '시문학사'를 통해 단행본을 간행했는데, 초판은 1990년 3월이었고, 재판은 2001년 4월이었다.

　시집 《섬》은 실제로 있는 섬을 삶의 바다에서 어부로 형상화, 즉 의인화하여 노래하였다. 그것은 생동감 넘치는 생명력을 어부의 몸을 통해 실체화하려고 했다. 이에 따라 상상력은 무엇보다 리얼하게 하려고 했다. 그러나 사실은 대부분이 나와 타자라는 어떤 섬을 노래했다. 다시 말해서 연작시의 방향은 나의 심리적 메커니즘에서 발로된 순수한 허구(픽션)라 할 수 있다. 따라서 실재와 허구를 팩션(faction)한 것이다.

　누구의 비평에는 1차적인 자연을 그대로 형상화했다는 날카로운 지적이 있으나 심중으로 접근해 보면 무의식의 깊이에서 뽑아 올린 삶의 충동(에로스)과 죽음충동(타나토스)들이 합일된 반복충동의 승화라 할 수 있다.

　현실을 새롭게 보는 초현실성을 미래지향적인 삶의 꿈과 유머를 우연적 일치에서 만나는 변증법적으로 시도한 것이다. 그것은 어둡고 침침한 우리들의 바다에 살아서 떠도는 좀비 같은 섬이 아니라 신비와 환상으로 만나는 미지의 원시성을, 말하자면 우리들의 참모습이요 누구든지 잃어버린 자신의 '귀중한 능력'이 여기에서 발휘하는 충일하는, 에너지를 노래했다.

　무로 하여금 유를 생산하는 애절한 바다, 우리 사이의 고독한 섬들과의 자존감을 유비하는 동시에 현세의 가파른 파고 속에서도 끈질긴 노를 저어야 삶을 잇댈 수 있는 투지력을 통해 눈물과 웃음을 내세워 일상성을 연작해 보았다.

그러므로 내 연작시집 《섬》은 실제적인 객체를 통해 진실을 은폐한 것이라 할 수 있다. 바로 숨 쉬는 섬을 앙드레 브르통처럼 "백지 위임장에서는 관념적 권리를 타도하면서 의미의 다의성을 경이롭게 하기 위해 토속적인 언어를 끌고"왔다.

때로는 애매모호성과 언캐니(uncanny, 낯설게)한 경이로움으로, 또한 에로티시즘을 언어와 언어들끼리 링크하도록 하는 하이퍼텍스트로 되어 있다고 볼 수 있다.

그러나 현재에도 많은 독자들은 실재의 섬에만 잣대를 대고 읽혀지는 것으로 보인다. 이러한 연유는 내가 시도한 원시적 눈이 독자로 하여금 객관성을 확보하지 못한 것처럼 위장되어 있다. 바다일수록 무의식의 깊이가 의식 앞에서 진실처럼 액션하기 때문이다.

특히 이 시집은 바닷가 언어로 직조했기 때문에 그 언어의 벽에 부딪친 독자들의 거부감에 늘 미안해 온 것도 벌써 이십 년이 넘은 것 같다.

그러나 지금에 와서는 많은 관심에서 많은 시들의 정보교환에서 이해하기에 쉬워져 다소 웃어주는 독자가 많다는 것을 엿듣고 감사할 따름이다.

우리가 스스로 밀물썰물처럼 유동적으로 씻어대는 것도 바다 위에 우리들의 쉼표처럼 섬들이 스스로 자정自淨하기 때문이다.

'아! 그 섬에 가고 싶다' 하면 왜 설레는 것일까? 그것은 살아 있는 파도소리와 물새들이 원무하는 수평선은 물론 배와 돌고래, 물고기들, 불가사리, 말미잘, 전복, 소라, 해조들처럼 낯설면서 어딘가 낯익은 이미지들이 나의 의식 밖으로 유영하는 무의식을 기만시키고 있기 때문이다.

수많은 언어 들이 빚어내는 나의 페티시는 '투사오브제'로 보아야 섬의 풍정을 이해할 수 있을 것이다.

* 경남 통영시 인평동에 소재한 '수국작가촌'을 김성우(욕지 출신, 언론인, 명예 시인) 선배께서 경영할 적에 그곳에 처음 오셔서 머문 조병화 시인께서 필자의 연작시집 《섬》을 인간과 인간 사이에 있는 섬을 의인화한 것에 대하여 높이 평가해준 바 있다. 그 시는 〈人間孤島〉이다. 정현종 시인의 짧은 시 "사람들 사이에 섬이 있다/그 섬에 가고 싶다"는 차영한 시인의 연작시집 《섬》의 첫말(시인의 말인 〈도처에 떠 있는 이 시대의 우리들 섬처럼〉 중 "사람과 사람 사이 섬"과 우동우합(偶同偶合)적이나 차영한의 연작시 〈섬〉이 이미 선행하였다고 본다.

☞ 출처: 2011. 10. 경남문학관이 주최하는 〈내가 아끼는 작품집〉에 연작시집, 《섬》을 출품하면서 냈던 '작품을 쓴 동기 요약서'다.

나의 삶, 나의 삶은 나의 작품: 내 시의 스승은 어머니
—연작시 〈섬〉을 통해 살아가는 모습 투영

혼불을 놓친 비통함에 울던 어머님의 뜻은 이루어졌다. 마흔한 살에 낳은 아들로 기쁨과 생기가 온 집안에 가득했다는 것이다. 계속하여 죽어나간 생명에 대한 허탈감에서 오는 가난한 집안의 막내아들은 명이나 길라하여 이름은 개똥밭에서 주어온 차돌이었다. 태어난 곳은 사량섬에도 아랫섬 능양마을에서 태어났다.

그러나 아버지는 만 5년이 되던 해에 출생신고를 하였으니 호적상의 연령과 자연연령의 차이가 된 원인이다. 항상 친구나 이웃사람들의 입질에 놀림감이 되었다. 섬에 태어난 섬 아이지만 큰골아이로도 불리어졌다. 섬이라도 깊은 골짜기에 태어나서 큰골 산골짜기에 가면 계곡 사이로 흐르는 물소리는 나를 물장구치게 하였다. 가재와 붕어들은 물론 소금쟁이들과 함께 컸다. 그러나 나의 유년시절 어느 날 고추잡고 내갈기는 오줌 살 곁으로 제비 떼가 스치고 갔을 때 새처럼 날고 싶었다. 차차로 성장하면서 중학교를 다니기 위하여 육지로 왔다. 올 때 갈매기 떼들이 선회하는 바다의 정취에 또 한 번 매료되었다. 크고 작은 섬들을 보고 그곳에도 사람들이 사는 것을 처음 알게 되었다. 자식 없는 명정 골 곰보 삼촌 집에 양자로 정했으니 섬놈을 면해야 한다는 것과 내가 단명 운을 타고나서 남의 집 아들로 가야 한다면서 삼촌 집에 살게 하였다.

그러나 처음부터 삼촌 집은 무서웠다. 아이 없는 숙모님은 날마다 깨끗이 하라는 성화가 불 칼이었다. 때로는 손찌검을 받는 때가 있어 결국 그 집을 뛰쳐나왔다. 좋은 양부모 곁에서 복을 차버리고 나왔다는 비난과 함께 치명적인 상처를 입힌 쪽은 상대자였다. 그러나 나 혼자만이 아는 아픔을 다스리고 있다. 이러한 트라우마를 가진 나는 모진 가난을 극복하기 위해 학업에 정진했다. 낮에 점심은 굶었다. 쓰러지는 때도 자주 일어났다. 괴로운 날에는 문학서적을 구해 읽었다. 우연히 팔리지 않았던《文章》지 1권을 구입하여 처음으로 시를 만나게 된다. 미당 서정주 작품이 게재되어 있었다는 것을 후일에 알게 되었다. 이 책을 통해 맨 처음으로 시를 쓰게 된 동기가 된 것이다.

그러나 그림을 그리고 싶었다. 통영중학교 시절에는 미술부장도 하면서 유명해진 황유찬(구명 오복; 한해 밑 후배), 심문섭(두해 밑 후배) 외 미술반을 이끌고 남망산이고 충렬사, 착량묘, 세병관 등등 통영의 어느 골목 할 것 없이 스케치하려 다녔다. 입상도 자주 하였다. 그러면서 학교신문《푸른 하늘》에 시들을 처음으로 발표하기도 하였다. 통영시내 중 · 고등학교 종합문예전시화전에서 시 〈감〉이 입상되기도 하였다. 고등학교 때는 '산호도' 동인회를 구성하기도 하였고, 《珊瑚島》동인지(1회)는 프린트로 펴냈다. 이와 같이 시 창작에 대한 관심은 적극적이었다. 그러나 어느 선생님에게도 지도를 받아 보지 못했다. 그러나 문학에 관심이 있는 선생님들에 대하여 먼발치에서 흠모한 것은 틀림없다. 그중에서도 통영중학교에 몇 개월 교편을 잡으신 문덕수 선생님을 우러러 보았다. 나도 꼭 시인이 되겠다고 다짐하였다.

다시 친 삼촌 집에 들어가야 한다는 이야기에 나온 섬 이야기를 어머님으로부터 소상히 들었다. 어떻게 해서라도 섬에 와서 살면 안 된다는 이야기로 끝을 맺는 어머님의 눈물을 보았을 때 비수처럼 박혔다.

그러나 어린 마음인지 지금도 섬에 대한 나의 애착은 끝나지 않았다. 자주 부모형제를 뵈옵고 싶어도 어머님의 엄하신 말씀에서 통영바닷가를 거닐면서 달래었다. 시인이 되고 싶은 마음은 변함없었지만 너무도 가난에 시달려 내무부 산하 공직에 발을 딛게 됨으로써 절필을 하다시피 많은 시간은 흘렀다. 그림에만 열중하는 줄 알았는데, 통영에 살면서 1965년 시조로 《동아일보》 신춘문예 시조에 당선된 박재두, 또 1973년 역시 시조로 《서울신문》 신춘문예에 시조를 들고 나온 서우승, 1975년 《중앙일보》 신춘문예에 희곡으로 당선된 강수성, 1976년 《한국일보》 신춘문예 동화 〈바람골 우체부〉를 들고 등단한 한수련 등을 만나게 된다. 매우 충격적이었다.

그러던 중 1978년 시작품 〈시골햇살 Ⅰ.Ⅱ.Ⅲ〉을 월간 《시문학》 10월호에 발표, 1회 추천을 받게 되었다. 다음해인 7월, 시작품 〈어머님〉, 〈한려수도〉 두 작품을 추천 완료 받아 비로소 문단에 공식적으로 나오게 되었다.

사실 나의 연작시 〈섬〉은 어머님의 말씀에 나오는 대목과 실제로 50개의 섬을 만나 그들의 살아가는 모습을 통해 나를 투영시킨 것이다. 현대인들이 살아가는 모습은 섬사람들의 이야기와 일치되는 것을 '시인의 말'에서 사람 사이의 섬이 있다는 것을 지적했다. 사실 바다란 우리가 사는 세상을 지칭한 것이다. 실제로 있는 섬 이름을 차용한 것뿐이다. 가장 상식적이고 보편적인 우리들의 숨결을 찾기 위해 실제로 산재해 있는 유인도有人島를 통해 살아가는 우리들의 모습을 보았던 것이다. 따라서 많은 시간을 두고 삶의 본질에서 오는 욕망의 덩어리를 통해 섬을 의인화한 것이다. 목숨을 통한 실재를 획득한 것이다. 일상에 대한 자아인식의 구현은 나의 공감으로 확산되었던 것이다. 초월적인 감미로움까지 공유하면서 삶과 죽음의 한계성을 극복하는 생명력을 열애하였다. 사라져가는 토속어와 그들의 문화를 담아낸 시대적 상황의 진술을 쏟아내면서 그래도 살아야하는 진실성을 확보하기 위해 미래지향성을 생태적으로 표출시킨 것이다. 이 연작시 〈섬〉은 나의 제2시집으로 묶었으며, 2001년 4월에 다시 재판으로 간행되기도 하였다. 또한 제24회 '시문학상' 본상을 수상한 작품이기도 하다. 나의 시는 대부분 순수 서정성을 바탕으로 현실에서 출발한다. 먼지투성이가 되어도 보람된 일에는 만족하듯이 끝까지 치열한 시정신의 갈피를 골라내고 있다. 윤리적 바탕은 튼튼하지 않으나 정적에서 동적인 몸부림으로 진실하게 상상력을 흡인하고 있다. 가장 가까운 안태본安胎本을 두고도 서랍 속을 뒤지듯이 챙기고 그 불안들을 파헤치는 것이다.

내 시의 스승은 어머님이었다. 그러나 갈망하던 대로 근래에 와서는 나를 키운 분은 먼발치에 있으면서 몇 마디 말씀을 주신 미당 서정주 선생님과 심산 문덕수 선생님을 밝힌다. 항상 독창적인 세계를 구축해야 한다는 말씀을 잊지 않고 있다. 짚신을 신었을 때 왜 짚신을 신었느냐고 질문해 주시는 것이다. 월간《시문학》지를 통해 오늘이 있기까지 다독여 주신 말씀에 어깨에 맺힌 피로가 비로소 풀리는 듯하다. 신음하면서 옆 눈 팔지 않는 한편의 졸시拙詩에도 무차별 사격을 당하던 어제의 좌절을 쓰다듬어 본다. 고통해하는 땀방울에 맺힌 언어들이 빚어내는 목마름은 나의 생애를 통해 볼 때 전부였다.

지금도 불의를 보지 못하는 성미의 질곡에서 쓰러질 수 없어 다시 일어서려고 발버둥 치던 세월이 있다. 나는 지금도 섬으로 흔들리고 있지만, 말문을 열었을 때 직설적인 비판, 고발, 풍자정신은 나를 먼저 지지리 치게 하였다. 시대적 상황의 소용돌이 속에서도 내가 나를 만져 보는 순간, 나의 어조는 너무도 당당하지만, 풍자적인 기법을 쓰게 된다. 나는 이 땅에 태어난 이 나라의 백성이기에 겸허할 줄도 알지만 굵은 목소리로 입바른 소리를 이야기에 담아 쏟아낼 표현의 자유가 있다. 그것도 흔히 내뱉는 일상어를 재활용하면서 변용시키는 것이다. 이러한 시작품들은 금년(2001) 3월 세상에 내어놓은 심심풀이 연작시집《살 속에 박힌 가시들》이다. 대칭적 구도에서 자기 극복정신을 통하여 각자 스스로 자아인식의 세계로 몰입시켜 보았다.

연작시 〈심심풀이〉는 연작시 〈섬〉보다 오래되었지만 늦게 나온 것은 5공 시절의 에피소드가 있다. 참여시에 대한 제보였던지 정보경관이 나의 학창시절 동기생이었다는 것이다. 후일에 무슨 말인지 모르지만 예의주시하였다는 이야기를 다른 사람으로부터 들었다. 어떤 두려움보다 누구인지는 몰라도 시의 세계를 이해하지 못하는 상징성까지 동원된 작품에 대해 공연히 끌려 다니며 개 취급당할 수 없었기 때문에 사실 유보된 작품이다. 그러나 비로소 빛을 보게 된 이 시집은 제13회 경남문학상 본상을 받게 된 것이다. 그러나 나보다 우수한 작품들이 있다고 보았을 때 더 분발하라는 뜻이 담겨 있는 것으로 보아진다.

나는 기회주의자들을 가끔 보지만 그렇게 비열하고 비겁하게 살살이로 꼬리치는 무리들이 얼버무리고 아유구용하는 짓은 못 보는 성미이다. 여태껏 불의不義 앞에서는 분연히 정면 대결하였다. 특히 유언비어나 퍼뜨리고 남을 모함하거나 경멸하는 자는 물론 엄벙한 족속들의 할거주의는 딱 질색이다. 그놈의 허세와 권세가 하루아침에 도둑놈들로 변신하면서 나라를 어지럽히는 똑똑이들이 없지 않기 때문이다. 나라 지도자를 맡겨주면 도둑근성으로 떼돈을 긁어모으는 놈들이 신문지상에 비일비재하기 때문이다. 그들의 탈바가지를 벗기면 한심하기 짝이 없는 것이다.

앞으로 나의 시작활동은 나의 삶이요 나의 삶은 나의 작품이 될 것이다. 창작방향을 말해야 한다면 모든 생명력을 열애하는 서정적 주체를 바탕으로 할 것이며, 특히 해양문학에 관심을 쏟을 것이다.

☞ 출처: 《풀뿌리마당》, 통권13호(2002년 01월호), 52~57쪽.
이 글은 극히 일부 수정되었음을 밝혀둔다.

삶의 근원적인 물음에 답한다
—시집《섬》에 담긴 작품

시는 어찌 보면 향기와 빛깔이다. 원초적인 향기를 따라 나서면 빛깔 중에서도 자기 빛깔을 찾게 된다. 자기의 빛깔은 자기와 나의 성숙한 빛깔로 나부낀다. 순환율동의 바람에도 빛깔은 있다. 실체로 나타나는 자기의 목소리로 우리는 듣는다. 나의 작품 여러 곳에서 만나보면 알 수 있듯이 순수를 먼저 깔고 전환되는 인식을 더욱 중요시한다. 획기적인 것에서 현실과 접목한다. 가장 자연적인 것은 순리로 인식시킨다. 가장 모체적인 원형질을 통해 형상화하고 있다. 따라서 순수성에서 땅과 하늘 사이의 존재성을 정갈함으로 파헤친다. 응집된 언어의 참신성을 갈구하며 구도적인 언어로 순화시키고 있다.

나의 시작은 모티브로부터 메타포를 중요시한다. 시는 뜨거워야 이미지 구축의 함축성을 갖게 된다. 가장 일상어로 평범함을 구축한다. 가장 동적인 것을 정적인 곳으로 이끌면서 실체에 대한 애정을 갖는다. 다시 말해서 내재율을 중요시한다. 특히 테크닉에서 당돌성으로 독자를 이끌려고 하지 않는다. 간결한 진실을 작품 도처에 내깔고 있다. 언어의 다양성을 주도하면서 잠재력을 총 동원시키고 있다. 가장 독보적인 언어의 자유를 찾아 때론 방황하면서 응집된 이미지와 표현법을 구사하고 있다. 침침하고 끈적끈적한 것까지 나의 자존으로 걸러내며 맑은 영혼의 소리를 떠 올려서 사는 모습을 진실의 실체로 만들고 있다. 다시 말해서 시적 상상력을 공간에서 보편적인 섭취를 통해 나를 확인케 한다.

특히 〈섬〉 연작시는 앞으로 현대인들이 사는 처절한 개인의 실체로 보고 (지금도 마찬가지지만) 나름대로 개인주의적인 현실이지만 질서는 엄연할 뿐만 아니라 그 안에 진실과 순리가 존재함을 들춰 보았다. 내가 쓴 시 〈섬〉 50개는 표본 추출에 불과 하지만 그 섬에 가면 그들을 만날 수 있다. 내 시를 현장감 넘치게 만날 수 있음을 확신한다. 실체적인 섬을 두고 언어기교에서 살아 있는 시편임을 느낄 수 있다. 섬은 생존하기 위해 인간처럼 끝없이 진화한다. 생멸의 순환을 거듭한다. 초월하는 승화를 볼 수 있다. 섬은 절대로 고독하지 않는다. 흔히 시편에 고독이라는 표현법을 원용하지만 그것은 자기를 두고 반목反目하는 결과뿐이다. 섬은 진술하고 솔직하다. 진실의 덩어리다. 살아서 꿈틀거리는 초극과 달관의 세계가 있다. 일상적인 친근감과 소박성이 출렁거리고 있다. 따라서 없는 것으로 인식된 민들레도 질경이 풀도 엉겅퀴도 굴참나무도 응결된 판타지의 공간에서 두근거리며 만나기를 기다리고 있다. 참으로 섬은 신비스럽다. 섬들을 만나면 친화력에서 매력적임을 금방 느낄 수 있다. 무한한 감동은 수평선이 먼저 유혹한다. 바다 밑으로 끝없이 끌고 간다. 섬은 삶의 텃밭이다. 출렁거리는 삶의 내력을 오직 진실로 일구어 준다. 눈물과 한을 달래어 주는 의욕의 텃밭을 제공한다. 순수하고 깨끗한 정감을 베풀어 준다.

섬에 가고 싶어 정작 가보면 불편하고 갑갑해지는 것은 자의적인 모순에서 온다. 숙명적인 수용태세가 없기 때문에 물러선다. 거부반응은 섬을 이해하지 못하는 연유에서 온다. 우리가 사는 바다의 소리는 어떠한가. 쇠붙이가 닿는 그야말로 아비규환이다. 그 속에서 눈에 보이는 것만 해결하는 재미(?)로 사는, 다시 말해서 전혀 탐험적인 자율성을 잃었기 때문에 우리가 오늘에 사는 편리만 구가하게 된 것이다. 끝없는 도전 속에 꿈을 찾아나서는 용기가 절실함에도 포기하면서 실의적인 노래로 사회상社會相을 폭로하는 것은 때론 나도 포함된다.

왜 섬을 주제로 했을까? 사실 섬은 어부로 의인화했지만 그 공통분모에서 몸놀림은 전혀 달라진 연유를 발견했기 때문이다. 진실치 못하면 섬은 용납지 않는 힘의 엄습에서 짓눌린, 어떤 억압적인 마력을 포용하고 있기 때문에 삶의 본질적인 물음을 찾았던 것이다.

(1)
수많은 저승의 돌문
허무의 계단 너머 절절한 깊이
내리 대대로 뼈 속의 울음소리
밀물과 썰물로 지새우는
칠정七情의 안개 숲이여

언 손에 들나는 짐작으로
바람은 세월을 붙잡고
간절한 것 이름 그대로 복받쳐
이제 무엇을 두고 날아오르는가

(2)
참으로 할 말이 없네
무르팍 걷어 올린 세월은 찹네
뒤틀림의 밑바닥은 욕망
아들의 눈빛에 되려 투망되네
그래도
씨를 넣어 누비섬 동섬 여끝을

갈라서는 성긴 그물로
코마다 아픈 것 헤아릴 수 없네

앞니 빠진 임자의 세월 두고
서로 기대어도 타인이 된 바다여
이번에는 생살로 또 사무쳐서
다시 날다가 앉아 보네
당신이 나를 보듯
주섬주섬 매만지는 음성
희끗희끗한 한숨도
이 가는 섬 하나 될 수밖에.
(…)
　　　—시 〈섬 · 49〉, 일부, 연작시집, 《섬》(시문학사, 초판, 1990. 4), 95〜96쪽.

　나의 졸시拙詩에서 본 바와 같이 사는 것은 마음을 비우는 작업이다. 허무와 생존의 싸움은 본능적이지만 현대인이 갖고 있는 오늘의 허탈감이다. 인연이 무슨 소용이 있는가. 다 털어버리고 나면 한숨마저도 희끗희끗해지는 법이다. 그러나 삶의 근원적인 물음에는 답을 해야 하는 순수한 욕망 그 자체는 살아 있다는 약속이다. 한 바다에 막막함은 있어도 우리들의 보이지 않는 그물에 소망을 잡아보려는 간결함, 그대로의 복받침 그 절규는 너무 순수하기 때문이다.

　우리가 사는 짓짓이 아들에게 투망되는 것도 모르는 사람이야 어디 있겠는가. 섬은 나와 너를 은유화한 것이기 때문이다. 그래도 비겁한 작업이 없는 그야말로 고생은 아파도 덧나는 세월없이 섬 하나로 살아가는 현주소가 아닌가. 진실 앞에 일렁이는 숙명을 다스리는 정직성과 성실성을 나의 시에서 자주 만난다. 그대를 위해 뜨겁게 만날 때마다 향기와 빛깔을 찾아 준다. 순수성의 원형질에서 목관악기 같은 가장 독보적인 언어의 자유를 떨림으로 구사한다. 시원한 여름바다에서 물과 바람과 햇빛을 생성하는 섬 하나 새롭게 만나는 나의 침묵의 공복은 간결성으로 빚어 보았다.

☞ 출처: 발표지를 몰라 컴퓨터에 저장되어 있던 것을 꺼내어 그대로 싣는다.

해변의 바람과 빛의 에로틱을 형상화

'바람과 빛이 만나는 해변'에서 파생되는 나의 전 시편들은 끝없이 파동波動하고 있다. 생명의 탄력성을 에로틱하게 재구성하고 있다. 한때 초현실주의자였던 조르주 바타유(1897~1962)가 말한 "에로티시즘의 최종 목적은 모든 것이 하나로 융합하는 것"과 같을 수 있다. 끝없는 탄생과 삶의 배꼽에서 빚어지는 에로틱은 하나임을 적나라하게 파헤치고 있다. 어떤 야릇한 알레고리가 꿈틀거리고 있다. 해변의 미묘한 가쁜 숨소리가 황당하게 한다. 환과고독鰥寡孤獨이 바로 버려진 그 너머에서 시퍼렇게 살아 있는 눈빛으로 일렁이고 있다. 초현실주의자들이 시도한 사도마조히즘적인 착란증이 폭발하고 있다.

욕망이 트라우마(trauma)를 보듬고 저렇게 미치도록 몸부림치는 것은 죽음충동 때문일까? 잃어버린 대상들이 호명당할 때마다 분노하는 담론들은 누구의 몫이기 때문일까 저체온으로 앓는 멜랑콜리아적 리비도(libido)가 내 눈 흘김마저 하얗게 불태우고 있다. 꿈과 현실의 광란적 다툼은 온바다를 들쑤셔서 경이로움으로 펼쳐지고 있다.

단순한 파노라마가 아니다. 우연한 미혹들이 대상들을 숨기고 있다. 스스로 상징적인 객관성을 오브제화하고 있다. 순간들을 재생시켜 영원한 생동감으로 출렁거리도록 한다. 발작적인 아름다움은 물굽이로 위장하여 온다. 어디서 본 두려운 눈빛처럼 군청색 욕망들은 나를 탐닉하기 위해 노려보고 있다. 노골적으로 뜻밖의 쾌락을 본질적으로 숨겨온 사실들을 적나라하게 폭로하고 있다. 우주가 열광하는 웃음소리가 들려온다. 바로 죽음을 연장시키려는 주이상스(Jouissance)들이 죽음충동에서 벗어나려고 숨넘어가는 발버둥을 친다.

집단무의식들이 절대적인 모순으로 대척對蹠하는 가운데 새로운 말썽들을 불러일으키고 있다. 이질적인 반복성으로 하여 강박관념을 돌올하게 제거시키고 있다. 언제나 유연하게 상실을 유발시키면서 자연소멸을 분열시키고 있다. 말하자면 생성되는 호기심과 두려움들이 절대현실 앞에서 탄생하고 있다. 그 자리의 고집을 절단하면서 동일성으로 빚어지는 이미지끼리 이율배반 시키고 있다.

어떤 페티시(fetish)적 콜라주들이 착시현상을 선동하기도 한다. 더욱 담금질하면서 끈질기게 돌변시키기 위해 열변을 토해내기도 한다. 다시 말해 어떤 본능을 원초적인 에너지로 환생시키려고 한다.

융합된 이미지의 파편들이 온몸을 파고들도록 환상의 꼬리지느러미로 헤엄쳐온다. 어디로 가도 환유하는 존재성을 주장하고 나선다. 말하자면 불연속성들을 에워싸면서 낯설게(데뻬이즈망—프랑스어)하고 있다. 주체를 보여줄수록 더 궁금해진다. 프로이드가 주장하는 근본환상을 만끽할 수 있다. 특히 자궁적인 존재성을 드러내고 있는 모성적 공간에서 지금도 껴안는 자를 본다.

휩싸이는 신비감으로 하여 제3인칭을 재생시키고 있다. 무지개로 빚어지는 에로형상들이라 할까! 나선형 물방울로 황금바퀴를 굴리고 있다. 놀라운 것은 바로 저 통쾌한 웃음들을 연장시켜주기 때문이다. 한가짓도록 끝없이 내 삶을 승화시켜 챙겨주는 해변에 저 요염한 여인들을 보라. 어리석은 남자들 앞에서도 항상 불안에 떨며 바람을 통하여 현란한 빛(삶)을 내뿜고 있다.

집요하게 꿈보다 현실에 안주하려고 발광發狂하고 있다. 야수野獸들의 외침에 동의하는 역설逆說로 발작하는 매혹을 보아라. 이미지와 이미지끼리 충돌할 때마다 '서로 없애버리는 병치와 모순들이 대립각'을 세우기도 한다. 전혀 알 수 없는 낯선 신화적 스펙터클로 나를 끌고 다닌다. 무수한 물새 떼로 날아오르면서 온갖 힘을 다한 그 자리에 버려도 결코 천박해 보이지 않는다.

자꾸 눈이 가 닿는 해변에 저 눈부신 물굽이 보아라. 휘돌아 와서 반복하는 그로테스크한 시뮬라크르(simulacre)는 끝없는 진행형이다. 항상 이글거리며 무엇을 저지를 것 같은 연민과 공포를 품 안은 바람과 빛은 만나고 있다.

무無의 환유에서 가상현실(VR)과 증강현실(AR)로 뒤섞어 빛의 판타지를 보여주고 있다. 그럴수록 삶과 죽음의 통념에서 벗어날 수 있는 탄생의 신뢰를 확신시켜 준다.

저만치 한 마리 바다독수리가 가파른 절벽 위로 날고 있다. 속성의 한계점을 탈출하면서 빙빙 돌아 더 높게 날고 있다.

나의 중심을 잡아 주기 위해 무의식의 출발점인 오인을 공격하려 한다. 샤머니즘들이 낳은 신화神話를 찾아 끝없는 해방과 자유의 날갯짓을 한다. 바로 아름다운 충동질을 회유하여 아이러니와 내통한다. 새로운 바람과 빛이 직관력을 구사하는 이상 나의 에로틱한 탯줄은 집요하게 그곳에서 숨 쉬고 있다.

☞ 출처: 월간 《현대시》가 뽑은 168호, 시집, 《바람과 빛이 만나는 해변》, (2016. 10) 참조.
☞ 출처: 월간 《현대시》, 2016. 12월호(통권324호), 어드밴티지에 《바람과 빛이 만나는 해변》
선정(17쪽 참조).

반복과 동일성의 자아해체

우울증, 바다소리

대밭 숲이 있는 우리 집에서
이 광막한 한 복판까지 끌고 와서 여태껏
화 잘 내는 너는 내 얼굴을 펴는 날 못 봤네
와사증으로 입술 눈 돌아 실룩거리는 갯 구석
찡그리는 미간眉間 옆에 그물질 할 적마다
갈매기 똥 구르는 내 눈알은 두려움에 일그러지네
또 누가 수평선을 주름잡아 피어싱 하는 손놀림
덮어씌움 하는 혓바닥으로 밀며 딱딱 씹는 껌
허연 앞 이빨로 죽 뽑아 늘어뜨리며 다시 딱딱 씹네
한 입 빨아드린 바람 섞어 이갈며 내뱉기도 하네

철벅이며 뛰어오다가 갑자기 넘어지는 아우성 소리
비닐하우스가 뒤집혀 버리듯 찢어지며 펄럭일 때마다
끄악 끄악 바닷새들이 불안과 탄식을 먼저 토악질 하네
고래들이 내뿜어대듯 섬 벼랑들이 삽 들고 나서서
내 머리 위로 퍼 넘기는 얼음 덩어리 마구 흩뿌리네
자꾸 하품하는 미치광이 옷 벗어 휘둘러 새 쫓고 있네

달달거리는 미싱으로 돗폭 깁듯 감쳐 박아오는 물 발

지지 찍! 유리 끊는 칼에 내 너털웃음은 작파斫破되네

내 희끗한 수염 끝에 매달렸다가 부서지네

○ 시작노트

대상을 지우는 작업은 또 하나의 대상이 나타나기 때문에 무의식은 때론 무관심에서도 출발할 수 있다. 어떻게 보면 어떤 주체의 결핍에서 환유하는 욕망덩어리가 떠오르는 현상이라 할 수도 있다. 그러면서 눈에 보이지 않는 그물처럼 짜여 무의미한 형태로 대상을 동일시하려고 한다.

소외된 자아와 상황을 구별하지 못한다. 오인의 구조 속에 광기의 존재는 나를 거부한다. 고착성에서 반복되는 차이는 변별의 기능을 갖지 못한 채 자의적恣意的이다.

능동이나 수동의 층위에서 반성을 시도하는 연상주의는 동의하는 경우가 있을 수 있지만 그렇지도 않다. 그것은 또 하나의 나를 발견하면서 반복은 차이를 확장시키고 있다. 하이데거가 말한 물음의 반복이다. 물음의 반복이란 그 자체가 문제와 반복이 서로 연계되는 가운데 전개된다는 것이다.

은폐되는 가능성들이 노출되는 사태이므로 본래적인 내용을 자신 안에 갖고자 하는 기대에서 새로운 힘을 갈구하는 것이다. 위의 시제부터 우울증은 병적인 측면에서 다루지만 현실의 복합성을 표출시키는 반복에 그치지 않는 차이를 두고 있다.

타인의 존재 안에 있는 타인 즉 삼인칭 같은 것이 끌고 가는 나를 자신이라고 단정 지울 수 없는 근원적인 차이에서 찾을 수 있다.

항상 푸른빛이 있는 거리에서 혼돈混沌하는 미묘한 관계들이 귀환하려는 몸부림이다. "화 잘 내는 너는 내 얼굴을 펴는 날 못 봤네/와사증으로 입술 눈 돌아가 실룩거리는 갯 구석/찡그리는 미간眉間 옆에 그물질 할 적마다/갈매기 똥 구르는 내 눈알은 두려움에 일그러지네/(…)" 이처럼 서로 이질적이거나 모순·충돌하는 요소를 한 문맥 안에 수용한 비유적 이미지 즉 이미저리가 된 바닷소리들이 몸짓과 함께 지각이미지 감각에서 공감각으로 전이시켜 표출하고 있는 것이다.

세찬 바람으로 하여 조용한 바다는 또 주름살이 겹쳐지는, 클레의 변곡 (inflexion)을 들뢰즈가 지적한 주름들이 영혼 안에서만 현실적으로 실존하는 그것도 분노에서 광기를 동반하게 되면, 큰골 골짜기의 대밭 숲에서 자란 내 유년까지 들먹거리게 된다. 트라우마가 내 긴사리 밭 위의 대숲이 쓰러질듯이 마구 몸부림칠 때 오늘은 또 무슨 바람이 바다의 청석돌들을 들먹거리게 할까 하는 불안감을 지울 수 없는 것이다. 이 광막한 한 복판까지 끌고 와서 나를 불태우는 바다를 볼 때마다 아름다운 해안선 따라 들쭉날쭉 하는 갯 구석은 실룩거리는 구안와사로 돌아간 것처럼 보였다. 그래도 어부림이 있는 곳에 그물질하면 많이 잡히는 물고기도 눈썹(어부림) 사이를 찡그리는 바람에 갈매기 된 나의 눈알은 보잘것없는 갈매기 똥에 지나지 않는, 희멀건 하고 막연한 삶의 두려움만 남을 뿐이다. 준엄한 현실은 어떠한 틈새도 용납하지 않는다. "또 누가 수평선을 주름잡아 피어싱 하는 손놀림/덮어씌움 하는 혓바닥으로 밀며 딱 딱 씹는 껌/허연 앞 이빨로 죽 뽑아 늘어뜨리며 다시 딱 딱 씹네 /(…)"라고 했다. 바로 바다의 의미는 많은 꼬리를 물고 연결되고 있다. 여기서 시대성과 삶의 속성을 읽을 수 있는 것이다. 라캉이 말한 주체의 결핍은 욕망에서 오는 것임을 알 수 있다. 죽음만이 욕망을 충족시키는 곳도 이 시퍼런 바다에 있다.

어쩌면 바다는 텅 비어 있는지 모른다. 끝없이 의미를 지연시키면서 속박에서 벗어 나려하고 단절에서 연쇄 고리를 찾는 자유연상이 살아 있는 거대한 늪이다. 무의식이 무성하게 출렁이고 있다. 그러면서 모든 것을 받아들이면서 생명을 잉태하는 열정적인 모성애를 갖고 있는 자웅동체다. 항상 새도매저키즘을 잉태하면서 최후의 진술자이기도 하다.

"피어싱 하는 손놀림", "덮어씌움 하는", "딱 딱 씹는 껌" 등은 모두 무의식적으로 하는 반복행동이지만 차이가 있다. 귀가 울기 시작하는 고통을 받아들인 다음에 오는 다양한 증상 즉 바닷소리는 해안가의 만조에서 더 확실히 들을 수 있다. 바위 틈새를 날카롭게 파내어 물무늬 새기면서 무의식적으로 껌 씹는 소리를 들을 수 있다.

자기와 동일시하려고 하는 바다를 만날 수 있다. "철벅이며 뛰어오다가 갑자기 넘어지는 아우성 소리/비닐하우스가 뒤집혀버리듯 찢어지며 펄럭일 때마다/끄악 끄악 바닷새들이 불안과 탄식을 먼저 토악질하네/(중략)/달달거리는 미싱으로 돗폭 깁듯 감쳐 박아오는 물발/지지 찍! 유리 끊는 칼에 내 너털웃음은 작파斫破되네/내 희끗한 수염 끝에 매달렸다가 부서지네"라고 에스프리 했다. 이런 증상은 우울증에서 말하는 지나치게 기분 좋은 상태, 즉 바닷가를 거닐 때 상쾌해서 어쩔 줄 모르는 상태이다. 이러한 행동은 과잉행동으로 이완되는 비정상적인 상태가 된다는 양극성 우울증으로, 바닷소리에서도 찾을 수 있다.

누군가 겪고 있는 우울증은 바다 소리와 함께 살고 있는지도 모른다. 민중이 편안하게 살면 모르지만 목마름으로 하여 절박해하는 민심이 크게 상심할 때 바닷가를 거닐어도 더 통증이 오는 늑골의 증상들을 만날 수 있다.

아주 심각해지는 우울증에 시달리는 사람들은 날로 증가추세다. 미국에서는 건강을 위한 3대 추방운동에 우울증이 포함되어 있다. 물론 병원으로 가서 치료하여야 한다. 그러나 이러한 증상의 원인은 뚜렷하게 발표되지 않은 신경성에 그치고 있다. 프로이드에 따르면 무의식적 갈등과정은 어떤 분노가 나에게로 향해지는 현상이다. 상상력 속에서 또는 상징적으로 일어날 수 있다는 것이다.

그러나 근황에서는 모노아민 계열의 신경전달물질의 과잉분비라는 생체리듬에서 결과적으로 그럴듯하게 다루고 있지만, 반드시 생물학적 측면에서만 치료해서는 안 될 것이 아닌가?

현대인들이 안고 있는 고통과 불만을 최소화하는, 긍정적 사고를 부여해 주는 인지적 심리현상에서 생각해 볼 필요가 있다. 어떤 칭찬, 보상, 흥분에서 상실하는 존재자의 의미에서 경악하는 모든 것들이 우리를 죽이고 있는 것이다. 나는 우리 집에서 이 광막한 한복판까지 끌려 나와 바다의 광기를 만난 것이다.

잘 살아보려고 애써도 "넘어지는 아우성", 높은 파도는 마치 "찢어져 펄럭이는 비닐하우스" 같기도 하고, 불타는 바다 위에서 새(민심)들은 "불안과 탄식을 토하는 소리"를 하며, 추호의 틈새도 허용치 않는 각박한 삶을 사정없이 "달달 미싱으로 감쳐 박아오는 물발", 물발은 금방 칼날이 되어 바다를 수없이 끊어내는 "유리 끊는 칼"이 되는 등 다급한 현대인들이 절규하는 욕망이 부글부글 들끓게 하고 있는, 바로 거치러진 모더니즘이 절망하는 광기가 나의 희끗한 수염 끝에서 부서지고 있는 것이다.

자크 라캉에 의하면 대상을 얻어도 욕망은 항상 남아서 대상이 실재처럼 보이지만 그것은 허구다. 그러나 바다는 대상을 찾아 반복하는 몸짓과 중얼거림에서 알 수 있다. 결핍된 채 으르렁거리면서 나의 무의식 속에서 피어싱과 그물질만 하고 있다. 대상을 지워도 또 하나의 나를 바라보고 있는 대상은 달려오면서 나를 압도하려 한다. 그럴수록 나는 소외된 고착상태에 머물 수만 없다. 탈주해야 한다.

타자의식을 쟁취하기 위해 대상을 지우며 벗어나려는 끊임없는 작업은 앞으로도 계속될 것이다. 욕망의 열정에서 해방의 가능성을 갈구하는 광기 어린 몸부림을 친 들뢰즈와 가타리처럼 혼을 빼앗긴 이 암울한 시대적 상황을 극복하려는 무의식적 역동에, 냉철한 이성보다 출렁이는 감성에, 인지능력보다 정의적 열정에 기대를 걸고 탈주해야 한다. 얼음 덩어리 속에 기생하는 자아를 끊임없이 작파斫破하고 해체하는 나의 담론은 시의 경계를 무너뜨리는 철저한 작업에 있다. 정착을 싫어하는 내 시작詩作의 동인動因이기도 하다.

☞ 시 발표: 격월간 《시를 사랑하는 사람들》, 5,6월호, VOL.10.
2004. 05. 01, 한국문연, pp.97~98.
☞ 시집: 차영한 제12시집, 《황천항해》, 현대기획선 22, 2019. 09. 03, 한국문연, 114쪽.
☞ 시작노트 발표: 月海 田文秀 교수 퇴임기념문학평론집 《문예창작의 이론과 실제》,
창원대학교 출판부, 2005. 2, pp.202~208.

554 상상력의 프랙탈층위 담론

물 벼랑을 떠올릴 때

거대한 손에서 천둥 벼락 치는 소리 들었을 때
울었다나는 시퍼런 낭떠러지 밑에서 발버둥 치며
위로 쳐다보았을 때 정방폭포 같은 줄줄 타 내리는
생크림을 핥으면서 또 울었다나는 번쩍 들어올리는
누군가의 도움보다 어디로 내던질 것 같아 매끄러운
물 벼랑을 껴안고 절규하였다나는 내려다보는
여인의 코끝 너머 반짝이는 우주를 처음 보았을 때
살고 싶어 한 없이 그 쪽으로 헤엄쳐 갔다나는
까마득한 목울대를 만져 보면서 입맞춤해준
뜨거운 입술에 포개고 싶었다나는 더 본능적으로
배설의 늪에서 나오는 물 묻은 여인의 젖가슴을
파고들 때 바다 쪽에서 날아온 바다독수리
거대한 날개로 덮쳐 챔 질 해 갈 때 나는 소리치면서
검은 머리칼 날리며 푸른 초원에 서서 웃고 있는
어머니의 젖꼭지 속에 숨어있는 아버지를 발견하고
무서웠다나는 낚아온 뱅어 돔을 칼질하는 어머니도
물벼랑 틈새에서 처음 본 군소*의 모호한 광채까지도…

○ 시작노트: 물벼랑, 반복강박과 거세환상

지금도 나는 바다구석의 갯바위에 산란하며 서식하는 군소*를 보고 웃는다. 집 없는 달팽이처럼 움직일 때 산만한 성적 요소가 일렁인다. 파동되는 굿니의 욕망들이 꿈틀거린다. 해안선 따라 귀 기울이면 매질하는, 매질 당하는 육체적 고통의 신음소리가 간헐적으로 오해를 불러일으키는 귓구멍을 길들이고 있다.

집단무의식의 신비적 유전성은 냉담성으로 위장되어 죽음의 개념으로 탈성화脫性化 시키고 있다. 부서지는 물보라는 억압된 욕망의 덩어리들이 파편화된 어떤 결핍이 흡수되기 전의 엿보기에 포착된 배설, 유아기의 놀라움은 지워지지 않는다.

빙하시대의 차가운 정사情死들이 던지는 질문에도 열광적일 뿐이다. 애착에서 오는 상처와 학대의 이중성을 쏟아놓는 물 벼랑의 흥분은 호소력의 상실을 받아드리는 비탄(mourning)의 절규로 비등하고 있다.

내 무의식의 부록에 남아 있는 트라우마(trauma)가 언캐니(uncanny)로 돌아오곤 한다. 거부된 자아가 스스로 비난하는 우울증에 휩말린다. 기호화되는 원초적 정체성이 정지되는 기표에 끊임없이 미끄러지는 기의들이 흥분된 질문을 던지고 있다.

에로스와 타나토스의 잔인한 뒤섞임에서 합일의 텅 빈 공간을 본다. 솟구치는 리비도의 본심을 본다. 이동하는 리비도에서 증오 속의 고통이 주는 쾌락을 본다. 새로운 대상으로 생성하는 에너지, 즉 반복강박에서 오는 분노는 하강하며 철저히 사내를 다스리고 있다.

끝없이 바위에 달려 붙는 굿니를 발 아래로 끌어내리고 차버리는 전복의 반복성은 판타지의 허벅지 살을 냉혹하게 칼질한다. 사내놈이 채찍질함으로써 오히려 매 맞는 사내, 금지된 처벌의 쾌락을 여자는 시원스럽게 웃어

준다. 탐닉의 모순 앞에서 거세환상이 상반되는 두 가지의 여백을 감추고 있다. 감추는 반란은 사내(법)를 떼어놓지 못하고 문드러지는 사내를 보고 쾌감하고 있다. 탄생과 죽음, 해체와 묶음이 한 곳에 에로티시즘으로 공존한다. 끊임없는 반복충동으로 인한 쾌락 너머 하나가 된 둘을 본다. 나와 대상의 구분이 없는 유아기의 무의식이 현재 성인이 되어도 동일시 현상은 물 벼랑을 떠올릴 때마다 치명적인 관계를 갖게 한다. 죽음 직전의 쾌락 즉 주이상스(프랑스어; jouissance)의 역설이다.

자웅동체가 갖는 변신, 저 물 벼랑에 이름을 새기지만 새기지 못하는 광기 어린 파도는 죽음충동을 통해 승화한다. 너무도 관능적인, 아니 너무나 종교적인 신비성은 변증법적 상상력을 극도로 환각 시키고 있다. 동의하지 않는 긴장감을 고조시키는 폭력은 빨고 핥아대는 열정을 포박해도 굴욕적일 뿐이다. 내 긍정적인 유아기의 움직이는 푸른 거울 속을 본다. 서덜* 씨쯤에 더듬다가 잡힌 군소를 어느 날 바닷가 술집에서 씹을 때 시커면 해초들이 너울대는 물 벼랑이 떠오른다. 끝없이 걸타고 긁적이는 숨 가쁜 굿니 소리가 들려온다. 배꼽 속의 거세환상이 얼음으로 굳어 버린 채 하얗다가 벌겋게 파열된다. 회귀 본능적 고통 그 자체가 하나 되어 나를 소스라치게 하고 있다.

*군소 : 자웅동체임.
*서덜 : 바닷가에 커다란 돌들이 많은 것을 말함.

☞ 시 발표: 《부산일보》, 제18671호, 2004. 10. 09(토), 16면(문화면).
☞ 시집: 차영한 제12시집, 《황천항해》, 현대기획선 22, 2019. 09. 03, 한국문연, 112쪽.
☞ 시작노트 발표: 《경남문학》, 봄호 74호, 경남문인협회, 2006. 03. 10, pp70~73.

헤겔적 삼각구도가 무無 혹은 차이의 내면화

−시 〈사마귀와 전화기〉 외 2편

사마귀와 전화기

칠월창문을 기어올라 자기 그림자로 이파리
만들며 숨기는 사마귀의 눈빛 지난밤의
보름달을 끔찍하게 삼키려는 이빨을 다시
두 손으로 수틀에 갈듯 이미 멈춘 심장을
끊어내는 냉기를 확대하는 동공 바로
그 위에 늘어진 거미줄에 꿈틀거리는
알들을 밟고 달덩이처럼 굳어버린 한 마리
탈진한 흑 거미를 덮치는 순간 자기목이
먼저 절단되면서 파르르 떨어대는
날갯짓으로 전화 한다 징그럽게 쩍쩍
달라붙는 전화기처럼 내 목을 전주르며

동그라미 그릴 때

굴렁쇠 굴리다 배꼽 만지면
출출 떨어지던 섬 동백 씨

가마우지가 물고 날던 꿈 알들
날갯짓 같은 속눈썹에 숨겨주듯
초록빛 바다에서 당구치기
구르는 불덩이의 웃음소리 모아
모아 푸닥거리 불러 세우는 큐
거대한 성냥개비에 불붙이는 백일몽

설레는 칼 뽑아 잘라내는 부적처럼
긴 주둥아리로 당혹하게 흡인하며
나선형을 그리는 가마우지의 몸부림
흥분하는 성깔 겨냥한 불꽃화살
죽은 자의 걸음을 되돌리게 하나니
저승의 부름 끝에 지나친 복종
노출증의 무닝(Mooning)털 털털
털어 내 탓으로 돌리는 고갯짓

책임 전가한 모든 혐의를 벗고 허리 편
큐 대리 구매업자 앞에서는 싹싹 닦는
속눈썹에다 숨기는 가마우지 주둥이

봄은 봄이다

빗방울이 모인 개울물 소리 곁에 비비새

물 차듯이 질경질경 적셔서인지 벙긋하는

개나리 털모자처럼 그는 웃고 있지만

입술이 떨리는 그림자 흔들릴수록

골프공 얼굴은 두려움을 숨기려다 그만

들켜 흰 뱀[白蛇]으로 날아갈 때 내민

혓바닥 눈이 거울 앞에 녹는지 허허

내나 가난한 구공탄도 따라 웃어야하는

두 개의 봄은 한 마리 백여우꼬리털을

잡고 부지깽이든 봄을 좇아가도

오리 엉덩이들은 봄으로 봄을 놓치고 있지

○ 시작노트

발표된 3편의 시들은 페티시즘적 오브제를 통해 대상을 지우려는 혼성 작품을 의미한 파스티슈(프랑스어: pastiche)에서 그로테스크를 발견할 수 있다. 그러나 오히려 내 작품은 볼프강 카이저가 말한 '익살극(burlesque)'에 가까울 수도 있을 것이다.

이러한 배경은 절대적인 현실(Surrealism)에서 오는 억압된 강박관념의 마니아에서 유발된 것일 수 있다. 사실 사람과 사람들끼리 광포하게 사람을 서로 잡아먹는 카니발리즘의 들큼한 덩굴열매에서 더욱 분열된 것일 수 있다.

이성理性을 가리키는 머리들이 절단되고 변절되어 잃어버린 우리의 새로운 자유를 결합 시도해 보려는 형상화를 시도해 보았다. 없어진 부분을 채우는 것이 본능의 자유이며 자아의 부활이기 때문이다.

형식적 이론을 독자적으로 발전시킨 소련의 문예학자 바흐친(1895~1975)

은 "물질적인 것과 신체적인 것에의 부족성에 새로운 가치를 부여함으로써 신체의 승리감을 갖는다"는 것은 신체들이 상호작용하는 사건들이 그로테스크하다는 것이다. 그로테스크란 15세기경 고고학자들이 로마의 네로황제의 황금의 집을 판 동굴 '그로테(Grottes)'에서 유래한다. 이처럼 우리에게도 공포, 괴기성, 유머 등 이질적인 혐오와 욕망덩어리로 혼종하여 전이 또는 전도되는 등 삶과 죽음이 뒤바꿔 환상을 갉아먹는 기생충처럼 보이는 경우가 더러 있다.

특히 폭력적인 몸의 가학으로부터 탈출하려는 피학적인 갈등의식들의 연쇄적인 고리를 끊을 수만 있다면 지금의 가치체계질서는 전복顚覆될 것이다. 말하자면 종전의 모든 금기를 허물어야 그 속에서 새로운 내가 튀어나올 것이다. 아직도 나는 한정된 공간에서 보헤미안 넥타이나 날리면서 앵무새처럼 날날 거리고 있지나 않는지?

☞ 시 발표:《경남시학》창간호.
☞ 자작시 해설 출처: 앤솔러지《아침, 자연의 구술을 듣다》(경남시인협회, 2009. 1), pp.78~81.

배

배태를 만지면 배들이 선창가나
기슭에 매달려 흔들리는 이파리너울
너울해안선이 마구 밀리는 시장기 꿀렁
꿀렁거리는 물배 부표들을 끌어안는
배[腹]를 두 손으로 따돌리는 배따라기

배질하다 맞바람 일면 돛 올리는 배보다
배꼽 큰사리끼리 뒤엉켜 과일칼로 서두르는
'배살 먹고 이 닦는' 몇 배 사각사각 거리는
여울목 넘어가는 내배 사이소, 아! 잇몸 다
헐어 구더기 옆구리마냥 배탈 나서 퍼내고 있는
물의 수평 뱃속 물 '배주고 속 빌어먹는 배'
꼭지 만지다 떨어지는 산달 배젖 하는 산 비알
배시시 혀 내민 움막 초생 달 밝다한 우유 빛
새살 돋아 서는 탱글탱글한 젖꼭지 더듬다

멈추는 팽이 잡고 돌리듯 배냇짓하는 한배 속
한결 한눈에 모이는 치걱 치걱거리는 웃음
비어지는 볼 보름달은 이빨 사이에서도 뜨는 기라

○ 시작노트

이미 가스통 바슐라르(Gaston Bachelard, 1884~1962, 프랑스 철학자)가 지적하기도 했지만 몸과 배는 집이요 배의 대명사를 여성 인칭인 She라고 부른다면 배의 형체인 '씨앗'에서 다의적인 상상력을 갖게 되며, 창조는 배꼽에서 출발한다할 수 있다. 이러한 신선한 상징적인 이미지에서 얻어진 모티프는 생동감으로 환기되면서 무덤을 나타내기도 한다. 물이라는 본성에서도 배꼽이 있다면 생식적 사유를 유발시킨다 할 수 있다. 전혀 다른 사유들이 만나는 변곡점에서도 중심이 있다면 그곳에는 사유하는 배태에서 시작되는 것이다. 유태 왕 솔로몬은 '세상을 지배하는 것은 '머리(지혜)''라고, 그러나 예수는 "세상을 지배하는 것은 '가슴(사랑)''이라고, 그 후, 유태인 마르크스는 "세상을 지배하는 것은 '배[腹]', 즉 유물론이라고, 그러나 유태인 프로이드는 "세상을 지배하는 것은 '리비도(성적본능)''라고, 그러나 유태인 아인슈타인은 "이 모두 아니다"라고 했을 때 자기들이 주장하는 사유는 다르지만, 머리, 가슴, 복장腹腸, 성적본능은 욕망이라는 배태에서 인식될 때 그들의 결핍들은 각자의 재생산을 시도하기 때문이다. 또한 혈액은 대장에서 생산되기 때문에 이 모두는 아니라고 해도 그것 또한 결핍에서 찾을 수 있다. 일종의 원초적 생명력의 씨알들이 모성적 중심공간인 배꼽에서 출발한다고 생각된다. 변형된 것들이 부활하는 것은 마치 간세포의 재생과 다름이 없을 것 같다.

서로 닮은 무한성은 중심을 갖고 광대함을 더욱 확장시킨다할 수 있다. 그럴수록 결핍은 욕망을 재촉하여 안과 바깥이 방사상放射狀에서 볼 때 너무도 유사하면서 전혀 다른 근원적 몸의 이미지와 연결시킨다할 수 있다. 메를로 퐁티(Merleau—Ponty, 1908~1961)의 현상학이 지적한 "세계와 나와 존재의 편재성의 문제를 환기시킨다"는 것과 같을 수 있다. 다시 말해서 시적 자아는 타자일 수 있듯이 자유자재로 변형시킬 수 있다고 생각한다. 이에 따라 '의미와 무의미 사이에서 지각하는' 시의 제목을 살아 움직이는 '배'라 하여 노래해 보았다. 그러면서 한편 실체적 몽상의 전복顚覆놀이 작품임을 밝혀둔다. 중심의 유사성에 대해 혼미하는 난해성이란 자기과시에서 멀어진 눈에서 터득치 못한 것이 아닐까! 그렇다면 이미 저적되어 왔듯이 타원형이든 둥근 원圓이든 중심점에서 시작된다면 세계는 거대한 배인 중심원에서 존재한다할 수 있다. 먹는 배까지도

☞ 출처: 차영한 제4시집.《캐주얼빗방울》. 현대시 시인선 123. 한국문연. 2012. 11. 20. 39쪽.

비 내릴 때도 눈물 꽃은 피다

뼈 속에서 나온 알卵은 생생 알을 낳는다.
비비霏霏 비가 내릴 때 비는 굽어지면서
숙여진 머리로 절을 한다.

절을 할 적마다 소름 끼친다. 얼음벽 속에서도 빙어들이
모천을 사투하는 유영의 끝자락에 알을 낳는 지느러미들
하나로 가는 길은 너무도 먼 길에서부터 시작된 반복. 반
복은 필연적으로 회귀임을 확인하기 위해서다 그래서 아
프도록 기쁜 눈물의 탄생. 탄생은 빙어들의 회향이다.

알을 낳자마자 그 자리가 시작임을 보여준다. 내가 어디
쯤 있다는 나는 스스로의 사랑을 위해 죽음은 뜨게 되어 있다. 칼질에
죽는 고기들의 피를 자꾸 마시듯 죽음은 비에 꽂힐수록 아름다운 꽃으로
피는 피다.

○ 시작노트
한자 뜻을 도입하여 다의성을 함축한 시다. 관점에 따라 시감상詩感賞은
차별성을 갖도록 했다. 비비霏霏는 비 오는 모양이지만 '비悲, 비非' 등등 현
실적인 암울한 점들을 갖는 다의성을 뜻하기도 한다. 비는 비比로도 쓴

다. '숟가락 비' '살촉 비(화살의 촉)'는 化의 고자古字이기도 하는데, 지사指事로 쓰일 때 '人(인)', 즉 사람을 거꾸로 하여 사람 모양을 바꾸다 뜻으로 일반적으로 '바뀌다'라고 풀이한다. 그래서 "비에 꽂힐수록 아름다운 꽃으로 피는 피다"라는 애매모호성이 돌출된다.

시는 본래 애매모호성이기에, 이 시의 경우는 블랙유머적인 시로 해석할 수 있으나, 어느 순간의 서정이 순리적임을 보여주는 서정시의 면모를 보여주고 있다. 이 시를 주목해야 할 점은 작품들이 나의 피로 썼다할 수 있을 것이다. 니체의《차라투스트라는 이렇게 말했다─읽기와 쓰기에 대하여》라는 글에 따르면 "일체의 글 가운데서 나는 피로 쓴 것만을 사랑한다. 피로 써라. 그러면 너는 피가 곧 넋임을 알 게 될 것이다"라고 말했듯이 나의 시는 현재도 피로 쓰고 있다. 특히 꽃들을 볼 때는 꽃잎들은 피로 시를 쓴 것처럼 강렬함으로 나를 매혹한다. 나의 전 혈관을 들썩거리게 한다.

참고로 '비저匕箸'는 숟가락과 젓가락을 뜻함인데, '비창匕鬯'을 보면 '비匕'는 국을 뜨는 숟가락이며, '울鬯'은 '울창주鬱鬯酒를 담는 술 단지로 종묘宗廟에서 제사 지낼 때 쓰는 제사그릇이다. 따라서 눈물 꽃은 하늘과 맞닿은 빗방울과 소통하는 즉 생혈生血이라 할 수 있다. 나는 이렇게 위의 시를 썼다.

☞ 출처: 차영한 제4시집,《캐주얼빗방울》, 현대시 시인선 123, 한국문연, 2012. 11. 20, 96쪽.

나는 굽어지려고 할 때마다 활을 쏜다

—제4시집 《캐주얼 빗방울》중심으로

나의 시문학은 온몸으로 이뤄진 세포핵에서부터 발원하고 있다. 핏줄마다 피는 꽃이다. 피톨은 곧 나의 삶의 원동력이다. 인간에게 영혼이 있다면 나의 영혼이기도 하다. 그러나 현현되는 나의 영혼은 애매모호성의 날개를 달고 있다. 반복적으로 날갯짓하면서 자기의 기호를 확장시키고 폭발시키기도 한다. 말하자면 한편의 시가 탄생할 때까지는 온몸으로 울기도 한다. 가장 익숙한 어떤 형상들이 낯설게 다가오기 때문이다. 때로는 번개천둥으로 으박지르며 엄습하기도 한다. 나를 시궁창에 내던져 허우적거리는 상처를 스스로 건져 올려 만져주기도 한다. 항상 눈물과 웃음 사이로 산책하거나 방황하기도 한다.

내가 나를 버리면서 어떤 감성에 사로잡혀 있는 울안으로부터 탈출을 시도하기도 한다. 타율을 용납하지 않는 원심력의 자율을 선택한다. 즉 내재율에서 바깥의 창문너머를 응시하거나 탈주하기도 한다. 호연지기로 솔선수범을 주도하는 때도 더러 있다. 항상 누구나 잘 아는 '충돌하는 두개의 성향性向에서 합일을 구해내기 위해' 모든 형상들을 껴안은 채 나의 속살을 아프도록 깎아내기도, 바늘로 꿰매기를 하기 때문이다. 무위無爲가 될 때까지 잠재하는 바이러스가 나의 상상력을 집요하게 자극하여 물고 늘어지면서 트라우마로 전치轉置시키기도 한다. 그곳에는 하이브리지 기생물질들이 우글거리기도 한다. 그중에서도 참을 수 없는 유혹들은 스팸 이데올로기에 걸려 넘어져도 다시 새롭게 분열하면서 변형적인 바이러스로 탄생하기도 한다. 말하자면 시의 원형질이 갖는 메타포라 할 수 있다.

그렇다면 나의 자작시를 통해 나의 삶과 문학의 실재계를 들춰본다.

> 나를 찾고 싶은 날에는
> 세차게 비바람이 몰아닥치는
> 가장 침울한 깃을 날카롭게
> 세우는 시간이 마구 경적을 울리며
> 어둠 속으로 달아나버리는,
> 또 순간을 놓쳐버릴 때
> 흔들리는 나무로 선다.
>
> 나무와 나무들의 어둠을 타고 간혹
> 나타나는 승냥이의 눈빛이 노려보는 저만치
> 내 사랑하던 친구의 무덤 하나 있는 곳에서
> 누군가 분명히 나보다 먼저 겨냥해
> 당긴 화살에 죽어가는 승냥이의 신음소리
> 알고 있는 나무는 다시
> 당당히 걸어 나오고 있다
> ─시 〈나는 굽어지려고 할 때마다 활을 쏜다〉, 전문

먼저 자아의 본질을 찾는 작업이 내 시의 실체다. 이런 날에는 비바람이 불고 나무가 흔들린다. 나를 어느 숲에 버려진 것처럼 그곳에 아직도 살아 있는 숨소리에 귀 기울이는, 즉 언어에서 사람이 상하지 않을까 염려하기도 한다. "나를 찾고 싶은 날에는(…)" 나를 먼저 과녁으로 세우는 화살을

만들어, 화살을 당겨 그대로 쏘지 않고 하늘의 도움을 바라는 '지만持滿' 자세로 신중하게 대처한다. 암전상인暗箭傷人 하려하는 자일 경우, 광오狂傲함이 극에 도달하는 '사천태지射天咎地' 무장, "가장 침울한 깃을 날카롭게/세우는 시간을(…)" 직면할 때, 즉 "나는 굽어지려고 할 때마다 활을 쏜다." 화살은 논어의 위령 공편에서는 '도道'라 했고, 이럴 때 '의義'는 박학다식한 것을 '하나로 관통하는 것'과 다를 바가 없기 때문이다. 즉 '굽은 사람을 곧게 하는[使枉者直]' 것보다 이치를 알지 못하고 굽어지려는 나를 먼저 곧게 하려는 경계심에서 오히려 내 기품을 위해 읍양揖護*하면서도 나의 삶의 긴장만은 늦추지 않는다. 그러니까 미지의 터널을 뚫고 있는 나의 시작詩作은 끝없이 쇄신하는 반복의 신神을 찾고 있다.

그렇다면 현재에도 황금화살과 납 화살을 갖고 있는 에로스의 화살로부터 수종의 화살들은 사실상 나의 깊은 '살 속에 박힌 가시들'처럼 함께 동거하고 있다. 나의 살 속에 박힌 화살을 먼저 뽑을 때마다 질문으로 시작한다. 가슴 깊이 박혀서 뽑을 때마다 처절한 고통은 만감萬感이 교차한다. 설령 바윗돌을 꿰뚫는 화살들이 순식간 덮칠지라도 그때 나는 침묵하는 나무가 되어 받아낸다. 당당하면서 상상력의 화살이 꽂힌 나무의 몸부림은 비바람을 불러 휘몰아친다. "나무와 나무들의 어둠을 타고 간혹/나타나는 승냥이의 눈빛이 노려보는 저만치/(…)." 그때 화살을 나무속에 살던 승냥이가 맞아 죽어가는, 애처롭도록 피를 흘리지만 "알고 있는 나무는 다시/당당히 걸어 나오고 있다"와 같이 펑펑 뚫린 실재계의 구멍들이 꿈틀거리며 치유되기 위해 깨끗한 피를 수혈받기도 한다.

이때 나를 찾는 나의 피[血]는 피는 꽃이 된다. 나의 시제詩題 '비 내릴 때도 눈물 꽃은 피다'라는 낯선 은유가 나선다. 어떤 층위에서 나를 스스로 무시한 식은 땀방울의 유전인자들이 오고 있는 발자국소리를 낸다. 시원한 바람처럼 만세를 부른다.

　때론 '동그라미'를 그리며, '레일 위의 눈과 귀'가 되어 어떤 지하철의 노숙자를 살피고 있다. 죽지 못하고 고생하는 신음소리를 해빈海濱의 모래 밟는 소리에서 듣고 있다. 나의 'LTE 갤럭시 노트'에 나타나는 '면 없는 거울'에서 점과 선들이 생동감으로 날아오르는 것을 생포하려 해도 비상하고 만다. 주위는 아랑곳없는 나의 중심이 섰는 바로 그곳에 내가 갖고 싶은 공空을 본다. 나의 시제 '무의 환유'를, '0과 1의 진술'을, '뼛속의 푸른 불꽃'을 들으며 응시한다. 현상학적으로 무슨 뼛속의 푸른 불꽃이 보이겠는가. 사바세계의 하얀 파도 속에 푸른 바닷물이 일렁이는 것과 같이 과대망상증이 아닌가. 하지만 시 창작 과정에서는 아름다운 발작이 일어나는 것도 병적으로 치부할 수 있을까. 이러한 무질서 속의 질서 속에서 언제나 결핍된 '실재계'들이 나를 미혹한다. 나의 눈을 왜곡시킨다. 항상 나의 눈에는 누런 눈곱 같은 페티시들, 즉 뱀파이어, 도플갱어, 팡토마스 등 유비한 쇳가루먼지들이 나의 눈을 위협하고 있다. 오히려 승자勝者가 꿇어 앉아 경양敬讓하며 기다린다. 간단한 평복을 걸쳐도 빗방울에 젖어 있는 나의 제4시집 《캐주얼빗방울》 안에 있는 눈짓들이 '금환일식'을 한다. '꽃비내리는 날'에도 '사면초가'되는 어떤 협곡에서도 '절망하지 않을 때'를 먼저 생각한다. 상상계와 상징계 사이에서 '가슴 깃털 볼 때마다' 중국의 '장자론莊子論'처럼 호접몽이 되어 '항상 나는 나에게로 오는' 소리를 감지하도록 한다. '선글라스'를 썼을 때도 마찬가지지만 '안경 벗으면 보이는' '거울 주름살'은 물론 '난시'들과 '우유병을 빠는 인형들'을 만나기도 한다.

　나의 '그림자'가 미국의 '맨해튼 골목 청바지'를 입고 할렘가의 아폴로 극장에서 생피 그대로 얼굴의 그림자를 깎아낸 마이클 잭슨의 초콜릿 분노에 동의하기도 한다.

허황한 혐오감에서 탈출하려고 하는 나의 몸부림은 '갈대밭으로 날아간 거위'를 몽타주로 주물럭거리기도 한다. 심지어 데칼코마니가 갖는 물결 위로 유영하려는 시도는 포기하지 않는다. 그래서 나는 항상 우연히 만난 나의 '상처는 나눌 수 없다'는 시를 탄생시키기도 했다.

폴 발레가 말한 것처럼 나의 "시 작업은 확정된 작업이 아니기 때문이다"처럼 나의 시들은 타계한 김열규 교수가 날카롭게 지적한대로 "모순어법 투성이다. (…) 현실과 꿈을 통합적으로 재구성하고 있는 것이다." 특히 근황에는 '메아 쿨파(Mea Culpa)'를 조루주 쥐뱅의 트럼펫과 에디프 파아프의 샹송으로 자주 들으면서 엔젤로 변신하는 착란을 일으킨다. 미셸 푸코가 주장한 '해체와 재구성', 즉 헤테로토피아(Heterotopia)에도 주목한다. 불안한 징후만이 나의 삶이 아니기 때문이다. 아직도 나는 근원적인 물음이 굽어지려고 할 때마다 발작하는 착란으로 활을 쏘는 이유는 바로 여기에 있는 것이다. 그러므로 '꽃을 보고 웃는 동안'에도 관중하려고 끝없이 상상력의 날개로 날고 있다.

어떤 '깨꿍스런 날씨'에도 '마크로 비오틱시계 소리'에서 '근면, 생기다'를 이어주고 있다. 다시 나의 '여름날의 오브제들', '여름도시의 풍경'과 '겨울날의 눈짓'에서 '눈 내린 날의 풍경'들이 클로즈업된다. '연꽃'을 보기 위해 '자맥질하는 바다직박구리'가 '배'를 타고 있다. '안다, 허수애비는' 스스로 '화엄경을 읽다가' '여행하는 눈과 귀'를 통해 굽어지지 않으려고 '몸과 옷의 오후'에도 '티핑 포인트'에서 화살을 뽑아 지만持滿한다. 궂은 날일수록 정곡을 향해, 즉 집중하는 상상력을 향해 명중률을 높이려고 '몸서리'치고 있다. 말하자면 나의 창조성은 현실과 꿈의 경계를 이탈하지 못하는 것 같다. 비록 '물결 위 흰 구름 그물로 뜰 때'가 있어도 나의 '안경다리를 수리'하면서까지 '너무도 달콤한 나의 초콜릿 신전'을 향해 '간식 빵집에서' '구구

구'로 딴전을 펴며 '거부반응'을 한다. '봄은 봄이다'라고 한다. '괴담불안'에서 '사마귀와 전화기'에 경악하는 나의 작품들은 일단 퍼즐들로 해체시켜서 재구성을 시도하려고 각고한다.

이처럼 나의 삶은 화살처럼 흘림체로 비상하여 과녁을 명중시키려 한다. 그것은 바로 나의 시작은 현실과 꿈을 넘나들기 때문이다. 그래서 나의 시세계는 애매모호성을 함의하고 있음을 강조한다. 처음 읽을 때는 난해한 시로 읽힐 수 있다. 그러나 반복하여 읽을수록 초콜릿 맛을 가미한 '에너지바'처럼 달콤해질 것이다. 이미 내가 지적한 〈나의 삶과 나의 문학〉은 '피는 꽃'이기에 찡! 하는 내 시의 맛깔들은 누가 쉽게 지우지 못할 것이다.

*읍양揖讓:《논어》팔일편八佾遍에 출전하는데, 제후들이 조정에 들어왔을 때 대사大射에서의 예절이다. 읍揖이란 두 손을 맞잡아 얼굴 앞으로 들어 올리고 허리를 공손히 구부렸다가 몸을 펴면서 손을 내리는 행동이다(이하 생략).

☞ 시 출처: 차영한 제4시집 《캐주얼빗방울》, 현대시 시인선 123, 한국문연, 2012. 11. 20, 53쪽.
☞ 자작시 해설 출처: 《경남문학관 리뷰》, 2014년 하반기 46호, 06쪽.

항상 나는 나에게로 오는

가위로 자르는 선 바깥에서 움직이는 소리
분명히 그곳을 다급하게 탈출하는 신음 소리
그 실마리가 풀리지 않아 두리번거리는 눈빛
동공에 박힌 그 그림자 찾기 위해 숨죽여 오는
건널목에서 기어오는 두꺼비의 껌벅이는 눈알
눈알끼리 밖으로 나와 부둥켜안고 산란하는
빈자리 더 오래 서 기다리는 후박나무 한그루
손짓하는 이파리들이 참다못해 빠져버린
거울을 건지는 눈알 깊숙이 고인 연못 실루엣을
걷어내자 보이는 거울 속의 하늘에 매달린
이파리들이 유난히 내 눈을 반짝이게 하는,
새떼까지 날아오니 분명히 보이는 나는 하 나다.

○ 시작노트

나의 자작시 〈항상 나는 나에게로 오는〉 것은 무아無我다. 무아는 나의
생명력이다. '보이는 나는 하나다'에서 몸과 마음이 하나일 수도 있으나 애
매모호하다.

  그렇다면 "하! 나다"라는 것은 우상일 수밖에 없을 것이다. 무아란 시시
각각으로 변화기 때문에 사실 나를 찾을 수 없는 것이다. 자신의 상징계에

머물 때가 있기 때문이다.

실체가 보이지 않는 마음 같은 무시간적 엷은 그림자가 겹쳐진 영역으로서 안과 밖이 없다는 것이다. "가위로 자르는 선 바깥에서 움직이는 소리/그 실마리가 풀리지 않아 두리번거리는 눈빛/동공에 박힌 그 그림자 찾기 위해 숨죽여 오는/건널목에서 기어오는 두꺼비의 껌벅이는 눈알/눈알끼리 밖으로 나와 부둥켜안고 산란하는" 것과 같이 변화하는 것은 바로 숙명적이라 할 수 있기 때문이다.

무상無相에서 소리를 찾아봐도 역시 고통도 탐욕이라는 것을 깨닫지 못한 채 실상實相에만 집착하는 무無에 불과하다. 그러므로 무는 존재다. '나에게로 오는' 나는 무無라고 생각된다. 가령 무無가 나무로 다가올 경우, 이 무는 포영泡影적인 착시현상에 불과 한 것이다. 무無는 다르다는 것이기 때문이다. 그렇다면 위의 시 7행에서 시작되는 "빈자리 더 오래 서 기다리는 후박나무 한그루/손짓하는 이파리들이 참다못해 빠져버린/거울을 건지는 눈알 깊숙이 고인 연못 실루엣을/걷어내자 보이는 거울 속의 하늘에 매달린/이파리들이 유난히 내 눈을 반짝이게 하는" 것처럼 모든 것이 잠시 모양으로 현현顯現될 뿐이다. 이것 또한 우상적이 된다면 후박나무 같은 실상實相인 나를 실체로 삼는 것은 거울을 건지는 눈알 깊숙이 고인 연못 실루엣일게다.

영影에 비치는 모든 존재는 모순되는 개연성일 수 있다. 순수한 결핍이라 할 수 있다.

무와 실체가 하나가 되지만 보지 못하는 나를 타자가 보는 경우일 것이다. 욕심 많은 공자처럼 '하늘이 나를 버렸다[天喪予]'고 탄식할 것이 아니라 새떼처럼 가볍게 날고 있는 변화를 긍정하는 것과 같을 수 있다.

긴장이 찾아올 경우, 항상 나는 나에게로 와서 대바라기* 하듯이 '흰 눈썹[眉雪]' 마저 뽑아버릴 때에도 나는 존재한다고 볼 수 없다. 존재는 타자에 있다면 그것이 무아 아닐까. 무아에서 서로 당기는 힘을 갖는다면 사실상 나는 없는 것이다.

이 모순의 절대적인 '고인 연못 실루엣'에 머물지 않아야 찰라지만 영(零, zero) 안팎에서 하나로 보이는 하! 나는 텅 빈 한 가운데의 어떤 것, 즉 보이지 않는 자기 속의 실체로 새롭게 탄생함을 볼 수도 있을 하나이기 때문일 것이다. 그래서 이 시를 이러한 동기에서 쓰게 되었다.

* 대바라기: 늦물지지 않도록 열매를 따내는 것을 말함.

☞ 출차: 차영한 제4시집, 《캐주얼 빗방울》, 현대시 시인선 123, 한국문연, 초판, 2012. 11. 20, 58쪽.

돌아온 통영대구야

반갑다 통영대구야 너를 너무
고대했기에 기다린 만큼이나
돌아온 너보다 춘원포*가 먼저
펄펄 뛰며 헤엄치고 있어

우리가 우리에게로 돌아오고 싶어
동바다 칠천도 어부림 따라 어의도 샛길로
와서 네가 찾는 우리의 고향 길을 되묻고 있어

그러니까 무엇이든 믿을 수 없는 심각한
우리 얼굴들을 찾는 너의 간절한
지느러미도 안타깝도록 만나려는 우리네 숨결
참새그물에 급급하여 눈감아준 속물들
한 가운데로 대담하게 헤엄쳐 와서 그래도
꿈꾸는 회귀하는 부활을 확신시켜주는 기약
걸대 줄에서 통제영깃발처럼 펄럭이고 있어

연방 흩어지는 우리들을 이 땅에 다시
당장 돌아오게 하는 모향母鄕이 어떤 것인지를

부연이 통치마 붙잡고 보여 주네 거울 속에서

헤엄치는 우리네 얼굴 똑똑히 익히도록 손잡아주네

눈물도 여기서 만나니 고맙다 통영대구야

* 춘원포: 통영의 옛날 지명임.

○ 시작노트

사라져가던 이 고장의 보물 통영대구가 우리의 소망에 부응하여 동바다 (칠천도, 어의도, 물섬 근해 등)로 회귀하고 있습니다. 글을 쓰는 이 시점에서도 펄떡펄떡 뛰며 우리를 경이롭게 하고 있습니다. 한낱 물고기라기보다 이 고장을 풍성하게 지켜왔고 통영사람들과 더불어 살아온 생명력입니다. 여기서 원초적 의식이 유동하는 장場에서 생하는 힘과 형태의 촉발, 즉 서정적 자아로 몸을 통한 응시에서도 동일시하게 현현됩니다. 만나게 되는 몸은 파편화된 이미지를 하나로 응축시킴과 동시 전이시키는 동적인 회귀성으로 우리의 꿈을 저버리지 않고 다가오는 것과 같습니다. 생기발랄한 기억들이 은빛으로 치솟으며 새롭게 내가 탄생하는 곳에는 바로 "우리가 우리에게로 돌아오고 싶어"하는 자리가 있기 때문입니다. 말하자면 삶의 필연성과 꿈의 기대들이 실체화되는 순간에 묘한 흥분들이 돌연함을 보여주는 새로운 의식의 다른 차원이기도 합니다. 토마스 만이 말한 "신화적인 감성으로 삶을 바라본다(…), 아득한 옛날이 곧 바로 현재가 된다"는 것에서도 일맥상통할 수 있습니다. 기질성 질병에서 오는 파괴되고 멸종되는 것으로 하여 포기해 버리는 극점에서 복원된 생명이야말로 우리는 감동적이며 살맛난다는 신념이 다시 꿈으로 연결되는 것입니다. 칼. 융은 "그 변화 자체가 꿈"이라고 말한 것과 같습니다.

위의 시구에서 '한 가운데로 와서'라고 했듯이 중심中心은 점点에서 출발하는데, 모든 대상에 대한 중심은 자기 자신인 것과 같습니다. 말하자면 삶의 의미는 꿈에서 얻어내는, 즉 열린 반복에서 나를 뛰어넘는 삶을 실천하는 것일지도 모릅니다. 잠자는 꿈이 아니라 나를 깨어나게 하는 꿈을 잃지 않는 한, 움직일 때마다 합일점에서 우리는 다시 만나게 됩니다. 거기에는 광대함과 내밀성의 생명체가 흔드는 부활의 지느러미로 오기 때문입니다. 오히려 통영대구가 우리의 모향을 되물어와 흩어진 우리를 결집시키고 있습니다. 몸은 거울이기에, 산만한 우리들의 모습을 맑은 자신의 거울을 통해 보듯이, 창조의 공간으로 돌아온 통영대구처럼 우리들의 삶도 생동적인 꿈으로 꿈꾸면 우리가 새로운 우리의 얼굴을 거울에서 만날 수 있을 것입니다. 2010년 제주도에서 열린 '세계 델픽대회'에서 시낭송 심사를 맡은 클로드 무샤르씨가 말한 것처럼 항상 "나의 기준을 전복시키는 시"를 기대하면서—

☞ 출처: (1) 통영문인협회 주관: 《시낭송》, 2009. 11. 20(금요일), 오후7시 통영시 봉평동 소재 찻집 〈풍금〉에서 발표.
(2) 시작품 수록: 차영한 제5시집, 《바람과 빛이 만나는 해변》, 현대시 시인선 168, 한국문연, 초판, 2016. 10. 25, 100쪽.

아침 바닷가 산책

처음 내 생각에는
즐겨 거니는 채마밭 길을 지나
쑥부쟁이 언덕길 오르는 걸음을
오늘은 어떤 느낌에 이끌리면서
해조음 들리는 후박나무 밑까지 왔네라

한눈에 들어오는 통영 아침바다
해변에 내려앉는 백조들
목 뽑아 기웃거리는 긴 목 줄기 아래
싱그럽게 톡톡 튀는 감청색 물비늘에
지느러미로 회유하며 날아오르는
숭어 전어 떼들이 수천수만 필 비단을
휘감아 황홀하게 걷어 올리는 것 보았네라

여태껏 뜯들이지 못한 야박한 도시의 냄새
그 그을음으로 하여 늘 못마땅하게 여기면서
미루어 온 생각에 소금바람을 뿌려
새길 여는 오늘 아침은 배처럼 조금씩 흔들리는
늘 푸른 후박나무로 서서 섬 사이로 노 저어오는

아침태양에 낯붉히며 오래오래 감격 하였네라

○ 시작노트

내 고장 통영바닷가는 아침산책길로서는 최적지다. 하여 바닷가에 실제로 후박나무가 없었지만, 해안 빛이 감청색 후박이파리처럼 빛나기 때문에 후박나무가 있다고 형상화해 보았다. 해안가를 거닐어 보면 볼수록 후박나무가 내뿜는 특유한 향기에 유혹당하지 않을 수 없을 것이다.

흰색 건물들이 많아 백조 같은 '통영항구'는 하나의 검푸른 호숫가를 방불케 한다. 그 위로 물고기들이 날아오르고 바닷새도 날아올라 매혹적인 통영항구가 아닐 수 없다. 부모님들의 입김이 서려 있는 해안가의 아우라가 보는 이로 하여금 더욱 경이롭게 한다. 항상 해조음을 넘치도록 밀썰물은 우리를 후박나무 같은 바닷가로 걷게 한다.

달이 뜨면 수향이기도 하며, 바다가 육지보다 많아 '물의 나라'라고 스스로 감탄하며 부르게 된다. 바로 이곳에 2년여에 걸쳐 머물던 화가 이중섭 선생님은 통영항구를 '동양의 나포리'라고 명명하기도 했다.

더군다나 그가 그린 〈흰 소〉를 비롯한 충렬사의 정담샘 모습, 남망산南望山 길, 벚꽃 피는 〈데메 바닷가 아랫마을 풍경〉, 〈게와 아이들〉 등 바다의 동심을 그린 그림에서 통영은 영원한 명소가 아닐 수 없다. 또한 유명한 한국화 화가 청초靑艸 이석우李錫雨 선생님은 가난한 통영서민들의 풍정風情을 독창적으로 그렸기에 어느 목로술집이라도 왁자하게 회자되어 오고 있다. 이러한 스토리를 더 가시적으로 스토리텔링 할 경우, 나의 졸시拙詩가 갖는 모티프는 반영될 수도 있다고 기대하여 나는 이렇게 시를 썼다.

☞ 출처: 《統營文學》, 제21집, 통영문인협회, 2002. 12, 215쪽.

섬에 내리는 비 ─쇠주 비

어디로 가도 비를 만난다.
섬에 내리는 비를 만난다.
어깨부터 젖는 어깨 비는 헛웃음을 친다.
따라 다니다가 쇠주 비가 된다.
깊은 밤을 비우면 진눈깨비로 내린다.
바닷가 그 벼랑 끝에 흩날리는 눈발
머리채를 움켜잡고 끌며
복 받친 아우성을 또 때리고 있다.
지금도 누군가 섬으로 울고 있다.

○시작노트

간혹 웃고 있는 꽃에도 눈가에 맺히는 이슬은 어떤 의미인가. 의미를 지
우고 살 일도 가슴에 남는 것을 보면 소주잔에서도 보인다. 현대인들의 떠
다니는 마른 눈물이 하얗게 어깨 위에 내리는 듯하다. IMF이후에도 사는
몸짓이 무거워 보인다. 섬에서 만난 비는 지나가는 비가 아님을 뼈저리게
성찰했다.

☞ 출처: 일간 《慶南日報》, 제13811호, 2000년 5월 23일 화요일, 1면.

세 권의 시집 내용은
하나이면서 다른 것이 특징이다

―제7시집, 《새소리 받아 일기도 쓰고》(시문학시인선 563, 2018. 1. 30)
―제8시집, 《산은 생각 끝에 새를 날리고》(시문학시인선 564, 2018. 1. 30)
―제9시집, 《꽃은 지기 위해 아름답다》(시문학시인선 565, 2018. 1. 30)

　　3권의 시집을 동시에 출간한 것은 대면의 자유가 나의 몸으로부터 존재하는 빛이 발화되었던 것입니다. 실체가 갖는 허구성으로 직조된 존재가 일상日常이미지의 변용에서 시작 되었습니다. 타자의 상처를 껴안으면서 아파하는 웃음을 얻어낸 것들입니다. 무화無化가 될 수 없는 죽음들의 환생이 아니라 전혀 다르게 새로움으로 태어나 제자리를 찾은 생명력들입니다. 바로 창자나 혈관의 자기외침의 반복성처럼 일상의 새로운 반복적 미학에서 비롯된 것입니다. 그러니까 생명의 소리에서 내가 망상網狀적인 거미줄에 걸려 발버둥칠 때 친숙하면서 낯선 이미지들이 다가왔습니다. 사마귀들로 다가와 독거미들을 먹어치우는 걸음들을 놓치지 않았습니다.

　　처음에는 감성의 겉살들이 바람처럼 까칠하게 스치더니 어느 블랙홀을 지날 때 일탈하는 나를 호명하는 바로 그곳에서 기척하는 니체의 차라투스트라가 말한 위버멘쉬(여기서는 초인보다 '새사람'으로 이름 함―글쓴 이)의 숨소리를 포착하기도 했습니다. 항상 자신을 극복하는 능력을 앞세워 의미에 도달하려하고, 완성시키려는 긍정적인 면에서 낯선 사유들의 신선한 충격을 받아들였습니다. 분명히 어디에서 시각적인 것에서만 몰입하다 귀환하면서 미완의 차가운 나의 손을 잡아주는 시작으로부터 모색하는데 몰입하였습니다. 고독한 동굴을 탈주하는 쾌감 같은 것에서 얻어내었습니다.

내일의 꿈을 갈구하는 보랏빛 물방울처럼 살아서 구르는 것들입니다. 무관심 밖에서 결핍된 채 그 형체를 알아볼 수 없는, 너무도 먼 곳인 0으로부터 눈코 없는 괴물로 달려올 때 외면해온 관계성은 형체 없는 해골들이었습니다. 바로 나의 불안한 난쟁이 몰골들이 뒤섞여 있었습니다. 은유隱喻로 동거하면서 감성의 빛살무늬들이 요구한 것들로부터 나의 고통은 빗나간 그리움들이 상징계에서 도져온 것들입니다. 확실한 것들을 보지 못한 내가 나를 무시하고 하찮게 여긴 것들이 참신하게 나를 다시 찾아와서 적나라하게 나의 겉껍질을 벗긴 것들입니다. 해체한 것들의 물음표들입니다.

제7시집은 같은 날에 단행본으로 상재되어 나를 마구 흔들어오며 끝없이 질문하던 것들입니다. 환생된 형상화들입니다. 절단되고 파편화된 것들이 재결집하여 우주의 소리로 공감을 유도하면서 되살아난 그림자들의 눈아嫩芽들입니다. 일체감이 될 수 없는 현주소를 분리와 결합작용은 물론 마치 빛이 모든 것의 시작인 형상화를 서두르는 콜라주, 프로타주, 그라타주, 아나그램으로, 때로는 불라종 기법에서도 머뭇거리며 칼렁부르 기법 속에서도 아크로스틱 할 수만 없는, 동시성일 수 없는 대상들에게 이끌리어 헷갈린 것들입니다.

그러니까 무의식의 이중성에 기생하는 불안들의 상상력이 새소리를 받아 나를 챙겨보도록 강박관념(Obsessions)들이 실재계實在界를 픽션(fiction)한 산물들입니다. 나는 이렇게 기생들을 골라내며 시를 썼습니다.

제8시집은 결국 생각 끝에 새를 날려 나의 편견과 의기소침을 호되게 꾸짖는 산이 되어 나의 위치와 성찰을 다시 확인하는 시편들입니다.

젊을 때부터 산이 좋아서 헤매어온 많은 산 중에서도 내가 그토록 찾던 봉황새 같은 지리산 날갯짓은 나의 기개에 날개를 달아 주었습니다. 수차례 지리산 정상을 올라도 숨차지 않은 푸른 날들을 잊을 수 없도록 아직도 그 산을 향해 날고 있는 내 꿈은 날개를 펴고 훨훨 비상합니다. 산을 사랑하면 모든 것을 그대로 볼 수 있습니다.

아포리즘을 통한 땀방울의 통쾌한 고행을 맛보게 한 것들입니다. 영롱한 구슬처럼 빛나던 것들도 있지만 나를 괴롭힌 것들이 더 많습니다. 아포리즘이 어디에 있는지를 니체로부터 얻어내어 나를 사랑하기 위한 산을 먼저 사랑해왔던 발자국들이 살아서 지금도 소리칩니다. 프랙탈(fractal) 같은 산맥들이 내 숨결 소리들을 보내옵니다. 나를 용서하기 위해서가 아니라 나의 고정관념을 산울림과 이른 새벽 여명을 향해 자유깃털들을 좇는 해방감의 날갯짓을 봅니다. 높고 낮은 나무들 그들의 주장을 내세우는 변화무쌍을 옮기다 꽃들이 피는 인의(仁義)들의 아우성들이 야단입니다.

이 아우성들이 창녕 우포늪에서 만나도록 산다기에 걸음이 앞섰습니다. 니체의 '우리미(urmi)호수' 같은 우포늪의 여러 동물들과 가시연꽃 위에 알을 낳아 키우는 물꿩의 수컷들을 비롯한 조류들의 모성애를 보는 순간 그간 잊고 산 고향입니다. 그 늪에는 내 잃어버린 안경알을 통해 그간 고향의 저녁 불빛을 보는 순간 경이로움이야말로 사그라지는 불씨를 지핍니다. 내 눈동자가 그곳에서 나를 지켜보고 있는 이상 지금도 보이지 않던 대상들이 되살아납니다. 선명하게 다가오기 때문에 우포늪은 내 늘그막의 안경으로 함께 살게 되었습니다.

그 길의 산책을 마치자 통과하는 참수리 한 마리가 나를 낚아챘습니다. 반딧불 같은 진주 남강유등축제를 보게 되었습니다. 저녁 대숲그늘이 남강에 드리우는 감탄사를 쏟아놓고 말았습니다. 의미심장한 역사를 다시 읽게 하였습니다. 진주촉석루를 맴돌며 유등 불꽃심의 충격을 받은 시편들은 역사의 물줄기를 형상화 시키고 말았습니다.

특히 성채城砦를 위한 나의 지킴이들을 찾아 침체된 것들로부터 역동케 하는 이미지들이 참수리 날갯짓처럼 휘익, 휘익 스칩니다. 근황에는 지킴이들을 아무리 초혼招魂해 봐도 대답이 없지 않습니까? 이 근처에 사는 우리를 열애하는 이 나라가 울지 않도록 참수리를 날려 성채의 기둥들과 대들보들을 점검해야겠다는 각오의 칼날이 나를 후려칠 것 같습니다. 지금도 이 나라의 용맹스럽고 청직한 후손들을 애타게 부르며 찾고 있는 이유를 시편에 붙잡은 시를 써 보았습니다.

제9시집은 어머니의 일생을 통해 에로스(삶)와 타나토스(죽음)가 공존하는 너머(여기서는 한 가운데)에 눈물방울을 삼키고 살다 가신 어머니의 눈물로 사사롭지만 너무 그리워서 써 봤습니다. 그 뜨거운 눈물을 막내둥이 손으로 닦아드리지 못한 사모곡들이기도 합니다.

절절하다 못해 피멍든 그날의 말씀들을 다 옮겨드리지는 못했지만 그중에서도 신신 당부한 말씀들만 옮겨 보니 끼니도 어려웠던 그 시절이 그대로 되살아납니다. 늦게 나서 성장하던 쭉정이 씨앗에 희망을 걸고 악전고투하시던 당신의 처절한 자신을 모멸하기까지 서두른 한 생애의 자전적 소소한 것으로만 어찌 그냥 지나칠 수 있겠습니까. 눈물 흘리다 빗방울 떨어지면 아무도 듣지 못한 통곡소리를 빗소리에 맡겨 실컷 쏟아냈다는 그 말씀 늘 쟁쟁합니다. 지금도 소나기가 세차게 내리면 나의 가슴에 어머니의 음성이 비수처럼 꽂히고 있습니다.

착각(Illusions), 환각(Hallucination), 환청(Auditory), 환시(Visual)가 아니라 지

금도 아가! 아가— 부르는 어머니의 말씀은 나의 좌우명을 당혹하게 합니다. 아무리 생각해도 가장 아름답고 따뜻한 정은 모성애요 이 지구의 생명과 사랑의 중심축이 아닐 수 없습니다. 우주의 신神이 찾는 옴파로스 (Omphalos)가, 아니 수미산須彌山이 당신입니다.

누구든지 공감하는 그곳이 그리운 고향이요 탯줄임을 압니다. 나이 많아질수록 철이 드는지 어머니가 몹시 보고 싶습니다. 어머니 보고 싶은 날엔 아무도 모르게 미륵산을 향합니다. 산을 오르면서 어머니! 어머니를 소리쳐 불러봅니다. 요새는 눈 뜬 채로 눈물이 마구 쏟아져 슬픔을 억제할 수 없습니다. 나는 이렇게 파토스를 쏟아 놓고 시를 쓰는 때가 많아졌습니다. 어머니의 꽃은 흔들리지 않고 핀 꽃입니다. 모든 꽃들은 뿌리가 있기 때문에 흔들리는 것이 아니라 춤추는 것입니다. 어머니 말씀처럼 꽃 중에 꽃은 아이 꽃이요 "꽃은 떨어지지 않아" 하신 말씀, 어머니 다시 뵈올 때도 흔들리지 않은 꽃으로 안기도록 손 모아 어머니 계신 곳을 향하고 있습니다. 어머니 그리운 어머니시여!

아침저녁 이슬방울소리
—어머니 말씀 · 34

밤새 내 눈물방울 떨어뜨릴 때마다
물 두레 내리어 받아간 별들이 다음날
아침 물 길러 가는 첫걸음 풀잎마다
매달아 내 눈빛 살피는지 초롱초롱한
눈망울들 치맛자락 붙잡고 불끈불끈
힘내어 살라고 온몸 후끈하도록
흠뻑 적셔놓고 함께 웃었니라

종일 자갈땅 호미질에 땀방울인지
눈물인지 흘린 것들 몰래 주워 담아
한 여름 풀 섶에 맺혀 혹시나
막둥이 맨발로 엄마 찾아 부르다 되돌아간
눈물방울인지

재촉한 한걸음에 아가야가 뛰어오던
웃음에 반했니라 여태껏 못 잊고
치마 입을 때는 아침저녁 이슬방울들이
조롱조롱 매달리는 소리 나더니라

○ 시작노트

1992년 4월 중순 그리스를 탐방하는 중에 올림포스 산 아침 산책길에서도 이슬방울을 만났다. 너무도 반가웠다. 갑자기 어머니가 구송하던 이슬방울소리가 들린다. "치마 입을 때는 아침저녁 이슬방울들이/조롱조롱 매달리는 소리 나더니라"처럼 선연히 들려온다. 통역관의 설명 중 이슬방울은 올림포스 산의 '에오스 신'이라고 설명했다. 그때 떠오르는 어머니는 에오스 신처럼 느껴졌다. 그러나 어머니는 이른 봄이나 늦가을 길 이슬은 물론 비 오는 날의 물방울과 함께 살면서 이슬을 내 몸처럼 받아들이는 것으로 느꼈다. 어린 나는 어머니 치맛자락을 잡고 따라다니는 이슬방울을 보고 성장했는지 모른다. 아침저녁 40대 어머니의 젊은 치맛자락은 쌍꺼풀 큰 눈매에서 더욱 빛났기 때문이다. 누런 무명치마 입은 어머니는 나보고 웃을 때마다 이슬처럼 빛났다. 쫄쫄 따라다니면 아침저녁 이슬방울들이 어머니 치맛자락을 붙잡는지 나를 쳐다보며 자꾸 느리게 걷고 있었다. 너무도 아름다운 어머니의 걸음이 다가오는 듯 얼른 얼른거린다.

반짝이는 이슬방울들이 어머니 눈동자에 맺혀 나를 내려다보는 것은 틀림없다. 따라서 어린 날의 아름다운 상처를 모성공간으로 하여금 형상화해 본 것이 〈아침저녁 이슬방울소리-어머니말씀·34〉이다.

"밤새 내 눈물방울 떨어뜨릴 때마다/물 두레 내리어 받아간 별들이 다음날/아침 물 길러 가는 첫걸음 풀잎마다/매달아 내 눈빛 살피는지 초롱초롱한/눈망울들 치맛자락 붙잡고 불끈불끈/힘내어 살라고 온몸 후끈하도록/흠뻑 적셔놓고 함께 웃었니라"라고 써 보았다. 어머니께서 그 아픔을 다스리는 모습을 떠올리는, 없어도 많이 있는 부잣집 여인처럼 치맛자락으로 막둥이가 흘리는 눈물콧물 닦아 주시던 어머니의 해맑은 웃음에 속아 잘 성장한 것에 머물 때 컴퓨터 앞에서 어머니가 보고 싶어 아무도 모르게 흐느꼈다. 다음 연은 우리 집이 몹시 가난하다는 나이에 "종일 자갈땅 호미질에 땀방울인지/눈물인지 흘린 것들 몰래 주워 담아/한 여름 풀섶에 맺혀 혹시나/막둥이 맨발로 엄마 찾아 부르다 되돌아간/눈물방울인지//(⋯)"라는 어머니 말씀을 형상화해 보았다.

이처럼 아침저녁 이슬방울은 내가 잊을 수 없는 어머니의 눈동자가 아닐 수 없다. 어머니의 눈동자를 보고 싶을 때 그리스 문명탐방에서 만난 올림포스 산 이슬방울과 겹쳐진다. 그곳의 새벽 여신은 에오스다. 온 세상이 다 보이는 올림포스 산의 신인 '카메라'는 세상을 다 찍을 수 있기에 애처로운 아름다움도 우리 어머니처럼 살아 있다는 어떤 믿음에서 위안이 되기도 한다. 눈먼 호메로스도 아침이슬을 사랑하여 노래했다는 이야기에 호메로스는 아침이슬방울을 어떻게 알아냈을까. 나의 풋풋한 시작품이지만 노래할 수 있어서 다행이다. 그러나 허망도 저렇게 아름다울까? 찰나의 구멍구멍을 보여준 환상적인 꿈 알에 불과한데도 허망을 사랑하는 우리의 욕망은 눈물 한 방울에 신의 실체를 확인했을 것이다.

그 물방울 속의 생명력에는 아직도 감탄하지 못한 죽음의 공감대가 반복하기 때문일까. 삶은 멜랑콜리아적인 덩어리 때문에 삶의 진리가 그 속에 있다는 상징성을 믿었던 것이 아닐까. 그러한 따뜻한 이해의 순간들이 인간의 아름다움을 토해낼 수 있는 힘을 부여했을까. 살아 있는 순수성을 눈동자로 하여금 흑백을 증언한다 할 수 있다는 것을 실체화시키고 있는 것이다.

이슬방울을 볼 때마다 제일 처음 떨어지는 어머니 눈물방울로 보았다. 함께 울던 내 최초의 눈물 한 방울이 어머니의 눈물방울임을 알 수 있다. 생명력의 감수성을 느꼈다. 이슬방울에서 천둥 번개소리가 들리기도 한다. 그때마다 내가 보인다. 빛나는 생동감에서 나를 확인할 수 있었다. 여태껏 써온 나의 시작품 전편에 각인된 다량의 눈물 내력이 여기에 있다.

바로 이슬방울 속에 충격적인 우주의 리듬과 패턴이 나의 에너지였다. 그것은 영롱한 거울 속에 어머니가 웃고 계셨기 때문이다. 이슬방울은 순간적으로 볼 수 있지만 오랜 여운을 남겨서 어머니는 내 눈물 속에 살고 계신다. 어머니와 올림포스 산의 에오스 신과 겹쳐지면 나는 더 살고 싶어진다. 잊을 때 그리워서 핑 도는 눈물이 아니라 청초 생기발랄한 어머니의 모습은 바로 하늘과 땅이 상보적 공존의 빛남을 보여주는 때문인지도 모른다. 공유된 의미들이 떠돌아서 무지개를 타고 내려오는지 몰라도 에오스 신은 어머니와 함께 사실상 땅에 사는 것은 우리들의 눈물을 확인하고 싶어서이다. 언제나 삶의 움직임을 찍어 전송해주는 에오스 신이여! 내가 함초롬히 젖도록 움직이면 풀잎 끝에서 웃으시면서 고개 끄덕이는 나의 어머니시여.

☞ 출처: 시 〈아침저녁 이슬방울소리―어머니말씀 · 34〉, 전문
차영한 제9시집, 《꽃은 지기 위해 아름답다》, 시문학시인선 565, 2018. 01. 30, 63쪽.

거울에도 보이지 않는 순환 고리 찾아서

―제11시집, 《거울 뉴런》이 갖는 욕망의 결핍들

1.

역마살이 들었는지 50대 초반에 '나를 찾아 멀리 나는 새'의 날개로 경이롭게 써 본 지구촌의 짧은 기행을 장시들로 엮어 보았다. 내가 지금 만나도 낯설다. 내가 태어나기 전의 전생을 싹트게 한 소중한 연꽃 씨앗들이라고 할 만하다.

기행시는 어느 정도 구체화되어야 하는 특징을 갖춘다면 그때의 소중한 만남들의 언어들과 풍경들이 빚어낸 내면적 관조를 통해 안착하려는 몸부림들이다. 이러한 기행시도 현실이 환각과의 경계에서 만난 실재계들로 쓰이어진 것이 대부분이라고 본다. 실재계가 만나는 대상들은 상징계와 상상계를 왜곡시켜 뫼비우스의 띠처럼 순환의 근원을 만들면서 갖는 욕망의 결핍들인데, 대부분 아름다운 발작적인 발자국들임을 밝혀둔다. 내용만 있는 무의식들이라 할 수 있다. 모든 것이 숭고한 대상에서, 어쩌면 낯선 행간의 반복으로 끝없이 펼쳐지는 파노라마들이다. 말하자면 상징계를 이루기 전의 엉성한 모습인데, 삶과 죽음을 동시에 볼 수 있는 주이상스(프랑스어: Jouissance) 상태의 것들이다. 맞물림의 왜상들이 절단되려는, 절단된 이중이미지로 겹쳐지는 것들이다. 그러니까 익숙하면서 낯선 이미지들이 덴스포그처럼 꿈틀거리는 것들일 수 있다. 노스탈쟈(라틴어)로 휘감다 어떤 분노와 불만들을 뭉클뭉클 쏟아내기도 한다. 멜랑콜리아적으로 다가오면서 무시적인 공격을 당하듯 파괴적인 투기심이 나를 선동하면서 오히려 타이른 작품들일 수 있다.

사랑하는 내 조국과 대비되는 억압된 이성적 강박관념들 같은 어떤 절규들이랄까? 그때마다 충격적인 판타지들이 뇌 속에 멍든 채로 저장된 것들이다. 그래서 이미 시집 앞의 '시인의 말'에 나는 물신주의 시대 동전들의 증상을 발 저림, 손 저림 등 퇴폐와 죽음 앞에 순복하지 않고 탈주하려는 마비증상으로 미리 발설해 두었다.

'1970년 화재로 소실됐지만, 몽마르트르 언덕의 라비냥가13에 있었던 피카소 집을 〈세탁선〉이라고 이름 붙여, 오히려 그의 별명이 되었고, 익살과 감정 토로에 능숙 능란 하는 등 모순에 가득찬 시인 막스 자코브(Max. Jacob, 1876. 7. 12~1944. 3. 5)'가 생각나는 프랑스의 몽마르트 언덕, 서독의 다뉴브 강 굽어보며 로렐라이 노래가 있는 언덕이 다가온다. 그때 기억이 몇 년이지만 피 냄새가 전혀 나지 않는 동독 장벽이 무너진 뒤, 장벽 대신 대형으로 설치된 예술 간판 앞에서 찍은 나의 스냅사진들이 지금은 쿡쿡 찔러대는 풍크툼(punctum)으로 살아 있다. 칸막이된 동독 베를린의 어느 호텔에서 단체들과 함께 1박하며 잠들지 못한 불면의 밤은 바로 통영 출신 윤이상 음악가가 살던 ○○빌라를 근접해 둔 미묘한 감정에 사로잡혔던 것이다. 새카만 시간들은 입술에 타다 남은 허무였다. 그곳에서도 시간에 쫓겨 이동하는 곳은 히틀러의 사디즘 함성이 스며 있는 동독의 '붉은 광장'을 밟고 있었다. 초록 잔디밭이지만 그 밑에 흐르는 검붉은 피를 떠올려 보았다. 낯선 곳을 밟는 포비아적인 긴장감이 내뿜는 살기는 긴장감을 실룩거리게 했다.

영국으로 날아갔다. 안개비 내리는 영국 히드로 공항에서 시작된 산뜻한

마름모꼴의 도시 풍경에서부터 장미꽃은 눈의 집중력을 떨어뜨렸다. 머무르는 동안 아침 일찍 대영제국이라는 무게에 짓눌린 런던탑을 보았다. 런던탑을 껴안고 흐르는 그들의 에너지인 템스 강 위로 운전기사 없이 오가는 컴퓨터 전동차, 그들의 가슴뼈인 타워브리지, 빅벤의 이른 아침의 종소리, 대영박물관에 4천 권 이상의 셰익스피어에 대한 자료와 저서, 오븐에 갓 구혀 나오는 토스트 같은 크리스마스캐럴 이야기를 쓴 시인 토마스 하디 작품, 유명한 영국 출신 코미디언 채플린, 워터루 브리지를 영국여지들이 만든 어머니의 나라, 아늑한 요람 같은 모성공간이 있다는 자부심은 선명했다. 물론 버지니아 울프의 페미니즘, 웨스트민스터의 촛대 밑에 아인슈타인의 눈빛 같은 무덤을 보고 템스강변 퀸 메리 호에서 떠나기 전 마지막 점심 식사 때 비둘기 한 마리가 내 어깨 위에다 잃어버린 메모지를 떨어트려 준 것은 자유와 평화였다. 감사해서 부러운 눈물이 맺힐 때 비행기는 스위스로 날았다.

스위스에 안착과 동시 중심부인 취리히 근처 지하 200미터의 엘리베이터를 탄 긴장에서 비로소 정신은 바짝 들었다. 거대한 현대식 방공호다. 취리히 시내를 배회하는 관광객 3십만 명을 수용할 수 있는 규모를 자랑하고 있다. 직접 보고 경탄보다 전쟁의 공포증을 느꼈다. 스위스의 시골풍경은 물론 플루투스 산을 톱니열차로 둘러볼 때 착시인지 몰라도 동굴에 숨겨 둔 헬기가 비행하는 걸 보았다. 빈틈없는 국방력에서 나폴레옹이 패전하여 비참한 퇴각의 풍경이 떠올려진다. 저녁노을은 고향 노을과 같았지만 잊어버린 호수의 물오리 물살이 닿는 여관에서 머물던 곳은 내 전생이 살던 곳처럼 떠나기 싫다는 느낌표가 오리걸음이었다.

그곳에서 시간과 공간의 증상은 낮과 밤을 나보다 빨리 서둘지는 못했다. 또 비행기는 벌써 그리스 아테네 공항에 도착했다. 광장 한 가운데에서 여행가방을 놓고 애인과의 뜨거운 키스를 보고 빠져나오는 출구에서 힐긋해도 마른 내 입술을 후끈하도록 했다. 뜨거운 만남은 그렇게 소중한 것임을 몰랐다. 발걸음은 그리스의 황금비율로 건축된 파르테논 신전을 비롯한 아테네, 크레타 섬을 만나면서 엉뚱한 아프로디테를 생각했다. 그들의 땅은 오랫동안부터 발에다 키스해서인지 내 걸음도 낯설지 않았다.

벌써 스페인의 바르셀로나에 도착했다. 몬쥬익 언덕에서 보는 지중해와 태양에 빛나는 안달루시아의 해변, 돈키호테와 투우장, 또 비행기는 나비처럼 날아서 터키 이스탄불의 저녁음악회에서 애절한 모심기노래를 듣고 있었다. 전라도 광주시의 유기수 소설가와 낙타를 타는 꿈의 2인실 하룻밤 풋사랑 같은 이야기는 퍽 아쉬웠다.

하루가 급하게 스위스로 다시 와서 이스라엘 텔아비브 공항에 도착했다. 이곳에도 카스피 해변 호텔에서 한밤을 자고 '통곡의 벽'과 골고다 선산, 예루살렘에서 솔로몬의 황금 돔과 소금비누를 만드는 사해를 만나기도 했다. 특히 우리 시찰단만이 갈 수 있는 민방공사령본부는 민간인에게 위임되어 있다는 사실에 놀랐다. 그곳에서는 4~5대 전투기들이 적을 향해 항상 발진 상태에 있다는 놀라운 현장을 목격했다. 살벌하지만 15세 남녀 이상은 직장인을 불문하고 총을 휴대하여 출퇴근하는 것을 목격했다.

지금은 직항로 개설인지 모르나 그 다음 날 다시 스위스로 와서 이집트로 날아갔다. 이집트의 수도 카이로(승리의 뜻)의 한복판을 통과할 때 그들은 돔 속에서 죽은 자와 함께 살고 있었다. 장대한 나일 강의 갈대들은 한국의 재래종 대밭과 같았다. 사하라 사막과 스핑크스와 피라미드를 비롯한 이집트 박물관에 입장하여 일별했지만 생생한 기억들은 지금도 풍뎅이로 날고 있다.

나일 강변의 룩소르 신전 등등을 한비翰飛하면서 한때 바빌론의 노예 히

브리인처럼 새로 태어나기 위해 뱀처럼 허물 벗어던져도 손목을 칭칭 휘감는 뱀들이 꿈에도 번제燔祭되고 있다. 고통의 몸부림은 어떤 모습이었을까? 그러한 긴 여로의 끝자락 같은 어떤 블루 홀을 지나는 바람처럼 꿈틀대다 돌연 우울증의 양면적인 역설들이 TV화면을 펼치면서 휘몰이하지 않는가. 여러 개의 뱀 대가리가 앞서는 혼미를 가중시키고 있었다. 낯선 타자들 속의 칸타빌레 겉 풍경만이 아닌 신경과학자 폴. 맥린이 주장한 뇌의 3층에서 '긍정적인 즐거운 뇌(Sunny Brain)', 즉 본래의 햇살을 볼 수 있었다. 그래서 나의 제11시집《거울뉴런》에 있는 나의 졸시 '황금화살'로 '야생적사고'의 시작품이 탄생되었던 동기이기도하다. 그러나 거울에서도 보이지 않는 나의 순환 고리는 끝없이 언어와 대상 속에다 감추어져 있다. 애매하게 하는지 순간적인 이미지들은 욕망에 압도되었다. 바로 결핍 때문이 아니었을까?

계속 흐려진 날씨 속에서 지중해의 너울처럼 구시렁거리기만 하였고, 그런 에너지 덩어리들이 지금도 거미줄에 걸린 풍뎅이 모습으로 똘똘 감겨 있다. 바로 거미줄에 걸린 공허만 출렁거린다고 할까? 그럴 때마다 사하라사막의 만월이 낙타 혹 등에서 떠오르고 있었다. 물신주의의 비개덩어리 속에 숨어 있는 커다란 몽우리들이다. 달빛을 그리워하는 동전의 증상을 재발하는 것 같았다. 안으로 들어섰을 때는 멀쩡한 것들이 미라들의 눈구멍 속으로 지금도 캄캄하게 빨려 들어가고 있다.

항상 4월 중순 대낮에 그곳을 거닐던
이집트의 거대한 엘바하리신전
남향 바다을 내려서는 순간
내 입을 틀어막는 날개 돋친 사내들이

천장에서 날고 있어 팬티 토착민들끼리
숨죽이면서 다가오는 우연한 유혹의
지점을 점령당하고 있어 시퍼런 눈빛들
되러 떨림마저 서로 감시하고 있어

긴장감이 산산조각난 항아리들 밟았을 때
서쪽사막 속을 뻗는 눈동자가 또 나를 노려
보고 있어 창날 휘두르던 카이로의 기득권
번쩍이는 순금왕관을 쓰지 않고 당당히
걸어오는 람세스 4세 안광이 빛나고 있어

남쪽에서 북쪽으로 흐르는 나일 강을
건너가는 로스타우(Rostau)*에서 부케 같은
영혼의 보트에 있는 뱀을 가리키고 있어
카이로에서 남쪽으로 660km떨어진 곳
옛날 테베의 땅 일부였던, 룩소르에 기원전
2천 년쯤 세워졌던 고대 이집트 왕국의 수도
높이 23m 또는 15m 두 종류의 134개의 돌기둥
하늘에 닿아있는 듯 치솟은 카르나크신전 기둥들
제1탑문과 제2탑문을 안으로 걸음하면서 겨우
손잡았을 때 일출을 향한 장중한 멤논이
감시하는 가운데 입구에서 보는 머리는 양이고
몸은 사자로 조각한 아문의 신성한 동물중의
뱀들은 내 혀 놀림을 싹둑 잘라 삼켜버릴 듯
긴 불꽃 혀를 싸늘하도록 날름대고 있어

나일 강을 낀 룩소르의 서부에서

1922년에 발굴한 64기가 있는 왕들의 계곡

그중에도 투탕카멘 무덤으로 들어가면서 만난

상형문자에 마치 파피루스 종이에다 그려놓은

최초의 지명 수배자를 파라오가 내 사후세계라고

어깨 짓누르듯이 가리키고 있어

황금 오벨리스크를 쳐다보는 눈 먼 환쟁이

한 놈이 희죽거리는 웃음으로 나의 무게를

달고 있어 서안西岸 가는 '펠루카' 하얀 돛배

대기 시켜놓고…

　　　　—시 〈말의 무게 달기, Thoth의 서書—이집트의 이미지〉, 전문

　　　　차영한 제11시집《거울뉴런》, 한국문연, 2019. 06. 14. pp.84~86.

* 여기서의 이집트의 이미지란 '죽음을 삶으로 전환하는 과정에서 생기는 이집트 의 환상'
　을 일컬음.
* 로스타우(Rostau): 다른 세상으로 가는 출입구의 뜻.

2.

　1995년 8월 초부터 13일간의 미국 여행에서는 미국 동부의 워싱턴을 비롯한 뉴욕, 자유 여신을 가까이 보고 오만한 맨해튼의 외판원처럼 겉돌기만 하다 할렘가의 어두운 죽음을 보기 위해 눈을 떴다. 지금도 기억에 남는 온타리오 주州를 보며 캐나다와 미국의 경계를 밟자 누비는 나이아가라 폭포의 위용은 어떤 것이 비밀스런 것인지 알 수 없는 시작과 끝의 플롯을 낳고 있었다. "모든 플롯들은 죽음을 행하"듯 공룡들의 울부짖음에 압도되

었다. 진행형의 매료를 동시성으로 폭발시키고 있었다. 만물이 탄생하는 근본세계를 실재계의 뫼비우스 띠를 통해 관조할 수 있었다. 분명히 이곳도 어떤 환각의 깊이로부터 다가왔다. 중심을 버티지 못한 그러한 물신주의 한계를 마술쟁이와 대치하는 실재계의 허상이라면 사실상 현실과의 혼미를 통한 아름다운 발작(Beautiful Tantrum)이라 할 수 있다.

　이러한 판타지 같은 여행을 두고 시인으로 자처하는 타자들로부터 거기에 없는 나를 두고 무자비하게 구박당하고 퇴박당할 것이다. 길고 긴 시 작품에서 읽지 않고 지루한 환멸을 느꼈다고 네거티브에 동조할 것이다. 그러나 지금은 시가 아닌 시를, 애매모호한 시를 쓴다고 맹비난하는 자들도 많지만 그들은 그들을 의심하고 후회하고 말 것이다. 지금은 랄랑그(Lalangue)적 환상(Phantasy;무의식적 환상—본인 필자)을 직관直觀으로 받아들여 도전하는 문학예술인들이 너무도 많아지고 있지 않은가! 이미 신변잡기나 음풍농월吟風弄月, 안빈낙도安貧樂道의 노래는 전통시맥에서 볼 때 중요할 수도 있지만 사실상 늦가을 나뭇잎처럼 나락奈落되고 퇴조하고 있는 것 같다. 드러내기나 모방은 문학성에서 제외되는 현상이다. '노래가 시가 되고 시가 노래되던 시대'는 막을 내린 것 같다. 멜랑콜리들의 감성으로 시혼을 흔드는 얄팍한 에피고네(Epigone), 즉 아류亞流 또는 이미테이션(Imitation)의 이미지들을 마치 자기가 창조한 것처럼 착각, 오인하는 것은 범죄다. 아직도 자연적인 사물시에 한계를 갖는 시시한 감성들을 풀밭에 쏟아놓는 주제들은 이미 소나기도 웃으면서 쇠똥을 지우는 것이나 다름없다. 나르시시즘에 빠져 자신의 옹호를 위한 변명은 아직도 고정관념이라 할 수 있다. 자기의 상상력을 스스로 옭아매고 있는 것은 심각하다. 그러한 퇴폐적 아류들이 한계점을 벗어나지 못하는 것 같다. 우리들의 현주소가 될 수 있어 심각하다. 항상 그 모든 생각의 모태母胎이며, '미지의 세계로 가는 다리'가

곧 메타포라(Metaphore)라면 케케묵은 관념으로부터 탈피하려고 나는 끝없이 고정관념을 깨트리려고 분발한다. 시는 직관하지 않는 그대로 쉽게 접근하다 보면 남의 웃음꺼리가 되고 말 것이기 때문이다. 어떤 패배감 앞에 자유롭지 못한 문학은 결국 너덜대는 통속문학으로 떨어지고 말 것이다. 그러한 쓸모없는 문인의 오명汚名에서 벗어나려고 하다 보니 나는 옴팍한 그러한 곳에 고인 물에서 소금쟁이처럼 맴돌고 있는지도 모른다. 오히려 쉬운 것에서 구하면서 타자의 작품을 서로 풀 뜯어 먹듯 무식하게 비평하는 몰골만 남게 될 것이다. 그래도 나는 문학인인가? 모호한 모티프를 끌어온 트라우마의 페티쉬들, 어쩌면 '동전의 어떤 증상' 뒷면에 찔러 둔 채 돌아다니는 여행가방에서 무의식 안에 있는 지폐 뭉치를 끄집어냈을 때 본래의 햇살을 본 것만큼 소중한 것이 있겠는가! 나는 잃어버린 여백에다 이렇게 썼다. 아직도 나는 풍뎅이 한 마리가 되어 "거울에도 보이지 않는 순환 고리 찾아서" 익숙한 듯이 낯선 그곳의 플롯을 향해 날고 있다. 그 중에서도 그때의 이집트의 룩소르 신전과 미국과 캐나다의 경계에서 얻었지만 충격적인 나의 시 두 편을 다시 꺼내 읽는다.

어쩌다 삶은 타조 알이 막 이빨에 닿는 순간 현기증을 일으키고 있어 순간 공룡 알로 꿈틀거리다 지옥 탕으로 굴러 떨어지고 있어 울부짖는 공룡 울음소리…들려오고 있어 마치 지구가 최초로 빅뱅 하던 천지개벽 소리와 뒤섞이고 있어

천둥소리에 연방 번쩍번쩍 빛나는 번개에 배때기가 뒤집혀지고 있어 한 걸음 물러서도 수많은 공룡 알들을 쏟아 붓고 있어 무서운 공포에 사로잡혀 나도 모르게 네발로 땅덩어리 쪽으로 기어 도망치고 있어 뒤돌아보았을 땐 창백한 나의 흰 핏방울들은 연방 폭발하면서 떨어지고 있어 잃어버

린 시간 속으로 거슬러 올라가면서 시간을 탄생시키고 있어―

　줄타기너머 비약을 위해 여태껏 도도한 반복들을 쏟아내고 있어 아름다움 이전의 반복된 힘으로 무너뜨리고 있어 은백색 창날을 무수히 내던질 때 하얀 기둥들을 세우고 있어
　내가 아껴 마시는 미국 산 나파밸리 와인 마실수록 저 원시적인 결핍들이 죽음과 결탁하고 있어 황홀한 아이스 와인 속에 떠다니는 블루마운틴 봉우리 같은 유혹에 이끌리고 있어

　괴물 같은 유람선 '숙녀호'에 승선토록 하고 있어 나도 모르게 입은 비닐옷은 스노슈잉 하는 것처럼 물안개 속으로, 어쩌면 아이스 와인의 술안주 머시멜로우 베어 먹듯이 뚜벅뚜벅 걸어 들어가는 달콤함도 입안에서 하얗게 구르고 있어 구릉의 안개 휘감고 자라는 포도밭넝쿨 속으로 걷는 눈망울은 호기심과 두려움이 뒤섞이고 있어

　마치 거대한 피아노가 연주하는 쇼팽의 전주곡 〈빗방울〉들은 백비탕으로 들끓어대고 있어 저 하얀 불길 속으로 들어가는 숙녀호의 배속에서 여태껏 찾던 내 배꼽이 뼛가루 세례를 받고 있어
　북극의 백곰끼리 격렬한 입 다툼을 벌리고 있어 잉카의 마추픽추 구름 층계에서 페루의 하얀 도시 '아레키파'로 끝없이 미끄러지고 있어 광기들끼리 충돌하면서 무지개 속살을 거슬러 날아오르고 있어

　내 조국 코리아의 강강술래 춤 같은 콘도르 날갯짓은 끝나는 주라기 때의 모든 뼈들마저 탈구시키고 있어 빙하기를 동시에 해체시키고 있어 '염소 섬'들 사이를 계속 치켜드는 머리 솟구치다 서로 뒤엉켜 붙잡으려다 곤두박질하고 있어 겉모양은 양탄자로 휘감아 되깔아놓는 벼랑너머로 장대

높이뛰기하고 있어

계속 미끄러지는 욕망들이 격렬한 분노를 내뿜어대고 있어 46억 년 전
의 광포한 힘 그대로 질투해온 여신들끼리 옷자락을 서로 붙잡다 찢어대
는, 안개꽃 속치마 폭 폭을 흩날리고 있어 애원하듯 천년 묵은 흰 이무기
들로 돌변하여 번뜩거리는 눈빛으로 덤벼들고 있어

열렬한 사랑 애태우다 거대한 이빨로 서로 물어뜯어대는 끝없는 증오의
불꽃놀이로 부추기는 갈등, 저런! 저런…광란으로 뒹굴고 있어 뿌리째 뽑
힌 통나무들이 옥빛기둥으로 깎일 때마다 경악하는 원시인들의 동공들이
터져버리고 있어 골수 속으로 굽이쳐 파고들고 있어 이제는 775피트 스카
이론 타워(Skylon Tower) 내 디지털 3D파노라마를 볼 수 있는 체험관마
저 나의 목덜미를 놓아주지 않고 있어

무섭게 윽박지르는 매머드 몸짓들이 섬뜩하게 충동질하고 있어 오히려
벗어나려는 나를 묶어버리는 피학적인 초긴장을 만끽하고 있어 눈시울을
줄줄 뽑아대고 있어 스파게티 국수 가락들에다 흡흡! 통밀냄새 같으면서
전혀 다른 거대한 아이스크림 공장들이 폭발하고 있어 원시동굴들을 불러
놓고 감미롭게 휘감고 있어 불안들이 마비되는 쪽으로 짓눌러 함몰되는 몽
롱한 현기증이 우와! 우와! 와우! 자꾸 시장기만 부추기고 있어

거식증으로 하여 착란을 일으키는 물기둥 길이 55m에 몸피 671m의 거
대한 혀로 핥아대는 아메리칸 매머드의 입질 그걸 미리 알고 이 지구에서
가장 작은 교회에서 기도하다 온 양체족 똥파리들끼리 집적거리는 차림표
'Fall for the food!'에 빈자리의 로망스를 겸허하도록 두 손 모아 합장하고
있어 멀지 않은 마이애미 휴양지가 우주의 거대한 애벌레들을 유혹하는 우
주의 별별 불을 켜고 있어 나의 블랙홀 식탁으로 꿈틀꿈틀 기어오고 있어

행운의 무지개가 설 때마다 온타리오 호수와 이리호수의 검푸른 머리카락들이 휘발하는 멜라닌 색소를 내뿜고 있어 오로라 빛살 같은 수천수만 인디언 흰말들의 뜀박질을 더 가속시키고 있어 하얀 불길 위로 비상하면서 천년설로 굳어진 빙하를 짓밟다 녹아내리는 말발굽소리들이 전광석화처럼 계곡 아래로 내달리고 있어

오! 한곳으로 휘몰아오는 신神들의 발걸음소리마저 눈 감긴 채 내 심장까지 꺼내고 있어 무수한 백혈구 문을 거대한 북소리로 두드려대고 있어 장중한 인과율에 순응하도록 곤두박질하는 구름들이 매트릭스 세계를 압도하면서 담금질하고 있어

—시 〈나이아가라폭포〉, 전문

차영한 제11시집 《거울뉴런》, 한국문연, 2019. 06. 14, pp.65~69.

☞ 출처: 월간 《현대시》 기획선 20

나무의 무아無我

자작나무가 눈발에 새빨갛게 타던
그곳에도 나는 없었다. 다만
나무가 밟지 못한 발자국들이
승냥이를 쫓고 있다.
어떤 확신감에서 살도록
푸른 핏방울의 기억을 위해

욕망의 구덕이 아닌 눈 속에 묻혀
있을 수 있는, 어쩌면 샤머니즘
피리소리를 듣는 뼈다귀로 웃을 수 있다
늙은 구름으로 꿈틀거릴 때까지

눈 내리는 응시로부터 벗어난 자유인의 숨결마저
어둠의 눈 구정에도 영하의 입김에도 없다.
없다. 늘 관념적으로 나무아미타불의 기만
하얗게 불타는 나무로 있을 수 있다.

○ 시작노트

시의 제목부터 역설적(paradox)이다. 그러나 시제에 나오는 '나무'는 인도에 서식하고 있는 '염부隬鿯나무'를 말할 수도 있는데, 이 나무는 석가모니불과 동일하게 볼 수 있는 나무요, 또한 모든 나무의 '씨앗'으로 보았을 때 연기적이요 '부처'일 수 있다. 그렇다면 '부처의 나무', 즉 '자신(깨달음)의 무아'이다. 더 넓게 볼 때는 '나무'를 가시광선에 그치지 않고 '흰빛'으로도 보았다. 이처럼 낯설지만 위의 시제 '나무의 무아無我'는 다의성을 갖는다 할 수 있다. 그러므로 위의 시에 나오는 '자작나무'는 설원에서 고행하는 부처를 떠올릴 수 있으며, 원래 빛은 색깔이 없는 '흰빛'이기에 과학적으로 입증한 부처의 말씀과 일치할 수 있다.

쉬운 예를 들면 색즉시공 공즉시색인 공空이라 할 수 있다. 그러므로 하얀 눈이나 자작나무 빛깔의 지순한 자태와 무아는 삼위일체로 보았다. 그렇다면 설원에 선 자작나무가 하얀 눈발에 새빨갛게 불타던 그곳은 어떤 곳인가? 실제로 시베리아를 횡단할 때 아름다운 자작나무들이나 우리나라 인제지방 자작나무숲을 떠올리지 않을 수 없다. 그러한 관조 안에 있는 응시의 편견이 아니라도 피비린내 나는 생존의 피를 연상할 수 있다.

지나친 응시에 집착할수록 불타는 욕망의 결핍은 각혈咯血할 수도 있다. 동시성의 내재율은 원초적인 본능이 새빨간 불꽃으로, 하얗게 타오른다 할 수 있다.

자크 라캉의 말을 빌리면 시제 '나무의 무아'는 기표와 텅 빈 기표로도 볼 수 있다. 왜냐하면 무아는 살아 있는 무의식으로 볼 때 의식행위를 하기 때문에 '존재의 근원'이기 때문이다. '바라봄은 보여 짐에 의해 분열 된다'는, 즉 '무의식은 타자'로 볼 수 있기 때문이다. 관념적, 객관적 대칭도 존재할 수 없는 화이트홀이라 할 수 있다.

존재는 실재계의 트라우마로 인해 휘발되어 버리는 경우가 없지 않다. 현상학이 갖는 어리석음으로 말미암아 '암묵적인 구멍'들이 나타나 있기 때문이다. 즉, "자작나무가 눈발에 새빨갛게 타던/그곳에도 나는 없었다./다만 나무가 밟지 못한 발자국들이/승냥이를 쫓고 있다./어떤 확신감에서 살도록/푸른 핏방울의 기억을 위해"라고 노래해 보았다. "나무가 밟지 못한 발자국", 즉 탐욕이 '승냥이'를 쫓는, 줄곧 살아 있는 무의식의 흔적인 삶은 반복에서도 낯설게 다가오기 때문이다.

　욕망의 본질인 삶과 죽음의 오류들이 "어떤 확신감에서 살도록" 기만해 온 샤머니즘을 떠올렸다. 샤머니즘을 신봉하게 한 허구(fiction)를 시니컬하게 지적해 보았다.

　어쩌면 알랭 바디우(Alain Badiou)가 지적한 '실재에의 열망'이라고 보았다. 말하자면 자기의 해골(뼈다귀)을 자기가 보는 결핍(욕망)을 두고 허탈하게 웃어댈 수밖에 없는 것이다. 오래된 클라우드(여기서는 구름)에 올려놓고 흰 머리카락 같은 무의식(여기서는 신神)이 가장 고통 하는 가시밭(눈)으로 갈 수밖에 없지 않는가. 헤겔이 말한 '모든 존재는 두 번 죽는다'는 것과 같을 수 있다. 그러므로 위의 시작품이 갖는 특성은 탐욕에서 오는 하얀 그림자가 눈구멍까지 멀어버린 즉, "영하의 입김에도 없다"라고 하면서 욕망은 하얗게 불타는 자작나무라는 무아無我와 동일성으로 보았다. 그러니까 빛(뇌)이 갖는 자기애적인 부침현상일 수 있다. 니체가 갈애渴愛한 육신 속에 사는 '자아(Ich, ego)가 아닌 자기(Selbst)다'라고 주장한 것에 동의할 수 있다. 자기의 봉쇄적인 속성에 불과하다면 진정한 '무아'라고 볼 수 없기 때문이다. 비운다는 것은 채움과 같다. 정신현상학에서 볼 때 자크 라캉이 말한 '대타자는 존재하지 않기 때문'에 나무가 설령 무아라고 해도 일시적인 왜상歪象 현상일 수 있다. 앞에서 말한 '암묵적 구멍'이 있기 때문이다. 부처가, 아니 내가 '하얗게 불타는 자작나무'로 현현顯現해서 고통하기 때문에 나의 무의식마저 그 공감에서 벗어날 수 없기 때문이다.

그러나 오늘날의 철학의 한계는 무아를 늘 관념적이면서 우주론(무량수불)적인 공空으로 우리를, 자아를 무위無爲로 실천가능하게 하는 공허空虛한 허무를 채우려고 한다할 수 있다. 다시 말해서 만물의 잉태와 반복되는 결핍을 근원적인 충만을 통하여 순환한다는 것을 제시하면서 생명의 한계를 우둔하게 믿도록 하는, 상징적으로만 치유하려는 등 오히려 상상계에 머물게 하고 있다. "욕망의 구덕이 아닌 눈 속에 묻혀/있을 수 있는, 어쩌면 샤머니즘/피리소리를 듣는 뼈다귀로 웃을 수 있다/늙은 구름으로 꿈틀거릴 때까지"에서 알 수 있듯이 낡은 불문율(늙은 구름)에서 탈피하지 못한, 즉 니체가 말한 "신은 죽었다"는 제도적 낡음의 주장에도 동의해 보았다.

　　사실상 우리의 신체적 생명은 전혀 신비주의적인 존재가 아닌 바로 유기체인 동시에 '탄소 알'에 불과한 이물질이 아닌가. 그러나 자신의 신체 속에 살고 있는 신(神: 부처, 영혼)이 있다는 것을 믿는다면 정신세계를 관장하는 '나무는 나의 신체'요 '무아는 나의 생명력'이라 할 수 있다. 그러므로 실상實相은 '나무' 같은 것이요 무아란 변화하기 때문에 내가 없다는 것이다. 그래서 시제부터 '나무의 무아'라고 형상화하여 보았다.

☞ 출처: 차영한 제11시집 《거울뉴런》, 현대시기획선 20, 2019. 06. 14, 18쪽.
☞ 출처: 시전문지 월간 《현대시》, VOL. 26—6, 제306호, 154쪽.

이중 나선구조의 우주순환을 형상화

—제15시집, 《제자리에는 나무가 있다》

1.

나의 제15시집은 이중나선구조의 우주순환을 형상화한 시편들이다.

자연과 생명은 하나로 볼 때 탄생하기 위한 생명력은 상극相極하는 리액션(reaction)적인 결과물들이다. 여기서는 무질서 속의 질서를 일컫는 카오스를 통한 혼합의 뒤섞임에서 부활과 새로운 질서가 탄생되고 전체로는 하나의 우주순환이다. 우주순환의 핏줄 속의 파편들이 자기닮음이라 할 수 있는 프랙탈(Fractal)이기도 하다.

우리가 이미 알고 있는 나무, 불, 흙, 쇠, 물이라는 주역周易의 오행에 따르려고 하지는 않았지만 벗어나지 못했다. 하늘, 연못, 불, 우레, 바람, 물, 산, 땅 등 팔괘八卦는 역학의 근간根幹으로서 형상形相을 갖추고 있을 때 팔상八相으로 나누어 삼라만상을 이룬다는 것이다. 전래학설에 따르면 5천년을 넘어섰는데도 아직 근접되지는 못하지만 그래도 다행이다.

8八을 선호하는 중국인을 비롯하여 불교가 늘 쓰는 팔정도八正道나, 기독교가 쓰는 예수의 8복八福 등이 무한대(∞)를 갖는 프레임은 동서東西가 다름없다는 데도 지나치지 않았다. 또한 미국의 시카고대학교 교수였던 칼 세이건(Carl Edward Sagan, 1934~1996)의 지적이지만, "꿀벌도 새로운 집을 지을 때 8자를 그리면서 '춤 언어'로 방향 거리를 공유하며 집단 토론을 거

치는 과정은 정확한 우주질서"라고 한 것에 동의한다.

이미 컴퓨터 원리도 비트맵으로, 즉 하나의 이미지나 장면에서 픽셀 값을 나타내는 0과1의 이진수 데이터의 연결고리에 매달려 있다는 것을 우리는 잘 알고 있다. 자꾸 내려설수록 땅이 있어 엎드려 볼 때 더 잘 보인다. 그 경계가 0일 될 때 발뿌리에 바람과 빛의 소리가 살아 있다는 깨달음은 존재였음을 알아냈다.

그 존재의 뿌리를 1로 할 때 그것을 점点으로 보았다. 그곳에 있는 0을 빈 공간으로 변환하면 그 메시지는 바로 생명력의 물소리로 들려온다. 나무가 있는 곳에 물이 있기 때문이다. 그리스어로 코라(Chora)이다. 코라란 '품다'의 뜻인데, 철학자 줄리아 크리스테바 비평가는 "어머니의 몸을 뜻한다"고 했다. 그래서 제15시집의 제목은 《제자리에는 나무가 있다》라고 명명해 보았다. '있다는 말은 살다'는 것과 같다는 스피노자의 주장에 주목했기 때문에 "나무가 있다"라는 존재를 1로 내세워보았다. 커섹시스(Cathexis) 역할에서 벗어날 수 없는 정의定義를 내세워 보았다. 제자리에는 시작이 있기에 곧 부활 또는 소생(Resurrection)이라 할 수 있다. 시작은 변화를 전제로 하기 때문이다.

역시 칼 세이건도 지적했듯이 "나무들도 의식이 있다"는데 공감하면서 동서東西가 소통적인 시를 쓰게 된 동기이기도 하다. 무수한 우주의 별자리처럼 질서는 죽음을 통해 비워내듯이 생명체간의 제자리 질서를 0으로 형상화해 보려고 했다.

불교의 생명철학에 나오는 "비어 있는 것도 아니고, 색깔(물질)도 아니다 [非空非色]"라는 생명의 본질을 가름해 주는 정중동静中動 대상의 이미지를 대강적인 관점을 끌어들여 내 몸을 생산하는 점点을 형상화해 보려고 했다. 따라서 나무도 0과1의 순환에서는 역동적일 수 있다.

생명의 중심인 배꼽 찾기, 즉 요새는 솟대의 중심부도 흔들림이 많아 중심을 잡고 빛이 살아 있는 그곳 나무들의 중얼거림을 오브제화해 보았다. 올곧음은 그 가운데 있기 때문이다. 언제나 내 몸에서 시작하는 접점은 혈관에서 출발하기에 사물 사이를 우선 통하는 정기신(精氣神=心肺腎)을 자연과 유비해 보기도 했다. 병고와 죽음 사이에서 방황하는 것까지 확장해 본 대상들을 만나기 위함이었다. 그렇다면 삶을 바다로 형상화한 나의 제14시집 《바다리듬과 패턴》이라는 은유에서부터 거슬러보아도 관계는 벌써 거미줄처럼 엉켜져 있다. 여기서 바다는 삶의 현장으로 보았고, 리액션하는 근육질은 패턴으로 보았다. 동시성의 실재계를 태반으로 제시해 보았다. 따라서 몸과 자연의 상보작용에서 발생되는 은유를 간과할 수 없어 때론 절대현실의 나무들을 만나보았다. 들뢰즈와 가타리가 제시한 리좀(Rhizome)과 같을 수 있다.

2.

그렇다면 제15시집 《제자리에는 나무가 있다》는 대강도 먼저 내가 사는 생명력의 현주소를 질문하고 있는 것이다. 이미 《대학大學》 서책에 있는 이치에도 있지만 사물의 자리를 접근해 보면 완곡어법(Euphemism)적인 기법을 보여주고 있다. 우리가 신뢰해온 것은 지구라는 실체가 모든 조건을 충족시켜 왔기 때문이다. 삶과 죽음의 순리에 따르는 것은 현재를 기준할 때 법리에는 한정되는 어떠한 모순도 전혀 없지는 않았다. 그러나 긍정과 순응으로 희망과 꿈은 너무도 자연적이기에 여기서는 보이지 않던 나를 나무로 볼 때 다소나마 보이기 시작했다.

이미 회자되고 있는 천문(天文, 여기서는 우주와 천체의 현상과 법칙을 일컬음)의 운행에 따르면 바탕이 순수함으로 다가오는 것을 짐작할 수 있다. 바로 변화무쌍이다. 변화는 이동을 포함한다. 이동하고자 하는 첫발에서 나무라는 대상을 내세워 보았다.

그것은 우리에게 제일 먼저 날개를 달아준 자유와 평화라 할 수 있다. 해와 달이라는 강렬한 빛이 기준을 가름해 주기 때문이다. 우리들의 호기심을 항상 발동시키고 하늘을 보게 했다. 내별이 거기에 있다는 믿음을 적시하고 있다.

그래서 나무는 생명력의 등대 불빛을 내뿜고 있다. 설령 우리가 착각으로 보는 것 같지만 그로 하여금 아름다운 희망과 꿈을 보여주고 있다. 말하자면 자연은 그대로의 모습처럼 사랑의 본성마저 거기에서 우리를 내포하고 있기 때문이다.

자연이 되고 싶은 정서는 흙의 공간이 있기 때문이다. 앞에서도 논급했지만 흙과 나무의 뿌리는 '시작始作하는 팔괘八卦' 즉, 우주공간을 셋으로 하여 각각 양과 음이 존재한다는 것과 다름이 없다. 이미 응용되는 주역 64 괘의 기본은 8괘이기 때문이다. 독일사람 라이프니치(1646~1716)가 제시한 0과1[bit]이다.

2023년에는 미국 IBM의 백한희 박사가 주도하는 양자컴퓨터가 갖는 큐비터(qubit)는 0과1을 동시에 처리하게 되지만, 이러한 얽힘에도 동질이 아니기에 나에게로의 이행반복 작용도 끊임없는 갈무리와 태동이 뒤따르기 때문이다. 생명의 씨앗을 밖으로 내보낼 때는 스스로 눈嫩을 보이게 하여 화답하도록 했다.

우리를 움직이게 하는 시작은 뿌리로부터 생체시계가 순환한다는 증표다. 내 마음의 고향을 안에서 경험하는 토포필리아(Topophilia), 바로 여기서

뇌의 반복리듬을 통해 변환시키고 있다. 모든 것이 우주와 재결합한 이중 나선구조로 얽혀져 있는 생명체의 순환에서 조금 알게 됐다.

2—1.

제1부에 있는 13편의 시적 자아의 내밀성은 현존에서 부재와의 역설, 환대에의 먼 거리를 근접시키고 있다. 위대한 자연의 순환을 극히 부분적인 데서 전체를 모티프 하였다. 다시 말해서 모든 것을 내포하는 것을 단순성으로 형상화해 보았다. 겸허함과 용서할 줄 아는 슬기를 갖되 늘 긴장해야 하는 강함과 부드러움이 뒤섞이는 그곳에 우리라는 숲을 내세워 인터넷 망網 공동체를 통해 순리적인 제자리를 표출해 보았다.

프랑스 사람 가스통 바슐라르(Bachelard, Gaston, 1884~1962)가 지적한 것처럼 "겉으로는 명백하게 말해서는 안 되는 것을 생략"하는 말줄임표를 끝자락에 진행형의 기법으로 모티프한 대상들이다. 디테일에서는 소멸하는 명암의 역동성을 앞줄에다 혼합병치 했다. 이처럼 은하수에 있는 먼 그리움이 창백해지도록 내가 별이 되어 쏘대 다니는 것을 무의식적 환상들이 미적 이미지로 표출하였다.

다다이스트였고, 초현실주의자들의 기법도 받아들이며, 프랑스의 화가 시인 장 아르프(Jean Arp, 1886~1966)는 "예술은 식물에 맺힌 열매나, 어머니 뱃속에 있는 아이와 같이 인간 속에서 자라는 나무다"라고 말했듯이 나무로 하여 시적 자아의 이미지는 옴파로스의 이미지다.

그러기에 그들의 중심을 관통하여 연관성을 찾아내려고 해도 한계의 안개골짜기에서 헤매기도 했다. 그러나 나무의 눈嫩들과 마주쳤다. 눈들은 가슴 부풀게 커지면서 나에게 손을 흔들어 주고 있다. 때론 먼저 말을 걸어 와서 합치 앞에서는 은밀히 소통할 수 있는 눈짓을 보았다.

그렇다면《제자리에는 나무가 있다》의 이 시집 '서시序詩'는 우주시대의 우리들 중심이 어디 있는지를 새삼스럽게 찾는데서 출발을 더욱더 서두른다. "(…)말하는 나무가 손짓합니다"는 연륜이 쌓이면 보이지 않던 나의 나무들이 보이기 때문이다.

그것보다 "참나무는 잎 하나에 애벌레가 지나가는 것을 안다"는 칼 세이건 언술 대목이 경이로워, 나를 알고 있는 "참나무 숲이 있는 집으로 돌아오는 것은 질문을 던지는 시작입니다"라고 오히려 빗나갔지만 귀결은 우합偶合이라고 볼 수 있을 것이다.

특히 간빙기間氷期의 돌림병 코로나19를 퇴치할 수 있는 토지대장군은 숲이기에 그 숲에는 우리가 하나가 되어야 하는 궁극적인 행복의 힘을 내세워 봤다. 연약한 인간들이 뭉치면 숲이 되기 때문이다. 다시 말해서 제자리에는 우리가 나무로 만날 때 바이러스를 퇴치할 수 있다. 끈질긴 생명력을 갖는 나무가 바로 "밤을 극복하는 꿈을" 가리킨다고 표출해 보았다.

나무 사이마다 빛나는 별을 보도록 해 보았다. 여기서의 근본은 창조된 인간의 원초적인 사랑의 이치를 내세워 보았다. "산다는 것은 나를 찾는 (…)" 순리를 내세웠을 때 "하얀 푸들개가/(…)/나를 보듬어" 주는 '까만 눈빛'에서 제자리에 "나는 나를 내려놓고 신을 벗는 중입니다"라고 했다. 시의 제목은 〈문고리 때문에〉라고 떠밀어 보았다. 어쩌면 경쾌한 여유로 세상을 벗고 나무가 되는 것이다.

자신에게 질문하면서 우주적인 순환의 출발자세는 잠시나마 세상을 내려놓을 줄 아는 자기, 즉 0이 되는 것이다. 그러면서 〈입춘 물소리에〉 "아라비아 숫자 3을 장착한 기억력을" 통해 2와 3의 개념을 뜻하기보다 순환할 수 있는 숫자 1, 즉 하나의 점点으로 인간 창조성에 앞장서는 메시지가 되도록 했다. 거기에는 물이 나무를 품에 안고 있었다. 물은 중심을 갖고 있는데 반드시 배꼽이 있다.

다시 말해서 기다림의 가장 강인한 고통을 감내하는 섭리에 긍정하는 눈嫩으로 형상화했다. 〈목련꽃 피는 시간에는〉 멈출 수 없는 숨결의 이미지를 프로타주 했다. 생명체의 DNA 사슬을 진행형의 초점에 놓아 보았다.

특히 초록색은 생명의 원형질 속에 있기에 〈그 이파리 속의 새소리〉에는 가을의 소리가 나지만 이미 약속된 따스한 사랑의 현주소가 건재함을 형상화한 대목들이라 할 수 있다. 그 속에 이끌리는 빛살이 모습을 나타내고 있기 때문이다.

그래서 나무가 걸을 때 제일 갈망하는 것은 넘치는 물바람소리가 빛과 어울리게 표출했다. 지금도 강박과 상실감에 시달리지 않기 위하여 제자리 찾은 나무 하나가 하늘과 산과 물을 함유한 호기심으로 나만의 질문에 집중하는 사고와 정체성을 마주보는 시작이 있다. "아! 저기네 내 꽃 웃음들이(…)"라고 스스로의 자존감을 눈빛으로 각인시켜 보았다(〈나무가 걷는 길에서〉 참조).

휴대폰 속의 틱톡에 움직이는 〈모든 뿌리는〉 개미들에 의해 재확인해 보기도 했다. 다시 말해서 "천길 높이 큰 둑도 작아 보이는 개미구멍에 의해 무너질 수 있다"는 중국의 한비자韓非子의 말을 지나칠 수 없었다. 뿌리도 예외가 될 수 없기 때문이다.

시제 〈순간 잔영을 위해〉에서도 '떨어지는 물방울의 깊이와 아름다운 고독의 그림자"를 짓이겨 보았다. 오로지 〈사는 길은 재회 뿐〉이므로 생명이 탄생하는 비밀을 캐는 작업도 케냐 중서부로 가서 먼 그리움의 원형질 같은 '섭씨 25도'를 독일어 그대로 페른베(Fernweh)의 진행형이라고도 표출해 보았다.

눈[眼]이 잘못 저질러 부끄러운 오류들을 아침 햇빛에 비춰보는 〈우둔한 나무웃음〉이다. 내 일그러진 자화상을 원상대로 회복해 보려고 했다. "간밤 비마저 태극기를 적시더니"라는 대목은 눈물 앗아 주는 고향나무의 눈嫩트기를 고대했기 때문이다.

동네 마당에서 응시한 줄타기 〈공중놀이〉는 웃자란 나무 잎들이었다면 얼룩반점들로 오염되어 내 눈에 거슬려도 아늑한 희열을 불러왔기 때문이다. 그러기에 〈거기에도 별들이〉 "별들 사이에서 빛나도록" 사는 생명의 비늘도 내림굿하는 별들로 보기 위해 우리가 여기라는 것을 인식하도록 형상화해 보았다.

이처럼 제1부 시작품 13편은 디테일한 명암들로, 분절 간극에 있는 낡은 상관 이미지들의 짜임새다. 그 속에는 충분한 물줄기가 있다. 물줄기는 나뭇가지로 확장된다. 이러한 이미지들을 해체하여 콜라주, 프로타주, 그라타주로 재구성한 시편들은 제자리에 있는 나무, 즉 뫼비우스의 띠로 이어졌다.

2—2.

이러한 대강에서 구체적인 창작기법은 제2부 13편, 제3부 13편, 제4부 13편, 제5부 13편 각각 연관된 주장을 전혀 다른 낯설기로 접근했다. 주로 세 종류의 블라종(프랑스어, blasonner) 기법에서도 '반反블라종' 기법으로 이미지화 하려고 했다. 반블라종이란 '비난하다', '비판하다'의 상반된 두 의미 등 모순되는 것을 뜻한다. 이러한 기법을 우주공간의 변증법으로 시도해 보았다. 1인칭의 옴파로스(Omphalos)에 관심을 집중시켜 전개해 본 것들이다.

그렇다면 모든 생명체가 잠잘 때의 숨소리를 동일하다고 보았을 때 앞에서 논급한 그러한 생명체를 나무라는 평범한 실체에 중심을 눈여겨 찾기로 했다. 그 가운데는 곧음이 있기 때문이다. 그러나 사실은 여기서의 나라는 존재는 전술한 것처럼 동일성을 갖기 때문에 영(零. 0)이라는 것에서 다시 점点으로 시작했다. 그치는 것이 아니라 두려운 경계에 서면서 우여곡절을 겪을 수밖에 없는 눈[眼]이 눈嫩으로 변용시켰다.

제2부에 나오는 두루미들은 내 안경알을 오히려 의심할 정도로 현주소의 불안함을 형상화했다. 고층 건물 사이를 비상하는 현대시점을 보았다. 간헐적인 울음소리들은 바로 나를 고발하고 있다. 〈내 안경 흐려지는 날〉은 나의 안경알을 원망하고 있다. 아둔한 공중계단들을 클로즈업 시켜 보았다. 그 두루미들이 다시 돌아올 수 있을까하는 기약은 아슬아슬한 불안을 토해내고 있다. 몇 개의 깃털을 뽑아놓고 비상하는 가벼운 목숨을 보여준다. 초라함을 업신여기지 말기를 역설적으로 당부하고 있다. 저렇게 아름답게 비상하는데 혹시 닿을까 하는, 다이달로스의 아들 이카로스적인 현대인의 욕망이 끝없이 비상하는 슬픔을 형상화해 보았다.

〈핀에 꽂힌 얼음나비들〉을 보면서 내 체온의 내피는 너무 사치스럽다는 충격적인 현상을 보았다. 누가 그만큼 내던진 힘에 의한 금이 간 이승의 꽃들이 다 저런 모양새가 아닌가. 〈보이지 않는 소리〉들만 식인상어 이빨에서 "너무 와삭 와삭해서" 그 사람의 비명을 듣는다. 우기雨期의 공간에 남아 〈라이프타월의 비밀〉을 걸치고 〈서로 질문하기〉를 한다. 〈망설이는 눈웃음〉으로 "알른알른한 눈빛"으로 "한 눈 파는 봄도 감추는" 짓들이다. 이러한 과제들이 찬물 건너 당나귀들을 앞세우고 다시 걷는 인도의 간디를 본다. 산을 오르내리는 고산자, 퇴계, 아리스토텔레스, 아킬레스는 뜻밖에 "스프링웃음을 날갯짓에 내맡기"면서 거기서 왜 나올까에 궁금해 보았다.

"피타고라스에게 부탁한/걸음 이후부터/별까지 몇 발자국/남았을까"라고 질문한다. 또한 '반복/등정'의 시계를 가진 차라투스트라는 새사람(위버멘쉬 또는 초인)을 내세운 연유는 무엇일까? 산을 오르는 이유는 '자기 자신의 체험하기'로 생각되는 발바닥이 땅을 확인하는 것이다.

뿐만 아니라 니체가 말한 "지복의 섬"은 어디에 있을까하면서 끝없이 진화해야 하는 사람들이 살 수 있는 땅, 지금은 화성이나 목성의 위성 유로파는 물론 토성의 엔켈라두스 땅이 아닐까?

칼 세이건 역시 지적한 현재 지구는 쾌적한 시간이 70%나 닳았다는 데는 동의할 수 없지만 나무를 심어야겠다는 어리석음은 더 강렬해졌다. 〈휴대폰 고화질 동영상에는〉 나의 영원회귀가 엿보이는 것 같다.

비단벌레 삭신이 날갯짓한다. 이젠 가상현실(VR)이라는 단어가 오히려 어색하게 다가오고, 가상현실과 증강현실(AR)이 빚어내는 혼합현실(MR)에 산다는 미래지향적인 아젠다(Agenda)를 제시해 보았다. 나의 시제목이기도 한 '천국에는 계단이 없다'는 데 긍정하는 아바타들이 계단을 밟지 않고 더 친숙하게 다가온다. 실재계에 펼쳐지는 판타스틱은 허깨비가 아니다. 헛되지 않는 그들의 그림자는 화려한 현실로 현현되고 있지 않는가.

2—3.

제3부는 〈버린 악기를 주워 들고〉 "끊어진 가락/장중하게 연주하는" 시편들이 "돌아보면 멀리가고 점으로/보아도 훤히 보여주면서/(…)//누가 볼까 얼른 손으로 가리는/포기진술서 말미에 더 살고 싶다고/써 둔 거 누가 지우라고 해도"(…) 〈더 멀리 두고도〉 "그곳은 피안彼岸이 아니기 때문이야" 하면서 차안此岸을 건너며 각각 다른 원시 색깔로 더듬거리고 있다.

그 또한 생명력으로 "이 시대의 슬픈 오기를/(…)/법열로 그대를 용서해주고 싶어/사글세에 근근이 살더라도/(…)너덜너덜한 허기 있다면/네 젊은 날을 확 붙잡"고 〈검은 혀끝 삭히기〉는 물론 "끙끙대는 생각은 잊어야 더/마음 편하다네 꽃피는 봄날/생각만큼이나 그리움도/알게 되네 그대 입은 날들을(…)" 〈그냥 그대로 살아보면 아네〉에서 "잘 보이지 않지만/(…)/나를 놓치는 모습 보여주"지만 "가린 구름 탓"인지 〈물그림자 없는데도〉 "자기 고집덩어리는 아닌데/(…) 우겨"보다가 〈위선자〉가 되지만, "(…)/파란 유리그릇에 바다사리들을 반짝이도록 수습하"는 〈어떤 귀소歸巢〉 등 어떤 〈우연일치〉를 동기부여 했다. "찬바람이 피를 토하고 있"는 〈멜랑콜리아의 늦가을〉에서 "맡겨 둔 그거 달라는 눈눈 가지에/일부러 연연만 걸려 있네"라고 하면서. "텅 빈 자리 채우기 다툼"을 하던 어느 옛날 문득 〈하얀 눈 내리는 날엔〉 하얗게 울어버린 새까만 눈을 보고 삐죽새가 삐죽거려도 〈동박새가 알아〉만 할 뿐이다. 그러나 긴꼬리딱새가 "Save Our Tree" 소리치면서 "깃털 하트"로 〈에코 드라이빙 봐〉 윙크를 던지는 감성을 형상화해 보았다.

2—4.

제4부는 검붉은 피가 흥건한 〈해넘이 바다〉와 그리고 〈어느 날의 오후 바다〉가 도시 지붕의 최초 힘줄까지 〈물들다〉에서 보는데, 통영 사람들이 말하는 '뿌욱새'다.

그 아침저녁 되기 전의 아우라 같은 진한 색깔은 동서를 막론하고 황홀한 블루타임(blue time)을 말한다. "이미 출시된 BMW 차와/U헬스가 있는/뉴타운의 휘어진 스마트폰 소리"가 〈도요새떼 섬〉에서 들을 수 있다. 〈거꾸로 가는 시계〉도 난파선으로 〈흔들리는 섬 중에도〉의 아침 안개가 헤매는 궁금증을 향해 〈청동 달팽이〉처럼 "잦은 비에도 청명한 날씨"를 짚어준다. 청동 달팽이는 마치 〈볼펜 끝에는〉 "하얀 빛을 갉아 먹는/점박이 딱정벌레"로 보이기도 한다.

〈구름 빵 생각나는 날〉은 무등산에 내리는 눈으로 형상해 보았다. "치즈 구름 빵 핥아대듯/노스탈쟈를 그리고 있"는 날인데도 화가 존 컨스터블이 "바람의 허리를 넘어서"〈당신 이름에서 찾고 있어〉에는 〈맨발로 비 밟기〉를 "시시비비" 하는 〈또 하나의 나〉를 찾는 시간이기도 하다.

"(…)/부서지지 않도록 저녁 불빛"이 어느 여자의 입술을 달군다. 바로 〈너는 알고 있잖아〉 했어도 "(…)/훔쳐간 당신은 알면서 뚝 잡아떼는/그 팜 파탈의 그 짓거리 말입니다"처럼 "짚이는 데가 있"지만 겨울에도 그녀의 불안한 외길은 보이지 않는 소용돌이와 착시현상을 표출하고 있다.

2—5.
제5부는 〈아직 남은 날들의 주제〉들은 종전의 기법을 전혀 다른 몸짓이었다. 우리가 긍정하는 대목을 툭 잘라 다시 더 가까이 긍정하는 피돌기를 감행했다.

따라서 '공감하나'에는 감사함을 받아들이는 시샘에도 "(…)허허 시샘이 앞줄로/나서며 웃습니다. 바로 당신/웃는 소리… 응, 알았어!/ 나서지를 마, 다 알어, 알았습니다!" 또 '당신도 하나'에는 "(…)//웃을 적에는 밤에도 훤해지게 내다/거는 등 불꽃이 써온 일기장 이날까지/ 타인 같은 고된 날들이 꽃보다/더 싱그럽게 겹쳐져 읽히는 중에도/당신 눈썹 사이로 하얗게 웃는 젊은/날의 길이 뛰어 옵니다"라고 형상화했다.

더 살지 않는 날들을 앞 당겨 그들이 간절하게 꿈꾸던 날을 우리가 누리는 것을 표징해본 실험적인 기법이다. 그래서 〈변신 그 미스터리〉 시제가 갖는 의미야말로 심대하다 할 수 있다.

"까닭은 절절함으로 내포하는 것일까" 또 "무 무 무 무 무무를/무우無憂 무우無雨 무우無雪 결국/무시하고(…)그림자 껍질 속으로 들어가는/애벌레가 하나보다 둘을 원하는/지살 주름잡아 갉아 먹고 있나니//(…)풀리지 않는 혼미의 경계에/있는 원초적인 신비여"라고 호소해 보았다. 따라서 '나는 거기에는 없는 1보다 0이다'라는 것에서 골똘하고 있다.

바로 시작의 출발은 제자리를 일러주는 우리의 땅이고 지구였다. 이를 위해 〈어떤 순환은〉 "(…)//느끼는 피로만큼 이미 미래는/과거가 아님을 순간마다 (…) 후회하지 않으려고 색깔을/바꿔주지만 가장 친숙한/모양들을 보이면서/(…)/탄생시키는 어떤 순환적인 고통 서로/치유하여 주"는 "그리운 그림자를 만나는 동안" 〈침묵이 말할 때〉 "(…)//그러므로 기다리지 않으면 오지 않는다는/것을 내가 나를 만나기 위해(…)" 〈꿈꾸기〉는 〈전부는 보이지 않아〉라고 형상화했다.

"(…)내가 잠자지 못한 새벽 한 시의/체온은 알 수 없"는 보편자들의 몫이기도 하지만, 나의 위치를 다시 질타해 본다. 〈바람 눈물〉을 〈나무가 읽는 묵시록〉은 "(…)/수치심을 내세워 공간의 부피를/가름하여 창문 여닫는 생체들의 분발//(…)"을 펼친다. 다시 힘찬 에너지 덩어리를 굴리기 위해 '흰 독수리'처럼 '날개깃'을 다듬는다. 〈혼자 남아 있으면〉 "겨울에는 내 집 앞마당의 햇볕마저 빼앗아가는 아파트번지를 몰라 서성거림은 늘 유보되"는 〈슬럼가의 그림자〉에 짓눌리는 불만을 토로했다.

〈자업자득〉이 "전부를 살피네. 또/하나의 거울이 나서"는 것을 고발하고 있다. 그래서 〈잘 아네, 그거 웃음에 있어〉라고 말을 건다. "그거 안 있나?/ 그거 뭣이더라?/그거 말이다. 나를 태우는/ 모닥불 같은 그거 말이다//(…)"를 애매하게 대꾸한다. 그러다 금세 지나가는 세울 붙잡고 나무가 말을 건다. '제자리에는' 누가 있느냐고? 이성철 스님도 하신 말씀 〈산은 산이요 물은 물이로다〉하면서 "(…)알 것 없는 것을/알고 마는 것 견성見成이여 옴마 야다!/그대로 받아들이는 지금도" 생명은 지구와 함께 새롭게 탄생하기 위해 상극相極의 리액션(reaction)적인 동시성을 갖는 것을 말함이 아닐까? 바로 비공비색非空非色 아니냐.

3.

끝으로 나의 시 짓는 기법은 형이상학과 형이하학의 경계에서도 그 기슭 아래에 사는 민중들의 소외된 관심을 앞세워 직조하고 있다. 이번에는 순수 서정주의적인 언어의 이미지를 변증법으로 형상화하는데도 매트릭스(matrix, 생성적 원형)적인 돌연한 날것들의 이미지들이다. 어떤 이질성의 차연(差延, difference)이기도 하다. 다시 말해서 무의식의 기표와 기의의 역설이라 할 수 있다.

따라서 나는 의식과 무의식의 중심과 탈 중심의 공간미학의 메타를 프랑스 정신분석학자 자크 라캉(Jacques Lacan, 1901~1981)이 주장한 것처럼 "나는 무(無, nothing)를 위해 어떤 것(something)을 준다"는 것에 동의한다.

디지털시대의 비트맵으로 여기서는 우주를 향한 픽셀 값을 갖는 0과1의 이진법의 데이터 배열을 궁구窮究한 것들도 없지 않다. 우리가 일반적으로 부르는 나무[木]라는 이름의 어원보다 엉뚱하게 '내가 없다'는 나무[無我]로 형상화해 본 것은 오래전부터 나의 시집에 있는 나무들도 그러했다. 다시 말해서 필자가 자주 주장하는 나무는 실재實在이고 무아無我는 공空으로 보았기 때문이다.

바로 나무가 아닌 것이 없다. 내가 없어진다는 것은 여기서 사물을 바르게 볼 때 더 잘 보인다는 무의식 속의 문수보살 그림자가 나무의 형체와 일치할 수 있다 할 것이다. 소매 끝자락이 스친 것은 낯선 나로 하여금 왜곡된 필연성이기 때문이다.

　내 몸의, 아니 자기 안의 타자를 통해 내 소우주의 배꼽이 정기신(精氣神 =心肺腎)이기 때문이다. 안과 바깥이 자주 바뀌게 하는 것은 노자 《도덕경》 이 말한 무위無爲의 우연일치를 간과할 수도 없었다.

　탄생한 생명의 담론에서는 혀 놀림을 통한 에로티시즘을 간간이 행과 연 사이에 끼워 넣어서 우발적인 이미지를 데뻬이즈망(Dépaysement, 프랑스어, 여기서는 낯설기)했다. 따라서 상상력의 그 갈래에서 현실과 꿈이 융합된 초 자연적인 《제자리에는 나무들이 있다》는 대칭과 비대칭적인 양면성을 부 각시켜 보았다.

　새로운 까닭으로 구태의연함을 지우고 지워서 대면토록 했는데 마주보 는 미학이라 할 수 있다. 그럴 때마다 눈엽嫩葉은 새로운 관계를 쓰는 엽 서葉書로 변용한다. 나무들이 하늘에다 아름다운 친필을 쓰는 것을 지금도 눈짓하고 있는 진행형이다.

　독일 화가 막스 에른스트(Max Ernst, 1891~1976)처럼 누아르 기법에서 검 은 이파리가 밤새[夜鳥]로도 비상하는 것은 보지 못했지만 나의 시작기법에 는 검은 새로 형상화했다. 따라서 아이러니컬한 결합들의 역설들이 겉으 로는 평범하지만 유머적으로 응결시켜 열다섯 번째 단행본 시집을 펴냈다.

나는 물새, 물새야

맨발로 바닷가를 걸으면 푹푹 빠지면서
한 쪽 발이 짧아지는 걸음 끌다가 애타게
푸드득거리다 간신히
나는 물새 물새야

날 수밖에 없었던 새의 기원으로 한때
빙하기의 걸음들이 뜨겁도록 숨이 차올라
치켜들다 움켜잡고 뛰다 날아오를 수밖에… 연방
눈발 쏟아져도 공중 높이 치솟아 훨훨
나는 물새 물새야

어쩌다 쭉 다리를 뽑는다는 비통이
비상으로 이 겨울 한바다로 날아 왔네라
나는 물새, 물새야…

○ 시작노트
먼저 시제부터 보면 '나는 물새'는 나 자신이 물새인 동시에 날아오르는
물새도 될 수 있는 아이러니에서 출발합니다. 새로 날고 싶으면 날개를 달
수 있는 많은 시간을 발견하게 된다. 날개를 달 수 있는 자신은 새가 될 수

있다. 나는 새는 우리들의 꿈이기에, 뜨겁도록 숨이 차오르면 날 수밖에 없다. 성공한 자들이 자신의 날개로 한바다로 날고 있는 것과 같이 자신감을 갖고 살도록 형상화 한 작품이다.

☞ 출처: 시전문지 《시문학》, 통권517호, 8월호, 시문학사, 2014. 8. 22쪽.

시 2편 〈아는 모양이야〉·〈비비 비〉

아는 모양이야

자네 보름달 태우겠다는 마음 알아
이왕 온 김에 오늘은 굽이치는 바디갈치에
청어 몇 마리 굽고

하얀 눈이나 소복이 담아 녹여 보자구나

산기슭에 내리는 눈 받아 빚은 막걸리
잘 익어 달빛이거든 쏘문* 체에 자주
걸러보게나 예리성曳履聲처럼 맑아지도록

간밤 물소리 흐르다가 뚝
그치는 그 사연 알아내도록
허깨비 새미집 주모처럼 홀리는 웃음

기가 차서 허허차고 웃다가도
내가 나에게 가까이 오면 몰래
한바가지 떠다 꿀꺽꿀꺽 마시고 말았겠나!

벌써 자네도
알았다니? 잠시 기다림 앞에 황홀하도록
떨리기만 하는 무서운 보름달

떠서 넘어갈 때까지 바람몸짓도 애타지만
그보다 목에 걸린 뭣인가 마들 거려서
마뚝해도 그냥 모르는 체 하라고?
시꺼*! 그건 그렇다 해도…

* 쏘문: 세밀하게 직조된 것을 일컫는 방언임.
* 시꺼: '시끄러워'의 사투리임.

비비 비

먼저 울지 않으면 날아갈 수 없는
지금 왜가리 떼들이 울어대면 비비 비

비는 비창으로 내리고 있어 사무치게

내리꽂힌 만큼이나 치솟는 울분
부글부글 게거품으로 둥둥 뜨나니

눈 감은 채 비를 휘감을수록
비틀리면서 흘러가는 저 헛웃음들

패혈증 다리를 절며 곤두박질하고 있어

뒤돌아볼수록 뒤집혀지는 비! 비! 비!
그러나 비 맞을수록 저렇게 좋아하는

아이들 종이배 되어 급류에 휩쓸려가는

순간 낭자한 웃음꽃은 왜? 왜?
왜가리 떼로 날까? 비 비 비가

비를 맞아도 이미 눈멀도록 비통해하나니

비무장지대쯤에서 토해내는 비비 비
빗소리가 강물잡고 마당비로 쓸듯

더 해작질하고 있는 저 수채화의 물감들 배경에
덧칠한 유화들은 아니지만 비창으로 내리고 있어

○ 시작노트
　내부로의 틈새에 기생해 사는, 이미 트라우마로 도지는 감성의 파열과
그에 대한 심리적 지각변동이 일으키는 엑스터시한 순간을 문지르기 기법

인 프로타주한 것들이다. 어쩌면 밋밋한 부분을 긁어 내거 울퉁불퉁한 부분을 깎아내는 그라타주 기법도 동시작용을 시도해 보았다. 낯선 빛들이 살아서 그 명암을 과시하는 것들을 보고 싶어서다. 다시 말해서 자동화현상 능력의 다양성을 실험한 것들이다.

무엇보다도 숨겨져온 무늬들의 비밀을 복사하지 않아도 내면적 응시를 통해 추상적 환상을 실체화함으로써 그곳에 살아 있는 아이러니가 후줄근히 젖은 채로 옮기는 데칼코마니 기법도 동원해 보았다. 그럴수록 거기에는 위장된 모습들이 모래들을 뿌리고 숨기는 변형된 웃음들은 피할 수 없었다.

먼저 시 〈아는 모양이〉야 작품에서 만나는 2연 "산기슭에 내리는 눈 받아 빚은 막걸리/익은 달빛이거든 쏘문 체에 자주/걸러보게나 예리성曳履聲처럼 맑아지도록/간밤 물소리 흐르다가 뚝 그치는/그 사연 알아내도록 뚝/그치는 그 사연 알아내도록"은 프로타주 기법으로 드러내는 시작에서 4연에서도 반쯤 정도만 드러내는 숨김의 미학을 연출하여 그 다음을 독자층에게 맡기는 비하인드 쪽에 밀쳐놓았다. 절대현실의 덕분이다.

두 번째 시 〈비비 비〉 작품은 드러낼수록 숨겨지는 애매모호성을 제시하고 있다.

그러나 투시를 통한 내면세계를 알아채는 침묵으로 읽어야 하는 실상들의 많은 비리들 신뢰성의 궁금증들이 서로 휘감아 오르는 덩굴손 같은, 그러면서 낙하하는 모양새도 동시성을 갖고 있는 허상들의 불만들이 폭발 직전의 불안들을 모아놓고 상호응시를 비 비 비라는 막연한 구시렁거림을 대면시켜보았다.

(…)//내리꽂힌 만큼이나 치솟는 울분/부글부글 게거품으로 둥둥 뜨나

니//눈 감은 채 비를 휘감을수록/비틀리면서 흘러가는 저 헛웃음들//패혈
증 다리를 절며 곤두박질하고 있어//(…)//더 해작질하고 있는 저 수채화
의 물감들 배경에/덧칠한 유화들은 아니지만 비창으로 내리고 있어
—시 〈비비 비〉, 부분

위와 같이 구사한 대목처럼 좀처럼 드러내지 않은 채 안달이 나도록 암
시하면서 투명한 이미지들을 기호화로 일관시켜 보았다. 어느 나라의 휴전
을 다중적 착각으로 보게끔 잔인성을 고발하는 진행형을 형상화했다. 아름
다운 지구의 한 귀퉁이서 수수께끼 짓거리들 내 죽어도 언제쯤 끝날 것인
지 열강국의 틈새에서 조국은 왜가리 떼처럼 울어야만 하는가?

살아 있는 삶의 이미지

　어떤 비유는 인간의 본능적인 은유(隱喩, Metaphor)일 수 있다. 은유는 실체 없는 것을 실재계를 통해 재현하는 것일 수 있다. 불교계에서 존경을 받고 있는 관세음보살처럼 '현현顯現'하는 것과 같을 수 있다.

　은유는 살아 움직이는 이미지(형상화形象化)를 포착해야 한다. 이럴 때는 유혹하는 살결 그 자체를 '관념觀念'이라 하면 형상화는 뼈대일 수 있다. 말하자면 '살(관념)과 뼈(형상화)'가 형상화할 때 숨결소리가 들려온다. 결과 결끼리 호흡하면서 말할 때 새로운 생명이 탄생하는 것이다. 생명의 첫소리가 시의 소리였다. 따라서 시인은 '소리'를 '시각화視覺化'할 수도 있지만 이 우주를 다시 창조하는 신神의 목소리가 담겨야 할 것이다. 잃어버린 자신의 실체를 찾는 것에서 생명력을 갖는 것이 우선되어야 한다.

　플라톤은 이미 시인을 뮤즈의 신이 보낸 자들이라고 정의한 것에서도 짐작될 수 있다. 그렇다면 시의 신은 어디에 있을까? 플라톤은 시가詩歌와 걷는 것은 피와 땀의 고통을 말했다면 이데아에서 찾아야 할까? 그러나 아리스토텔레스가 지적한 것처럼 '이데아(Idea)'가 우리 몸 안에 있다면 신 역시 우리 몸 안 어디에 있을 것이다. 그렇다면 시인과 신은 자웅동체일 수 있다. 시를 쓰려면 내부의 신과 소통해야 영상을 만날 수 있다.

　헛것적인 판타지(Fantasy)가 아니라 무의식적인 환상(Phantasy)을 만나야 관통할 수 있다. 소망을 이루는 요소는 주로 무의식적인 환상이기에 관념을 디테일한 이미지나 스토리텔링을 해야 한다. 그렇다면 먼저 위장된 환상을 만나고 두 번째는 오르가슴에 이르기 전의 어떤 쾌감, 즉 전희(轉戲, Fore—pleasure)가 되어야 한다는 주장에 동의해야 한다. 시의 신을 만나려면 상상력을 통해 형상화할 때 신의 목소리(우주의 소리)를 들을 수 있다. 소통의 징검다리는 집중력을 통한 직관력이다. 뛰어난 직관력은 상상력을 동반한다. 시를 쓸 때는 온몸으로 써야 한다는 주장들은 현재에도 유효하다.

일찍이 그리스 신화에 나오는 눈 먼 '호메로스'가 기원전(B.C) 427년에 아테네 원형 극장에서 묘파한 오이디푸스 공연과 대서사시大敍事詩《오디세이(12,110행)》와《일리아스(15,693행)》를 바다와 육지를 결합한 상상력이야말로 지금도 절찬을 받고 있다.

상상력에서 만나는 시의 신을 통해 쓰는 목소리가 신의 현주소일 수 있다. 신의 현주소는 배철현(서울대 종교철학) 교수가 말한 "우리 옆에 있는 낯선 자가 신"이라고 정의했듯이 신은 건너편이나 밖에 있지 않다고 생각된다.

빛이 안으로부터 밖으로 나온 것과 같을 수 있다. 빛은 생명력의 근원이므로 그것을 입증하는 것은 이 지구의 피와 땀방울이 증언하고 있기 때문이다. 삶과 사랑도 안에서 밖으로 움직이는 피와 땀방울의 스펙터클이다.

태양은 내가 움직이기 때문에 아름답게 빛나는 것이다. 태양이 내뿜는 빛살이 곧 시 창작 에너지라 할 수 있다. 그곳을 향해 반복하여 끊임없이 걸어야 시의 신(뮤즈, Muse)은 나를 포옹은 물론 포용해 줄 것이다. 쉽게 말해서 시가 생동하지 않으면 시작품이 될 수 없다. 말하자면 신은 시인으로 하여금 살고 있기 때문이다. 그렇다면 시인이라고 대접 받을 만한 시를 쓰고 있는지를 내가 제일 문제다. 나를 포함하여 모든 생명력을 노래하는 능력이 있어야 비로소 시인이 되는 데도 말이다. 지금도 사실상 시 속에서 생활하면서 플라톤처럼 시인들을 추방하기보다 경멸까지 하는 자가 상당수에 달한다. 고대 그리스도 낙천주의자가 아니면서 낙천주의자처럼 위선하여 오히려 예술인처럼 착각에 살고 있는 자가 상당수에 달했다. 오히려 예술인들을 폄훼시키는데 앞장섰고 자신을 풍미하여 온 것은 지금과도 다를 바 없을 것이다.

제5부

부록/불망차록不忘箚錄

月刊《詩文學》지에 시 등단 및 수상 내역

1. 1978년 月刊《詩文學》通卷 第87號, 10月號 第1回 推薦

◇ 詩
시골햇살

Ⅰ.

　오랜만에 서울에서 온 누나 어머님 눈 안에 도는 시골 햇살 보고, 글썽이는 눈물 뜨거운 음성으로 돌아와 솔빛이 된 아버지 눈매에 부딪쳐 鶴이 되어 날은다. 옛날 山菜를 캐던 바구니에 움트던 노래의 아픔을 찾아 강나루 건너 未來峰으로 날아간다. 紅甲紗 댕기에 자주 옷고름 풀고 쏘대던 시골 햇살이여. 눈밭에서도 梅花가지를 흔들어 놓고 白木蓮 가지에 앉아서 이슬 받아 무지개빛 올려놓고 뿌리로 내리는 山河를 주름잡아 손 짚어보며 등배 따스하게 살아온 生命. 生前에 안으로 문고리 없어도 떠나지 못하여 쏟아온 빛 속에 빛이여. 오랜만에 서울에서 온 누나 입술이 未來峰 산딸기로 익는 것일가.

Ⅱ.

　유자나무가 있는 타작마당에서 할머니가 깨단을 턴다. 눈짓에 묻은 해묵은 情을 디룬다. 치마폭에 담아 와서 깨베짜기에 쏟아 넣는다. 아름다운 大地의 殉教者여. 자갈밭에서도 깨알이 되는 우리들 外出을 따둑이는가. 고향 길에 지극하신 어머님 마중이여. 꽃밭에서 사라져가는 초가지붕을 가리키며, 약단지에 蓮꽃이슬을 받아 핏줄 하나에도 情을 달여 내는 물바람 소리로 安否를 묻는 것인가.

Ⅲ.

아직도 아내는 목화밭에서 산비둘기 떼를 날리고, 애들은 해바라기 씨가 되어 봄 편지를 쓰고 있네. 純粹한 영혼의 골짜기에서 가래질하며 영글어 쏟아놓는 길목에 강강수월래여. 만나서 맺어놓고 헤어져도 매듭을 풀어 산 메아리 되어 사는 사랑의 그림자여. 三冬의 가지 끝에 솔 빛이 되네. 靑果市場에서 만나보니 볼을 붉히는 과일 빛깔들, 누나 어머님 아내로 뜨겁게 살아가는 시골 햇살들이…

* 당시 발표된 원전그대로 이기함.
* 시골 햇살은 고향 또는 어머니 등 모성애를 뜻하기도 함.
☞ 출처: 월간 《詩文學》 通卷第87號, 第8卷, 10月號(詩文學社, 1978. 10), 61쪽.

◇ 推薦辭

〈시골햇살〉의 차영호는, 섬세하고 예리한 詩精神으로 韓國的 가락을 形象化하는 데 성공했다. 다소 구성에 있어 散漫한 要素가 있기는 있었으나, 타고난 資質에서 發現된 詩的 個性은 하루아침에 이루어진 것이 아님을 알 수 있다. 大成을 기대하고 推薦하는 바다.

—咸東鮮
☞ 출처: 《詩文學》, 通卷87號, 第8卷, 第10月號(詩文學社, 1978. 10), 153쪽.

2. 1979년 月刊《詩文學》通卷 第96號, 7月號 推薦完了

◇ 詩
어머님

꽃 머리 틀고
뜨락을 오르내리시던
床머리 밑 수줍음은,

꿈 묻는 봄 자리
어질게 깔아놓고
손꼽아 손 저리는 사랑
입덧으로 눈짓하며,

심지 불 켜듯
떠오른 달이
골무에 지는
가난을 깁으시며,

가지 두고 사는 새에게
어깨 넘던
눈 가시 뽑아주고,

손마디 마디마다

피리 구멍을 내어
바람 끝에 사는 이야기로
이마에 주름진
어머님.

閑麗水道

저것 봐요
그렇지요
구름이
세월이
물속을
걸어오네요
걸어가네요
山들이
草木들이
따라 다니네요

어진 바람이
햇빛을
달빛을
베 짜면
반짝이는

눈웃음은

돛배에 비끼는

물살이네요

물방울 꽃 밟고 있는

사랑의 숨결이네요

마침표 없는 바다 위에

蓮잎으로

떠 있는 섬 섬들

우리들의 쉼표네요

흔들리며

물무늬 캐어다

동백꽃을

櫓끝으로 가꾸고 있네요

저것 봐요

그렇지요

물새들이

고갱의 그림 속에서

아내의 꽃반지가

있는 水鄕에서

강강수월래

강강수월래 하네요

☞ 출처: 《詩文學》, 通卷96號, 第9卷, 7月號詩文學社, 1979. 07. 01), pp.102~105.

◇ 推薦完了 推薦辭

 차영호의 〈어머님〉, 〈閑麗水道〉를 추천한다. 이것으로 추천이 완료된다. 肉親的인 地理的인 고향이라기보다 오히려 넋의 고향으로서의 〈어머니〉, 〈閑麗水道〉에서 받은 感動을 꾀와 눈치를 보지 않고 진실하게 표현했다. 우리나라 現代詩에서 바람직한 것 중의 하나는, 異種交配에서 된 꽃이나 열매처럼 自然에의 空腹感을 느껴, 꽃도 열매도 사뭇 자극적인 것과 같은 것이 아니라 우리 집 뜨락에 피어 있는 살구꽃에의 향수가 아닌가 한다. 이 방면의 到底한 境地에 이르도록 精進을 당부하는 바다. (…)

—徐廷柱·咸東鮮·李轍均·文德守

☞ 발표 출처:《詩文學》, 通卷96號, 第9卷, 第7月號詩文學社, 1979. 07), 72쪽.

◇ 推薦完了 所感

車映翰(추천 받을 때 이름 車映浩를 본명 車映翰으로 밝힘)

 바람과 눈물 많은 나라에 태어나서 고독 속으로 방황하고 아픈 자여.
 故鄕 버린 자를, 잊은 자를, 없는 자를 향하여 순수한 꽃나무를 키워서 빈터에 꽃씨를 뿌려서 함께 나누어야 한다. 因緣은 겨울 손끝에 아리지만 먼지 속에 달구지가 가는 새벽길 산허리쯤 목숨의 숙제를 풀어야 한다.
 안개 많은 세월의 눈꺼풀을 벗기며 부끄럽고 황홀한 세상을 나는 빛으로 진실하게 비추어야 하겠다. 전혀 모르는 사이에 大成을 기대한다고 추천하여 주신 詩人 咸東鮮 교수님과 詩人 文德守 교수님께 감사드리며 나를 아껴주는 畵伯 靑艸 선생님, 그리고 文友들과 함께 이 기쁨을 나누고 싶다.

☞ 출처:《詩文學》, 通卷96號, 第9卷, 7月號詩文學社, 1979. 7), 59쪽.

月刊《詩文學》지에 문학평론 등단

◇ 評論

청마 시의 심리적 메커니즘 분석
　—문제작,〈首〉〈前夜〉〈北斗星〉중심으로

1. 들머리

　청마 유치환의 시세계 중에 문제되는 시작품은 초기의 시로서〈首〉,〈前夜〉,〈北斗星〉등 3편이 친일성이 있다고 문제시 되고 있다. 그 실마리를 풀지 못한 채 서로의 주장이 맞서고 있다. 역사주의 방법에서 보면 선입견에서 친일 시작품으로 보는 이가 없지 않다. 그러나 필자의 관점은 역사주의 방법이나 정신분석학적으로 보아도 친일작품으로 볼 수 없다. 먼저 역사주의 방법의 배경을 살펴보면 일제군국주의는 1941년 12월 7일 진주만을 기습 공격하여 태평양전쟁을 발발시켰으나, 미국은 1942년 6월 미드웨이 해전에서 대승을 올렸고, 1944년 7월 사이판을 점령함으로써 일본열도에 대한 폭격을 할 수 있게 되었다. 이에 따라 일제는 1944년 10월에 오니시[大西] 중장이 제안한 가미카제 특공대가 오천 번이나 감행하며 맞서기도 했지만 열세였다. 특히 미국이 원자탄을 투하함으로써 일제는 1945년 무조건 항복하고야 말았다. 이러한 소용돌이에서 무의식적으로 쓴 시들은 순수한 대칭성으로 가려진 정체성을 갖고 있는 허구성 때문에 역설적인 입장을 드러내는 것은 인간성의 본질(Phil Molion, 이세진 역, 《무의식》, 이제이북스, 2004. 9, 91쪽 참조)이기 때문이다. 그러므로 청마의 문제되는 위의 시 3편은 상징성을 띠는 등 난해하고, 역설적인 작품세계를 내포하고 있기 때문에 역사주의 방법만 내세워 친일시라고 주장할 수는 없다. 그러나 1929년 창녕에서 출생한 임종국 《親日文學論》(평화출판사, 1966) 부록으로 보는 뒷목록 475쪽에 "친일문학으로 보인다" 명기한 부분에서 역사주의 비평방법으로 주장하는 극히 일부 연구자의 해석적 오류가 명백하다 할 수 있다.

그렇다면 필자가 정신분석학적으로 본 시세계를 구체적으로 접근해 보겠다.

2. 문제시 3편(首, 前夜, 北斗星)

2—1. 시 〈首〉

十二月의 北滿 눈도 안 오고/오직 萬物을 苛刻*하는 黑龍江 말라빠진 바람에 헐벗은/이 적은 街城 네거리에/匪賊의 머리 두개 높이 내걸려 있나니/그 검푸른 얼굴은 말라 少年 같이 적고/반쯤 뜬 눈은/먼 寒天에 模糊*히 저물은 朔北*의 山河를 바라고 있도다/너희 죽어 律의 處斷의 어떠함을 알았느뇨/이는 四惡이 아니라/秩序를 保全하려면 人命도 鷄狗와 같을 수 있도다./或은 너의 삶은 즉시/나의 죽음의 威脅을 意味함이었으리니/힘으로써 힘을 除함은 또한/먼 原始에서 이어온 피의 法度로다/내 이 刻薄한 거리를 가며/ 다시금 生命의 險烈함과 그 決意를 깨닫노니/끝내 다

스릴 수 없던 無賴한 넋이여 暝目*하라!/아아 이 不毛한 思辨의 風景위에/
하늘이어 恩惠하여 눈이라도 함빡 내리고 지고

—시 〈首〉,《生命의 書》, 108~109쪽.

* 苛刻: 칼질한다는 뜻/* 糢―模의 俗字, 糢糊: 분명하지 않은 흐릿함/* 朔北: '北朔'이라고도 하
는데, 북방의 오랑캐의 땅을 말함/* 暝目: 눈을 감아라.―해석은 본고필자임.

위의 시 〈首〉는 일제 국책 문학지《國民文學》(1942년 3월호, 38~39쪽)에 발
표된 작품이다. 심층적으로 살펴보면 '오직 만물은 苛刻하는 흑룡강 말라
빠진 바람에 헐벗은 이 작은 街城 네거리'가 나오는 12월의 북만주 체험 중
에서도 가장 생명의지의 한계성을 뼈저리게 느낀 배경부터 시작되는 담론
이다. 이 작품을 두고 논의자들의 견해 중에서 청마가 일제군국주의 치하
의 잔혹한 참상에 긍정했다는 것을 지적하고 있다. 그러나 필자는 일제보
다 더 굳세야 한다는 준열한 결의로 받아들여지는 작품으로 볼 때 친일작
품이라 할 수 없다. 다시 말해서 위의 시 12행에 표현된 나의 죽음의 위협
을 의미한다고 분명히 밝혔기 때문이다. 비적의 머리는 청마 자신의 모가
지였음을 꾸짖는 것으로 보인다. 이 시에 나오는 '삭북朔北'은 '北朔'이라고
도 하는데, '북방의 오랑캐의 땅'이라고 분명히 밝혀 놓고 있다(民衆書林編纂
局 編,《漢韓大字典》, 民衆書林, 2000. 01, 325, 968쪽에 明記되어 있음). 그러나 한자어
'朔北'은 현재까지 사전적 의미를 '북방의 오랑캐의 땅'이라고 분명하게 제
시한 자가 없었던 것으로 보아, 필자가 최초로 규명한 것임을 밝혀둔다. 왜
냐하면 국어사전에는 다만 '북방'이라고만 표기되어 있고 그동안 발표된 글
들도 '북방'이라고 막연하게 제시했기 때문이다. 북방에는 북만주 목단강
성 영안寧安도 포함된다고 볼 때, 이곳은 이범석 장군과 김좌진 장군의 기
지가 있었고 의열단이 창단된 곳이기도 하다. 이처럼 북방의 거리와 위치

등의 경계가 명확하지 않아, 그동안 연구자들의 관점에 따라 오류를 발생시킴으로써 더욱 쟁점에 불씨를 당겼던 것으로 보인다.

> 그것은 나를 여기까지 추격하고 나의 조국과 내게 속한 일체를 탈취하고 박해하는 나의 원수를 그로서는 정당하다고 인정 않을 수 없는 막다른 결론이었던 것입니다. 그리고 내 자신 정당할 유일의 길은 나도 마땅히 끝까지 원수처럼 아니 원수이상으로 굳세어야 한다는 준열한 결의가 아닐 수 없었습니다. 이것은 한갓 살벌한 사상이 아니라 마지막 허용된 명료한 길이었습니다..
> ─柳致環,《구름에 그린다》, 1959, 40~41쪽.

(*발표 당시 원전原典대로 옮김)

인용된 위의 글에서도 나타나지만 그의 준열한 결의는 생명의지와 허무의지마저 한계성을 드러낸 것이다. 살벌한 사상이 아니라 굴욕 속에 묻히어 죽었을 때 회복하지 못하는 생명, 아무런 표징이나 보람 없이 개죽음을 당한다는 인간본성을 표출시킨 것으로 보인다. 이에 따라 정신분석학적으로 접근해 보면 청마의 소망과 두려움은 무의식에 종속되어 있는 의식이 밖으로 나선 이상, 이중성을 드러내는 작품으로 보인다.

이탈리아 출신 UCLA데이비드 게펜 의대(David Geffen School of Medicine) 교수로서 신경과전문의이며, 신경과학자인 마르코 야코보니(Marco Lacoboni)는 거울뉴런(Mirror neuron) 이론을 신경과학적으로 제시하고 있는 것이다. 즉 '지각되는 자기'와 '지각하는 자기'의 두 얼굴이라는 '자기'가 있는 거울뉴런은 자기와 타자를 이어준다는 '공감의 기초'이라는 것이다. 바로 자기와 타자 사이의 상호작용에 의해 형성되는데, 이러한 작용은 "다양한 형태의 사회적 동일시(Identification)에 거울뉴런이 결정적인 역할을 한다"는 것이다. 다시 말해서 자기 인식에 관한 것은 거울뉴런에서 나타나는 데 자기를 볼 때 또 다른 사람의 얼굴을 동시에 보는(읽는) 뇌세포가 발화한다는 것과 같은, 즉 "아픈 표정을 짓고 있는 누군가를 보면 그 사람의 아픔을 제 안에서 느낀다"는 것이다(Marco Lacoboni, 김미선 옮김, 《Mirring People》, 갤리온, 2009. 2. 참조).

이처럼 청마도 극한 상황에 처한 환자적인 잠재인식을 넘어서서 히스테리아적 반응을 일으킨다 할 것이다. "너희 죽어 律의 處斷의 어떠함을 알았느뇨"라는 역설적인 증오의 리비도가 꿈틀거리는, 즉 치열한 저항정신이 치솟는 삶의 충동(에로스)과 죽음충동(타나토스)이 동시에 표출된다할 수 있다. "너의 삶은 즉시/나의 죽음의 威脅을 意味함이었으리니/힘으로써 힘을 除함은 또한/면 原始에서 이어온 피의 法度로다"라는 죽음충동은 불안과 공포에 맞서는 절대적인 생명력을 갖게 된다 할 것이다. 분열된 주체가 변증법의 상징적 특징을 강조한다. 말하자면 '현실'은 상징적 허구임을 표출하는 것과 같은 것이다. 작품형태가 현실을 제공하면서 작품내용은 슬라보예 지젝에 따르면 "진실은 허구의 구조를 갖기 때문이다." 말하자면 무의식이 의식으로 내적연결부의 반대효과로써 생성된다 할 것이다. 이 시 작품이 애매모호한 것은 바로 역설적이기 때문이다.

그것은 이미지끼리 뒤엉키는 혼란스러움이 강박관념을 왜곡시키고 있는데, 위장된 원망을 뛰어넘는 처절한 현실은 당초 이미지의 폭력을 전제한 것으로 보아야 할 것이다. 다시 말해서 분노하는 머리를 정지시키지 않고 몇 개의 장면을 모아 일련의 화면, 즉 시퀀스(Sequence)야 말로 이 시의 특질을 표출시켰다 할 수 있다. 이 시를 통해 원시적인 야만성을 폭로하는 심리적 불안상태(강박관념 등)를 불분명하게 드러내는 것이다. 그러나 청마는 "匪賊의 머리 두개 높이 내걸려 있나니/(중략)/먼 寒天에 糢糊히 저물은 朔北의 山河를 바라고 있도다"에서 "朔北의 山河"는 '오랑캐의 땅'임을 분명히 제시해 놓은 이상, 일제군국주의가 주도한 국책문학지인 《國民文學》(1942. 3)에 발표됐더라도 친일작품에서 제외될 수 있는 유일한 통로가 되는 것이다. 바로 청마는 자신의 이중성을 뚜렷이 드러내고 있기 때문이다. 언뜻 보기에는 역사성을 띠고 있어 친일작품 같지만 친일작품이라 할 수 없다. 필 멀런(Phil Molion)에 따르면 누구나 깊은 무의식은 순수한 대칭성으로 가려진 정체성을 갖고 있는 허구성 때문에 역설적인 입장을 드러내는 것은 인간성의 본질이기 때문이다. 이와 같이 청마의 시 〈首〉는 직접적, 직설적인 그의 시세계와는 다른 심리적인 작품이라 할 수 있다. 형상화된 대상은 직접적이 아닌 상징성을 띠고 있기 때문이다. 이러한 시편들은 현실이 불안해질수록 상상력이 빛난다고 볼 수 있다.

이를 뒷받침하는 것은 그가 남긴 《靑馬詩鈔》나, 《生命의 書》에서도 칼보다 무서운 붓으로 시어詩語에 원수라는 글과 그의 삶에 대해서도 원수 이상으로 애착을 갖도록 단단한 결의를 보여주고 있기 때문이다.

> 이 작품은 〈北斗星〉, 〈前夜〉와 함께 친일문학으로 규정된 적이 있다. 이런 단정의 근거가 된 것은 두 가지였을 것이다. 그 하나는 《國民文學》과 같은 국책문학지에 이 작품이 실린 때문이다. 그리고 다른 하나도 지적될 수 있는 것이 이 작품의 넷째 줄 허두에 나오는 "匪賊의 머리"이다. 여기서 비적으로 지칭된 사람은 일제의 지배체제를 거슬린 자다. (중략) 그러나 이런 비판은 경직된 의도론일뿐 문학적 시각에 의한 것은 아니다.
> ―金容稷, 〈絶對意志의 美學―柳致環論〉, 《韓國現代詩史2》, 한국문연, 1996, 331쪽.

위의 글 김용직의 견해에도 비적에 대해서 "경직된 의도론일뿐 문학적 시각에 의한 것이 아니다"라고 지적하고 있다. 그렇다면 필자가 문학적 시각에서 볼 때는 '비적'을 통하여 자신을 형상화한 것이라 할 수 있다. 선비의 기질처럼 꼿꼿한 그의 행적을 보아도 개같이 아유구용한 사실은 전혀 없다 할 것이다. 뿐만 아니라 광란하는 일제군국주의가 부계 혈통 관계를 해체시켜 한국인의 민족의식을 약화시키려고 강요하던 창씨개명에도 굴복하지 않았고, 그의 "고향에서 지식분자들이 말살은 물론, 〈아나키스트〉의 표막지가 붙어 다녀" 어쩔 수 없이 가족과 함께 북만주로 간 것을 친일 행각을 위해 갔다는 것은 인식적 오류로 보인다.

또한 북만주에서 가혹한 고초를 겪는 동안 간절한 그의 향수鄕愁와 함께 그곳에서 생명의 위험을 느껴, 우리나라의 8 · 15 해방 2월을 앞두고 1945년 6월에 다시 그의 고향인 통영으로 오게 된다. 이러한 결심은 1943년 카이로 회담의 중요사항인 '노르망디' 상륙작전의 결정으로 1945년 5월 7일 독일이 연합군에 의해 항복했던 불과 1월 이후로서, 청마는 이미 일제군국주의가 패망한다는 것을 예감하고 귀향을 결행한 것으로 보인다. 앞글에서도 간단히 언급했지만 그의 글들은 희망을 갖고 생명력을 키워야 한다고 주장한 것은 조국과 민족을 구원해야 한다는 의미를 내포하고 있는 데서 알 수 있는 것이다.

먼저 생명력을 열애하는 것을 살펴보면 그의 제2시집《生命의 書》첫 장에 나오는 〈歸故〉, 〈出生記〉, 〈石榴꽃 그늘에 와서〉 등 그의 출생 등 생명의 뿌리를 먼저 내세운 것은 생명의 본질에 대한 근원적인 물음일 것이다. 김윤식은 "청마가 생명에 대하여 신명을 던져 저항하는 길을 택하지 않음은 비겁해서도 아니며, 용기가 없어서도, 아니며 무엇보다 자기의 생명은 물론 생명에 속한 것. 생명 전체를 우선 열애했기 때문"이라고 지적하였다. 한편 '희망'을 갖도록 한 독립운동에 대하여 김기승 교수가 집필한 절망 속의 희망 '새나라 만들기'라는 글(김기승: 순천향대 교수 · 한국사) 〈제국의 황혼 '100년 전 우리는〉《조선일보》제27717호, 2010. 2. 5, A29, 오피니언 난에 발표된 것을 보면 하와이 동포사회의 독립운동 지도자 윤병구 선생은 '희망은 오인의 生路(1909. 7. 14)'라고 하면서 희망의 중요성을 강조했고, 하와이에서 발행되는 《신한국보》도 '대한인의 대 희망(1910. 3. 29.)'이라는 논설을 게재하여 희망의 중요성을 역설하였다. 뿐만 아니라 나라 잃은 이 땅에서도 《대한매일신보》도 '이십세기 새 국민(연8회, 1910. 2~3. 3)'이라는 논설에서는 한국인은 '평등', '자유', '정의', '용맹', '공공' 등의 가치를 실현하는 국민의 국가를 만들어 "동아세아 일방에서 당당한 강국의 이름을 얻을지며 가히 세계 경쟁하는 마당에서 한 좌석을 차지할 터"라는 미래를 내세워 희망을 갖도록 한 민족운동의 씨가 뿌려져 오늘날까지 확산되었다는 글에서 알 수 있듯이 청마의 경우도 그의 글을 통한 민족정신을 고취하려는 의지는 동일한 맥락으로 보아야 할 것이다.

그의(청마) 깊은 의도는 현실적 자아 즉 현세적인 생명의 본체에 그의 자세(의지)가 있는 것으로 보인다. 강렬한 염원과 결연한 생명의지를 내세웠지만 현실 앞에 비력非力한 허무의지를 내세운 것은 심리적으로 위장된 것이라 할 수 있다. 그러므로 극한 상황에서 역설적인 시작품들은 바로 청마 시의 특질로 나타난 것이다. 귀중한 생명의 존재, 크게는 조국과 민족의 생명을 옹호하는 길만이 사는 길이므로 백성들의 개개인은 그대로 실의와 좌절하면서 자신을 '불쌍하다, 약자弱者다' 하지 말고(애련에 물들지 말고) 목숨이라도 부지하여야 한다는 생명의지를 결코 왜곡시킬 수는 없다할 것이다. 가혹한 시련의 질곡桎梏 속에서 더 이상 살 수 없는 북만주의 혹독한 겨울이 닥쳐와도 허무의지를 붙잡고 살아야 하는 희망과 저항정신을 표출하여

생명을 열애하는 청마의 면모들은 불의를 절대 거부하는 휴머니즘의 정신
에서 온다고 본다. 그러면 문제되는 청마의 시 〈前夜〉와 〈北斗星〉을 그의
시 〈首〉와 함께 초기의 시작품에 포함시켜 살펴보기로 하겠다.

2—2. 시 〈前夜〉

새 世紀의 헤스프리에서/빨빨이 樂想을 비저/제가끔 音樂을 演奏한
다.//死一生 破壞一建設의 신생과 創設/天地를 뒤흔드는 歷史의 심포
니—/聽覺은 神韻에 魅了되고/새 世代에의 心臟은 울어울어/聖像아래 魔
笛은 소리를 거두다.//驚異와 神技 가운데/섬과 섬이 꽃봉오리처럼 터지
다/森林과 森林이 鬱蒼히 솟다/무지개와 무지개 황홀히 걸리다.//薔薇빛
舞臺 우에/熱演은 끌어올라/樂屋 싸늘한 壁面 넘어로/華麗한 새날의 饗
宴이 예언되다.//終幕이 내려지면/偉大한 人生劇에로 옴길/많은 俳優 배
우들은/새 出發의 그 年輪에서/征服의 名曲을 부르려니/勝利의 秘曲을 부
르려니

—柳致環, 〈前夜〉, 《春秋》 12月號, 1943

* 원전의 헤스프리(영어로 hesperis)는 植, 꽃무 무리. 헤스프리를. 에스프리(esprit)로 발표한 연
  구자들이 있는데, 에스프리는 오류로 보임. 그러나 제1차 세계대전 前에 일어난 프랑스의 예
  술혁신운동을 '에스프리누보'라는 뜻으로 볼 때는 앞으로 해석상의 문제점으로 예상됨.

월북하여 신장병에 의해 사망한 것으로 보는 오장환(吳章煥, 1918. 5.
15~1951. 5)은 '민족주의라는 연막—일련의 시단시평'(《문화일보》; 1947. 6. 4~6.
7)에서 "과거 학병출정 장려시 《춘추》에 쓴 유치환 씨의 작품 〈龍市圖〉이
다. 이 작품은 완전히 정신착란자의 글이다"(김재용 엮음, 《오장환 전집》, 실천문
학사, 2002. 15, 470쪽)라고 빗대고 있는 글을 오장환의 전집에서 원전 그대로

옮겨 보았다. 그밖에는 오장환 전집에는 청마에 대한 비평의 글이 전혀 없는 것으로 보인다.

위에 인용한 오장환의 글에 대하여 문일은 "삐라 같은 글"(《국민일보》기획 취재부장, 《통영문학》 제23호, 통영문인협회, 2004. 12, 102쪽)이라고 일축해 버린 바 있지만, 일부 연구자들은 오장환의 글을 인용, 시 〈前夜〉는 과거 학병출정 장려시라고 주장하는 것 같다. 그러나 친일적인 시로 볼 수 없다고 반박한 연구자들이 발표한 글도 다소 볼 수 있다. 이처럼 문제의 시 〈前夜〉를 필자는 정신분석학적인 측면에서 볼 때 친일작품으로 보기는 어렵다. 왜냐하면 이 시의 전체 흐름은 주제를 관통하는 황홀한 불꽃놀이라 할 수 있다. 빛과 소리, 연기가 공감각共感覺을 불러일으키면서 감흥을 표출시키고 있기 때문이다. "삘삘이 樂想을 비저/제가끔 音樂을 演奏한다.//死—生 破壞—建設의 신생과 創設/天地를 뒤흔드는 歷史의 심포니—"라는 것은 불꽃모습과 원시본능을 비유하고 있다할 것이다. 말하자면 '死—生 破壞—建設의 신생과 創設'은 불꽃이 터지는 순간을 형상화한 것으로, 죽음이 삶으로 바뀌는 등, 슬라보예 지적에 따르면 어떤 환상이 실재계를 갖는다 할 것이다. 즉 생명 없는 조각들이 현실로 화려하게 부활하면서 꿈틀거리는 팡토마스라 할 수 있다.

이러한 팡토마스들은 "聽覺은 神韻에 魅了되고/새 世代에의 心臟은 울어울어/聖像아래 魔笛은 소리를 거두다.//驚異와 神技 가운데/섬과 섬이 꽃봉오리처럼 터지다/森林과 森林이 鬱蒼히 솟다/무지개와 무지개 황홀히 걸리다.//薔薇빛 舞臺 우에/熱演은 끌어올라"로 현현하고 있다 할 것이다. 다시 말해서 우주의 신(또는 하느님)이 빚는 불꽃 터지는 소리에 마귀들의 피리소리 사라지도록 경이와 환희의 공중곡예 가운데 떠 있는 불꽃덩어리들의 황홀함을 표출하고 있다. 불꽃덩어리들은 꽃봉오리 같은 섬과 섬으로 떨어져 터질 때마다 울창한 수풀과 수풀로 엉켜 치솟는 순간, 무지개다리들이 눈부시게 서로 겹쳐지는, 바로 장밋빛 무대 위에서 "새 世紀의 헤스프리" 즉, 불꽃놀이(꽃무 무리)야 말로 즐거운 마음[樂想]으로 끓어오른다는 것으로 볼 수 있다. 다시 말해서 죽음충동과 삶의 충동이 뒤섞이면서 흥분의 도가니로 몰아넣는다는 것과 같다. 마치 리얼하게 전개되는 어휘들은 사실상 상징성을 띠고 있는데, 자아가 분열되면서 착란적인 현상을 드러내는 것으로 보인다.

앙드레 브르통처럼 사유해온 정신과 광적인 체념에서 "모든 감각을 착란시킴으로써 그 상상력을 결정적으로 해방"(《쉬르레알리슴 선언》, 문학과지성사, 1987. 6.10, 209쪽 참조)시킨다는 것과 같이, 결핍된 주체로 하여금 욕망을 끊임없이 불러일으키는 허구적 대상들이 폭발하고 있는 것이라 할 수 있다. 이와 같이 청마의 시 〈前夜〉는 프로이드가 말한 히스테리아적인 것들의 이미지들이 경계점을 허물면서 착란시킨다할 것이다. 자크 라캉의 '부분충동'에 따르면 "감흥은 죽음 직전까지 인간을 지배하는 가장 근원적인 공격성으로 네가 내가 하나 되어 멈춤의 상태, 즉 무無로 돌아가려는 충동이다"라는 지적과 같을 수 있다. 바로 상징계를 넘어서면서 실재계의 전율로 채우는 주이상스(Jouissance) 일면을 보여주기도 한다. 이처럼 청마의 무의식적 이중시각이 뚜렷이 나타나면서 역설적인 어휘들이 다투어 나타나기 때문이다. 시각視覺을 달리하면 일본 패망을 예견하여 에스프리 한 무의미 시(Nun poetry)로 위장된 작품이라 할 수 있다.

무의미의 시를 더 구체적으로 살펴보면 시간과 공간에서 발생하는 인과因果관계로 이어지는 허구적 사건들의 내러티브의 역설은 파르메니데스의 제자 〈제논의 유명한 패러독스의 기법, The literary technique of Zenon's paradoxes〉처럼 감정의 발생이 내용 없는 인위적인 추론으로 가득 채워져, 사실을 충분한 입증으로 제시하려는 것은 전혀 없다 할 것이다. 그것은 첫 행에서부터 보여주는 "새 世紀의 헤스프리에서/쁠쁠이 樂想을 비저/제가끔 音樂을 演奏한다"를 보면, 불필요한 어휘들 "쁠쁠이"와 "제가끔"이 갖는 의미의 무질서, 즉 광기狂氣어린 난장판임을 보여준다 할 수 있다.

또한 16행에 와서는 "華麗한 새날의 饗宴이 예언되다"를 '終幕이 내려지면'에서 볼 경우, 그 어휘가 함의하는 것은 밖으로 걷고 있는 무의식의 검은 그림자가 전복되고 있다 할 수 있다. 바로 종막은 무대의 개념을 넘어 끝나는 상태로 볼 때, 패망을 예언하는 것으로 보인다. 이를 뒷받침하는 것은 갑자기 "偉大한 人生劇에로 옴길/많은 俳優배우들은"이라고 비약하는 구어句語들의 넌센스다. 바로 청마의 의식이 무의식으로 전치되고 있는, 의식이 무의식에 종속 된다고 볼 수 있다. 말하자면 셰익스피어가 말한 "지구는 무대요 인간은 배우다"라고 한 것처럼 시의 형태를 유지시키면서 각각 많은 사람들은 사실상 인간의 본질인 위대한 휴머니즘으로 돌아가야 한다는 역설이 그의 무의식에서 현실을 애매모호하게 표출하고 있다고 볼 수 있다.

다음에 오는 시행들도 역시 엉뚱한 의미사슬들이 낯설게 배열되고 있는데, "새 出發의 그 年輪에서/征服의 名曲을 부르려니/勝利의 秘曲부르리"는 고상한 정복과 승리의 어휘들을 겉으로 마련해놓는 빌미적 의미를 포착할 수 있다. 전체 모델에 전혀 다르게 맞추려는 전이의 고뇌가 엿보인다. 쉽게 풀이하면 '새 출발의 시간 속에서/인생을 극복(정복)한 자기의 전용곡(專用曲, 또는 콧노래 등)을 스스로 부르려니/승리감에서 비밀리에 부르던 곡, 즉 금지곡이었던 아리랑 같은 민요나 해방의 노래를 맘껏 부르게 되리라'는 의도(여기서는 意圖가 아닌 意導) 역시 넌센스라고 할 수 있다. 이처럼 마지막 시행까지도 심리적 불안상태에서 오는 이중적 작위를 알 수 있다. 이러한 현상은 그의 시〈首〉와〈北斗星〉처럼 인간이 극한상황에 처하게 되면 더욱더 진실 너머에 있는, 즉 무한한 우주의 한 가운데에서 자기의 존재를 토로하는 것과 다름이 없다 할 것이다.

그러므로 시〈前夜〉는 중요한 참조점이 되는 대목이 거리감을 두고 있기 때문에 당시 일제군국주의 모니터 잡지인《春秋》에 기성시인의 작품으로 예우하는 차원에서 실렸을 가능성이 높아 보이고, 특집 '학병출정 장려시'에는 당연히 제외되었던 작품으로 보인다. 다만 구설수에 휘감긴 것은 당시 '조선문학가동맹'에 가입한 오장환과 청마가 가입한 '조선청년문학가협회'와의 이념 논쟁에서 불거진 청마 시〈龍市圖〉로 하여금 시〈前夜〉도 '일련의 시단 시평'에서 들춰낸, '삐라 같은' 몇 마디에서 문제시가 된 것으로 보인다. 그러나 친일적인 시로 단정할 수는 없다.

2―3. 시〈北斗星〉

白熊이 우는/北方 하늘에/耿耿한 일곱별이/슬픈 季節/이 거리/저― 廣野에/不滅의 빛을 드리우다//어둠의 洪水가 구비치는/宇宙의 한 복판에/홀로 선 난/한낱의 푸른 별이어니!/보아 千年/생각해 萬年/千萬年 흐른 꿈이/내맘에 薔薇처럼 피다//구름을 밟고/기러기 나간 뒤/銀河를 지고/달도 기우러//밤은/얼음같이 차고/象牙같이 고요한데/우러러 斗柄을 재촉해/亞細亞의 山脈넘어서/東方의 새벽을 일으키다
　　　　　　　　　　　　―柳致環,〈北斗星〉,《朝光》, 3月號, 朝光社, 1944.

청마의 시〈北斗星〉을 깊이 있게 검토한 결과 친일(또는 부왜)적인 작품으로 볼 수 없다. 왜냐하면 옛날부터 하늘 북극에서 약 30도 기울기로 떨어

진 곳에 있는 북두성은 우리 민족의 상징적인 별로서 탄생과 죽음은 물론 희망의 에너지를 받아온 영혼의 거울로 우러러 모시고 있기 때문이다. 다시 말해서 북두칠성에서 명줄을 받는다하여 갓난아기의 등짝에서 북두칠성 점을 찾기가 바쁘고, 죽게 되면 북두칠성이 그려져 있는 칠성판에 눕혔을 때 저승길이 열리고 염라대왕이 받아준다는 삶의 길흉과 화복을 생활화하여 온 민족임을 알 수 있다.

절에서도 칠성각이 있는 것은 한국의 불교적 특성임을 반증한다. 또한 우리네 할머니, 어머니가 정화수를 떠놓고 치성을 올리는 칠성님도 북두칠성을 말한다. 삼국사기에 따르면 '난승'이라는 도사가 17세 때 동굴에서 도를 닦던 신라의 김유신에게 홀연히 나타나 보검을 주었는데, 이 사인검四寅劍에 북두칠성이 새겨져 있다는 것에서도 알 수 있듯이 북두칠성은 양기를 발동하는 생명력을 내뿜는 별이라 할 수 있다. 현재《한인회보》의 인터넷 글 〈한민족의 뿌리 북두칠성—북두칠성에서 온 존재들〉을 보면 "북두칠성의 운運을 받고/이 세상에 태어나서 천손天孫이라 부르는 것인데/(중략)/민족의 신앙을 버린 인과로/36년간 일본인에게 온갖 핍박을 다 받았고(후략)"라는 신앙적인 글이 게재되어 있다(http://www. mrdd.or.kr를 통해 2008. 10. 25 발췌함).

안상현의 글에서도 우리 민족의 보편적인 내용을 누구든지 동일하게 서술하고 있는데, 그의 글에 따르면 "도교에서는 북두칠성을 '자미대제'라고 섬겼으며, 옛날 인도로부터 2세기 후한시대에 들어온 밀교의 영향으로 보아 일곱별을 각각 탐랑성貪狼星, 거문성巨文星, 녹존성祿存星, 문곡성文曲星, 염정성廉貞星, 염곡성武曲星, 파군성破軍星이라고 부르고, 이들이 사람 목숨의 길고 짧음과 길하고 흉한 운세를 쥐고 있다는 것이다. 또한 북두칠성의 자루는 계절을 알려주는 거대한 천문시계이며, 봄에 해가지면 북두칠성의 자루는 동쪽을 가리키고, 여름에는 남쪽을, 가을에는 서쪽을, 겨울에는 북쪽을 가리킨다"는 것이다(《우리 별자리》, 현암사, 2003. 5, 87~10 참조). 또한 조용헌의 글에 따르면 "북두칠성은 '時間의 神'이며, 두병斗柄은 '시침時針'이다. 우주의 시계바늘이다. 예를 들면 음력 1월을 알리는 절기는 입춘立春이다. 옛날 사람들은 입춘이 되는 날 술시(戌時, 저녁7—9시) 무렵에 밤하늘에서 두병이 가리키는 방향이 어느 쪽인가를 관찰하였다. 별자리는 술시戌時에 관찰해야 한다. 입춘 날 술시에 두병이 가리키는 방향은 정확하게 인방寅方이다. 나침반에서 인방은 북동쪽이다. 인인은 십이지十二支 가운데 1월에 해당한다. 경칩驚蟄이 되는 날 술시에 두병이 가리키는 방향은 동방東方이 되는 묘방卯方이다. 청명淸明이 되는 날은 진방辰方이다. 진辰은 3월이다"라는 것이다(〈살롱 4: 북두칠성〉,《朝鮮日報》, 제26039호, 2004. 9. 9, A34, 오피니언).

그렇다면 "우러러 斗柄을 재촉해/亞細亞의 山脈넘어서/東方의 새벽을 일으키다"에서 두병은 청마 자신(우리 민족)으로 볼 수 있으며 묘방은 동방이라고 주장할 수 있다. 우주의 시계바늘을 재촉하는 시인의 초조한 마음은 모든 만물이 소생하는 경칩, 즉 오로지 봄기운이 치솟는 평화의 빛과 자유의 깃발을 열망한다고 볼 수 있다. 다시 말해서 "우러러 斗柄을 재촉해" 치성 올리는 술시戌時에 꿈꾸는 소망을 서둘러서 경칩이 되는 날인 묘방卯方일은 동방東方이므로, 두병(시계바늘)은 동방의 여명黎明, 즉 동쪽이 밝아오는 새벽을 일군다는 것은 우리나라의 광복을 암시한 중요한 대목으로 보인다. 특히 주목해야 할 '우러러'는 화자 자신이 오직 구국하는 마음으로 대한독립[大韓光復]을 열망한다는 것이 분명하다면, 대한 독립 만세 소리는 "아세아의 山脈넘어서" 세계 방방곡곡에 퍼져나가야 한다는 것이다.

이처럼 시 〈北斗星〉도 청마의 리비도(Libido)가 갖는 본능의 빛이 이중게임을 하는 경이로운 발현이라 할 수 있다. 우러러 바라보는 북두성은 소망하는 자들의 몫이기에 '우러러'라는 단어야말로 친일적인 작품에서 비껴나간 유일한 통로로 보인다. 또한 옛날부터 '亞細亞'라고 외쳐온 것은 우리 민족독립운동 과정에서 많이 사용되어온 것이다. 앞에 언급한 글을 보면 "동아세아 일방에서 당당한 강국의 이름을 얻을 지며 가히 세계 경쟁하는 마당에서 한 좌석을 차지할 터"(김기승: 순천향대학교 교수, 한국사, 〈제국의 황혼 '100년 전 우리〉, 《조선일보》, 제27717호, 2010. 2. 5, A29. 오피니언, 앞의 시 〈首〉 각주 참조).

'북두성이 더 큰 승전보를 전하며 여기가 아시아임을 외친' 고선지 장군처럼 청마의 시 〈北斗星〉에 나오는 "亞細亞"는 이 시에서도 같은 맥락으로 보아야 한다면 추호도 문제될 것으로 보이지 않는다.

옛날부터 우리나라는 대동국大東國, 동국東國, 동방예의지국東方禮義之國 등 여러 이름으로 불리어 왔고, 현재 사용하고 있는 우리나라의 일만 원 지폐紙幣에도 북두성이 새겨져 있고, 멀리 인도의 시인 타고르(1861. 5. 7 벵골에서 출생 1941.8. 7사망. 인도의 시인. 사상가. 1913년 노벨문학상 수상) 역시 우리나라를 '東方의 등불'이라고 했다.

이러한 유구한 역사성에 따르면 앞에서 말한 절기와도 다를 바가 없는 것이다. "亞細亞의 山脈넘어서/東方의 새벽을 일으키다"라는 의미는 위에서 말한 것과 일치할 수 있다. 특히 그의 시 구절 "宇宙의 한 복판에/홀로 선 난/한 낱의 푸른 별이어니!/(생략)"에서 여태껏 애매모호한 이 '푸른 별'은 과학자들에 의한 우리의 지구도 푸른 별이라 했지만, 지금도 실제로 두 병斗柄 아래에서 '초요성招搖星'이라는 푸른 별이 반짝[耿耿]이고 있다. 그렇다면 우주의 한 복판에 홀로(홀수는 양陽의 기운을 뜻함—필자)선 청마 자신도 마치 푸른 별 초요성招搖星으로 경경(耿耿: 반짝거림— 필자)한다는 의미로 보아야 할 것이다. 말하자면 우리 민족의 푸른 정기精氣, 즉 생명의 빛깔을 상징하는 별임을 청마의 자신과 동일시하여 형상화한 것으로 보아야 할 것이다

(북두성은 옛날부터 예술의 경지가 최상의 위치에 있는 사람을 일컫기도 함).

이와 같이 초요성은 충무공 이순신장군의 《난중일기亂中日記》에 나오는 '초요기招搖旗'에도 새겨져 있다.

"정유년(1596) 9월 16일(갑진) 맑음. 이른 아침에 望軍이 와서 보고하기를, 적선이 무려 2백 여척이 鳴梁을 거쳐 곧 바로 진치고 있는 곳으로 곧장 옵니다. (⋯)중략"/"중군의 令下旗와 招搖旗를 세우니 金應誠의 배가 점차 내 배로 가까이 오고 거제 현령 安衛의 배도 왔다. (후략)"

이 초요기의 기능은 전쟁을 감행하는 장수들을 불러 모으기도 하며 독전督戰할 때의 깃발이다. 이 '초요기'라는 깃발은 청마의 시에 나오는 〈깃발〉과 전혀 무관하지도 않을 것이다. 어쨌든 청마의 시 〈北斗星〉은 역사주의적 비평방법으로 접근해도 우리 민족의 생명력이 오히려 상승기운을 받고 있다는, 즉 북두칠성 같은 희망을 갖도록 하는 예언적인 시라 할 수 있다. 왜냐하면 당시 일본제국주의가 1941년 12월 7일 진주만을 공격함으로써 태평양전쟁(1941년 12월 8일)이 발발하였고, 대한민국 임시정부도 같은 해 12월 9일 대일본 선전포고를 하였다. 나치독일과 일본을 제외한 소련을 비롯한 연합군들은 미국과 함께 참전하게 되는, 소위 제2차 세계대전으로 비화되었던 것이다.

이런 와중에 청마가 발표한 시 〈北斗星〉은 1944년 3월인데, 이 시점에도 미국은 태평양 여러 군도를 점령한 일본군을 공격하여 계속 승리하게 된다. 이에 따라 1944년 10월 25일 일본제국주의는 2,480여기의 자살특공대 '가미카제(神風, 신푸)'를 미 함대의 '레이더 섬'을 총공세하기 위해 출격시켰으나, 계속 패전하게 된다. 따라서 긴박한 국제 정세를 청마는 만주에서 자주 만난 여러 국가의 난민들과의 접촉에서 어느 정도 국제정세 변화 추이를 알았을 것이다. 그렇다면 그의 시 〈北斗星〉을 발표하면서까지 친일하려 했다는 것은 도저히 납득하기 어렵다할 것이다.

그러나 극히 일부 연구자들은 청마가 북만주에까지 가서 친일하기 위해 그가 시 〈北斗星〉 중 "우러러 斗柄을 재촉하여 亞細亞의 山脈을 넘어서/東方의 새벽을 일으키다"라고 교묘하게 노래한 것은 '대동아 공영권'을 의미한다는 해석이다. 또한 "대동아 공영권을 위한 성전이라는 얼개가 끌어잡고 있다"라는 주장을 내세우고 있다(박태일, 〈경남지역문학과 부왜활동〉, 《한국문학논총》, 제30집, 한국문학회, 2002. 6. 347쪽 참조). 심지어 "두병은 북두칠성을 국자모양으로 보았을 때 그 자루가 송장을 파내어 극형을 가하던 일"(박태일, 같은 책, 347쪽)이라고까지 각주脚註의 출처 근거는 구전口傳에 불과한 것인지 불명확해 보인다.

또한 "교묘하게 구체적인 부왜 빛깔에서 비껴나가고 있다."(박태일, 같은 책, 347쪽 참조) "1894년 갑오억변과 경술국치를 거치면서 동백 숲에다 깊은 울음을 묻었을 통영지역 지사들의 문학이 없을 수 없다"(박태일, 같은 책, 355쪽)는 등 설득력보다는 오히려 선동적으로 폄훼, 부조斧藻하고, 작달斫撻하면서 우극尤隙하려는 어불택발語不擇發은 물론 설령 무문곡필無文曲筆에 치언卮言마저 전혀 아니라 할 수 있어도, 유족들과의 관계에서 피차간 지우지 못할 유감으로 남는 것이라면 안타까울 뿐이다.

3. 마무리

문제가 되고 있는 청마의 시 〈首〉, 〈前夜〉, 〈北斗星〉 3편은 역사주의적 비평방법이나 정신분석학적으로 접근해 보아도 친일적 작품으로 단정할 수 없다. 왜냐하면 첫 번째, 위에서 언급한 3편의 시작품 모두는 직접적으로 일제를 찬양하거나 독려적인 의미가 전혀 표출되지 않았고, 두 번째, 간접적으로 보는 애매모호한 대목에서도 암묵적인 메시지가 오히려 상징성을 띠고 변증법을 비껴나간 역설적인 작품이라 할 수 있다.

　다시 말해서 무의식이 깊은 곳에서 드러내는 대칭성으로 나타나기 때문이다. 대칭성이 갖는 시세계의 상상력의 핵심, 즉 갈등을 드러내는 〈首〉, 〈前夜〉, 〈北斗星〉 세 편의 시세계는 생명(몸)과 죽음이 연관되는 무의식적 에너지를 표출함으로써 프로이드가 말한 미학으로 재해석할 수 있다. 그렇다면 정신분석학적으로 볼 때 청마 유치환 시세계는 새로운 미학을 획득했다고 할 수 있다. 이미 지적되고 있지만 '미는 언어로 포착할 수 없는 것에 대한 아름다움이지만 언어로 표현되지 않고는 의미가 없다'는 것처럼 청마의 시정신은 삶과 죽음에서 출발하는 차원 높은 이원성에 있기 때문이다. 다시 말해 니힐리즘 너머에 있는, 죽음이 삶으로 빚어내는 환상(이미지)들이 생명력의 미학으로 더욱 빛나고 있기 때문이다(국어국문학과 문학박사학위 받은 자는 자연적으로 문학평론가 활동을 인정하지만 필자는 공식등단 절차를 고집하여 등단하였음을 밝힌다).

☞ 출처: 월간 《詩文學》, 통권484호, 11월호(시문학사, 2011. 11. 1), 79쪽, 〈문학평론부문〉 공모에 우수작품상으로 당선작임.

◇ 評論 當選所感

나를 해부할 수 있어 다행입니다. 그러나 해부할 수 있을까 두렵습니다. 그것도 메스를 가하지 않고 해부한다는 것은 과연 두꺼운 벽에 부딪쳐 피 흘릴까 염려되기도 합니다. 그러므로 엇비슷한 방구석 담론의 의자에 기어 다니는 애벌레의 미혹을 먼저 경계하려고 합니다.

그 관점에서 탈주하는 것이 아니라 관성의 가치들을 제거하려고 하기 때문입니다. 내가 거기에 없도록 움직이는 충동질 따라 그곳으로 가서 안으로부터 나오는 나를 절절하도록 빛내는 것입니다. 바로 그것은 모두가 웃으면서 만류해도 내가 더 낮아지는 길을 택한 것입니다. 낮아지기 위해 나의 자존심(주체의식)을 먼저 삭발해버렸습니다. 더욱 부끄럽도록 늙은 나이의 옷마저 벗겨놓고 내가 나를 향해 퍼붓는 욕설을 내 귀가 따갑도록 일러줍니다.

니체가 말한 '망각'에서 나의 카오스는 '길의 과잉'에서 '수만 개의 시각'이 만나는, 말하자면 "수많은 대립적 사유방법에 길을 내어주는 것"에서 나를 분석하기 위해서입니다. 아직도 나는 꿈이 있기 때문에 누가 흔들어대는 찻잔 안에서도 정신적인 분석을 할 수 있는 열정으로 이 험난한 길을 공식적으로 택한 것입니다. 내가 직접 밟아본 사하라 사막 속에 잃어버린 별들의 파편 한 조각을 찾았을 때도 더욱 목마르게 나를 투사할 것입니다. 그 나이에 외양장喂養粧 길로 간다고 웃어도 끝까지 그들이 기다리는 그곳으로 가고 있습니다. 끝으로 항상 채찍질을 아끼시지 않은 문덕수 선생님을 비롯한 심사위원님들께 진심으로 감사드립니다.

―차영한

☞ 발표 출처: 월간 《詩文學》 통권484호, 11월호(시문학사, 2011. 11. 1)

각종 문학상 수상 내력

◇ 1999년도 제24회 시문학상 심사기

시문학상 운영위원회에서는 제24회 시문학상 심사위원으로 金潤成, 文德守, 金時泰, 咸東鮮 등 네 분께 위촉했다. 위 심사위원은 1999년 11월 20일 시문학사에 모여 심사위원장으로 김윤성을 선출하고, 지금까지 있어온 시문학상 심사관례에 따르기로 하고 심사에 착수했다.

각 심사위원은 시문학사에 제출한 시집, 신작시 특집 등을 장시간 논의 끝에 심사위원 전원 합의로, 차영한의 시 〈담배를 태우면〉 외 4편과 김용오의 시 〈차창을 통하여〉 외 4편을 제24회 시문학상 공동 수상작품으로 결정했다.

차영한 시인은 그동안 왕성한 작품 활동과 내실을 기하고 있는 시인으로 주목을 받고 있다. 이번의 수상작품은 대체로 불교적 인식 또는 상상력으로 이미 있어온 대상을 부정하면서 자기를 지양하는 낯설음이 있다. 그것은 선어적禪語的인 표현과 비유에서 생기는 특성이기도 하다. 따라서 그의 시가 보여준 상징성과 우주와 인간의 삶을 꿰뚫어 보는 체험이 우리에게 감동을 주는 것은, 불교적 상징성과 연관되어 있다고 여겨진다. (…)

—김윤성 · 함동선 · 김시태

☞ 출처: 월간 《詩文學》, 통권342호, 제30권, 1월호(시문학사, 2000. 1), 150쪽.

◇ 1999년도 제24회 '시문학상' 본상 수상소감

오랜 전통과 권위가 있으며 유일하게 시문학에 한하여 제정, 운영하고 있는 '시문학상'을 감히 받게 되어 실로 두려움과 함께 영광스럽습니다.

역량 있는 선후배들의 훌륭한 작품들이 많음에도 불구하고 저에게 수상하게 한 것은 앞으로 더욱 정진하고 분발하도록 하는 경고의 채찍인 줄로 알 때 어깨가 무겁기만 합니다.

더군다나 먼 남쪽의 변방인 갯가에서 때로는 꽃게처럼, 바닷새처럼 살면서, 소금바람이 부는 날에는 순기비나무로 흔들리면서 신비로운 바다의 깊이도 짚어 나를 떠올리는 작업에만 묻혀 살기에, 뜻밖의 수상 소식은 꿈에서 깨어나지 못하고 있습니다.

아예 바라지도 않았고, 어느 '시문학상'보다 널리 알려진 명성에서 쳐다보지도 않았습니다. 그러나 준엄한 이 처지에서 나의 심지에 다시 기름을 붓고 항해일지를 챙기고 있습니다.

연작시집 《섬》에 이어 스스로 죽지 않는 바다의 생태에도 시적 사유방식을 새롭게 하며 사이버공간에도 깊은 관심을 갖기로 하겠습니다. 특히 사회의 모순과 갈등에서 빚어지는 건강한 내용의 언어를 사냥하고 생명과 연관된 생동감을 바다에서 탐구하기로 하겠습니다.

다시 한 번 수상의 기쁨을 저의 가슴에 심어준 심사위원님들께 감사드리며 축하해주는 모든 분들께 진심으로 고마움을 전합니다.

☞ 출처: 월간 《詩文學》, 통권342호, 제30권, 1월호(시문학사, 2000. 01), 151.

◇ 2001년도 제13회 '경남문학상' 본상 수상소감

통영 바닷가에 살면서 전혀 기대하지 못했던 수상 결정 소식을 접하고 기쁨보다 오히려 어깨가 무거워집니다. 우리 경남지역에서는 가장 권위 있고 엄격한 경남문학상이기 때문입니다.

불길 속에 화강암의 더욱 빛남을 만난 듯 압도되는 전율을 느끼고 있습니다. 그것은 훌륭한 수상 대상자들이 많았음에도 변방에 있는 이 사람을 선정하여 주셨기 때문입니다. 이제 나의 신전神殿 앞에 끌려나와 쓰러지도록 채찍질을 받겠습니다. 불행해지리만큼 맨발로 홀로 걸어가는 야성적인 용기로 자신을 다스리겠습니다.

처형되기 전의 죄수처럼 담담하고 만족스런 회의가 아니라 치열한 시정신의 잿더미 속에서 다시 날아오르는 불사조처럼 지금 막 다도해를 벗어나려는 힘찬 날갯짓으로 모든 생명력을 껴안으며 열애하겠습니다.

끝으로 뽑아주신 심사위원님들을 비롯한 경남문학상 운영위원님들께 심심한 사의를 표합니다. 감사합니다.

2001년 12월
차영한

◇ 2014년도 제15회 청마문학상 심사기

 지난(2014년) 5월 19일 제15회 청마문학상 심사위원들은 금번 통영시 청마문학상 작품 공모에 응모한 응모자들의 제출서류와 추천작품 및 참고 자료들을 검토 심의하였다.

 심사위원들은 한국시 문학사에 큰 업적을 남긴 청마 유치환 선생의 문학정신을 기리고 한국 문학발전에 기여한 유능하고 역량 있는 작가들을 시상한다는 문학상의 취지와, 시(시조)와 문학평론으로 창작경력 10년 이상 작가로 2012년 4월 이후 발표한 시집과 시조집, 문학평론집을 대상으로 1명의 수상자를 뽑는다는 규정에 따라 신중한 검토와 심의를 거쳐 제15회 청마문학상 수상자는 시인 겸 평론가인 차영한, 수상작품은 평론집《니힐리즘 너머 생명시의 미학》으로 결정하였다.

 차영한 시인 겸 평론가는 1938년 통영에서 출생했고, 1978년《시문학》을 통해 등단한 이래 지금까지 시집《시골햇살》을 비롯하여 45권 이상의 연작시집, 앤솔로지 등을 냈으며 많은 연구논문과 평론을 발표했는데 그 중에서도 이번에 제출한 추천 작품집《니힐리즘 너머 생명시의 미학》은 청마 유치환 선생의 문학정신을 기린다는 취지에도 걸맞거니와 한 시인의 작품 세계를 천착한 그의 치밀하고 철저한 탐구와 분석과 평가가 한국문학사 또는 한국 비평사에 드러나는 뚜렷한 업적이 되기에 주저 없이 당선작으로 결정한 것이다.

이 평론집은 400여 쪽의 방대한 저술로 내용에는 청마 유치환 시인의 신상 문제인 그의 출생지에 관한 고찰, 친일시에 대한 문제도 언급되고 있지만 그보다는 청마와 고향시의 문제, 그리고 초기, 중기, 후기에 이르는 그의 시를 통해 니힐리즘 너머 생명시의 미학으로 일관한 그의 작품세계가 역사주의, 심리주의, 형식주의, 철학 등 많은 비평적 사변적 논거를 통해 철저하고 다양하게 접근하고 있다는 점이 기존의 청마 연구를 넘어서는 뚜렷한 비평적 성과라고 할 수 있다.

본서는 서두에 청마의 출생지에 대한 상세한 고찰이 있다. 성장 환경은 한 인간의 정신적 토대가 될 뿐만 아니라 문학적 상상력의 원천이 된다는 점에서 매우 중요한 것이다. 더구나 청마의 경우 그의 생애와 작품들이 다른 어느 시인들보다 고향과 밀접한 관계를 갖고 있어 출생과 성장에 관한 검토는 바로 청마 문학 연구의 중요한 단서가 되고 논거가 되기 때문에, 또한 출생지에 대한 이견도 있기 때문에 청마 연구를 위해서는 누구도 이 부분에 대한 확고한 입장을 세우고 출발할 수밖에 없는 것임을 이해하게 된다.

이러한 입장에서 본서는 청마의 시가 고향 통영을 기반으로 형성되고 있음을 집중적으로 고찰하고 있다. 특히 청마에게 있어서 고향은 육친의 고향만이 아니고 그의 시정신과 상상력의 태반이 되고 있음을 지적한다. 그 이유는 청마의 시력이 주로 고향의 동인지 활동에서부터 시작되었고, 고향에 머물렀을 때 그의 창작활동이 왕성했으며 고향에서 작품 활동을 하는 동안 문단에서 크게 주목을 받았기 때문이다. 특히 고향과 관련되는 시 세계의 생명력이 갖는 핵심 즉 갈등을 드러내는 작품들은 생명과 죽음이 연관되는 무의식적 에너지를 표출함으로써 프로이드가 말한 미학으로 재해석할 수 있다고 했다.

청마의 시에 나타난 니힐리즘 너머 생명시학의 미학은 일제와 광복과 분단과 정적 이념적 혼란이란 역사적 현실에 대한 도전과 응전의 양상으로 초기, 중기, 후기에 걸쳐 일관되게 표출되는 시정신인 바 초기의 시에서는 낭만적 모더니즘, 생명에 대한 애련과 저항의 의미를 집중적으로 분석하고 있고, 중기에서는 광복과 동란과 혼란기에 조국애와 생명의 존엄성을 최고의 가치로 인식하여 적극적인 시적 대응을 시도하고 있는 점을 지적하고 있다. 후기의 시에서는 우선 형태적으로 산문화되는 경향을 보이고 있는데 이는 자신의 사변적인 사유들을 형식에 구애받지 않고 자유롭게 표현하려는 것이라고 풀이하고 있다.

청마의 시는 한 마디로 인간중심 사상을 바탕으로 하는 생명의지가 중심을 이룬다. 그리고 이러한 시정신은 동양적이고 유교적인 전통적이고 가족적인 토양에서 시작한 것이지만 불안한 역사 속에서 존재의 허무를 극복하려는 도정에 니체적인 역동적 의지를 수용하게 되고 범신론적인 우주 자연 사상과 불교적인 아미타불과도 연관된다는 점에서 그의 시는 서정적이면서도 관념적인 이중성을 갖는다고 지적하고 있다.

그러기에 그의 시는 늘 니힐리즘 너머 죽음 같은 절규가 강한 생명력의 역설로 표출되는데 그중에서도 주목되는 작품이 〈旗빨〉이다. 이 작품에서 노스탤지어의 손수건은 라캉이 말하는 회귀 너머에 있는 그것이라 했고, 만족되지 못하는 욕망, 박탈과 선망이란 것으로 풀이하고 있다. 또한 청마의 작품세계를 관통하고 있는 허무의지야말로 생을 긍정적으로 포용하고 있을 뿐만 아니라 자신의 운명마저도 사랑하는 힘에의 의지를 능동적으로 관통하고 있다고 했다.

　본서에서 저자는 청마의 시는 큰 나무에 비유할 수 있는데 그 나무의 뿌리는 윤리의 태반이요, 근본을 뜻하는 나무 둥치는 생명의지이며, 가지와 나뭇잎과 꽃은 정감에 묻어 있는 단심丹心, 청고淸高, 순백純白 등으로, 다시 애련으로 변용된 인간주의에 있다 할 것이다. 이처럼 위계질서적인 나무 구조가 아니라 질 들뢰즈와 가타리가 주장한 리좀(rhizome)적인 생명의지와 정감을 일체감으로 포용하면서 만유의 생명을 열애하는 거목巨木이라고 할 수 있다. 따라서 청마의 생명시학은 신이 주재하는 청마의 영혼과 함께 우주 속에서 영원히 살아 숨 쉬고 있다고 기술하고 있는데 매우 적절한 비유라고 하겠다.

– 심사위원 : 문덕수, 홍문표(글), 문효치, 손해일, 김혜숙

◇ 제15회 청마문학상 수상소감:
− 아아 눈물 나는 이 실재實在!

존경하는 청마 선생님 먼저 부족한 제가 선생님의 상을 받게 된다는 소식을 듣고 두려워하고 있습니다. 그것은 바로 저의 방황을 종식시키지 못한 당신의 책, 《구름에 그린다》(1959)입니다. 처음 글을 읽었을 때는 불덩이 같은 30대의 청년이었습니다.

이때부터 선생님을 만나 뵈올 수 있었습니다. 그로부터 내 삶과 죽음의 갈대밭 늪이 일렁거리기 시작했었기 때문입니다. 선생님께서 "뭐 하느냐?"고 질문하시던 말씀에 저는 세상을 향한 가난한 운동화 끈이나 허리띠만 조이던 펠리컨 아비새였습니다. 먹이를 찾지 못할 때는 새끼들에게 자신의 내장을 꺼내서라도 먹여야 한다는 데만 골몰하였습니다.

그렇게 고뇌하고 방황하던 중에 선생님의 "마침내 제 목숨의 앞길 일에만 치를 떨던 내가 나의 목숨과 나 밖의 무수한 목숨들을 붙들어 존재하게 하는 무궁한 손이 있음에 눈을 돌리게 이르렀음은 얼마나 다행스런 일이겠습니까? (…) 죽음이 있음으로써 비로소 목숨이 있고 또 목숨의 값이 있음을 깨닫기는 훨씬 더 후의 일이었습니다"라는 글을 읽던 순간 너무나 큰 충격을 받았습니다.

이 날카로운 경구警句를 모른 채 어느 날 캄캄한 밤바다에 몸을 던진 나의 어리석음이야말로 지금도 낯이 화끈거리고 있습니다.

오늘이 있기까지 검은 안경테 속에서 저를 노려보시는 안광眼光으로 "저 허허로운 궁창을 보라 영원히 있음이란 영원히 없음과 무엇이 다르라! (…) 그러므로 아아 눈물 나는 이 실재實在!"에 참아온 저의 눈물도 터져 버렸습니다.

　존경하는 청마 선생님! 선생님께 따라다니던 아나키스트 표딱지가 디오게네스로부터 니체의 초인주의 탄생은 물론 프랑스혁명의 에너지가 된, 말하자면 절대자유에서 유발된 것까지. 그리고 니체의 '힘에의 의지'가 곧 선생님께서 말씀하신 '생명에의 의지'임을. 그러니까 허무주의자가 절망보다 '극복인'이라는 것을 비로소 깨닫게 되었습니다.

　다시 한 번 저의 종아리를 사정없이 내려치는 채찍질을 주십시오. 흔쾌히 받겠습니다. 선생님의 시세계에도 더욱 몰입하여 사는 날까지 우러러 바라보고 싶습니다. 아울러 심사위원님들께 깊은 사의를 표합니다.

청마의 해 2014년 유월 상한

* 시상식 일시 및 장소: 2014. 07. 05. 오후 7시 정각. 통영시 문화마당 통영예술제 특설무대.

◇ 2017년도 제3회 송천 박명용 통영예술인상 본상 수상

　상패는 2017년 10월 제작하여 시상코자 했으나, 11월에 본상 수상 통보를 받았으며, 시상식은 2018년 2월 통영시내 북신동 소재 공작뷔페에서 '통영예술인의 밤' 행사 때 실시함.

◇ 2018년도 제1회 통영지역문학상 심사평:
  − 시 〈꽃은 떨어지지 않아〉 외 2편

지난 9월 17일 마산의 모 장소에 심사위원들이 모였다. 공식적으로는 올해 첫 수상자를 내는 통영지역문학상이라 위원들 모두 약간 긴장한 상태였다. 어떤 분을 첫수상자로 결정하느냐에 따라 이 상의 권위를 가늠하는 준거準據가 될 것이기 때문이다.

심사위원들은 모이기 전 이미 작품을 받아 여러 번 정독을 했다. 긴장도에 비해 심사위원들의 결정은 의외로 간단하게 끝났다. 모두가 한 사람을 염두에 두고 있었다. 차영한 시인을 수상자로 뽑는데 아무도 이의가 없었다. 물론 눈여겨볼 만한 다른 작가나 작품이 없었던 것은 아니지만 적어도 올해 발간된《통영문학》제37집에서는 독보적이었다.

수상 대상작품으로 지목된 '어머니의 말씀'이라는 부제가 붙어 있는 시 〈꽃은 떨어지지 않아〉는 어머니의 목소리를 빌려 삶과 죽음의 연결고리를 관조하는 따뜻한 시각이 돋보였다. 사람들은 죽음을 두렵거나 슬픈 것으로만 생각한다. 그러나 시인은, 모든 생명은 죽음이라는 과정을 통해 더욱 밝고 아름답게 다시 피어난다고 믿는다. 한 계절 역할을 다 한 생명이 떨어져야만 다음 생의 꽃이 더 풍요로워진다고 생각한다. 꽃이 떨어지기를 거부하고 버둥대며 줄기에 매달린 채 꺼멓게 말라 비틀어져간다면 그것처럼 추한 몰골도 없을 것이다. 씨는 땅으로 떨어지지 않을 것이며 모든 생명은 다시 피어나지 않을 것이다. 그런 인식으로 생명체를 바라보면, 죽음이야말로 생명 순환의 아름답고 고귀한 과정이며 필연의 귀결이다.

모든 생명체는 죽음이라는 과정을 통해 새로워지고 풍요로워진다는 시인의 시각은, '그럼에도 불구하고' 생로병사의 숙명적 과정을 거쳐야 하는 근원적 슬픔을 품어 안는 따뜻한 사랑으로 가득 차 있다. 죽음을 아름다운 귀결로 인식한다고 해서 인간이 가진 소중한 감정을 도외시 하지는 않는다. "새들의 눈물방울" "봄을 아쉬워 보는 가운데로" "막 온몸 떨림이 일어나기 전에" "사람 꽃도 지는 기 아니라 피는 기라"처럼 함의 풍부한 문장들을 노련하게 연결하여 죽음에 이르기까지 삶의 무수한 희로애락과 회한을 짧은 시에 단숨에 담아낸 솜씨는 확실히 탁월했다. 그러면서도 자칫 난해할 수 있는 삶과 죽음이라는 근원적인 문제를 경상도 사투리의 어머니 목소리를 빌려 따뜻하고 친근하게 풀어내었다. 차영한 시인의 통영지역문학상 수상을 축하드린다.

– 심사위원: 김홍섭(소설 · 평론가) · 이월춘(시인) · 강현순(수필가)

◇ 2018년도 제1회 통영지역문학상 당선소감:
– 다시 대장간에서의 담금질

먼저 뽑아 주신 심사위원님들께 감사드립니다. 그런데 전혀 생각치도 않은 당선소감을 갑자기 쓰라는 정식 공문을 받고서는 며칠간 당혹감을 금치 못했습니다. 왜냐하면 첫출발이라 그런지 당선 기쁨보다 혹시 자신의 작품 수준이 여하한지였습니다.

그러나 작품 위주로 받는 순수한 상임을 깨닫고 마음 가다듬고 있습니다. 따끈한 햇살을 숨아 돌려세우는 채마밭 기운으로 추슬러 봅니다. 그러니까 《통영문학》지에 10여년 가까이 연재해 오고 있는 '어머니 말씀'이라는 연작시를 작년에도 〈어머니 말씀·33–꽃은 떨어지지 않아〉 등 3편을 발표한 바 있습니다.

상과는 관계없이 평상심으로 발표된 3편의 시 짓기는 내면세계의 객관적 우연일치를 형상화시켜 생명의 순환을 노래한 것입니다. 말하자면 "(…) 사람 꽃도 지는 것이 아니라 피는 기라"는 삶과 죽음을 하나로 본, 즉 환생을 동기화하였습니다. 꽃은 "피기 때문에 (…)"라는 겹쳐진 다의성이 함의된 시어의 하나하나가 갖는 인과율을 직조하는 등 꽃 자체를 피[血]의 이미지와도 커넥션하게 했습니다. 기법은 쉬르(Sur), 즉 절대현실의 꿈과 현실을 통한 빛이 해체된 것을 재구성한 작품입니다.

그러나 미흡한 작품에 한하여 기각忌刻만 하지 말고 신랄하게 구체적인 지적과 아낌없는 질정叱正을 보내주시기 바랍니다. 이유 없이 대장간에 다시 가서 더 담금질 하도록 말입니다. 끝으로 해마다 누군가가 수상자는 될

것이고 이에 따라 보다 더 우수한 작품이 발표되기를 기대하면서 당선소
감에 갈음합니다. 감사합니다.

2018년 09월 30일

차영한

◇ 2021년도 제16회 경남시문학상 심사평

　사람의 마음은 그가 자주 생각하는 것을 향해 움직인다고 하던가. 자신이 생각하는 대로 된다는 방향성에서 삶이 결정된다는 뜻이니, 내가 지금 어디로 가고 있는지 궁극적으로 가야 할 곳은 어디인지 헤아려 보는 것은 그래서 더욱 필요하고 중요하며 시인에게는 더욱 그러하다.

　살아 있음에서 방향은 중요하며 방향 자체가 삶이라고 해도 결코 지나치지 않다고 할 때 차영한 시인에게서 고향 통영은 여러 가지를 풀어내는 키워드라 해도 되겠다.

　'지금 제자리 찾은 나무 하나가 하늘과 산과 물을 함유한 호기심으로 나만의 질문에 집중하는 사고와 정체성을 마주해 보는 시작이 있다'고 스스로 실토했듯이 차영한의 시는 만만찮게 살아온 이런저런 굽이를 돌아보게 하는 생명력의 근원으로 자리 잡고 있다고나 할까. 살아온 굴레에 대한 겸허한 통찰과 자연에 대한 따뜻한 관조가 바탕이 된 작품은 남다른 감동과 울림을 안겨 준다.

　그에게 있어 통영은 생의 온갖 시련을 이겨내고 꽃을 피우는 시적 에너지가 넘치는 또 다른 안식처로 등장함을 알 수 있다. 이와 같은 것은 시〈꿈꾸기〉, 〈해넘이 바다〉 등에서 잘 드러내고 있으며 그가 통영의 바다와 산하, 언덕과 골목을 떠나 살지 못하는 근원적인 이유이기도 하다.

　　바다 위에 산이 있고
　　산 위에 바다가 있어 그

위를 오르는 꿈이 있기 때문
잠시도 나는 쉴 수가 없습니다
(…)
그러므로 기다리지 않으면 오지 않는다는
것을 내가 나를 만나기 위해 횃불로
달려가서 산봉우리에서 만납니다

—시 〈꿈꾸기〉, 일부

이 시는 읽을수록 마음이 넉넉해지고 촉촉한 물기가 스며들어 작가의 내면에 꽉 찬 지혜와 단아함을 느끼게 한다. 한려수도의 바닷바람처럼 그 울림이 적절하면서도 정갈하다. 사유에 잠긴 시인의 마음은 물에 씻기듯 청량해지고 은은하게 들려오는 해조음도 서정의 나래를 펼쳐 때로는 감미롭게 때로는 쓸쓸하게 그 속에 은은히 녹아든다.

또 시작되는 희붉은 수탉들
싸움 불티납니다 모가지에서
뚝뚝 떨어지는 검붉은 핏방울
흥건하게 넘실댑니다
마침내 그녀 웃음 뜯어 넣고
수제비 단팥죽 끓이는 걸 봅니다
(…)

—시 〈해넘이 바다〉, 일부

희붉은 수탉들의 싸움에서 해넘이 바다의 검붉은 핏방울을 찾아내는 메타포가 명징하다.

작고 사소한 것들에게서 변치 않는 시적 감동을 불러일으키는 작가의 열정적 일상이 사색과 성찰을 통해 빼어난 결실로 맺어지고 있다.

이 시대 시인들은 진지함이 경박함에 밀리고 숭고한 가치 덕목들이 경쟁과 속도의 물신주의에 밀려 시가 설 땅이 점차 줄어들고 있다는 많은 사람들의 비판을 이 시를 통해 더욱 아프게 받아들여야 할 것으로 본다.

차영한 시인이 이와 같은 시대적 과제와 관계의 단절을 다시 이어 주고 유대와 공감이 바탕이 되는 치열한 작품을 남겨 향토문단의 원로로 든든하게 자리 잡아 줄 것을 기대해 마지않는다. 경남시문학상 수상을 진심으로 축하드린다.

－ 심사위원: 고영조, 김미윤, 주강홍

◇ 2021년도 제6회 경남시문학상 수상소감:
 – 미망의 실재계에서 더위사냥은 계속

처음 그 산을 오르니 43년 전 보이던 것들이 새롭게 보인다.
의연한 낯선 것들이 다가온다. 아포리아(Aporia) 층위에서도
음절분열로 말미암아 단행본 시집 15권, 산문집 3권 출간 등
야성적 독백 깃털로 날갯짓하는 흰 참수리 한 마리

저장되어 있지 않는 그렐린(ghrelin)호르몬이 아침 벨소리에
혀끝을 왕성하게 감돌기 때문일까
작열하는 포스트모더니즘의 더위 속을 비상해온
무의식들이 집주인임을 자부하지 못하게 텅 빈 느낌으로
두려워하게, 불안 공허 어떤 상태에 머물지 않게
거리감의 갈증을 가늠하여 사냥해온 해거름 섶다리 은유들
은어 떼로 환유하는 유혹에도 연연치 않겠다는 이유
오인誤認의 어떤 구조는 아니다. 기의가 미끄러지면서
비유 쪽에서 디오스(Dios)를 어루만지기 때문이다.
버블(Bubble) 랄랑그(Lalangue)도 수직선에 포물선을 그을 때
변증법적인 덴스 포그(dense fog)가 몰려와 나의 아이콘을
가리어도 태양이 빛나는 바다를 향한 페티쉬(Fetish)들이다.

그간 도깨비 같은 중얼거림의 대목은 이미 끝났는데
뜻밖이었다. 아침에 첫 폰 벨소리가 기쁜 소식을 준

경남시인협회 회장님 목소리와 궁금한 심사위원님들

고마움은 한 사발에 그치지 않고 보답은 여기에 있다는

비트맵으로 더위 사냥은 앞으로도 간빙기間氷期에서

계속하라는 호명으로 받아들인다. 고마움은 뜨겁다.

─시상: 2021년 11월 28일(일요일) 오전11시, 마산문화원

◇ 차영한 시세계를 논평한 분들

김열규(故, 수필가 · 문학평론가 · 서강대학교 명예교수)

차한수(故, 시인 · 동아대학교 명예교수)

신상철(故, 수필가 · 문학박사 · 경남대학교 교수)

조병무(시인 · 문학평론가 · 동덕여자대학교 명예교수)

이승복(시인 · 문학박사 · 홍익대학교 명예교수)

이태동(문학평론가 · 문학박사 · 서강대학교 명예교수)

전문수(문학평론가 · 아동문학가 · 창원대학교 명예교수)

이수화(시인 · 문학평론가)

강희근(시인 · 문학평론가 · 경상국립대학교 명예교수)

조명제(시인 · 문학평론가)

곽재구(시인 · 순천대학교 명예교수)

박태일(시인 · 경남대학교 명예교수)

이우걸(시조시인)

심상운(시인 · 문학평론가)

유한근(문학평론가 · 전 디지털서울문화예술대 교수)

오양호(문학평론가 · 인천대학교 명예교수)

송희복(문학평론가 · 진주 교육대학교 교수)

이필규(문학평론가 · 국민대학교 교수)

이상옥(시인 · 문학박사 · 전 창신대학교 교수)

구모룡(문학평론가 · 국립해양대학교 교수)

양병호(시인 · 문학평론가 · 전북대학교 교수)

이 선(시인 · 문학평론가)

강외석(문학평론가 · 문학박사)

정신재(시인 · 문학평론가 · 경기대 교수)

유성호(문학평론가 · 한양대학교 교수)

서석준(문학평론가)

송용구(문학평론가 · 고려대학교 교수)

김지숙(문학평론가 · 시인)

김미진(문학평론가)

박수빈(문학평론가 · 상명대 교수)

김미윤(시인 · 문학평론가)

김홍섭(소설가 · 문학평론가)

이경우(시사사 편집기획위원)

이병철(시인 · 문학평론가)

차진화(시인 · 서울시립대학교 문학박사 과정)

정규호(故, 시인 · 경남일보 기자)

강동욱(문학박사 · 경남일보 기자)

김다숙(경남신문 기자)

김영화(주 · 한산신문 기자)

이상(무순)